Iny Lorentz
FEUERTOCHTER

Iny Lorentz

FEUER-
TOCHTER

Roman

KNAUR

Besuchen Sie uns im Internet:
www.knaur.de

© 2012 Knaur Verlag
Ein Unternehmen der Droemerschen Verlagsanstalt
Th. Knaur Nachf. GmbH & Co. KG, München
Alle Rechte vorbehalten. Das Werk darf – auch teilweise – nur mit
Genehmigung des Verlags wiedergegeben werden.
Redaktion: Regine Weisbrod
Umschlaggestaltung: ZERO Werbeagentur, München
Umschlagabbildung: FinePic®, München / Kostümbild Monika Buttinger
Satz: Adobe InDesign im Verlag
Druck und Bindung: GGP Media GmbH, Pößneck
Printed in Germany
ISBN 978-3-426-66379-0

2 4 5 3 1

Personen

Die Iren:
Bríd: Magd auf der Ui'Corra-Burg
Eachann: Händler
Ionatán: Tagelöhner der Ui'Corra
Maeve: Ionatáns Frau
Maitiú: Priester
Ní Corra, Ciara: Schwester Oisin O'Corras
Ní Corra, Eibhlín: Oisins und Ciaras Mutter
Ní Corra, Saraid: Ciaras und Oisins Cousine
O'Connor, Teige: Ire
O'Corra, Aithil: Oisin O'Corras Unteranführer
O'Corra, Buirre: Oisin O'Corras Verwalter
O'Corra, Oisin: Anführer des Ui'Corra-Clans
O'Corra, Seachlann: Buirres Untergebener
O'Corraidh, Deasún: Ire
O'Rueirc, Cuolán: Ire
Toal: Hütejunge der Ui'Corra

Die Engländer:
Crandon, John: englischer Offizier
Darren, Humphrey: englischer Offizier
Haresgill, Richard: englischer Siedler
Maud: Londoner Hure
Mathison, James: englischer Offizier
Tim: Trödler in London

Die Deutschen:
Hans: Pförtner auf Kirchberg
Hufeisen, Cyriakus: deutscher Söldner
Moni: Magd auf Kirchberg
von Kirchberg, Ferdinand: Franz' Neffe

von Kirchberg, Irmberga: Franz' Ehefrau
von Kirchberg, Franz: Herr auf Schloss Kirchberg
von Kirchberg, Simon: Franz' Neffe.

Andere:
de Cazalla, Luis: spanischer Offizier
Vandermeer, Dries: flämischer Offizier

Geschichtliche Personen:
Bacon, Anthony: Sekretär des Earls of Essex
Bagenal, Henry: englischer Offizier
Blount, Charles: Baron Mountjoy
Cecil, Robert: englischer Staatsmann
Devereux, Robert: Earl of Essex
Elisabeth: Königin von England
O'Domhnaill, Aodh Ruadh: von den Engländern
                           Hugh O'Donnell genannt,
                           Rí von Tir Chonaill
O'Néill, Aodh Mór: von den Engländern
                           Hugh O'Neill genannt,
                           Earl of Tyrone

Erster Teil

Leuchtender Klee

1.

Saraid schreckte hoch, als jemand sie ungeduldig anstieß. Erschrocken riss sie die Augen auf und sah die Mutter über sich gebeugt. In der einen Hand eine Fackel, in der anderen den Dolch, den sie nicht einmal abgelegt hatte, um ihre Tochter zu wecken.
»Aufstehen, Kind! Wir müssen fliehen!«
»Fliehen?«, fragte das Mädchen verwundert. Erst langsam nahm es das Geschrei und die Rufe wahr, die von draußen hereindrangen.
»Zieh dich an! Ich hole Ciara.« Mit diesen Worten eilte die Mutter aus der Kammer und ließ Saraid in der Dunkelheit zurück.
»Ich sehe nichts! Wie soll ich mich denn anziehen?«, rief die Kleine noch, doch es war niemand mehr da, der ihr hätte Antwort geben können. Sie begriff jedoch, dass Eile nottat. Daher kroch sie aus dem Bett, tastete nach ihrem Kittel und streifte ihn über. Hoffentlich ist er nicht verkehrt herum, dachte sie noch, vergaß das Problem aber, als ein entsetzlicher Schrei durch die Burg hallte.
Erschrocken tastete Saraid sich zur Tür und schlüpfte hinaus. Auf dem Korridor war es etwas heller. Eine greinende Magd rannte an ihr vorbei, ohne sie zu bemerken.
»Was ist los?«, rief Saraid. »Wieso müssen wir fliehen?«
Niemand antwortete ihr. So trat sie an eine der als Fenster dienenden Schießscharten und schrie auf.
Im Burghof wurde gekämpft. Saraids Vater verteidigte mit dem Mut der Verzweiflung die Tür des Wohnturms gegen drei Feinde. In einem der Angreifer erkannte Saraid Lochlainn O'Néill,

der am Vortag als Bote von Aodh Mór O'Néill in die Burg gekommen war, um über einen Frieden zwischen seinem Clan und den Ui'Corra zu verhandeln.

So jung Saraid auch war, so begriff sie doch, dass Lochlainn O'Néill in der Nacht heimlich das Tor der Burg geöffnet und Feinde hereingelassen hatte.

»Verfluchte Ui'Néill!«, schrie sie auf und wünschte sich, ein Krieger wie ihr Vater zu sein, den selbst drei Männer nicht zu bezwingen vermochten. Ein halbes Dutzend weiterer Ui'Corra-Krieger stemmte sich ebenfalls den Feinden entgegen. Doch es kamen immer mehr Ui'Néill durch das offene Burgtor, und hinter ihnen tauchten Männer in blanken Rüstungen und Waffenröcken auf, auf denen das verhasste englische Wappen prangte.

»Verfluchte Sasanachs!«, zischte Saraid.

Da klang erneut die Stimme ihrer Mutter auf. »Saraid, komm endlich! Du musst Ciara tragen. Wir Frauen haben alle Hände voll zu tun!«

»Ja, Mama!« Noch während Saraid es sagte, wurde ihr auch schon der Säugling in die Arme gedrückt. Ihre Mutter und die anderen Frauen rafften Wertsachen und persönliche Erinnerungsstücke an sich, die sie nicht den Feinden überlassen wollten.

Ciaras Mutter Eibhlín Ní Corra nahm die Clanharfe von ihrem Platz, hängte sie aber sogleich wieder zurück. »Wir können sie nicht mitnehmen – wie so vieles andere. Gott soll diese verräterischen Ui'Néill mit der Pest schlagen!«

Dann blickte sie kurz zu Saraid hin. »Du musst auf Ciara achtgeben, Saraid, verstehst du?«

Die Kleine nickte. »Ja, Tante Eibhlín.«

Die Frau des Clanchefs nickte ihr zu, hob das Bündel auf, in dem sie die wichtigsten Urkunden und Besitztümer des Clans verstaut hatte, griff nach einem Schwert und stieg nach unten. Saraids Mutter und die anderen Frauen folgten ihr auf dem Fuß, während Saraid noch einen raschen Blick in den Burghof warf. Dort wimmelte es mittlerweile vor Feinden. Die wenigen Uí'Corra, die sich dem Eindringling noch entgegenstemmten, standen auf verlorenem Posten.

»Saraid, komm endlich!«

Der scharfe Ruf der Mutter brachte das Mädchen zur Besinnung. Sie drückte die weinende Ciara fest an sich, rannte zur Treppe und achtete sorgsam darauf, auf dem Weg nach unten nicht zu stolpern. Sie schnupfte ihre Tränen; ihre Mutter und Tante Eibhlín hatten ihr eine Aufgabe erteilt, und sie durfte die beiden nicht enttäuschen.

»Wir schaffen es, Ciara«, flüsterte sie dem Säugling ins Ohr und versuchte damit auch sich selbst zu beruhigen.

Inzwischen hatte Eibhlín Ní Corra eine geheime Tür in der Vorratskammer geöffnet, von der selbst Saraid nichts gewusst hatte, und betrat als Erste den engen Gang. Saraids Mutter folgte ihr, und dann wurde Saraid selbst in die Öffnung geschoben. Das Mädchen stolperte hinter dem Licht einer blakenden Kerze her durch die feuchtklamme Dunkelheit.

»Wenn wir draußen auf Feinde stoßen, versteckst du dich mit Ciara und sorgst dafür, dass sie nicht schreit. Sonst verrät sie euch«, erklärte Eibhlín Ní Corra Saraid am Ende des Gangs und gebot ihr zu warten, während sie die Ausfallpforte öffnete und hinausblickte.

»Es ist niemand zu sehen«, sagte sie leise und schlich hinaus. Von der Burg her erklangen immer noch Waffenlärm und wilde Schreie. Die Krieger der Uí'Corra wehrten sich bis zum Äußersten, um der Frau ihres Anführers, deren Tochter und den übrigen Frauen die Flucht zu ermöglichen. Obwohl Eibhlín Ní Corras Herz blutete, dankte sie den Männern für diesen letzten Dienst. Für sie und ihre Schutzbefohlenen hieß es nun, schnell zu sein.

»Lauft!«, befahl sie. »Wir müssen das Moor erreichen, bevor uns Verfolger im Nacken sitzen. Nur dort können wir ihnen entkommen.«

»Was ist mit den anderen?«, fragte Saraids Mutter besorgt.
»Wer bis jetzt noch nicht aufgewacht ist, ist entweder taub oder tot«, antwortete Eibhlín Ní Corra schroff. »Alle werden nun wissen, dass wir verraten worden sind und fliehen müssen. Zudem kennt jeder den Platz, an dem wir uns sammeln wollen. Wir werden unsere Clanangehörigen entweder dort treffen oder beweinen.«
»Und wo sollen wir hingehen?«, fragte eine Magd, deren vorgewölbter Bauch auf ihre baldige Niederkunft hinwies.
»Uns bleibt vorerst nur ein Weg, nämlich der nach Tir Chonaill. Dort steht ein Wehrturm, der von alters her meiner Sippe gehört. Er liegt so verborgen, dass ihn weder die verräterischen Uí'Néill noch der dreimal verfluchte Richard Haresgill finden werden. Ich werde meinem Gemahl Botschaft nach Frankreich schicken, damit er mit Oisin und den anderen Kriegern zurückkehrt. Dann wird die gerechte Strafe unsere Feinde ereilen!«
Eibhlín Ní Corra klang so überzeugt, dass Saraid und die meisten Frauen ihr uneingeschränkt Glauben schenkten. Nur wenige begriffen, dass die Macht des eigenen Clans niemals ausreichen würde, sich ohne Unterstützer sowohl gegen die mächtigen Uí'Néill wie auch gegen dessen englische Verbündete zu behaupten. Zu dieser Stunde ging es allein darum, das eigene Leben zu retten, und das würde ihnen schwer genug fallen.
Nach wenigen hundert Schritten stießen sie auf die ersten Clanangehörigen, die ihr Dorf in der Nähe der Burg fluchtartig verlassen hatten. Jeder Mann und jede Frau schleppte so viel, wie sie tragen konnten. Unter ihnen waren mehrere Jungen, die anstelle von Spielzeugwaffen echte Schwerter in Händen hielten und ihren Mienen nach gewillt waren, sich und die anderen gegen jeden Feind zu verteidigen.
Saraids Vettern Aithil und Buirre gesellten sich sofort zur Frau des Clanführers.

»Wie konnte das geschehen?«, fragte Aithil.

»Die Ui'Néill haben uns an Richard Haresgill verraten. Möge Gott es ihnen heimzahlen!«, antwortete Eibhlín Ní Corra mit hasserfüllter Stimme. Sie musterte die kleine Gruppe. »Bewegt euch! Der Kampflärm verebbt, bald werden uns die Ui'Néill und die Männer dieses englischen Bluthunds im Nacken sitzen.«

»Wir sollten die Fackeln löschen«, schlug Saraids Mutter vor, doch Eibhlín schüttelte den Kopf.

»Dann kommen wir in der Dunkelheit nicht rasch genug voran. Uns rettet nur das Moor, denn wir sind die Einzigen, die die Wege hindurch kennen. Bis die Verfolger es umgangen haben, sind wir über alle Berge.«

Es waren die letzten Worte, die in der nächsten Stunde zwischen den beiden Frauen fielen. Eibhlín Ní Corra strebte so energisch voran, dass die anderen kaum mithalten konnten. Nach einer Weile blieb die schwangere Magd stehen und schüttelte den Kopf. »Geht ihr allein weiter. Ich kann nicht mehr!«

»Du kannst!«, fuhr Eibhlín Ní Corra sie an und befahl Aithil, der Frau beizustehen.

Weitere Ui'Corra kamen aus den Dörfern und schlossen sich dem Flüchtlingszug an. Einige trieben Schafe, andere sogar ein paar Kühe vor sich her. In der Hinsicht konnte Eibhlín zufrieden sein. Sie hatte ihren Leuten unermüdlich erklärt, was geschehen müsse, wenn ein fremder Clan oder gar die Soldaten dieser Engländerin Elisabeth die Burg stürmen würden, und viele hatten sich offenbar daran gehalten.

Trotzdem machte sie sich Sorgen. Um voranzukommen, brauchten sie die Fackeln, und deren Licht konnte der Feind auf etliche hundert Schritt Entfernung sehen.

»Nur das Moor bietet uns Schutz«, wiederholte sie wie ein Gebet, während sie weiterlief. Kurz wandte sie sich zu ihrer Tochter um und sah deren kindliche Trägerin mit entschlossenen Schritten hinter ihr herstapfen. Ciara hatte die Augen offen, gab aber keinen Laut von sich, als hätte sie den Ernst der Lage erkannt.

»Brav, Saraid!«, lobte Eibhlín Ní Corra ihre Nichte und überlegte, ob sie ihr den Säugling kurz abnehmen sollte. Doch ihr Bündel wog so viel, wie sie gerade noch tragen konnte, und sie benötigte ihre rechte Hand für das Schwert. Aithil und Buirre mochten mutige Bürschlein sein, aber mit ihren elf und zwölf Jahren waren sie keine ernstzunehmenden Gegner für einen ausgewachsenen Ui'Néill oder gar einen Engländer. Die meisten anderen Männer waren Knechte und Tagelöhner, die sich bislang nur mit ihresgleichen im Ringkampf und Stockfechten gemessen hatten. Auch diesen waren die Angreifer haushoch überlegen.

Und was konnte sie selbst ausrichten?, fragte sich Eibhlín Ní Corra. Wohl nicht viel, gab sie sich zur Antwort. Aber sie war die Frau des Taoiseachs und für ihre Leute verantwortlich. Daher musste sie notfalls ihr Leben opfern, damit diese mit ihrer Tochter entkommen konnten.

2.

Schon glaubten sie, sie hätten es geschafft. Das Moor lag vor ihnen, als eine der Frauen sich umdrehte und erschrocken aufschrie. »Die Engländer!«

Eibhlín Ní Corra riss es herum. Tatsächlich folgte ihnen ein Trupp Reiter und würde sie bald eingeholt haben.

»Schneller!«, rief sie, blieb aber selbst zurück.

Aithil kam an ihre Seite und fuchtelte mit seinem Schwert. Dann gesellten sich noch zwei Männer mit langen Stöcken zu ihr.

»An uns kommen die nicht vorbei«, flüsterte Aithil mit blassen Lippen.

Als auch noch Buirre heraneilte, schüttelte die Anführerin den Kopf. »Ich habe einen Auftrag für euch zwei! Das hier sind alle wertvollen Urkunden und Schriften unseres Clans. Sie müssen unbedingt gerettet werden. Außerdem müsst ihr Ciara und Saraid beschützen.«

Ohne auf den Widerspruch der beiden Knaben einzugehen, drückte sie ihnen ihr Bündel in die Hände und wandte sich dann dem ersten Engländer zu, der sie im nächsten Augenblick eingeholt haben würde.

»Brate in der Hölle, Sasanach!«, schrie sie und schwang ihr Schwert.

Der Berittene lachte höhnisch und wollte sie mit dem Fuß niederstoßen, bezahlte seinen Leichtsinn aber mit einer heftig blutenden Wunde. Bevor er selbst mit dem Schwert zuschlagen konnte, stießen ihn die beiden Knechte mit ihren Stöcken aus dem Sattel. Ein Dolch blitzte auf, und es gab einen Engländer weniger auf der Welt.

Eibhlín Ní Corra sah es mit grimmiger Zufriedenheit. Zudem stellte sie mit Erleichterung fest, dass ihre Clanangehörigen mittlerweile den schwankenden Boden erreicht hatten, der für Pferde kaum passierbar war. Ein Knecht, dem das Moor vertraut war, führte die Gruppe in das sumpfige Gebiet hinein.

Da schloss ein weiterer Engländer zu Eibhlín Ní Corra auf. Es war Richard Haresgill, der sich mit Aodh Mór O'Néill verbündet hatte, um das Land der Ui'Corra in Besitz zu nehmen. Mittlerweile dämmerte es, und er meinte in der Miene der Clanchefin lesen zu können, dass sie bereit war, ihr Leben so teuer wie möglich zu verkaufen. Angesichts der Leichtigkeit, mit der die Frau mit einem seiner Gefolgsleute fertig geworden war, zügelte er sein Pferd und ließ seinen Reitern den Vortritt.

Diese waren durch den Tod ihres Kameraden gewarnt und gingen es vorsichtig an. Um nicht umzingelt zu werden, mussten Eibhlín Ní Corra und ihre Knechte zur Seite ausweichen und gerieten auf festen, mit niederem Gestrüpp bestandenen Boden, der die Reiter nur wenig behinderte.

»Lauft! Lauft!«, schrie die Clanchefin ihren Begleitern zu, wirbelte herum und begann in Richtung des Moores zu rennen.

Sofort gellte Richard Haresgills Stimme auf. »Achtung, das ist Eibhlín O'Corra! Holt sie euch! Eine Belohnung für denjenigen, der sie lebend fängt und mir zu Füßen legt! Außerdem könnt ihr alle sie haben, wenn ich mit ihr fertig bin ...«

Eibhlín Ní Corra wurde schneller, vernahm aber kurz darauf das Schnauben eines Pferdes hinter sich und fuhr herum. Ihre Klinge zuckte durch die Luft, traf aber nur auf Eisen und glitt ab. Gleichzeitig spürte sie einen harten Schlag gegen den linken Arm und sah ihr Blut fließen. Um dem nächsten Hieb des Engländers zu entgehen, ließ sie sich zu Boden fallen und rollte zur Seite. Einer ihrer Knechte drosch mit seinem Stab auf den Mann ein und wurde dann selbst ein Opfer der englischen

Klinge. Aber er hatte seiner Clanchefin die Zeit verschafft, wieder auf die Beine zu kommen und weiterzurennen. Als sie das Moor erreichte, war ihr bewusst, dass sie sich nicht auf einem ihr bekannten Weg befand. Doch der Tod in der alles verschlingenden Tiefe dieses Sumpfs war ihr allemal lieber, als in Richard Haresgills Hände zu fallen.

Voller Entsetzen war Saraid stehen geblieben und hatte gesehen, wie ihre Tante verletzt wurde und wieder auf die Beine kam. Dann aber schien Eibhlín Ní Corra verloren, denn zwei Engländer folgten ihr und hatten sie fast erreicht. Da sank die Clanchefin mit einem Bein bis zum Knie ein und konnte sich gerade noch befreien. Im nächsten Augenblick war der erste Engländer heran und hob seine Waffe, um ihr das Schwert aus der Hand zu prellen. Doch hoch zu Ross und mit Eisen am Leib war er um vieles schwerer als die Fliehende, und als er sich nach vorne beugte, um zuzuschlagen, gab der Moorboden unter den Hufen seines Gauls nach, und das Tier sank ein. Der Mann verlor den Halt und stürzte über den Hals des Pferdes hinweg kopfüber in den Sumpf. Erschrocken rissen die anderen Verfolger ihre Pferde zurück und starrten entsetzt auf die Stelle, an der ihr Kamerad versank. Nach wenigen Herzschlägen sahen nur noch seine Beine heraus, die sich krampfhaft bewegten. Dann war es vorbei.

Außer sich vor Wut versuchte Richard Haresgill, seine Männer anzutreiben, doch diese kehrten auf trockenen Boden zurück und hoben abwehrend die Hände. »Das Moor ist des Teufels! Da kommen wir nicht durch.«

»Seid ihr Männer oder Memmen?«, tobte Haresgill. Dabei war auch ihm der Tod seines Gefolgsmanns in die Knochen gefahren, und er würde sein Pferd keinen Schritt weit in dieses unheimliche Gebiet hineinlenken. Deshalb musste er voller Ingrimm mit ansehen, wie Eibhlín Ní Corra mit einer noch recht ansehnlichen Schar weiterzog und irgendwann zwischen mannshohem Gebüsch und einzelnen Bäumen verschwand. Das Letzte, was er von ihr vernahm, waren selbstbewusste Worte: »Wir kommen wieder, Richard Haresgill! Dann wirst du für alles bezahlen, und Aodh Mór O'Néill ebenfalls!«

Eibhlín Ní Corra war zuversichtlich, denn sie ahnte nicht, dass es achtzehn Jahre dauern würde, bis die Ui'Corra wieder den Fuß auf heimatliche Gefilde setzen konnten.

3.

Für einen Augenblick sah Ciara Ní Corra noch dichten Wald um sich, mit mächtigen Laubbäumen, hohen Farnen und von den Ästen herabhängenden Flechten, im nächsten aber blickte sie in ein weites, von dicht bewachsenen Hügeln umgebenes Tal hinab. Eine gute halbe Meile von ihr ragte ihre verlorene Heimat, die Burg der Ui'Corra, über einer vom Fluss gebildeten Halbinsel auf. Bei diesem Anblick hielt es Ciara nicht mehr bei ihren Leuten. Zwar mochten sich immer noch versprengte Engländer im Tal herumtreiben, aber in ihrer Begeisterung schob sie jeden Gedanken an eine Gefahr beiseite und rannte den Hügel hinab. Vor ihr leuchtete der Klee grüngolden im Sonnenlicht. Lachend riss Ciara sich die Schuhe von den Füßen und tanzte selig auf den dichten, weichen Pflanzen. Sie selbst konnte sich nicht an die Heimat ihres Clans erinnern, die dieser vor fast zwei Jahrzehnten verloren und nun wiedergewonnen hatte. Aber ihre Cousine Saraid, die sieben Jahre älter war als sie, hatte ihr alles genau beschrieben. Nun konnte sie den großen Wehrturm, den ihr Großvater Cahal O'Corra hatte errichten lassen, um sich gegen die Knechte des englischen Königs Heinrich VIII. zu behaupten, mit eigenen Augen sehen und auch die große Halle daneben, die weitaus älter war als der Turm. Dort hatten ihre Vorfahren viele glorreiche Siege gefeiert. Dem Vernehmen nach sollte bereits der ruhmreiche Hochkönig Brian Boru dort seinen Met getrunken haben.
»Einen Mann wie Brian bräuchten wir jetzt wieder«, sagte Ciara leise. Doch einen Brian Boru gab es in ganz Irland nicht mehr. Stattdessen mussten sie auf Aodh Mór O'Néill vertrauen, der vor zwanzig Jahren den Engländern geholfen hatte,

ihren Clan von seinem Land zu vertreiben. Nun sollte ausgerechnet dieser Clanführer die verhassten Besatzer aus Uladh vertreiben. Sie fragte sich nicht zum ersten Mal, ob das gutgehen konnte.

Schnell schob Ciara ihre düsteren Gedanken beiseite, denn dieser Tag war viel zu schön, um sich Sorgen hinzugeben. Lieber genoss sie die Aussicht über das Tal der Ui'Corra: Ein Stück hinter der aus grauen Steinquadern errichteten Burg lag das erste Dorf, und ihr war es, als grüßten die mit Reet gedeckten Häuser der Clanangehörigen zu ihr hinüber. Selbst die bescheidenen Katen der Knechte und Tagelöhner konnte sie erkennen, die sich hinter den größeren Anwesen zu verstecken schienen. Rauch, der aus den Dachöffnungen mehrerer Katen stieg, zeigte an, dass sie bewohnt waren.

Sie werden froh sein, der Herrschaft der Engländer und deren ketzerischen Priestern entkommen zu sein, dachte Ciara zufrieden, während sie sich umdrehte, um nach ihren Leuten zu sehen.

Diese verließen gerade den Wald, dessen dicht stehende Bäume zusammen mit dem üppigen Unterholz verhinderten, dass größere Scharen ihn geschlossen durchqueren konnten. Das erleichterte es den Ui'Corra, die einzige Straße, die durch das Tal führte, mit wenig Aufwand zu verteidigen. Allerdings schützte der Wald sie nicht vor Verrätern. Solche waren schuld daran gewesen, dass der Clan damals den Kampf gegen die Engländer und ihre irischen Verbündeten und damit seine Heimat verloren hatte.

Wieder schob Ciara die traurigen Gedanken von sich. Sie wollte den warmen, sonnigen Tag genießen, an dem sie endlich in ihr Tal und zu den Wurzeln ihrer Familie zurückgekehrt war.

Noch während sie sich diesem wunderbaren Gefühl hingab, kam Saraid ebenfalls barfuß und mit gerafftem Rock auf sie zu. In der Hand hielt sie einen langen Stecken, der gleichermaßen als Waffe gegen wilde Tiere wie gegen unerwartete Gegner diente. Nun blieb sie vor Ciara stehen. »Es war sehr unvernünftig von dir, so weit vorauszueilen, Tochter der Uí'Corra. Hätte dieser elende Richard Haresgill ein paar seiner Schurken hier zurückgelassen, wäre ihm mit dir eine wertvolle Geisel in die Hände gefallen. Oder die Kerle hätten dich direkt umgebracht!«

Ciara senkte schuldbewusst den Kopf. »Ich wollte dir keine Sorgen bereiten, Saraid. Aber da Oisin uns mitteilen ließ, Haresgill habe die Burg und das Tal mitsamt seinen Männern verlassen, war ich sicher, dass mir nichts zustoßen könnte.«

»Traue niemals einem Engländer! Dieses Volk ist zu Betrug und Hinterlist geboren«, antwortete Saraid Ní Corra, um ihrer Cousine den Kopf zurechtzusetzen. »Daher wirst du jetzt bei uns bleiben, während Buirre mit zwei Männern vorausgeht und nachsieht, ob dieses Geschmeiß wirklich verschwunden ist.«

Sie drehte sich um und gab ihrem Ehemann einen Wink. Dieser nickte und lief von zwei Gefährten gefolgt in das Tal hinein.

»Man kann nie vorsichtig genug sein«, erklärte sie Ciara. »Etwas anderes wäre es, wenn der Taoiseach bereits eingetroffen wäre und das Tal gesichert hätte.«

Saraid nannte Ciaras Bruder meist den Taoiseach, um zu betonen, was für eine bedeutende Person er sei. Auch was Ciara betraf, achtete sie streng darauf, dass diese sich wie die Schwester des Clanführers benahm.

»Wir Uí Corra mögen arm sein, aber wir haben unseren Stolz«, hatte Saraid gesagt, als sie den uralten, unbequemen Turm an der Küste von Tir Chonaill verlassen hatten, in der seit ihrer Flucht ihre Wohnstatt gewesen war. Jetzt hoffte sie genauso wie die anderen Angehörigen des Clans auf bessere Zeiten.

Trotzdem war sie nicht zufrieden. »Es ist ein Jammer, dass der Taoiseach sich einem Uí'Néill unterwerfen musste. Wer sind die schon? Doch auch nur Mörder und Brandstifter! Außerdem haben sie sich oft genug mit den Engländern eingelassen

und sogar einen Titel von deren Königin erhalten. Aodh Mór O'Néill, der Taoiseach der Ui'Néill, lässt sich von den Engländern Hugh O'Neill, Earl of Tyrone nennen! Obwohl er sich endlich gegen das Gesindel gewandt hat, beharrt er auf diesem Titel.« Saraid spie voller Verachtung aus.
Nun vermochte auch Ciara den Schatten der Vergangenheit nicht mehr auszuweichen.
Doch sie kam nicht zu Wort, denn Saraid sprach mit zorniger Stimme weiter. »Ich habe nicht vergessen, dass Aodh Mór O'Néill diesem dreimal verfluchten Richard Haresgill geholfen hat, unseren Clan von hier zu vertreiben. Dafür hat dieser Verräter ein Drittel unseres Landes als Judaslohn erhalten! Nun muss der Taoiseach das Haupt vor ihm beugen, und du wirst knicksen, wenn du ihm begegnest – was hoffentlich nie geschehen wird! Ich traue keinem Ui'Néill, besonders ihrem Anführer nicht, seit Eachann O'Néill unseren Taoiseach Bran hinterrücks ermordet hat, als dieser ihn dabei erwischte, wie er seinen besten Zuchthengst stehlen wollte.«
»Aber Saraid! Das ist fast zweihundert Jahre her«, rief Ciara kopfschüttelnd.
»Die Ui'Néill waren damals üble Schurken, sind es jetzt noch und werden es für alle Zeit bleiben!«
Damit hatte Saraid ihr Urteil über den mächtigsten Clan in Uladh gefällt. Dabei wusste sie, dass ihr Clan ohne Aodh Mór O'Néills Unterstützung niemals in die Heimat hätte zurückkehren können. Trotzdem fand sie noch ein Haar in der Suppe.
»Ich sagte bereits, dass der O'Néill sich von Haresgill ein Drittel unseres Landes für seine Unterstützung geben ließ. Gibt er es uns jetzt etwa zurück? Als Buirre mit der Nachricht des Taoiseachs kam, wir könnten in unsere Heimat zurückkehren, und ich ihn danach fragte, ist er mir ausgewichen. Also behält der O'Néill seinen Raub, während uns nur der Anteil bleibt, den sich dieser verfluchte Ketzer Haresgill damals angeeignet hat.«

Saraids Gekeife wurde Ciara langsam zu viel. »Wir können froh sein, dass wir überhaupt nach Hause kommen dürfen! Du weißt, wie wir an der Küste gelebt haben, mit Äckern, auf denen kein Halm wachsen wollte, und mageren Wiesen, auf denen kein Schaf und keine Kuh auch nur eine Unze Fett ansetzen konnten.«

»Trotzdem ist es nicht gerecht«, murrte Saraid, für die zuerst Gott kam, danach in absteigender Reihenfolge ihr Anführer Oisin, dessen Schwester Ciara, sie selbst und mit gewissem Abstand ihr Ehemann Buirre und die anderen Angehörigen des Clans. Erst weit dahinter war sie bereit, die Anführer befreundeter irischer Clans anzusiedeln. Ein Aodh Mór O'Néill stand in ihrem Ansehen gerade noch über den Engländern, und sie würde ihm so lange keinen höheren Stand zubilligen, wie er auch nur einen Morgen ehemaliges Ui'Corra-Land besaß.

Ciara gab es auf, mit Saraid zu diskutieren, und deutete nach vorne. »Buirre und die anderen haben die Burg erreicht, und es sind keine Feinde zu sehen.«

»Wenn etwas die Hinterhältigkeit der Engländer übertrifft, so ist es ihre Feigheit«, schnaubte Saraid.

Sie blickte jedoch ebenso angespannt auf das Burgtor wie Ciara und atmete auf, als ihr Mann nach einer Weile heraustrat und ihnen zuwinkte, dass sie kommen sollten. Nun liefen sie, so schnell sie konnten, auf die Burg zu und waren völlig außer Atem, als sie das Tor erreichten.

Dort stand Buirre gegen die Wand gelehnt, einen Grashalm zwischen den Zähnen, und zeigte auf einen Wagen, den sie vom Hügel aus nicht hatten sehen können. »Haresgill schien es so verdammt eilig gehabt zu haben, von hier wegzukommen, dass er den vollbeladenen Karren dort hat stehen lassen.«

Rasch warf Ciara einen Blick auf das Gefährt und sah kunstvoll gedrechselte Möbelstücke auf ihm liegen, deren Verlust Haresgill arg schmerzen würde. Dabei wusste sie selbst nicht, ob sie das Zeug verwenden konnten. In dem alten Turm am

Meer hatten sie nur das Nötigste besessen, und selbst das hatten die Clanleute aus Treibholz schreinern und schnitzen müssen. Saraid hingegen sah die Möbel als willkommene Beute an. »Die sind zwar nicht so schön wie jene, die wir damals zurücklassen mussten, als Haresgill und die Ui'Néill uns überfallen haben, aber wenigstens können wir damit unseren Gästen zeigen, dass wir Ui'Corra nicht vom Erdboden essen müssen.«
Sie nickte ihrem Mann kurz zu und durchschritt hoch erhobenen Hauptes das Tor.
Ciara betrat ebenfalls die Burg und sah sich in dem kleinen Innenhof um. Dort lagen etliche Gegenstände herum, die von Haresgills Leuten aus dem Wohnturm und der Halle herausgeholt worden waren und die sie dann doch nicht hatten mitnehmen können. Das meiste davon hatten die Engländer jedoch zerstört.
Saraid trat mit zornglühendem Gesicht zu einer zerschlagenen Harfe. »Das hier war die Clanharfe der Ui'Corra. Auf der haben unzählige Barden unserer Sippe gespielt. Oh, hätten wir sie damals doch nicht zurückgelassen!«
»Wer hätte sie tragen sollen?«, fragte ihr Mann. »Unsere Krieger standen im Kampf, wir Jungen mussten das Vieh treiben, und die Frauen und Mädchen haben alles mitgenommen, was sie tragen konnten. Du selbst hast die kleine Ciara all die Meilen bis zum Meer geschleppt, weil keines der älteren Mädchen die Hände frei hatte.«
Das war zwar richtig, dennoch empfand auch Ciara beim Anblick der zerstörten Harfe tiefen Schmerz. Auf das eingeschnitzte Clansymbol der Ui'Corra hatte jemand sogar seine Notdurft verrichtet.
»Engländer, sage ich nur! Das ist ein Volk ohne Kultur und Manieren.« Saraid schnaubte und wies ihre Leute an, als Erstes hier im Hof aufzuräumen.
Ciara war klar, dass ihre Base ebenfalls kräftig zupacken würde, und ärgerte sich darüber, dass sie ihr einziges gutes Kleid

trug. Es war zu wertvoll, als dass sie darin hätte mithelfen können. »Bringt die Truhe mit meinen Sachen gleich in eine Kammer, damit ich mich umziehen kann«, befahl sie, kam damit aber bei Saraid nicht gut an.
»Das kommt überhaupt nicht in Frage! Du bist die Tochter der Ui'Corra und kannst weder deinen Bruder noch dessen Gäste in einem Kleid empfangen, das höchstens für eine Magd geeignet ist.«
»Aber wir wissen doch gar nicht, wann Oisin kommt«, wandte Ciara ein.
»Der Taoiseach hat uns hierhergerufen und wird gewiss nicht lange auf sich warten lassen.« Für Saraid war die Sache damit erledigt. Das Mädchen nahm nach ihrem Bruder den zweithöchsten Rang im Clan ein und hatte sich entsprechend zu verhalten.
Ciara ärgerte sich, dass sie auf einmal an Konventionen gebunden war, die es in dem alten Turm am Meer nicht gegeben hatte. Missgelaunt durchquerte sie den Burghof und wich dabei dem Gerümpel aus, das die Engländer hier verstreut hatten. Auf einmal entdeckte sie einen kleinen Flecken Grün in einer Ecke. Als sie näher kam und sich niederbeugte, sah sie ein kleines Büschel Klee dort wachsen. Das erschien ihr als gutes Omen für ihre Rückkehr.

4.

Saraid sollte recht behalten. Noch am selben Nachmittag erreichte ein Reitertrupp das Tal und trabte auf die Burg zu. Über den Männern flatterten die Clanstandarten der Ui'Corra und der Ui'Néill lustig im Wind. Für Ciara war es ein denkwürdiger Augenblick, denn sie erinnerte sich nur an drei Begegnungen mit ihrem Bruder. Das erste Mal war er drei Jahre nach ihrer Flucht in dem alten Gemäuer am Meer aufgetaucht. Bis zum zweiten Mal vergingen gut sechs Jahre, in denen Oisin auf dem Kontinent dem König der Franzosen als Söldner diente, und weitere vier Jahre danach suchte er die alte Burg in Tir Chonaill noch einmal auf. Damals war er mit einem Freund aus Deutschland nach Irland gekommen, um zu sehen, ob die Zeit für einen Aufstand reif war.

Zu jener Zeit hatte Ciara sich weniger für die Kriegspläne ihres Bruders interessiert als für den fremden Gast. Simon von Kirchberg war ein junger, gutaussehender Mann gewesen, der immer fröhlich war und anregend zu erzählen wusste. Schon am ersten Abend hatte sie sich in ihn verliebt.

Nun ertappte sie sich dabei, dass sie hoffte, Simon von Kirchberg würde ihren Bruder begleiten. Doch als sie aus einem der oberen Fenster blickte, entdeckte sie nur Iren. Einige waren Clanangehörige, die Oisin nach Frankreich gefolgt waren, und andere trugen das Zeichen der Ui'Néill an ihren Kleidern. Darunter war auch der O'Néill selbst. Zwar hatte Ciara Aodh Mór O'Néill nie zuvor gesehen, doch so wie dieser Reiter saß nur ein Mann zu Pferd, der sich seiner Macht bewusst war. Sogar im Sattel wirkte er groß und breit. Sein Alter vermochte sie nicht zu schätzen, denn sein Gesicht verschwand unter einem

Bart, der ihm bis auf die Brust reichte. Ihr Bruder hatte sich nur einen kurzen Kinnbart stehen lassen, und auf seinem Kopf saß ein in ihren Augen lächerlicher, randloser Hut nach englischer Mode.
»Was machst du denn noch hier? Du musst hinuntergehen und die Gäste begrüßen! Versuch wenigstens, ein freundliches Gesicht zu machen, wenn du vor dem O'Néill stehst. Er ist es zwar nicht wert, aber wir sind auf ihn angewiesen.« Saraid war zu ihr getreten und scheuchte sie nun resolut aus dem Zimmer.
»Können wir unseren Gästen ein ausreichendes Mahl vorsetzen?«, fragte Ciara.
»Leicht wird es nicht werden, denn die Engländer haben vor ihrem Abzug in die Tonne mit dem Mehl gepinkelt und auch andere Sachen verunreinigt. Aber ich werde schon etwas finden, das ich auf den Tisch bringen kann.«
Saraid nahm ihre Aufgaben als Wirtschafterin der Burg ernst, und auch sonst lag ihr das Wohl des Clans, insbesondere das ihrer jüngeren Cousine, am Herzen. Als Schwester des Clanherrn hätte Ciara längst verheiratet sein müssen, doch diese Pflicht hatte Oisin O'Corra bisher vernachlässigt. Nun hoffte Saraid, dass es unter seinen Begleitern einen jungen Mann gab, der für Ciara als Ehemann in Frage kam.
Während Saraid die Zubereitung des Festmahls zu Ehren des Herrn dieses Landstrichs überwachte, trat Ciara auf den Burghof und stand nun ihrem Bruder und dessen Gästen gegenüber. Oisin O'Corra, ein schlanker Mann mit ernster Miene, musterte seine Schwester kritisch. »Du bist seit dem letzten Mal noch ein ganzes Stück gewachsen, Maighdean!«
Das war nicht unbedingt die Begrüßung, die er sich vorgenommen hatte, doch die Schönheit und die hochgewachsene Gestalt seiner Schwester hatten ihn überrascht. Sie war nicht mehr das kleine, spitznasige Mädchen aus seiner Erinnerung. Während die meisten Mitglieder ihrer Familie rötliche oder blonde

Haare hatten, war sie mit pechschwarzen Haaren geboren worden und hatte davon ihren Namen erhalten. Zwar waren ihre Haare immer noch dunkel, doch im hellen Sonnenschein schimmerten sie rot. Aus der dürren Vierzehnjährigen, die er in Erinnerung hatte, war eine junge Frau mit hellgrauen Augen, einem herzförmigen Gesicht und einer tadellosen Haltung geworden.

Als er auf sie zutrat, bemerkte er, dass sie nicht ganz so groß war, wie er auf den ersten Blick befürchtet hatte, denn sie reichte ihm gerade bis zur Nasenspitze. Nur ein klein gewachsener Mann würde von ihr überragt werden, und das vergrößerte die Anzahl möglicher Ehemänner beträchtlich. Er wusste allerdings immer noch nicht, wem er einmal ihre Hand geben sollte.

»Schön, dich wiederzusehen, Kleines«, sagte er, als sie ihn stumm anschaute.

Da nun Aodh Mór O'Néill neben ihren Bruder trat, versank Ciara in einen tiefen Knicks, wie er dem mächtigsten Mann in Uladh und womöglich in ganz Irland angemessen war. Auch wenn sie ihre Jugend in einem abgelegenen Turm an der öden Küste von Tir Chonaill verbracht hatte, sollte der O'Néill sehen, dass sie sich wie eine Edeldame zu benehmen wusste.

Der Earl of Tyrone, den die Engländer Hugh O'Neill nannten, betrachtete das junge Mädchen so, als habe er eine junge Stute vor sich, deren Wert er abschätzen musste.

Schließlich nickte er zufrieden. »Ihr habt ein prächtiges Füllen in Eurem Stall, O'Corra. Da werden die jungen Hengste bald herbeikommen und um Eure Schwester freien. Ich rate Euch dringend, bei der Wahl ihres Bräutigams sehr gut achtzugeben. Mir erscheint der Sohn eines Stammesführers in An Mhuma oder im Süden von Chonnacht am besten für sie geeignet zu sein.«

Obwohl seine Worte im freundlichen Ton gesprochen waren,

entging Oisin O'Corra die Warnung nicht, die in ihnen lag. Aodh Mór O'Néill hatte ihm soeben deutlich klargemacht, dass er keine Verbindung zwischen den Ui'Corra und einer Familie in Uladh oder aus der direkten Nachbarschaft seines Herrschaftsgebiets wünschte.
»Ich habe mir noch keine Gedanken über einen möglichen Schwager gemacht, Sir«, antwortete er ausweichend. Über Ciaras Stirn huschte ein Schatten, als ihr Bruder den Gast mit einem englischen Titel anredete. Gerüchteweise hatte sie bereits vernommen, dass Aodh Mór O'Néill sogar stolz auf seine englischen Ränge sein sollte, die ihn über die Rís und Taoiseachs der anderen Clans hinaushoben. Doch davon durfte sie sich ebenso wenig beeindrucken lassen wie von der Tatsache, dass ihr Gast diese Burg hier vor knapp zwanzig Jahren als Verbündeter ihres Todfeinds Richard Haresgill betreten hatte.
»Seid mir willkommen im Heim der Ui'Corra«, begrüßte sie den O'Néill und wies mit einer einladenden Geste auf die Eingangstür der Halle.
Obwohl der Earl of Tyrone zustimmend nickte, eilten mehrere seiner Gefolgsleute voraus, um sicherzustellen, dass sie nicht doch ein Hinterhalt erwartete. Ciara fragte sich, vor wem sich Aodh Mór O'Néill am meisten fürchtete, vor den Engländern, auf deren Seite er so lange gekämpft hatte und die ihn nun als Verräter ansahen, oder vor den Iren, denen jene Zeit im Gedächtnis geblieben war. Doch es brachte nichts, die alten Rechnungen aufzutischen. Wenn ihr Clan seine Heimat behalten wollte, mussten sie so manche Kröte schlucken, selbst wenn sie so groß war wie das Oberhaupt der Ui'Néill.
Beim Betreten der Halle kniff der Earl verwundert die Augen zusammen, denn er konnte sich gut vorstellen, in welchem Zustand Richard Haresgill die Burg zurückgelassen hatte. Saraid und ihren Mitstreiterinnen war es jedoch gelungen, die Halle in der kurzen Zeit zu säubern. An den Wänden aufgehängte

Büschel mit Heidekraut sorgten für einen angenehmen Duft, auf der frisch polierten Tafel standen Hammeleintopf und Lammbraten, und eben füllte eine junge Magd die Becher mit schäumendem Met.

Ciara bewunderte die Findigkeit ihrer Cousine, denn die Engländer hatten die meisten Vorräte verschmutzt und unbrauchbar gemacht. Auch viele der Met- und Bierfässer im Keller hatten die Abziehenden vorher noch zerschlagen. Saraid hatte kurzerhand die meisten Mägde und Tagelöhnerinnen, die Haresgill zurückgelassen hatte, um sie nicht durchfüttern zu müssen, zur Arbeit eingeteilt und mit ihnen ein Wunder vollbracht. Diese Frauen wirkten scheu und verhuscht und schienen sich vor ihrem eigenen Schatten zu fürchten. Auch daran war zu erkennen, dass Sir Richard Haresgill, Squire of Gillsborough, wie er die Burg der Uí'Corra genannt hatte, die Leute schlecht behandelt hatte. Zudem hatte sein Priester versucht, den Leibeigenen den katholischen Glauben mit dem Stock auszutreiben.

Allein deswegen ist es gut, dass wir zurückgekehrt sind, sagte Ciara sich. Allerdings würden sie bald einen eigenen Priester brauchen, der den wahren Glauben predigte und nicht die englische Häresie.

»Ihr habt Euch schon ganz gut eingerichtet«, wandte Aodh Mór O'Néill sich an ihren Bruder, als habe dieser all das veranlasst, was hier getan worden war.

Ciara stieß ein leises Schnauben aus, weil sie Saraids Leistung geschmälert sah – und auch ein wenig ihre eigene. Obwohl sie nicht direkt hatte mit anpacken können, war sie daran beteiligt gewesen, die noch brauchbaren Vorräte herauszusuchen. Lange würden diese nicht reichen, doch sie hoffte, mit Fischen aus dem See und essbaren Wurzeln und Pilzen aus dem Wald bis zur nächsten Ernte durchzukommen.

In ihre Planungen vertieft, überhörte sie beinahe die Antwort ihres Bruders. »Das Lob gebührt weniger mir als vielmehr mei-

ner Schwester und meiner Cousine Saraid. Ich habe erwartet, hier Unordnung und Verwüstung vorzufinden. Umso mehr freut es mich, dass dies nicht der Fall ist.«
»Es gab sehr viel Unordnung und Verwüstung hier! Allein dafür gehören dieser elende Haresgill und seine Engländer an den nächsten Baum gehängt!«, stieß Ciara wuterfüllt aus.
Aodh Mór O'Néill wandte sich ihr lachend zu. »Keine Sorge, Jungfer Ciara! Wir werden Richard Haresgill und allen anderen Engländern auch Eure Rechnungen vorlegen, zusätzlich zu all jenen, die hier in Uladh noch zu begleichen sind. Schon bald werden wir dieses Volk von unserer Insel hinweggefegt haben und endlich wieder als brave Christenmenschen unsere Gesichter nach Rom wenden können, wo der Nachfolger des heiligen Petrus als Oberhaupt unseres Glaubens herrscht.«
»Dies erinnert mich daran, dass wir einen neuen Priester brauchen, der den Geruch der englischen Ketzerei aus diesem Tal vertreibt.«
Ciaras Worte waren für ihren Bruder gedacht gewesen, doch Aodh Mór O'Néill bezog sie auf sich. »Keine Sorge, Tochter der Ui'Corra! Vor wenigen Tagen ist ein Schiff aus Spanien in Béal Atha Seanaidh gelandet. Neben Waffen hat es auch in Rom ausgebildete Priester an Bord. Die Stimmen der englischen Häretiker und ihrer Ketzerkönigin werden ein für alle Mal auf unserer Insel verstummen.«
Und doch hast du dich von dieser Ketzerkönigin zum Earl of Tyrone ernennen lassen und ihr den Lehenseid geschworen, dachte Ciara verächtlich, rief sich aber sofort zur Ordnung. Saraids Abneigung gegen Aodh Mór O'Néill durfte ihr Handeln nicht beeinflussen. Daher bat sie den Mann, Platz zu nehmen und zuzugreifen.
Mit einer höflichen Geste überließ ihr Bruder dem Gast den Ehrenplatz an der Stirnseite der Tafel. Ciara ärgerte sich darüber, denn als Oberhaupt der Ui'Corra stand Oisin auf glei-

cher Stufe mit Aodh Mór O'Néill, mochte dessen Clan auch größer sein und über mehr Land und Krieger verfügen.

Das Essen war gut, der Met schmeckte allen, und so herrschte bald eine ausgelassene Stimmung, der sich auch Ciara nicht entziehen konnte. Aodh Mór O'Néill machte ihr einige Komplimente, kümmerte sich dann aber nur noch um ihren Bruder, denn er wollte den erfahrenen Söldnerführer ganz auf seine Seite ziehen. Seine eigenen Männer waren tapfer, doch um den Krieg mit England zu gewinnen, brauchte er Offiziere, die sich bereits in großen Schlachten bewährt hatten. Schließlich legte er den Arm um Oisin und zog ihn näher zu sich heran.

»Ihr seid ein Mann ganz nach meinem Sinn, O'Corra, und Euer Rat wird mir stets teuer sein.«

»Ich fühle mich geehrt«, antwortete Oisin, da er nichts anderes zu sagen wusste. Er war in dem Glauben nach Irland zurückgekehrt, als Oberhaupt seines Clans eine bedeutende Rolle zu spielen. Doch der Earl of Tyrone hatte ihm rasch deutlich zu verstehen gegeben, dass hier in Uladh nur einer etwas zu sagen hatte, und das war er selbst. In dieser Hinsicht handelte Aodh Mór O'Néill nicht wie ein irischer Taoiseach, sondern wie ein englischer Lord.

Oisin war sich dessen bewusst, dass sein Gast sich nicht aus Freiheitsliebe gegen die Engländer gewandt hatte, sondern weil Königin Elisabeth seine Rechte hier in Uladh beschneiden und ihm einen ihr genehmen Gouverneur vor die Nase hatte setzen wollen. Hätte die englische Herrscherin stattdessen den O'Néill zu ihrem Statthalter in Uladh ernannt, hätte dieser ihr mit Begeisterung gedient. In dem Fall hätte er selbst weiterhin Soldaten für fremde Könige auf dem Kontinent ins Feld geführt und Ciara würde noch immer in einem entlegenen Winkel von Tir Chonaill, das die Engländer Donegal nannten, in einem windumtosten alten Turm hausen müssen.

Aodh Mór O'Néill wurde mit jedem Becher Met gesprächiger, und schließlich gelang es ihm dank seiner leutseligen Art,

Oisins Unmut und auch Ciaras Missstimmung zu vertreiben. Er versprach den Ui'Corra weiteres Land, das derzeit noch von den Engländern besetzt war, ließ sich etwas nebulös über seine weiteren Pläne aus und kam schließlich auf das zu sprechen, was ihm bei diesem Besuch am wichtigsten erschien.

»Ihr seid ein tapferer und erprobter Anführer im Krieg, O'Corra. Männer wie Euch brauchen wir, um die Engländer aus Uladh und möglichst aus ganz Irland zu vertreiben. Aber selbst der tapferste General kann keine Schlachten ohne Soldaten gewinnen. Ich hoffe, die Zahl Eurer Clankrieger und Söldner ist Eurer würdig!«

»Ich bin mit fünfzig Mann in Irland gelandet«, antwortete Oisin, wissend, dass diese Zahl dem O'Néill zu gering erscheinen würde. Daher setzte er seine Aufzählung rasch fort: »Mein Stellvertreter Aithil wird in wenigen Tagen mit dem Rest meiner Männer in Béal Atha Seanaidh landen und zu uns stoßen. Das sind noch einmal dreihundert kampferfahrene Krieger und etwa die gleiche Zahl an Rekruten, die wir in Frankreich unter den dort lebenden Iren anwerben konnten. Und das ist noch nicht alles. Mein deutscher Freund Simon von Kirchberg hat vom Heiligen Vater in Rom den Auftrag erhalten, zwei Söldnerkompanien aufzustellen und uns gegen die englischen Ketzer zu unterstützen. Daher werden bald mehr als eintausend Männer der Fahne der Ui'Corra in die Schlacht folgen.«

»Das ist eine stattliche Zahl«, antwortete Aodh Mór O'Néill leicht säuerlich. Mit einer solchen Streitmacht würde Oisin O'Corra eine größere Bedeutung erlangen, als er ihm zubilligen wollte. Dennoch lobte er dessen Vorhaben, eine kriegsstarke Truppe auf die Beine zu stellen, und wechselte dann zu einem anderen Thema über.

Ciara presste die Hand auf ihr pochendes Herz, als sie den Namen Simon von Kirchberg hörte. Ob er immer noch so gut aussah wie vor fünf Jahren?, fragte sie sich. Damals war ihr

Herz für ihn entbrannt, und sie hatte es kaum verwunden, dass er sie mit einer gewissen Herablassung als kindliche Schwester ihres Bruders behandelt hatte. Doch jetzt war sie keine vierzehn mehr und laut Saraids Worten ein hübsches Mädchen. Aber würde das einem Mann, der auf dem Kontinent die schönsten Frauen der Welt kennengelernt hatte, genügen? Da sie von Oisin mehr über Simon von Kirchberg zu erfahren hoffte, wünschte sie ihren Gast zwar nicht direkt zum Teufel, aber wenigstens ans andere Ende von Irland, um endlich unter vier Augen mit ihrem Bruder reden zu können.

5.

Der Kapitän wies mit besorgter Miene auf die hellen Segel, die achtern am Horizont zu erkennen waren.
»Die fremden Schiffe haben erneut aufgeholt, Signori. Wenn der heilige Paulus uns nicht beisteht, werden sie uns vor der Dunkelheit erreichen.«
»Bist du dir sicher, dass es sich um Engländer handelt?«, fragte Simon von Kirchberg angespannt.
»Ich bin bereit, mein Seelenheil darauf zu verwetten!«, antwortete der Kapitän. »Spanische und französische Schiffe sehen anders aus und segeln auch nicht so schnell. Es könnten eventuell auch Schiffe aus den rebellischen Provinzen der Niederlande sein, doch die wären für uns genauso fatal wie die Engländer.«
Simon von Kirchberg beschattete die Augen und spähte zu den fremden Schiffen, deren Rümpfe sich nun über der Kimm abzuzeichnen begannen. »Was schlägst du vor?«
»Wir sollten alles an Segel setzen, was wir haben. Vielleicht können wir sie uns auf diese Weise bis Anbruch der Nacht vom Hals halten und in der Dunkelheit entkommen.«
Simon von Kirchberg fuhr ärgerlich auf. »Warum ist das bis jetzt nicht geschehen?«
»Es ist wegen der *Violetta*. Die ist nicht so schnell wie mein Schiff, und ich wollte sie nicht im Stich lassen. Aber nun kommt der Augenblick, an dem wir unsere eigene Haut retten müssen.«
Simon von Kirchbergs jüngerer Vetter Ferdinand hatte bislang wie gebannt auf die sie verfolgenden Schiffe gestarrt. Nun wandte er sich erbost an den Kapitän. »Schlägst du allen Erns-

tes vor, wir sollen die *Violetta* im Stich lassen und damit auch die Kameraden, die sich darauf befinden?«
»Jeder ist sich nun einmal selbst der Nächste, Signore. Unsere Familien haben nichts davon, wenn wir bei der *Violetta* bleiben und zusammen mit ihr von den Engländern aufgebracht werden.«
»Aufgebracht? Du meinst gekapert! Bei Gott, welch ein Gedanke! Auf der *Violetta* befinden sich dreihundert tapfere Männer und auf unserem Schiff fast achtzig. Zusammen werden wir doch wohl mit den Besatzungen von drei englischen Nussschalen fertig werden«, rief Ferdinand, der sich zunehmend darüber ärgerte, dass sie vor den fremden Schiffen flohen, obwohl sie diesen an Männern weit überlegen sein mussten.
Der Kapitän schüttelte nachsichtig den Kopf. »Signore, die Engländer sind Teufel! Sie werden nicht längsseits kommen und mit blankem Säbel angreifen, sondern uns so lange aus der Entfernung mit ihren Kanonen beschießen, bis die meisten Männer tot und die Schiffe so schwer beschädigt sind, dass wir uns ergeben müssen. Tun wir das nicht, werden sie uns versenken, ohne auch nur näher als dreißig Klafter an uns heranzukommen. Euer Mut und der Eurer Soldaten helfen uns überhaupt nichts.«
»Aber warum machen wir nicht kehrt und greifen sie an?«, schlug Ferdinand vor.
»Dafür ist die *Violetta* viel zu langsam. Sie würden ihr ausweichen und sie zusammenschießen, und allein gegen drei Schiffe haben wir keine Chance.« Der Kapitän machte wenig Hehl daraus, dass er Ferdinands Einwände für dummes Geschwätz hielt, und sah Simon von Kirchberg an.
»Ihr seid der Capitano dieses Unternehmens, Signore. Bitte, lasst unsere Frauen nicht zu Witwen und unsere Kinder nicht zu Waisen werden. Die Engländer sind Teufel …«
»Das hast du eben schon gesagt«, blaffte Ferdinand ihn an.
Simon von Kirchberg hob begütigend die Hand. »Lass den

Mann ausreden, Ferdinand. Im Gegensatz zu uns ist er ein Seemann und weiß am besten Bescheid. Wenn er sagt, dass wir die *Violetta* zurücklassen müssen, wird es wohl so sein.«
Seinen abwiegelnden Worten zum Trotz mochte Simon von Kirchberg nur ungern hinnehmen, dass sie das bauchige Transportschiff mit dem größten Teil seiner Männer verlieren würden. Dennoch konnte er seine Erleichterung nicht verhehlen, selbst an Bord der kleineren *Margherita* zu sein. So hatte er wenigstens die Hoffnung, nach Irland zu kommen. Auf der *Violetta* würde er unweigerlich in die Hände der Engländer geraten. Mit entschlossener Miene wandte er sich dem Schiffer zu. »Tu alles, was in deiner Macht steht, damit wir diesen ketzerischen Hunden entkommen!«
Der Kapitän atmete auf, dabei ging es ihm nicht nur um sein Leben, sondern auch um sein Schiff. Wenn die Engländer es kaperten, würde er, falls sie ihn überhaupt noch einmal freiließen, nur noch als einfacher Maat oder Steuermann auf einem fremden Schiff anheuern können. Wahrscheinlicher erschien ihm sogar, dass die Kapitäne der Königin Elisabeth ihn und seine Männer kurzerhand über Bord warfen, so dass sie elend ersaufen mussten. Ohne eine direkte Erlaubnis abzuwarten, befahl er den Matrosen, mehr Segel zu setzen. Der Eifer, mit dem diese sich ans Werk machten, zeigte deutlich, dass auch sie alles tun wollten, um sich nicht auf ein Seegefecht mit den englischen Schiffen einlassen zu müssen, deren Kanonen den ihren weit überlegen waren.
Ferdinand sah fassungslos zu, wie ihr Schiff schneller wurde und die *Violetta* immer weiter zurückblieb. Nicht lange, da drangen empörte Rufe zu ihnen herüber.
»Ihr Schweine, ihr wollt uns wohl im Stich lassen!«
»Der Teufel soll euch holen!«
»Elende Feiglinge!«
Beschämt und zornig trat er auf seinen Vetter zu und schlug mit der Faust gegen die Reling. »Was wir tun, ist falsch! Wir

dürfen unsere Kameraden nicht im Stich lassen, bevor auch nur ein einziger Schuss abgefeuert worden ist. Warum bleiben wir nicht bei der *Violetta* und empfangen die Engländer mit Musketensalven? Wir haben doch genug von den Dingern an Bord.«

Simon von Kirchberg setzte eine überhebliche Miene auf.

»Junge, was meinst du, was ich am liebsten tun würde? In dem Fall aber müssten wir unseren Kapitän und seine Leute mit Waffengewalt daran hindern zu fliehen. Wie sollen wir uns da noch gegen die Engländer verteidigen? Hast du vergessen, wie tödlich deren Kanonen sind? Denke nur daran, wie die englischen Schiffe die als unbesiegbar geltende Armada des spanischen Königs zuerst durch den Kanal getrieben und dann um die beiden großen Inseln gehetzt haben. Auch zu jener Zeit waren viel mehr Männer an Bord der spanischen Schiffe als auf denen der Gegner. Doch es hat nicht das Geringste geholfen. Die Engländer sind, wie der Kapitän sagt, Teufel!«

Da Ferdinand noch immer aussah, als wolle er den Kapitän ihres Schiffes am liebsten eigenhändig dazu zwingen, sich dem Feind zu stellen, legte er einen Arm um die Schulter seines Vetters.

»Es ist ein verdammtes Pech, dass ausgerechnet wir auf diese Schurken getroffen sind. Jetzt gilt es, klug zu handeln. Es hat niemand etwas davon, wenn die Kerle uns versenken oder gefangen nehmen. Mein Freund Oisin O'Corra vertraut darauf, dass ich zu ihm nach Irland komme. Das aber kann ich nicht, wenn ich tot bin oder in einem englischen Kerker verrotte.«

»Wir könnten auch den Sieg davontragen«, antwortete Ferdinand mürrisch.

Simon stieß einen Laut aus, der wohl ein Lachen sein sollte.

»Du hast den Kapitän gehört, und der hat mehr Erfahrung als du Grünschnabel. Wir haben nur dann eine Chance, wenn wir bis Einbruch der Nacht durchhalten und dann in der Dunkelheit entkommen.«

»Um uns selbst zu retten, lassen wir unsere Kameraden im Stich!«, stieß Ferdinand ebenso empört wie verzweifelt aus.
»Gott wird sich ihrer annehmen und ihrer Seelen erbarmen.« Für Simon von Kirchberg war die Entscheidung getroffen. Die Männer auf der *Violetta* waren verloren. Nun galt es, dafür Sorge zu tragen, dass ihr eigenes Schiff nicht mit in den Untergang gerissen wurde.
Unterdessen ließ der Kapitän eine zweite Blinde unter dem Bugspriet anbringen, um jeden Windhauch einfangen zu können. Trotzdem war er noch immer nicht zufrieden und trat nach einer Weile zu den beiden Edelleuten.
»Signori, das Schiff ist zu schwer beladen und damit zu langsam. Wenn wir nicht leichter werden, holen uns die Engländer trotzdem ein.«
»Was heißt das?«, fragte Ferdinand misstrauisch.
»Wir müssen einen Teil unserer Ladung über Bord werfen, Signore!«
Ferdinand tippte sich an die Stirn. »Bist du verrückt? Die Ladung besteht aus unseren Waffen, aus Munition, Vorräten und all dem, was wir brauchen, um in Irland für den heiligen katholischen Glauben kämpfen zu können!«
»Wir können aber nur dann dafür kämpfen, wenn wir die Insel erreichen«, wandte Simon von Kirchberg ein. »Kapitän, unternehmt alles Nötige, damit wir den Engländern entkommen. Und du, Kleiner, hör endlich auf, erwachsenen Männern Vorträge zu halten. Ich müsste sonst bedauern, dich mitgenommen zu haben.«
Diese Abfuhr war deutlich. Ferdinand biss die Zähne zusammen und sah missmutig zu, wie die Matrosen und einige ihrer Soldaten in den Bauch des Schiffes stiegen und mit Kisten und Fässern zurückkamen, die sie über Bord warfen. Schon bald zog die *Margherita* einen Schweif schwimmender Güter hinter sich her, der langsam von der See verschlungen wurde.
Ferdinand ging zum Heck und beschirmte die Augen mit der

Hand, um besser sehen zu können. Die *Violetta* lag bereits weit zurück. Das vorderste englische Schiff hatte die alte Karacke beinahe eingeholt und feuerte ihr eben einen Schuss vor den Bug, um sie zur Kapitulation zu zwingen. Es war jedoch zu erkennen, dass das feindliche Schiff seine Geschwindigkeit nicht verringerte, sondern zusammen mit einem zweiten der *Margherita* folgte, während sich die langsamste englische Galeone dem schwerfälligen Transportschiff zuwandte.

Noch immer war Ferdinand der Meinung, dass es nicht nur ehrenvoller, sondern auch erfolgversprechender gewesen wäre, bei der *Violetta* zu bleiben und gemeinsam mit ihr zu kämpfen. Auch wenn die Engländer mehr und weiter reichende Kanonen hatten, so konnte eine Musketensalve aus über einhundert Rohren einiges ausrichten. Außerdem verfügten auch die eigenen Schiffe über Geschütze, die mit in den Kampf hätten eingreifen können. Doch als er bei Simon noch einmal einen Vorstoß wagte, schüttelte dieser den Kopf.

»Es wäre ein sinnloses Opfer, Kleiner. Das sieht auch der Kapitän so, und der ist ein erfahrener Seemann.«

In seiner Verzweiflung wandte Ferdinand sich an den Priester, der ihre Truppe begleitete. »Sagt doch Ihr etwas, Pater Matteo. Mit Gottes Hilfe können wir unsere Kameraden heraushauen.«

Pater Matteo zeichnete in einer segnenden Geste das Kreuz in die Luft und sah dann Ferdinand traurig an.

»Es ist eine Prüfung des Himmels, mein Sohn, die wir bestehen müssen. Die Heilige Jungfrau Maria wird sich unserer Kameraden annehmen und sie zur Rechten Gottes geleiten. Unsere Aufgabe ist es, nach Irland zu gelangen und dort die Ketzerei zu bekämpfen, nicht aber den Tod auf dem Ozean zu suchen.«

»Da hast du es gehört, Kleiner«, sagte Simon ruppig und befahl Ferdinand, endlich den Mund zu halten.

6.

Wohl selten war das Dunkel der Nacht mehr herbeigesehnt worden als von den Männern an Bord der *Margherita*. Während die Matrosen den Laderaum leerten, betete der Pater zur Heiligen Jungfrau und allen Schutzheiligen der Seefahrer, ihnen beizustehen und sie vor den englischen Ketzern zu schützen.
Ferdinand stand derweil wie angenagelt am Heck und blickte nach hinten. Der Kanonendonner der englischen Geschütze drang bis zu ihm, und er stellte sich vor, wie die Kugeln in die *Violetta* einschlugen und dabei nicht nur Planken und Segel, sondern auch die Leiber der armen Kerle zerfetzten, die in den Laderäumen zusammengepfercht waren. Er glaubte sogar die Flüche und Verwünschungen zu vernehmen, die ihre Kameraden ausstießen und in denen sie die Feigheit der Männer an Bord der *Margherita* anprangerten.
Nach einer Weile traten Simon und der Kapitän neben ihn an die Reling.
»Diese Hunde haben ebenfalls mehr Segel gesetzt und sind schneller geworden. Ich glaube nicht, dass wir es bis in die Nacht hinein schaffen«, sagte der Genuese mit sorgenvoller Miene.
»Tu alles, was nötig ist, damit wir diesen Schurken entkommen«, fuhr Simon von Kirchberg ihn an.
»Das wird nicht leicht sein. Die Kapitäne der englischen Königin besitzen einen Zauberspiegel, der ihnen alle Schiffe zeigt, die in ihrer Umgebung segeln.«
Erregt fuhr Ferdinand herum. »Wenn das so ist, können wir ihnen auch in der Nacht nicht entkommen, denn sie werden

uns mit diesem Teufelswerk folgen. Wir hätten bei der *Violetta* bleiben und kämpfen sollen!«

»Wir werden die Himmelsjungfrau anflehen, ihren Mantel über uns zu breiten, um uns vor den Augen der Engländer zu verbergen.« Der Pater schlug zum wiederholten Mal das Kreuz und fing erneut an zu beten.

»Worte allein werden uns nicht retten. Da braucht es schon Taten«, murmelte Ferdinand und klopfte mit der rechten Hand gegen den Griff seines Schwerts.

Ganz so unerfahren im Kampf, wie sein Vetter glaubte, war er nun doch nicht. Immerhin hatte er seinem Onkel Franz von Kirchberg bei einer Fehde gegen dessen Nachbarn beigestanden. Es schien ihm jedoch vermessen, sich mit einem erfahrenen Krieger wie Simon zu vergleichen.

Als er das Wiehern eines Pferdes hinter sich vernahm, drehte er sich verblüfft um. Mehrere Matrosen führten Simons Streitross und seinen eigenen Braunen an Deck. Zunächst begriff er nicht, was die Männer vorhatten, doch als diese Simons Pferd zur Bordwand führten und mit Schlägen zwangen, ins Wasser zu springen, brüllte er sie zornig an: »Um Himmels willen! Was soll das?«

»Wenn wir die Zeit bis zur Nacht durchstehen wollen, muss alles über Bord, was verzichtbar ist«, beschied ihn der Kapitän. Ferdinand starrte auf Simons Pferd, das verzweifelt versuchte, hinter dem Schiff herzuschwimmen, und zog sein Schwert.

»Mit meinem Martin macht ihr das nicht, ihr Hunde!«

Die Matrosen wichen vor ihm zurück, und er packte mit der linken Hand das Halfter, um das Pferd wieder nach unten zu bringen.

»Verdammter Narr«, murmelte Simon mit einem Blick auf die englischen Schiffe, die immer noch aufholten, und gab dem Kapitän einen Wink. »Kümmere dich darum!«

»Mit Vergnügen!« Der Kapitän ergriff einen Belegnagel aus Eichenholz und schlich von hinten an den jungen Mann heran.

Es war sein Vorteil, dass der Braune auf dem schwankenden Deck unruhig hin und her tänzelte und die gesamte Aufmerksamkeit seines Herrn forderte. Daher konnte der Kapitän unbemerkt ausholen und Ferdinand niederschlagen.
Der junge Mann sackte mit einem Wehlaut auf die Planken und blieb reglos liegen.
Simon sah, wie Ferdinands Schopf sich rot färbte. »Hoffentlich hast du ihn nicht erschlagen. Er ist mein Vetter!«, fuhr er den Kapitän an.
Der Genuese hob abwehrend die Hände. »Aber nein, Signore. Ich habe den jungen Herrn nur ein wenig gestreichelt. Der wacht schon wieder auf.«
»Hoffentlich! Sonst müsste ich mir überlegen, was ich mit dir machen soll. Und jetzt über Bord mit dem Gaul! Meiner musste schließlich auch dran glauben.«
Damit wandte Simon von Kirchberg seine Aufmerksamkeit wieder den Engländern zu und stellte mit einer gewissen Erleichterung fest, dass diese nicht mehr so schnell aufholten wie zuvor.
Unterdessen musterte der Kapitän Ferdinand besorgt. Sein Hieb war hart gewesen, und es mochte durchaus sein, dass Ferdinand von Kirchberg nicht mehr aufwachte. Damit wäre er der Rache des älteren Kirchberg ausgeliefert, und der war kein Mann, der lange fackelte.
Mit besorgter Miene winkte er einen Matrosen heran. »Bring den Signore nach unten in seine Koje, Bino, und verbinde ihn. Ich will nicht, dass er hier alles vollblutet!«
Während der Matrose sich Ferdinand wie einen Mehlsack über die Schulter wuchtete, befahl der Kapitän einem zweiten, den Blutfleck an Deck abzuwaschen.
»Und noch etwas!«, setzte er hinzu. »Wenn Signore Ferdinando wieder aufwacht, sagt ihr kein Wort darüber, wer ihn niedergeschlagen hat. Soll er denken, sein Vetter sei es gewesen.«

»Si, Capitano!« Der Mann zog ab und informierte seine Kameraden, bevor er einen Eimer holte, eine Leine daran band und ihn über Bord warf, um Wasser zu schöpfen. Kurz darauf zeugte nur ein nasser, rasch trocknender Fleck davon, dass Ferdinand von Kirchberg an dieser Stelle niedergeschlagen worden war.

7.

Als Ferdinand erwachte, war es stockdunkel um ihn, und ihm brummte der Schädel, als habe er versucht, ein halbes Dutzend hartgesottener Söldner unter den Tisch zu trinken. Außerdem war ihm so übel, dass er fürchtete, sich jeden Augenblick übergeben zu müssen. Da er sein Bett nicht beschmutzen wollte, zwang er sich, es zu verlassen, und als er endlich aufrecht stand, schwankte der Boden unter ihm, als wäre er wirklich betrunken.
Erst langsam fiel ihm ein, dass er sich an Bord der *Margherita* befand und auf dem Weg nach Irland war. Hatte es hier nicht Probleme gegeben?, fragte er sich und erinnerte sich nur mühsam an die englischen Schiffe, die sie gejagt hatten.
Im nächsten Augenblick vergaß er die Engländer wieder, denn sein Magen rebellierte nun mit aller Macht. Er würgte bereits, als er endlich den Niedergang ertastete und nach oben stieg.
Draußen leuchteten die Sterne des nördlichen Himmels über dem Schiff, und in der Ferne vernahm er das Rauschen, mit dem die Wellen an ein ihm unbekanntes Ufer schlugen. Es gelang Ferdinand gerade noch, die Windrichtung auszumachen, so dass er nicht auf der falschen Seite des Schiffes erbrach und sein Gesicht und die Kleidung beschmutzte.
Als die Krämpfe nachließen, war er froh, sich an der Reling festhalten und einfach den Kopf hängen lassen zu können. So schlecht war es ihm nicht einmal ergangen, als die Veteranen seines Onkels Franz ihm nach dem Sieg gegen die Feinde kräftig eingeschenkt hatten.
Ferdinand wusste nicht, wie lange er an der Reling hängend gelbe Galle hochgewürgt hatte. Sein Kopf fühlte sich mittler-

weile an wie eine Trommel, auf die ein missgünstiger Dämon mit einem eisernen Stock schlug, und zuletzt weinte er vor Elend und Schmerz. Schließlich sank er auf die Planken und wünschte sich nur noch zu sterben.

Mit einem Mal verdeckte ein Schattenriss die Sterne. »Na, Kleiner, geht's wieder?«

»Simon! Mein Gott, was ist geschehen? Wo sind die Engländer?«

»Anscheinend haben wir sie abgehängt«, antwortete Simon von Kirchberg, ohne auf die erste Frage einzugehen. »Der Schiffer steuert jetzt einen anderen Kurs, der uns im großen Bogen um Irland herumbringt. Wir werden weiter im Norden anlanden als geplant. Doch das ist für uns von Vorteil, denn dann haben wir es nicht so weit bis zu Oisin O'Corras Burg. Die letzte Nachricht von ihm war, dass er diese gemeinsam mit Hugh O'Neill, dem Earl of Tyrone, besetzen will. Aber wir werden vorsichtig sein müssen. Da wir den größten Teil unserer Söldner verloren haben, dürfen wir keiner englischen Patrouille in die Quere kommen.«

»Die *Violetta* ist also verloren.«

»Es gab keine Möglichkeit, sie zu retten.«

»Und mein braver Martin?«

Simon von Kirchberg legte seinem Vetter wie zum Trost die Hand auf die Schulter. »In Stunden der Not muss jeder Opfer bringen, mein Junge. Also sei nicht traurig, sondern richte deine Gedanken nach vorne und lass die wahren Schuldigen dafür bezahlen, dass wir die Pferde über Bord werfen mussten. In Irland wirst du genug Gelegenheit dazu haben, es den Engländern heimzuzahlen, das verspreche ich dir!«

»Warst du nicht schon einmal auf O'Corras Burg?«, fragte Ferdinand, der sich an einige Erzählungen seines Vetters erinnerte.

»Damals war ich nicht auf der Burg, sondern in einem alten Rundturm an einer abgelegenen Küste, der den O'Corras als einzige Zuflucht geblieben war. Oisins Schwester lebte dort.

Sie war ein mageres Ding mit dunklen Haaren und schrecklich verliebt in mich.«

Simon lachte, dabei war ihm wohl bewusst, dass ihn weniger Ciaras Aussehen als die offensichtliche Armut der Familie abgestoßen hatte. Ein Mann wie er konnte es sich nicht leisten, ein Mädchen ohne Mitgift zu freien. Doch das ging Ferdinand nichts an. Daher berichtete er in überheblichem Tonfall, wie primitiv der Clan in dem Turm an der Küste von Donegal gelebt habe.

»Aber die meisten Iren hausen so, selbst die Anführer der kleineren Clans. Nur die großen Häuptlinge, wie dieser Hugh O'Neill, können so leben, wie es sich für Edelleute gebührt. Der Mann trägt sogar einen englischen Titel, den eines Grafen von Tyrone. Als solcher ist er der unumschränkte Herr über den größten Teil der Provinz Ulster und wird denen, die auf seiner Seite kämpfen, einmal viel Land und hohe Ehren verleihen können.« Mit dieser Erklärung gab Simon einen wichtigen Grund seines Entschlusses preis, sich dem Aufstand der Iren anzuschließen. Fast ein Jahrzehnt lang hatte er als Söldnerführer in päpstlichen Diensten gekämpft und war dabei oft genug um seinen Sold und den ihm zustehenden Teil der Beute geprellt worden. Daher war ihm Oisin O'Corras Angebot, diesmal mit Land belohnt zu werden, höchst verlockend erschienen.

Ferdinand ging es immer noch viel zu schlecht, um einen klaren Gedanken fassen zu können. Selbst die Trauer um seinen braven Braunen, ein Geschenk seines verehrten Onkels, wurde von Übelkeit und Kopfschmerzen verdrängt. Mühsam erhob er sich und hielt sich an der Reling fest.

»Ich glaube, ich lege mich besser wieder hin. Weck mich, wenn wir in Irland ankommen.«

»Da müsstest du lange schlafen, denn das wird noch ein paar Tage dauern. Ich wünsche dir dennoch eine gute Nacht!« Simon klopfte Ferdinand auf die Schulter und wandte sich ab.

Bei Simons Schlag fuhr eine neue Schmerzwelle durch Ferdinands Kopf. Er taumelte blindlings über Deck und geriet in Gefahr, in den Niedergang zu stürzen.
Da packten ihn zwei kräftige Arme. »Nun mal langsam mit den jungen Pferden, Herr Ferdinand! Ihr wollt Euch doch nicht das Genick brechen. Wartet, ich bringe Euch nach unten.«
»Hufeisen?« Ferdinand klang verwundert, denn bis jetzt hatte der Feldwebel seines Vetters sich kaum um ihn gekümmert.
»Genau der«, antwortete der Söldner. »Verzeiht, wenn ich mich einmische, aber ich halte es ebenfalls für eine Sauerei, dass wir die Kameraden auf der *Violetta* im Stich gelassen haben. Der Kapitän dieses Kastens hat sich in die Hosen gemacht und den Hauptmann damit angesteckt.«
»Simon hat gewiss keine Angst gehabt«, murmelte Ferdinand. Er hatte seinen Vetter bereits als Junge bewundert und war außer sich vor Freude gewesen, als dieser ihm angeboten hatte, als sein Stellvertreter mit nach Irland zu segeln.
Hufeisen brummte etwas Unverständliches und half dem jungen Edelmann den Niedergang hinab.
Als Ferdinand wieder in seiner Koje lag, griff er sich unwillkürlich an den schmerzenden Kopf und stellte fest, dass er einen Verband trug. Unter diesem ertastete er eine gewaltige Beule.
»Irgendjemand muss mich niedergeschlagen haben, Hufeisen. Sag mir, wer es war, damit ich es ihm heimzahlen kann!«, forderte er den Feldwebel auf.
»Es tut mir leid, Herr Ferdinand, aber davon habe ich nichts mitbekommen.« Hufeisen war froh um die Dunkelheit, die in der winzigen Kammer herrschte. So konnte der junge Edelmann seiner Miene nicht ansehen, dass er log. Auch wenn der Kapitän der *Margherita* zugeschlagen hatte, so war der wahre Schuldige in seinen Augen Simon von Kirchberg. Aber das durfte er Ferdinand nicht sagen, denn er wollte keinen Streit

zwischen den beiden Vettern provozieren. Schließlich war der Ältere sein Hauptmann. Simon von Kirchberg aber hatte mit seiner Entscheidung, die Kameraden auf der *Violetta* ihrem Schicksal zu überlassen, seine Achtung verloren.

8.

Aodh Mór O'Néill hatte das Ui'Corra-Tal verlassen, um die Anführer anderer Clans aufzusuchen und sie auf seine Seite zu ziehen. Dennoch blieb für Ciara und Saraid genug zu tun. Es galt, die restliche Unordnung auf der Burg zu beseitigen und zu planen, wie die Vorräte gestreckt und ergänzt werden konnten, damit die Bewohner über den Winter kamen. Außerdem mussten sie die Knechte und Tagelöhner dazu bewegen, Getreide und Rüben zu säen und die Tiere zu versorgen. Ebenso wichtig war es, Torf zu stechen, mit dem im Winter die Öfen geschürt werden konnten. Es galt auch, Flachs zu spinnen und Beeren, Kräuter, Pilze und essbare Wurzeln zu sammeln.
Nicht nur in der Burg gab es viel zu tun. Das gesamte Tal und die angrenzenden Waldgebiete mussten durchsucht und Richard Haresgills Hinterlassenschaften beseitigt werden. In einem der abseits gelegenen Dörfer hatten die englischen Soldknechte fast alle Häuser niedergebrannt, etliche Männer erschlagen und die Frauen vergewaltigt. Seitdem versteckten sich die Überlebenden in den Wäldern, wenn sie einen Bewaffneten nur von ferne sahen. Aus diesem Grund beschloss Ciara, die Sache selbst in die Hand zu nehmen.
Bereits am frühen Morgen verließ sie die Burg und wanderte talaufwärts in Richtung des zerstörten Dorfes. Sie trug derbe Kleidung und auf dem Rücken einen Jagdbogen. In ihrem Exil in Tir Chonaill hatte sie den kargen Speiseplan gelegentlich mit Wild ergänzen können, das sie selbst geschossen hatte, und sich bei jedem Treffer vorgestellt, ihr Pfeil habe einen Engländer erledigt. Aber an der Küste hatte es keine Feinde gegeben. Das

mochte hier anders sein, denn Richard Haresgill würde sich wohl kaum mit seiner Niederlage abfinden. Bei dem Gedanken erwog sie einen Augenblick, Saraids Ehemann Buirre aufzufordern, mit ihr zu kommen. Doch auf der Burg herrschte großer Mangel an Männern, die fest zupacken konnten, und sie wollte ihn nicht von seiner Arbeit abhalten.
Außerdem war sie nicht nur mit dem Bogen, sondern auch mit einem langen Dolch bewaffnet und hielt zudem einen derben Stecken als Wanderstab in der Hand. Für einen oder notfalls auch zwei Engländer würde das wohl reichen, sagte sie sich, um sich Mut zu machen, und schritt kräftig aus.
Schon bald erreichte sie das erste der zum Ui'Corra-Besitz zählenden Dörfer. Einst hatten hier vor allem Angehörige ihres Clans gelebt, aber die waren größtenteils von Haresgill vertrieben worden. An ihre Stelle hatte er Siedler aus England gesetzt, und die waren ebenso abgezogen wie ihr Oberhaupt. Daher wunderte Ciara sich nicht, dass die meisten Häuser und Hütten leer standen. In diesen Katen würde sie die Bewohner des zerstörten Dorfes ansiedeln können – falls sie die Leute überhaupt fand, schränkte sie ein.
Bei einer der noch bewohnten Katen bat sie um einen Becher Wasser und erhielt ein Gebräu, das die Bewohner aus verschiedenen Heidepflanzen angesetzt hatten. Es schmeckte leicht bitter, erfrischte aber.
»Danke!«, sagte Ciara zu der schweigsamen Frau, die in der Tür stehen geblieben war. »Wenn ihr etwas braucht, dann kommt zur Burg. Wir Ui'Corra sind zurückgekehrt!«
Die Frau nickte, sagte aber weiterhin nichts, sondern kehrte in dem Augenblick, in dem sie den leeren Becher erhalten hatte, wieder in ihre Hütte zurück.
Ciara wurde klar, dass die Menschen Angst hatten, und das nicht nur vor den Engländern, sondern auch vor ihrer eigenen Sippe, die einst hier geherrscht hatte. Stumm verfluchte sie Haresgill, der in ihrem Tal ein gnadenloses Regiment geführt

haben musste. Der Mann hatte weder den Glauben der Leute respektiert noch deren Besitz, noch deren Frauen. Stattdessen hatte er seine Söldner richtiggehend dazu aufgefordert, die Irinnen zu schänden, damit diese gute Engländer austragen sollten.

»Mein Bruder wird diese Hunde verjagen«, flüsterte sie vor sich hin. »Der O'Néill wird sie verjagen, alle Iren werden sie verjagen! Es wird wieder eine Zeit geben, in der ein geweihter Priester des wahren Glaubens seiner Herde predigen kann, ohne Angst haben zu müssen, von einem englischen Ketzer erschlagen zu werden.«

Die Menschen in Irland sollten frei sein, dachte sie, und nicht ständig Gefahr laufen müssen, auf Befehl eines englischen Sheriffs aus ihren Hütten geholt und zur Zwangsarbeit nach England verschleppt zu werden.

Als Ciara das zerstörte Dorf erreichte, hatte ihre Wut auf die Engländer den Siedepunkt erreicht. Von den etwa zwanzig Hütten standen nur noch vier, und auch diese waren verlassen. Die kleine Kirche des Dorfes war ebenfalls zerstört, und auf dem Friedhof entdeckte sie eine Reihe frischer Gräber.

Ciara ballte die Fäuste. »Sie werden dafür bezahlen!«

Doch bevor es dazu kam, musste sie sich erst um die Geflohenen kümmern. Als sie ihren Blick über die Wiesen und Felder schweifen ließ, die sich auf der einen Seite bis zu den grünen Hügeln bei der Burg und auf der anderen bis zum nahen Wald erstreckten, glaubte sie im Halbdunkel der Bäume Menschen zu sehen, die zu ihr herüberspähten.

Um zu zeigen, dass sie eine gläubige Katholikin war, kniete sie vor der Kirchenruine nieder und betete so, dass die Späher am Waldrand es sehen konnten. Danach stand sie auf, schlug das Kreuz und schritt auf den Waldsaum zu. Sie ging langsam, um ihnen Zeit zu geben, sich an sie zu gewöhnen. Vor allem aber sollten die Menschen feststellen können, dass sie allein kam und ihr keine Krieger folgten.

Ciara näherte sich den dicht stehenden Bäumen, doch es wagte sich niemand aus seiner Deckung. Schließlich blieb sie etwa zwanzig Schritte vor dem dichten Gebüsch stehen und hob die Rechte zum Friedensgruß.

»Ich weiß, dass ihr dort seid!«, rief sie. »Ich bin Ciara Ní Corra, die Schwester von Oisin O'Corra, dem Taoiseach der Ui'Corra. Wir sind zurückgekehrt und haben Richard Haresgill und seine Schurken von unserem Land vertrieben.«

Jetzt gilt es, dachte sie. Entweder glauben mir die Leute, oder ich werde in den Wald hineingehen müssen. Wenn sie Pech hatte, würden sie sie für eine Feindin halten und töten. Sie schüttelte diesen Gedanken sofort wieder ab. Auch wenn ihre Familie fast zwei Jahrzehnte lang im Exil gelebt hatte, so musste es immer noch Dorfbewohner geben, die sich an die alten Zeiten erinnern konnten.

»Hört ihr mich? Ich bin Ciara Ní Corra!«, rief sie erneut.

Endlich tat sich etwas. Zwei Männer wagten sich aus der Deckung des Waldes. Einer war noch jung, während der andere von der Last vieler Jahre gebeugt ging. Beide waren abgerissen und wirkten misstrauisch. Doch dem Alten konnte Ciara Neugier anmerken.

Etwa zehn Schritte von ihr entfernt blieben die beiden stehen und sahen sie an. »Du willst Ciara Ní Corra sein? Es heißt, alle aus der Sippe des alten Cahal O'Corra wären von den Engländern umgebracht worden«, sagte der junge Mann abwehrend.

»Cahal O'Corra war mein Großvater«, erklärte Ciara. »Als die Engländer unser Land überfielen, konnte meine Mutter mit mir und etlichen Clanangehörigen fliehen. Mein Bruder war damals schon in Frankreich als Page am Hofe von König Henri III.«

Der Alte kniff die Augen zusammen und musterte Ciara durchdringend. »Du siehst der Ehefrau unseres alten Taoiseachs ähnlich und könntest ihre Tochter sein. Aber weißt du auch, was dein Vater bei deiner Geburt gesagt hat?«

Bei der Erinnerung daran kniff Ciara kurz die Lippen zusammen. »Das kann ich! Als ich geboren wurde, hatte ich schwarze Haare auf dem Kopf, und meine Haut war dunkel angelaufen. Daher rief mein Vater aus, ich müsse von einem Mohren gezeugt worden sein, und nannte mich Ciara. Doch schon einen Tag später war meine Haut hell wie Milch, und die Haare fielen aus. Den Namen behielt ich trotzdem, und mein Vater musste es sich in den nächsten Wochen gefallen lassen, dass meine Mutter ihn als Mohren verspottete. Ihr blieb nicht viel Zeit dafür, denn wenige Monate später verbündete Richard Haresgill sich mit Aodh Mór O'Néill und vertrieb uns von unserem angestammten Land.«
»Das stimmt!«, bekannte der alte Mann. »Du bist wirklich die Tochter des O'Corra.«
»Jetzt bin ich die Schwester des O'Corra. Mein Vater starb ein paar Jahre später in Frankreich in einer Schlacht gegen die Ketzer. Nun ist mein Bruder Oisin der Anführer des Clans. Wir sind zurückgekommen, um unser Land wieder in Besitz zu nehmen. Daher müsst ihr euch nicht mehr wie wilde Tiere in den Wäldern verstecken. Ein Teil von euch kann in euer Dorf zurückkehren und die Katen bewohnen, die noch ein Dach haben, die anderen sollten leerstehende Häuser in den übrigen Dörfern beziehen. Vorräte und dergleichen erhaltet ihr aus der Burg, soweit es uns möglich ist.«
Ciara hatte gehofft, die Menschen damit überzeugen zu können, doch der junge Mann funkelte sie zornig an. »Euretwegen haben uns die Engländer die Dächer über den Köpfen angezündet und viele von uns umgebracht. Mein Weib und meine Schwestern wurden von ihnen geschändet und mein kleiner Sohn getötet. Ihr nehmt jetzt wieder das Land in Besitz, doch wir einfachen Leute mussten dafür leiden.«
»Es ist entsetzlich, was ihr alles habt erdulden müssen, aber diese schrecklichen Taten haben die Engländer begangen. Sie werden dafür bezahlen, das verspreche ich dir.«

Ciara kämpfte gegen die Tränen, die ihr der Gedanke an die unschuldigen Opfer dieses Krieges in die Augen trieb. Seit Jahrhunderten bedrängten die Engländer ihr Volk und raubten ihm seine Rechte, seine Freiheit und sein Land.

»Es wird an der Zeit, dass wir den englischen Schmutz von unserer Insel kehren!«, rief sie zornig aus. »Dann wird wieder Frieden sein und ein Weib von Norden Uladhs bis in den tiefen Süden An Mhumas hin- und zurückgehen können, ohne von einem üblen Schurken behelligt zu werden. Wir Ui'Corra werden das Unsere dafür tun!«

Der junge Mann wollte noch etwas sagen, da versetzte sein älterer Begleiter ihm einen leichten Schlag. »Komm zur Besinnung, Ionatán! Vor uns steht die Schwester des Taoiseachs. Die Ui'Corra waren uns immer gute Herren, und sie werden es auch wieder sein. Ich erinnere mich noch gut an Eibhlín Ní Corra. Sie deckte die Flucht derer, die mit ihr kamen, mit dem Schwert und opferte dabei ihr Leben!«

»Mutter starb nicht im Kampf«, antwortete Ciara leise. »Zwar wurde sie dabei verwundet, brachte uns aber alle noch nach Tir Chonaill. Dort lebte sie noch drei Monate.«

Ionatán kämpfte noch mit sich, dann senkte er den Kopf. »Also gut, wir kehren ins Tal zurück und nehmen uns die Hütten jener Verräter, die es mit Haresgill hielten und dessen Bluthunde auf uns hetzten, bevor sie das Land verließen. Aber ich werde nicht eher die Erde aufbrechen und ein Samenkorn hineingeben, bevor ich meine Hände nicht in das Blut eines Engländers getaucht und meinen Sohn und mein geschändetes Weib gerächt habe. Versprecht mir, dass der Taoiseach mich unter seine Krieger aufnimmt, Schwester des O'Corra.«

Ciara wusste nicht, was sie antworten sollte. Bislang waren nur freie Bauern Krieger geworden und keine Tagelöhner. Dann aber sagte sie sich, dass dieser Kampf seinen eigenen Regeln folgte, und nickte. »Mein Bruder kann jeden tapferen Mann gebrauchen, Ionatán O'Corra!«

Mit grimmiger Miene kam der Mann näher und zeigte seine muskulösen Arme. »Ich bin kein schwacher Mann, Schwester des O'Corra. Bisher habe ich gerne den Boden bestellt und Schafe gehütet. Doch mein Herz ist schwarz vor Trauer, und ich will Rache üben an jenen, die uns auch noch das Letzte genommen haben, was uns geblieben ist, nämlich unsere Ehre.«

»Rede nicht so viel, sondern hole die anderen!«, schalt ihn sein Begleiter. »Der Wald ist das Heim von Tieren, aber nicht von Menschen. Die Frauen werden froh sein, wieder unter einem Dach schlafen zu können.«

»Einige Frauen werden nie mehr froh sein«, gab Ionatán düster zurück, wandte sich aber um und rannte in den Wald. Der Alte trat auf Ciara zu und fragte nach einigen Clanmitgliedern, die er aus besseren Zeiten kannte.

9.

Als Ciara einige Zeit später mit gut drei Dutzend Leuten im Gefolge die Burg erreichte, erregte sie einiges Aufsehen. Saraid musterte die Neuankömmlinge mit einer Miene, als wisse sie nicht, ob sie sich über den Zuwachs freuen oder es eher bedauern sollte, dass sie ihre geringen Vorräte mit weiteren Menschen teilen musste. Auch Oisin starrte fassungslos auf die Leute, die nicht mehr besaßen, als sie am Leibe trugen.
»Sie stammen aus unserem nördlichsten Dorf. Haresgills Schurken haben ihre Häuser angezündet, etliche von ihnen umgebracht und die meisten Frauen geschändet. Seitdem haben sie sich im Wald versteckt. Ich habe sie gesucht und hierher geführt«, erklärte Ciara ihrem Bruder.
Der nickte so abwesend, als habe er sehr viel Wichtigeres zu bedenken. Schließlich raffte er sich doch zu einer Antwort auf.
»Das ist gut, denn wir brauchen jede Hand, die sich regen kann, um unser Land wieder aufzubauen. Sie sollen sich in den näher an der Burg gelegenen Dörfern ansiedeln. Dort stehen viele Hütten leer, seit die Engländer, die Haresgill ins Land geholt hat, und auch jene Iren geflohen sind, die sich auf die Seite der Sasanachs geschlagen hatten.«
»Das habe ich unseren Freunden bereits angeboten«, erklärte Ciara und vernahm dann Ionatáns mahnendes Hüsteln.
»Ach ja«, setzte sie hinzu. »Diesem Mann hier habe ich versprochen, dass er sich deinen Kriegern anschließen darf. Er hat etliches an den Engländern zu rächen.«
Oisin runzelte unwillig die Stirn, denn dies war eine Entscheidung, die nur er treffen durfte. Doch als er in Ionatáns Augen

blickte und darin dessen Hass auf die Engländer las, nickte er.
»Er soll zu Buirre gehen und sich Waffen geben lassen. Allerdings wird er viel üben müssen, um von Wert zu sein. Ein Engländer ist kein Stein, auf den man einhauen kann, ohne dass er zurückschlägt.«
Sie sind im Gegenteil verdammt harte Krieger, setzte Oisin in Gedanken hinzu und winkte seiner Schwester, mit ihm zu kommen.
Ciara folgte ihm in den Turm und legte dort Pfeil und Bogen ab.
Ihr Bruder trat an eines der winzigen Fenster und blickte hinaus in das fruchtbare Tal, das seine Sippe seit Jahrhunderten bewohnte. »Du hast dumm gehandelt und dich selbst in Gefahr gebracht«, schalt er, ohne sie anzusehen.
»Die Menschen brauchen Hilfe.«
»Die hätten sie auch so erhalten. Es wäre besser gewesen, ich hätte Buirre zu ihnen geschickt oder wäre selbst dorthin geritten, um mit ihnen zu reden!« Oisin wandte sich Ciara zu und legte ihr die Hände auf die Schultern. »Du bist alles, was ich noch habe, Schwester. Sollte ich in diesem Kampf fallen, wirst du die nächste Anführerin der Ui'Corra sein. Deshalb darfst du dich niemals in Gefahr begeben! Hast du verstanden?«
Als sie Anstalten machte, etwas zu sagen, hob er die Hand. »Schweig! Es geschieht so, wie ich es will! Wenn wir beide tot sind, ohne Kinder zu hinterlassen, gibt es niemanden mehr im Clan, der die Linie weiterführen kann.«
»Was ist mit Saraid, Buirre und Aithil?«, fragte Ciara wütend.
»Saraid ist nur eine Base dritten Grades! Ihr Mann und Aithil sind noch weitläufiger mit uns verwandt. Also würde kein Anführer eines anderen Clans die drei als gleichrangig anerkennen, sondern versuchen, die Ui'Corra seinen eigenen Leuten anzugliedern. Damit wäre alles verloren, wofür unsere Vorväter gekämpft haben.«

So einfach wollte Ciara nicht über sich bestimmen lassen.
»Warum hast du noch nicht geheiratet und einen Sohn gezeugt, der einmal deine Stelle einnehmen kann?«
»Aus demselben Grund, weshalb ich auch dich noch nicht verheiratet habe. Wenn wir beide eine Ehe eingehen, muss dies gut bedacht werden. Ich brauche ein Weib aus einem starken Clan, auf dessen Unterstützung wir bauen können. Ich würde sogar eine Tochter von Aodh Mór O'Néill zur Frau nehmen, wenn er sie mir anbieten würde. Doch für eine solche Allianz sind wir Ui'Corra ihm noch nicht bedeutsam genug. Bis jetzt bin ich nur ein kleiner Lehensmann des O'Néill, der froh sein muss um die Brosamen, die dieser von seinem Tisch fallen lässt. Doch das will ich mit Hilfe meines Freundes Simon von Kirchberg ändern. Er ist ein erfahrener Kriegsmann, und seine deutschen Söldner sind den Engländern im Kampf ebenbürtig.
Dich werde ich mit dem Sohn eines großen Anführers aus dem Süden vermählen, einem O'Cathail, einem O'Cinnéide oder einem O'Síodhachdáin. Das sind starke und stolze Clans, mit deren Hilfe wir uns dem Zugriff der Ui'Néill werden entziehen können.«
Obwohl Ciara die Beweggründe ihres Bruders nachvollziehen konnte, verspürte sie eine gewisse Enttäuschung, hatte sie doch gehofft, bei der Auswahl ihres künftigen Ehemanns ein Wort mitreden zu können. Oisin machte ihr jedoch klar, dass es ihm nicht um sie ging, sondern allein darum, den Stand der eigenen Sippe zu stärken. Dieses Opfer würde sie bringen müssen. Einen Augenblick lang dachte sie an Simon von Kirchberg. Nie wieder würde es einen Mann geben, bei dessen Anblick ihr Herz so schnell schlagen würde wie bei ihm. Er war ein tapferer Mann, aber leider kein Ire, der ihrer Familie jene Unterstützung bieten konnte, die sie benötigte.
»Bevor wir an meine Heirat denken, sollten wir erst die Engländer aus Uladh vertreiben«, sagte sie, um von dem unangenehmen Thema abzulenken.

Oisin nickte nachdenklich. »Das wird nicht leicht werden, Schwester. Selbst Aodh Mór O'Néill wäre bereit, die Oberherrschaft der englischen Königin anzuerkennen, wenn sie im Gegenzug einen Iren als Statthalter einsetzen und unsere Bräuche respektieren würde. Stattdessen hat sie den englischen Siedler Henry Bagenal zum Lord President of Ulster gemacht und damit einen jener Männer, deren Sinnen und Trachten darin besteht, möglichst viel von unserem Land an sich zu raffen und jene, denen es gehört, zu vertreiben. Das konnte O'Néill sich nicht bieten lassen.«
»Ich will keine Ketzerin als Hochkönigin von Irland!«, rief Ciara empört. »Ich würde Elisabeth nicht einmal akzeptieren, wenn sie katholischen Glaubens wäre. Die Engländer bekämpfen uns seit Jahrhunderten und rauben unser Land.«
»In der Politik darf man sich nicht von Gefühlen leiten lassen, Ciara. Sonst hätte ich nach allem, was zwischen den Ui'Néill und den Ui'Corra geschehen ist, niemals ein Bündnis mit Aodh Mór O'Néill eingehen dürfen. Doch ihn, mich und viele andere Clanführer eint der Wille, gemäß unseren Sitten und in unserem Glauben zu leben. Wir sind sogar jetzt noch bereit, die Oberherrschaft der Königin von England anzuerkennen, wenn wir im Gegenzug Frieden erhalten und die Engländer jene Ländereien räumen, die sie in den letzten drei Jahrzehnten an sich gerissen haben.«
Ciaras störrische Miene verriet Oisin, dass sie seine Meinung nicht teilte. Aber Politik war das Metier der Männer und ging Frauen nur dann etwas an, wenn sie wie Elisabeth Tudor Herrscherin eines Landes waren. Daher gab er es auf, seiner Schwester jene Winkelzüge erklären zu wollen, zu denen O'Néill und er sich gezwungen sahen.
»Die Gebiete der Ui'Néill und unserer Verbündeten in Uladh sind kaum angreifbar«, erklärte er ihr stattdessen. »Es gibt nur wenige Straßen, auf denen die Engländer gegen uns vorrücken können, und der Rest des Landes wird durch Wälder und

Moore geschützt. Wir Ui'Corra haben den Auftrag, unser Tal zu bewachen und zu verhindern, dass die Engländer hindurchziehen und O'Néill in die Flanke fallen können. Daher werde ich mich mit meinen Männern am Taleingang niederlassen und dort eine Befestigung errichten. Buirre und fünf Krieger bleiben bei euch zurück, darunter auch dein Tagelöhner.«

»Ionatán will gegen die Engländer kämpfen, nicht hier auf der Burg sitzen und zusehen, wie du und die anderen es tun«, wandte Ciara ein.

»Er hat das zu tun, was ich ihm befehle. Während meiner Abwesenheit wird Buirre hier das Kommando übernehmen und die Burg und unser Land verwalten!«, sagte Oisin in einem Tonfall, der keinen Widerspruch duldete.

Ciara biss die Zähne zusammen, damit ihr kein falsches Wort entschlüpfte. Im alten Turm an der Küste von Tir Chonaill hatten Saraid und sie entschieden, was zu tun war – und das trotz aller Armut mit Erfolg. Daher kränkte es sie, dass ihr Bruder plötzlich jemand anderes mit der Verwaltung beauftragte.

»Es geschieht so, wie Ihr es befehlt, Taoiseach«, sagte sie mit beleidigt klingender Stimme.

Oisin sah sie traurig an. »Kind, ich tue doch alles dafür, dass du einmal ein glückliches Leben führen kannst.«

»Das weiß ich doch!« Plötzlich kam Ciara sich schlecht vor und senkte den Kopf. »Es tut mir leid, Oisin, dass ich dir so viele Sorgen mache.«

»Du bereitest mir keine Sorgen«, antwortete er lächelnd. »Aber ich möchte, dass du mich verstehst. Aodh Mór O'Néill will mich als Lehensmann in seine Gefolgschaft aufnehmen. Dazu bin ich bereit! Aber ich werde niemals auf die Eigenständigkeit unseres Clans verzichten, nur damit er Herr über Uladh oder gar Hochkönig von Irland werden kann. Doch nun noch zu etwas anderem: Dein Abenteuer mit den Tagelöhnern hat mir gezeigt, dass du einen besseren Schutz benötigst, als Buirre und die Männer, die ich bei ihm lasse, dir bieten können.«

Befiehl mir nur nicht, in der Burg zu bleiben und keinen Schritt hinauszutun, dachte Ciara und wollte schon aufbegehren, als ihr Bruder zu ihrer Verwunderung die Kammer verließ. Kurz darauf kehrte er mit einer riesigen, langbeinigen Hündin zurück, die ein furchterregendes Gebiss hatte und sie neugierig beschnüffelte.

»Du darfst niemals vor Gamhain zurückweichen«, sagte Oisin, als Ciara einen Schritt rückwärts machte. Sie kannte Hunde und kam mit ihnen aus, aber dieses Tier ängstigte sie.

»Gamhain ist der richtige Name für dieses Vieh. Bestimmt ist das Tier größer als ein Kalb«, stieß sie hervor und versuchte, ihre rechte Hand, die der Hund gerade ins Maul nehmen wollte, auf dem Rücken zu verstecken. Das gelang ihr erst, als sie sich leicht zur Seite drehte. Das Tier sah sie unwillig an, richtete sich auf und legte ihr mühelos die Vorderpfoten auf die Schultern. Ciara galt als hochgewachsen für eine Frau, dennoch musste sie den Kopf heben, um den Hals des Tieres über sich erkennen zu können.

»Gamhain ist noch sehr jung und nicht voll ausgewachsen, aber sie wird dich beschützen, wenn du die Burg verlässt. Ich habe sie selbst ausgebildet. Trotzdem sollte immer einer der Krieger dich begleiten, wenn du weitergehst als bis zum ersten Dorf. Richard Haresgill hat uns Rache geschworen, und ich traue ihm zu, Meuchelmörder zu schicken.«

Oisin musterte seine Schwester lächelnd und sagte sich, dass sie ein beherztes Mädchen war, das sich nicht so leicht würde einschüchtern lassen. Mit Gamhain an ihrer Seite würde sie sich zumindest im Umkreis der Burg sicher bewegen können.

»Du hast vorhin Simon von Kirchberg erwähnt. Wann erwartest du ihn und sein Heer in Irland?« Dieses Thema interessierte Ciara mehr als dieses Riesenvieh von einer Hündin oder Richard Haresgills Rachegelüste.

»Ich hoffe, er landet im Lauf der nächsten Wochen an der Küste. Es ist ein weiter Weg von Italien bis hierher, doch wenn ihm der heilige Pádraig gute Winde beschert, wird er Irland bald erreichen. Nun aber muss ich mich um meine Leute kümmern, mein Kleines. Ruh du dich etwas aus! Immerhin hast du heute schon einen weiten Weg zurückgelegt.« Oisin strich seiner Schwester kurz übers Haar und verließ die Kammer. Ciara sah ihm nach und dachte, dass es nicht ganz einfach war, sich an einen Bruder zu gewöhnen, den man so viele Jahre nicht gesehen hatte.

10.

Kaum waren Oisin und seine Männer aufgebrochen, um das Bollwerk an der Straße zu errichten, begriffen Ciara und Saraid, dass sie die Versorgung der Burg und der Menschen in den Dörfern selbst in die Hand nehmen mussten.
Buirre verstand zu wenig von den Pflichten eines Verwalters und kümmerte sich daher nur um die fünf Männer, die ihm unterstellt worden waren.
Zu diesen zählte auch Ionatán. Immer wieder beschwerte der einstige Leibeigene sich, weil er nicht mit in den Kampf ziehen durfte. Doch als er sich vor Buirre aufbaute, begann dieser schallend zu lachen.
»Komm, wir wollen ringen!«, forderte er Ionatán auf. »Wenn du gewinnst, schicke ich dich zum Taoiseach mit der Nachricht, dass du bei ihm bleiben sollst.«
Ionatán war ein kräftiger Bursche und hatte in seinem Dorf jeden Ringkampf gewonnen. Daher stellte er sich grinsend zum Kampf – und lag innerhalb dreier Atemzüge auf dem Boden.
»Das machen auch die Engländer mit dir, wenn du nicht lernst, richtig zu kämpfen«, erklärte Buirre ihm von oben herab. »Deshalb hat Oisin dich zurückgelassen. Nur ein gut ausgebildeter Krieger stellt eine Verstärkung dar. Schreib dir das hinter die Ohren!«
Ionatán nickte betroffen und zog mit hängendem Kopf ab. Allerdings nützte er von da an jeden freien Augenblick, um mit Waffen zu üben, und fand in Buirres bestem Freund Seachlann einen guten Lehrer.
Ciara war froh, dass dieses Problem vorläufig gelöst war, denn

es gab genug andere, die ihr Sorgen bereiteten. Eines der größten stellte Ionatáns Ehefrau Maeve dar. Sie war zutiefst verletzt, weil die Engländer ihr Kind umgebracht und sie vergewaltigt hatten. Nun wütete sie gegen sich selbst. Sie wusch sich nicht mehr, ließ ihr Haar verfilzen und verweigerte jegliche Gemeinschaft mit Ionatán. Wenn sie ihrem Ehemann begegnete, beschimpfte sie ihn, weil er nicht in der Lage gewesen war, ihr Kind und sie zu beschützen.
Als Ciara Zeugin einer dieser Auseinandersetzungen wurde, trat sie energisch dazwischen.
»Sei still!«, herrschte sie Maeve an. »Hätte dein Mann sich von den Engländern totschlagen lassen sollen? Die Kerle hätten dich hinterher genauso auf den Rücken gelegt.«
Maeve verzog ihr Gesicht zu einer hasserfüllten Grimasse. »Andere Männer haben gekämpft und sind für die Ehre ihrer Frauen gestorben. Mein Mann aber hat die Beine in die Hand genommen und ist so schnell davongerannt, wie er nur konnte. Jetzt steht er vor mir und schaut mich an, als wäre ich selbst daran schuld, dass mich Haresgills Männer einer nach dem anderen genommen haben.«
»Das stimmt nicht!«, rief Ionatán verzweifelt. »Ich weiß, dass du ebenso wenig dafür kannst wie die anderen Frauen. Die Schuld trifft allein die englischen Siedler, die Haresgill in unser Dorf gebracht hatte. Die haben seine Soldaten geholt und ihnen beim Morden und Schänden geholfen! Ich habe mir jeden von ihnen eingeprägt, und wenn ich einen davon treffe, wird er es nicht überleben.«
»Mit dem Maul warst du schon immer tapfer!«, höhnte Maeve. »Damit hast du sogar den Taoiseach überredet, dich in seine Kriegerschar aufzunehmen. Aber er wird eine große Enttäuschung erleben, denn wenn es darauf ankommt, wirst du der Erste sein, der Fersengeld gibt. Ich speie auf dich, Ionatán, und ich sage dir, dass du mich nie mehr als Frau bekommen wirst. Ich will keine Feiglinge gebären!«

Noch während Ciara überlegte, wie sie die rasende Frau bremsen konnte, kam Saraid auf die Gruppe zu und versetzte Maeve eine schallende Ohrfeige. »Wie kannst du es wagen, dich in Gegenwart der Schwester des Taoiseachs so aufzuführen? Du bist ja noch schlimmer als eine englische Hure. Mach, dass du an die Arbeit kommst, die ich dir aufgetragen habe! Oder glaubst du, wir füttern dich umsonst durch?«

Für einen Augenblick sah es so aus, als wolle Maeve auch Saraid beschimpfen. Aber als Ciara neben ihre Cousine trat, bekam sie Angst, diese würde sie ebenfalls ohrfeigen, und rannte davon.

»Hoffentlich macht sie jetzt ihre Arbeit, sonst setzt es heute Abend etwas«, murmelte Saraid und sah Ciara an. »Auch wenn du Mitleid mit diesem Weib haben solltest, darfst du nicht dulden, dass sie sich so vor dir aufführt. Wir befinden uns nicht mehr mit wenigen Menschen in einem alten, halb verfallenen Turm an der Küste, wo du selbst mitgehen und Muscheln sammeln musstest, damit wir nicht verhungern. Hier bist du die Schwester eines hohen Herrn und musst dich so benehmen, dass die anderen dich respektieren.«

Ciara fand den Vorwurf unangebracht. Immerhin waren die meisten Clanmitglieder über ein Dutzend Ecken mit ihr verwandt, und sie wollte sich nicht als etwas Besseres aufspielen. Aber sie presste die Lippen zusammen, um sich nicht vor anderen mit ihrer Cousine zu streiten.

Saraid wandte sich an den bedrückt dastehenden Ionatán. »Nur weil der Taoiseach dir einen Speer in die Hand gedrückt hat, brauchst du nicht zu glauben, du könntest dich vor ehrlicher Arbeit drücken. Sieh zu, dass du den anderen Knechten hilfst! Soldat spielen kannst du auch, wenn du deinen Teil getan hast. Jetzt nimm die Beine in die Hand, sonst hänge ich dir den Brotkorb ebenfalls höher.«

Wenn es nicht so traurig gewesen wäre, hätte Ciara darüber lachen können, wie rasch der junge Mann verschwand. Saraid

warf ihm einen kurzen Blick nach und machte eine wegwerfende Handbewegung. »Wir müssen dafür Sorge tragen, dass er in den nächsten Tagen an andere Dinge zu denken hat als an seine geschändete Frau und seinen toten Sohn. Sonst geht er uns vor die Hunde! Es wäre schade um diesen braven Mann.«
»Du meinst es ja gut mit ihm!«, rief Ciara verblüfft aus. »Dabei dachte ich, du vergönnst es ihm nicht, dass Oisin ihn in seine Kriegerschar aufgenommen hat.«
»Im Grunde hast *du* ihn darin aufgenommen! Deinem Bruder ist nichts anderes übriggeblieben, als deinen Entschluss zu akzeptieren«, gab Saraid lächelnd zurück. »Natürlich meine ich es gut mit Ionatán, und im Übrigen auch mit seiner Frau. Maeve muss begreifen, dass ihr Mann recht gehandelt hat. Bei Gott, ich würde Buirre noch im Tod verfluchen, falls ich in der gleichen Situation wie Maeve wäre und er den Helden spielen würde, um sich dann von den Engländern erschlagen zu lassen. Seine Aufgabe ist es, mich zu versorgen und mir ein wenig Freude im Bett zu bereiten. Davon weißt du natürlich noch nichts. Aber es ist eine der Klammern, die eine gute Ehe zusammenhalten. Schreib dir das hinter die Ohren, mein Kind! Dir mag vielleicht ein Mann wie Simon von Kirchberg das Blut erhitzen. Löschen aber sollte er es dir nicht. Zum einen ist er ein Ausländer und zum anderen einer, der seine Augen nicht von anderen Frauen lassen kann. Als er damals bei uns zu Gast war, hat er doch tatsächlich von mir gewollt, dass ich die Schenkel für ihn öffne. Aber dem habe ich heimgeleuchtet, sage ich dir!«
Saraid klang so selbstgefällig, dass Ciara sich fragte, was damals passiert sein mochte. Ihr war es völlig entgangen, dass Simon von Kirchberg ihrer Cousine nachgestellt hatte. Dabei war Saraid damals bereits mit Buirre verheiratet gewesen. Das Weib eines anderen zu begehren war eine Sünde! Mit einem Mal trübte ein Fleck das strahlende Bild, das sie von Simon hatte. Schnell verscheuchte sie ihren Unmut. Simon hatte sicher nicht

gewusst, dass Saraid einen Ehemann hatte, und sie selbst war zu jung für ihn gewesen. Bei dem Gedanken zuckte sie zusammen und fragte sich, ob sie sich Simon hingegeben hätte und ob sie es in Zukunft tun würde, wenn er es von ihr verlangte.
»Wir sollten wieder an unsere Arbeit gehen«, sagte sie zu Saraid, um ihre Unsicherheit zu verbergen.
»Du solltest Gamhain nehmen und vor der Burg nach dem Rechten sehen. Dabei kannst du dich an die Hündin gewöhnen und sie sich an dich.«
Ciara befürchtete, dass dies auf einen sinnlosen Spaziergang hinauslaufen würde, und ärgerte sich, weil sie ihre Zeit mit der Hündin verbringen sollte anstatt mit notwendigen Arbeiten. Daher schürzte sie abwehrend die Lippen. »Es ist zu viel hier zu tun! Mit dem Hund kann ich auch morgen oder übermorgen nach draußen gehen.«
»Nichts da! Es ist der Befehl des Taoiseachs, dass du dich um Gamhain kümmern sollst. Es geht schließlich um deine Sicherheit. Ganz im Vertrauen gesagt, mag ich es nicht, wenn der Hund seine Hinterlassenschaften in der Burg verteilt, obwohl im Freien genug Platz dafür wäre. Für dich heißt das, dass du Gamhain sowohl am Morgen wie auch unter Tag und am Abend nach draußen führen wirst – und das bei jedem Wetter! Schau dabei nach, ob du weitere Stellen findest, an denen essbare Wurzeln und Beeren wachsen. Dann kannst du ein paar Frauen hinschicken, um sie zu sammeln.«
Obwohl Ciara es nicht mochte, dass einfach über sie bestimmt wurde, musste sie lachen. »Mein Bruder hätte besser dich zu seinem Stellvertreter ernannt als deinen Mann. Du hättest die Krieger unseres Clans vollkommen im Griff.«
»Jetzt rede kein dummes Zeug! Krieg ist etwas für Männer. Damit haben wir Frauen nichts zu tun«, antwortete Saraid harsch.
Ciaras Blick flog zu der Gruppe von Frauen, zu denen sich jetzt auch Maeve gesellt hatte, und seufzte. »Der Krieg mag

eine Sache der Männer sein, doch du wirst mir wohl nicht widersprechen, wenn ich dir sage, dass wir Frauen am meisten darunter zu leiden haben.«
»Deshalb brauchst du Gamhain zu deinem Schutz, und das so rasch wie möglich. Also hol die Hündin und nimm sie mit ins Freie«, antwortete Saraid gelassen und schritt davon.

11.

Gamhain schlief lang gestreckt auf einer Strohschütte in einer Ecke der großen Halle. Unsicher blieb Ciara stehen. Da öffnete Gamhain ein Auge und musterte sie.

»Du bist also wach«, sagte Ciara und fragte sich, ob sie der Hündin einen Lederriemen um den Hals legen sollte. Dann wurde ihr klar, dass sie ohnehin nicht in der Lage war, das kräftige Tier festzuhalten, und stellte sich das Gelächter der anderen vor, wenn sie von Gamhain quer durch die Burg gezerrt würde. Daher sah sie das Tier auffordernd an.

»Wir beide sollen ins Freie gehen. Komm mit!«

Gamhain rührte sich nicht und schloss das Auge wieder.

»Also gut, dann lassen wir den Ausgang heute. Beschwere dich aber nicht, dass Saraid dir den Besenstiel überzieht, wenn du deinen Haufen oder eine Pfütze an einer Stelle hinterlässt, wo sie es gar nicht mag.«

Erneut öffnete die Hündin erst das eine Auge, dann das andere und stand scheinbar ungelenk auf. Wieder erschrak Ciara angesichts von Gamhains Größe. Das Tier war einfach riesig und mit Sicherheit schwerer als sie selbst. Trotzdem nahm sie allen Mut zusammen und krallte die Rechte in das Nackenfell der Hündin. »Willst du jetzt mitkommen?«

Gamhain gab einen kurzen Laut von sich und stolzierte in Richtung Tür. Ohne sie loszulassen, hielt Ciara mit ihr Schritt und trat gemeinsam mit ihr auf den Burghof. Dort scheuchte ihre Cousine gerade mehrere Mägde an die Arbeit. Als sie Ciara mit der Hündin auf sich zukommen sah, schnappte sie nach Luft. Auch die anderen Frauen starrten das seltsame Paar mit großen Augen an.

»Ich würde mich diesem Biest nicht auf mehr als fünf Schritte nähern, doch die Schwester des Taoiseachs hält es am Genick, als wäre es ein kleiner Welpe!«, rief eine junge Magd aus.
Saraid nickte anerkennend. »Das Blut der Ui'Corra fließt in Ciara. Die Hundesippe, aus der dieses Tier stammt, hat immer nur dem Taoiseach und seinen engsten Verwandten gedient. Es heißt, eine Elfenkönigin habe Gamhains Ahnin einst dem ersten O'Corra geschenkt, weil dieser ihr einen großen Gefallen getan hatte, und die magische Kraft, die die Familie mit den Hunden verbindet, besteht noch immer.«
Ohne sich um die Verwunderung ihrer Cousine und der anderen Frauen zu kümmern, führte Ciara die Hündin ins Freie. Dort riss Gamhain sich los, schlug Haken und machte einige übermütige Luftsprünge. Dabei entfernte sich das Tier nie weiter als zwanzig Schritte von ihr, kehrte immer wieder zurück und schnupperte an ihr, als wolle es sie genauer kennenlernen.
»Wohin sollen wir gehen?«, fragte Ciara, als wäre Gamhain ein Mensch, und schüttelte dann über sich selbst den Kopf. Wenn hier jemand den Weg vorgab, so war sie es.
»Komm!«, forderte sie Gamhain auf und wanderte in Richtung des nächstgelegenen Dorfes.
Gamhain blieb zuerst ein paar Schritte hinter ihr zurück, überholte sie dann aber und umkreiste sie mehrfach.
»Willst du spielen?«, fragte Ciara und hätte sich nicht gewundert, wenn die Hündin genickt hätte.
Stattdessen schnappte Gamhain nach einem Stock, der am Wegrand lag, und hielt ihn ihrer Herrin hin.
»Soll ich ihn werfen, damit du ihn zurückbringen kannst?«, fragte Ciara.
Doch als sie mit einer Hand nach dem Stock griff, ließ Gamhain diesen nicht los, sondern zerrte mit aller Kraft daran. Da Ciara darauf nicht gefasst war, stolperte sie und fiel hin.
»Dummes Vieh!«, schimpfte sie und konnte sich des Eindrucks

nicht erwehren, als würde das dunkel gefleckte Tier fröhlich grinsen.
Gamhain kam erneut auf sie zu und streckte ihr den Stock entgegen. Diesmal ergriff Ciara ihn mit beiden Händen und stemmte sich gegen den Zug der Hündin, verlor aber erneut.
»Das ist ungerecht!«, maulte sie. »Immerhin hast du vier Beine und ich nur zwei.«
Gamhain bellte, warf den Stock hoch und fing ihn wieder auf. Danach umkreiste sie Ciara so eng, dass diese vor ihr zurückweichen musste.
Ciara stolperte erneut und wurde böse. »Was soll das, du elendes Biest?«
Im nächsten Augenblick warf Gamhain sie mit einem Sprung um. Ein Pfeil zischte keine drei Zoll von Ciaras Kopf entfernt durch die Luft. Die Hündin stürmte davon und drang in ein nahes Gebüsch ein. Darin ertönte ein Schrei, dann vernahm Ciara Gamhains Knurren und das schmerzerfüllte Stöhnen eines Mannes.
Da sie die Umgebung der Burg nicht hatte verlassen wollen, führte Ciara weder ihren Bogen noch den langen Dolch mit sich, und das kleine Messer an ihrem Gürtel war nicht gerade die geeignete Waffe, es mit einem Feind aufzunehmen. Aber da sie Gamhain nicht im Stich lassen durfte, zog sie es trotzdem und näherte sich vorsichtig dem Gebüsch. Als sie es erreichte und die Zweige beiseitebog, die ihre Sicht behinderten, sah sie auf den ersten Blick, dass die Hündin keine Unterstützung brauchte.
Gamhain hatte einen Mann, der in der schlichten Kleidung eines Tagelöhners steckte, umgeworfen und stemmte nun ihre Vorderpfoten auf dessen Brust, bereit, ihm ihre Fänge in die Kehle zu schlagen. In seinen rechten Arm hatte sie ihn bereits gebissen, denn der blutete stark. Ein am Boden liegender Dolch deutete darauf hin, dass der Kerl verrückt genug gewesen war, die Waffe zu ziehen.

Als der Fremde Ciara auf sich zutreten sah, flehte er sie an.
»Habt Mitleid mit mir, edle Dame, und ruft Euren Hund zurück. Mein Arm! Ich verblute!«
Ciara ahnte, dass Ciaras Biss die Pulsader an seinem Handgelenk verletzt hatte und der Mann ohne Hilfe sterben würde. Daher riss sie einen Streifen von ihrem Unterkleid ab und näherte sich ihm.
»Streck deinen Arm aus und mach keinen Unsinn. Ein verletztes Handgelenk kann ich verbinden, eine zerfetzte Kehle jedoch nicht.«
Der Mann gehorchte aufs Wort. Allerdings gab ihm Gamhain auch nicht die geringste Chance. Erst als Ciara einen festen Verband angelegt und den Dolch und den Bogen des verhinderten Meuchelmörders an sich genommen hatte, ließ die Hündin den Mann los.
»Brav!«, lobte Ciara und legte einen Pfeil auf die Sehne.
»Aufstehen und mitkommen!«, befahl sie dem Verletzten.
»Glaube aber nicht, du könntest dich in die Büsche schlagen. Gamhain wäre auf jeden Fall schneller als du, und ich würde sie nicht zurückhalten, wenn sie dich in Stücke reißt. Das machst du doch, wenn der Kerl nicht pariert, nicht wahr, meine Gute?«
Erneut sprach Ciara die Hündin wie einen Menschen an. Obwohl diese nicht antworten konnte, vermittelte die Hündin ihrem Gefangenen das Gefühl, als wären die Frau und das Tier ein seit langem eingespieltes Paar. Daher schlurfte er mit hängendem Kopf vor Ciara her und wagte es nicht, sie oder Gamhain anzusehen.

12.

Saraid fielen fast die Augen aus dem Kopf, als Ciara mit ihrem Gefangenen die Burg erreichte. Auch Buirre schien nicht recht zu wissen, was er von dem Ganzen halten sollte, bemühte sich aber um ein grimmiges Aussehen und trat auf Ciara zu.
»Wer ist dieser Kerl?«
»Er hat auf mich geschossen, doch Gamhain hat mir das Leben gerettet und den Mann gestellt.«
»Ein Meuchelmörder also! Ich sollte dem Schurken den Kopf von den Schultern reißen und ihn beim nächsten Ballspiel verwenden.« Da Buirre ganz so aussah, als wolle er seine Worte in die Tat umsetzen, wich der Fremde zurück. Im gleichen Augenblick erklang Gamhains warnendes Knurren, und er blieb stehen.
»Wer bist du?«, fragte Buirre.
Der Gefangene presste die Lippen zusammen und schwieg.
Buirre verschränkte die Arme vor der Brust und funkelte den Mann an. »Rede, sonst fährst du schneller in die Grube, als du denken kannst!«
»Ich bin Teige O'Connor«, antwortete der Mann stockend.
»Was? Du bist Ire? Wenn ich etwas noch weniger leiden kann als ketzerische Engländer, sind dies verräterische Iren, die den Sasanachs in den Arsch kriechen.« Hasserfüllt holte Buirre aus und versetzte dem Mann einen heftigen Schlag.
Teige O'Connor stürzte zu Boden und krümmte sich im nächsten Augenblick unter dem derben Fußtritt, den Buirre ihm versetzte.
Als Buirre ein weiteres Mal zutreten wollte, griff Ciara ein.

»Buirre O'Corra, du vergisst dich! Dies ist mein Gefangener, und ich bin die Schwester des Taoiseach.«
Der Tritt unterblieb. Stattdessen stellte Buirre den Mann auf die Beine und drehte sich zu Ciara um. »Das hier ist eine Sache, die nur uns Krieger angeht. Eine Frau hat sich herauszuhalten.«
»Sagst du das auch, wenn – was hoffentlich niemals passieren wird – mein Bruder ohne Nachkommen stirbt und ich seine Nachfolgerin werde?« Ciara war es leid, dass andere Entscheidungen treffen wollten, die ihr allein zustanden.
»Wenn der Taoiseach fallen sollte, wird dein Ehemann unser neuer Anführer werden«, antwortete Buirre ungehalten, gab aber nach.
»Weshalb wolltest du mich töten?«, fragte Ciara den Gefangenen.
Dieser trat nervös von einem Fuß auf den anderen. »Ich wollte mir die Belohnung verdienen, die Sir Richard Haresgill auf Euren Kopf ausgesetzt hat. Für Euch sind es fünfzig Pfund und das Doppelte für Euren Bruder. Dazu zehn für jeden Krieger der Ui'Corra«, setzte er mit einem vielsagenden Seitenblick auf Buirre hinzu.
»Bisher hast du verdammt wenig verdient«, antwortete dieser grinsend, »und ich glaube nicht, dass du noch einmal die Gelegenheit dazu bekommst. Wir werden dich nämlich aufhängen wie einen Strauchdieb.«
»Ein Todesurteil kann nur von unserem Taoiseach gefällt werden!«, wies Ciara Buirre zurecht.
»Ich bin mir sicher, dass Oisin es aussprechen wird. Vorher aber werden wir diesen Kerl noch ein wenig foltern, damit er alles erzählt, was er über unsere Feinde weiß!«
Ciara ärgerte sich zunehmend darüber, dass Buirre sie nicht ernst nahm. Da ihr Bruder ihn mit der Verwaltung der Burg und des Ui'Corra-Besitzes beauftragt hatte, durfte sie Saraids Ehemann auch keine Befehle erteilen, sondern musste versuchen, ihn zu überzeugen.

»Ich halte es für besser, diesem Mann das Leben zu schenken und im Gegenzug dafür Informationen über die englischen Pläne einzufordern. Auch wenn sein Clan derzeit mit den Engländern verbündet ist, sind sie gewiss nicht deren Freunde. Kein Ire ist das!«
Buirre überlegte kurz und befahl dann zwei Männern, den Gefangenen in den Kerker zu sperren. Anschließend winkte er Ionatán heran. »Du machst dich auf die Socken und meldest dem Taoiseach, dass wir einen Gefangenen gemacht haben und sein Urteil erwarten.«
»Jawohl, Herr!« Ionatán nickte und lief los.
»Hoffentlich findet er den Taoiseach und verirrt sich nicht unterwegs«, rief Maeve boshaft, die sich zu der Gruppe um den Gefangenen gesellt hatte.
»Wenn er das nicht schafft, kann er wieder als Tagelöhner die Felder pflügen«, erklärte Buirre.
Ciara meinte Maeve anzusehen, dass diese genau das ihrem Mann wünschte. Da ihr der Gefangene jedoch wichtiger war als das schmuddelige Weib, trat sie zu Buirre und legte ihm die Hand auf die Schulter.
»Der Gefangene muss besser verbunden werden. Gamhain hat ihm die Pulsader durchbissen.«
»Ein gewisser Blutverlust schadet dem Kerl nicht. Er wird dadurch schwächer und ist eher bereit, unsere Fragen zu beantworten«, erklärte Buirre unbeirrt.
Da Ciara nicht wusste, wie sie sich gegen ihn durchsetzen konnte, kehrte sie ihm brüsk den Rücken und winkte Gamhain, mit ihr zu kommen. »Ich glaube, du hast dir einen schönen großen Knochen verdient. Es darf auch ein bisschen Fleisch dran sein!«
Einen Augenblick hatte sie den Eindruck, als würde die Hündin nicken, und blickte sie erstaunt an. Gamhain lehnte sich jedoch nur gegen sie und drängte sie in Richtung Küchentür, hinter der es den versprochenen Leckerbissen gab.

13.

Am nächsten Morgen war der Gefangene tot. Ciara erfuhr es von Saraid, kaum dass sie die Burgküche betreten hatte. Zuerst schüttelte sie ungläubig den Kopf, eilte dann aber in den Keller, in den Buirre Teige O'Connor hatte einsperren lassen. Die Tür stand offen, und der Mann, der hier Wache halten sollte, war verschwunden.

Ciara betrat den Kellerraum und sah Teige O'Connor starr und steif am Boden liegen. Der provisorische Verband, den sie dem Mann angelegt hatte, hatte sich gelockert, und sie konnte nicht sagen, ob dies während der Nacht von selbst geschehen und O'Connor im Schlaf verblutet war oder ob er die Binden selbst gelöst und den Tod gesucht hatte. Auf jeden Fall war es höchst ärgerlich, und so wandte Ciara sich voller Zorn Buirre zu, der ihr mit Saraid und zwei seiner Krieger gefolgt war.

»Das hier hätte nie geschehen dürfen!«

Ein kurzes Brummen kam von Buirre, dann machte er eine wegwerfende Handbewegung. »Der Kerl hat bekommen, was er verdient hat. Er war ein Engländerknecht!«

»Gerade weil er bei Männern wie Henry Bagenal und Richard Haresgill aus und ein ging, hätte er uns viel über deren Pläne erzählen können. Oder glaubst du, die Engländer legen die Hände in den Schoß und sehen zu, wie Irland ihnen entgleitet?«

»Die Engländer werden ausgerechnet einem O'Connor ihre Pläne anvertrauen«, biss Buirre zurück, der sich von Ciara zu Unrecht angegriffen fühlte. Schließlich hatte ihr Bruder ihn zum Herrn der Burg gemacht.

»Ich habe gestern gesagt, ihr sollt den Mann neu verbinden!

Doch das ist nicht geschehen. Hätten wir Teige O'Connor gut behandelt, wäre er uns zu Dank verpflichtet gewesen. So aber haben wir neben unserem Krieg mit den Engländern auch noch eine Blutfehde mit den Ui'Connor am Hals.«

Jedes von Ciaras Worten traf Buirre wie ein Schlag. Sein Gesicht färbte sich dunkel, und mit einem Mal schrie er sie an, dass dies eine Sache der Männer sei und weder sie noch die anderen Weiber etwas anginge.

Bevor Ciara in ähnlicher Weise antworten konnte, griff Saraid ein. »Langsam glaube ich, dass unser Herrgott im Himmel die Frau nicht aus der Rippe, sondern aus dem Gehirn des Mannes geschaffen und vergessen hat, dieses wieder zu ersetzen.«

»Du …!«, brüllte Buirre und schlug, da ihm die Worte fehlten, mit blanker Faust zu.

Der Hieb traf Saraid völlig unvorbereitet, und sie stürzte zu Boden. Blut rann ihr von den aufgeplatzten Lippen, und für einige Augenblicke blieb sie wie betäubt liegen. Dann erhob sie sich zitternd und starrte ihren Mann hasserfüllt an.

»Das hast du nicht umsonst getan, Buirre O'Corra! Das schwöre ich dir. Auch nehme ich kein einziges Wort von dem zurück, was ich gesagt habe. Ich setze sogar hinzu, dass der Taoiseach einen schweren Fehler begangen hat, indem er dich zu seinem Verwalter machte.«

In Buirre rangen Zorn und Scham miteinander. Noch nie hatte er seine Frau so hart geschlagen. Aber dann sagte er sich, dass sie selbst schuld war. Wozu hatte sie ihn reizen müssen? Er hob drohend die Hand, um ihr zu zeigen, dass er sie jederzeit erneut züchtigen konnte, und starrte im nächsten Moment auf die Spitze von Ciaras Dolch.

»Tu das nie wieder, Buirre O'Corra, sonst lernst du mich kennen. Ich bin Caitlín Ní Corras Enkelin, vergiss das nicht!«

Der Hinweis auf die Ahnin, die ihren Mann Cahal blutig an den Ui'Néill gerächt hatte, verfing. Wenn Ciara auf ihn losging und er sie niederschlug oder gar verletzte, würde ihr Bruder

Rechenschaft von ihm fordern. Dann war er mehr als nur seinen Posten als Verwalter los.

»Dummes Weibergesindel!«, schimpfte er und stapfte davon.

Ciara sah ihm kurz nach, schloss dann ihre Cousine in die Arme und führte sie in die Küche. »Komm mit! Ich werde dein Gesicht verarzten. Aus deiner Nase rinnt ein roter Bach, und deine Lippen sind ganz zerschlagen! Buirres Hieb war hinterhältig und gemein. Hoffentlich hat er dir keinen Zahn ausgeschlagen.«

»Früher war er anders«, flüsterte Saraid und stöhnte vor Schmerz. »Aber das Vertrauen unseres Taoiseachs ist ihm zu Kopf gestiegen, insbesondere die Tatsache, dass Oisin ihn im Krieg auf dem Kontinent zu einem seiner Unteranführer gemacht hat. Seitdem kennt er kein Maß und kein Ziel mehr. Gebe Gott, dass sich das nicht einmal bitter rächt!«

14.

Buirre war zunächst nur ziellos drauflosgestürmt. Erst ein Stück außerhalb der Burg blieb er stehen und fluchte lautstark vor sich hin. Zwar tat es ihm leid, Saraid blutig geschlagen zu haben, doch noch mehr ärgerte er sich darüber, dass ausgerechnet sie seine Autorität am meisten in Frage stellte.
»Ich hätte schon früher zum Stock greifen müssen«, stieß er wütend hervor. »Jetzt tanzt mir dieses Weib auf der Nase herum.«
»Meinst du die hochnäsige Cousine der noch hochnäsigeren Schwester unseres Clanoberhaupts?«, hörte er da jemanden fragen.
Buirre sah sich um und stellte fest, dass Ionatáns Ehefrau Maeve hinter ihm stand. Bislang hatte er die Frau für eine heruntergekommene Schlampe gehalten, aber nun hatte sie gebadet, die Haare gewaschen und ein frisches Kleid angezogen. Eine Schönheit war sie zwar nicht, aber hübsch genug, um ihm zu gefallen.
Dennoch antwortete er zunächst harsch. »Was geht es dich an, wie ich mein Weib behandle?«
»Du bist ein großer Krieger mit einer großen Verantwortung, die sicher schwer auf deinen Schultern lastet. Also müssten die Frauen dir gehorchen«, antwortete Maeve mit einem koketten Augenaufschlag.
»Und du? Würdest du mir gehorchen?«, fragte Buirre in anzüglichem Tonfall.
Nach seiner Eheschließung mit Saraid hatte er nur wenige Wochen mit ihr zusammengelebt und war dann seinem Clanführer in den Krieg gefolgt. Aber er hatte auch auf dem Kontinent

nicht gerade wie ein Mönch gelebt, und nun spürte er, dass ihn die Tagelöhnerin mehr reizte als seine viel zu selbstbewusste Ehefrau.
Er trat auf Maeve zu und fasste sie am Arm. »Komm mit!«
Da sein Blick dabei ein kleines Gebüsch streifte, begriff Maeve sofort, was er von ihr wollte. Zwar hatte sie sich seit ihrer Vergewaltigung durch die Engländer ihrem Mann verweigert, doch der war in ihren Augen nur ein jämmerlicher Wicht. Buirre hingegen …
Sie lächelte. »Du bist ein großer Krieger, der die ihm anvertrauten Frauen zu beschützen weiß. Ich werde dir gehorchen.«
»Dann ist es gut«, antwortete Buirre, denn Maeves bewundernder Blick war Balsam für sein angekratztes Selbstwertgefühl.
Zufrieden führte er sie hinter die Büsche. Als Maeve ihren Rock raffen wollte, um ihm den Geschlechtsakt zu ermöglichen, forderte er sie auf, sich ganz auszuziehen.
Die Frau sah ihn erschrocken an. Es war bereits eine Sünde, sich dem eigenen Mann nackt zu zeigen. Um wie viel mehr galt das für einen Fremden? Dann aber sagte sie sich, dass Buirre der Mann war, der sie beschützen konnte, und dafür musste sie ihn belohnen. Trotzdem kehrte sie ihm zunächst den Rücken zu, während sie ihr Kleid über den Kopf zog und es wie eine Decke auf den Boden ausbreitete.
Ihr Anblick erregte Buirre so sehr, dass er seinen Ärger mit seiner Ehefrau und Ciara auf Anhieb vergaß. Er trat hinter Maeve, griff um sie herum und fasste ihre Brüste. Diese waren nicht allzu groß, aber fest, und als er über deren Spitzen strich, atmete die Frau schneller.
Nach ihrer Vergewaltigung durch die Engländer hatte Maeve sich nicht vorstellen können, dass sie noch einmal die Umarmungen eines Mannes würde ertragen könnte, doch Buirres Hände setzten ihren Leib schier in Flammen. Sie glitt geschmeidig aus seinen Armen, ließ sich auf ihr Kleid nieder und zog Buirre mit sich. Dann spreizte sie einladend die Beine.

Buirre öffnete die Hosen gerade so weit, dass er sein Glied herausholen konnte, und schob sich mit einem heftigen Ruck auf Maeve. Da er ähnlich grob vorging wie die englischen Soldaten, stieß sie einen halb unterdrückten Schrei aus und wollte ihn im ersten Augenblick abwehren. Dann aber entspannte sie sich und bewegte ihren Unterleib im gleichen Takt wie der Mann über ihr.
Buirre war nicht so rücksichtsvoll, wie Ionatán es gewesen war, doch das nahm sie als Preis für den Schutz hin, den sie sich von ihm erhoffte. Noch während sie sich fragte, was sie sonst noch von ihm für ihre Nachgiebigkeit fordern konnte, wurde sie vom Rausch der Sinne erfasst und flehte Buirre an, nicht nachzulassen, bis auch sie den Gipfel der Lust erklommen hatte.

15.

Auf der Burg der Ui'Corra herrschte eine seltsame Stimmung. Während Buirre, der sich bei Maeve als Mann hatte beweisen können, fröhlich pfeifend umherging, lag Saraid auf Ciaras Bett und kühlte ihr angeschwollenes Gesicht mit einem feuchten Tuch. Dabei erwog sie alle möglichen Ideen, wie sie sich an ihrem Mann rächen konnte.

Während Ciara ihr zuhörte, blickte sie durch das winzige Fenster nach draußen. Auch wenn der Zwischenfall unbedeutend erschien, bereitete er ihr Sorgen. Es war schon schlimm genug, dass es Iren wie Teige O'Connor gab, die es mit den englischen Feinden hielten. Aber ein Riss im Clan barg eine noch viel größere Gefahr.

Ihre Cousine hatte recht: Buirre war es zu Kopf gestiegen, dass Oisin ihn mit dem Posten des Verwalters betraut hatte. Vorher war er auch ihr gegenüber immer höflich gewesen und hatte zugehört, wenn sie etwas gesagt hatte. Doch nun trat er auf, als wäre er der Taoiseach persönlich und sie, die Schwester seines Anführers, nur eine unbedeutende Magd. Sein Verhalten gegenüber Saraid hatte sich ebenfalls zum Schlechteren gewandelt. Dabei stand seine Ehefrau höher im Ranggefüge des Clans als er. Zudem hatte Saraid seit ihrem fünfzehnten Lebensjahr den Turm am Meer verwaltet und dafür gesorgt, dass die dorthin geflohenen Clanmitglieder nicht verhungerten. Es war eine schwere Zeit gewesen, und Ciara hatte ihrer Cousine so gut geholfen, wie sie es als Kind vermocht hatte.

»Wen bringst du in Gedanken gerade um?«, fragte Saraid, der Ciaras Miene zu düster wurde.

»Wenn du es genau wissen willst: deinen Mann! Oisin vertraut

ihm, doch weiß ich nicht, ob er dieses Vertrauen auch verdient. Bei Teige O'Connor hat er bereits versagt. Was wird erst sein, wenn er einmal ein bedeutenderes Problem zu lösen hat?«
»Das möge Gott verhüten!«, stieß Saraid erschrocken hervor. »Er braucht eine Autorität, der er sich beugen muss! Daher hoffe ich, dass dein Bruder uns bald einen Priester schickt. Den benötigen wir dringend, damit wir endlich zur Messe gehen und beichten können. Außerdem kann ein Priester Buirre ins Gewissen reden, und mein Mann wird ihm gehorchen müssen.«
»Wir aber auch«, murmelte Ciara verdrossen.
Saraid sah zu ihrer Cousine auf und musterte sie. Zwar fand sie Ciara hübsch, aber deren Miene verriet einen gewissen Starrsinn, mit dem der Mann, den sie nach dem Willen ihres Bruders irgendwann heiraten musste, noch Probleme bekommen würde. Sollte Ciaras Zukünftiger sich zu sehr auf die Wirkung des Stocks verlassen, würde Ciara diese Zumutung mit dem Dolch vergelten, wie es Frauen ihrer Familie schon mehrfach getan hatten.
»Jetzt wüsste ich gerne, was *du* denkst«, unterbrach Ciara Saraids Überlegungen.
»Ich dachte nur, dass dein Bruder sich einen möglichen Bräutigam für dich sehr genau ansehen sollte, ob er auch zu dir passt«, antwortete Saraid ausweichend. »Aber jetzt solltest du eine Magd rufen, damit ich frisches Wasser vom Bach bekomme und mein Gesicht weiter kühlen kann. Außerdem läuft mir immer noch Blut in den Rachen.« Um dies zu beweisen, nahm Saraid ein Taschentuch und schneuzte sich heftig. Als sie das Tuch danach Ciara zeigte, war es voll von halb geronnenem Blut.
»Ein Mann, der sein Weib so schlägt, ist ein Schuft!« Ciaras Worte hörten sich an wie ein Urteil, und Saraid ahnte, dass es Buirre viel Mühe kosten würde, das Vertrauen ihrer Cousine zurückzugewinnen.

»In Tir Chonaill war das Leben auf eine Art für uns leichter«, sagte sie. »Der Landstrich war zu abgelegen, als dass die Engländer sich dafür interessiert hätten, und den Clans in der Nachbarschaft zu unfruchtbar, so dass niemand uns diesen Besitz streitig gemacht hat. Außerdem waren die meisten Männer mit deinem Bruder auf dem Kontinent, und wir hatten unsere Ruhe.«
»Du klingst ja geradezu so, als würdest du dich in diese kalte, feuchte Ruine zurücksehnen und zu dem Hunger, der unser täglicher Begleiter war!« Ciara schüttelte es bei dem Gedanken. Dann rief sie eine Magd.
Kurz darauf erschien Maeve, die beide Frauen mit einem höhnischen Blick maß. Ciara interessierte sich jedoch nicht für die Frau, sondern wies auf den Eimer. »Hol frisches Wasser vom Bach, und zwar von oberhalb des Haselnussstrauchs, wo es noch am saubersten ist, und bringe es hierher!«
»Wie Ihr befehlt, Herrin!« Maeve deutete einen Knicks an und warf einen Blick auf Saraid. Was würde die Frau wohl sagen, wenn sie wüsste, dass ihr Mann sich eben mit mir gepaart hat?, dachte sie und begriff, dass sie in dem Fall ganz besonders auf Buirres Schutz angewiesen sein würde. Der Lohn, den er dafür erhielt, würde ihre Hingabe sein, zu der dieses schroffe Weib niemals fähig war. Zufrieden damit, dass ihr Schicksal sich zum Besseren zu wenden begann, nahm Maeve den Eimer und verließ den Raum.
Auf dem Weg nach draußen begegneten ihr Oisin und Ionatán. Maeve knickste vor dem Taoiseach, gönnte aber ihrem Ehemann keinen Blick. Für sie war das Band zwischen ihnen zerschnitten, seit er weder ihr Kind noch sie gegen die Engländer verteidigt hatte.
»Buirre sagte mir, meine Schwester hätte sich schmollend in ihre Kammer eingeschlossen, weil er nicht zulassen wollte, dass sie sich in die Sachen der Krieger einmischte. Stimmt das?«, fragte Oisin angespannt. Er fand den Streit zwischen

seinem Stellvertreter und Ciara höchst unerfreulich und wollte ihn im Keim ersticken.

»Die Herrin ist in ihrer Kammer. Aber eingeschlossen hat sie sich nicht«, sagte Maeve und drückte sich an den beiden Männern vorbei. Ihr passte es nicht, dass Ionatán bei Oisin so viel Beachtung fand. Dann aber sagte sie sich, dass es nur wenig brauchte, Buirre dazu zu bringen, ihren Mann auf den Platz zu verweisen, der ihm zustand.

Ionatán sah seiner Frau bedrückt nach. Ihn schmerzte ihre Verachtung, und nicht zum ersten Mal überlegte er, ob es nicht besser gewesen wäre, sich von den Engländern erschlagen zu lassen. Zwar hätten diese Maeve hinterher ebenso vergewaltigt, aber er müsste sich nicht mehr von ihr als Feigling beschimpfen lassen. Dabei waren sie vor Gott und der Welt Mann und Frau und hatten geschworen, einander in guten wie in schlechten Tagen beizustehen.

Oisin bemerkte nichts von den Spannungen zwischen den Eheleuten, sondern betrat missmutig Ciaras Zimmer und sah seine Schwester neben dem Bett sitzen, auf dem eine andere Frau lag. Es dauerte einen Augenblick, bis er Saraid erkannte.

»Bist du krank?«, fragte er besorgt.

»Oisin, du?«, klang es gepresst unter dem Tuch zurück. Saraid musste sich zurückhalten, um nicht sofort mit Klagen über Buirre zu beginnen.

»Ionatán hat mir berichtet, es wäre ein Anschlag auf Ciara erfolgt, der Gott sei Dank gescheitert ist. Dafür werden diese verdammten Ui'Connor mir bezahlen.«

»Mit wem willst du noch alles Krieg anfangen?«, fragte Ciara bitter. »Sind dir die Engländer nicht genug?«

»Wer es wie die Ui'Connor mit den englischen Ketzern hält, ist ein Schurke, der sein Volk und seinen Glauben verrät!« Oisin wollte noch mehr sagen, verstummte aber, denn Politik war keine Sache für Frauen.

»Ich habe von Buirre gehört, dass ihr es an der nötigen Achtung ihm gegenüber fehlen lasst. Wie soll er seine Krieger anführen, wenn er sich nicht einmal gegen Weiber durchsetzen kann?«

»Vielleicht sollte er sie einzeln niederschlagen und ihnen damit zeigen, dass er möglicherweise nicht der bessere, aber auf jeden Fall der stärkere Mann ist«, stieß Saraid hervor und zog das feuchte Tuch von ihrem Gesicht.

Oisin schluckte, als er ihre angeschwollenen Lippen und den dunklen Bluterguss auf ihrer Wange sah. »Hat dein Mann dich so geschlagen?«, fragte er.

»So ist es!«, bestätigte Saraid. »Ich mache nun von meinem Recht Gebrauch, mich an unseren Taoiseach zu wenden, also an dich. Da mein Ehemann mich blutig geschlagen hat, lehne ich das weitere eheliche Zusammenleben mit ihm ab, bis er dafür bestraft worden ist.«

In Oisins Augen war Saraids Forderung fatal. »Wenn ich Buirre bestrafe, ist seine Autorität bei den Kriegern dahin«, antwortete er nach einer kurzen Pause. »Doch in unserer Situation brauche ich ihn dringend. Daher befehle ich dir, deinen Trotz aufzugeben und wenigstens nach außen hin so zu tun, als hättest du ihm vergeben.«

»Das ist gegen die Gesetze unseres Clans!«, rief Ciara empört.

»Es gibt Augenblicke, in denen man sich für eines von zwei Dingen entscheiden muss«, bekannte Oisin düster. »Unser Krieg mit den Engländern ist das Wichtigste, und diesem muss sich alles andere unterordnen.«

»Auch die heiligen Gesetze unseres Volkes, die seit tausend Jahren bestehen?« Ciara konnte es kaum fassen, dass ihr Bruder sich auf Buirres Seite stellte, obwohl dieser in ihren Augen unfähig war, der ihm übertragenen Verantwortung gerecht zu werden.

»Buirre ist schuld, dass Teige O'Connor starb!«, setzte sie empört hinzu.

»Er hat ihn wohl kaum selbst ins Handgelenk gebissen. Das

war Gamhain!« Oisin wollte die Situation mit einer humorigen Bemerkung entschärfen, doch seine Schwester ließ nicht locker.
»Ich hatte Buirre aufgefordert, die Verletzung besser versorgen zu lassen. Aber das hat er nicht getan. Im anderen Fall hätten wir Teige O'Connor verhören und mehr über die Pläne unserer Feinde erfahren können. Auch wäre er eine gute Geisel für das Wohlverhalten der Ui'Connor gewesen!«
Obwohl Oisin seiner Schwester insgeheim beipflichtete, schüttelte er den Kopf. »Buirre hat vollkommen richtig gehandelt!« Im Stillen setzte er hinzu, dass er Saraids Ehemann als Krieger dringend benötigte. Ciara mochte zwar einen scharfen Verstand haben, aber er konnte sie nicht als Anführerin an die Spitze einer Schar setzen, die in die Schlacht zog.
»Bitte, tut mir den Gefallen und lenkt ein. Wir stehen vor einem Kampf auf Leben und Tod! Wenn wir verlieren, werden in unserem Land bald nur noch die Tempel der Ketzer stehen und kein Ire mehr so zu seinem Gott beten können, wie es der Brauch ist.«
Genau das war es, was die Ui'Connor und die anderen Clans, die sich auf die Seite der Engländer geschlagen hatten, nicht bedachten, durchfuhr es Oisin. Diese Leute hofften auf ein paar Felder, Schafe oder Rinder als Beuteanteil, während die Engländer sich riesige Landstriche aneignen wollten.
»Aodh Mór O'Néill muss alle irischen Clans dazu bewegen, sich uns anzuschließen. Gemeinsam können wir die Engländer aus Irland vertreiben!«
Oisins Stoßseufzer war nicht für die beiden Frauen bestimmt. Sie verstanden jedoch seine Probleme und sagten sich, dass sie diese nicht noch vergrößern durften. Allerdings würden sie Buirre spüren lassen, dass sie nichts vergessen hatten.

16.

Sir Richard Haresgill war sauer, denn Henry Bagenal ließ ihn schon über eine Stunde im Vorzimmer warten, obwohl er an diesem Tag der Einzige war, der um eine Unterredung mit dem neuen Lordpräsidenten von Ulster ersucht hatte. Wie es aussah, war die Ernennung Bagenal zu Kopf gestiegen, denn im Grunde nahm der Mann keinen höheren Rang ein als er selbst, sondern war auch nur ein Landedelmann. Allerdings besaß Bagenal noch alle seine Ländereien, während er und seine Leute von Oisin O'Corra vertrieben worden waren. Nun benötigte er Hilfe, um sein Land wiederzugewinnen. Das wusste Bagenal und ließ es ihn spüren.
Obwohl Haresgill vor Wut fast platzte, war ihm nur allzu bewusst, dass er sich bei dem Gespräch mit dem Lordpräsidenten beherrschen musste. Daher rang er seinem Gehirn mehrere Sätze ab, die Bagenal überzeugen sollten, ihn zu unterstützen. Endlich unterbrach Bagenals Haushofmeister Haresgills Grübeln. »Sir Richard, Seine Exzellenz ist gewillt, Euch zu empfangen.«
Jetzt lässt sich der Bastard bereits Seine Exzellenz nennen, fuhr es Haresgill durch den Kopf, während er dem Haushofmeister in Bagenals Bibliothek folgte. Da die Vorhänge zugezogen waren, konnte er nicht sehen, wo der Lordpräsident saß oder stand. Erst eine Bewegung im Halbdunkel verriet es ihm, und er deutete eine Verbeugung in diese Richtung an.
»Sir Henry, ich bin gekommen, um …«, begann er, wurde aber von seinem Gastgeber unterbrochen.
»Wartet, bis ein Diener die Kerzen angezündet hat, Sir Richard. Ich habe sie vorhin ausgemacht, um ein wenig zu schlafen.«

Richard Haresgill konnte kaum glauben, was er da vernahm. Man hatte ihn warten lassen, weil Bagenal schlafen wollte! Mit Mühe hielt er sich im Zaum und wartete, bis ein Diener mit einem brennenden Fidibus hereinkam und die auf einem silbernen Leuchter steckenden Kerzen anzündete.

Endlich konnte Haresgill den Lordpräsidenten erkennen. Obwohl es bereits früher Nachmittag war, saß Bagenal im Morgenrock in einem bequemen Ohrensessel. Vor ihm stand ein Tisch, auf dem mehrere Karten und Notizzettel lagen. Als Haresgill einen Blick darauf zu werfen versuchte, deckte Bagenal alles mit einem bestickten Seidentuch zu.

»Es ist nicht so, dass ich Euch misstraue, Sir Richard. Doch ein unbedachtes Wort hat schon manche Pläne zum Scheitern gebracht.«

Haresgill beugte sich interessiert vor. »Ihr entwickelt also Pläne, wie wir diese verdammten Iren zur Räson bringen können?«

»Vielleicht plane ich auch nur, mir ein neues Stadthaus in Belfast zu bauen«, antwortete Bagenal bissig.

»Ihr müsst die Iren niederwerfen, Sir Henry, wenn Ihr nicht wollt, dass diese elende Rebellion weiter um sich greift. Noch hat Hugh O'Neill nur wenige Clans um sich versammelt. Ruft die Miliz von Ulster zusammen und schlagt diesem Verräter aufs Haupt. Das wird Ihre Majestät ganz gewiss von Euch erwarten.«

Haresgills Stimme klang beschwörend, doch der Lordpräsident ließ sich nicht drängen. »Ich habe die Nachricht von O'Néills Rebellion bereits nach Dublin und London gemeldet und erwarte jeden Tag meine Befehle von Ihrer Majestät.«

»Wenn Ihr warten wollt, bis die Königin Euch Soldaten und Waffen schickt, dürftet Ihr enttäuscht werden. So glorreich die Herrschaft Ihrer Majestät auch ist, so weist unsere jungfräuliche Königin leider zwei durchaus weibliche Charakterzüge auf: Zum einen zaudert sie zu lange, und zum anderen ist sie sehr haushälterisch, um nicht zu sagen: geizig. Sie schickt Euch höchstens ein paar hundert schlecht ausgerüstete Rekruten unter dem Befehl eines ihrer Höflinge, der einem Hugh O'Neill niemals gewachsen sein wird. Der Rebell ist schlau wie ein Fuchs und kennt viele Schliche.«

»Er ist Ire, und diese sind, wie man weiß, vom Verstand her einem Engländer niemals ebenbürtig«, erklärte Bagenal selbstbewusst. »Was die Miliz von Ulster betrifft, habe ich bereits mehrere Kompanien zu den Waffen gerufen, um unsere festen Plätze gegen die Rebellen zu sichern. Solange wir die Städte und Burgen im Land halten, kann Hugh O'Neill mit seinen paar Stammeskriegern Englands Macht niemals ernsthaft herausfordern.«

Obwohl Haresgill ebenfalls wenig von den Iren hielt, missfiel ihm Bagenals Überheblichkeit. Hugh O'Neill hatte oft genug bewiesen, wie wenig er zu berechnen war. Außerdem hatte der Kerl lange genug im Pale gelebt, um England und die Engländer zu kennen.

Haresgill konnte sich nicht mehr beherrschen und machte seinem Unmut Luft. »Ihre Majestät hat einen schweren Fehler begangen, Euch zum Lord President of Ulster zu machen. Sie hätte Hugh O'Neill dazu ernennen sollen. Auch wenn er Ire ist, hätte er Englands Interessen besser gedient.«

»Die Königin wusste genau, was sie tat«, antwortete Bagenal mit einem strafenden Blick. »Hugh O'Neill ist ein mächtiger und überaus ehrgeiziger Mann. Obwohl Ihre Majestät ihm den Titel eines Earl of Tyrone verliehen hat, ist ihm das nicht genug. Seine Besitzungen nehmen mittlerweile einen großen Teil von Ulster ein. Glaubt Ihr, er würde sich damit zufriedengeben, Englands Büttel in dieser Gegend zu spielen? Als Lord President würde er noch weitaus mehr Macht an sich raffen. Spätestens nach dem Tod Ihrer Majestät, der hoffentlich in weiter Ferne liegt, würde er das Schwert ergreifen, um Englands Herrschaft abzuschütteln und sich selbst zum Fürsten von Ulster, ja vielleicht sogar zum Hochkönig von Irland zu machen. Für diejenigen unter uns, die über Besitztümer in Irland verfügen, wäre dies eine Katastrophe! Ich persönlich halte den Schotten James, von dem es heißt, er solle Elisabeth einmal auf den Thron folgen, nicht für den Mann, der eine solche Rebellion niederschlagen kann.

Wenn uns Irland entgleitet, wird es sich unseren Feinden anschließen, und dann wird England nicht nur von Süden und Osten, sondern auch von Westen her bedroht. Glaubt Ihr, es kann sich halten, wenn spanische oder französische Schiffe in Kent und Sussex landen und gleichzeitig etliche tausend irische Wilde von Soldaten des Papstes und Spaniern verstärkt in Cornwall und Wales einfallen?«

Bagenal hatte sich in Hitze geredet, doch sein Besucher winkte verächtlich ab. »England wird jedes Feindes Herr werden! Doch im Augenblick interessiert mich die hohe Politik nicht. Mir geht es um mein Land, das ich an diesen dreimal verfluchten Oisin O'Corra verloren habe, und – um es offen zu sagen – um noch mehr Land, das ich hier in Irland erwerben und mit braven englischen Pächtern bewirtschaften kann. Jeder englische Bauer holt das Doppelte an Ertrag aus dem Land heraus als ein Ire. Das ist Geld, das mir zugutekommt, aber auch der Krone, die damit mehr Steuern einnimmt.«

Haresgill hoffte, Bagenal mit diesem Hinweis zu ködern, denn höhere Steuern bedeuteten auch mehr Geld für diesen in seiner Position als Lordpräsident der Provinz Ulster.

»Das ist das erste kluge Wort, das ich heute von Euch höre, Sir Richard«, antwortete Bagenal mit einem leisen Auflachen.

»Auch mir geht es um Land – und zwar um sehr viel Land. Ich will es mit aufrechten Christenmenschen aus England und Schottland besiedeln, die nicht wie die Iren diesen Popanz in Rom anbeten. Doch um an dieses Land zu gelangen, müssen wir die Iren von dort entfernen. Allerdings nützt es nichts, die Rebellion im jetzigen Stadium niederzuwerfen, Oisin O'Corra wieder zu vertreiben und Hugh O'Neill als Buße für seinen Aufstand tausend oder zweitausend Morgen abzunehmen. Ich will das gesamte Land der O'Neills! Dafür brauche ich einen Krieg, der Ihrer Majestät deutlich macht, dass es keinen Frieden mit Hugh O'Neill geben kann. Lassen wir den Aufstand ruhig noch ein wenig auflodern, Sir Richard. Notfalls ziehen wir uns nach Derry, Belfast oder Newry zurück. Wir dürfen erst zuschlagen, wenn wir sicher sein können, dass die Beute, die wir machen werden, unseren Vorstellungen entspricht.«

Haresgill war gekommen, um sich darüber zu beschweren, weil Bagenal seiner Ansicht nach zu zögerlich vorging. Nun aber streckte er ihm begeistert die Hand entgegen. »Ihr seid ein Mann ganz nach meinem Sinn, Sir Henry! Verzeihung, ich meinte natürlich Eure Exzellenz.«

»Für meine Freunde Sir Henry – und Ihr seid mein Freund, Sir Richard. Wenn dieser Aufstand vorbei ist, wird jeder von uns das Drei- bis Fünffache an Land besitzen.«

»Wo treiben wir die Iren hin?«, fragte Haresgill. »Es sind zu viele, um sie alle umzubringen. Außerdem brauchen wir Knechte und Tagelöhner für uns und unsere Pächter.«

Über Bagenals Gesicht huschte ein Lächeln. »Die sollen nach Connaught oder Donegal gehen. Dort ist genug Platz für das Gesindel.«

»Ganz meiner Meinung, Sir Henry! In Connaught oder Donegal will sowieso kein Engländer leben, weil es dort nur Moore, Wälder und Felsen gibt. Dort passen die Iren wunderbar hin. Trotzdem sollten wir genug von ihnen erschlagen, damit sie keinen Gedanken mehr an einen weiteren Aufstand verschwenden.«

»Das werden wir, Sir Richard! Darf ich Euch nun zu einem Glas Wein einladen, bei dem wir dieses Problem weiter erörtern können?« Bagenal zeigte mit einer einladenden Geste auf einen Stuhl und wies seinen Diener an, eine Karaffe Südwein und zwei Gläser zu bringen. Als dies geschehen war, stießen die beiden Herren miteinander an.

»Auf Englands Macht und unseren Reichtum!«, rief Bagenal aus.

»Auf Euch und darauf, dass Ihre Majestät Eure Größe erkennt und Euch schon bald zum Lord Lieutenant von ganz Irland ernennt.« Und mich zu Eurem Nachfolger als Lordpräsident von Ulster, setzte Haresgill in Gedanken hinzu und sah sich bereits über die Felder reiten, die ihm schon bald gehören würden. An die Iren, die jetzt noch dort lebten, verschwendeten weder er noch Bagenal einen weiteren Gedanken.

Zweiter Teil

Die Ankunft

1.

*F*erdinand von Kirchberg beschattete seine Augen und starrte die Küste an, auf die die *Margherita* zuhielt. Vor ihnen lag ein wildes, sturmzerklüftetes Land, gegen das die Wellen des Ozeans mit voller Wucht anbrandeten. Angesichts der hoch aufragenden Kliffs und der kleinen Felsen, die das Meer abwechselnd überspülte und freigab, bezweifelte Ferdinand, dass das Schiff hier sicher anlanden konnte. Für einige bange Augenblicke sah er es mit aufgerissenem Rumpf untergehen, während die Menschen von der unbarmherzigen See mitgerissen wurden und elendiglich ertranken.
Doch der Kapitän lief nicht zum ersten Mal Irland an, und er hatte bisher noch nie eine der Hafenstädte angesteuert, die von den Engländern beherrscht wurden. Auch diesmal plante er, in einer winzigen Bucht vor Anker zu gehen und die Passagiere und die noch vorhandene Ladung so rasch wie möglich an Land zu setzen.
»Das hier ist die Küste der Gráinne Ní Mháille!«, vernahm Ferdinand Pater Matteos Stimme und wandte sich zu ihm um.
»Wer ist das?«
»Die Königin der westlichen Küsten! Die Engländer nennen sie Grace O'Malley und haben sie fürchten gelernt. Ich hoffe, sie wird sich dem ruhmreichen Aodh Mór O'Néill anschließen«, antwortete der Pater und stieß einige unverständliche Sätze aus.
»Was sagt Ihr, Pater Matteo?«
Der Priester war ein kleiner, schlanker Mann mit dunkelbraunen Haaren, einem asketisch schmalen Gesicht und einer Miene, die großes Selbstbewusstsein verriet. Nun wandte er sich

Ferdinand mit einem sanften Lächeln zu. »Pater Matteo nannte man mich in Rom. Doch hier in meiner Heimat werde ich wieder den Namen tragen, der mir bei der Geburt gegeben wurde. Nennt mich von nun an Athair Maitiú! Ich bin aus der Ferne zurückgekehrt, um die Häresie in Irland auszumerzen und mein Volk in den Schoß der allein selig machenden Kirche zurückzuführen.«

»Das ist ein edler Vorsatz«, antwortete Ferdinand, weil ihm nichts anderes einfiel. Er hatte Pater Matteo, der sich nun Athair Maitiú nannte, für einen Römer gehalten, weil der Priester die dort gebräuchliche Form des Italienischen fließend sprach.

»Ich verstehe nicht, weshalb Ihr nicht schon bei Eurer Abreise erklärt habt, dass Ihr aus Irland stammt und das Land kennt«, sagte er nach einer Weile.

»Das musste ich verschweigen, denn die Ketzerkönigin hat ihre Spione überall! Hätten diese davon Wind bekommen, dass ein irischer Priester mit Euch fahren wird, hätten sie alles getan, um unsere Reise zu verhindern.«

»Das haben sie auch so«, erwiderte Ferdinand bitter. »Wir haben die meisten unserer Männer verloren, fast alle Waffen und beinahe sämtliche Lebensmittel. Um Haaresbreite konnten wir die nackte Haut retten.«

»Beschäftigt dich das immer noch?« Simon von Kirchberg war zu den beiden getreten und schüttelte nun nachsichtig den Kopf. »Junge, du solltest dich daran gewöhnen, dass ein Krieg Opfer erfordert. Die Engländer überwachen die See, um fremde Schiffe daran zu hindern, Irland anzulaufen. Mir war das Risiko von Anfang an bewusst. Es hätte uns weitaus schlimmer treffen können. Stell dir vor, es wäre den Engländern gelungen, auch unser Schiff zu kapern! Die armen Kerle an Bord der *Violetta* hatten einfach Pech.«

»Diese Männer sind Märtyrer unseres geheiligten Glaubens, und jeder Tropfen ihres Blutes, der vergossen wurde, wird

einen Ketzer in die Hölle ziehen«, warf Pater Maitiú mit weit hallender Stimme ein.
»Wir müssen das Vergangene ruhen lassen, Ferdinand, und auf das schauen, was vor uns liegt. Das gilt auch für die Beule, die du dir zugezogen hast. Hör endlich auf, die Matrosen zu fragen, wer dir den Schlag verpasst hat!«
Ferdinand begriff, dass er die Geduld seines Vetters nicht länger strapazieren durfte. Trotzdem ärgerte er sich, denn er hätte es dem Unbekannten gerne mit Zins und Zinseszins heimgezahlt.
Simon von Kirchberg legte ihm wie zum Trost den Arm um die Schulter. »Ich wäre viel lieber mit einer größeren Schar nach Irland gekommen, das darfst du mir glauben. Leider hat mir unser Herr im Himmel dies versagt. Oisin O'Corra wird wohl enttäuscht sein. Doch jeder unserer Soldaten ist gut ausgebildet, und die meisten hier an Bord können als Unteroffiziere eingesetzt werden.«
»An Soldaten dürfte kein Mangel herrschen«, warf der Priester ein. »Jeder Ire sehnt sich danach, das Schwert in die Hand zu nehmen und es in das Blut der englischen Ketzer zu tauchen. Was wir benötigen, sind im Kampf erfahrene Männer, die unsere Leute ausbilden und anführen können.«
Simon nickte und spie ins Wasser. »Wir werden aus den Iren richtige Soldaten machen und dann den Engländern zeigen, dass sie auf ihrer eigenen halben Insel am besten aufgehoben sind.«
»Wieso ›halben Insel‹?«, fragte Ferdinand verwirrt.
»Die andere Hälfte besitzen die Schotten, und das sind nicht gerade die Freunde der Engländer!« Simon klopfte ihm auf die Schulter und trat auf den Kapitän zu. »Wann erreichen wir unser Ziel?«
»So Gott uns den richtigen Wind schickt, noch vor dem Abend.«
»Und wenn Gott uns den Wind nicht schickt?«, fragte Fer-

dinand, dem der Kapitän im Lauf der Reise immer unsympathischer geworden war.
»Gott wird ihn uns schicken!«, erklärte Pater Maitiú mit entrückter Stimme.
Ferdinand achtete nicht auf ihn, sondern starrte wieder auf die Steilküste, die sich schier endlos dahinzog. Angesichts der schäumenden Brandung konnte er sich nicht vorstellen, dass es hier einen Fleck gab, an dem ein Mann unbeschadet an Land gehen konnte. Dabei sehnte er sich danach, das schwankende Deck der *Margherita* zu verlassen und endlich wieder festen Boden unter den Füßen zu spüren. Schließlich hatte der Herrgott im Himmel den Menschen nicht als Meeresgeschöpf geschaffen, sondern als ein Wesen des Landes, sonst hätte er ihm Flossen und Kiemen gegeben. Ferdinands Meinung zufolge hätte Gott bei der Erschaffung der Welt auf Inseln verzichten können. Er bereute diesen blasphemischen Gedanken jedoch sofort wieder und beschloss, bei Pater Matteo zu beichten, sobald sie an Land Quartier bezogen hatten. An den irischen Namen des Priesters hatte er sich noch nicht gewöhnt, und es würde wohl noch geraume Zeit dauern, bis ihm »Athair Maitiú« über die Lippen kommen würde.
Der Priester achtete nicht mehr auf die beiden deutschen Edelleute, sondern ging nach vorne zum Bug, um der Heimat noch ein Stück näher zu sein. Simon blieb bei Ferdinand stehen und klopfte ihm auf die Schulter.
»Kopf hoch, Junge! An den meisten anderen Stellen ist die Küste Irlands nicht ganz so abschreckend. Aber wir müssen die Gewässer, die die Engländer befahren, meiden und heimlich an Land gehen.«
»Ich wollte, wir wären schon dort«, stieß Ferdinand aus.
Simon lachte leise. »Keine Sorge! An Land sind wir früh genug. Sobald wir das Schiff verlassen haben, müssen wir in Erfahrung bringen, wo Oisin O'Corra zu finden ist, und uns zu ihm durchschlagen. Da wir nur noch gut sechzig Mann bei uns

haben, werden wir die Straßen meiden, auf denen die Heere normalerweise marschieren. Jede englische Garnison, die uns entdeckt, könnte uns aufreiben.«

»Du hast doch gesagt, Oisin O'Corra würde die englischen Garnisonen vertreiben«, antwortete Ferdinand verwundert.

»So war es geplant. Doch wir wissen nicht, wie weit Oisin und Hugh O'Neill bereits vorgestoßen sind. Es kann durchaus sein, dass sich noch immer englische Truppen in der Gegend aufhalten, in der wir anlanden.«

Simon war selbst höchst ungehalten über die Situation. Mit zwei Kompanien gut ausgerüsteten Fußvolks hätte er in Irland ganz anders auftreten können als mit seiner jetzigen Schar. Im Stillen verfluchte er die Engländer, denen die *Violetta* und der Großteil der päpstlichen Truppen zum Opfer gefallen waren, und auch ihren Kapitän, der einen Kurs gesteuert hatte, der sie vor die Kanonen der Engländer führen musste. Nun würde es schwer für ihn werden, seine Pläne zu verwirklichen.

»Weißt du, Junge«, sagte er zu Ferdinand, dem diese Anrede mehr und mehr missfiel, »dieses Irland ist wie ein Kochtopf, in dem es überall brodelt. Hier kann sich ein kluger Kopf den eigenen Teller bis zum Rand füllen.«

»Ich verstehe nicht, was du meinst.«

»Wenn dieser Krieg vorbei ist und wir die Engländer vertrieben haben, will ich in diesem Land ein hoher Herr mit großem Besitz werden. Dasselbe rate ich dir. Am besten heiratest du die halbwilde Tochter eines irischen Stammeshäuptlings, sorgst dafür, dass du dessen Nachfolger wirst, und herrschst anschließend über ein halbes Königreich.«

»Aber wir sind doch ausgesandt worden, um die Ketzer zu vertreiben«, wandte Ferdinand verwundert ein.

»Das eine schließt das andere nicht aus! Wenn wir die Haresgills, Bagenals und wie sie alle heißen auf ihre eigene Insel zurückgescheucht haben, hinterlassen diese ausgedehnte Ländereien. Es wäre Narretei, einfach nur zuzuschauen, wie die Iren

die eroberten Gebiete unter sich aufteilen. Immerhin steht uns eine stattliche Belohnung zu. Dies hat auch Seine Heiligkeit bestätigt, als er mir diesen Auftrag erteilt hat.« Simon amüsierte sich über die Naivität seines jungen Vetters und klopfte ihm erneut auf die Schulter. »Es wird Zeit, dass du trocken hinter den Ohren wirst, mein Junge.«
»Simon, ich wäre dir sehr verbunden, wenn du mich nicht immer ›mein Junge‹ nennen würdest. Was sollen unsere Soldaten und vor allem die Iren denken? Immerhin bin ich dein Stellvertreter und hätte die zweite Kompanie kommandiert, wäre sie nicht den Engländern zum Opfer gefallen.«
Simon unterdrückte ein Grinsen. Mit diesem Versprechen hatte er seinen Vetter verlockt, mit ihm zu ziehen, dabei hatte er nie ernsthaft erwogen, es zu erfüllen. Sein Stellvertreter und Chef der zweiten Kompanie wäre ein aus dem Mannschaftsstand aufgestiegener Offizier gewesen. Doch der Mann war ebenso wie die meisten Soldaten mit der *Violetta* verlorengegangen. Als Simon darüber nachdachte, fiel ihm niemand ein, den er zu seiner rechten Hand machen konnte. Zwar bestand seine Stammschar aus guten Soldaten, aber von denen hatte niemand das Zeug zum Anführer. In der Hinsicht war er nun wohl tatsächlich auf seinen jüngeren Vetter angewiesen.
»Also gut, ich werde es mir verkneifen«, versprach er daher. »Damit unsere Männer und auch die Iren Achtung vor dir haben, werde ich ab jetzt ›Leutnant‹ zu dir sagen. Du solltest dich im Gegenzug befleißigen, mich Hauptmann zu nennen – oder Captaen, wie die Iren sagen.«
»Jawohl, Hauptmann Captaen«, antwortete Ferdinand forsch, denn er war froh, dass das gute Einvernehmen zwischen ihnen wiederhergestellt war.

2.

Kurz vor der Abenddämmerung erreichte die *Margherita* eine kleine, flache Bucht, die weder vom Meer noch vom Land aus einzusehen war. Hundert Faden vom Strand entfernt ließ der Kapitän Anker werfen und kam dann auf Simon und Ferdinand zu.

»Ihr müsst Euch beeilen! Ich will noch vor Mitternacht wieder auf See sein.«

Der Mann fürchtet sich vor den Engländern fast zu Tode, stellte Ferdinand fest. Mit einer vorwurfsvollen Geste wies er auf die Wellen, die gegen den Strand anliefen, und fragte: »Sollen wir etwa an Land schwimmen?«

»Das Beiboot wird bereits zu Wasser gelassen«, antwortete der Kapitän und kehrte Ferdinand den Rücken zu.

»Unverschämter Kerl«, murmelte dieser.

Simon von Kirchberg stieß sich von der Reling ab, ging zum Fallreep, das Matrosen in die Tiefe ließen, und blickte auf das unten dümpelnde Boot hinab.

»Na, dann wollen wir mal«, erklärte er.

»Was ist mit unseren Sachen?«, fragte Ferdinand.

»Um die sollen sich die beiden Soldaten kümmern, die es sonst auch getan haben. Oder ist der deine noch immer seekrank?«

»Nein, er ...«, hub Ferdinand an, aber da kamen sein und Simons Helfer bereits den Niedergang herauf.

Beide trugen das, was vom Gepäck der Edelleute übrig geblieben war. Ihnen folgten weitere Soldaten mit erleichterten und erwartungsvollen Mienen. Alle waren froh, den stinkenden Kahn verlassen zu können, in dem sie wie Heringe zusammengepfercht gewesen waren. Keiner von ihnen musste viel tragen, denn es waren nicht nur die meisten Waffen und Vorräte über Bord gegangen, sondern auch Teile ihres persönlichen Besitzes. Im Grunde waren sie ein verlorener Haufen, den kein Kommandeur auf dem Kontinent zum normalen Sold in seine Dienste nehmen würde. Hier in Irland rechneten sich die Männer bessere Chancen aus. Immerhin galt es, gegen elende Ketzer zu kämpfen, die dem Heiligen Vater in Rom die Gefolgschaft aufgekündigt hatten. Dadurch erwarb jeder von ihnen das Anrecht, nach dem Tod ungesäumt ins Himmelreich aufgenommen zu werden. Sollte vorher noch ein wenig Gold an ihren Händen kleben bleiben, so hatten sie nichts dagegen.

Feldwebel Cyriakus Hufeisen blieb vor Simon stehen. »Wir sind bereit, Hauptmann! Jetzt müssen sich die Engländer vorsehen.«

»Gut, Hufeisen! Wir beginnen mit dem Ausschiffen. Du bleibst an Bord, überwachst die Männer und setzt erst mit der letzten Ladung über.«

Mit diesen Worten stieg Simon von Kirchberg das Fallreep hinab ins Boot. Nach einem kurzen Zögern folgte ihm Ferdinand, während Hufeisen acht Mann bestimmte, die mit dem Hauptmann und dessen Vetter als Erste an Land gerudert werden sollten.

Das Boot schaukelte noch schlimmer als die *Margherita*, und für einige Augenblicke befürchtete Ferdinand, erneut seekrank zu werden. Mit aller Beherrschung, zu der er fähig war, zwang er seinen rebellischen Magen zur Ruhe und sah zu, wie vier Matrosen die Riemen auslegten und das Boot vom Schiff abstießen. Mit stetem Schlag hielten sie auf das Ufer zu und ließen es an dem flachen Strand auflaufen.

»Jetzt avanti, damit wir die anderen Männer holen können«, flüsterte ein Matrose, als hätte er Angst, der Wind würde seine Worte sonst zu den Engländern tragen.

Ferdinand, Simon und die acht Soldaten stiegen über die Bordwand und stapften die letzten Schritte durch das anrollende

Wasser aufs Trockene. Auf Simons Wink hin schwärmten die Soldaten aus und sicherten die Landestelle. Unterdessen wurde das Boot zum Schiff zurückgerudert, um die nächsten zehn Soldaten zu holen.

»Sagte der Kapitän nicht, dass hier in der Nähe ein Dorf ist?«, fragte Ferdinand seinen Vetter.

Simon blickte sich um und zuckte mit den Schultern. »Wahrscheinlich liegt es dort hinter den Hügeln.«

»Ich kann nachsehen!«

»Nein, Junge, du bleibst hier! Wenn jemand die Gegend erkundet, dann nur ein erfahrener Mann.«

Ferdinand bleckte die Zähne, die in der beginnenden Dunkelheit wie weiße Perlen schimmerten. »Heißt es nicht Leutnant?«

»Leg doch nicht jedes Wort auf die Goldwaage«, spottete Simon und ging ein paar Schritte landeinwärts.

Seufzend blickte Ferdinand zur *Margherita* hinüber. Das Schiff war nur als dunkler Schemen vor dem leicht heller schimmernden Meer zu erkennen. Aber er konnte erahnen, dass das Beiboot eben wieder angelegt hatte und weitere Männer aufnahm. Dabei musste er gegen seine Enttäuschung ankämpfen. Als sie von Rom aufgebrochen waren, hatte er sich vorgestellt, sie würden am hellen Tag mit wehenden Fahnen und im Klang der Fanfaren in Irland einziehen. Stattdessen stahlen sie sich des Nachts an Land, so als wären sie Diebe und nicht eine Streitmacht des einzig wahren Glaubens, den es auf dieser Insel zu verteidigen galt.

In seiner Nervosität zog Ferdinand das Schwert, obwohl nichts darauf hindeutete, dass Gefahr drohte, und folgte Simon. Das Land vor ihnen wirkte wie ein dunkler Klotz gegen den Dämmerungshimmel, auf dem bereits die ersten Sterne aufblinkten. Da der Mond sich noch nicht sehen ließ, war es so düster, dass Ferdinand sich fragte, wie die Matrosen der *Margherita* mit dem Boot vom Schiff zum Land und zurück kommen wollten.

Für diese ägyptische Finsternis hätten sie Augen wie Katzen gebraucht.
Doch die Seeleute hatten Erfahrung darin, Leute heimlich an Land zu setzen, und brachten immer mehr Soldaten herbei. Zuletzt schafften sie sogar noch einige Kisten mit Waffen ans Ufer, die ihnen in der Panik, die die englischen Schiffe ausgelöst hatten, entgangen waren.
Die noch an Bord befindlichen Fässer mit Pökelfleisch, getrocknetem Fisch und Wein, die ebenfalls für diese Aktion gedacht gewesen waren, hielt der Kapitän jedoch zurück, da seine Männer die eigenen Vorräte über Bord geworfen hatten. Er selbst verließ das Schiff nicht, sondern sah vom Achterdeck aus zu, wie die beiden Soldaten, die sich um das Gepäck des Hauptmanns und seines Vetters kümmern mussten, zusammen mit Cyriakus Hufeisen und Pater Maitiú als Letzte im Beiboot Platz nahmen.
»Richtet Capitano von Kirchberg meine besten Empfehlungen aus und sagt ihm, wir lichten den Anker, sobald das Beiboot zurück ist!«, rief er ihnen zu und trat dann zu seinem Steuermann. »Ist alles bereit?«
»Si, Capitano!«, antwortete dieser und zeigte auf das halbe Dutzend Matrosen, das an der Winde stand und darauf wartete, den Anker lichten zu können. Allen an Bord war bewusst, dass sie so schnell wie möglich die offene See erreichen mussten. Wurden sie zu früh von einem englischen Schiff entdeckt und gegen die Steilküste mit ihren Klippen getrieben, waren sie ebenso verloren wie ihre Kameraden auf der *Violetta*.
Pater Maitiú konnte es kaum erwarten, wieder irischen Boden unter den Füßen zu spüren. Seine Eltern hatten ihn bereits als Zehnjährigen nach Rom geschickt und dort zum Vorkämpfer gegen Häresie und Ketzerei ausbilden lassen. Nun war der Augenblick gekommen, in dem er seiner Bestimmung folgen konnte. Als das Boot über Kiesel schrappte, stieg er über Bord und rannte die letzten Schritte zum Strand hoch. Dort sank er

in die Knie, krallte die Finger in den grobkörnigen Sand und weinte vor Freude.
»Ich bin zurückgekommen!«, schrie er so laut, dass alle in der Nähe zusammenzuckten.
»Verdammt, brüllt nicht so! Oder wollt Ihr, dass Euch die falschen Leute hören?«, fuhr Simon den Priester an. Dabei hielt er immer noch Ausschau nach dem Dorf, doch die Dunkelheit war schier undurchdringlich.
»Jetzt ist Irland gerettet!«, setzte der Pater etwas leiser hinzu und blickte zum Himmel empor. Ihm war, als könne er in dem dunklen Blau der Nacht das Antlitz der Heiligen Jungfrau erkennen und deren gebieterisch ausgestreckten Arm, der in das Land hineinwies.
»Oh Himmelskönigin, du geliebte Mutter unseres Erlösers Jesus Christus, gib mir deinen Segen«, flüsterte er ergriffen und senkte voller Demut sein Haupt.
Simon von Kirchberg hatte an andere Dinge zu denken als an den himmlischen Segen. Von dem Dorf, in dem laut Aussage des Kapitäns treue Anhänger des Papstes lebten, war nicht die geringste Spur zu entdecken. Dabei standen knapp sechzig Männer um ihn herum, die alle unzureichend ausgerüstet waren. Daher mussten sie sowohl die englischen Patrouillen meiden wie auch jene Clankrieger, die auf der Seite der Engländer kämpften.
»Hufeisen, die Männer sollen die Kisten aufmachen. Wenn Musketen, Pulver und Blei darin sind, werden diese an die besten Schützen verteilt. Die Spieße und Schwerter bekommen die stärksten Männer. Der Rest soll sich von den Bäumen im Wald Äste abschneiden und diese als Knüppel verwenden!«
»Wird gemacht, Herr Hauptmann!« Hufeisen bestimmte mehrere Söldner, die noch vorhandene Ausrüstung zu sichten. Die Ausbeute war denkbar gering. Sie fanden sechs Musketen, aber kaum Schießbedarf, ein Dutzend Hellebarden, drei Bidenhänder und vier Kurzschwerter. Damit konnten sie nicht einmal

die Hälfte der Männer ausrüsten. Simons Missmut steigerte sich noch, als sich herausstellte, dass nichts Essbares in den Kisten zu finden war.

»Wir hatten doch genug Vorräte mitgenommen«, rief Ferdinand entrüstet.

»Der verdammte Schiffer hat unsere Lebensmittel für sich zurückgehalten!« In diesem Augenblick bedauerte Simon von Kirchberg, dass Ferdinand auf seinen Befehl hin nicht erfahren hatte, wer für die Beule auf seinem Schädel verantwortlich war, denn nun hätte er dem Kapitän eine ordentliche Tracht Prügel vergönnt. Aber nutzlose Gedankenspiele brachten sie nicht weiter.

Energisch winkte er Pater Maitiú zu sich. »Ist Euch diese Gegend hier bekannt, hochwürdiger Herr?«

Der Priester schüttelte den Kopf. »Ich stamme aus dem Süden von Irland und kann nicht einmal sagen, ob das hier noch die Küste von Sligeach oder bereits die von Tir Chonaill ist.«

»Das ist bedauerlich, denn ich hatte gehofft, Ihr könntet uns ein Dorf nennen, in dem wir Nahrung und vor allem einen Führer finden, der uns zu O'Corra bringen kann«, sagte Simon und gab den Befehl zum Aufbruch.

Ferdinand warf noch einen letzten Blick zurück auf die Bucht und konnte im Licht des aufsteigenden Mondes erkennen, dass die *Margherita* bereits Anker gelichtet hatte und nach Westen segelte. Die Nahrungsmittel, mit denen die Truppe die ersten Tage hätte auskommen sollen, nahm sie mit sich. Bei dem Gedanken hatte Ferdinand das Gefühl, als wäre ihm der Kapitän noch einiges schuldig, und er bedauerte, dass er diesem Mann wohl niemals wieder begegnen würde. Brüsk wandte er sich ab und folgte seinem Vetter.

3.

Auf der Burg der Uí'Corra herrschte ein fragiler Friede zwischen Ciara und Saraid auf der einen und Buirre und dessen Freunden auf der anderen Seite. Ionatán stand irgendwo dazwischen. Einerseits war Buirre sein Anführer, zum anderen aber galt seine Loyalität Ciara. Dieses Gefühl verstärkte sich noch, da Buirre und die vier Clankrieger, die Oisin O'Corra zum Schutz der Burg zurückgelassen hatte, alle unangenehmen Aufgaben auf ihn abwälzten.
Auch an diesem Tag war er zu Oisin O'Corra geschickt worden, der mit seinen Männern eine hölzerne Festung auf dem Zugangsweg zum Tal errichtete, um neue Befehle abzuholen. Gerade als er zurückgekehrt war und Buirre berichtete, was der Taoiseach ihm aufgetragen hatte, erschien dessen Stellvertreter Seachlann.
»Saraid sagt, eine Kuh sei verschwunden und wir sollen sie suchen«, meldete er. Es war ihm anzusehen, wie wenig es ihm behagte, dies selbst tun zu müssen.
Buirre sah sogleich Ionatán an. »Wenn das alles war, was du mir von Oisin mitzuteilen hast, kannst du gleich nach der Kuh schauen. Das Vieh kann ja noch nicht weit gekommen sein.«
Ionatán hatte gerade erst über dreißig Meilen zurückgelegt und war rechtschaffen müde. Doch wenn er sich weigerte, würde Buirre zornig werden und ihn womöglich wieder zu den Tagelöhnern stecken.
Daher nickte er mit verbissener Miene. »Weiß man, wohin die Kuh gelaufen ist?«
»Da musst du Saraid fragen«, beschied ihn Seachlann und ver-

schwand, bevor es Buirre einfallen konnte, ihn ebenfalls loszuschicken.

Ionatán verneigte sich vor Buirre, der immer mehr auftrat wie ein großer Herr, und wollte Saraid aufsuchen. Auf dem Weg in die Burg traf er auf Ciara, die gerade mit Gamhain unterwegs war, um Kräuter für die Küche zu sammeln.

»Du bist schon wieder zurück? Da musst du aber rasch gelaufen sein«, sagte sie verwundert und fragte dann, wie es ihrem Bruder ginge.

»Der Taoiseach ist bei guter Gesundheit und in bester Stimmung, weil er erfahren hat, dass die Engländer einige der kleineren Festungen aufgegeben und sich aus diesem Teil Uladhs zurückgezogen haben. Doch jetzt muss ich die vermisste Kuh suchen, sonst wird Herr Buirre zornig.«

»Herr Buirre!« Ciara blies verächtlich die Luft aus der Nase. Erst dann begriff sie, was Ionatán gesagt hatte. »Was soll das? Du bist heute schon weit genug gelaufen. Die Kuh kann doch wohl auch jemand anderes suchen.«

»Herr Buirre hat es mir aufgetragen«, antwortete Ionatán unglücklich. »Ich muss Frau Saraid fragen, in welche Richtung die Kuh verschwunden ist, und mich beeilen, sonst ist das Tier über alle Berge.«

»Saraid zu fragen ist nicht nötig. Jetzt wird Gamhain uns ihre Fähigkeiten im Spurenlesen beweisen. Also komme ich mit.«

Fröhlich klopfte sie der Hündin auf den Rücken und führte sie zum Stall an den Platz der vermissten Kuh.

»Das Viehzeug musst du finden«, sagte Ciara zu Gamhain, während diese neugierig schnüffelte.

»Ich kann mir nicht vorstellen, dass sie das kann«, sagte Ionatán. »Selbst ein Jagdhund muss auf die Fährte angesetzt werden, damit er das Wild findet.«

»Gamhain ist klüger als jeder andere Hund«, erklärte Ciara und hoffte, das Tier würde sie nicht Lügen strafen.

Zunächst allerdings sah es ganz danach aus. Kaum hatten sie

die Burg verlassen, lief die Hündin in verschiedene Richtungen, bellte übermütig und brachte einen Stock zu Ciara, um diese aufzufordern, mit ihr zu spielen.
Da Buirre und einige seiner Männer Ciaras Gespräch mit Ionatán mitbekommen hatten, brachen sie in schallendes Gelächter aus, und Ciara drehte Gamhain in Gedanken den Hals um. Wie kam das Vieh dazu, sie so vor allen Leuten zu blamieren? Als hätte sie die Gedanken ihrer Herrin erraten, ließ die Hündin den Stock fallen, bellte kurz und trabte auf das Moor zu. Nach etwa einhundert Schritten blieb sie stehen und blickte zurück. Warum kommst du nicht mit?, schien sie zu fragen.
Nach kurzem Zögern setzte Ciara sich in Bewegung. Ionatán packte seinen Spieß fester und folgte ihr, wirkte aber eher ängstlich als kriegerisch.
Das Lachen der Krieger und deren spöttische Bemerkungen folgten ihnen noch eine ganze Weile. Ciara ballte verärgert die Fäuste. »Der Krieg verdirbt die Männer! Anstatt zu arbeiten, spreizen sie sich wie Pfauen und prahlen damit, wie viele Feinde sie schon erschlagen haben. Doch von denen dort ist keiner ein Cú Chulainn oder Celtchar Mac Uthechair. Die hätten die Engländer einfach beim Kragen gepackt und über das Meer auf ihre Insel zurückgeworfen.«
»Besonders gesund würden die Sasanachs nicht dort ankommen!«
Ciara lachte. »Da hast du recht. Aber ich hoffe, dass Oisin es den großen Helden der Vergangenheit gleichtut und Irland von dieser Pest befreit.«
Für ein paar Augenblicke galten ihre Gedanken dem Bruder und dem bevorstehenden Krieg. Lange würde es nicht mehr dauern, bis der Klee, der hier so herrlich gedieh, sich blutig färben würde. Letzten Gerüchten zufolge war Henry Bagenal, einer der Anführer der englischen Siedler, von seiner Königin beauftragt worden, Aodh Mór O'Néill und dessen Verbündete niederzukämpfen. Da es sich bei den Siedlern um landgieriges

Pack handelte, das einem ehrlichen Iren selbst die Luft zum Atmen nicht gönnte, würde der Angriff nicht lange auf sich warten lassen.

Hoffentlich sind unsere Krieger bereit, dachte Ciara. Da schob sich Simon von Kirchbergs Bild in ihre Gedanken, und sie flehte ihn insgeheim an, rasch zu erscheinen. Sobald er mit seinen Söldnern zu Oisin gestoßen war, brauchten die Ui'Corra keinen Engländer mehr zu fürchten. Ciara konnte es kaum erwarten, den deutschen Edelmann wiederzusehen, doch sie zwang sich, das Gefühl beiseitezuschieben.

So schnell sie es vermochte, rannte sie hinter Gamhain her. Die Hündin sah sich kurz nach ihr um und lief dann gerade so schnell, dass sie ihr folgen konnte.

Anders als Ionatán machte Ciara sich keine Sorgen, dass ein englischer Meuchelmörder ihren Weg kreuzen könnte. Oisin hatte die Umgebung durchsuchen lassen und Männer bestimmt, die regelmäßig durch die angrenzenden Wälder streifen und nach Verdächtigem Ausschau halten sollten. Denen würde keine Maus entgehen, geschweige denn irgendein englischer Tölpel.

»Wir entfernen uns ziemlich weit von der Burg!«, rief Ionatán hinter Ciara her.

Sie wandte sich zu ihrem Begleiter um. »Hast du Angst?«

Er schüttelte zwar den Kopf, doch ihr war klar, dass er log. Im Grunde war er kein Krieger, sondern ein Mann, der dem Boden das abringen wollte, was er zum Leben brauchte.

»Wir müssen uns nicht fürchten! Gamhain ist bei uns, und sie wird jeden Engländer im Umkreis von tausend Schritten melden.« Dabei fragte sich Ciara mittlerweile selbst, ob sie von ihrer Hündin wirklich verlangen konnte, einer Spur zu folgen und auf die Umgebung zu achten.

»Hoffentlich finden wir die Kuh, bevor sie im Moor versinkt«, sagte sie.

»Wenn Gamhain überhaupt der Spur des Rindviehs gefolgt

ist«, wandte Ionatán ein. »Sie kann genauso gut hinter einem Kaninchen her sein.«
»Das glaube ich nicht!« Trotz ihrer Worte bedachte Ciara die Hündin mit einem zweifelnden Blick. Ihre Unsicherheit wuchs, als das Tier schnurstracks auf einen mit dichtem Gebüsch und Binsen bewachsenen Teil des Moores zuhielt, schließlich langsamer wurde und vorsichtig über den schwankenden Boden lief.
»Ab jetzt müssen wir achtgeben, damit uns nicht das stille Volk einen Streich spielt und uns vom Weg fortlockt!«, flüsterte Ionatán und sah ganz so aus, als erwarte er jeden Augenblick einen Elf zu sehen, der ihre Augen prompt mit einem Zauberspruch trüben würde.
Ciara blies die Luft durch die Nase und sprach in Gedanken ein kurzes Gebet, damit die Himmelsmächte ihnen gewogen blieben. Das Moor war gefährlich, und nur jene, die es genau kannten, wagten sich hinein. Schon überlegte sie, ob sie Gamhain nicht besser zurückrufen und umkehren sollte, da entdeckte sie die Fußstapfen der vermissten Kuh.
»Sieh her, Ionatán!«, rief sie aus. »Gamhain ist auf der richtigen Spur.«
»Hier werden wir die Kuh nicht mehr herausholen können. Die Elfen und Kobolde werden das nicht zulassen!« Zitternd blieb Ionatán stehen und wollte Ciara festhalten.
Sie entwand sich seinem Griff und zeigte nach vorne. »Wir können auf keine unserer wenigen Kühe verzichten. Wenn die Elfen und Kobolde welche haben wollen, sollen sie sich die der Engländer holen und nicht die von uns. Komm weiter!«
Ihr Appell fruchtete. Zwar bebte Ionatán bei jedem Schritt vor Angst, aber er wollte sich nicht vor einer jungen Frau blamieren. Vorsichtig schlich er hinter Ciara her und hielt jedes Mal die Luft an, wenn der Boden unter seinen Füßen schmatzend nachgab.
Schließlich wurde es Ciara zu bunt. »Was bist du nur für ein

Mann, Ionatán O'Corra? Auf diesem Weg ist die vermisste Kuh gelaufen, und die ist schwerer als wir beide zusammen. Solange sie nicht im Moor versinkt, brauchen wir uns keine Sorgen zu machen. Außerdem haben wir Gamhain, und die ist vorsichtig.«

Hoffentlich, setzte Ciara in Gedanken hinzu. Denn auch ihr wurde das Moor langsam unheimlich. Der Boden unter den Füßen schwankte so, als wolle er jeden Augenblick unter ihr nachgeben und sie verschlingen. Und doch war hier eine Kuh gelaufen. Wahrscheinlich aber war das Tier längst an eine trügerische Stelle gelangt und versunken.

Ciara erwog nun doch, die Suche abzubrechen, da gab Gamhain Laut. Rasch schloss sie zu der Hündin auf und entdeckte die Kuh, die hinter ein paar Büschen stand und aromatische Kräuter abgraste.

»Da bist du ja, du Ausreißerin!«, schimpfte Ciara und wollte auf das Tier zutreten. Die Kuh drehte ihr jedoch den Kopf zu und senkte die Hörner. Im nächsten Moment raste Gamhain bellend auf das Tier zu, entging geschickt einem Hornstoß und kniff es ins Hinterbein.

»Kluges Mädchen«, lobte Ciara die Hündin. Da entdeckte sie, was die Kuh so angriffslustig machte. Auf einem Stück trockenen Bodens etwa drei Schritte hinter dem Tier lag ein Kälbchen, das tolpatschig auf die Beine zu kommen versuchte.

»Vorsicht, Ionatán! Die Kuh hat gekalbt«, warnte sie ihren Begleiter.

Ionatán hatte auf die Kuh zugehen wollen, blieb stehen und drehte sich zu Ciara um. »Was machen wir jetzt?«

»Am besten ist es, wenn Gamhain die Kuh vor sich hertreibt. Dann kannst du das Kälbchen auf die Schultern nehmen und nach Hause tragen.«

Ciara winkte ihm beiseitezutreten, damit der Rückweg frei wurde, und geriet auf eine Stelle, die unter ihr nachgab. Erschrocken schrie sie auf.

Ionatán wirbelte herum, sah, dass sie bereits bis zu den Knien eingesunken war, und wollte zu ihr rennen.

»Bleib stehen, sonst versinkst du ebenfalls!«, rief sie. »Schneid einen Zweig ab und zieh mich damit heraus, aber schnell!«

Ionatán trat an ein Gebüsch, nahm sein Messer und griff nach einem dickeren Zweig. Da schmatzte der Boden unter ihm, und er sprang gerade noch rechtzeitig zurück, bevor das Moor auch nach ihm greifen konnte. Der nächste Versuch gelang jedoch. Er trennte einen langen Ast ab und streckte ihn Ciara entgegen.

Erleichtert fasste sie danach und klammerte sich daran fest, während der Mann mit aller Kraft zog. So leicht aber wollte das Moor seine Beute nicht freigeben. Ionatán keuchte bereits wie ein abgetriebener Ochse und befürchtete das Schlimmste. Dann endlich hatte er den Eindruck, als sei das Mädchen ein wenig aus dem Boden herausgekommen, und er verdoppelte seine Anstrengungen.

Das Moor ließ Ciara ebenso überraschend los, wie es sie gepackt hatte, und sie verlor den Halt. Zum Glück fiel sie auf festeren Boden, riss Ionatán aber ebenfalls um. Als sie aufschaute, lagen sie beide vor den Füßen der Kuh. Diese beäugte sie misstrauisch, doch als Gamhain kurz bellte, wich sie ein paar Schritte zurück. Aus Angst vor der Hündin ließ das Tier es zu, dass Ionatán sich wieder aufraffte und zu ihrem Kälbchen trat.

Der junge Mann hob das Neugeborene auf und legte es sich über die Schulter, ohne den Blick von der Kuh zu wenden. Doch der war angesichts von Gamhains bedrohlichem Gebiss die Angriffslust vergangen, und als Ionatán auf den eigenen Spuren zurückging, lief sie hinter ihm her. Gamhain drängte sich an ihm vorbei und übernahm die Führung, als wolle sie ihnen einen sicheren Weg weisen, während Ciara noch einmal die Stelle betrachtete, die ihr beinahe zum Verhängnis geworden wäre. Sie schüttelte sich, um den Schrecken loszuwerden, und folgte Ionatán und den Tieren.

4.

Auf dem Heimweg kamen Ciara und Ionatán an einer Stelle vorbei, an der offenbar noch vor kurzem Torf gestochen worden war. Ciara betrachtete das kleine Häufchen mit den ziegelförmigen Torfstücken und schüttelte den Kopf.

»Hier hätte längst weitergearbeitet werden müssen, damit wir es im Winter warm haben. Aber Buirre spielt lieber den großen Feldherrn und lässt seine Männer fressen, saufen und in den Tag hinein faulenzen.«

»Sie sind Krieger und keine Tagelöhner«, wandte Ionatán ein.

Ciara winkte ärgerlich ab. »In erster Linie sind es Männer, die sich um die Zukunft ihres Clans sorgen sollten. Ohne Feuerholz und Torf können wir keinen Herd schüren und auch nicht kochen. Wie wollen die Männer kämpfen, wenn sie nichts zu beißen bekommen?«

Darauf wusste Ionatán nichts zu antworten. Er war zeit seines Lebens Tagelöhner gewesen, dem der Verwalter erklärt hatte, was er zu tun und zu lassen hatte. Auch jetzt war es ihm lieber, wenn ihm jemand eine Arbeit auftrug, als selbst entscheiden zu müssen, was notwendig war. Mittlerweile hatte er es schon das eine oder andere Mal bedauert, sich zu den Kriegern gemeldet zu haben, denn er wurde weder von Buirre noch von dessen Männern ernst genommen. Die einzige Person, die ihm etwas zuzutrauen schien, war Ciara, und daher schenkte er der Schwester seines Taoiseach einen bewundernden Blick.

Sie wusste immer, was richtig war und was nicht, und das galt auch für Saraid. Vieles wäre anders gekommen, wenn Maeve nur ein wenig von diesen beiden Frauen hätte. Seine Frau war ein hübsches Ding, aber mit ihrem Leben unzufrieden, und das hatte sie ihn schon vor dem Überfall der Engländer spüren lassen.

Kaum hatte Ionatán an seine Ehefrau gedacht, da tauchte diese vor ihnen auf und blickte der seltsamen Gruppe entgegen, die von der großen Hündin angeführt wurde. Als sie ihren Mann mit dem Kalb sah, verzog sich ihr Gesicht zu einer höhnischen Grimasse.

»Jetzt bist du wieder ein Knecht, wie es dir zusteht, du Feigling!«

Ohne darauf zu antworten, ging Ionatán an ihr vorbei. Maeve lief ein paar Schritte neben ihm her und spottete weiter. »Du dachtest wohl, du könntest Krieger spielen. Doch dafür braucht es andere Männer – solche wie Buirre, die vor keinem Engländer davonlaufen.«

»Halt den Mund, sonst sorge ich dafür, dass du lernst, was Gehorsam ist!«, fuhr Ciara sie an.

»Das lässt Herr Buirre nicht zu«, antwortete Maeve schnippisch und kehrte der Schwester des Clanoberhaupts den Rücken zu.

Ciara juckte es in den Fingern, diesem aufsässigen Weib mit ein paar Ohrfeigen beizubringen, wem sie Achtung schuldete und wem nicht. Dann aber winkte sie verächtlich ab. Irgendwann würde Maeve ihre Strafe erhalten.

»Mach dir nichts aus ihrem Gekeife«, sagte sie zu Ionatán.

»Ich hätte sie nicht heiraten sollen. Doch es war der Wunsch unserer Väter, und dem habe ich mich gebeugt.«

Er verschwieg ihr, dass diese Heirat nicht zuletzt deswegen betrieben worden war, weil Richard Haresgill ein begehrliches Auge auf Maeve geworfen hatte. Daher war die Ehe heimlich und ohne dessen Wissen geschlossen worden. Vielleicht hatte dies zum Verderben ihres Dorfes beigetragen, dachte Ionatán. In den übrigen Dörfern auf dem ehemaligen Ui'Corra-Land hatten Haresgills Männer nicht so gewütet wie bei ihnen. Hatte der Engländer seine Leute vielleicht aufgehetzt, um sich dafür zu rächen, weil ihm das Vergnügen entgangen war, Maeve als Jungfrau in sein Bett zu holen?

In dem Augenblick begriff Ionatán erstmals, dass seine Rache weniger den englischen Soldaten als vielmehr deren Anführer Richard Haresgill galt, vor dem er bis zur Rückkehr der Ui'Corra den Nacken hatte beugen müssen. Ein Oisin O'Corra war ein ganz anderer Mann. Dieser würde niemals die Hand nach der Tochter eines Tagelöhners ausstrecken, nur um seine Lust zu befriedigen. Auch deswegen war er ein Anführer, für den es sich lohnte, in den Kampf zu ziehen. Er musste an Buirre denken. Zwar war der Verwalter ungerecht und faul, aber es war immer noch besser, ihm zu gehorchen, als sich einem Schuft wie Richard Haresgill unterwerfen zu müssen.

Als sie den Burghof betraten, trafen sie auf Saraid. Diese schüttelte den Kopf, als sie das Kalb auf Ionatáns Schulter bemerkte. Dann fiel ihr Blick auf die breite schwarze Kruste auf Ciaras Rock, und sie schlug das Kreuz.

»Bei der heiligen Madonna! Seid ihr im Moor gewesen?«

Ciara nickte. »Da sich die Kuh dort versteckt hatte, mussten wir hinein. Aber wie du siehst, sind wir gut wieder herausgekommen!«

»Herausgekommen ja! Aber gut, das bezweifle ich ...« Saraid deutete auf Ciaras Kleid.

»Ich bin ein bisschen im Moor eingesunken. Aber es war nicht so schlimm.«

Ein kurzer Blick in Ionatáns Gesicht verriet Saraid, dass es nicht so ungefährlich gewesen war, wie ihre Cousine es ihr weismachen wollte. »Was bin ich froh, dass ihr samt Kuh und Kalb gut nach Hause gekommen seid. Allerdings solltest du in den nächsten Wochen Bienenwachs sammeln und für die Heilige Jungfrau eine schöne Kerze fertigen, aus Dank, dass sie dich beschützt hat. Es ist ein Trauerspiel, dass wir immer noch keinen Priester haben, der die Burgkapelle neu segnet und den

ketzerischen Ungeist daraus vertreibt. Kannst du den Taoiseach nicht bitten, dass er nach einem Geistlichen schickt?«
Saraids Stimme klang drängend. Wie die meisten Frauen wollte sie an einem heiligen Ort beten, aber sie scheute davor zurück, es dort zu tun, wo vor kurzem noch die englischen Häretiker ihrem Irrglauben nachgegangen waren.
»Ich werde Oisin bitten, einen Priester zu holen«, versprach Ciara. »Wir brauchen einen, der bereit ist, sogleich bei uns zu bleiben. Er soll die Kapelle neu weihen und in ihr die Messe lesen.«
Saraid stieß einen tiefen Seufzer aus. »So Gott will, wird der Taoiseach einen Gottesmann finden. Leicht wird es nicht werden, denn die Engländer haben verboten, hier in Irland Priester auszubilden. Alle, die sich dem geistlichen Stand verschreiben wollen, müssen das Land verlassen und in Frankreich oder gar in Rom studieren. Von denen kommen nicht viele zurück, und die, die wieder irischen Boden betreten, schweben in Lebensgefahr. Es heißt, diese elenden Engländer brächten jeden um, von dem sie annehmen, er wäre zum Priester geweiht worden.«
»Die Engländer sind eine Pest, die vom Antlitz dieser Welt vertilgt gehört«, rief Ciara zornig. »Sie haben doch ihre eigene Insel, auch wenn sie die mit den Schotten teilen müssen. Warum kommen sie zu uns, fordern immer mehr Land und wollen uns nun auch unseren Glauben nehmen?«
»Weil der Teufel in ihnen steckt«, erklärte Saraid ihr. »Und jetzt geh ins Haus und zieh etwas anderes an. Wasch dir aber vorher die Füße! Und du«, wandte sie sich an Ionatán, »bringst die Kuh und das Kalb in den Stall. Anschließend kommst du in die Küche. Ich glaube, du hast dir einen Schluck Met verdient.«
Ionatáns Augen leuchteten auf. Als Tagelöhner hatte er höchstens einfaches Heidebier bekommen, aber niemals Met. Auch jetzt tranken Buirre und dessen Vertraute ihre Ration lieber selbst, als mit ihm zu teilen. Daher stiefelte er rasch los, um Kalb und Kuh gut unterzubringen.

Gamhain half ihm, die Kuh in den Stall zu scheuchen. Dort schüttete Ionatán noch ein wenig Streu für das Kalb auf. Da er während der Suche ebenfalls schmutzig geworden war, wusch er sich am Brunnen Gesicht und Hände. In der Küche schenkte Saraid ihm wie versprochen einen Becher Met ein, den sie mit einem Schuss Whiskey versetzte.

Auch Ciara erhielt einen Becher mit diesem Gebräu und wurde anschließend von Saraid ins Badewasser gesteckt, das diese mit Essenzen verschiedenster Kräuter anreicherte, welche Krankheiten und böse Geister vertreiben sollten.

5.

Die Zeit verging, ohne dass etwas von den Engländern zu hören war. Viele der Uí'Corra hofften bereits, dass die Sasanachs sich mit dem Verlust der zurückeroberten Gebiete abfinden würden. Auch Buirre teilte diese Meinung, und diesmal stimmte Saraid ihm zu. Doch Ciara traute den Engländern nicht. Dafür hatte sie schon zu viel Schlechtes über dieses Volk gehört. Von Ionatán, den Buirre noch immer als Boten zu Oisin schickte, erfuhr sie alles, was er von den Soldaten aufgeschnappt hatte. Auch an diesem Tag saß er in der Küche, einen Becher dünnen Mets in der Hand, und berichtete von seinem letzten Aufenthalt im Lager des Taoiseachs.
»Es heißt, die englischen Siedler in Uladh hätten sich in die Städte zurückgezogen und richten sich auf die Verteidigung ein«, erklärte er gerade, als Saraid die Küche betrat.
»Wir werden den Engländern auch die Städte wegnehmen«, warf diese selbstbewusst ein.
»Herr Oisin sagt, dass wir die Städte derzeit nicht einnehmen können«, antwortete Ionatán, obwohl es ihm schwerfiel, der energischen Frau zu widersprechen.
»Aodh Mór O'Néill hätte längst einen Feldzug nach Sligeach, Béal Feistre oder Doire unternehmen müssen!«, erklärte Saraid, als wäre sie ein altgedienter Feldherr, der einen seiner Unteranführer tadelte.
Erneut war Ionatán anderer Ansicht. »Um Städte belagern und erobern zu können, braucht man Kanonen! An denen fehlt es unseren Truppen. Die Engländer verfügen darüber und können weitere von ihren Schiffen holen. Der Taoiseach sagt, vor den Städten müssten wir erst die Burgen erobern, die die Eng-

länder in Uladh errichtet haben, und auch die ihrer irischen Speichellecker wie jene, die den Ui'Connor gehören.«

»Mein Bruder weiß, was zu tun ist«, verteidigte Ciara Oisin, bevor ihre Cousine ihn oder einen der anderen Anführer erneut kritisieren konnte.

Saraid nahm es mit einem Schnauben hin. Da sie nicht viel vom Krieg verstand, ließ sie sich von jeder Nachricht beeinflussen, welche die Burg erreichte, und deren gab es viele. Das Land der Ui'Corra lag an einem der Zugangswege zu Aodh Mór O'Néills Machtbereich, und so zogen immer wieder Boten durch das Tal, die für einen Becher Met und einen Napf Hafergrütze die phantastischsten Geschichten erzählten.

Ciara hörte diesen Männern ebenfalls zu, doch ihr Interesse galt weniger den angeblichen Heldentaten, die irische Krieger begangen hatten, als vielmehr den Fremden, die ins Land kamen und den Iren im Kampf gegen die englischen Ketzer beistehen wollten. Bisher hatte sie nicht herausfinden können, ob Simon von Kirchberg bereits auf der Insel gelandet war oder noch in der Ferne weilte.

Sie konnte sich jedoch nur selten mit dieser Frage beschäftigen, denn die Felder mussten mit den wenigen Menschen im Tal bestellt und abgeerntet werden. Am liebsten hätte Ciara ihren Bruder gebeten, ihr einen Teil seiner Krieger als Arbeitskräfte zu schicken. Doch Oisin ließ nicht nur eine Festung auf dem Zugangsweg in das Tal errichten, sondern auch einen Crannóg, eine Holzinsel im See, auf die sie und die anderen Frauen des Clans sich zurückziehen sollten, wenn es den Engländern gelang, seine Sperren zu durchbrechen.

Ciara hoffte, dass es nicht dazu kam. Um aber nennenswerte Siege erringen zu können, benötigte ihr Bruder Simon von Kirchbergs Unterstützung. Nicht allein aus diesem Grund flehte sie den Deutschen im Stillen an, so schnell wie möglich zu erscheinen.

Jedes Mal, wenn Hufschlag aufklang und Reiter sich näherten,

hoffte sie, dass er es war. Doch auch als sie an diesem Tag auf die Burgmauer eilte und hinausschaute, waren es offenbar nur die eigenen Leute. Das Banner der Ui'Corra flatterte über der Schar, und die Männer trugen die Abzeichen ihres Clans. Anders als die Clankrieger, die Oisin hier in Irland um sich versammelt hatte, waren diese Männer in eine Art Uniform gekleidet, die aus dunkelroten Hosen und grünen Jacken bestand. Auch ihre Bewaffnung war einheitlich. Zwei Drittel von ihnen hielten Spieße in den Händen, der Rest lange, unhandliche Musketen. Dazu hatten sich alle ein Kurzschwert und einen Dolch umgeschnallt und ein Büschel Klee an ihre Mützen gesteckt.
»Es sind Ui'Corra, aber ich kenne keinen von ihnen«, sagte Ciara verwirrt zu Saraid. Diese war zu ihr auf die Mauer gestiegen und musterte die Neuankömmlinge unter zusammengekniffenen Augenbrauen heraus.
»Wenn das mal nicht Aithil O'Corra ist! Weißt du, unser Vetter, der mit dem Taoiseach auf den Kontinent gegangen ist.«
»Oisin hat gesagt, dass Aithil die Krieger zurückbringen würde, die mit ihm zusammen aus Irland geflohen wären. Wenn es die da unten sind, kann auch Simon von Kirchberg mit seinem Heer nicht mehr weit sein!«, rief Ciara erleichtert aus.
Saraid gefiel die Vernarrtheit des Mädchens in diesen deutschen Söldner wenig. »Das muss nicht sein! Aithil hat unsere Krieger aus Frankreich hierhergebracht, während Kirchberg von Rom aus losziehen soll. Das ist ein weiter Weg, auf dem viel passieren kann.«
»Verschrei es nicht!«, fuhr Ciara sie an.
»Die Heilige Jungfrau möge Kirchberg und seine Männer beschützen«, antwortete Saraid gelassen. »Du aber solltest dich auf deine Aufgaben als Schwester des Clanführers besinnen und Aithil O'Corra und seine Männer begrüßen.«
Mit einem Schnauben verließ Ciara die Mauer. Unten sah sie Buirre mit missmutiger Miene am Tor stehen, und ihre Laune

besserte sich sofort. Saraids Ehemann passte es offensichtlich nicht, dass Aithil eingetroffen war. Da er in Frankreich die ersten Jahre unter Aithils Kommando gestanden hatte, bevor er selbst zu einem von Oisins Unteranführern ernannt worden war, würde der Mann sich nichts von ihm sagen lassen, insbesondere, da Aithil enger mit Oisin verwandt war.

Als Oisins früherer Stellvertreter aus dem Sattel stieg, beachtete er Buirre gar nicht, sondern beugte das Haupt vor Ciara. Dann sah er sie fröhlich lachend an. »Sag bloß, du bist das kleine Bündel Mensch, das unsere Cousine Saraid von hier bis an die Küste geschleppt hat? Bei Gott, Maighdean, seitdem bist du aber ganz schön gewachsen!«

»Sei mir willkommen in der Heimat, Vetter Aithil!«

Auch wenn ihre Verwandtschaft darauf beruhte, dass die Großväter ihrer Großväter Brüder gewesen waren, so hatte Aithil O'Corra das Anrecht darauf, als Mitglied der Familie behandelt zu werden. Mehr auf jeden Fall als Buirre, dessen Verwandtschaft zu Oisin und ihr mehr als sechs Generationen zurücklag. Nur seine Ehe mit Saraid hatte ihm eine angesehenere Stellung im Clan verschafft, als ihm eigentlich zustand. Dafür aber hatte er ihre Cousine auch gut zu behandeln und durfte sie nicht schlagen.

Ciara schob diesen Gedanken jedoch rasch beiseite und reichte Aithil den Arm. »Komm mit in die Halle! Du wirst gewiss hungrig und durstig sein.«

»Und meine Männer nicht minder«, antwortete er so fröhlich, als müsse sie lediglich die Hand ausstrecken, und ihr würden die Metfässer und die gebratenen Hammel nur so zufliegen.

Dabei wusste Ciara allzu gut, dass dieser Besuch eine kaum zu schließende Lücke in ihre Vorräte reißen würde. Wenn es nicht mehr anders ging, würde sie Oisin auffordern müssen, die Gutshöfe englischer Siedler zu überfallen und deren Vieh und Vorräte mitzubringen.

Diese Überlegung hinderte sie jedoch nicht daran, den Frauen in der Küche zu befehlen, den Männern aufzutischen. Doch als sie die Zubereitung der Speisen überwachen wollte, scheuchte Saraid sie in die Halle.

»Du kannst unsere Gäste nicht allein lassen.«

»Aber ...«, begann Ciara, wurde jedoch von ihrer Cousine unterbrochen.

»Geh! Oder willst du, dass Buirre den großen Herrn spielen kann?«

Es klang so verächtlich, dass Ciara erstaunt aufsah. Saraid schien ihrem Mann den Faustschlag noch immer nicht verziehen zu haben. Oder gab es noch etwas, wovon sie nichts wusste? Aber das war im Augenblick nicht von Belang.

»Also gut, ich gehe. Spare jedoch nicht mit dem Essen! Irgendwie werden wir schon zurechtkommen, und wenn wir die Mägde und die Tagelöhnerinnen hinausschicken, um Pilze zu suchen und Moose und Wurzeln zu sammeln, die sich zum Kochen eignen.«

»Das tun sie doch längst!«

Saraid wusste ebenso gut wie Ciara, dass die Frauen und Kinder in der Burg und den Dörfern den Gürtel würden enger schnallen müssen, um die Krieger versorgen zu können. Auch wenn Ciara Simon von Kirchbergs Ankunft und die seiner Schar herbeisehnte, so hoffte sie selbst, dass der Deutsche noch lange auf sich warten ließ. Solange der Krieg mit den Engländern nicht voll entbrannt war, waren die fremden Söldner nichts als unnütze Fresser, auf die sie gut und gerne verzichten konnte.

Während Saraid schweren Herzens befahl, mehrere Hammel zu schlachten und zu braten, betrat Ciara die Halle und erfasste sofort, dass Buirre und Aithil sich giftig anstarrten. Offenbar waren sie sich nicht einig, wer auf welchem Stuhl sitzen durfte. Aithil war Oisin O'Corras Stellvertreter im Krieg gewesen, während Buirre als Verwalter des Ui'Corra-Besitzes sich dem anderen übergeordnet sah.

Ciara beendete den Streit, indem sie selbst den Platz des Clanoberhaupts einnahm und Aithil anwies, sich zu ihrer Rechten zu setzen. »Du nimmst zu meiner Linken Platz«, befahl sie Buirre.

Dieser verzog unwillig das Gesicht, wagte es aber angesichts der Krieger, die Aithil als ihren Anführer betrachteten, nicht, sich zu beschweren.

Nachdem einige Mägde die Männer mit Met vorsorgt hatten, wandte Ciara sich an Aithil. »Seid ihr gut nach Irland gekommen?«

Er nickte. »Sehr gut! Wir hatten einen französischen Kapitän, der förmlich zu riechen schien, wo sich die englischen Schiffe herumtreiben. Während der Überfahrt haben wir nicht einmal ein Segel von ihnen gesehen.«

»Wenn ihr so gut nach Irland gekommen seid, so wird es anderen ebenfalls gelingen«, antwortete Ciara erleichtert.

Bei diesen Worten zog Aithil eine zweifelnde Miene. »Die verdammten Engländer passen auf wie die Schießhunde, dass ihnen kein Schiff durch die Finger schlüpft. Wir hatten einfach Glück, aber das ist anderen meist nicht vergönnt.«

Ciara wollte nicht hören, dass Simon von Kirchberg Probleme haben oder sogar von den Engländern abgefangen werden könnte, und schüttelte daher unwirsch den Kopf. »Die Engländer werden schon bald die Freiheit Irlands anerkennen und unsere Meere freigeben müssen.«

»Bis dorthin ist es noch ein weiter Weg«, erklärte Aithil nachdenklich.

Da das Gespräch bislang an Buirre vorbeigegangen war, wollte dieser sich in Erinnerung bringen. »Die Engländer sind wie Hunde, die bellen, aber den Schwanz einziehen, wenn ein richtiger Ire ihnen eins mit dem Stock überzieht.«

»Du kannst gerne ausprobieren, ob dem so ist!«, spottete Aithil. »Die englischen Soldaten sind harte Männer, und sie werden in Frankreich zu Recht gefürchtet. Bisher haben wir es

in Irland nur mit den Aufgeboten einiger Adeliger und den Stadtmilizen zu tun bekommen. Aber wenn die Königin einen ihrer Feldherren schickt wie Raleigh oder Essex, wird der mit einem Heer erscheinen, wie es Irland noch nicht gesehen hat.«
»Pah!«, sagte Buirre.
Ciara aber fühlte, wie ihr ein kalter Hauch über den Rücken strich und sich die Haare auf ihren Armen aufstellten. Schnell versuchte sie, das ungute Gefühl mit einer Geste zu vertreiben. »Wir werden auch mit einem Raleigh oder einem Essex fertig.«
»Gebe es Gott!« Aithil O'Corra schlug das Kreuz, um die himmlischen Mächte davon zu überzeugen, sich auf Irlands Seite zu stellen. »Leicht wird es nicht werden«, setzte er etwas leiser hinzu.
Dann schien er sich daran zu erinnern, dass er nicht mit seinem Clanoberhaupt sprach, sondern mit dessen Schwester, und winkte verächtlich ab. »Aber wir werden es den Engländern schon zeigen. Das ist unser Land, und wir wissen, wie wir hier zu kämpfen haben!«
»Und wie?«, fragte Buirre bissig.
Aithil maß ihn mit einem höhnischen Blick. »Da du es nicht weißt, ist es gut, dass der Taoiseach dich zum Aufseher seiner Tagelöhner ernannt hat. Um gegen die Engländer zu bestehen, braucht es Männer mit Verstand.«
Nur Ciaras scharfes Räuspern verhinderte, dass Buirre aufsprang und mitten in der Halle seines Clanoberhaupts eine Prügelei begann.

6.

Aithil O'Corra und seine Männer zogen nach drei Tagen ab, nachdem sie die Metvorräte der Burg bis auf den Grund geleert und einen Großteil der Vorräte nicht nur verzehrt, sondern auch noch als Proviant mitgenommen hatten. Soweit Ciara wusste, sollte sich diese Schar nicht ihrem Bruder anschließen, sondern zu den Truppen stoßen, die Aodh Mór O'Néill um sich versammelte, um jederzeit auf einen Angriff der Engländer reagieren zu können.

In der Burg war man froh über ihren Abzug, denn von nun an musste O'Néill die Versorgung dieser Männer übernehmen. Aber auch das füllte die eigenen Vorratskammern nicht. Da nur ein Teil der Felder hatte bestellt werden können, fiel die Ernte erschreckend mager aus. Daher blieb Ciara und Saraid nichts anderes übrig, als sämtliche Frauen und Kinder, die dazu in der Lage waren, in die Wälder und sogar ins Moor zu schicken, um essbare Kräuter, Pilze und Wurzeln zu sammeln.

»Von dem Zeug werden wir nicht satt, aber wir verhungern wenigstens nicht«, sagte Ciara zu Saraid, als sich die erste Gruppe auf den Weg machte. Zu dieser zählte auch Maeve, die sich mittlerweile immer mehr herausnahm und letztens sogar Saraid Widerworte gegeben hatte. Zur Strafe war sie zum Sammeln eingeteilt worden.

Saraid sah den Frauen nach und schüttelte den Kopf. »Wenn Maeve sich nicht bessert, muss sie fort.«

»Wohin?«, fragte Ciara. »Ich hoffe, ein paar Nächte im Wald unter freiem Himmel werden ihr den Starrsinn austreiben.« Nachdenklich blickte sie den Sammlerinnen nach, die von Seachlann und Ionatán begleitet werden sollten.

Da trat auf einmal Buirre in voller Kriegertracht aus dem Tor. »He, Ionatán!«, rief er. »Du bleibst in der Burg. Um diese Frauen zu beschützen, braucht es richtige Männer. Daher werde ich mitgehen und schauen, ob ich in der Zeit ein paar Stück Wild schießen kann. Wurzeln und Kräuter können die Weiber essen. Ein Mann braucht Fleisch zwischen den Zähnen.«
Ciara wunderte sich zwar über Buirre, der solchen Aufgaben gewöhnlich aus dem Weg ging, war aber froh, dass Ionatán hierbleiben würde. Denn diesem konnte sie wenigstens die eine oder andere Arbeit anschaffen, während Buirre keinen Finger rührte.
Ionatán, der nicht minder verwundert war, fragte nicht nach, sondern gehorchte und kehrte in die Burg zurück. Dabei entging ihm der triumphierende Blick seiner Ehefrau. Diese wusste genau, dass Buirre sie nicht der Jagd wegen begleitete, sondern um ihretwillen. In letzter Zeit hatte sie sich zwei weitere Male mit ihm getroffen und ihm dabei nicht nur Lust bereitet, sondern sich auch Klagen über sein Weib anhören müssen. Irgendwann, sagte sie sich, würde sie ihn so weit bringen, dass er Saraid verstieß und sie selbst zur Frau nahm. Aus diesem Grund achtete sie jetzt auch mehr auf sich und wusch sich jeden Tag am Bach. Nur ihr altes, abgetragenes Kleid bereitete ihr Sorge, und sie nahm sich vor, Buirre so lange zu bedrängen, bis er ihr ein Stück guten Tuchs beschaffte, so dass sie sich ein neues nähen konnte.
Ohne etwas von Buirres oder Maeves Überlegungen zu ahnen, kehrte Ciara in die Burg zurück und ging ihren Pflichten nach, während sich der Sammlertrupp den dicht bewaldeten Hügeln näherte. Die Kinder und die meisten Frauen starrten ängstlich auf die mächtigen Eichen, die wie ein undurchdringlicher, grüner Wall vor ihnen aufragten, und wisperten einander die Geschichten zu, die sie über Elfen und Kobolde gehört hatten. Vieles von dem, was sie auf Ciaras Geheiß sammeln sollten, galt als Besitz des geheimen Volkes, und sie hatten Angst,

die Elfen könnten es als Raub ansehen und böse Zauber über sie verhängen.

Buirre und Seachlann machten sich einen Spaß daraus, den Aberglauben der Frauen anzuheizen. »Pass auf dein Kind auf, damit dir die Elfen nicht einen Wechselbalg unterschieben«, rief Buirre einer Frau zu, die ihren Säugling vor die Brust gebunden hatte.

Diese schlug sofort das Kreuz und betete, um sich der Hilfe der himmlischen Mächte zu versichern. Lachend kehrte Buirre ihr den Rücken und gesellte sich zu Maeve. »Du brauchst das Geistervolk nicht zu fürchten. Ich beschütze dich«, sagte er so leise zu ihr, dass kein anderer es hörte.

Über Maeves hübsches Gesicht huschte ein zufriedener Zug. Buirres Geliebte zu sein brachte zwar die Pflicht mit sich, ihn zufriedenzustellen, aber auch etliche Annehmlichkeiten. Wenn der Winter kam, würde sie sich satt essen und Met trinken können, während die anderen Frauen und die Kinder das Essen mit gemahlener Rinde würden strecken müssen. Doch mittlerweile fragte sie sich, ob ihr das genug war. Noch immer trugen Saraid und Ciara ihr die schwersten Arbeiten auf, und das wollte sie sich nicht mehr lange bieten lassen. Sobald sie Buirre an einem versteckten Platz im Wald zu Willen war, würde sie von ihm verlangen, dass er die beiden hochnäsigen Weiber in ihre Schranken wies.

Das Herbstlaub leuchtete im Sonnenlicht grüngolden auf, und als die Sammler zwischen die uralten Bäume traten, federte das weiche Moos unter ihren Schritten. Buirre betrachtete die mächtigen Bäume und das triefend nasse Unterholz, die in Aodh Mór O'Néills und Oisin O'Corras Kriegsplänen eine so große Rolle spielten. Iren, die ihr Land kannten, fanden jederzeit Wege durch diese Wälder, aber die Engländer, die in festen Haufen vorrückten und stets Proviantwagen, Kanonen und allerlei Gerät mit sich führten, mussten die wenigen Straßen benützen, die durch die Lande führten.

Nicht zuletzt deshalb fühlte Buirre O'Corra sich vollkommen sicher, als er den ihm anvertrauten Frauen und Kindern befahl, ihr erstes Nachtlager aufzuschlagen. »Ab morgen wird alles gesammelt, was sich essen lässt, und seien es Molche oder Schnecken«, rief er ihnen zu. Danach setzte er sich auf einen moosbewachsenen Felsblock und wartete, bis ein Lagerfeuer angezündet und aus den kümmerlichen Vorräten ein Abendessen zubereitet worden war.

Bei dieser Arbeit spielte Maeve sich als Anführerin auf, ohne selbst viel zu tun. Die anderen Frauen waren zwar gewöhnt, Befehle zu befolgen, doch normalerweise waren es Ciara oder Saraid, die ihnen die Arbeit zuwiesen.

Schließlich stemmte die junge Magd Bríd die Fäuste in die Hüften und funkelte Maeve zornig an. »Wer hat dir gesagt, dass du hier anschaffen sollst? Mach deine Arbeit, wie es sich gehört, sonst berichte ich der Schwester des Taoiseachs, wie faul du gewesen bist.«

»Das hast du nicht umsonst gesagt!« Mit zwei Schritten war Maeve bei Bríd und versetzte ihr eine heftige Ohrfeige. Bríd ließ sich das nicht gefallen und schlug zurück. Weitere Frauen mischten sich ein, und innerhalb kürzester Zeit hatten alle ihre Angst vor Geisterwesen und Dämonen verloren. Stattdessen zankten und prügelten sie sich derart lautstark, dass Buirre aufschreckte.

»Wollt ihr wohl still sein, ihr verdammten Weiber!«, brüllte er die Frauen an.

»Sie hat angefangen!«, sagte Bríd und zeigte auf Maeve.

Diese hob die Nase so hoch, dass sie beinahe an den Ästen kratzte. »Das Miststück hat mich beleidigt!«

»Bríd hat nur gesagt, Maeve soll ihre Arbeit erledigen und nicht so tun, als wäre sie die Ní Corra persönlich«, wandte eine Frau ein.

Buirre passte es gar nicht, dass Maeve hier einen Aufruhr verursacht hatte. »Stimmt das?«, fragte er betont scharf.

Maeve schüttelte verwirrt den Kopf. »Nein ich ...« Dann brach sie ab und begann zu schluchzen.
»Hör auf damit!«, befahl Buirre. »Und damit du es weißt: Bevor du das nächste Mal jemanden schlägst, kommst du zu mir und beschwerst dich gefälligst. Und jetzt füll meinen Napf. Ich habe Hunger!«
»Ja, Herr Buirre!« So ganz traute Maeve dem Mann nicht. Sie merkte allerdings rasch, dass er nicht wirklich böse auf sie war. Als sie ihm nämlich den vollen Napf reichte, zwinkerte er ihr zu und flüsterte, dass sie in der Nacht zu ihm kommen solle.
Aus diesem Grund wählte Maeve ihren Schlafplatz etwas abseits von den anderen Frauen und ihren Kindern. Ein kleiner Felsblock schützte sie vor unliebsamen Blicken, während sie selbst Buirre im Auge behalten konnte.
Beim Essen deutete Buirre mit dem Löffel auf seinen Kameraden. »Auch wenn alles friedlich zu sein scheint, sollten wir beide abwechselnd Wache halten. Ich übernehme die erste und wecke dich, wenn die Sterne im Zenit der Nacht stehen.«
»Ist gut«, antwortete Seachlann und aß weiter.
Buirre wandte sich unterdessen an die Frauen und Kinder. »Ihr solltet euch bald schlafen legen, damit ihr morgen frisch seid. Ciara erwartet, dass ihr fleißig sammelt. Das solltet ihr auch tun. Ihr wollt ja den Winter über etwas zu beißen haben.«
Die Frauen nickten, weil sie wussten, dass er es von ihnen erwartete. Von dem langen Weg waren sie und die Kinder rechtschaffen müde, und die meisten schliefen rasch ein. Einige Frauen unterhielten sich noch eine Weile mit leisen Stimmen, doch auch sie legten sich bald hin. Als schließlich auch Seachlann das Traumreich betrat und darin gewaltige Stämme sägte, erhob Maeve sich geschmeidig, vergewisserte sich, dass niemand sie beobachtete, und huschte zu der Stelle, an der Buirre Wache hielt.
Der grinste so breit, dass seine Zähne das Mondlicht reflektier-

ten. »Da bist du ja endlich«, sagte er, fasste nach ihr und zog sie auf seine Decke. Als er Maeve jedoch die Röcke hochschlagen wollte, hielt diese sie fest.

»Ich muss mit dir reden, Buirre O'Corra«, erklärte sie eindringlich. »Du kannst mich nicht nehmen, als wäre ich eine Tagelöhnerin, die keinen eigenen Willen kennt. Ich will etwas dafür haben.«

»Du *bist* eine Tagelöhnerin!«, spottete der Mann und packte fester zu.

Ehe Maeve sich's versah, wälzte er sich auf sie und presste sie mit seinem Gewicht zu Boden. Mit der einen Hand schob er ihre Röcke hoch, bis ihr Unterleib freilag, mit der anderen öffnete er seine Hose und drang dann rücksichtslos in sie ein.

Maeve stieß einen leisen Wehlaut aus. »Nein, nicht so wie die Engländer!«

Für ein paar Augenblicke sah sie nicht Buirre über sich, sondern die Kerle, die sie damals vergewaltigt hatten, und in ihrer Kehle ballte sich ein Schrei. Dieser unterblieb jedoch, weil Buirre nun vorsichtiger zu Werke ging und sie selbst Vergnügen zu empfinden begann. Zuletzt gab sie sich ihm ganz hin und sagte sich, dass er, wenn er seine Lust gestillt hatte, für ihre Klagen am empfänglichsten sein dürfte.

Es dauerte eine ganze Weile, bis Buirre nach einem wohligen Grunzen innehielt und tief durchatmete. »Das war gut«, sagte er und legte sich neben Maeve.

»Wenn du willst, können wir es später noch einmal machen«, lockte sie ihn und kam auf das Thema zu sprechen, das ihr am Herzen lag. »Es ist nicht gerecht, dass du mich beschläfst, als wärst du mein Ehemann, und mich dennoch vor den anderen Weibern wie eine x-beliebige Tagelöhnerin behandelst. Auch in der Burg lässt du es zu, dass Saraid und Ciara mir immer die schwersten Arbeiten auftragen.«

Buirre kratzte sich am Kopf. »Mmmh, so einfach ist das nicht! Immerhin ist Saraid mit dem Taoiseach näher verwandt als ich.

Wenn ich mich gegen sie stelle, könnte Oisin mich als Verwalter absetzen. Das willst du doch sicher nicht.«

»Nein, natürlich nicht. Dennoch solltest du Sorge dafür tragen, dass ich besser behandelt werde. Dein Eheweib ist noch imstande, mich zu dem Feigling zurückzuschicken, mit dem mein Vater mich verheiratet hat.«

»Das werde ich nicht zulassen! Ich kümmere mich auch darum, dass du hier im Wald als die Anführerin der Weiber giltst. Allerdings solltest du mitarbeiten und nicht nur befehlen.«

Die Sorge um seine Beischläferin brachte Buirre dazu, wenigstens teilweise einzulenken. Er erklärte Maeve, was sie sich seiner Meinung nach erlauben konnte und was nicht, und spürte dabei, wie sein Verlangen von neuem erwachte. Prompt schob er sich auf sie.

Gerade, als sie beide dem Höhepunkt ihrer Lust entgegenstrebten, wurde es im Wald lebendig. Schwere Schritte ertönten, und die harten Stimmen von Männern, die sich in einer unbekannten Sprache unterhielten, klangen auf. Hätte Buirre wie angekündigt Wache gehalten, wäre ihm die Annäherung der Fremden nicht entgangen. So aber stolperten die ersten bereits auf das Lagerfeuer zu, während er noch auf Maeve lag und die Tatsache verfluchte, dass er gerade in diesem Augenblick aufhören musste.

7.

Der Weg von der Küste ins Binnenland war mühsam. Da Simon von Kirchberg nicht wusste, welcher irische Clan es mit den Engländern hielt und welcher sich dem rebellischen O'Néill angeschlossen hatte, war er gezwungen, mit seiner Truppe die Straßen und häufig auch die gebahnten Pfade der Iren zu meiden. Bereits seit Tagen stolperten er und seine Männer durch den Wald oder durchquerten Moore, in denen der Boden unter ihren Füßen schmatzend nachgab. Sie mussten jeden Schritt mit Stöcken überprüfen, um die Sumpflöcher zu erkennen, die alles verschlangen, was in sie hineingeriet. Zudem wurden sie immer wieder zu weiten Umwegen gezwungen, weil sie eine Stadt oder Festung entdeckten, über der provozierend die englischen Fahnen wehten. Doch schlimmer noch als der Marsch durch unwegsames Land war der Hunger, der in ihren Eingeweiden wühlte.
Ferdinand von Kirchberg hätte mittlerweile einen ganzen Gulden für ein Stück Brot gegeben, und den meisten seiner Kameraden erging es ebenso. Nun fragte er sich, ob sein Vetter nicht viel zu vorsichtig war, denn er hatte ihnen verboten, einzeln liegende Gehöfte aufzusuchen, um dort Nahrung zu kaufen.
»Wir können nicht riskieren, dass die Leute uns hinterher an die Engländer verraten. Gegen deren Patrouillen haben wir mit unseren wenigen Waffen einen zu schlechten Stand«, erklärte Simon verärgert, als auch Cyriakus Hufeisen diesen Vorschlag machte.
»Zum Teufel noch mal! Mit leerem Bauch marschiert es sich schlecht, und zum Kämpfen fehlt uns jetzt schon die Kraft. Warum suchen wir uns nicht ein abgelegenes Gehöft, über-

fallen es und machen die Leute nieder? Dann können sie uns nicht mehr verraten, und wir haben etwas zum Beißen!« In seiner Erregung vergaß Hufeisen ganz die Achtung vor seinem Hauptmann.

Simon von Kirchberg lief dunkelrot an, doch bevor er seinen Feldwebel zurechtweisen konnte, mischte Ferdinand sich ein. »Wir wissen nicht, wer in diesem Land unser Freund ist und wer nicht. Ich will niemanden umbringen, der auf unserer Seite kämpfen würde, und Frauen und Kinder gleich gar nicht.«

»Mein Vetter hat recht! Solang wir nicht wissen, woran wir sind, lassen wir uns vor niemandem sehen. Ich bin nicht in dieses Land gekommen, um auf verlorenem Posten zu kämpfen. Was das Essen angeht, so könnt ihr eure Bäuche füllen, sobald wir Oisin O'Corras Burg erreicht haben. Und jetzt weiter!« Simon schnauzte mehrere Männer an, die sich angesichts der aufziehenden Nacht einfach auf den Boden hatten fallen lassen, und marschierte los.

Hufeisen folgte ihm und fasste ihn am Ärmel. »Und wie wollt Ihr zu dieser Burg kommen, wenn Ihr niemand fragen wollt, wo sie ist?«

Mit einem unfrohen Lachen schüttelte Simon die Hand des Feldwebels ab. »Oisin O'Corra hat mir genau erklärt, wo die Besitzungen seiner Familie liegen. Und selbst wenn wir diese verfehlen sollten, werden wir auf Freunde treffen, denn gleich dahinter beginnt das Land von Hugh O'Neill. Also hört mit dem Lamentieren auf! Spätestens morgen werden wir auf befreundetem Gebiet sein.«

Noch während sein Vetter sprach, begann Ferdinand zu schnuppern. »Riecht ihr das auch?«

»Was?«

»Rauch! Nicht weit von uns entfernt brennt etwas.«

»Ich rieche es ebenfalls«, sagte Hufeisen angespannt. »Es könnte ein Lagerfeuer sein, aber kein besonders großes, sonst müssten wir seinen Widerschein am Himmel sehen.«

»Seid still!«, fuhr Simon mehrere Männer an, die sich laut unterhielten. »Möglicherweise ist es ein englischer Posten, der O'Corras Land überwachen soll.«
»Auf alle Fälle sollten wir nachsehen, wer dort ist, damit wir sie nicht auf einmal im Rücken haben.«
Ferdinand drückte das aus, was die meisten dachten. Obwohl sein Vetter eine abwehrende Handbewegung machte, schlich er in die Richtung, aus der der Rauch zu ihnen drang. Unterwegs prüfte er, woher der Wind wehte. Da dieser in seine Richtung blies, brauchten sie keine Hunde zu fürchten.
»Passt auf! Der Mond scheint verdammt hell. Nicht, dass man uns entdeckt«, warnte Simon.
Er begriff jedoch schnell, dass er seine Männer nur noch mit Gewalt davon abhalten konnte, sich die Leute am Lagerfeuer anzusehen. Daher ging er mit seinen Männern, überließ die Spitze aber Ferdinand und Hufeisen. Auch er hoffte, dass sie auf einen Wachtposten der Rebellen stoßen würden und dieser Hungermarsch endlich ein Ende hatte. An einem hatte er noch immer zu knabbern: Durch den Verlust der *Violetta* und der Männer, die auf diesem Schiff gewesen waren, hatte er bei seinen Leuten viel an Achtung verloren. Er würde einiges tun müssen, um diese wieder zu erlangen.
Daher klopfte er auf seine Schwertscheide und sprach den neben ihm gehenden Soldaten an. »Wenn es Engländer sind, lassen wir sie über die Klinge springen!«
Doch der Mann beachtete ihn nicht einmal, sondern starrte nach vorne.
Ferdinand war mittlerweile sicher, dass sie sich einem Lagerfeuer näherten. Er winkte Hufeisen, ein wenig zurückzubleiben, und hielt sein Schwertgehänge mit der linken Hand fest, damit keine Metallteile gegeneinanderschlugen und ihn verrieten. Irgendwo mussten doch Wachen sein, sagte er sich, während er weiterschlich.
Obwohl er achtgab, konnte er niemanden erkennen. Kurz be-

vor er das Feuer erreichte, blieb er misstrauisch stehen und lauschte. Von der Seite drang das Keuchen eines Menschen zu ihm her, als würde jemand hart arbeiten. Eine leise Frauenstimme mischte sich darunter, dennoch dauerte es einen Augenblick, bis Ferdinand begriff, was hier geschah. Ein Paar hatte sich von den anderen abgesondert und war gerade damit beschäftigt, Adam und Eva zu spielen.

Der Mann musste der Wächter sein, denn er nahm keinen anderen wahr. Dafür aber konnte er nun erkennen, mit wem sie es zu tun hatten. Obwohl sich die Schläfer in Decken gehüllt hatten, verrieten ihm die langen Haare und die kleineren Gestalten, dass es sich um Frauen und Kinder handelte. Nur ein einzelner Mann lag noch beim Feuer und schnarchte laut.

Die Erkenntnis, nicht auf englische Soldaten, sondern auf eine Gruppe Frauen und Kinder gestoßen sein, ließ Ferdinand aufatmen. Gleichzeitig fragte er sich, wer diese Leute sein mochten. Wenn es sich um Flüchtlinge handelte, so hatten sie einen jämmerlichen Wächter bestimmt. Mit einer energischen Geste winkte er Hufeisen, näher zu kommen, und wies auf die Schlafenden.

»Umstellt das Feuer, damit keiner entkommt, tut ihnen aber nichts, wenn es nicht nötig ist.«

»Jawohl, Leutnant!« Hufeisen wandte sich zu seinen Männern um und erteilte leise Befehle. Sofort schwärmten sie aus und bildeten einen Kreis um die Lagerstelle. Das geschah so leise, dass die Schlafenden nicht erwachten. Dafür aber wurde das einzelne Paar auf die Neuankömmlinge aufmerksam. Der Mann sprang auf und suchte seinen Speer. Doch den hatte Hufeisen an sich genommen und stützte sich grinsend darauf.

Während Buirre die Deutschen verwirrt anstarrte, kreischte Maeve, als steckte sie am Spieß, und weckte damit die anderen. Diese sahen im Schein des flackernden Lagerfeuers die Söldner und begriffen, dass sie umzingelt waren.

Simon trat vor und blieb neben seinem Vetter stehen. »Gut ge-

macht, Ferdinand! Jetzt wollen wir mal sehen, wen wir da erwischt hatten. Wer ist euer Anführer?«
Diese Frage stellte er in dem schlechten Englisch, das er von Söldnern in Italien gelernt hatte, und erntete entsetzte Rufe.
»Wollt ihr endlich den Mund aufmachen?«, setzte er zornig hinzu.
Unterdessen hatten zwei seiner Männer Buirre gepackt und stießen ihn auf das Feuer zu. »Vielleicht weiß der Kerl etwas?«
Buirre hatte auf dem Kontinent Krieger aus Deutschland kennengelernt und begriff als Einziger seiner Gruppe, dass sie keine englischen Soldaten vor sich sahen, sondern Leute, mit denen sich vielleicht reden ließ.
»Verzeiht, Herr, aber könnt Ihr mir vielleicht sagen, wer Ihr seid?«, wandte er sich an Simon.
Unterdessen hatte einer der Söldner einen harzgetränkten Ast am Lagerfeuer entzündet und verwendete ihn als Fackel. Als das Licht auf Buirre fiel, kniff Simon die Augen zusammen.
»Dich kenne ich doch, Kerl! Bist du nicht einer von O'Corras Männern?«
Buirre gefiel es gar nicht, dass der andere ihn zu kennen schien, während er im Dunkeln tappte. Endlich aber kam auch ihm die Erleuchtung. »Herr von Kirchberg! Welch eine Überraschung. Seid mir willkommen auf Uí'Corra-Land!«
Mit einer selbstgefälligen Geste wandte Simon sich an seine Männer. »Sagte ich euch nicht, dass wir noch vor dem Morgengrauen Oisin O'Corras Besitz erreichen würden?«
Beifälliges Murmeln erscholl. Trotzdem wussten die Söldner nicht, wie sie sich verhalten sollten. Die Weiber und Kinder in Buirres Begleitung zitterten vor Angst, und einige sahen so aus, als wollten sie am liebsten an den abgerissen aussehenden Männern vorbei im Dunkel des Waldes verschwinden.
»Was macht ihr eigentlich hier?«, fragte Ferdinand verwundert, da er sich die Anwesenheit von mehr als einem Dutzend Frauen und Kindern im Wald nicht erklären konnte.

»Wir sammeln Eicheln, Pilze und anderes, was sich im Winter auf den Tisch bringen lässt«, erklärte ihm Buirre.

»Bei dem Wort ›Tisch‹ knurrt mir der Magen so sehr, dass ich selbst eine Ratte roh essen könnte«, stieß Hufeisen hervor. Mehrere der Söldner sahen es als Aufforderung an und fielen über die restlichen Vorräte der Iren her. Innerhalb kürzester Zeit entbrannte ein Streit, wer was und wie viel bekommen sollte.

»Die Männer sind ausgehungert, denn wir sind die letzten drei Tage marschiert, ohne etwas in den Magen zu bekommen«, erklärte Ferdinand Buirre, der noch immer nicht wusste, ob er jetzt ein Gefangener oder Verbündeter der Deutschen war.

Da die Weiber kreischend vor den Fremden zurückwichen, hob er die Hand. »Habt keine Angst! Das sind keine Feinde, sondern die deutschen Söldner, die der Taoiseach gerufen hat. Überlasst ihnen das Essen, denn sie sind hungrig vom Marsch.« Mehr, sagte Buirre sich, konnte er für seine Leute nicht tun. Einer der Deutschen entdeckte, dass Maeve sich fortschleichen wollte, und eilte ihr nach. »Hiergeblieben!«, rief er.

Doch als er nach ihr griff, schlug sie nach ihm und kreischte so durchdringend, dass er fluchend zurückwich. »Dummes Ding, ich will dir doch gar nichts tun!«

Maeve aber fürchtete, wieder von einer ganzen Horde vergewaltigt zu werden, und wälzte sich vor Angst schreiend am Boden.

Schließlich kam Buirre herbei, zog sie hoch und versetzte ihr eine Ohrfeige. »Dämliches Weibsstück! Dir geschieht doch nichts. Das sind Freunde, gute Katholiken, die uns im Kampf gegen die Engländer beistehen werden.«

Maeve wurde ruhiger, beäugte die Deutschen misstrauisch und klammerte sich an Buirre. »Du beschützt mich vor diesen Männern?«

»Natürlich!«, versprach er, obwohl er den Deutschen wohl kaum hätte Einhalt gebieten können, wären diese darauf aus

gewesen, einige der Weiber zu schänden. Zu seiner Erleichterung benahmen sich die Soldaten, nachdem sie das wenige Essen unter sich aufgeteilt hatten, aber sehr diszipliniert.
Auch Ferdinand und Simon hatten ihren Anteil erhalten. Nach Ansicht des jüngeren Kirchberg schmeckte es wirklich wie rohe Ratte, obwohl er nie eine gegessen hatte. Doch im Augenblick hätte er selbst Wackersteine verspeist, wenn sie sich hätten kauen lassen.
Simon verzog keine Miene, sondern schlang seinen Anteil hinunter und unterhielt sich dabei mit Buirre. Dieser fühlte sich jetzt wieder besser, auch wenn das Getuschel im Hintergrund ihm verriet, dass Seachlann und die Frauen ihm die Schuld gaben, dass die Deutschen sie so leicht hatten überrumpeln können.
Schnell versuchte er diesen Eindruck zu verwischen. »Ich bin froh, dass Ihr mit Euren Männern gekommen seid, Herr von Kirchberg«, erklärte er laut.
Zwar verstanden nur wenige Frauen die englische Sprache, doch die würden alles, was er sagte, fleißig an die anderen weitergeben.
»Es war ein harter Marsch, aber wir haben ihn erfolgreich zurückgelegt«, antwortete Simon zwischen zwei Bissen. »Du siehst tapfere Männer vor dir, die mit Sicherheit vor keinem Engländer zurückweichen werden«, fuhr er fort, um den schäbigen Eindruck, den er und seine Leute boten, zu kaschieren.
Buirre interessierte sich jedoch nicht für das Aussehen und die Anzahl der Deutschen, die Simon von Kirchberg ins Land gebracht hatte, sondern versuchte den Eindruck zu erwecken, als hätte er deren Kommen bemerkt und wäre ihnen entgegengegangen. Auf diese Weise gelang es ihm, seinen Kameraden wie auch die meisten Frauen zu täuschen.
Maeve wusste zwar, dass es sich anders verhalten hatte, hielt aber den Mund, damit die anderen nicht erfuhren, dass Buirre sich mit ihr vergnügt hatte, anstatt seiner Pflicht nachzukom-

men. Inzwischen hatte sie sich wieder beruhigt und erklärte, sie wäre vorhin aus einem Alptraum erwacht und hätte deshalb geschrien.
»Denkt euch nur«, sagte sie. »Ich habe diese Männer beim Aufwachen für Engländer gehalten und später erst gemerkt, dass Herr Buirre sie als Freunde begrüßt hat.«
Da ihre Worte Buirres Lügen stützten, nickte dieser ihr zufrieden zu, richtete seine Worte dann gleichermaßen an seine Untergebenen wie auch an Simon von Kirchberg. »Ich werde die Deutschen morgen zur Burg bringen. Du, Seachlann, bleibst bei den Frauen. Entweder komme ich bis zum Abend zurück, oder ich schicke dir jemand anders, damit du die Gruppe nicht allein beschützen musst.«
»Ist gut!«, antwortete der Mann, der beim Eintreffen der Deutschen fest geschlafen hatte und die Erklärung seines Freundes für wahr hielt.
Buirre nickte und sah dann zu den eng aneinandergekuschelten Frauen und Kindern hin. »Ihr sammelt morgen fleißig für den Winter. Maeve soll euch anleiten, aber auch selbst kräftig mitarbeiten. Habt ihr verstanden?«
Die meisten nickten, doch Bríd verzog das Gesicht. »Warum muss er ausgerechnet Maeve nehmen, dieses faule Stück, wo es doch viel tatkräftigere Frauen hier gibt?«, murmelte sie. Doch da die anderen annahmen, sie würde Maeve das Amt neiden, kümmerten sie sich nicht um sie.
Unterdessen forderte die Erschöpfung von den deutschen Söldnern ihren Tribut. Einer nach dem anderen wickelte sich in der Nähe des Lagerfeuers in Decke und Mantel und schlief ein. Zuletzt legte sich sogar Hufeisen hin, während Simon noch eine Weile mit Buirre sprach, bevor auch er sich einen Platz zum Schlafen suchte.
Ferdinand war nicht weniger erschöpft als die anderen, doch ihm schossen zu viele Gedanken durch den Kopf, so dass er gegen seinen Willen wach blieb. Ihm war klargeworden, dass es

mit der Versorgungslage ihrer irischen Verbündeten nicht sehr gut stehen konnte, wenn sie Frauen und Kinder in den Wald schicken mussten, um Eicheln und Wurzeln zu suchen. Ihm gefiel auch Buirre nicht. Ein Mann, der so pflichtvergessen war, dass er während seiner Wache bei einer Frau lag, hätte in seiner Truppe Spießruten laufen müssen. Doch hier in Irland schienen andere Regeln zu gelten, und er konnte nur hoffen, dass ihm und seinem Vetter dennoch alles zum Guten ausschlug. Über diesen Gedanken schlief er schließlich doch noch ein und wachte erst auf, als Simon ihn am nächsten Morgen mit einem leichten Fußtritt weckte.

8.

Da alle Vorräte aufgebraucht waren, mussten die deutschen Söldner mit leerem Magen aufbrechen. Dabei erging es ihnen immer noch besser als den Frauen und Kindern, denn sie hatten die Aussicht, nach ihrer Ankunft auf der Burg der Ui'Corra verköstigt zu werden. Die Sammler konnten nur hoffen, den Tag über genug zu finden, um am Abend satt werden zu können.

Buirre führte die Gruppe zur Burg und hielt sich dabei eng an Simon. Dieser war immerhin ein guter Freund seines Clanführers und ein erfahrener Söldnerhauptmann. Um Ferdinand kümmerte er sich weniger, und Cyriakus Hufeisen missachtete er ganz, denn dieser war nur ein bürgerlicher Unteroffizier, während er selbst als Oisins Verwandter zum niederen Adel zählte.

Zunächst ging es durch den Wald und dann durch ein von Binsen und Ried bewachsenes Moor. Da Buirre unbesorgt ausschritt, war der Weg wohl nicht gefährlich, sagte Ferdinand sich und schalt ein paar Männer, die sich scheuten weiterzugehen.

»Seid ihr Männer oder Memmen? Ihr seht doch, dass der Ire den Weg kennt.«

Pater Maitiú, der sich stets am Ende des Zugs aufgehalten und auch im Lager der Sammlerinnen Zurückhaltung geübt hatte, warf einen zweifelnden Blick auf den federnden Boden. Nach einem tiefen Atemzug sagte er sich, dass Gott ihn geschickt hatte, um Irland von den Ketzern zu befreien, und ihn gewiss nicht in einem lumpigen Moor sterben lassen würde. Daher ging er weiter und brachte die zögernden Söldner mit seinem Beispiel dazu, ihm zu folgen.

»Ihr seid gewiss froh, wieder in Eurer Heimat zu sein, Pater Matteo«, sagte Ferdinand, um ein Gespräch mit dem Priester zu beginnen.

»Ihr sollt mich Athair Maitiú nennen!«, wies dieser ihn scharf zurecht. Dann faltete er die Hände und begann laut zu beten.

Für Ferdinand schien dies ein deutliches Signal, dass der Priester sich nicht mit ihm unterhalten wollte, und er schloss zu Simon und Buirre auf, ohne sich an deren Gespräch zu beteiligen. Dabei bewunderte er seinen Vetter, dem es gelungen war, sie mit dem Sonnenstand als einzigen Anhaltspunkt in das Land der O'Corras zu führen. Das, sagte er sich, machte Simon so leicht keiner nach. Auf dem Meer hatte er sich zwar über ihn geärgert, doch das Wasser war schließlich nicht Simons Element gewesen. Hier aber, auf diesem unter den Füßen schwappenden irischen Boden, bewies sein Vetter seinen wahren Wert.

Nun war Ferdinand froh, Simon in dieses Land gefolgt zu sein. Hier würde er viel von ihm lernen können. Wenn er sich in Irland bewährte und half, die englischen Ketzer zu vertreiben, war es durchaus möglich, dass Seine Heiligkeit Papst Clemens VIII. ihm nach seiner Rückkehr nach Rom das Kommando über eine eigene Kompanie übertrug.

Während Ferdinand leuchtenden Zukunftsvisionen nachhing, endete das Moor, und die Gruppe sah bebautes Land vor sich. Zunächst mussten sie über einen langgestreckten Hügel steigen, auf dessen Kamm Büsche und junge Bäume in den ersten Herbstfarben leuchteten. Dahinter lag ein Tal, durch das ein munter plätschernder Bach floss. Weiden säumten seinen Lauf und bildeten mit ihrem braungelben Laub ein sich schlängelndes Band, das bis zum Horizont reichte.

Nun waren auch die ersten, frisch gepflügten Felder zu erkennen. Auf den Wiesenflächen weiter oben weideten Schafe, und den Bach abwärts hütete ein halbwüchsiger Junge eine Herde Kühe.

Dieser erschrak sichtlich, als er die Schar auf sich zukommen sah. Bevor er jedoch seine Kühe zusammentreiben und mit ihnen fliehen konnte, rief Buirre ihn an.
»Hab keine Angst, Toal. Das sind Freunde!«
»Seid Ihr es, Tiarna Buirre?«, fragte der Junge ängstlich.
»Natürlich bin ich es! Hast du keine Augen im Kopf?« Buirre schritt grinsend auf Toal zu, versetzte ihm eine Ohrfeige und setzte dann seinen Weg fort.
Ferdinand tat der Junge leid, und daher grüßte er ihn freundlich. Da er es aber auf Englisch tat, kam diese Geste nicht gut an. Toal spie aus, sagte etwas, das wie »Sasanach« klang, und kehrte ihm den Rücken zu.
Kurz darauf kam das erste Dorf in Sicht, und Ferdinand vergaß den Jungen. Die Häuser sahen ganz anders aus, als er es gewohnt war. Eine Mauer aus aufgehäuften Bruchsteinen umgab den Ort, und die meisten Häuser bestanden ebenfalls aus solchen Steinen. Die Dächer waren mit Schilf, Stroh oder sogar mit Rasenstücken gedeckt. Kein Gebäude hatte ein Obergeschoss und nur wenige eine Fensterhöhle. Am Ortsrand standen Häuser, die anscheinend nicht mehr bewohnt wurden und deren Dächer eingebrochen waren.
Selbst die Burg wirkte fremdartig. Obwohl auch hier nur Bruchsteine verwendet worden waren, sah sie mit ihrer drei Klafter hohen Mauer, dem wuchtigen viereckigen Turm und einem ebenfalls einer Festung gleichenden Wohngebäude recht wehrhaft aus. Einen Bergfried gab es nicht, und das Tor wurde nicht durch einen Turm, sondern nur durch einen einfachen Vorbau geschützt. Aber es gab zwei eisenbeschlagene Torflügel und ein schweres Fallgitter, mit dem der Zugang verschlossen werden konnte. Letzteres wurde eben niedergelassen.
Buirre ärgerte sich, weil er nicht auf Anhieb erkannt worden war, und trat ein paar Schritte vor. »He, ihr Idioten! Habt ihr keine Augen im Kopf? Ich bin es, Buirre O'Corra, und ich bringe Freunde mit!«

Zwei Männer erschienen auf der Mauer und sahen zu ihm hinunter. »Du bist es wirklich!«, rief einer erleichtert und verärgerte Buirre, indem er ihn wie seinesgleichen ansprach. Um Simon von Kirchberg zu imponieren, hatte er nämlich so getan, als wäre er nicht nur Oisin O'Corras nächster Verwandter, sondern auch dessen Stellvertreter im Clan.

9.

Ciara sah gerade nach dem Kalb, das Ionatán und sie aus dem Moor geholt hatten, als Saraid die Tür zum Stall aufriss.

»Es kommen Fremde auf uns zu, viele Fremde!« In Saraids Augen stand Angst, die Engländer könnten Oisins Wachen mit einer kampfstarken Schar umgangen haben.

Ciara schlug das Kreuz. »Heilige Maria, Muttergottes, hilf uns«, flüsterte sie und folgte ihrer Cousine nach draußen.

Dort hatte einer der Krieger in seiner Panik bereits das Fallgitter heruntergelassen, ohne daran zu denken, dass das äußere Tor noch offen stand. Ionatán schalt ihn deswegen, erhielt dafür aber eine rüde Bemerkung als Antwort.

»Sei still!«, fuhr Ciara den Krieger an. »Ionatán hat recht. Ihr hättet vorher das Tor schließen müssen. Jetzt geht es nicht mehr, und nun könnten die Fremden durch das Fallgitter hindurch den Hof beschießen.«

Dem Krieger passte es wenig, auch noch von Ciara gescholten zu werden, und baute sich breit vor ihr auf. »Da Buirre nicht hier ist, bin ich der Kommandant. Ihr Frauen verschwindet jetzt in dem Turm, bis wir wissen, wer vor unserem Tor steht.«

»Hast du es deswegen offen stehen lassen, um besser sehen zu können?«, spottete Saraid und ging nach vorne zum Fallgitter. Ciara folgte ihr, ohne sich um den Mann zu kümmern. Für einen Augenblick streckte dieser die Hand nach ihr aus, um sie zu packen und ins Haus zu zerren. Immerhin war sie die Schwester des Taoiseachs, und wenn ihr etwas zustieß, lud er Oisins Zorn auf sich. Doch Ciara wich seinem Zugriff mit einer geschickten Bewegung aus und blieb neben Saraid stehen.

Diese blickte der Schar mit gerunzelter Stirn entgegen. »Das ist ein ziemlich abgerissener Haufen. Es würde mich nicht wundern, wenn es Marodeure sind.«
»Auf jeden Fall sind sie nicht gut bewaffnet. Daher glaube ich nicht, dass sie die Burg einnehmen können. Allerdings verfügen wir nur über vier Krieger, und das sind mehr als fünfzig«, antwortete Ciara.
»Mehr Sorgen als um uns mache ich mir um unsere Sammlerinnen. Die Kerle kommen aus der Richtung, in die die größte Gruppe gezogen ist!« Saraids Stimme klang düster. Wenn diese Männer Engländer waren, hatten sie kaum Schonung gekannt. Da hörte sie die Stimme ihres Mannes und verzog das Gesicht.
»Buirre kommt auch nicht mehr zu Verstand. Er hätte doch den Viehjungen vorausschicken können! Dann wüssten wir von der Ankunft der Fremden und hätten uns nicht so geängstigt.«
»Vielleicht zwingen ihn diese Kerle dazu, sie als Freunde auszugeben, damit wir das Fallgitter hochziehen«, gab Ciara zu bedenken.
Saraid schüttelte den Kopf. »Nicht Buirre! Dafür ist er zu stur. Der lässt sich eher in Stücke schneiden, als den Clan zu verraten.«
Davon war Ciara nicht überzeugt. Daher schickte sie Ionatán und einen der anderen Männer auf die Mauer, um sich zu überzeugen, ob Buirre die Wahrheit sprach. Sie selbst beobachtete die Ankömmlinge durch das Fallgitter hindurch und kniff schließlich überrascht die Augen zusammen. Den Mann neben Buirre kannte sie doch!
»Es ist Simon von Kirchberg! Rasch! Zieht das Fallgitter hoch. Saraid, sorge dafür, dass in der Halle die Tafel aufgetragen wird, und spare nicht an Braten und Brot. Lass auch Met hinschaffen und Whiskey für Herrn von Kirchberg!«
Vor Aufregung sprudelte Ciara ihre Anweisungen so schnell heraus, dass man sie kaum verstehen konnte. Saraid schüttelte

missbilligend den Kopf, warf noch einen Blick auf Simons Schar und schnaubte verächtlich.

»Hieß es nicht, Herr von Kirchberg käme mit einem halben Heer? Doch das da draußen ist der verlottertste Haufen, der mir je untergekommen ist.«

Auch Ciara wunderte sich über das Gefolge des Edelmanns, denn diese Schar hatte nichts mit der Truppe gemein, die ihr Bruder erwartet hatte. Dennoch flatterte ihr Herz wie ein Schmetterling, und sie konnte es nicht erwarten, bis das Fallgitter wieder hochgezogen worden war.

Kaum war der Weg frei, eilte sie hinaus und streckte dem Edelmann die Hand entgegen. »Endlich seid Ihr hier, Herr von Kirchberg! Mein Bruder wartet sehnsüchtig auf Euch und Eure Mannen.«

Ab diesem Augenblick waren die Söldner keine zerlumpte Schar mehr für sie, sondern tapfere Recken, die mithelfen würden, Irlands Freiheit zu erringen.

Simon betrachtete die impulsive junge Frau und überlegte verzweifelt, wer sie sein konnte. Das Wort »Bruder« brachte ihn auf die Spur, dennoch dauerte es noch einige Augenblicke, bis er die dunkelhaarige Schöne mit dem mageren Mädchen in Verbindung brachte, das er vor einigen Jahren in jenem halb verfallenen Turm an der Küste von Donegal kennengelernt hatte.

»Jungfer Ki…« Er rettete sich in ein Hüsteln, da er den Namen vergessen hatte, und setzte seine Rede danach ansatzlos fort. »Meine Güte, habt Ihr Euch herausgemacht! Beinahe hätte ich Euch nicht wiedererkannt.«

Sein Lächeln brachte Ciara dazu, ihm zu vergeben. Auch war ihre Freude größer, ihn zu sehen, als der kleine Stich, den sein Nichterkennen ihr versetzt hatte. Mit einer umfassenden Geste wies sie über das Tal. »So weit Ihr sehen könnt, ist dies Ui'Corra-Land. Meinem Bruder ist es gelungen, die englische Kröte Richard Haresgill zu vertreiben, aber er braucht Euch und Eure Männer, um unser Land gegen diesen und andere Engländer zu verteidigen.«

»Wir sind gekommen, um die Engländer zu schlagen, wo wir sie nur finden, nicht wahr, Ferdinand?« Simon wandte sich kurz seinem Vetter zu, der stumm nickte, und lächelte dann wieder Ciara an.

Nie hätte er es für möglich gehalten, dass aus jenem reizlosen Kind einmal eine solche Schönheit werden könnte. Es verlockte ihn, sie zu besitzen, doch er war nicht bereit, es ihretwegen zu einem Streit mit Oisin O'Corra kommen zu lassen. Wenn er dessen Schwester verführte, forderte dieser ihn womöglich noch auf, sie zu heiraten. Der O'Corra saß allerdings nicht fest genug im Sattel, als dass seine Schwester seinem Weiterkommen nutzen konnte. Es wäre etwas anderes, wenn es sich bei Ciara um die Schwester eines der großen Clanoberhäupter handeln würde wie Hugh O'Neill oder Hugh O'Donnell.

Daher bemühte Simon sich zwar, freundlich zu Ciara zu sein, und reichte ihr den Arm, so dass sie die Hand darauf legen konnte. Doch auf dem Weg in die Halle hatte er mehr Augen für die Burganlage als für das Mädchen.

Ferdinand folgte den beiden und sah sich mit einem Mal einer Irin gegenüber, deren Freude über ihr Erscheinen sich ihrer Miene nach in Grenzen hielt.

»Wie viele seid ihr?«, fragte sie in einem betont schlechten Englisch.

»Achtundfünfzig Männer einschließlich unseres Hauptmanns und mir. Dazu kommt noch der Pater.« Noch während er es sagte, drehte Ferdinand sich um und wies auf Athair Maitiú, der sich auch jetzt wieder ganz am Ende des Trupps aufhielt. Besonders mutig ist der Mann ja nicht, dachte er und erklärte Saraid, dass es sich bei dem Priester um einen Iren handele.

»Pater Maitiú hat viele Jahre lang in Rom studiert und dort die Priesterweihen erhalten. Nun ist er ins Land seiner Kindheit zurückgekehrt, um die Ketzer zu vertreiben.«

Saraid achtete nicht mehr auf ihn, sondern trat auf den Priester zu und versank in einem tiefen Knicks. »Bitte, segnet mich, ehrwürdiger Vater«, sagte sie auf Irisch.

Der Pater betrachtete sie kurz und schlug das Kreuz über sie. Die Segensformel sprach er ebenfalls auf Irisch und sah, wie die Augen der Frau aufleuchteten. »Wer bist du, meine Tochter?«, fragte er, obwohl sie ihm mehrere Jahre voraushatte.

»Ich bin Saraid Ní Corra, die Cousine des Taoiseachs und seiner Schwester und deren rechte Hand bei der Verwaltung der Burg.« Letzteres sagte sie laut genug, damit es auch ihr Mann hörte.

Buirre drohte ihr wütend mit der Faust, obwohl er wusste, dass er es nicht noch einmal wagen durfte, sie zu schlagen. Nun überlegte er, ob er nicht mit dem Pater sprechen sollte, damit dieser Saraid an den Gehorsam erinnerte, den ein Weib ihrem Ehemann schuldig war. Da aber fiel ihm ein, dass Athair Maitiú Anstoß daran nehmen könnte, dass er mit Maeve Ehebruch beging, und ärgerte sich über das Erscheinen des Priesters ebenso sehr, wie seine Frau sich darüber freute.

10.

Obwohl Saraid von den Deutschen im Allgemeinen und von Simon von Kirchberg im Besonderen nicht viel hielt, ließ sie ein reichhaltiges Mahl auftragen und sparte auch nicht mit Met. Vorher aber hatte sie Ionatán beauftragt, Oisin von der Ankunft der Söldner in Kenntnis zu setzen.

Die Deutschen ließen es sich erst einmal wohl sein und vertilgten solche Mengen an Gersteneintopf und Fleisch, dass Saraid sich fragte, ob sie doppelte Mägen hätten. Auch soffen sie wie durstige Esel und wurden dabei so laut, dass es in der ganzen Burg widerhallte.

Und mit solchen Männern will Oisin die Engländer vertreiben?, dachte sie verächtlich.

Gleichzeitig ärgerte sie sich über Ciara, die förmlich an Simon von Kirchbergs Lippen zu kleben schien. Mit dem Mund, das begriff Saraid schnell, war der Söldnerführer freilich ein Held. Doch würde er das, was er versprach, auch halten können? Ihr Blick glitt weiter zu einem zweiten Mann, der die inzwischen arg schäbig gewordene Kleidung eines Adeligen trug. Noch hatte Simon diesen Mann weder Ciara noch ihr vorgestellt, dennoch stufte sie ihn als jungen Offizier ein. Neben seinem Anführer und einem Unteroffizier mit kantigem Gesicht und wuscheligem Vollbart war er der einzige Deutsche, der sich beim Essen manierlich benahm. Auch trank er nicht so viel wie die anderen. Dafür aber stierte er Ciara an wie ein hungriges Kalb die Mutter.

»Das ist auch ein Narr«, murmelte Saraid und ging in die Küche, um nachzusehen, was sie den Deutschen noch vorsetzen konnte.

Ferdinand konnte tatsächlich seine Augen kaum von Ciara lassen. Sie war so anders als die blonden, hochgewachsenen Mädchen seiner Heimat, aber auch anders als die drallen Römerinnen. Deren Haare waren zwar ebenfalls dunkel, doch Ciaras Locken funkelten im Licht der Fackeln, als wären sie von kupfernen Strähnen durchsetzt. Ihre Augen hingegen leuchteten hell aus einem leicht gebräunten Gesicht, welches ebenso wie die kurz geschnittenen Fingernägel verriet, dass sie es gewohnt war, sich im Freien aufzuhalten und mit anzupacken. Obwohl sie ein für eine Edeldame sehr schlichtes Kleid trug, erschien sie ihm so schön wie eine Prinzessin, und er beneidete seinen Vetter, der neben ihr sitzen und mit ihr reden durfte. Er selbst wagte nicht, sich in das Gespräch einzumischen, sondern saß stumm auf seinem Stuhl, aß, ohne recht zu merken, was ihm hingestellt wurde, und trank seinen Met in kleinen Schlucken.

Nach dem Essen legten sich die ersten Männer zum Schlafen hin. Simon hingegen unterhielt sich weiter mit Ciara, merkte aber bald, dass diese über die Situation in Irland kaum mehr wusste als er selbst. Dies hinderte ihn nicht daran, mehrere phantastische Pläne auszuspinnen, wie er Königin Elisabeths Soldaten von der Insel fegen wollte. Ciara hing ebenso wie Ferdinand an seinen Lippen.

Einige Zeit später wurde es draußen laut. Jemand riss die Tür auf, und dann stürmte ein Mann in hautengen Hosen und einem gesteppten Wams herein. Auf dem Kopf trug er ein Barett mit langen Federn und einem goldenen Kleeblatt.

»Ihr seid es wirklich, Kirchberg! Ich dachte, Ihr würdet mir von der Küste einen Boten schicken«, rief er und breitete die Arme aus, um Simon zu umarmen.

Dieser sprang auf und eilte ihm entgegen. »Oisin O'Corra! Welche Freude, Euch zu sehen! Was den Boten betrifft, so wusste ich nicht, wem ich vertrauen konnte und wem nicht.«

»Hattet Ihr denn keinen Iren an Bord? Ich dachte, man hätte

Euch einen mitgegeben«, fragte Oisin verwundert. Er umarmte Simon und klopfte ihm auf die Schulter. »Auf jeden Fall seid Ihr jetzt hier. Wie viele Männer habt Ihr mitgebracht? Je mehr es sind, umso besser!«

Simon wand sich ein wenig und ging zunächst auf Oisins erste Frage ein. »Ein Ire war mit an Bord und ist auch mit uns gekommen.«

Sofort sah Ciaras Bruder sich suchend um, doch Simon fuhr fort: »Es handelt sich um einen Priester, der sich Ahär Mätiu nennt.«

»Athair Maitiú«, korrigierte Ciara ihn.

»Ja, so ungefähr! Jetzt ist er drüben in der Kapelle, um diese zu weihen und den Frauen die Beichte abzunehmen. Das Weibervolk sündigt ja mehr als wir Männer.« Ein Augenzwinkern sollte Ciara und ihrem Bruder zeigen, dass es als Scherz gedacht war.

Dann kam Simon auf seine wenig glanzvolle Ankunft und die geringe Zahl seiner Söldner zu sprechen. »Wir hatten höllisches Pech bei der Überfahrt nach Irland und vor allem unfähige Schiffskapitäne. Diese Schurken haben uns direkt vor die Kanonen der Engländer gesegelt. Trotz deren Übermacht hätten wir den Kampf aufgenommen, doch unser Kapitän ließ alle Segel setzen, und so fiel unser Begleitschiff mit dem größten Teil meiner Söldner den Angreifern zum Opfer. Der Teufel soll ihn dafür holen! Nicht zuletzt auch dafür, dass er befahl, unsere gesamte Ausrüstung über Bord zu werfen, damit sein Schiff schneller segeln konnte. Ich wollte es verhindern, aber die Schiffsmannschaft war wie von Sinnen. Mein Vetter erhielt in dem Tumult sogar einen Schlag, der ihn das Bewusstsein verlieren ließ. Bis ich wieder das Heft in der Hand hielt, war unser zweites Schiff, die *Violetta*, bereits gekapert worden. Weitere Engländer kamen hinter uns her, um uns in die Zange zu nehmen. Nur dank der Heiligen Jungfrau und des Apostels Paulus ist es uns gelungen, ihnen zu entkommen.«

Simon brachte seinen Bericht so glaubhaft vor, dass Ferdinand sich fragte, ob das, was er erlebt zu haben glaubte, der Wahrheit entsprach. Wie es aussah, hatte ihm der Schlag auf den Kopf das Gedächtnis getrübt. Lange konnte er jedoch nicht darüber nachdenken, denn Oisin O'Corra kam nun auf ihn zu und schloss ihn in die Arme.

»Seid mir ebenfalls willkommen, Herr ...« Oisin stockte, da Simon ihm seinen Verwandten noch nicht vorgestellt hatte.

»Ferdinand von Kirchberg! Zu Euren Diensten, Lord O'Corra«, stellte Ferdinand sich vor.

»Bleibt mir mit dem Titel Lord vom Leib! Das ist englisches Gesumse. Ich bin der Taoiseach meines Clans. Mehr will ich nicht sein, und wenn Königin Elisabeth mich zum Lord Lieutenant von Irland machen wollte«, erklärte Oisin mit verächtlicher Miene. »Setzt Euch wieder und seid meine Gäste. Wollen wir Gott danken, dass wenigstens Ihr diesen englischen Bluthunden entkommen seid. Tapfere Männer sind mir immer willkommen!« Der letzte Satz galt den deutschen Söldnern, aber die wenigsten verstanden ihn, da außer den beiden Kirchbergs nur noch Cyriakus Hufeisen etwas Englisch gelernt hatte.

Ferdinand hatte erwartet, Oisin O'Corra wäre enttäuscht, weil Simon nur mit einem Bruchteil der versprochenen Söldner eingetroffen war. Seinem Vetter war es jedoch mit wenigen Sätzen gelungen, nicht nur das Verständnis, sondern auch die Anteilnahme ihres Gastgebers zu erringen.

Nun versprach Oisin Simon sogar, die Söldner aus seinen eigenen Waffenvorräten auszurüsten, und schlug einige gemeinsame Aktionen vor, um den Engländern zu schaden und die eigene Position zu verbessern.

Ferdinand hörte aufmerksam zu, begriff aber rasch, dass dies ein anderer Krieg war, als er ihn aus vielen Berichten kannte.

»Wir können uns auf keine offene Schlacht mit den Engländern einlassen, sondern müssen sie aus dem Hinterhalt angreifen und dabei blitzschnell zuschlagen«, erklärte Oisin eben.

Simon von Kirchberg nickte. »Ich habe gegen die Engländer in Flandern und auch in Frankreich gekämpft. Es sind hartnäckige Burschen, die sich nicht gerne geschlagen geben. Man bräuchte schon die gleiche Zahl guter deutscher Söldner mit entsprechender Bewaffnung, um sie im offenen Feld besiegen zu können.«

»Besonders viele deutsche Söldner habt Ihr ja nicht mitgebracht«, warf Saraid ein, die in den Saal gekommen war, um Ciara zu sagen, dass die Metvorräte zur Neige gingen.

»Die Engländer beherrschen die nördliche See, seit die große Armada gescheitert ist!« Oisins Stimme klang tadelnd, denn er mochte es nicht, wenn Frauen sich in Männergespräche einmischten.

Simon von Kirchberg sah den Iren nachdenklich an. »Ohne Hilfe aus Spanien werden wir die Engländer nicht auf Dauer aus Irland vertreiben können.«

»Aber ich will keinen landfremden Herrn gegen einen anderen eintauschen«, gab Oisin scharf zurück.

»Ich meinte weniger spanische Truppen als Kriegsmaterial«, antwortete Simon lächelnd. »Spanien hat großes Interesse daran, dass Englands Macht beschnitten wird. Die englischen Kapitäne überfallen Spaniens Schiffe und rauben deren Gold. Ihr Iren solltet ebenfalls Schiffe bauen und Jagd auf die Engländer machen!«

»Wie einst Gráinne Ní Mháille? Doch selbst diese stolze Irin hat sich später mit den englischen Bastarden eingelassen, und ihr Sohn steht auf Henry Bagenals Seite«, antwortete Saraid. »Erst müssen wir die Engländer von unserer Insel verjagen, bevor wir an mehr denken können!«

Obwohl seine Cousine recht hatte, ärgerte Oisin sich über sie. »Warum bist du nicht in der Küche und sorgst dafür, dass mehr Met gebracht wird?«

»Weil keiner mehr da ist! Ein Ire trinkt viel, ein Engländer noch mehr, doch deren Durst ist gegen den eines Deutschen wie ein kleines Kind neben einem erwachsenen Mann.« Nach diesen Worten deutete Saraid einen Knicks an und verließ den Raum.

Ciara überlegte, was sie tun sollte. Zwar wäre sie gerne in der Halle geblieben, um Simon von Kirchberg nahe zu sein. Doch sie begriff, dass ihr Bruder ernste Dinge mit diesem besprechen wollte, und das taten Männer nur ungern in Anwesenheit einer Frau. Daher stand sie auf, knickste vor dem Gast und bat ihren Bruder, ihr zu erlauben, die Tafel zu verlassen.

»Gewährt! Es ist mir wirklich lieber, du siehst nach, was in der Küche los ist. Saraid schafft es dem Anschein nach nicht allein«, sagte Oisin mit einem sanften Lächeln.

Buirre konnte sich ein Grinsen nicht verkneifen. Wie es aussah, war seine Frau dabei, das Vertrauen des Clanherrn zu verspielen. Also konnte er sich ihr gegenüber wieder mehr erlauben. Er durfte nur Ciara selbst nicht angreifen, denn damit würde er seinen Taoiseach ernsthaft verärgern.

Während Oisin sich mit Simon von Kirchberg beriet und Buirre seinen Gedanken nachhing, trat Ciara in die Küche und blieb vor Saraid stehen.

»Was hast du dir eigentlich dabei gedacht, unsere Gäste zu beleidigen?«, fragte sie aufgebracht.

»Ich habe nur erklärt, dass sie fressen und saufen, als würden sie dafür bezahlt und nicht für den Kampf gegen die Engländer«, gab Saraid ungerührt zurück und wies auf einen fast leeren Bottich. »Das ist der letzte Met, den wir haben. Dabei hätte er den ganzen Monat reichen sollen. Ich weiß nicht, was dein Bruder sich gedacht hat, ausgerechnet solche Männer nach Irland zu rufen. Wenn er sie nicht Aodh Mór O'Néill unterstellen kann und dieser sie ernährt, fressen sie uns die Haare vom Kopf. Dabei wissen wir selbst nicht, wie wir die Zeit bis zur nächsten Ernte überstehen sollen.«

»Gewiss wird Oisin etwas einfallen«, antwortete Ciara unbesorgt.

»Hoffentlich! Sonst hungern wir die kalten Monate über wie ein Eichhörnchen, das sich keinen Nussvorrat angelegt hat«, erklärte Saraid.

Obwohl Ciara ihr gerne widersprochen hätte, erschrak sie doch, als sie sah, welche Lücken die Mahlzeit für Kirchberg und seine Männer in ihre Vorräte gerissen hatte. Nun blieb ihr wirklich nur zu hoffen, dass entweder die Verbündeten ihres Bruders ihnen mit Nahrungsmitteln aushalfen oder Oisin selbst einen Ausweg fand.

11.

Nicht nur in der Ui'Corra-Burg wurden Pläne geschmiedet. Die Engländer blieben ebenfalls nicht untätig, auch wenn Sir Henry Bagenal sich mit seinen Truppen bis nach Dundalk hatte zurückziehen müssen. Als Richard Haresgill ihn aufsuchte, lagen lange Listen mit Namen und Ausrüstungsgegenständen auf Bagenals Arbeitstisch sowie eine Karte von Ulster samt den angrenzenden Gebieten.

»Ich grüße Euch, Sir Henry«, begann Haresgill, weil Bagenal keine Notiz von ihm nahm.

Erst jetzt blickte dieser auf. »Ah, Sir Richard! Erfreut, Euch zu sehen.«

»Ich weiß nicht, ob Eure Freude anhält, wenn ich Euch frage, was Ihr bisher gegen diese verdammten Rebellen unternommen habt! Ich habe noch keinen englischen Soldaten nach Ulster marschieren sehen«, antwortete Haresgill ohne diplomatische Umschweife.

Um Bagenals Lippen spielte ein spöttisches Lächeln. »Es marschierte auch keiner, weil ich es bis jetzt nicht für nötig gehalten habe.«

»Nicht nötig?«, rief Haresgill empört. »Dieser elende O'Néill hat mich und Dutzende anderer guter Engländer von unserem Land vertrieben und rüstet eine Armee aus. Und da sagt Ihr mir, es wäre nicht nötig, ihn zu bekämpfen?«

»Das habe ich nicht gesagt«, konterte Bagenal gelassen. »Ich sagte nur, dass ich jetzt noch keine Soldaten nach Ulster führen werde. Aber es wird nicht mehr lange dauern, bis ich zum Angriff übergehe. Ich habe bereits Truppenteile an mehreren Stellen der Grenze zu Ulster stationiert.«

»Ihr greift O'Néill also an!«
Bagenal schüttelte den Kopf. »Nein! Derzeit kopiere ich nur seine Taktik.«
Verwirrt starrte Haresgill ihn an. »Das verstehe ich nicht!«
»Darum hat Ihre Majestät ja auch mich und nicht Euch zum Lordpräsidenten von Ulster ernannt«, sagte Henry Bagenal selbstgefällig. »Aber ich kann es Euch gerne erklären. Hugh O'Néill und seine Verbündeten befestigen die Pässe und Straßen, um uns den Weg nach Ulster zu verlegen. Ich für meinen Teil lasse nun ebenfalls Festungen und Verhaue errichten, um den Fuchs in seinem Bau festzuhalten. Was für uns gilt, gilt auch für die Iren. Große Truppen können nur auf den Straßen bewegt werden. Indem wir diese absperren, verhindern wir, dass O'Néill gegen Städte wie Dundalk, Newry, Monaghan, Eniskillen oder Sligo vorrücken und sie belagern kann. Außerdem wird er auf diese Weise vom Nachschub aus anderen Teilen Irlands abgeschnitten und kann seinen dortigen Verbündeten nicht mehr zu Hilfe eilen, wenn wir uns diese vornehmen.«
»Aber damit überlasst Ihr O'Néill den größten Teil Ulsters und damit auch das Land, das mir gehört!« Haresgill vermochte seinen Groll kaum mehr zu beherrschen, doch Bagenal sah ihn mit überheblicher Miene an.
»Nur vorerst, Sir Richard! Sobald ich den Zeitpunkt für geeignet ansehe, rücke ich gegen O'Néill vor und schlage ihn in seinem eigenen Land. Danach diktieren wir den Iren den Frieden, und der wird nicht zu unseren Ungunsten ausfallen. Seht her!«
Bagenals Zeigefinger deutete auf die Karte. »Diesen Landstrich hier habe ich für Euch vorgesehen. Gleich anschließend kommt das Land für den Earl of Essex, damit dieser unsere Vorstellungen bei Ihrer Majestät vertritt. Ihr wisst doch, dass Elisabeth dem jungen Helden nichts abschlagen kann! Dieses Gebiet hier wird meinen eigenen Besitz erweitern. Was übrig bleibt, vertei-

len wir nach unserem Belieben. Wenn O'Néill sich rasch ergibt, lassen wir vielleicht noch etwas für ihn übrig. Seinen Titel als Earl of Tyrone wird er allerdings ablegen müssen.«

Bagenals Miene verriet Haresgill, dass dieser hoffte, der neue Earl zu werden, und für einen Augenblick empfand er Neid. Doch als er sich vorbeugte und auf der Karte das Gebiet sah, welches der andere für ihn bestimmt hatte, war er zufrieden. Dieser Besitz würde ihn zu einem der reichsten Männer Irlands machen, mit dem Anrecht, ebenfalls zum Peer ernannt zu werden.

»Verzeiht, Sir Henry, dass ich einen Augenblick an Euren Absichten gezweifelt habe. Doch ich sehe, Ihr seid ein Mann, dem man das Schicksal Ulsters, ja, ganz Irlands anvertrauen kann«, erklärte er.

Henry Bagenal lächelte. Er hatte längst begriffen, dass Haresgill bei jeder Unterredung zuerst Kritik übte, sich aber sofort auf seine Seite schlug, wenn ihm eine ordentliche Belohnung in Aussicht gestellt wurde. Bagenal genoss es, sein Gegenüber mit kleinen Bröckchen zu füttern und ihm gleichzeitig die eigene Überlegenheit zu demonstrieren.

»Ich freue mich, dass Ihr mit mir einer Meinung seid. Doch nun muss ich Euch bitten, mich wieder zu verlassen. Ihre Majestät hat mir das Schicksal Ulsters als Bürde auferlegt, und Ihr werdet verstehen, dass ich mich dieses Vertrauens würdig erweisen will.«

Bagenal begleitete diese Worte mit einem freundlichen Lächeln, das über seine Beweggründe hinwegtäuschte. Es ging ihm nicht um den Schutz der englischen Siedler, denn die würden sich auch in den Pale retten können, das Gebiet um Dublin, das fest in englischer Hand war. Er wollte warten, bis die Nachricht von O'Neills Aufstand in London mehr war als nur eine Randnotiz. Erst wenn die Augen der Königin und ihrer Berater sich auf Irland richteten, würden seine Taten im richtigen Licht erscheinen.

12.

Oisin O'Corra war die Gastfreundschaft heilig. Trotzdem fragte er sich, wie er seine Clankrieger und Söldner sowie die Frauen und Kinder auf seinem Besitz ernähren sollte. Zwar bemühten seine Schwester und Saraid sich redlich, mit dem Wenigen auszukommen, das sie besaßen, doch wenn der Clan ohne Verluste das Frühjahr erreichen wollte, brauchten sie mehr Lebensmittel.
Geld, mit dem er sich Korn aus anderen Gebieten Irlands hätte besorgen können, besaß er keines. Außerdem wäre es wegen der englischen Patrouillen schwierig geworden, die Fracht bis zu seinem Tal zu schaffen. Daher musste er den Clan auf andere Weise versorgen, und so fasste er einen Plan.
Bereits am nächsten Tag versammelte er Simon von Kirchbergs Söldner und mehrere Dutzend eigene Kämpfer bei seiner aus wuchtigen Baumstämmen errichteten Festung am Taleingang und stimmte sie auf den bevorstehenden Kriegszug ein.
»Freunde!«, rief er mit lauter Stimme. »Die Engländer glauben, sie könnten uns Iren einsperren wie Singvögel in einen Käfig. Aber wir werden ihnen zeigen, wie sehr sie sich täuschen. Eine englische Schar braucht einen gebahnten Weg, auf dem jeder Zweig beseitigt worden ist, damit sie sich keine Dornen in die Fußsohlen treten. Wir hingegen wissen auch durch Wälder und Moore unser Ziel zu erreichen. Das Schöne dabei ist, dass uns die Engländer nicht zu folgen wagen, wenn wir uns zurückziehen.«
Da er seine Ansprache auf Irisch hielt und sie dann um einiges leiser auf Englisch für Simon von Kirchberg übersetzte, dauerte es eine Weile, bis dieser sie auf Deutsch wiederholen konnte.

Cyriakus Hufeisen spie aus. »Heißt das, dass wir erneut durch den Wald irren und Gefahr laufen sollen, im Moor zu versinken?«, fragte er Ferdinand.
Dieser nickte missmutig. »So sieht es aus.«
»Wir werden«, fuhr Oisin an seine eigenen Männer gewandt fort, »nach Süden ziehen und den Landsitz des Earls of Loane angreifen. Zwar lebt dieser in England, aber er hat seinen Verwalter und dreißig schottische Söldner dort zurückgelassen. Wir werden jedoch nicht seine Burg angreifen, sondern nur die Häuser seiner Pächter. Das sind zumeist Engländer, aber auch Iren, die es mit den Ketzern halten. Wir schlagen rasch zu, nehmen uns, was wir brauchen, und ziehen uns wieder zurück. Sollten die Männer des Earls uns folgen, werden wir ihnen zeigen, dass wir Iren Söhne der Wälder sind.«
Nachdem Simon von Kirchberg auch diese Worte übersetzt hatte, schüttelte Hufeisen unwirsch den Kopf. »Wenn wir das tun, sind wir nicht mehr als Plünderer. Ich habe zwar nichts dagegen, Beute zu machen, aber als Krieger und nicht als Räuber.«
»Sag das dem Hauptmann!«, riet Ferdinand, dem diese Art der Kriegsführung ebenfalls nicht behagte. Für seine Ehrbegriffe mussten sie zuerst die Burg des Earls stürmen, bevor sie sich dessen Bauern zuwandten.
Als er jedoch auf Simon zutrat und diesen Vorschlag machte, musterte dieser ihn mit überheblicher Miene. »Du hast Herrn Oisin gehört. Er weiß am besten, wie hier Krieg zu führen ist. Also rede nicht so dumm daher!«
Die Abfuhr war deutlich, und für Augenblicke kämpfte Ferdinand mit sich, ob er seinem Vetter auf gleiche Weise herausgeben sollte. Doch Simon hatte die weitaus größere Erfahrung. Also schluckte er seine Empörung hinunter und gesellte sich zu den Kriegern, die sich zum Abmarsch sammelten. Den meisten Männern war es gleichgültig, ob sie nun kämpfen oder nur Beute machen sollten. Auch Cyriakus Hufeisen hatte sich

von den Worten seines Anführers überzeugen lassen und befahl den Männern, den Iren zu folgen.
Oisin O'Corra und Simon übernahmen die Spitze, dicht gefolgt von Aithil O'Corra, den Aodh Mór O'Néill zur Unterstützung geschickt hatte, und den übrigen Iren. Hinter diesen reihten sich Ferdinand und die deutschen Söldner ein. Mittlerweile hatte Oisin sie alle bewaffnet, so dass sich keiner von ihnen mit einem Knüppel begnügen musste. Die Spieße und die Schwerter waren kürzer als die, die sie gewohnt waren. Trotzdem waren die Männer guter Dinge, denn nach den Schrecken der Überfahrt und dem Hungermarsch von der Küste zum Ui'Corra-Tal brannten sie darauf, den Engländern so einiges heimzuzahlen.
Während sie auf Pfaden vorrückten, die nur ein Ire als solche erkennen konnte, söhnte auch Ferdinand sich mit diesem Auftrag aus. Sie waren eben kein vorrückendes Heer, sondern ein Furagetrupp, der sich vom Feindesland ernähren musste.
Simon muss mich für einen argen Bedenkenträger halten, dachte Ferdinand. Immerhin hatte sein Vetter bereits an zahlreichen Kriegszügen teilgenommen, während er selbst nur bei einer Fehde ihres Onkels Franz von Kirchberg Erfahrung hatte sammeln können. Seine Gedanken glitten zurück in die Heimat, und er sah den alten Herrn vor sich und dessen Sohn Andreas, der den Stammsitz der Familie nach dem Tod seines Vaters erben würde. Da Andreas bereits zwei Söhne hatte, die einmal die Sippe weiterführen konnten, war es für Ferdinand nach dem Scharmützel bei Kirchberg an der Zeit gewesen, sich auf eigene Füße zu stellen. Daher war er Simon dankbar, dass dieser ihn erst mit nach Rom und dann mit nach Irland genommen hatte. Vielleicht sollte er tatsächlich den Vorschlag seines Vetters befolgen und ein irisches Mädchen mit entsprechender Mitgift heiraten.
Bei dem Gedanken schob sich das Bild Ciara O'Corras – oder vielmehr Ní Corras, wie sie sich im Unterschied zu ihrem Bru-

der nannte – vor sein inneres Auge. Ferdinand kannte die Feinheiten der irischen Sprache zu wenig, um zu wissen, warum es hier diesen Unterschied gab. Eine Frau wie Ciara, sagte er sich, würde er ohne Bedenken heiraten, auch wenn sie keine reiche Erbin war.

Mit einem Mal musste er über sich selbst lachen. Immerhin weilte er nicht auf Brautschau in Irland, sondern um die Engländer zu bekämpfen. Zudem hatte er sich bisher weder in einer richtigen Schlacht ausgezeichnet noch anderweitig Ruhm und Ehren erworben. Mit einem Mal sehnte er das erste Zusammentreffen mit den Engländern herbei, um endlich zeigen zu können, was er wert war. Seine linke Hand schloss sich um den Schwertgriff, und seine Augen funkelten in Vorfreude auf den Kampf.

Bis zu Lord Loanes Besitz waren es in gerader Linie mehr als dreißig englische Meilen. Durch Wald und Moor würden sie allerdings fast die doppelte Strecke zurücklegen und dabei mindestens ein Mal unter freiem Himmel übernachten müssen. Doch dann, so sagte Ferdinand sich, würde er allen beweisen, dass auch er ein Krieger war, den man fürchten musste. Zumindest hoffte er das. Um ein so guter Kämpfer wie Simon oder auch nur wie Hufeisen zu werden, würde er noch eine Weile brauchen. Doch auch diese beiden Männer hatten das Kriegshandwerk erst lernen müssen.

13.

Ohne ihre irischen Führer hätten Simon von Kirchberg und seine Söldner sich hoffnungslos verirrt. Oisin O'Corra leitete sie jedoch durch schier unendliche Wälder und buschbestandene Moore nach Süden zu dem Punkt, an dem die Grenzen der einstigen Reiche Uladh, Laighean und Chonnacht aneinanderstießen. Unweit davon erstreckten sich die Besitzungen des Earls of Loane, dessen Großvater sein Land jedoch nicht wie Richard Haresgill durch Eroberung und Vertreiben der früheren Besitzer, sondern durch Heirat mit der Erbin des Grundherrn erworben hatte. Dies erklärte Aithil O'Corra Ferdinand auf Englisch. »Das heißt aber nicht, dass wir den Enkel schonen werden, wenn wir auf ihn treffen«, setzte er mit einem bösen Grinsen hinzu. »Allerdings lebt der Lord in London und überlässt es seinem Verwalter, die Pächter auszupressen. Etliche von ihnen sind auf den Stand von Tagelöhnern herabgesunken und werden uns zujubeln, wenn sie uns sehen, und sich uns anschließen.«
Ferdinand hörte aufmerksam zu und sog auch dieses Wissen gierig in sich auf. Immerhin hatte sein Vetter den Auftrag erhalten, so lange in Irland zu bleiben, bis die englischen Ketzer vertrieben waren. In seinem jugendlichen Überschwang hatte er geglaubt, es bedürfe nur einer siegreichen Schlacht, dann wäre Irland befreit. Zwar befand er sich erst wenige Tage auf der Insel, aber längst hatte er begriffen, dass es sehr lange dauern würde, bis die Engländer niedergerungen waren. Daher beschloss Ferdinand, so bald wie möglich die Sprache der Iren zu lernen. Wenn er Seite an Seite mit ihnen kämpfte, war es wichtig, die Männer zu verstehen.

Mit dieser Überlegung wandte er sich an Aithil O'Corra. Dieser amüsierte sich über Ferdinands Wissbegier, war aber gutmütig genug, alle Fragen des Deutschen zu beantworten. So verging die Zeit für die beiden Männer recht schnell, und sie wunderten sich schließlich, dass sie ihr Ziel erreicht hatten. Auf ein Handzeichen Oisins blieben sie stehen. Noch befanden sie sich zwischen hohen, knorrigen Bäumen, doch in der Ferne war bereits eine sanft gewellte Landschaft mit grünen Weiden, Äckern und einem kleinen See zu erkennen. Jenseits des Sees erhob sich eine mächtige Burg und warf ihren Schatten weit über das Land.
»Das ist Loane Castle«, erklärte Aithil, »der Stammsitz des Earls of Loane. Die Ruinen dahinter gehören zur Abtei des heiligen Cainneach, die von den verfluchten Engländern geschleift worden ist. Der Besitz der Abtei ist zum größten Teil dem Earl übereignet worden.«
Ferdinand starrte zu den zerfallenden Mauern hinüber, die einen schmalen, hohen Rundturm mit einfacher Kegelspitze einschlossen, und ballte die Faust. »Es ist eine schwere Sünde, das Gut der Kirche zu rauben und ihre Diener zu vertreiben!«
Über Aithil O'Corras Gesicht huschte ein Schatten. »Wenn es nur beim Vertreiben geblieben wäre! Doch die Engländer haben die zwölf Mönche, die dort gelebt hatten, wie Strauchdiebe aufgehängt, weil sie nicht den Eid auf ihre Königin und ihren Ketzerglauben leisten wollten.«
»Seid ruhig!«, wies Oisin die beiden zurecht. »Ich erkläre euch den Schlachtplan. Simon von Kirchberg wird mit seinen Söldnern auf die Burg vorrücken und den Weg blockieren, der von dort zu den Gehöften der Pächter führt. Diese werde ich mir mit meinen Männern vornehmen und versuchen, so viele Vorräte zu erbeuten, wie wir mit uns führen können. Wenn ich das Signal gebe, schließt Simon von Kirchberg mit seinen Männern zu uns auf. Dann nimmt jeder den Teil, den er zu tragen hat, und wir verschwinden mit unserer Beute in den Wäldern.«

Der Plan erschien Ferdinand wenig heldenhaft, doch angesichts der Ermahnungen, die ihm sein Vetter erteilt hatte, hielt er den Mund. Die Söldner, allen voran Cyriakus Hufeisen, machten jedoch ihrem Ärger Luft. »So lassen wir nicht mit uns umspringen!«, schimpfte Hufeisen. »Wir sind Krieger und keine Bauern, die Getreidesäcke herumschleppen. Außerdem wollen wir Beute machen. Oder glaubt dieser aufgeblasene Ire, wir geben uns mit dem Fraß, den sie uns auftischen, als Sold zufrieden?«
»Was sagt der Mann?«, fragte Oisin verärgert.
Er hatte eben mit Simon ein paar Worte gewechselt, um die Aktion besser abzustimmen. Da er Hufeisens Ausruf nicht verstanden hatte, musste Ferdinand übersetzen. Dieser ließ den aufgeblasenen Iren weg, erklärte aber, dass die Söldner zornig wären, weil es ihnen verwehrt wurde, Beute zu machen.
»Gieriges Gesindel!«, knurrte Simon leise und wartete gespannt darauf, wie Oisin sich aus dieser Klemme winden wollte.
Der Ire musterte die Männer mit einem kalten Blick und wies dann auf die Burg. »Wie ich schon sagte, hat der Earl of Loane knapp drei Dutzend Söldner hierhergeschickt. Dies reicht aus, um die Burg zu verteidigen, es sei denn, ein ganzes Heer würde sie angreifen. Es ist eure Aufgabe, dafür zu sorgen, dass diese Kerle uns nicht in den Rücken fallen können. Was die Beute betrifft, wird sie vor allem aus Nahrungsmitteln bestehen. Das ist auch in eurem Sinn, denn ihr werdet in den nächsten Monaten wohl kaum hungern wollen. Das, was an Gold oder anderen wertvollen Dingen gefunden wird, werden wir gerecht unter uns allen verteilen! Habt ihr das verstanden?«
Nachdem Ferdinand übersetzt hatte, besprachen die Söldner sich untereinander. Schließlich trat Hufeisen auf Oisin zu und nickte. »Gut! Aber wenn einer von euch Iren glaubt, uns bescheißen zu können, wird er es bereuen!«
Diesmal übersetzte Simon, und er gab sich keine Mühe, Huf-

eisens harsche Worte abzumildern. Oisin O'Corra zuckte nur mit den Achseln und blickte zur Sonne hoch, die ihren Zenit bereits vor Stunden überschritten hatte.
»Wir sind zur richtigen Zeit gekommen. Es bleibt gerade noch so lange hell, dass wir die Höfe der Pächter plündern und uns in die beginnende Nacht zurückziehen können. Bis die Engländer in der Lage sind, uns zu verfolgen, sind wir weit weg.«
Während Simon dem Taoiseach zustimmte, spie Hufeisen aus und wandte sich an Ferdinand. »Wenn ich gewusst hätte, was mich hier erwartet, wäre ich aus den Diensten Eures Vetters geschieden. Ich muss andauernd an die armen Kerle auf der *Violetta* denken. Viele von denen habe ich gekannt und so manchen meinen Freund genannt. Jetzt liegen sie entweder auf dem Grund des Meeres oder faulen in englischen Kerkern vor sich hin.«
Zum ersten Mal, seit Ferdinand sich bei Simon befand, vernahm er Kritik an seinem Vetter. Im ersten Augenblick wollte er Hufeisen zurechtweisen, aber dann erinnerte er sich an die qualvollen Stunden auf der *Margherita* und an Simons Weigerung, dem Schwesterschiff zu Hilfe zu kommen, und er senkte beschämt den Kopf.
Ihm blieb nicht die Zeit, sich lange mit diesen Gedanken zu beschäftigen. Auf Oisins Zeichen hin rief Simon von Kirchberg seine Söldner zu sich und befahl ihnen, Richtung Burg zu marschieren. Ferdinand reihte sich neben Hufeisen ein und folgte seinem Vetter mit verbissener Miene. Was sie erwartete, wusste er nicht. Aber es war auch anderswo ein Teil des Krieges, den Gegnern Schaden zuzufügen, so gut die eigene Seite es vermochte, selbst wenn es nur ein paar Sack Getreide waren, die die anderen verloren.

14.

Oisin O'Corra wartete, bis Kirchbergs Kompanie den halben Weg zur Burg zurückgelegt hatte, dann verließ auch er mit seinen Männern den Wald. Unterwegs teilte er seine Schar in drei Gruppen auf, um drei Gehöfte gleichzeitig überfallen zu können. Er selbst wollte sich den größten Hof vornehmen, der einem Verwandten des Burgverwalters gehörte.
Noch während er mit seinen Männern auf den Hof zueilte, hörte er, wie die Glocke der Burgkapelle Alarm schlug. Also hatten die Wachen des Lords die Angreifer entdeckt. Es war jedoch zu spät für die Engländer und die in ihren Diensten stehenden Iren, um sich noch wirksam verteidigen zu können. Zwar eilten etliche Männer zur Burg hoch, blieben jedoch stehen, als sie die deutschen Söldner darauf zumarschieren sahen, und kehrten zu ihren Höfen zurück, um diese zu beschützen.
Auch aus dem Hof, den Oisins Schar angriff, waren mehrere Bewaffnete herausgekommen. Nun machten auch sie kehrt und versuchten, noch vor den Rebellen das Tor zu erreichen. Oisins Männer waren jedoch leichter gerüstet als die Engländer und holten Yard um Yard auf.
»Schneller!«, schrie Oisin. »Der Erste, der das Tor erreicht, erhält eine junge Kuh als Belohnung.«
Dann rannte er so, als wolle er sich selbst die Belohnung verdienen. Fünfzig Yards vor dem Tor des Hofes holte er den ersten Gegner ein. Dieser vernahm seine Schritte, schnellte herum und hob sein Schwert. Bevor er zum Schlag kam, traf ihn Oisins Klinge, und er stürzte schreiend zu Boden.
Zwei weitere Engländer versuchten, Oisin in die Zange zu neh-

men. Er wehrte ihre ersten Schwerthiebe mit etwas Mühe ab, dann hatten seine Krieger ihn eingeholt und machten die Feinde nieder.

Noch immer stand das Tor des Gehöfts offen, und ein Mann, der von Kopf bis Fuß gewappnet war, befand sich als einziger Engländer noch im Freien und versuchte, den Schutz der Mauer zu erreichen. Die Iren holten ihn in dem Augenblick ein, in dem er durch das Tor treten wollte. Drei Knechte kamen ihm zu Hilfe, hatten aber gegen die Übermacht der Iren keine Chance und rannten schließlich wie die Hasen davon. Zuletzt stand Oisin nur noch dem Pächter selbst gegenüber, einem hageren Engländer, dessen Gesicht unter dem vorspringenden Helm so bleich wirkte wie frisch gefallener Schnee.

»Ergebt Euch!«, forderte Oisin ihn auf.

Der Mann biss die Zähne zusammen und schien zu überlegen. Danach senkte er sein Schwert, und es sah aus, als wolle er aufgeben. Doch als die Iren von ihm abließen, riss er seine Waffe hoch und ließ sie auf Oisin niedersausen.

Ein wütender Schrei brach aus den Kehlen der überraschten Iren, die ihren Anführer bereits tot glaubten. Doch Oisin entging mit einer blitzschnellen Drehung dem Hieb und schlug seinerseits zu. Seine Klinge traf die Kehle des Engländers und drang durch die kleinen Panzerscheiben, mit denen dieser seinen Hals geschützt hatte. Ein Blutschwall schoss heraus, dann sank der Mann in die Knie. Er öffnete noch den Mund, schien etwas sagen zu wollen, doch da rammte ihm ein O'Corra-Krieger den Speer ins Gesicht.

Oisin sah noch, wie der Engländer ganz zu Boden stürzte und starr liegen blieb, dann drang er an der Spitze einiger Männer in das Wohnhaus ein. Dort traf er nur das Weib des Engländers mit zwei halbwüchsigen Töchtern an, die ihnen voller Entsetzen entgegenstarrten.

»Lasst sie in Ruhe!«, schnauzte er einen Krieger an, der seine Waffe hob, und schob die kreischende Frau beiseite. »Wir

brauchen Geld, um die Deutschen zufriedenzustellen«, erklärte er seinen Begleitern und betrat die Schlafstube des Pächters. Lange musste er nicht suchen, denn bereits auf den zweiten Blick fand er die Kassette, in der der Besitzer des Hofes seine Münzen aufbewahrte. Als Oisin diese mit seiner Schwertklinge aufsprengte, enthielt sie weitaus mehr, als er erwartet hatte. Mit einem grimmigen Lächeln steckte er die Hälfte davon selbst ein und schob den Rest einem seiner Männer zu.
»Füll das und was sonst noch von Wert ist, in einen Sack. Damit ist der Dienst, den Kirchbergs Mannen uns heute erweisen, gut bezahlt. Das restliche Geld verwende ich für den Clan.«
Einer seiner Männer lachte, verstummte aber unter Oisins zornigem Blick. Ihm ging es nicht darum, seine Verbündeten zu betrügen, aber er benötigte das Geld, um seine Männer auszurüsten. Außerdem musste er Kirchberg und dessen Söldner ernähren. Natürlich hatte er bereits darüber nachgedacht, ob er die Söldner nicht besser zu Aodh Mór O'Néill schicken sollte. Als reichster Mann in Uladh konnte dieser sich die Versorgung der knapp sechzig Männer eher leisten als er. Dann aber hatte er befunden, dass eine Kompanie Söldner sein Gewicht in der Allianz, die der O'Néill geschmiedet hatte, erhöhen würde, und beschlossen, die Truppe zu behalten. Dafür aber benötigte er dringend Vorräte, und so schickte er seine Soldaten in den Stall und in den Kornspeicher mit dem Befehl, alles mitzunehmen, was sich transportieren ließ.

15.

Simon von Kirchberg machte mit seinen Männern mehrere hundert Schritt vor der Burg halt und wies sie an, sich kampfbereit aufzustellen. Die erste Reihe übernahmen die Söldner mit den langen Spießen und reckten diese der Burg entgegen. Dahinter stellten sich die Musketiere auf, und zuletzt kamen die mit den kürzeren Spießen bewaffneten Männern. Deren Aufgabe war es zunächst, den Trupp gegen Angriffe von hinten abzusichern.

Während Hufeisen die Schar abschritt und einige seiner Leute anbrüllte, weil sie nicht so standen, wie er es verlangt hatte, spähten Simon und Ferdinand zur Burg hinüber. Deren Mauern waren bislang unbesetzt geblieben, aber nun eilten Männer hinauf und starrten zu ihnen hinüber.

»Was meinst du? Werden sie rauskommen?«, fragte Ferdinand angespannt.

Sein Vetter zuckte mit den Achseln. »Ich stecke nicht im Kopf dieser Kerle und weiß daher nicht, was sie tun werden. Sollten sie einen Ausfall wagen, werden wir sie gebührend empfangen.«

»Ich bete darum, dass sie die Burg verlassen«, stieß Ferdinand hervor und zog sein Schwert.

Der Verwalter des Earls sah diese Geste von der Mauer aus und wandte sich an den Hauptmann seiner Söldner. »Öffnet das Tor und schlagt diese Schurken zusammen! Danach nehmt euch die Kerle vor, die unsere Pachthöfe überfallen.«

Einige Söldner griffen nach ihren Waffen und wollten die Burg verlassen. Ihr Hauptmann schüttelte jedoch den Kopf. »Das da vorne sind keine irischen Bauern, sondern richtige Soldaten

vom Kontinent. Der Ausrüstung nach halte ich sie für Deutsche, und die geben uns an Kampfwert nichts nach. Wenn ich jetzt mit meinen Leuten gegen eine doppelt so große Schar vorgehe, muss ich damit rechnen, geschlagen zu werden. Dann wäre die Burg ohne Schutz. Was glaubt Ihr, wie schnell die Iren dann vor den Mauern stehen? Mit Euren paar Knechten könnt Ihr die Burg niemals verteidigen, und wenn Loane Castle fällt, muss Sir Henry Bagenal alle Festungen aufgeben, die er weiter im Norden errichten lässt. Damit wäre für O'Néill und seine Rebellen der Weg ins Herz von Irland frei. Ich sage Euch, der Mann, der sich Earl of Tyrone nennt, würde uns in wenigen Wochen bis in den Pale zurücktreiben und sich zum Herrn des größten Teils von Irland aufschwingen. Um ihn dann noch zu besiegen, müsste Ihre Majestät, die Königin, ein Heer entsenden, wie England es seit hundert Jahren nicht mehr aufgebracht hat.«
»Heißt das, Ihr wollt diese Hunde ungehindert plündern und rauben lassen?«, fuhr der Verwalter auf.
»Wenn ich die Wahl zwischen ein paar erschlagenen Bauern und einer Herde entführter Kühe oder einer totalen Niederlage habe, ziehe ich Ersteres vor«, antwortete der Söldnerführer ungerührt. »Oder glaubt Ihr, der Earl wäre erfreut, wenn man ihm mitteilen würde, seine Burg wäre in Flammen aufgegangen?«
Gegen dieses Argument kam der Verwalter nicht an. Mit geballten Fäusten stand er auf der Burgmauer und musste mit ansehen, wie die Iren einen Pachthof nach dem anderen stürmten und plünderten. Schließlich rückten die Angreifer schwer beladen mit ihrer Beute ab und führten ein paar hochbepackte Esel, mehrere Dutzend Kühe und eine ganze Herde Schafe mit.
Auf Oisins Signal hin gaben auch Kirchbergs Söldner ihre Position auf und folgten ihren Verbündeten. Der Verwalter des Earls of Loane hatte Simon von Kirchberg als Söldnerführer

ausgemacht und schrie nun hinter ihm her, er sei ein elender Feigling.

Als kurz darauf die Nacht hereinbrach, war der Spuk vorbei, und nur die leeren Ställe, Scheuern und Speicher zeugten davon, dass hier eine Schar Iren und deutsche Söldner die Engländer überrascht und ausgeplündert hatten.

DRITTER TEIL

Für Irland

1.

Ciara schritt über den Burghof und meinte den Frühling zu riechen. Es schien ein Wunder, wie rasch der Winter vergangen war. Zum Teil lag dies gewiss daran, dass sich kein einziger Engländer im Land der Ui'Corra hatte sehen lassen. An anderen Orten war es zu Scharmützeln gekommen, doch im Grunde hatte Irland eine unerwartet friedliche Zeit erlebt. Allerdings würde Ciara keine Wette darauf eingehen, dass es so blieb. Auch wenn ihr Bruder nur wenig über seine und Aodh Mór O'Néills Pläne sprach, so wusste sie doch, dass die Engländer nicht untätig geblieben waren. Henry Bagenal, der von ihren Feinden eingesetzte Anführer in Uladh, hatte sich zwar bis nach Dún Dealgan zurückgezogen, sammelte dort aber emsig Truppen. Gleichzeitig ließ er Festungen und Verhaue errichten, die die Gebiete der aufständischen Clans vom Rest Irlands abtrennen sollten. Auch wenn für die Iren die Wälder und Moore ihrer Heimat kein so großes Hindernis darstellten wie für die Engländer, so mochte O'Néill die neuen Festungen nicht länger hinnehmen.

Ciara wusste nicht, ob ihr Bruder ebenfalls in den Krieg ziehen und die deutschen Soldaten mitnehmen würde. Bei dem Gedanken an deren Söldnerführer zog sich ihr Herz schmerzhaft zusammen. Simon von Kirchberg war ein großer Krieger und ein gutaussehender Mann. Einige Male hatte sie den Eindruck gehabt, ihm läge etwas an ihr, aber er bewahrte stets einen höflichen Abstand. Das war zwar ehrenhaft, doch insgeheim wünschte sie sich, nur ein Mal mit ihm allein zu sein, um ihm ihre Liebe offenbaren zu können.

Bei dem Gedanken rief sie sich zur Ordnung. Sie war die

Schwester des Taoiseachs und keine läufige Hündin wie Maeve. Diese verweigerte zwar ihrem Ehemann Ionatán die Gemeinschaft im Bett, aber in der Burg war mittlerweile allgemein bekannt, dass sie sich bei jeder sich bietenden Gelegenheit mit Buirre paarte. Ciara verachtete den Mann ihrer Cousine noch mehr als früher und bewunderte gleichzeitig die Gelassenheit, mit der Saraid über Buirres Untreue hinwegsah.

Ciara fragte sich, warum ihr an diesem Tag so viel durch den Kopf ging, und betrat mit einem Seufzer den Stall. Nach den Raubzügen ihres Bruders war er besser gefüllt als im Herbst, obwohl sie mehrere Tiere geschlachtet hatten. Nun musste sie erneut ein Tier auswählen, um Fleisch auf den Tisch bringen zu können.

Ciara fiel es nicht leicht, sich zu entscheiden, denn die Kühe waren ihr ans Herz gewachsen. Zuletzt schloss sie die Augen und zählte einen Kinderreim ab, um das Opfer zu bestimmen. Es traf ausgerechnet ihre Lieblingskuh. Bestürzt trat sie zurück und überlegte, was sie tun sollte.

Da betrat Ionatán den Stall, und hinter ihm kam Simon von Kirchbergs Vetter herein. Während Ionatáns verbitterte Miene wenig Hehl daraus machte, wie sehr ihm die Demütigungen durch Buirre und Maeve zusetzten, lächelte Ferdinand bei ihrem Anblick fröhlich.

»Ich sah Euch über den Hof gehen und wollte Euch meinen Dank für das gute Essen und den Met aussprechen, den Ihr uns und unseren Männern zukommen lasst«, sagte er.

»Ich kann Euch ja schlecht verhungern lassen!« Ciara gefiel es nicht, ausgerechnet jetzt von dem jungen Deutschen gestört zu werden. Mit Ionatán hätte sie in Ruhe beraten können, welches Tier sie schlachten sollten. Daher fiel ihre Antwort recht harsch aus. Als sie Ferdinands betroffenen Gesichtsausdruck sah, tat es ihr schon wieder leid. »Ich meine es nicht böse, Herr von Kirchberg. Aber die Versorgung Eurer Leute war nicht leicht, und wir Frauen mussten uns zumeist mit

geringerer Kost als der begnügen, die Euch aufgetischt worden ist.«
»Ihr musstet unseretwegen hungern?«, rief Ferdinand entgeistert aus.
Ciara schüttelte mit einem traurigen Lächeln den Kopf. »Nein, das nicht, aber wir haben nur selten Fleisch essen können und mussten uns zumeist mit Gerstensuppe begnügen.«
»Das war nicht unsere Absicht! Wir ... Ich werde mit meinem Vetter sprechen, damit wir uns in Zukunft ebenfalls mit Gerstensuppe zufriedengeben.«
Ihm ist es völlig ernst damit, fuhr es Ciara durch den Kopf. Bislang hatte sie Simons Vetter kaum beachtet, aber nun musterte sie ihn mit neu erwachter Neugier. Er war etwa einen Zoll größer als dieser, hatte die schlaksige Figur eines Jünglings und ein offenes, ehrliches Gesicht, dem noch jene männliche Festigkeit fehlte, die Simon auszeichnete. Dunkelblonde Haare fielen ihm widerspenstig auf die Schultern, während seine Augenbrauen und der schüttere Bartansatz fast weiß wirkten. Am eindrucksvollsten empfand sie seine Augen. Diese leuchteten wie heller Bernstein und strahlten große Lebendigkeit aus.
Verwundert, weil ihr mit einem Mal gefiel, was sie sah, schüttelte Ciara den Kopf. »Ihr braucht nicht mit Eurem Vetter zu sprechen. Wir Frauen sind es gewöhnt, solche Dinge zu essen, während Ihr selbst und die anderen Krieger Eure Kräfte für den Kampf benötigt. Bezahlt das Fleisch, das Ihr bei uns esst, mit den abgeschlagenen Köpfen der Engländer! Das genügt uns.«
»Wenn Ihr es verlangt, schlage ich allen Engländern den Kopf ab!«
Da Ferdinand so aussah, als wolle er sofort aufbrechen, um die Söhne Albions zu suchen, hob Ciara erschrocken die Hand. »Ich meine es nur symbolisch. Helft meinem Bruder, die Engländer zu vertreiben. Ich bin weder eine Judith, die

selbst Köpfe abschneidet, noch eine Salome, die das Haupt des heiligen Johannes des Täufers verlangt.«

»Wir werden sie vertreiben«, erklärte Ferdinand so entschlossen, als stände anstelle von sechsundfünfzig schlecht ausgerüsteten Söldnern die hundertfache Zahl in voller Bewaffnung hinter ihm.

In dem Augenblick klang Hufschlag auf, und Ciara, Ferdinand und Ionatán liefen aus dem Stall, um nachzusehen, wer da in den Burghof einritt. Es war Oisin mit zwei unbekannten Begleitern. Ciara stufte diese aufgrund ihrer Abzeichen als Männer der Ui'Néill ein.

»Ruft alle Krieger zusammen!«, rief Oisin mit weit hallender Stimme. »Die Zeit des Wartens ist vorbei! Henry Bagenal hat Dún Dealgan verlassen und rückt mit seinen Soldaten auf Uladh zu. Jetzt heißt es, die Heimat zu verteidigen und den Freundschaftseid zu erfüllen.«

Letzteres galt Simon von Kirchberg und dessen Mannen. Bislang war Oisin ihnen den versprochenen Sold zum größten Teil schuldig geblieben. Daher konnte er nur hoffen, dass sie dennoch die Befehle, die der Heilige Vater ihnen persönlich in Rom erteilt hatte, getreu befolgen und gegen die englischen Ketzer antreten würden.

Cyriakus Hufeisen und andere Deutsche sammelten sich um Ferdinand.

»Was sagt der Ire?«, fragte der Unteroffizier.

»Die Engländer kommen! Also wird es bald eine Schlacht geben«, antwortete Ferdinand.

Der Söldner grinste. »Zeit wird es! In den letzten Monaten sah es eher so aus, als würden wir hier festwachsen.«

Auch Ferdinand war begierig darauf, seine Klinge mit den Engländern zu kreuzen. Sein Blick suchte seinen Vetter, der zu Oisin getreten war und leise auf diesen einsprach.

Neugierig trat er näher und lauschte. »... kämpfen sollen, brauchen wir bessere Waffen!«, hörte er Simon sagen.

»Wir sind besser bewaffnet als die meisten Iren«, warf Ferdinand ein. »Für die Engländer wird es reichen.«

»Mut ersetzt nicht den Verstand!«, wies Simon ihn zurecht. »Meine Männer wurden an weitreichenden Waffen für die offene Schlacht ausgebildet. Doch ohne die Ausrüstung, an die sie gewöhnt sind, können wir sie nicht wirkungsvoll einsetzen. So sind wir der gleiche regellose Haufen wie die Iren. Damit würde ein offener Angriff auf die Engländer zu einer Katastrophe führen.«

Da griff einer der beiden Männer ein, die Aodh Mór O'Néill geschickt hatte, um die Uí'Corra zu den Waffen zu rufen. »Es wird keine offene Feldschlacht geben, Kirchberg. Wir Iren kennen die Engländer besser als Ihr und Eure Leute. Sie werden uns in die Falle gehen und auf unsere Art geschlagen werden.«

»Wie viele Männer führt Sir Henry Bagenal nach Norden?«, wollte Simon wissen. Die Tatsache, dass er den Engländer bei seinem Titel nannte, erregte den Unmut der Iren, doch Oisin brachte die Männer mit einer Geste zum Schweigen.

»Schätzungsweise zweitausend Mann, vor allem Infanterie«, beantwortete O'Néills Bote die Frage.

»Und wie viele Krieger glaubt dein Herr, in die Schlacht führen zu können?«, bohrte dieser weiter.

Der andere sah ihn empört an. »Aodh Mór ist mein Anführer im Krieg, aber nicht mein Herr! Ich bin ein freier Ire mit eigenem Land. Im Übrigen rechnen wir mit sechstausend Kriegern. Damit sind wir den Engländern dreifach überlegen.«

»Ihr könnt euch trotzdem nicht auf eine Schlacht einlassen«, stieß Simon hervor.

»Das ist keine Frage des Könnens, sondern des Müssens. O'Néill belagert eine der Festungen, die Bagenal hat errichten lassen. Erobert er sie, kann er den Ring sprengen, mit dem die Engländer uns einsperren wollen. Aber Bagenal ist bereits aufgebrochen, um seinen Leuten Entsatz zu bringen. Wenn wir ihn nicht daran hindern, wird er uns weiterhin in Uladh festhalten. Daher müssen wir Bagenal schlagen. Entweder Ihr seid mit von der Partie, oder Ihr nehmt das nächste Schiff und verlasst Irland!«

Ferdinand konnte gut nachvollziehen, was den Boten so erregte. In den Ohren von jemandem, der mit Simon nicht vertraut war, klangen dessen Worte wie die eines Feiglings. Dabei ließ nur sein Ehrgeiz Simon so sprechen. Er wollte den Ui'Néill, aber auch den Ui'Corra zeigen, wie seine gut ausgebildete Kompanie zu kämpfen verstand. Doch dafür benötigte sie die gewohnte Ausrüstung, und die hatte Oisin O'Corra ihnen bislang nicht verschaffen können.

Simon bedachte den Iren mit einem verächtlichen Blick. »Sage Hugh O'Neill, dass meine Männer kämpfen werden. Doch um zu siegen, benötige ich Musketen und Langspieße, nicht dieses Spielzeug, mit dem ihr Iren in den Kampf zieht!«

Simons Tonfall wie auch die Tatsache, dass er das Oberhaupt der O'Néills mit der englischen Form seines Vornamens benannte und nicht mit dem gebräuchlichen Aodh, kamen bei den Iren ebenfalls nicht gut an. Nicht wenige schimpften auf den arroganten Deutschen, doch der ließ die Worte an sich abperlen wie Regentropfen und wandte sich schließlich Hufeisen zu.

»Sorge dafür, dass unsere Männer sich zum Aufbruch bereitmachen.«

»Jawohl!« Hufeisen nickte und eilte mit langen Schritten zu dem großen Schuppen, den Oisin den Deutschen als Quartier zugewiesen hatte. Kurz darauf hallte seine Stimme über die Burg: »Aufstehen und fertig machen zum Abmarsch! Wollt ihr wohl, ihr Hunde!«

Einige Iren grinsten, während Ferdinand sich ärgerte. Immerhin hatte sein Vetter ihm erklärt, er wäre sein Stellvertreter. Doch wie so oft wurde er von Simon übergangen, indem dieser seine Befehle Hufeisen erteilte. Wahrscheinlich wäre es anders

gewesen, wenn sie mit sämtlichen Männern und voller Ausrüstung Irland erreicht hätten, sagte er sich und wandte sich ebenfalls seinem Quartier zu. Unterwegs blieb er stehen und wandte sich noch einmal an Ciara, die etwas verloren wirkte.
»Ich werde englische Köpfe für Euch sammeln, aber nur symbolisch!«
Ciara lachte auf. »Ich hoffe, Ihr kämpft nicht nur symbolisch, sondern heizt den Engländern auch in Wirklichkeit ein.«
»Das werde ich tun! Für Euch!« Ferdinand verneigte sich und beeilte sich dann, seine Sachen zu holen.
Simon hatte die beiden beobachtet und kniff die Augen zusammen. Ihm passte die Vertrautheit nicht, die er mit einem Mal zwischen dem Mädchen und seinem Vetter zu spüren glaubte. Bislang war er der Meinung gewesen, es würde ihn nur ein paar Worte kosten, und Ciara opferte ihm ihre Tugend. Noch hatte er sich zurückgehalten, um ihren Bruder nicht zu verärgern oder von diesem gar gezwungen zu werden, das Mädchen zu heiraten. Aber er war deshalb noch lange nicht bereit, diese dunkelhaarige Schönheit seinem tölpelhaften Vetter zu überlassen.
Um nicht hinter Ferdinand zurückzustehen, gesellte auch er sich zu Ciara. »Wünscht mir Glück, Jungfer Ciara! Ich werde in die Schlacht ziehen, um Irland zu befreien.«
»Dafür wünsche ich Euch alles Glück der Welt, Tiarna Simon!« Ciara sprach das Wort Herr in der irischen Form aus, um ihm zu zeigen, wie sehr sie ihn schätzte.
Doch Simon beherrschte die irische Sprache kaum und runzelte die Stirn. Schnell schob er seinen Unmut beiseite und fragte Ciara, was Ferdinand von ihr gewollt habe.
»Er versprach, mir die Köpfe der Engländer zu bringen, die er im Kampf erlegen würde«, antwortete Ciara mit einem Lachen.
»Dieser Narr! Er hat noch kein einziges Mal einem Feind in die Augen geblickt und führt sich auf, als wäre er Herkules und

Samson in einer Person.« Simon begleitete seine Worte mit einer verächtlichen Handbewegung und verabschiedete sich von Ciara.

Während er zum Quartier seiner Leute ging, um seine Männer zum Aufbruch anzutreiben, sah Ciara ihm sinnend nach. Er war ein Held, dies hatte Oisin ihr bereits mehrfach bestätigt. Doch ihr gefiel es nicht, dass er seinen Vetter ständig kleinredete. Ferdinand mochte kein erfahrener Krieger sein, aber er zeigte Mut und würde gewiss noch viel lernen.

Entschlossen schob sie den Gedanken an den jungen Deutschen von sich und wandte sich wieder dem Stall zu. Als sie ihn betrat, fiel ihr ein, dass die Männer, die die Burg verließen, in den nächsten Tagen nicht verköstigt werden mussten. Daher brauchte sie noch nicht zu entscheiden, welche Kuh nun geschlachtet werden musste, und das stimmte sie fröhlicher.

2.

Das ist also der Krieg, dachte Ferdinand angesichts der verwegenen Gestalten, die sich auf der großen Lichtung sammelten. Obwohl Oisin O'Corras Schar zusammen mit den deutschen Söldnern an die zweihundert Mann zählte, machte sie nur einen kleinen Teil des Heeres aus, das Aodh Mór O'Néill zusammengerufen hatte. Ferdinand hatte sich den Winter über mit den Symbolen und Abzeichen der Iren beschäftigt, aber er konnte nur die Krieger der Ui'Corra und der Ui'Néill ihren Clans zuordnen. Der Anblick eines Trupps wunderte ihn, denn die Männer trugen keine Hosen, sondern karierte Röcke und hatten sich gleichfarbige Decken um die Schultern gewunden. Ihre Waffen bestanden aus leichten Musketen, einige hatten sich zusätzlich lange Schwerter auf den Rücken geschnallt.

»Das sind Schotten«, erklärte Hufeisen Ferdinand.

»Um es genau zu sagen, katholische Schotten, die sich nicht von dem in ihrer Heimat grassierenden Ketzertum haben anstecken lassen«, setzte Aithil O'Corra hinzu. Sein Tonfall verriet seine schlechte Laune, hatte Oisin ihn doch beauftragt, bei den Deutschen zu bleiben und dafür zu sorgen, dass diese seine Befehle befolgten.

»Sind die Schotten keine Engländer?«, fragte Ferdinand.

Nun lachte Aithil O'Corra schallend. »Um Gottes willen, nein! Nenne einen dieser Männer einen Sasanach, und er schneidet dir den Kopf ab.«

»Ich habe gehört, dass im Norden von Ulster – eurem Uladh – Schotten leben sollen, die es mit den Engländern halten.«

»Das stimmt! Aber das sind Ketzer, gottloses Gesindel, das

vom Angesicht dieser Erde vertilgt gehört«, warf Pater Maitiú ein.
Der Priester hatte sich bislang mehr um die Frauen und Kinder der Ui'Corra gekümmert als um die Krieger. Aber da nun endlich englisches Blut zu Hauf fließen sollte, hatte er sich Oisin und dessen Kriegern angeschlossen, um deren Schwerter im Kampf durch seine Gebete zu stärken. Eben war er noch von Mann zu Mann geeilt, um ihnen die Absolution zu erteilen, aber jetzt schaltete er sich lieber ins Gespräch ein.
»Die schottischen Ketzer sind noch schlimmer als die englischen Ketzer, denn sie sind gleichen Blutes wie wir und sprechen dieselbe Sprache«, fuhr er mit weit hallender Stimme fort. »Beide gehören sie vernichtet und zu ihrem Herrn, dem Satan, in die Hölle geschickt. Gebe Gott, dass unsere Schwerter sich heute vom Blut der Ketzer rot färben und unsere Krieger sich deren Köpfe an die Gürtel hängen!«
»Was sagt der Priester?«, fragte Hufeisen, der Pater Maitiús irische Ansprache nicht verstanden hatte.
Ferdinand übersetzte es für ihn und erntete ein Lachen. »Wir sollen uns englische Köpfe an die Gürtel hängen? Ich für meinen Teil ziehe Vorhäute vor, so wie König David sie von den Philistern genommen hat. Die sind nicht so schwer.«
Ferdinand hingegen erinnerte sich an das Versprechen, das er Ciara gegeben hatte, griff zu seinem Schwert und zog blank. Simon, der eben von einer Besprechung der Anführer zurückkam, sah es und schüttelte den Kopf. »Steck die Waffe weg, Junge! Sonst erschlägst du aus Versehen noch einen der Unsrigen.«
Ferdinand gehorchte mit einem leichten Grummeln und schwor sich, seinem Vetter zu beweisen, dass auch er als Krieger seinen Wert besaß.
Simon achtete nicht auf Ferdinands verbissene Miene, sondern winkte ihm und Hufeisen mitzukommen. »Wir rücken vor!«, erklärte er. »Unsere Späher haben die Engländer ausgemacht.

Wie von Hugh O'Neill erwartet, marschieren sie auf der Straße von Newry heran und werden bald die ersten Verhaue erreichen. Dort will O'Néill seinen Angriff führen. Wir bleiben vorerst in der Reserve, für den Fall, dass die Engländer irgendwo durchbrechen.«

»Heißt das, wir warten ab, während die Iren kämpfen?«, fragte Ferdinand entgeistert.

»So hat Hugh O'Neill es beschlossen!« Simon verschwieg, dass dieser es auf sein Betreiben getan hatte. Ihm selbst lag wenig daran, durch das Unterholz zu rennen und den Feind an allen möglichen und unmöglichen Stellen zu attackieren. Die Iren mochten das tun, aber die waren in seinen Augen Feiglinge. Er selbst kämpfte nach Möglichkeit auf freiem Feld, auf dem seine Männer die eingeübten Manöver durchführen konnten.

Cyriakus Hufeisen war nicht weniger enttäuscht als Ferdinand. Allerdings sagte er nichts, sondern begab sich zu den Söldnern und spie dort aus. »Es sieht so aus, Kameraden, als wären wir umsonst gekommen. Wir müssen nämlich den Iren den Vortritt lassen und dürfen erst eingreifen, wenn die Kerle Gefahr laufen, von den Engländern Keile zu kriegen.«

»Das kann der Hauptmann nicht von uns verlangen! Ich bin hierhergekommen, um gegen Ketzer zu kämpfen, und nicht um zuzusehen, wie andere das tun«, rief einer der Männer empört.

»Sag das dem Hauptmann! Bei mir nützt es nichts.« Zornig stieß Hufeisen den Fuß seiner Pike in den Boden und sah zu, wie die Iren und die mit ihnen verbündeten Schotten im Wald verschwanden. Kurze Zeit später befand sich nur noch ihre eigene Schar auf der Lichtung sowie Aithil O'Corra, der noch stärker mit dem Auftrag haderte, den sein Clanoberhaupt ihm erteilt hatte. Nach einer Weile wurde es ihm zu dumm, und er trat auf Simon zu.

»Wir sollten uns ebenfalls auf den Feind zubewegen, Kirchberg. Oder glaubt Ihr, die Engländer kommen, wenn sie irgendwo den Durchbruch geschafft haben, schnurstracks hierher?«

Der Tonfall war so beleidigend, dass Simons Miene sich verfinsterte. »Das nicht! Aber hier wissen O'Néill und O'Corra, wo ihre Boten uns finden können.«

»Das werden sie auch wissen, wenn wir näher beim Feind sind – und dann haben ihre Boten den kürzeren Weg. Also kommt mit!« Mit diesen Worten zog Aithil O'Corra sein Schwert und legte sich die blanke Klinge über die Schulter. Ferdinand schloss sich ihm sofort an.

Nach kurzem Zögern setzte sich auch Simon in Bewegung. Ihm passte es wenig, dass Aithil sich zu seinem Befehlshaber aufgeschwungen hatte, doch ihm blieb nichts anderes übrig, als dem Iren zu folgen, wenn er nicht die Achtung seiner Männer und das Vertrauen seiner Auftraggeber verlieren wollte.

Plötzlich klangen Musketenschüsse und Geschrei auf. »Sie kämpfen!«, rief Ferdinand und drängte vorwärts.

»Bleib an deinem Platz, du Narr!« Simon warf seinem Vetter einen verächtlichen Blick zu, beschleunigte aber selbst den Schritt. Nach einer Weile schlossen sie zu einer Gruppe Iren auf, die mit leichten Musketen auf Gegner feuerten, die hinter den Bäumen nur zu erahnen waren.

»Wie steht es?«, fragte Aithil O'Corra.

»Gut! Wir haben die Engländer in der Zange«, antwortete einer der Männer und lud seine Muskete mit einer Schnelligkeit, wie Ferdinand es noch nie gesehen hatte.

»Was sollen wir tun?«, wandte Ferdinand sich an Aithil. Noch während dieser überlegte, übernahm Simon das Wort. »Wir warten, bis wir den Befehl zum Vorrücken erhalten, und schlagen dann mit aller Kraft zu!«

»Schon wieder warten!«, brummte Hufeisen mürrisch. »Langsam müssen uns die Iren für Feiglinge halten.«

Simon schnellte herum, um ihn zur Rede zu stellen. Da erklang ein Schrei. »Achtung, dort vorne bricht ein Trupp Engländer durch!«

»Ich glaube, das gilt uns!« Hufeisen sah seinen Hauptmann grinsend an und packte seine Pike fester.

Simon wechselte einen Blick mit Aithil, sah diesen nicken und zog sein Schwert. »Kirchberger, folgt mir! Haltet eure Reihen geschlossen.«

Wie sollen wir das bei den vielen Bäumen?, hätte Ferdinand am liebsten gefragt, während er noch vor der ersten Reihe losmarschierte, wie es sich als Vetter des Hauptmanns und dessen Stellvertreter gehörte.

Die Iren blieben bald hinter ihnen zurück, doch es kam kein Feind in Sicht. Nicht lange aber, da sah Ferdinand einen helleren Streifen Land vor sich und begriff, dass sie sich der Schneise näherten, durch die eine Straße führte. Ihm blieb keine Zeit, sich weiter umzuschauen, denn auf einmal tauchten mit Brustpanzern und Helmen gerüstete Männer vor ihnen auf und stürmten auf sie zu.

»Da sind ja noch ein paar dieser elenden Iren«, schrie einer in einem englischen Dialekt, den Ferdinand kaum verstand.

Bevor der Feind seinen Irrtum erkennen konnte, feuerten Kirchbergs Musketiere eine Salve, die mehrere Engländer niederwarf. Kurz darauf krachte Stahl auf Stahl.

Ferdinand sah sich zwei Engländern gegenüber, die mit wildem Gebrüll auf ihn eindrangen. Einen Augenblick lang packte ihn die Angst, doch als die erste Klinge auf ihn niederfuhr, wich er mit einer oft geübten Bewegung aus, schlug selbst zu und traf. Er sah noch, wie sein Gegner mit einem Schrei zu Boden sank, und entkam um Haaresbreite dem Schwerthieb des Zweiten. Er erinnerte sich an das, was ihm sein Onkel und später sein Vetter Andreas beigebracht hatten, und wurde ganz ruhig. Zweimal wehrte er die Klinge seines Gegners gerade noch ab, erkannte dann eine Lücke und stieß dem Engländer die Schwertspitze einen Fingerbreit über dem Brustpanzer in die Halsbeuge.

Damit war auch dieser Feind erledigt, und Ferdinand sah sich nach weiteren Angreifern um. Doch er fand nur einige Männer tot oder schwer verwundet am Boden liegen, während der Rest überrascht von dem harten Widerstand der Kirchberg-Söldner das Weite suchte.

»Sagt bloß, wir haben schon gewonnen!«, rief er verdattert aus.

»An dieser Stelle ja! Wie es anderswo läuft, kann ich nicht sagen«, sagte Hufeisen lachend.

»Die Engländer fliehen«, erklärte Aithil O'Corra, während er seine blutige Klinge an der Kleidung eines feindlichen Gefallenen säuberte.

Ferdinand tat es ihm nach und fragte sich, ob er nun tapfer gekämpft oder einfach mehr Glück als Verstand gehabt hatte.

3.

Die Nachricht vom Sieg über die Engländer erreichte die Ui'Corra-Burg wie auf Adlerflügeln. Ciara tanzte jubelnd durch den Hof, und Saraid stieß einen Schrei aus, der von den Mauern widerhallte. Hatte Ciaras Cousine Essen und Trinken sonst eher knapp zugeteilt, so befahl sie nun, auf der Stelle eine Kuh und ein paar Hammel zu schlachten und Met anzusetzen, um den Sieg nach der Rückkehr des Taoiseachs und seiner Krieger angemessen zu feiern.
Auch Buirre tat so, als stimme er in den Jubel mit ein, doch im Grunde passte es ihm wenig, dass sich andere in der Schlacht hatten auszeichnen können. Sein Ehrgeiz war mittlerweile groß genug, um der Zweite im Clan nach Oisin O'Corra sein zu wollen. Doch wenn Aithil tapfer gekämpft hatte, würde es schwer für ihn werden, diesen zu überflügeln. Und auch andere Krieger, mit denen er bislang nicht gerechnet hatte, konnten durch kühne Kriegstaten im Ansehen des Taoiseachs steigen und zu einer Gefahr für sein eigenes Ansehen werden.
Daher begab Buirre O'Corra sich in die Küche, fand dort aber nur Maeve vor, die auf sein Betreiben hin als Küchenmagd arbeiten durfte.
»Gib mir Met!«, befahl er unfreundlich.
»Was habt Ihr?«, fragte die Frau verwundert, während sie ihm einen großen Becher füllte.
Buirre ließ sich auf der Bank nieder und trank erst einmal einen Schluck, bevor er antwortete. »O'Néill und Oisin haben die Engländer geschlagen.«
»Ihr hört Euch an, als würdet Ihr es bedauern! Dabei können nicht genug dieser Ketzer sterben. Vielleicht waren auch jene

dabei, die damals …« Maeve brach ab, weil sie den Mann nicht daran erinnern wollte, dass englische Söldner ihr Gewalt angetan hatten.

»Ich bedauere nicht den Sieg über die Engländer, sondern dass ich nicht dabei sein konnte. Ich hätte gerne einigen dieser Schufte den Schädel gespalten.«

Maeve nickte versonnen. »Das hättet Ihr gewiss! Ihr seid nach dem Taoiseach der beste Krieger im Clan, vielleicht sogar noch vor ihm.«

Ganz so hoch wollte Buirre nicht greifen. Doch der Platz hinter Oisin lockte ihn, und er überlegte, wie er diese Stellung erringen konnte. »Bei der nächsten Schlacht bin ich mit von der Partie. Soll der Taoiseach doch einen anderen Krieger mit der Verwaltung der Burg und seines Besitzes betrauen.«

Mit jedem erledigten Engländer wollte er eine Stufe höher aufsteigen, fügte er stumm hinzu. Er dachte für sich, dass er nun einen ganz bestimmten Trost brauchte, und wies Maeve an, näher zu kommen. »Die anderen sind draußen und brüllen ihre Freude hinaus. Damit bleibt uns Zeit für anderes!«

Obwohl Maeve ihm sonst in allem nachgab, schüttelte sie heftig den Kopf. »Was ist, wenn jemand hereinkommt und uns sieht?«

»Das wird schon keiner!« Buirre schlug die Küchentür zu, packte Maeve und legte sie rücklings auf die Bank. Da sie spürte, dass er sich nicht aufhalten lassen würde, raffte sie die Röcke und betete, dass er rasch zum Ende kommen würde. Zwar wussten alle in der Burg, dass sie Buirre als Bettmagd diente, und solange dies heimlich geschah, kümmerte dies die anderen wenig – bis vielleicht auf Saraid und Ciara. Doch wenn sie es hier in der Küche trieben, in der Saraid souveräner herrschte als Königin Elisabeth über England, würde ihnen niemand verzeihen.

Buirre war einfach zu wütend, um sich darüber Gedanken zu machen. Stattdessen nahm er Maeve auf eine ungewohnt raue

Weise und achtete nicht auf ihr Flehen, schonender mit ihr umzugehen.

Mit einem Mal wurde die Tür der Küche geöffnet, und Saraid trat herein. Sie hatte draußen Buirres Keuchen gehört, aber niemals erwartet, dass ihr Ehemann ihr in der Küche Schande bereiten würde. Mit einem raschen Schritt war sie bei dem großen Eimer, mit dem die Mägde Wasser vom Brunnen holten, und schüttete den Inhalt schwungvoll über das kopulierende Paar.

Der kalte Guss löschte jäh Buirres Leidenschaft. Erschrocken drehte er sich um und sah in Saraids zornglühendes Gesicht.

»Du Hurenbock!«, schrie sie ihn an. »Du vermaledeiter Sohn des Satans! Jeder weiß, dass du diese Hure stößt, und es kümmert mich nicht. Aber niemals hätte ich erwartet, dass du es in dem Teil der Burg tun würdest, für den ich die Verantwortung trage. Deine Geilheit hat dir offenbar auch noch den letzten Rest von Verstand geraubt. Oh Heilige Mutter Maria! Warum hast du es zugelassen, dass ich ausgerechnet an so einen ehrlosen Kerl geraten musste? Selbst ein englischer Knecht wäre noch besser gewesen als dieser verdorbene Ire.«

Buirre versuchte mehrmals, Saraids Wortschwall zu stoppen, doch sie redete einfach weiter. Nervös, wie er war, gelang es ihm nicht einmal, seine Hose richtig hochzuziehen. Als er auf seine Frau zugehen wollte, stolperte er deshalb und fiel hin. Wütend raffte er sich wieder auf, packte einen Besen und wollte mit dem Stiel auf Saraid einschlagen.

Da kam Ciara herein, die durch die zornerfüllte Stimme ihrer Cousine aufmerksam geworden war. Mit einem Schritt trat sie vor Saraid und funkelte Buirre an. »Wage es nicht, zuzuschlagen, Buirre O'Corra! Du würdest es bis in die Hölle bereuen«, fuhr sie ihn an.

Bislang hatte sie Buirres Autorität hingenommen, da er von ihrem Bruder zum Verteidiger der Burg ernannt worden war. Aber damit war nun Schluss. Sie würde kein zweites Mal zulassen, dass er ihre Cousine schlug.

Einige Augenblicke lang schwebte sie selbst in Gefahr, verprügelt zu werden, denn Buirre vermochte sich in seiner Wut kaum noch zu zügeln. Doch der Lärm in der Küche hatte weitere Neugierige angelockt. Ionatán stürmte herein und griff mit der Hand zum Schwert. Das brachte Buirre zur Besinnung. Wenn der Kerl ihn niederstieß, würde ihm niemand einen Vorwurf machen. Immerhin hatte er selbst mit Ionatáns Ehefrau die Ehe gebrochen, und es war dessen Recht, dafür Rache zu fordern.

Buirre bekam es mit der Angst zu tun. Solange er sich heimlich mit Maeve getroffen hatte, war Ionatán für alle nur der Gimpel gewesen, der es nicht fertigbrachte, sein Weib zu bewachen. Jetzt aber gab es Zeugen für sein Verhältnis mit Maeve, und so schwebte er in großer Gefahr. Zwar war er als Krieger erfahrener als der ehemalige Tagelöhner, doch dieser konnte ihn von nun an jederzeit hinterrücks niederstechen, ohne mehr Strafe befürchten zu müssen als eine Wallfahrt zu einem heiligen Ort in Irland.

Endlich gelang es Buirre, seine Hose hochzuziehen und den Gürtel zu schließen, dann verließ er schweigend den Raum. Maeve rannte hinter ihm her, ohne ihren Mann oder Saraid anzusehen. Auch sie hatte Angst und verfluchte Buirre in Gedanken, weil er sie unbedingt in der Küche hatte nehmen müssen. Als sie an Ionatán vorbeikam, streckte dieser die Hand nach ihr aus, hielt sie aber nicht fest.

Stattdessen wandte er sich mit verbissener Miene an Ciara. »Diese Frau ist nicht mehr mein Eheweib. Eher werde ich Mönch, als noch einmal das Bett mit ihr zu teilen.«

»Mönch? Wie kommst du denn auf diesen Gedanken?«, fragte Saraid mit dem Rest an Spott, den sie aufbringen konnte.

Ciara trat auf Ionatán zu und fasste ihn an der Schulter. »Du bist ein Krieger der Uí'Corra! Solange Irland nicht frei ist, wirst du dein Schwert nicht mit dem Gebetbuch vertauschen. Hast du verstanden?«

»Ja, Herrin!« Ionatán senkte kurz den Kopf, sah dann aber mit einem bitteren Lächeln wieder auf. »Es tut nicht weh! Sie hat die Gemeinschaft mit mir an jenem Tag aufgegeben, an dem die Engländer unser Dorf überfallen haben. Mag sie auf die Weise glücklich werden, die ihr am besten erscheint. Ich werde für Irland kämpfen.«
»Wenn das noch nötig ist nach dem großen Sieg, den die Unseren errungen haben«, warf eine der Mägde ein.
Ciara drehte sich mit ernster Miene zu der Frau um. »Wir Iren haben schon viele Siege errungen, und dennoch sind die Engländer jedes Mal wiedergekommen. Das wird diesmal nicht anders sein. Geht jetzt an die Arbeit! Es gilt ein Fest vorzubereiten, und vom Schwatzen füllen sich weder die Vorratshäuser noch die Metkessel.«
Jemand lachte über diese Bemerkung, doch Ciara wurde klar, dass der Ärger über Buirre und Maeve ihr die Freude über den Sieg vergällt hatte.

4.

Drei Tage später erschienen die siegreichen Krieger vor der Burg. Oisins Banner flatterte lustig im Wind, und er selbst lachte so fröhlich, wie Ciara es noch nie bei ihm erlebt hatte. Ihr Blick glitt rasch vom Bruder weiter zu dem Mann, dem noch immer ihr Herz gehörte.
Simon von Kirchberg saß auf einem Pferd. Also hatte er sich tapfer genug geschlagen, um bei der Verteilung der Beute mit diesem kräftigen Hengst bedacht zu werden. Auch seine Männer wirkten verändert. Fast die Hälfte von ihnen war mit Beutemusketen ausgerüstet, und die anderen hielten lange Piken in der Hand, die ebenfalls von den Engländern zurückgelassen worden waren. Dazu trugen viele Söldner englische Brustpanzer und Helme. Insgesamt sahen die Deutschen so stattlich aus, dass Ciara ihnen zutraute, bei der Befreiung Irlands tatkräftig mitzuwirken. Dann nämlich würde Simon von Kirchberg als Dank für seine Hilfe Landbesitz erhalten und hier in Irland zu einem mächtigen Mann werden, der auch um die Schwester eines Clanführers werben konnte.
Andere hingegen bedachten das martialische Auftreten der deutschen Söldner mit Spott. »Wie kommt ihr denn daher?«, rief Toal lachend. Der Viehjunge hatte diesmal noch nicht mit den Kriegern ziehen dürfen und ließ seine Enttäuschung darüber nun an den Deutschen aus, von denen kaum einer mehr als ein halbes Dutzend irischer Worte verstand.
»Was will der Wicht?«, fragte Hufeisen Ferdinand.
Auch der junge Kirchberg brauchte Aithil O'Corras Hilfe, um zu erfahren, was der Junge gesagt hatte.
»Ich weiß nicht, was der Bursche will. Jetzt sind wir endlich

gewappnet für den Kampf«, antwortete Hufeisen, als Ferdinand ihm die Bemerkung ins Deutsche übersetzt hatte.
Toal war jedoch noch nicht am Ende. »So, wie ihr aussseht, müsst ihr aufpassen, dass man euch nicht für Engländer hält und kurzerhand über die Klinge springen lässt.«
Diesmal blieb Hufeisen die Antwort schuldig. Auch Ferdinand musterte ihre Schar und verglich sie insgeheim mit den Engländern, denen sie ihre Ausrüstung abgenommen hatten. »Die Ähnlichkeit ist wirklich fatal. Dagegen müssen wir etwas tun«, sagte er zu Aithil O'Corra.
Der nickte grinsend. »Bei uns wäre es nicht so schlimm, aber es wird Kriegszüge geben, in denen wir auf die Aufgebote anderer Clans treffen, und die würden euch tatsächlich für Engländer halten.«
»Was ist, wenn wir statt unserer eigenen Tracht irische Kleidung nehmen?«, schlug Ferdinand vor.
»Das halte ich für keine sehr gute Idee. Die Engländer haben etliche Verräter angeworben und ausgerüstet, und ihr wollt doch nicht aussehen wie diese Schufte«, antwortete Aithil mit einer abwehrenden Geste.
»Vielleicht sollten wir ein schwarzes Kreuz auf Rüstungen und Kleidung malen!«
Wieder schüttelte Aithil den Kopf. »Viele englische Soldaten tragen ein rotes Kreuz auf ihrer Kleidung. Im Dunkel des Waldes sieht es schwarz aus und würde mit dem euren verwechselt.«
Ferdinand runzelte die Stirn. »Aber irgendeine Möglichkeit muss es doch geben!«
»Es wird uns schon etwas einfallen!« Oisin O'Corra hatte die Unterhaltung mitgehört und hob beschwichtigend die Hand. »Heute wollen wir unseren Sieg feiern. Kommt mit in die Halle! Ciara, Saraid, ihr sorgt für Met und Essen. Einen Tag wie diesen hat es in Irland lange nicht mehr gegeben.«
»Es ist schon alles bereit!«, rief Saraid, die sich über die unge-

wohnte Ausgelassenheit ihres Anführers freute. Dann aber sah sie, wie Buirre auf Oisin zutrat, und machte mit einem Schnauben kehrt.

Ciara blieb neben ihrem Bruder stehen, um Buirre sofort Paroli bieten zu können. Dieser wirkte verbissen und warf ihr einen bösen Blick zu. Also hatte er wirklich mit Oisin reden und diesen in seinem Sinne beeinflussen wollen.

»Und wie war es? Habt ihr viele Engländer erschlagen?«, fragte sie, um Oisins Aufmerksamkeit von Buirre abzulenken.

Ihr Bruder lächelte zufrieden. »Hunderte! Es wären noch mehr geworden, aber sie sind zuletzt gelaufen wie die Hasen. Außerdem ist O'Néills Musketenschützen das Pulver ausgegangen. Sonst wäre weniger als eine Handvoll entkommen.«

»Damit war es ein großer Sieg, der aber noch gewaltiger hätte werden können«, antwortete Ciara nachdenklich. »Doch sag mir, wie haben sich die Deutschen geschlagen?«

Und vor allem Simon von Kirchberg, setzte sie in Gedanken hinzu.

»Ausgezeichnet! Sie haben einen Ausbruchsversuch der Engländer abgewehrt und etliche von ihnen getötet, dabei selbst nur zwei Männer durch Verwundung eingebüßt.« Oisin gab einen kurzen Bericht vom Kampf der Deutschen, sagte dabei aber nichts über Simons Taten, so dass Ciara nichts anderes übrigblieb, als danach zu fragen.

»Herr Simon war doch gewiss auch sehr tapfer?«

»Ein Anführer muss seinen Soldaten ein Vorbild sein«, erklärte Simon nun selbst. »Ebenso wie mein Vetter habe ich mein Schwert nicht geschont. Etliche Engländer starben durch unsere Klingen, darunter ein Sergeant und sogar ein Offizier!«

»Oh, wirklich!« Am liebsten hätte Ciara Simon vor Freude umarmt.

Da sie nur Augen für Simon hatte, übersah sie das spöttische Lächeln ihres Bruders und den missmutigen Zug, der über Ferdinands Gesicht huschte. Den Sergeanten und den Offizier

hatte nämlich er getötet, Simon hingegen nur einen einzelnen einfachen Soldaten. Jetzt aber stellte sein Vetter es so hin, als habe er die größeren Taten vollbracht.
Ferdinands Verstimmung hielt jedoch nur so lange an, bis Ciara sich fröhlich lachend zu ihm umwandte. »Wie es aussieht, könnt Ihr mir den ersten Engländerkopf symbolisch vor die Füße legen.«
»Ich tue es mit Freude!«, antwortete Ferdinand, während Hufeisen zwei Finger der Rechten in die Höhe reckte. »Ihr könnt noch einen zweiten Kopf dazutun, Jungfer Ciara. Unser junger Spund hier hat sich nämlich ausgezeichnet geschlagen.«
»Wie sollte er es nicht tun? Er ist schließlich ein Kirchberg wie ich«, warf Simon herablassend ein. Ihm passte das Lob nicht, mit dem Hufeisen seinen Vetter bedachte.
Als sie bald darauf in der Halle saßen und die Mägde die ersten Becher Met auf die Tische stellten, fand er genug Gelegenheit, die eigene Tapferkeit zu rühmen und Ferdinands Taten so hinzustellen, als hätte dieser sie nur vollbringen können, weil er ihm die beiden Engländer großzügig überlassen hatte.
»Ihr seid ein so edler Mensch«, lobte ihn Ciara, die den tadelnden Blick ihres Bruders missachtet und neben Simon an der Tafel Platz genommen hatte.
»Ihr beschämt mich«, antwortete Simon geschmeichelt. »Ich tat nicht mehr, als ich für meine Pflicht hielt.«
»Ihr seid nicht nur ein edler, sondern auch ein bescheidener Mensch«, antwortete Ciara, die seine Worte für bare Münze nahm.
Hufeisen, der ein Stück weiter unten an der Tafel saß, vernahm ihre Worte und verschluckte sich. Hustend und mit Tränen in den Augen bat er Ionatán, ihm auf den Rücken zu klopfen. Dieser tat es gerne, denn die Deutschen nahmen ihn als Krieger ernst, während die Iren sich von Buirre beeinflussen ließen und auf ihn herabsahen, weil er ein Tagelöhner gewesen war.
Auch Ferdinand war Ciaras Lob für seinen Vetter nicht ent-

gangen. Obwohl er es Simon gönnte, beneidete er ihn. Zu gerne hätte er gehört, dass Ciara seine eigenen Taten und seinen Charakter rühmte, auch wenn er sich nicht mit seinem Vetter messen konnte. Dafür fehlten ihm nicht nur die Jahre, die dieser ihm voraushatte, sondern auch dessen Erfahrung als Söldnerführer.

Nun aber erhielt Ferdinand ebenfalls Lob, wenn auch nicht von Ciara, sondern von Aithil O'Corra, der sich über die zögerliche Art, mit der Simon von Kirchberg vorgegangen war, mehr als ein Mal geärgert hatte.

»Der junge Dachs hier kämpft wie ein Ire«, sagte er und schlug Ferdinand lachend auf die Schulter. »Bringt Met für einen Mann, dem ich mein Leben anvertrauen würde!«

Der Befahl galt den Mägden und Knechten, die mit großen Kannen durch die Halle eilten, um leere Becher sogleich wieder zu füllen. Sofort trat Bríd zu den beiden Männern. Sie strahlte über ihr hübsches, von Sommersprossen bedecktes Gesicht, als sie Ferdinand eingoss. Dann stellte sie den Krug ab, und ehe er sich's versah, küsste sie ihn zweimal.

»Für jeden Engländer, den Ihr gefällt habt, erhaltet Ihr von mir einen Kuss«, sagte sie lachend und nahm ihren Krug wieder an sich.

Während Ferdinand ihr verdattert nachstarrte, klang Hufeisens Stimme auf. »Du kannst mir auch Met bringen, Mädchen, und mich sogar dreimal küssen! Obwohl – bei dem dritten Engländer weiß ich nicht, ob ich ihn wirklich zur Hölle geschickt oder nur verwundet habe. Ein paar seiner Kameraden haben ihn nämlich weggeschleppt.«

Aithil übersetzte Hufeisens schwerfälliges Englisch ins Irische und forderte dann Bríd auf, auch den Unteroffizier zu küssen. Das Mädchen zögerte, denn es war etwas anderes, einen Jüngling von vielleicht zwanzig Jahren zu küssen, als einen grimmig aussehenden Mann mit Vollbart. Da aber die irischen Krieger, die Hufeisen hatten kämpfen sehen, sie lautstark dazu aufforderten, kam sie scheu auf Hufeisen zu und fand sich in dessen Armen wieder.

Der Haudegen presste seine Lippen auf die ihren und hielt sie eine Weile fest, bevor er sie wieder losließ und sich an Aithil wandte. »Was meint Ihr, war das nun ein Kuss oder soll er für drei gelten?«

»Ich würde sagen für drei, denn bis Ihr Bríd noch zweimal küsst, sind wir verdurstet«, antwortete Aithil lachend und hob seinen Becher. »Auf unseren Sieg und die tapferen Männer, die ihn errungen haben!«

Sofort standen alle auf und stimmten in den Trinkspruch mit ein.

Oisin O'Corra hob die Hand, um sich Gehör zu verschaffen. »Heute feiern wir einen großen Sieg! Mögen noch viele andere Siege ihm folgen!«

»An uns soll's nicht liegen«, erklärte Hufeisen, nachdem Oisin seine Worte auf Englisch wiederholt hatte.

»Das soll es gewiss nicht«, warf Simon von Kirchberg mit einer gewissen Schärfe ein. »Wir werden diese elenden Ketzer vernichten, wo wir sie zu fassen bekommen. Ich habe bereits einen Brief an den Heiligen Vater in Rom geschrieben, damit er uns Verstärkung und Nachschub schickt. Sobald die eingetroffen ist, werden wir gegen eine der Küstenstädte vorgehen und sie erobern, um einen sicheren Hafen für alle zu schaffen, die uns in diesem gottgewollten Streit unterstützen wollen.«

»Gut gesprochen!«, rief Pater Maitiú aus, um sich wieder in Erinnerung zu bringen.

»Es sollte ein Hafen an der Westseite sein, aber nahe genug, dass wir die Wege dorthin auch schützen können«, stimmte Aithil O'Corra ihm zu.

Auch Oisin nickte, obwohl er die eigenen Grenzen kannte. Diese verboten einen offenen Kampf oder gar die Belagerung einer von den Engländern gehaltenen Hafenstadt. Um seinen

Männern nicht den Mut zu nehmen, den diese nach ihrem ersten Sieg gefasst hatten, hob er seinen Becher.

»Freunde, heute feiern wir! Auf welche Weise wir weiterkämpfen, wird an einem anderen Tag im Kriegsrat beschlossen. Jetzt trinkt! Für den einen oder anderen von uns ist es vielleicht der letzte Met, den er zu sich nehmen kann. Doch so hart der Kampf auch sein wird: Wir streiten für eine gerechte Sache!«

»Vor allem kämpfen wir für Gott!«, mischte sich der Pater ein. »Uns stehen die Söhne des Teufels gegenüber, die vom Angesicht der Erde getilgt werden müssen. Die Engländer verdienen keine Gnade. Tötet sie, wo immer ihr sie findet! Tötet auch ihre Weiber und Kinder, die ebenso dem Satan verfallen sind!«

Maitiús Stimme klang so hasserfüllt, dass selbst Simon von Kirchbergs hartgesottene Söldner die Köpfe einzogen, obwohl sie seine Worte nicht verstanden. Die meisten Iren klopften zustimmend auf die Tische, und mit zunehmender Zahl der getrunkenen Becher wurden die Drohungen gegen die Engländer drastischer.

Nach einer Weile sah Simon von Kirchberg seinen Gastgeber tadelnd an. »Ich möchte eine Beschwerde vorbringen! Mein nichtsnutziger Vetter und der alte Schlagetod Hufeisen werden von einem schönen Mädchen geküsst, doch ich muss darben.«

»Wo ist Brít?«, fragte Aithil lachend. »Da sie schon zwei Deutsche geküsst hat, kann sie es auch noch bei einem dritten tun!« Doch als er sich umsah, war die Magd verschwunden. Saraid hatte bemerkt, dass Brít mehr als nur am Met genippt hatte, und wollte nicht, dass diese in ihrer Trunkenheit Dinge mit sich geschehen ließ, für die sie sich am nächsten Morgen schämen musste.

Aus diesem Grund blieb Simon von Kirchberg vorerst ungeküsst. Doch als er spät in der Nacht aufstand und die Halle verließ, um in sein Quartier zurückzukehren, passte ihn Ciara vor der Tür ab.

»Euer Lohn, mein Held«, flüsterte sie und hauchte ihm einen Kuss auf die Lippen. Dann lief sie so rasch davon, dass Simons Arme ins Leere griffen.

Darüber ärgerte er sich, denn so betrunken, wie er war, hätte er das Mädchen gerne zu sich ins Bett genommen. So aber blieb ihm nichts anderes übrig, als leise fluchend über den Hof zu gehen und die Kammer aufzusuchen, die Oisin ihm überlassen hatte.

Auf dem Weg dorthin durchquerte er den schuppenartigen Anbau, in dem seine Männer in zwei Sälen einquartiert waren. Die meisten hatten das Fest bereits vor ihm verlassen und schliefen ihren Rausch aus. An der Stirnseite des hinteren Raums entdeckte er seinen Vetter. Ferdinand schlief ebenfalls, schien seinem regen Mienenspiel nach aber heftig zu träumen.

Bei dem Anblick trat ein Lächeln auf Simons Lippen. Ferdinand war nur von einer einfachen Magd geküsst worden, er hingegen von einer Jungfrau von Stand.

5.

Der Sieg über die Engländer und die Rückkehr der Krieger hatten die Spannungen auf der Ui'Corra-Burg für den Augenblick in den Hintergrund treten lassen. Ciara war jedoch nicht bereit, sich weiter mit der Situation abzufinden, und beschloss daher am nächsten Morgen, mit ihrem Bruder darüber zu reden, bevor er aus irgendeinem unerwarteten Grund die Burg wieder verlassen musste.
Zunächst antwortete ihr auf ihr Klopfen nur ein unwilliges Stöhnen. Endlich hörte sie, wie ihr Bruder aus dem Bett stieg und zur Tür kam. Als er öffnete, steckte er in einem Hemd und sah verschlafen aus.
»Du bist es, Ciara! Was gibt es? Hat O'Néill einen Boten geschickt oder gibt es Nachricht über ein erneutes Vorrücken der Engländer?«
»Nichts von alledem. Es geht um Saraid und Buirre und in gewisser Weise auch um Ionatán und Maeve.«
»Was ist denn jetzt schon wieder los?« Oisin stöhnte und rieb sich über die schmerzende Stirn. »Kannst du einer Magd sagen, dass sie mir Wasser zum Waschen bringt, und zwar kaltes direkt vom Brunnen, damit ich wach werde?«
»Kann ich«, sagte Ciara, die enttäuscht war, weil ihrem Bruder mehr daran gelegen schien, sich zu waschen, als ihr zuzuhören.
Oisin bemerkte ihren Unmut und versuchte zu lächeln. »Du kannst inzwischen das Frühstück für mich zubereiten lassen und es mir anschließend in meine Kammer bringen. Hier sind wir ungestört und können uns über alles unterhalten.«
»Danke! Ich werde mich beeilen.«

»Lass mir wenigstens noch die Zeit, meinen Kopf zu kühlen«, antwortete Oisin mit einem gequälten Grinsen.

Kurz darauf brachte eine Magd einen Eimer frisches Wasser und stellte ihn auf den kleinen Tisch an der Wand. Ihre Lippen zuckten dabei, so als müsse sie ihren Spott über den Taoiseach zurückhalten, der dem Met ebenso zum Opfer gefallen war wie die deutschen Söldner.

Oisin kümmerte sich nicht um sie, sondern griff mit beiden Händen ins Wasser und benetzte sich das Gesicht. »Das tut gut«, seufzte er, zog sein Hemd aus und begann, sich zu waschen.

»Benötigt Ihr noch etwas, Herr?«, fragte die Magd.

»Nein, ich brauche nichts. Du kannst wieder an deine Arbeit gehen.«

Die Magd schnaubte. Da sie sich für hübsch hielt, hatte sie gehofft, dem Clanführer zu gefallen. Immerhin hatte Maeve sich einen Mann wie Buirre geangelt. Doch wie es aussah, war Oisin O'Corra nicht so zupackend bei Frauen wie sein Burgverwalter. Enttäuscht verließ die Magd den Raum und traf kurz darauf auf Brĭd, die gerade den Frühstücksbrei für Oisin in eine Schüssel füllte.

»Wenn du willst, kannst du das dem Herrn bringen«, sagte Brĭd. Die Magd schüttelte den Kopf. »Mach du das! Ich will sehen, ob Herr Aithil etwas benötigt.« Der, so hoffte sie, würde weniger abweisend sein als der Taoiseach.

Brĭd zuckte mit den Achseln und schöpfte noch einen Krug Met aus dem fast leeren Fass. Dann lud sie alles auf ein Tablett und begab sich zu Oisin O'Corras Räumen. Dieser zog sich gerade an.

»Stell es hin!«, forderte er Brĭd auf, ohne sich nach ihr umzudrehen. Die junge Magd folgte der Aufforderung, knickste und verließ den Raum.

Draußen kam ihr Ciara entgegen. »Hast du meinem Bruder das Frühstück gebracht?«

»Ja, Herrin!« Bríd wollte an ihr vorbeischlüpfen, da hielt Ciaras Stimme sie auf. »Sieh nach, ob Herr Simon von Kirchberg bereits sein Frühstück erhalten hat.«

»Ich glaube nicht, denn er ist erst sehr spät zu Bett gegangen«, antwortete Bríd, sah aber dann durch eines der kleinen Fenster, dass der Deutsche gerade den Hof betrat und dabei so frisch aussah, als hätte er die ganze Nacht geruht. Auf dem Weg nach unten sagte sich die Magd, dass sie auch für Simons jungen Vetter und den bärbeißigen Hufeisen das Frühstück mitnehmen könne, und setzte ihr Vorhaben sofort in die Tat um.

Unterdessen betrat Ciara das Zimmer ihres Bruders und wurde gleich mit einer Beschwerde konfrontiert. »Wer hat gesagt, dass ich heute Met zum Morgenmahl will?«

»Du trinkst doch immer Met am Morgen«, wunderte Ciara sich.

»Der ist nicht mehr gut«, brummte ihr Bruder.

»Was?« Sofort ergriff Ciara den Becher und trank einen Schluck. »Also, ich kann an diesem Met nichts Schlechtes finden«, sagte sie, nachdem sie den Becher abgesetzt hatte.

»Mir schmeckt er nicht!« Oisin verzog das Gesicht und stach dann mit seinem Löffel in den Brei. Bevor er jedoch zu essen begann, sah er Ciara an.

»Besorge mir etwas anderes zum Trinken!«

»Ich könnte dir höchstens Wasser bringen oder das säuerliche Bier, das wir für die Knechte brauen und das du noch nie mochtest.« Aus Ciaras Stimme sprach Ärger, denn sie nahm an, Oisin wolle mit seinen Beschwerden nur der Aussprache mit ihr entgehen.

»Bring mir einen Krug Bier – oder besser, lass einen bringen! Derweil können wir uns unterhalten.«

»Gerne!« Sofort eilte Ciara zur Tür und rief den ersten Knecht heran, der ihr unter die Augen kam. Nachdem sie diesen angewiesen hatte, Bier zu holen, wandte sie sich wieder ihrem

Bruder zu. »Ich führe Klage gegen Buirre. Er betreibt Unzucht mit Ionatáns Ehefrau Maeve.«

»Ich kann nicht jeden Mann daran hindern, einem anderen Weib als dem seinen die Röcke zu heben«, antwortete Oisin mit einer wegwerfenden Handbewegung.

»Sie haben es in der Küche getrieben! Saraid kam hinzu, ich ebenfalls und auch einige andere.« Der scharfe Unterton in Ciaras Stimme verriet ihrem Bruder, dass sie diese Sache nicht auf sich beruhen lassen würde.

»Es ist tatsächlich ärgerlich, dass Buirre und Maeve sich in der Küche vergessen haben«, antwortete er und überlegte, wie er seine Schwester und vor allem seine Cousine besänftigen konnte.

»Der größte Schimpf, den ein Ehemann seinem Weib antun kann, ist es, wenn er in ihrer eigenen Küche mit einem anderen Weib Unzucht treibt!«, trumpfte Ciara aus.

»Du vergisst das Ehebett! Das wäre noch schlimmer.«

Ciaras Gesicht färbte sich dunkel vor Zorn, und ihre Augen sprühten Funken. »Es ist auch meine Küche, und ich lasse nicht zu, dass Buirre sie in ein Hurenhaus verwandelt! Ich verlange, dass er dafür bestraft wird. Wenn das nicht geschieht, werden Saraid und ich in dieser Burg keinen Finger mehr rühren, das schwöre ich dir!«

Oisin wusste, wie nahe sich seine Schwester und seine Cousine standen, und hätte Buirre für diese Dummheit am liebsten geohrfeigt. Doch wenn er dies tat, würde der Mann ihm die Gefolgschaft aufkündigen. Das durfte er nicht riskieren. Er legte seinen Löffel beiseite, stemmte beide Ellbogen auf die Tischplatte und musterte Ciara durchdringend.

»Ich verstehe, dass Saraid gekränkt ist, doch ich kann auf Buirre nicht verzichten. Er ist einer meiner besten Krieger und einer der wenigen, denen ich die Sicherheit unserer Burg und damit auch die deine anvertrauen kann! Sag Saraid das und bitte sie in meinem Namen, Nachsicht zu üben.«

»Solange Buirre sich während deiner Abwesenheit in der Burg als Herr aufspielt und uns wie Mägde behandelt, werden Saraid und ich unsere Hände in den Schoß legen und zusehen, wie er die Leute zum Arbeiten bringt!« Obwohl Ciara fest klingen wollte, spürte sie selbst, dass sie schon halb auf dem Rückzug war.

Oisin entging das nicht, er begriff aber auch, dass er Buirre nicht länger als Kastellan auf der Burg lassen konnte. »Also gut, da du darauf bestehst, werde ich Buirre als Verwalter abberufen und ihn als Unteranführer zu meinen Kriegern holen. An seiner Stelle soll Aithil die Burg und euch beschützen. Bist du damit zufrieden?«

Nach kurzem Überlegen nickte Ciara. »Ja! Aber nur, weil Krieg herrscht und du nicht auf Buirre verzichten willst. Doch sollte er unserer Cousine noch einmal einen solchen Schimpf antun, wirst du anders handeln müssen.«

Dies war Oisin klar. Im Allgemeinen war es nichts Verwerfliches, wenn ein Mann sich neben seinem Eheweib noch eine Beischläferin hielt. Nur war Buirres Rang im Clangefüge niedriger als der seiner Frau, und er hätte daher auf Saraid Rücksicht nehmen müssen. Sich seiner Bettmagd in einem Raum zu bedienen, der unter ihrer Herrschaft stand, war ein Schlag ins Gesicht, den keine Frau, die etwas auf sich hielt, hinnehmen konnte.

»Ich werde Buirre zur Rede stellen«, versprach er, um Ciara zu besänftigen.

Beiden war jedoch klar, dass es bei einigen lauen Worten bleiben würde. Obwohl Ciara sich sagte, dass Saraids Mann viel zu leicht davonkommen würde, war sie doch halbwegs zufrieden, denn sie waren Buirre als Verwalter los. Mit Aithil glaubte sie auskommen zu können, und Saraid würde es nicht anders sehen.

»Danke!«, sagte sie und trat zur Kammertür.

»Auch ich danke dir!« Oisin nickte seiner Schwester lächelnd zu und sagte sich, dass sie zwar viel Temperament hatte, sich aber im Gegensatz zu den meisten anderen Frauen beherrschen konnte. Das war in der Lage, in der er sich befand, womöglich wertvoller als Gold.

Draußen traf Ciara auf Gamhain, die ihr deutlich klarmachte, dass es im Leben Wichtigeres gab, als sich mit dem Bruder zu streiten. Die Hündin war übermütig und wollte ins Freie. So blieb Ciara nichts anderes übrig, als mit ihr die Burg zu verlassen und ihr über Stock und Stein zu folgen. Viel Zeit, über ihre Probleme nachzudenken, blieb ihr nicht.

6.

Im Vergleich zu den großen Schlachten jener Zeit stellte das Gefecht bei Clontibret nicht mehr als ein Geplänkel dar, doch die Wellen, die es schlug, reichten bis nach London. Elisabeth, Königin von England, sah abwartend den Männern entgegen, die eben hereinkamen. Der Jüngere trat mit raschen Schritten auf den Thron zu und ließ seinen Begleiter dabei ein paar Schritte hinter sich zurück. Auch begnügte er sich nicht mit einer Verbeugung, sondern kniete vor der Königin nieder und ergriff ihre rechte Hand, um sie zu küssen.

»Euer Majestät!«, rief er, ohne dass sie ihn aufgefordert hatte zu sprechen. »Die englischen Banner sind besudelt! Dieser Narr Bagenal hat sich erdreistet, eine Schlacht gegen die irischen Wilden zu verlieren.«

Elisabeth hob seufzend den Blick zur Decke, denn sie ahnte, was nun kommen würde.

Ohne auf ihr Mienenspiel zu achten, sprach Robert Devereux, Earl of Essex, weiter. »Ich bitte Eure Majestät, mir zu gestatten, mit einem Heer nach Irland zu ziehen, um diese Schande auszumerzen. Der rebellische Earl of Tyrone muss niedergeworfen und die anderen irischen Anführer zum Gehorsam gezwungen werden.«

»Noch ist nicht mehr geschehen, als dass Sir Henry Bagenal den Entsatz von Monaghan-Castle abbrechen musste«, wandte die Königin ein.

»So ist es, Euer Majestät«, stimmte ihr ein in einen dunklen Rock gekleideter Mann zu, mit dem sie bis eben gesprochen hatte.

Der Earl of Essex bedachte Robert Cecil mit einem hasserfüllten Blick. Zu oft hatte dieser von der Königin über alles geschätzte Höfling seinem Gefühl nach gegen ihn gearbeitet und dafür Sorge getragen, dass die Königin seinen Leistungen nicht jene Aufmerksamkeit schenkte, die sie verdient hätten. Um Cecil zu übertreffen und dessen Einfluss auf Elisabeth zu mindern, suchte er nun um das Oberkommando in Irland an. Mit den Truppen, die dann unter seinem Kommando stünden, wäre er der mächtigste Mann Englands und endlich in der Lage, die Königin von jenen Entschlüssen abzuhalten, die den Ruhm des Königreichs schmälerten.

»Euer Majestät«, begann er erneut, »wollt Ihr, dass Spanien, Frankreich, ja ganz Europa über England lacht, weil es nicht einmal in der Lage ist, die Herrschaft über eine kleine Insel am Rande der Welt zu erringen? Eine Insel übrigens, die bereits Euer erhabener Vorfahr, König Heinrich II., Englands Macht unterworfen hat?«

Der leidenschaftliche Appell rührte Elisabeth, und für einige Augenblicke überlegte sie, ob sie Essex nachgeben sollte. Da bemerkte sie Cecils angedeutetes Kopfschütteln und verwarf diesen Gedanken wieder. Sie wollte keinen Entschluss fassen, bevor sie mehr über die Lage in Irland erfahren hatte.

Daher beugte sie sich ein wenig vor und musterte Essex mit einem traurigen Lächeln. Wie immer war er prachtvoll in silberdurchwirkten Brokat und Seide gekleidet. Seine aus feinster Spitze gefertigte Halskrause war so geschickt angebracht, dass sein gepflegter, rötlich schimmernder Bart anders als bei seinem Begleiter weich fallen konnte und nicht nach vorne gedrückt wurde. Einen Augenblick lang musterte Elisabeth Essex' Sekretär. Anthony Bacons Kleidung stand der seines Herrn an Pracht nur wenig nach, aber bei seinem Kragen hatte er es arg übertrieben, denn dieser lag ihm wie ein Mühlrad um den Hals.

Bacon stand drei Schritte hinter seinem Herrn, streckte aber immer wieder die Arme aus, als würde er Essex am liebsten zurückzerren und selbst mit ihr sprechen. Da er in jeder Hinsicht die Stimme seines Herrn war, würde das Gespräch mit ihm wohl ebenso unerquicklich verlaufen. Allerdings hätte sie Bacon mit einigen scharfen Worten abweisen können. Bei Robert Devereux – ihrem Robin, wie sie ihn insgeheim nannte – war dies jedoch nicht möglich. Daher bemühte sie sich, verbindlich zu bleiben.

»Mein lieber Essex, ich achte Euren Mut und Eure Bereitschaft, mir zu dienen. Doch erfreue ich mich zu sehr an Eurer Gegenwart und will mich dieser nicht berauben. Lasst andere Generäle Irland niederwerfen! Sie werden niemals Euren Ruhm erlangen.«

Obwohl die Königin ihn wie einen Freund ansprach, fuhr Devereux herum und wies mit der rechten Hand auf Robert Cecil. »Er war es! Gebt es zu! Er will nicht, dass ich Irland für England gewinne. Euer Majestät, hört nicht auf Cecil, sondern schickt mich nach Irland. Ich werde es Euch zu Füßen legen.«

Essex' Begeisterung war ansteckend. Elisabeth spürte, wie ihr Blut schneller durch die Adern rann, und fühlte sich wieder jung. Doch der Augenblick verging allzu rasch. Sie war die Königin von England und der Titel eines Lord Lieutenant von Irland keine Rose, die sie wie eine Maid dem Geliebten schenken konnte.

»Mein Entschluss steht fest, Mylord. Bagenal soll selbst die Scharte auswetzen, für die er verantwortlich ist. Wenn ich Euch mit Ross und Reitern und einem großen Heer nach Irland schicke, würden alle Herrscher Europas glauben, wir seien nicht in der Lage, unsere Herrschaft in Irland aufrechtzuerhalten, und sich vielleicht zu unseren Ungunsten einmischen.«

In den Worten der Herrscherin klang eine leise Warnung mit, die Angelegenheit auf sich beruhen zu lassen, doch Essex war zu erregt, um darauf zu achten. »Das ist nicht Euer Entschluss, sondern der dieses Krüppels dort!«

Sein Zeigefinger stach anklagend auf Robert Cecil zu, der

bereits etliche hohe Ämter an sich gerafft hatte, in denen sich Devereux bereits gesehen hatte.

Trotz der beleidigenden Äußerung blieb Cecil ruhig, während Anthony Bacon verzweifelt den Kopf schüttelte. Wie oft hatte er seinem Herrn gepredigt, man könne mit Schmeicheleien mehr erreichen als mit Wutausbrüchen. Doch Essex' hohe Meinung von sich ließ nur Gott über ihm stehen, und es ärgerte ihn, dass Elisabeth, die in seinen Augen nur ein altes Weib war, seine Meinung geringer achtete als die von Robert Cecil oder dessen Vater Lord Burghley.

Elisabeth ließ sich nicht anmerken, wie sehr Essex' aufbrausendes Wesen sie verärgerte. Im Allgemeinen war er ein wunderbarer Kavalier und als Edelmann eine Zierde für ihren Hofstaat. Auch konnte sie ihm nicht den notwendigen Mut absprechen, denn er eiferte den Helden Gawain und Lancelot nach, um große Taten zu vollbringen. Doch sein Wesen war zu sprunghaft, um eine Sache so zu Ende zu bringen, wie sie ihr selbst am besten dünkte.

Da Essex keine Antwort erhielt, fühlte er sich missachtet und brauste erneut auf. »Euer Majestät, Ihr müsst mich zu Eurem Feldherrn in Irland machen. Dieser Mann hier« – erneut deutete sein rechter Zeigefinger auf Cecil – »wird noch Euer Untergang und der von England sein. Ich weiß aus sicherer Quelle, dass er Verrat plant und ...«

»Ich will Eure Anschuldigungen Eurer Enttäuschung zugutehalten. Doch wiederholt sie niemals wieder!«, warnte Elisabeth ihn unwillig. Sie hasste es, wenn ihre Höflinge einander belauerten und bekämpften, denn dies hielt die Männer davon ab, ihre ganze Kraft England so zu widmen, wie sie selbst es tat.

Essex funkelte sie so wütend an, als hätte sie ihn vor versammeltem Hof einen Wurm genannt. »Ihr werdet es noch bereuen«, schrie er, drehte sich um und stürmte an Anthony Bacon vorbei aus dem Zimmer.

Mit zusammengekniffenen Lippen sah Elisabeth ihm nach, bis ein Diener die Tür schloss. Dann erst wandte sie sich an Cecil. »Ich hoffe, Ihr tragt Essex seine unbedachten Worte nicht nach. Gewiss wird er sie morgen bedauern.«
Obwohl Robert Cecil das stark bezweifelte, nickte er zustimmend. »Selbstverständlich, Euer Majestät!«
Unterdessen fand Anthony Bacon es an der Zeit, sich für seinen Herrn zu verwenden. Er trat einen weiteren Schritt auf Elisabeth zu und verbeugte sich tief. »Euer Majestät, mein Herr wünscht sich nichts mehr, als Euch mit aller Kraft zu dienen und Eure Feinde niederzuwerfen. Nur deshalb hat er es gewagt, Euch um Entsendung nach Irland zu bitten.«
»Er soll mir so dienen, wie ich es für richtig halte, und nicht seinen Launen folgen! Über die habe ich mich schon oft genug geärgert. Sagt ihm das, Bacon!«
Die Handbewegung, mit der Elisabeth ihre Worte begleitete, zeigte dem Mann deutlich, dass er entlassen war. Um den Unwillen der Herrscherin nicht noch mehr herauszufordern, verbeugte er sich und zog sich rückwärtsgehend zurück. Er hatte die Tür noch nicht erreicht, als Cecils Stimme ihn erreichte. »Wartet draußen auf mich, Bacon! Ich muss noch etwas mit Euch besprechen.«
»Aber erst, wenn ich mit Euch fertig bin«, erklärte Elisabeth mit einem bitteren Lächeln.
Während Anthony Bacon den Raum verließ, wandte sie sich an Cecil. »Was denkt Essex sich bloß? Soll ich seinetwegen die Schatztruhe bis auf den Grund leeren, nur damit er in Irland mit einem großen Heer prunken kann?«
»Nicht immer ist es ratsam, zu sparsam zu sein«, antwortete Cecil nachdenklich. »Euer Majestät sollte dem Aufstand in Irland die nötige Aufmerksamkeit schenken. Der Earl of Tyrone ist kein Wilder aus den irischen Wäldern und Mooren, sondern hat lange genug im Pale gelebt, um uns Engländer zu kennen. Mittlerweile scharen sich etliche Clans um ihn, die für

ihn kämpfen, und einige davon waren früher seine erbitterten Feinde.«
»Ihr glaubt also nicht, dass Sir Henry Bagenal in der Lage sein wird, den Aufruhr in Ulster zu unterbinden?« Elisabeth klang nachdenklich. Wenn Cecils Worte der Wahrheit entsprachen, würde sie tatsächlich einen Feldherrn mit einem Heer nach Irland schicken müssen, und da keiner ihrer Generäle es sich mit Essex verderben wollte, würde nur er ihr für diese Aufgabe zur Verfügung stehen.
Robert Cecils Gedanken gingen in die gleiche Richtung. »Ich bete zu Gott dem Allmächtigen, dass er Bagenal die Kraft gibt, Hugh O'Neill niederzuwerfen. Doch als treuer Diener Eurer Majestät darf ich die Möglichkeit einer Niederlage nicht außer Acht lassen.«
»Denkt über diese Möglichkeit nach und tragt mir Eure Überlegungen morgen vor! Ich bin müde und will ruhen.«
Elisabeth erhob sich schwerfällig und wandte sich zum Gehen. Aus den Augenwinkeln sah sie noch, wie Cecil sich verneigte und dann mit schleppenden Schritten auf die Tür zum Flur zuging. Von hinten war der Buckel, mit dem Gott ihn geschlagen hatte, deutlich zu erkennen. Sein Verstand war jedoch messerscharf, und als Sohn ihres treuen Burghley war er von diesem in seine Pflichten eingewiesen worden. Sie konnte sich felsenfest darauf verlassen, dass er sich anders als der Earl of Essex nicht von Gefühlen zu etwas hinreißen ließ, das ihr und damit England schadete.
Bei dem Gedanken an Robert Devereux seufzte sie tief. Er erinnerte sie an jene Zeiten, in denen sie gelacht und den Komplimenten der Kavaliere gelauscht hatte. Nun aber war sie alt und fühlte sich verbraucht.
»Warum kann Robin sich nicht beherrschen und sich meinem Willen beugen?«, murmelte sie leise vor sich hin, während sie ihre privaten Räume betrat.
Robert Cecil hatte sich unterdessen Anthony Bacon zuge-

wandt, der draußen auf dem Flur stehen geblieben war. »Ich danke Euch, Bacon, dass Ihr auf mich gewartet habt. Richtet Lord Essex in meinem Namen aus, dass ich niemals sein Feind war und es auch jetzt nicht bin. Ich verstehe seine Enttäuschung über die Entscheidung Ihrer Majestät, ihn vorerst nicht nach Irland zu schicken. Doch sagt ihm auch, dass es, wenn er jetzt gehen und die Rebellen niederkämpfen würde, in ganz Europa hieße, er habe nur ein paar aufständische Wilde besiegt. Das ist gewiss nicht der Ruhm, den er sich wünscht.«
»Lord Essex würde es nicht dabei belassen, nur Hugh O'Neill zur Räson zu bringen, sondern jedermann in Irland zwingen, sich der Herrschaft Ihrer Majestät zu beugen«, antwortete Bacon in dem Versuch, die Motive seines Herrn so darzustellen, dass es zu dessen Gunsten sprach.
Auf Robert Cecils Lippen erschien ein spöttisches Lächeln. Er wusste genau, dass Essex nur aus einem einzigen Grund nach Irland wollte, nämlich um seinen eigenen Ruhm zu mehren. Doch ein Krieg war eine zu ernste Angelegenheit, um sie einem jungen und zu sehr von sich eingenommenen Edelmann zu überlassen. Allerdings fürchtete Cecil, dass Elisabeth, wenn Bagenal versagte, nicht anderes übrigbleiben würde, als Essex mit der Expedition nach Irland zu betrauen. Seine Aufgabe war es daher, zu verhindern, dass dieser Kriegszug in einem Fiasko endete. Deshalb legte er den Arm um Anthony Bacon und sprach leise, aber voller Nachdruck auf ihn ein.

7.

Nach seiner Niederlage bei Clontibret zog Henry Bagenal sich in den Pale zurück, jenen Teil Irlands, den die Engländer um Dublin herum seit Jahrhunderten beherrschten. Dort würde er sich, wie Saraid spöttisch angemerkt hatte, seine Wunden lecken. Die Ui'Corra hatten damit Zeit gewonnen, in der sie die Sperrfestung an der Straße weiterbauen konnten. Dazu erwies Aithil sich als geschickter Verwalter, der wusste, dass er klug beraten war, sich mit Ciara und Saraid gut zu stellen. Die beiden sorgten dafür, dass die Mägde, Knechte und Tagelöhner zuverlässig arbeiteten. Da kein unmittelbarer englischer Angriff drohte, konnten die Bauern wieder auf ihre Höfe zurückkehren, um ihre Schafe zu scheren und die Ernte einzubringen.

Das Leben in der Ui'Corra-Burg hätte daher friedlich sein können, wäre da nicht die latente Spannung zwischen Buirre und dessen Frau gewesen. Auf Oisins Befehl hin lebte Maeve nicht mehr in der Burg, sondern auf einem abgelegenen Gehöft am Waldrand und arbeitete dort als Magd. Es gefiel ihr wenig, Ställe auszumisten und die Erde umzugraben, und so jammerte sie jedes Mal, wenn Buirre zu ihr kam, über ihr hartes Los.

Auch an diesem Tag empfing sie ihn mit Klagen. »So kann es nicht weitergehen! Sieh dir meine Hände an. Sie sind ganz zerschunden. Außerdem tut mir mein Rücken vom Unkrautjäten weh. Das mache ich nicht länger mit. Du bist doch der Stellvertreter des Taoiseachs. Also tu etwas!«

Die Frau sah so missmutig aus, dass Buirre beinahe die Lust verging, sich mit ihr zu vergnügen. Um ihr Gekeife nicht län-

ger mit anhören zu müssen, nickte er widerstrebend. »Ich werde mit dem Bauern reden, damit er dir leichtere Arbeit zuteilt!«
Damit war Maeve nicht zufrieden. »Ich will weg von diesem elenden Hof! Soll der Bauer sich doch eine andere Magd suchen. Er selbst tut kaum einen Handschlag, der Knecht ist ebenfalls faul und die andere Magd erst recht.«
Der Knecht und die Magd waren alt und daher froh, dass mit Maeve eine junge, kräftige Frau auf den Hof gekommen war, die zupacken konnte. Das war Buirre klar. Ebenso gut wusste er, dass sowohl der Pächter wie auch dessen Dienstboten die Augen abwandten, wenn er die Frau aufsuchte. Seines Wissens nach musste Maeve nicht mehr arbeiten als jede andere Magd auf den Höfen im Uí'Corra-Tal zu einer Zeit, in der die meisten Männer im Krieg standen. Anstatt damit zufrieden zu sein, dass sie sich satt essen konnte und gelegentlich ein kleines Geschenk von ihm erhielt, quengelte sie wie eine unzufriedene Ehefrau.
Bei dem Gedanken musste Buirre an Saraid denken, und er verfluchte die Tatsache, dass diese die eheliche Gemeinschaft mit ihm aufgekündigt hatte. Durfte sie das eigentlich?, fragte er sich. Immerhin hatten sie ihren Bund vor dem Priester geschlossen, und was vor Gott zusammengegeben worden war, durfte der Mensch nicht trennen.
Mit einem Mal war ihm die Lust vergangen, Maeve beizuwohnen, zumal sie sich nach dem Ausmisten ganz offensichtlich nicht gewaschen hatte. Ohne ein weiteres Wort drehte er sich um und ging zu seinem Pferd zurück.
Maeve starrte ihm zunächst verwirrt nach, folgte ihm dann aber und packte ihn, als er sich in den Sattel schwingen wollte.
»Was soll das?«, fragte sie.
»Ich reite zur Burg«, antwortete Buirre harsch.
»Aber Ihr wolltet doch …«
»Nichts wollte ich. Gehab dich wohl!« Damit schüttelte Buirre sie ab, stieg in den Sattel und ritt davon.

Ein Stück rannte Maeve ihm noch nach. »Warum tut Ihr das? Herr Buirre, so bleibt doch hier. Wir können ...«
Er antwortete nicht, sondern trieb sein Pferd zum Galopp, denn mit einem Mal wollte er nur noch fort von dieser Frau, deren Stimme wie eine Feile über seine Nerven raspelte. Von einem Moment auf den anderen konnte er nicht mehr begreifen, was er je an ihr gefunden hatte. Im Grunde war ein Weib genauso beschaffen wie das andere, und es war gleich, mit welchem man ins Bett stieg. Wichtig war nur, wer sie war und was für einen Vorteil ein Mann aus der Verbindung mit dem Weib ziehen konnte. In der Beziehung stand Maeve weit unter Saraid. Diese war wenigstens eine enge Verwandte des Clanführers, und solange sie seine Frau war, würde er im Clangefüge über allen anderen Ui'Corra mit Ausnahme von Oisin stehen, sogar über Aithil. Mit diesem Gedanken ritt er weiter, während Maeves zornige Stimme ihm folgte.
»Buirre O'Corra, das habt Ihr nicht umsonst getan. Dafür werdet Ihr bezahlen!«
Da Maeve nur eine Tagelöhnerin war, nahm er ihre Drohung nicht ernst. Sollte sie es zu bunt treiben, würde er sie verprügeln, bis sie Ruhe gab. Buirre verschwendete keinen Gedanken mehr daran, dass er sich vor ein paar Tagen noch nach ihr verzehrt hatte und auch an diesem Tag zehn Meilen durch die Nacht geritten war, um seine Lust an ihr zu stillen.
Das würde er von nun an wieder bei seiner Ehefrau tun, sagte er sich. Allerdings war ihm wohl bewusst, dass ihm dies nicht leichtfallen würde. Saraid war erbittert und würde ihn abweisen. Aber er war ihr Mann, und sie hatte ihm zu gehorchen. Kurz dachte er an Ciara, die sich mit Sicherheit auf Saraids Seite stellen würde. Ihretwegen konnte er Saraid nicht einfach packen und in seine Kammer zerren. Also musste ihm etwas anderes einfallen.
Der Priester! Vielleicht würde Athair Maitiú ihm helfen. Einen Versuch war es wert. Erleichtert ritt Buirre weiter und erreich-

te kurz nach Mitternacht die Burg. Die brennenden Fackeln auf der Mauer zeigten ihm, dass ein Mann Wache hielt. Als dieser ihn entdeckte und fragte, wer er sei, verzog Buirre den Mund. Warum hatte er ausgerechnet an Ionatán geraten müssen?

»Mach auf! Ich bin es, Buirre O'Corra, Anführer der zweiten Schar des Clans!«, gab er zurück.

Ionatán war alles andere als erfreut, Buirre vor sich zu sehen, denn der Mann brachte meist nur Ärger mit. Daher kniff er die Lippen zusammen und hob die Fackel, um sicherzustellen, dass Buirre tatsächlich allein gekommen war und niemand ihm folgte. Daraufhin stieg er die Treppe in den Hof hinab und öffnete das Tor. Der Willkommensgruß, mit dem er sonst Männer des Clans empfing, unterblieb jedoch.

»Wo ist der Priester?«, wollte Buirre wissen.

»Im Anbau neben der Kapelle. Aber er schläft jetzt«, antwortete Ionatán.

»Als Pfarrer ist er Tag und Nacht für seine Herde verantwortlich«, sagte Buirre mehr für sich als für den jungen Mann. Er warf Ionatán die Zügel des Pferdes zu, stiefelte zur Kapelle hinüber und klopfte an die Tür der Hütte, die dem Priester als Wohnstatt zugewiesen worden war.

Es dauerte eine Weile, bis Pater Maitiú durch die harten Schläge gegen die Tür wach wurde. Als er endlich öffnete, verriet seine Miene deutlich den Verdruss über die Störung. Da sank Buirre vor ihm auf die Knie und küsste ihm die Hand.

»Hochwürdiger Herr, verzeiht, dass ich Euch um diese Zeit belästige. Mein Herz ist schwer, und ich brauche Eure Hilfe!«

Pater Maitiú musterte ihn mit gerunzelter Stirn. »Du bist doch der Mann, der sein Weib wegen einer Tagelöhnerin verlassen hat!«

Mit betrübter Miene nickte Buirre. »Das ist wahr, Hochwürden! Doch ich bereue es zutiefst und flehe Euch an, Euch bei meinem Weib für mich zu verwenden. Gehe ich einfach so zu ihr, wird sie mir den Reisigbesen um die Ohren schlagen, und ich vermag es ihr nicht einmal zu verdenken.«

Nur schön den zerknirschten Sünder spielen, sagte Buirre sich, dann wird der Pfaffe mir schon helfen.

Seine Taktik verfing, denn Pater Maitiús Miene glättete sich, und er schlug sogar das Kreuz über ihn. »Das Weib ist aus der Rippe des Mannes geschnitten worden und ihm daher untertan«, erklärte er mit Nachdruck. »Gehorcht es nicht, soll der Stock es Gehorsam lehren!«

Genau das war Buirres Dilemma. Er konnte es sich nicht leisten, Saraid so lange zu verprügeln, bis sie nachgab. Daher mimte er weiterhin den Zerknirschten. »Hochwürdiger Herr, ich habe vor Gott gesündigt und meinem Weib Schande angetan. Würde ich sie jetzt den Stock kosten lassen, wäre sie zu Recht zornig auf mich. Bitte, sprecht mit ihr und redet ihr ins Gewissen, damit sie ihren Trotz aufgibt und mir wieder das Weib ist, das unser Herrgott im Himmel mir bestimmt hat.«

»Ich vergebe dir deine Sünde und werde dir helfen, mein Sohn. Komme morgen wieder und ich werde mit deinem Weib sprechen.« Pater Maitiú wollte sich wieder in seine Hütte zurückziehen, doch Buirre hielt ihn fest.

»Verzeiht, Hochwürden, könntet Ihr das nicht jetzt gleich tun? Morgen früh muss ich wieder zu meinen Kriegern zurückkehren, um Irland von den englischen Ketzern zu befreien.«

»Ich soll um diese Zeit noch mit Saraid reden?«, fragte der Pfarrer verwundert.

Buirre nickte eifrig. »Ja, Herr! Ich will, dass zwischen mir und ihr wieder alles in Ordnung kommt, bevor ich erneut das Schwert gegen die Engländer ziehe!«

Zwar standen keine Schlacht und kein Feldzug an, doch Buirre klang so drängend, dass der Pater nachgab und seufzend seine Kutte überstreifte. Nachdem er auch noch den Rosenkranz an sich genommen hatte, folgte er Buirre bis zum Eingang des Wohngebäudes.

In solch unsicheren Zeiten wurde dessen Tür von innen verschlossen, und so musste Buirre klopfen. Es dauerte eine Weile, bis eine Stimme aufklang und fragte, wer um diese Stunde Einlass begehrte.

»Ich bin es, Buirre O'Corra, und Seine Hochwürdigkeit, Athair Maitiú!«, gab Buirre zurück.

Jemand öffnete die Tür einen Spalt und steckte eine Fackel heraus. »Tatsächlich, du bist es. Was ist los? Schickt der Taoiseach Botschaft oder greifen die Engländer an?«, fragte der Mann.

»Weder noch! Wir wollen nur ins Haus und mit meinem Weib reden.« Buirre klang verärgert, denn als er noch Kastellan gewesen war, hatten die Leute ihm rascher geöffnet.

Endlich schwang die Tür auf, so dass der Pater und Buirre eintreten konnten.

»Du willst zu Saraid? Dann pass auf, dass sie nicht die Bratpfanne für sich sprechen lässt«, sagte der Krieger, der hinter der Tür geschlafen hatte, mit einem breiten Grinsen.

Pater Maitiú sah aus, als wolle er den Mann zurechtweisen, doch Buirre nahm die Laterne und zog ihn weiter. »Lasst den Narren schwatzen! Wichtiger ist, dass Ihr meiner Frau ins Gewissen redet.«

Da der Priester endlich zurück ins Bett wollte, nickte er stumm und folgte Buirre nach oben. Als dieser die Tür der Kammer öffnete, die er bis vor wenigen Wochen mit seiner Frau bewohnt hatte, war niemand darin.

»Wo mag Saraid sein?«, fragte er sich.

Der Pater sah die Gelegenheit, sich wieder schlafen zu legen. »Wir werden sie morgen suchen, mein Sohn!«

»Ich habe doch gesagt, dass ich nicht die Zeit habe. Oisin erwartet mich morgen früh an der Straßenfestung!« Buirre überlegte wütend, wohin seine Frau sich zurückgezogen haben könnte, und schlug sich dann mit der flachen Hand gegen die Stirn.

»Natürlich! Die ist wahrscheinlich bei Ciara. Dort werden wir sie finden. Kommt mit!«

Pater Maitiú war nicht wohl dabei, die Schwester des Clanführers weit nach Mitternacht aus dem Schlaf zu reißen, doch Buirre schleifte ihn drei Türen weiter und schlug so laut gegen das Holz, dass es durch den gesamten Turm hallte.
»Kannst du nicht leiser sein? Du weckst ja noch alle auf«, tadelte der Pater ihn, weil Gamhain im selben Augenblick zu bellen begann.
Er ahnte nicht, dass Buirre es darauf anlegte. Möglichst viele sollten miterleben, wie der Priester Saraid ins Gewissen redete, ihm wieder zu gehorchen. Zufrieden grinsend wartete er, bis Ciara die Tür öffnete und herausschaute.
»Was ist? Schickt mein Bruder Nachricht?«, fragte sie, noch bevor sie die beiden Männer vor ihrer Tür erkannte.
Pater Maitiú fand, dass die Würde seines Amtes verlangte, Buirre nicht weiter die Führung zu überlassen. Daher bedachte er Ciara mit einem strengen Blick und ergriff das Wort. »Wir suchen Saraid!«
»Was wollt ihr von mir?«, erscholl es verschlafen aus der Kammer. Saraid war ebenfalls wach geworden und wunderte sich, den Priester um diese Zeit zu sehen.
Dieser reckte sich, um auf sie hinabschauen zu können. »Dein Mann führt Klage gegen dich!«, erklärte er.
»Meinetwegen kann Buirre so viel klagen, wie er will!« Saraids Stimme klang unwirsch, und sie machte Anstalten, die Tür wieder zuzuschlagen.
Rasch stellte Buirre den Fuß dazwischen und forderte den Pater mit einer Geste auf, seine Strafpredigt weiterzuführen.
Dieser besann sich nicht lange und setzte Saraid mit geschickt gewählten Worten zu. »Das Weib ist die Magd des Mannes und hat ihm zu allen Zeiten zu gehorchen! So hat es unser Herrgott im Himmel bestimmt, indem er den Mann vor dem Weibe schuf!«
»Und was hat das mit mir zu tun?«, fragte Saraid.
»Du verweigerst deinem Mann die eheliche Gemeinschaft und

schmähst ihn mit bösen Worten. Daher hätte er allen Grund, dich mit der Rute an den Gehorsam zu erinnern, den du ihm schuldest«, fuhr der Pater fort.

»Er hat doch seine Bettmagd!«, stieß Saraid wütend aus.

»Das Weib hat demütig den Nacken zu beugen und ihrem Herrn zu dienen. Ausnahmen gibt es nicht! Also kehre in die Kammer deines Mannes zurück und sei ihm das Weib, als das Gott dich ihm anvertraut hat! Bedenke, er hat versprochen, dieser Magd zu entsagen und dich nicht mehr zu beschämen!« Pater Maitiú wollte endlich zurück ins Bett und war es leid, noch länger auf Saraid einreden zu müssen.

Diese schob zwar die Unterlippe vor, war aber durch die strafenden Worte des Priesters unsicher geworden. Ihr Blick streifte Ciaras Gesicht und las in deren Miene eine Wut, die nicht nur Buirre, sondern auch dem Priester galt. Bevor ihre Cousine jedoch etwas hätte sagen können, das Pater Maitiú verärgerte, schob sie diese in die Kammer zurück.

»Mein Mann hat mir den größten Schimpf angetan, den ein Eheweib erleiden kann, und seine Schlampe vor meinen Augen gerammelt!«, erklärte sie, aber es lag kein Nachdruck in ihrer Stimme.

Der Priester spürte, dass sie unsicher war und es nur noch eines kleinen Schubses bedurfte, damit die Frau endgültig kapitulierte. »Ein braves Eheweib muss auch das ertragen! Erinnere dich daran, dass du deinen Mann durch dein harsches Wesen von dir gestoßen hast. Daher ist es deine Schuld, wenn er sich eine Magd zur Befriedigung seiner Bedürfnisse nahm. Wenn du ihm gehorchst, muss er das nicht tun. Und nun geh mit ihm!«

»Tu es nicht!«, flüsterte Ciara ihrer Cousine zu. »Buirre ist es nicht wert.«

Saraid überlegte kurz und senkte dann den Kopf. »Es tut mir leid, aber ich bin Buirre angetraut, und wenn der hochwürdige Athair Maitiú sagt, ich soll ihm gehorchen, muss ich es wohl tun.«

Als sie die triumphierende Miene ihres Mannes sah, wurde ihr beinahe übel. Dennoch streifte sie ihre Kleider über und verließ die Kammer. Das Letzte, was sie sah, war Ciara und der Dolch in deren Hand. Sie wusste, dass ihre Cousine die Waffe einsetzen würde, wenn Buirre sie zu sehr schlug. Doch dazu, sagte sie sich, würde sie es nicht kommen lassen.

So gehorsam, wie der Priester es von ihr verlangt hatte, ging sie vor Buirre her in ihre Kammer, wartete, bis dieser sie verschlossen hatte, und legte sich ins Bett.

»Du sollst dich ausziehen«, forderte ihr Mann, obwohl Pater Maitiú noch in der Tür stand.

Mit einem Achselzucken streifte Saraid das Kleid ab, ließ aber ihr Hemd an. Mehr, sagte sie sich, konnte Buirre nicht von ihr erwarten, sonst würde sie dem Priester beichten, dass ihr Mann Dinge von ihr verlangt hatte, die den Gesetzen der heiligen Kirche nach Sünde waren.

Buirre wartete gerade so lange, bis der Pater gegangen war, dann öffnete er seine Hose und holte sein Glied heraus. Dabei blickte er auf seine Frau herab, die nun ihr Hemd raffte, bis ihr Unterleib freilag, und dann gehorsam die Beine spreizte. Doch bevor er sich auf sie legen konnte, löschte sie die Lampe. Ihrem Mann war dies gleichgültig. Während er ihr zwischen die Schenkel schlüpfte und in sie eindrang, sagte er sich, dass dies das Symbol seines Sieges über Saraid, aber auch über Ciara war. Außerdem roch Saraid angenehmer als Maeve, und es machte ihm auch nichts aus, dass sie völlig unbewegt blieb und sich keine Reaktion entlocken ließ.

8.

Ciara war zu wütend, um zurück ins Bett zu gehen. »Was denkt Buirre sich nur, sich hinter den Pfarrer zu stecken, um Saraid zum Gehorsam zu zwingen?«, fauchte sie und schleuderte den Dolch gegen die Tür. Für einen Augenblick stellte Ciara sich vor, statt der Tür wäre es Buirre oder der anmaßende Pfaffe. Doch sie hatte nicht das Recht, einen der beiden zu verletzen oder gar zu töten. Bereits der Gedanke, die Hand gegen einen Diener Gottes zu erheben, würde ihr viele Jahre Fegefeuer eintragen.
Bei dem Gedanken erschrak Ciara, und sie sprach rasch ein Gebet zur Heiligen Jungfrau Maria, ihr diese Verirrung zu verzeihen. Doch was Buirre betraf, nahm sie kein Wort zurück. Er war ein aufgeblasener Wicht, der ein einfacher Krieger geblieben wäre, hätte Saraid ihn nicht geheiratet. Nun war ihm die Verwandtschaft zum Clanoberhaupt zu Kopf gestiegen.
»Oisin muss etwas tun, sonst bringe ich diesen Kerl doch noch um!« Ihre Stimme klang so blutrünstig, dass Ciara vor sich selbst erschrak. »Ich brauche frische Luft«, sagte sie, zog ihr Kleid über und verließ von Gamhain gefolgt den Raum.
Der Krieger, der die Tür bewachte, sah erstaunt auf, als Ciara aus dem Wohngebäude trat und zur Wehrmauer hochstieg. Aber er hielt sie nicht auf, sondern lehnte die Tür nur an, damit sie jederzeit zurückkehren konnte.
Als Ciara auf der Mauer stand, blickte sie hoch zu dem Sternenzelt, das sich in voller Pracht über ihr spannte. Mit einem Mal fühlte sie sich klein und hilflos. Jeder Mensch war seinem Schicksal unterworfen, ob er wollte oder nicht, sagte sie sich.

Und das galt nicht nur für Menschen, sondern auch für ganze Länder. Irland kämpfte mit England um seine Freiheit. Auch Saraid hatte um ihre Freiheit gekämpft und verloren. Hoffentlich ist das kein böses Omen, fuhr es ihr durch den Kopf.
Gamhains leises Bellen verriet ihr, dass sie nicht mehr allein auf der Burgmauer stand. Zuerst glaubte sie, es handele sich um Ionatán, der Nachtwache hielt. Da fiel der Schein des Mondes auf den Mann, und sie sah, dass es Ferdinand von Kirchberg war.
Seit dem Sieg bei Clontibret hatte sie Simon von Kirchberg nur noch selten gesehen, und nun überlegte sie, ob sie von dessen Vetter nicht mehr über den Mann erfahren konnte, für den sie solch tiefe Gefühle hegte. Dann schoss ihr die Frage durch den Kopf, weshalb Ferdinand sich in der Burg aufhielt und nicht oben an der Straßenfestung.
Kurz entschlossen trat sie auf ihn zu und sprach ihn an. »Bringt Ihr Botschaft von meinem Bruder?«
Ferdinand hatte sich allein gewähnt und zuckte erschrocken zusammen. Dann erkannte er Ciara.
»Herr Oisin hat mich tatsächlich geschickt, Herrin, und mir dafür sogar sein Pferd geliehen. Doch das hat ein Hufeisen verloren, und so musste ich es führen. Aus diesem Grund kam ich erst nach Einbruch der Dunkelheit an und wollte Euch nicht mehr stören.«
»Gibt es etwas Besonderes?«
»Nein! Euer Bruder lässt Euch auftragen, ihm ein Fass guten Mets und ein Fässchen Whiskey zu schicken, denn er hofft auf besondere Gäste. Zudem hat er mir einen Brief für Euch mitgegeben.«
»Wollen die Engländer verhandeln? Oder hat er weitere Clans als Verbündete gewonnen?«, rief Ciara aus.
»Aodh Ruadh O'Domhnaill hat bekundet, Euren Bruder aufsuchen zu wollen.«
»O'Domhnaill? Aber der war schon immer Aodh Mór

O'Néills ärgster Gegner! Allerdings hat er bisher nicht zugunsten der Engländer gegen uns Partei ergriffen.«
Ciara wunderte sich über die Nachricht, hoffte aber, dass zwischen dem fremden Clan und dem ihren Frieden geschlossen wurde. Wahrscheinlich würde auch Aodh Mór O'Néill zu diesem Treffen kommen. Die beiden Anführer sahen Oisins hölzerne Festung wahrscheinlich als neutralen Ort an, bei dem sich keiner von ihnen etwas vergab, wenn er erschien.
Ferdinands nächste Worte bestätigten ihre Vermutung. »Der Anführer der O'Domhnaills will mit dem Earl of Tyrone verhandeln, verzeiht – ich meine natürlich mit dem Oberhaupt der O'Néills.« Er lächelte entschuldigend, weil ihm der englische Titel des eigenen Anführers über die Lippen gekommen war. Da aber sein Vetter stets von Hugh O'Neill und dem Earl of Tyrone sprach, musste er erst überlegen, wie die irischen Ausdrücke lauteten.
»Ich verzeihe Euch«, antwortete Ciara lachend. »Ihr werdet alles erhalten, was mein Bruder wünscht. Sagt ihm aber bitte, dass es das letzte Fass alten Whiskeys ist, das ich ihm schicke. Der andere muss erst reifen, bevor er getrunken werden kann. Ich hoffe, dass es bis zum Sieg über die Engländer so weit ist. Den sollten die Männer wirklich nicht allein mit Met feiern.«
Ferdinands Wissen über die Herstellung von Wein, Met und Branntwein war zu gering, um ihr antworten zu können. Außerdem hatte er genug damit zu tun, die junge Frau zu bewundern, die ihm im Licht des Mondes schön wie eine der Feen erschien, von denen die Iren immer erzählten.
»Den Sieg über England werden wir feiern – und wenn es mit Wasser ist!«, antwortete er voller Hoffnung.
Ciara atmete tief durch und blickte zu den Sternen auf. »Es wird der schönste Tag meines Lebens sein, schöner noch als meine Hochzeit.«
»Ihr wollt Euch vermählen?« Ferdinand klang entsetzt, dabei wusste er nur allzu gut, dass er die schöne Irin niemals für sich

gewinnen konnte. Selbst sein Vetter, der immerhin ein erfahrener Soldat und Anführer einer eigenen Schar war, würde Ciaras Bruder nicht gut genug sein. Das zeigte allein schon die Tatsache, dass sie mittlerweile zwanzig Meilen von der Burg entfernt ihr Lager hatten aufschlagen müssen. Es schmerzte ihn, dass er Ciara deswegen lange nicht hatte sehen können, und er war dem Himmel dankbar, dass er ihr wenigstens für kurze Zeit nahe sein durfte.

Auch Ciara dachte nach und zuckte schließlich mit den Schultern. »Mein Bruder hat davon gesprochen, mir einen Mann zu suchen. Schließlich ist es meine Pflicht, das Bündnis mit einem anderen Clan durch eine Ehe zu bekräftigen.«

»Euer Bruder kann doch selbst heiraten!«, entfuhr es Ferdinand.

»Das wird er auch tun und dabei noch mehr auf den Wert dieser Ehe achten als bei mir.«

Ihre Worte erschienen Ciara wie ein Verrat an Simon von Kirchberg, doch ihre Pflicht als erste Tochter des Clans wog schwerer als ihre Gefühle. Dennoch spürte sie bei dem Gedanken an eine von ihrem Bruder arrangierte Heirat einen Knoten im Magen. Was war, wenn sie an jemand wie Buirre geriet, an einen Mann, bei dem ihr Wille nichts galt? Sie fauchte leise.

»Ist etwas mit Euch?«, fragte Ferdinand erschrocken und streckte die Hand nach ihr aus.

Ciara ließ zu, dass er sie am Arm berührte, und genoss es für einen Moment sogar. Dann aber schüttelte sie über sich selbst den Kopf. Simon von Kirchbergs Vetter war kaum älter als sie und gewiss kein Mann, den sie ihrem Bruder als möglichen Schwager anempfehlen konnte. Ein Wort von ihr in dieser Richtung würde Oisin veranlassen, ihn auf das nächste Schiff zu stecken, das Irland verließ, und sie mit dem erstbesten Clanführer zu verheiraten, der ihm über den Weg lief.

»Findet Ihr die Welt nicht auch ungerecht, Herr von Kirchberg?«, fragte sie nachdenklich.

»Weshalb?«

»Weil der eigene Wille eines Menschen so wenig gilt! Als Frau empfindet man das besonders schlimm. Junge Männer können zu Huren oder Mägden gehen, um ihre Gelüste zu stillen, doch von einem Mädchen von Stand wird erwartet, dass es unbefleckt die Ehe eingeht.«

»Nun, so ist es der Brauch«, erklärte Ferdinand verwundert.

»Ein Brauch, der nur euch Männern zugutekommt. Wir Frauen sind seine Sklaven, wie wir bei so vielen Dingen die Sklavinnen von Sitte und Gesetz sind.«

Ciara klang mit einem Mal zornig, denn sie musste wieder an Saraid und Buirre denken. »Ein Ehemann kann uns schlagen, wann immer ihm der Sinn danach steht, und wir müssen es ertragen. Es ist entsetzlich, sich so in Fesseln zu fühlen!«

Ferdinand sah sie verwirrt an und fragte sich, ob ihr Bruder ihr einen Bräutigam ausgesucht hatten, vor dem sie sich fürchtete. »Es ist bedauerlich, wenn ein Mann sein Weib schlecht behandelt und schlägt. Aber es ist der Wille Gottes, dass der Mann der Herr sein soll, denn schließlich hat er ihn als Erstes geschaffen.«

»Man kann das auch anders sehen«, warf Ciara kämpferisch ein. »Als Gott den Mann geschaffen hatte, war er mit seinem Werk nicht zufrieden und schuf daher das Weib, das ihm edler dünkte.«

»Aber was ist mit Eva? Sie hat Adam verführt, den Apfel vom Baum der Erkenntnis zu essen!«

»Wart Ihr dabei und habt es gesehen?«, fragte Ciara bissig. »Oder erzählen die Männer es nur, um Eva die Schuld dafür zu geben, obwohl Adam den Apfel von sich aus genommen hat?«

»Es steht in der Bibel, und die Bibel ist heilig!« Mehr fiel Ferdinand dazu nicht ein.

Ciara sah ihn kopfschüttelnd an. »Ihr seid auch nicht besser als die anderen Männer. Gehabt Euch wohl! Ich werde den

Knechten morgen früh auftragen, dass sie Euch einen Wagen mit Met und Whiskey beladen, den Ihr zu meinem Bruder bringen könnt. Komm jetzt, Gamhain, wir gehen wieder zu Bett!« Mit diesen Worten drehte sie sich um und verließ zusammen mit der Hündin die Burgmauer.

Ferdinand blickte ihr mit der traurigen Erkenntnis nach, sich wie ein Tölpel benommen zu haben. Anstatt ihr zu sagen, dass Männer der Art, über die sie geklagt hatte, nur eine verachtenswerte Minderheit darstellten, hatte er deren Tun sogar noch verteidigt. Da war es kein Wunder, wenn Ciara Ní Corra auch ihn für verachtenswert hielt.

9.

Am nächsten Morgen sahen Ciara und Ferdinand sich wieder. Saraid hatte den jungen Mann kurzerhand zum Frühstück eingeladen, weil ihr davor graute, mit ihrer Cousine und Buirre allein zu sein. Obwohl ihr Mann eigentlich noch in der Nacht zu seinen Leuten hätte zurückkehren müssen, war er geblieben, um allen zu zeigen, dass er sein Weib gezähmt hatte. Nach außen hin mochte es so erscheinen, als sei er ihr Herr. In ihrem Herzen aber verabscheute Saraid ihren Mann und sann verzweifelt über einen Ausweg nach. Da er die Unterstützung des Paters genoss, fühlte sie sich wie mit eisernen Ketten gebunden. Bislang hatte sie Pater Maitiús Anwesenheit auf der Burg begrüßt, doch nun hasste sie den Priester, weil er sie gezwungen hatte, sich ihrem Mann zu ergeben. Darüber durfte sie sich jedoch nicht bei anderen beschweren. Selbst bei Ciara sollte sie das Thema nicht ansprechen, denn diese würde sonst mit Buirre oder gar mit dem Pater aneinandergeraten.

Daher setzte sie Ferdinand ein reichhaltiges Morgenmahl vor, schenkte ihm persönlich Met ein und ignorierte lächelnd den Becher, den Buirre ihr hinhielt.

»Willst du ihn nicht füllen?«, fragte dieser ungehalten.

»Verzeih, ich habe es nicht gesehen.« Mit einem Lächeln, das falscher nicht sein konnte, füllte sie Buirres Becher bis gut zur Hälfte. Als er sich zufrieden über seinen Gerstenbrei hermachte, schüttete sie ihm heimlich noch einen kräftigen Schuss Whiskey nach.

Buirre nahm den Becher, trank ihn in einem Zug leer und rülpste kräftig. »Das ist ein Met, wie er sein soll! Komm, gieß noch einmal ein.«

Das ließ Saraid sich nicht zweimal sagen. Auch diesmal gelang es ihr, den Met unbemerkt mit einem kräftigen Schuss Whiskey zu versetzen. Ihr Mann trank erneut und zwinkerte dann Ferdinand zu, der gerade seinen Gerstenbrei löffelte.
»Ein Becher Met am Morgen ist doch etwas Gutes, nicht wahr?«
»Da habt Ihr recht, Herr Buirre.« Da Buirre als einer der Stellvertreter Oisin O'Corras galt und zudem mit diesem verwandt war, sprach Ferdinand ihn an, wie es einem Herrn von Stand zukam.
Das gefiel Buirre, und er gönnte sich einen weiteren Becher. Diesmal ergriff er ihn so rasch, dass Saraid darauf verzichten musste, Whiskey hinzuzugeben. Doch kaum hatte ihr Mann einen Schluck getrunken, knurrte er unwillig. »Den hast du wohl aus einem anderen Fass genommen, denn er schmeckt wie Wasser. Los, schenk mir einen Becher Whiskey ein!«
Diesen Gefallen tat Saraid ihm gerne. Mit heimlichem Spott sah sie zu, wie ihr Mann abwechselnd Met und Whiskey trank und sich immer wieder nachschenken ließ. Von seinem Gerstenbrei hatte er kaum etwas gegessen, und nun schob er die Schüssel beiseite. Anschließend wandte er sich grinsend an Ferdinand.
»Ich werde Euch zur Festung begleiten, Deutscher, und Eure Fuhre bewachen. Nicht, dass Euch jemand den guten Whiskey und den Met rauben will!« Buirre lachte wie über einen guten Witz und trank erneut.
Ciara wunderte sich, dass ihre Cousine den Mann so bereitwillig bediente. Während Ferdinand gerade mal einen Becher Met und einen mit Milch getrunken hatte, war Buirre bereits bei einem halben Dutzend Bechern angekommen und hatte auch den Krug mit dem Whiskey bestimmt schon zu zwei Dritteln geleert.
»Habt Ihr noch Hunger?«, fragte sie Ferdinand.
»Nein, eine Schüssel Brei reicht voll und ganz!«

»Und wie ist es mit dem Trinken?«
Ferdinand begriff, dass sie auf Buirre anspielte, und schüttelte den Kopf. »Wenn Ihr mir noch einen Becher Milch bringen lassen könnt, wäre ich Euch dankbar. Met mag ich keinen mehr, denn der steigt mir zu schnell in den Kopf!«
Er hatte wahrgenommen, dass Saraid ihrem Mann Whiskey in den Becher getan hatte, und befürchtete nun, sie könne es auch bei ihm tun.
»Um irischen Met und irischen Whiskey zu vertragen, muss man schon Ire sein!«, rief Buirre lachend. »Ein Ausländer kann da nicht mithalten!«
Er gehörte zu den Männern, die nicht mehr aufhören konnten, wenn sie einmal zu trinken begonnen hatten. Daher blieb er am Tisch sitzen und rief immer wieder nach neuem Met und Whiskey.
Die Zeit verging, und Ferdinand überlegte, ob er nicht ohne Buirre aufbrechen sollte. Immerhin lagen fast zwanzig Meilen Weg vor ihm, für die er mit einem Pferdegespann etliche Stunden brauchte. Daher schob er seinen leeren Napf und den Becher zurück und stand auf.
»Verzeiht, Herrin, aber wenn ich rechtzeitig zu Eurem Bruder zurückkehren will, muss ich mich auf den Weg machen.«
»Ich trinke nur noch einen Becher, dann komme ich mit«, mischte sich Buirre mit schleppender Stimme ein. Er trank rasch aus, füllte seinen Becher mit dem restlichen Whiskey und ließ diesen mit einem wohligen Ausdruck auf dem Gesicht die Kehle hinabfließen.
»So, jetzt können wir!«, erklärte er, hatte im nächsten Augenblick aber Probleme, durch die Tür zu kommen.
Ferdinand folgte ihm kopfschüttelnd, denn er konnte nicht begreifen, dass sich ein Mann bereits zu so früher Stunde derart gehenließ.
Saraid schloss sich ihnen mit einem höhnischen Lächeln an.

Ciara packte sie besorgt am Arm. »Warum hast du das getan?«, wisperte sie ihrer Cousine zu.

Diese blieb stehen und verzog ihr Gesicht zu einer bösen Grimasse. »Buirre hat mich zum Gespött gemacht! Daher sollen sie jetzt über ihn lachen. Wahrscheinlich wird er das Wohlwollen des Taoiseachs verlieren, wenn er betrunken zu dessen Schar zurückkehrt, zumal er diese ohne Oisins Erlaubnis verlassen hat.«

Ciara begriff, dass Saraid zwar dem Zwang des Priesters nachgegeben hatte und Buirre nach außen hin gehorchte. Ihr Hass auf ihn war jedoch noch größer geworden, und nun suchte sie Rache.

»Wenn Buirre merkt, was du getan hast, wird er dich bis aufs Blut prügeln«, warnte sie.

Saraid winkte mit einem bösen Lächeln ab. »Jeden Schlag, den er mir versetzt, wird er bereuen, das schwöre ich dir!«

Sie hatte noch mehr sagen wollen, doch da hatten sie den Burghof erreicht. Kaum war Buirre an der frischen Luft, wurde ihm schwindlig. Er stolperte und hielt sich an Ferdinand fest.

»Was ist mit Euch?«, fragte dieser erstaunt, bekam aber keine Antwort mehr, denn Buirre rutschte langsam an ihm herab und blieb schnarchend auf dem Boden liegen.

Saraid musterte ihren Mann ohne jedes Mitgefühl und wies dann auf den von einem Pferd gezogenen zweirädrigen Karren, der mit einem großen und einem kleinen Fass beladen im Hof stand. »Wie es aussieht, werdet Ihr meinen Mann auf den Karren legen und sein Pferd hinten anbinden müssen. Reiten kann Buirre mit Sicherheit nicht.«

»Das sehe ich auch so!« Ferdinand seufzte, würde er sich doch nicht nur um die Fuhre, sondern auch noch um Buirre kümmern müssen. Längst ärgerte er sich, weil er nicht eingeschritten war, als der Ire so scharf gezecht hatte.

Unterdessen führte ein Knecht Ferdinands Pferd auf den Hof.

Dieser wollte sich in den Sattel schwingen, doch Ciaras Ruf hielt ihn zurück.

»Leider kann ich Euch keinen Knecht mitgeben, um den Karren zu fahren. Ihr werdet es selbst tun müssen!«

»Ich bin doch kein Fuhrknecht!«, rief Ferdinand aus und sah Ciara verächtlich lächeln.

Entschlossen straffte er sich, band den Zügel seines Reitpferds ebenfalls hinten an den Wagen und stieg auf den primitiven Bock.

»Habt ihr Buirre gut gebettet, so dass er nicht hin und her rollt und sich blaue Flecke holt?«, fragte er die Knechte.

Diese hatten zwar darauf verzichtet, dem Betrunkenen eine Decke oder gar Streu unterzulegen, nickten aber eifrig. »Buirre liegt gut! Dem passiert schon nichts«, meinte einer von ihnen und kehrte mit seinen Kameraden an die Arbeit zurück.

Ferdinand drehte sich noch einmal zu Ciara um. »Ich hoffe, wir sehen uns bald wieder, Herrin!«

»Das werden wir gewiss!« Ciara lächelte, denn in dem Brief ihres Bruders, den Ferdinand ihr gebracht hatte, hatte Oisin ihr befohlen, zu seiner Festung zu kommen und beim Zusammentreffen der beiden Clanführer Aodh Mór O'Néill und Aodh Ruadh O'Domhnaill als Gastgeberin zu wirken. Das, so hoffte ihr Bruder, könnte der Stimmung zwischen den beiden alten Rivalen zuträglich sein. Sie hatte nichts dagegen, denn sie freute sich, Simon von Kirchberg wiederzusehen. Ein wenig bedauerte sie, nicht gleich mitkommen zu können, doch es galt, einiges für diesen Besuch vorzubereiten.

Gedankenverloren blickte sie dem Karren nach, der eben das Burgtor passierte. Auch wenn Ferdinand kein ausgebildeter Fuhrmann war, so machte er seine Sache gut. Sein Vetter hätte an seiner statt gewiss darauf bestanden, dass ein Knecht den Wagen fuhr. In der Hinsicht war Simon von Kirchberg ein stolzer und von sich eingenommener Mann.

Verwundert, weil sie an Ferdinand auf einmal bessere Züge

entdeckte als an dem Mann, dem ihr Herz seit Jahren gehörte, betrat sie die Halle und sah nach, ob dort alles seine Ordnung hatte. Ihre Gedanken befassten sich jedoch noch lange mit den beiden Vettern Kirchberg und der Frage, wer von ihnen ihr nun sympathischer war.

10.

Nach der Schlacht von Clontibret hatte es nur noch kleinere Scharmützel gegeben, in denen die Iren ebenfalls siegreich geblieben waren. Trotzdem war allen Beteiligten klar, dass der Kampf um Irland erst begonnen hatte. Während die Königin in London darauf hoffte, die rebellischen Edelleute in Irland durch Verhandlungen zum Einlenken bewegen zu können, arbeiteten etliche Herren ihres Hofstaats und vor allem die englischen Edelleute in Irland an Plänen, wie sie Irland zur Gänze erobern und die Iren englischen Gesetzen unterwerfen konnten.
Dies war sowohl Aodh Mór O'Néill wie auch Aodh Ruadh O'Domhnaill, den beiden mächtigsten Anführern in Ulster, bewusst. Beide hatten zu gewissen Zeiten als Parteigänger der Engländer gegolten, doch statt dafür belohnt zu werden, hatten Männer wie Henry Bagenal, John Chichester und andere englische Siedler und Beamte alles getan, um den Einfluss der Clanführer einzuschränken und große Teile ihres Landes an sich zu raffen.
Nicht zuletzt deshalb kam ihrem Zusammentreffen in Oisins Festung so viel Bedeutung zu. Die Ui'Domhnaill erschienen als Erste. Um ihre guten Absichten zu zeigen, ließen Aodh Ruadh O'Domhnaill und seine Begleiter sich von einigen jungen Mädchen des Clans begleiten. Auch hofften sie, ein paar von ihnen gut verheiraten und auf diese Weise Allianzen mit anderen Clans schmieden zu können.
Oisin O'Corra wusste, dass O'Domhnaill ihn als möglichen Ehemann für eines der Mädchen ins Auge gefasst hatte, aber ihm war auch klar, dass Aodh Mór O'Néill eine solche Hei-

rat niemals dulden würde. Dafür lagen die Gebiete der beiden Clans zu nahe beieinander, und das Umschwenken der Ui'Corra auf die Seite der Ui'Domhnaill würde das fragile Gleichgewicht in diesem Teil Uladhs stören.
Dennoch begrüßte er den Anführer der Ui'Domhnaill und dessen Begleiter höflich und ließ ihnen gute Quartiere zuweisen. An Nahrungsmitteln hatten sie bei englischen Siedlern in Laighean genug erbeutet, und auch an Met und Whiskey herrschte vorerst kein Mangel.
Da Aithil O'Corra als Kastellan auf der Burg weilte, hätte eigentlich Buirre ein Anrecht gehabt, mit am Tisch der Anführer zu sitzen. Doch nachdem dieser sich heimlich fortgeschlichen und Ferdinand ihn sturzbetrunken zurückgebracht hatte, war Oisin nicht dazu bereit, seinen Gefolgsmann auf diese Weise zu ehren. Stattdessen saßen der Priester sowie Simon und Ferdinand von Kirchberg bei ihm am Tisch.
»Ich will nicht hoffen, dass O'Néill uns warten lässt«, erklärte Aodh Ruadh O'Domhnaill eben ungehalten.
Oisin hob beschwichtigend die Hand. »Unser Vorposten hat bereits das Signal gegeben, dass er bald erscheinen wird.«
»Wenn sie zu lange ausbleiben, saufen wir ihnen den Met und den Whiskey weg, so dass ihnen nur Wasser zum Trinken bleibt«, spottete einer der Ui'Domhnaill.
Seine Bemerkung milderte die Spannung. Als kurz darauf die stattliche Abordnung der Ui'Néill erschien und deren Spielleute den Wettbewerb mit denen der Ui'Domhnaill aufnahmen, waren alle guter Dinge.
Aodh Mór O'Néill und Aodh Ruadh O'Domhnaill umarmten sich und tauschen den Friedenskuss. Danach erhielten sie nebeneinander Plätze an der Stirnseite der Tafel. Daneben saßen Oisin und der Älteste der Ui'Domhnaill, der den Met und den Whiskey, die hier ausgeschenkt wurden, bereits gekostet hatte und des Lobes voll war.
Ciara, die kurz vor O'Domhnaill eingetroffen war, freute sich

darüber, auch wenn sie und Saraid erst wieder neuen Met brauen und Whiskey würden brennen müssen. Sie saß neben ihrem Bruder. Ihr gegenüber präsentierte eine junge Verwandte des O'Domhnaill, eine kräftig gebaute, hübsche Siebzehnjährige, ihre Vorzüge, denn sie hoffte, vielleicht doch die Ehefrau des Clanoberhaupts der Ui'Corra zu werden. Den Platz neben dieser hatte Oisin Ferdinand zuweisen lassen, während Simon seinem Vetter gegenübersaß. Bislang hatte Simon Ciara aus Berechnung wenig beachtet. Als er nun aber feststellen musste, dass diese sich ausgezeichnet mit Ferdinand unterhielt, quoll Eifersucht ihn ihm hoch.
Um Ferdinand nicht das Feld zu überlassen, sprach er Ciara an.
»In der Burg steht hoffentlich alles gut!«
»Das tut es, Herr von Kirchberg!«
Seltsamerweise ärgerte sie sich, weil Simon ihr Gespräch mit seinem jüngeren Vetter unterbrochen hatte, obwohl es dabei nur um Gamhain gegangen war, die gemütlich unter dem Tisch lag und ihrer beider Beinfreiheit arg einengte.
»Es ist eine stattliche Burg und ein stattlicher Besitz«, fuhr Simon von Kirchberg mit Neid in der Stimme fort.
Oisin wies auf die Oberhäupter der Ui'Néill und Ui'Domhnaill.
»Wenn Ihr einen großen Besitz sehen wollt, Kirchberg, dann schaut Euch die Ländereien unserer Gäste an. Allein Aodh Mór O'Néills Eigenbesitz erstreckt sich über drei der Grafschaften, in die die Engländer unser Uladh aufgeteilt haben. Die Besitzungen des Herrn der Ui'Domhnaill stehen denen des O'Néill kaum nach.«
Das wusste Simon bereits. Doch ihm ging es darum, selbst Herr über eigenes Land zu werden. Aber dafür hätte er mehr in die Waagschale legen müssen als die sechsundfünfzig Mann, die er noch kommandierte. Mit dem Gefühl, vom Schicksal ungerecht behandelt worden zu sein, trank er seinen Met und nutzte die nächste Gelegenheit, um sich wieder in das Gespräch der Anführer einzumischen.

»Ich sage, wir müssen härter gegen die Engländer vorgehen. Es sind elende Ketzer, die vom Angesicht dieser Erde vertilgt gehören!«
Während Aodh Mór O'Néill bei dieser Forderung das Gesicht verzog, stimmte Pater Maitiú Simon lebhaft zu. »Wir müssen die Engländer schlagen, wo wir sie finden, und dürfen keine Gnade üben. Sie sind Söhne des Satans und müssen ausgemerzt werden.«
»Wir wollen Irland befreien, nicht den Krieg bis auf die Britische Insel tragen«, erklärte O'Néill verärgert. »Allein das wird uns schwer genug fallen. Daher sollten wir unsere Feinde nicht noch durch solche Reden gegen uns aufbringen. Wenn Königin Elisabeth glaubt, Irland könnte zu einem Sprungbrett für einen Großangriff der katholischen Mächte auf England werden, wird sie ein Heer aussenden, das mehr Köpfe zählt, als es Iren gibt.«
»Der Heilige Vater in Rom will nicht nur Irland aus der Hand der Ketzer erretten, sondern auch die Seelen der Engländer, die von ihren falschen Propheten in die Irre geleitet wurden«, fuhr Pater Maitiú mit Predigerstimme fort. »Irland wird nur der Anfang sein! Am Ende müssen alle Ketzerlande für die heilige katholische Kirche zurückgewonnen worden sein.«
»Dann soll der Papst uns mehr Unterstützung schicken als eine Handvoll deutscher Söldner«, wies Aodh Mór O'Néill den Priester zurecht. »Uns geht es um unseren Glauben und unsere Freiheit und nicht darum, das Evangelium nach römischer Art nach England zu tragen. Diese Bürde ist wahrlich zu schwer für uns.«
Einige der irischen Anführer bekundeten ihre Zustimmung, darunter auch Oisin und Aodh O'Domhnaill. Doch so leicht gab Pater Maitiú sich nicht geschlagen. Er hielt eine flammende Predigt, die vielleicht nicht bei den Clanoberhäuptern, aber bei deren Gefolge gut ankam. Darin forderte er, die Engländer mit eisernen Besen aus Irland hinauszukehren, und ging dann auf

die Schändung und Zerstörung irischer Klöster und Kirchen über. »Das war das Werk von Satansknechten, die kein Pardon erhalten dürfen! Die Engländer haben der heiligen Kirche ihren Besitz entrissen und in die Hände der Feinde unserer Religion gegeben. Der Himmel und die Kirche belohnen jeden Mann, der an den Engländern Rache für diese Freveltaten übt.«
»Welche Belohnung?«, fragte Simon von Kirchberg sofort. Bislang hatte er kaum etwas außer Nahrung und ein paar Ausrüstungsgegenständen für seine Männer erhalten, und das war ihm auf jeden Fall zu wenig.
Da Pater Maitiú schon mehrmals mit Simon gesprochen hatte, wusste er, worauf es diesem ankam, und war bereit, dem Söldnerführer alles zu versprechen, wenn er nur für seine Sache kämpfte. »Wer treu zur Fahne Gottes steht, kann nicht nur auf das Himmelreich hoffen, sondern auch auf Land, Burgen und hohe Ehren.«
»Erst muss das Land von den Engländern zurückgewonnen werden«, rief Aodh Mór O'Néill zornig aus.
Wenn hier Land vergeben werden sollte, würde er es sein, der es zuteilte, und nicht ein Mann der Kirche. Er begriff aber auch, dass er das halbe Versprechen des Paters nicht vom Tisch wischen durfte, und wandte sich daher an Simon. »Wenn es Euch genehm ist, werde ich Euch die Heirat mit einer reichen Erbin vermitteln und Euch auch sonst mit Land und Besitz versorgen.«
»Ich danke Euch, hochedler Herr!«
Während Simon sich zufrieden vor dem O'Néill verbeugte, fühlte Ciara einen Stich in der Brust. Simons offen zur Schau getragene Gier nach Reichtum und Ansehen stieß sie ab. Ihr Blick wanderte zu Ferdinand, der nachdenklich wirkte. War er auch so hinter Besitz her wie sein Vetter? Wahrscheinlich schon, vermutete sie und befürchtete, dass ihr die zweite Enttäuschung an diesem Tag bevorstand. Ein kleiner Teufel hinter ihrer Stirn zwang sie dazu, die entsprechende Frage zu stellen.

»Und wie steht es mit Euch, Herr Ferdinand? Wünscht auch Ihr die Hand einer Erbin und reichen Lohn zu erlangen?«

»Für beides müsste Ferdinand erst einmal etwas leisten!«, warf Simon spöttisch ein.

Einen Augenblick verfinsterte sich Ferdinands Miene, dann lachte er leise auf. »Mein Vetter spricht die Wahrheit, Maighdean Ciara. Um Anspruch auf höheren Lohn zu haben, muss ich mir erst noch Ruhm erwerben. Was ein Weib betrifft, so hoffe ich, dass meine Verhältnisse es mir einmal erlauben werden, selbst die Wahl treffen zu können.«

Das war ein gut gezielter Stich gegen seinen Vetter, fand Ciara, und es machte ihr Ferdinand noch sympathischer. Natürlich war er nicht der Mann, den sie einmal heiraten wollte. Zum einen war er kein Ire, und zum anderen …

Sie brach den Gedanken ab, da ihr nichts einfiel, was gegen Ferdinand sprach. Selbst der Umstand, dass er Ausländer war, hatte nichts zu sagen. Immerhin heirateten irische Edelleute auch Frauen aus Frankreich, ja sogar aus England, und so manche irische Maid war einem Fremden in dessen Heimat gefolgt. Verwundert darüber, wohin sich ihre Gedanken verirrten, trank sie einen Schluck Met, während sie den Anführern lauschte, die sich gegenseitig mittlerweile so belauerten, als seien sie Feinde.

Aodh Ruadh O'Domhnaill musterte seinen Verbündeten und Konkurrenten zufrieden. »Wie es aussieht, können wir bald nach Sligeach vorstoßen und die Stadt einnehmen.«

»Eines meiner nächsten Ziele wird Inis Ceithleann sein«, konterte der O'Néill diesen Trumpf.

So ging es eine ganze Weile hin und her. Beide Männer strichen ihre Bedeutung heraus und übertrafen sich mit ihren Plänen, wie sie die Engländer besiegen wollten. Im Grunde waren sie sich jedoch bereits so gut wie einig. Da die Engländer sich in ihre altüberlieferten Rechte einzumischen gewagt hatten, mussten sie in ihre Schranken gewiesen werden. Aodh Mór

O'Néill hatte erleben müssen, wie einer seiner Vettern von Henry Bagenal um sein Land gebracht worden war. Dabei war er von dem Engländer sogar gezwungen worden, ihn dabei zu unterstützen. Angesichts der Macht der englischen Königin hatte er lange Zeit gute Miene zum bösen Spiel gemacht. Nun aber ging es um die Frage, ob er weiterhin das Oberhaupt der Ui'Néill von Uladh bleiben oder ein beliebiger Landedelmann werden wollte, der vor einem englischen Friedensrichter das Haupt beugen musste.

O'Domhnaill berichtete seinerseits, dass man auch ihm ein größeres Gebiet hatte abpressen wollen. »Der Landhunger der Engländer ist unersättlich! Besitzt einer von ihnen ein Gut mit zehn Pächtern, will er eines mit zwanzig haben. Die nachgeborenen Söhne von Landedelmännern streben hier in Irland den Rang eines Barons an oder gar den eines Earls mit dem entsprechenden Land. Wir Iren sind für sie Wilde, die man ungestraft betrügen und fortjagen kann. Wenn wir ihnen nicht die Zähne ziehen, werden wir als Pächter auf dem eigenen Land enden.«

Während Simon von Kirchberg überlegte, wie viel Land er am Ende von den Iren für sich fordern konnte, gingen Ferdinands Gedanken ihre eigenen Wege. So siegessicher, wie sie sich nach außen hin gaben, schienen die beiden großen Rebellenführer nicht zu sein. Was aber war, wenn sie diesen Krieg verloren? Von Aithil hatte er erfahren, dass die Ui'Corra bereits einmal von ihrem Land vertrieben worden waren. Wenn dies wieder geschah, was würde dann aus Ciara werden? Ihre Kindheit und Jugend hatte sie in einem abgelegenen Turm an der Küste von Tir Chonaill verbracht, in einer Gegend, die so steinig war, dass dort nichts wachsen konnte. Würde sie im Fall einer Niederlage dorthin zurückkehren müssen? Was ihm noch wichtiger erschien, war die Frage, ob die Engländer und die mit ihnen verbündeten Clans Ciara und ihre Leute dort in Ruhe ließen.

In diesen Stunden schwor Ferdinand sich, alles zu tun, damit Ciara sicher und in Frieden leben konnte. Dies hieß für ihn, zu kämpfen und zu zeigen, dass er mehr war als nur der kleine Vetter des großen Simon von Kirchberg. Bis dorthin aber lag noch ein langer, harter Weg vor ihm.

11.

Durch das Bündnis zwischen den Ui'Néill und den Ui'Domhnaill entstand eine Macht in Ulster, die imstande war, sich dort gegen England zu behaupten. Mindestens ebenso wichtig aber war es, die Clans aus Chonnacht und An Mhuma und nach Möglichkeit auch die in Laighean zum Aufstand zu bewegen. Dafür waren lange Verhandlungen nötig.
Da die Engländer den Iren nicht nur deren Land, sondern auch den Glauben nahmen und sie auf den Pfad der Ketzerei führen wollten, sah Aodh Mór O'Néill große Chancen, die meisten Iren um sich zu versammeln. Gleichzeitig aber mussten die Engländer beschäftigt werden. Während er selbst die Verteidigung des von ihm befreiten Landes übernehmen wollte, brauchte er Krieger, die dem Feind schmerzhafte Nadelstiche versetzen konnten.
Keine zwei Wochen nach dem großen Treffen der Clanführer erschien Aodh Mór O'Néill mit nur wenigen Reitern vor der Ui'Corra-Burg und forderte Ciara auf, ihren Bruder und dessen Anführer aus der Grenzfestung holen zu lassen.
Ciara sah den hochgewachsenen Mann erstaunt an und wandte sich dann an Ionatán. »Geh zu meinem Bruder und sage ihm, dass Aodh Mór O'Néill mit ihm sprechen will.«
»Jawohl, Herrin!« Ionatán wollte schon loslaufen, doch da hielt O'Néill ihn auf.
»Nimm ein Pferd, Bursche, und reite! Sonst brauchst du zu lange. Ich will morgen früh wieder aufbrechen.«
Ionatán sah Ciara entsetzt an. Als Tagelöhner hatte er nie reiten gelernt und traute sich nicht zu, die Strecke bis zur Grenzfestung zu schaffen.

Da Ciara jedoch ihren Befehl nicht zurücknehmen konnte, ohne den jungen Mann als Tölpel hinzustellen, nickte sie ihm aufmunternd zu. »Tu, was der Herr der Ui'Néill vorschlägt!«
Mit einem tiefen Seufzen ging Ionatán zum Pferdestall hinüber. Dort wartete bereits Aithil auf ihn und klopfte ihm auf die Schulter. »Keine Sorge, du schaffst das!«
»Danke, Herr!«, antwortete Ionatán, wirkte aber nicht überzeugt.
Aithil ließ ihm ein Pferd satteln, das als äußerst zuverlässig galt und im Notfall seinen Weg zur Festung von alleine finden konnte. Er half Ionatán aufzusteigen und begleitete ihn bis zum Tor.
»Lass den Gaul laufen und versuche einfach, oben zu bleiben«, riet er ihm leise und klopfte dem Pferd auf das Hinterteil. Als es gehorsam lostrabte, hielt Ionatán sich mit Mühe im Sattel. Er passierte das Tor der Burg, und dann ging es neben dem von Weiden und Büschen gesäumtem Bach das Tal entlang in Richtung des dunkelgrün schimmernden Waldes, der sich wenig mehr als eine Reitstunde entfernt im Süden erstreckte.
Aithil sah ihm kurz nach und kehrte in die Burg zurück. Dort hatte Ciara O'Néill und dessen Begleiter bereits in die Halle geführt und ließ ihnen Met und einen Imbiss auftischen.
Aodh Mór O'Néill aß mit gutem Appetit und lobte Ciara und Saraid für Speise und Trank. Schließlich strich er sich nachdenklich über seinen stattlichen roten Bart und schien in unerreichbare Fernen zu schauen. »Euer Bruder hat sich in Frankreich einen guten Ruf als Söldnerführer errungen, Maighdean«, sagte er unvermittelt.
»Oisin erzählt kaum etwas über seine Zeit auf dem Kontinent, aber von dem einen oder anderen seiner Krieger habe ich einiges erfahren«, antwortete Ciara.
»Seine Fähigkeiten kann ich hier in Irland gut gebrauchen«, fuhr O'Néill fort. »Er soll den Engländern ein wenig Feuer

unter dem Hintern machen. Glaubt Ihr, dass Euer Bruder dies vermag?«

Verwundert nickte Ciara. »Das kann Oisin ganz bestimmt. Außerdem hat er Kirchbergs Söldner an seiner Seite.«

Es war seltsam, dass bei Nennung dieses Namens nicht Simons, sondern Ferdinands Bild vor ihrem inneren Auge aufstieg. Ciara kam jedoch nicht dazu, darüber nachzudenken, denn der hohe Gast forderte ihre gesamte Aufmerksamkeit.

Zwar sprach Aodh Mór O'Néill nicht weiter von Krieg, sondern über andere Dinge. Doch er erwies sich als guter Gesprächspartner, und so verging die Zeit wie im Flug. Saraid ließ noch ein zweites Mal Essen auftragen, und als die Näpfe und Brettchen wieder abgeräumt wurden, klang draußen Hufschlag auf. Kurz darauf trat Oisin ein. Seinem Aussehen nach hatte er sein Pferd nicht geschont, denn seine Kleidung war mit Schlamm bedeckt, und an den Beinen klebten Schweißflocken.

»Willkommen auf der Burg der Ui'Corra«, begrüßte er O'Néill und reichte ihm die Hand. Darauf, ihn zu umarmen, verzichtete er, um nicht den Dreck mit ihm zu teilen.

»Ihr erlaubt, dass ich mich frisch mache«, setzte er hinzu und verließ die Halle wieder.

Es dauerte nicht lange, dann kehrte Oisin zurück. Er hatte seine Kleidung gewechselt und sich Gesicht und Hände gewaschen. Daher holte er die Umarmung seines Gastes nach und begrüßte auch dessen Begleiter. Seine Schwester füllte unterdessen einen Becher für ihn.

Oisin lachte. »Du kannst noch drei weitere Becher füllen, denn ich habe Buirre, Kirchberg und dessen Vetter mitgebracht.«

Saraid, die eben hereinkam, um nachzusehen, was noch benötigt wurde, zischte leise, als sie den Namen ihres Mannes hörte. Dann aber huschte ein höhnischer Zug über ihr Gesicht, und sie kehrte eilig in die Küche zurück.

Als Buirre wenig später zusammen mit Simon und Ferdinand den Raum betrat, stand bereits ein großer Becher Met an seinem Platz. Da Saraid auch diesmal nicht am Whiskey gespart hatte, schmeckte der Met ihrem Mann besonders gut, und er trank ihn in einem Zug leer. Sofort brachte Saraid ihm einen vollen Becher und blieb dann an der Tür stehen, um sofort einzugreifen, wenn etwas benötigt wurde.

Aodh Mór O'Néill ließ Oisin und seinen Männern die Zeit, sich zu stärken, bevor er das Wort ergriff. Als Erstes berichtete er von den Erfolgen, welche die Iren bereits errungen hätten, und kam erst dann auf den Grund zu sprechen, der ihn zu den Ui'Corra geführt hatte.

»Wir müssen unsere Aktionen nach Süden ausdehnen, Oisin O'Corra, und dafür sorgen, dass englische Boten abgefangen werden und der Warentransport auf Straße und Fluss unterbunden wird. Ich möchte ungern einen meiner Offiziere damit beauftragen, denn die brauche ich für den Fall, dass Henry Bagenal oder John Chichester erneut angreifen. Daher schlage ich vor, dass Ihr diese Aufgabe übernehmt. Ihr benötigt kaum mehr als hundert Mann, denn Ihr müsst beweglich sein, um Gegenschlägen englischer Truppen oder Milizen ausweichen zu können. Aber Ihr müsst stark genug sein, um ihnen schmerzhafte Hiebe zu versetzen. Seid Ihr dazu bereit?«

Oisin wusste auf Anhieb nicht, was er darauf antworten sollte. Zum einen hatte O'Néill ihm eben offen erklärt, dass dieser bei einem Kampf mehr auf andere Anführer baute als auf ihn, andererseits war es reizvoll, auf eigene Faust handeln und dabei Ruhm erringen und Beute machen zu können. Schließlich nickte er mit nachdenklicher Miene. »Wenn Ihr mir das zutraut, mache ich es.«

»Ich wusste, dass Ihr zustimmen würdet!« Aodh Mór O'Néill strahlte über das ganze Gesicht und zog Oisin an sich.

»Schlagt die Engländer, wo Ihr auf sie trefft! Lasst sie nicht zur Ruhe kommen! Eure Stiche müssen die Sasanachs schmerzen und sie dazu bringen, blindlings loszuschlagen. Dann können wir ihnen eine Falle stellen und sie ebenso zerquetschen wie diese Fliege hier.« O'Néills Hand sauste hart auf den Tisch und traf ein vorwitziges Insekt, das sich gerade an einem Tropfen verschütteten Mets laben wollte.

Während Oisin nachdachte, wo er den ersten Schlag gegen die Engländer führen sollte, wirbelten Ciaras Gedanken. Zwar verstand sie wenig vom Krieg, doch eines begriff sie: Leicht würde es für ihren Bruder nicht werden, in das vom Feind kontrollierte Gebiet einzufallen.

Mit einem Mal schoss ihr eine Idee durch den Kopf, und sie sah ihren Bruder lächelnd an. »Nur mit Kriegern allein wirst du den Auftrag des O'Néill kaum erfüllen können. Du musst die Engländer überraschen und vor allem listig sein.«

»Wie meinst du das?«, fragte er erstaunt.

»Wie fängt man Mäuse?«, antwortete Ciara mit einer Gegenfrage.

»Man baut eine Falle, tut Speck oder Käse hinein, und wenn die Maus dieses frisst, durchtrennt sie dabei ein Schnürchen, und die Tür der Falle schlägt zu.«

»Genau so sollten wir gegen die Engländer vorgehen«, erklärte Ciara mit funkelnden Augen. »Da Männer allein als Speck oder Käse nicht ausreichen, braucht ihr mindestens eine Frau bei euch. Diese muss aber auch mit Pfeil und Bogen vertraut sein, um euch im Kampf unterstützen zu können.«

»Du meinst dich selbst.«

Oisins Bemerkung war im Grunde überflüssig, da es in der Burg außer seiner Schwester keine Frau gab, die gut genug mit dem Bogen schießen konnte.

Dies begriff auch Ferdinand, und er versuchte, Ciara die Idee auszureden. »Verzeiht, Herrin, aber das ist viel zu gefährlich! Meiner Meinung nach wird es völlig ausreichen, wenn ein paar Männer sich als Frauen verkleiden.«

»Ihr seht in Rock und mit Kopftuch gewiss prächtig aus!«, gab Ciara bissig zurück und brachte damit einige Männer zum Lachen.

»Kein Mann wird sich den Bart scheren lassen, um wie ein Weib auszusehen!« Buirre hatte bereits etwas zu viel von Saraids speziellem Met getrunken, um noch höflich sein zu können.
Oisin warf ihm einen verärgerten Blick zu und schüttelte dann den Kopf. »Es geht nicht, Ciara.«
»Und warum nicht?«, fragte sie ihn zornig. »Sollen Irlands Frauen etwa gesenkten Hauptes zusehen, wie über ihr Schicksal entschieden wird?«
»Ciara hat recht«, mischte sich Saraid ins Gespräch. »Wenn die Engländer siegen, leiden wir Frauen am meisten, sei es durch Schändung oder Hunger und Not. Ich werde daher ebenfalls mitkommen.«
»Das darfst du nicht!«, rief Ciara aus. »Wer soll während deiner Abwesenheit die Knechte und Mägde der Burg beaufsichtigen?«
Das Argument wog schwer. Außer Ciara und Saraid war kaum eine andere Frau des Clans dazu in der Lage. Daher wollte Saraid schon vorschlagen, dass Ciara und sie abwechselnd die Krieger begleiten könnten. Doch bevor sie dazu kam, riss Buirre das Wort an sich.
»Maeve könnte ja mitkommen!« Nachdem er eine gewisse Zeit auf diese verzichtet hatte, reizte es ihn nun doch wieder, sie zu besitzen. Die anderen Männer durchschauten seine Absicht und lachten, während Oisin eine grimmige Miene aufsetzte.
»Ich halte das für keine gute Idee, denn die Frau erscheint mir nicht besonders zuverlässig. Außerdem hasst sie die Engländer so sehr, dass sie uns durch unbedachtes Handeln verraten könnte.«
»Dann nehmen wir Bríd mit«, erklärte Ciara. Die junge Magd erschien ihr herzhaft genug, um angesichts eines Trupps Engländer die Nerven zu behalten.
Aodh Mór O'Néill hatte dem Streitgespräch der Ui'Corra bislang stumm gelauscht. Jetzt nickte er und klopfte Oisin

lachend auf die Schulter. »Eure Schwester ist ein mutiges Mädchen. Außerdem hat sie recht. Wenn die Engländer Frauen sehen, werden sie für nichts anderes mehr Augen haben, und ihr könnt sie in den Sack stecken.«

Dieser Vorschlag passte Oisin gar nicht, doch er wusste, dass er sich nicht dagegen sträuben konnte. Ließ er Ciara und die Magd hier zurück und hatte anschließend nicht den Erfolg aufzuweisen, den O'Néill von ihm erwartete, hieße es gleich, er würde Irland nicht mit der Inbrunst dienen, wie es sich für einen freien Sohn dieser Insel geziemte.

»Heute feiern wir noch, morgen suchen wir alles zusammen, was wir für den Kampf brauchen, und übermorgen brechen wir auf«, erklärte er und trank nun selbst einen großen Schluck Met.

Unterdessen wies Ciara auf Gamhain, die sich eben lässig von ihrem Lieblingsplatz erhob und an ihre Seite kam. »Wir sollten sie mitnehmen!«, sagte sie zu ihrem Bruder.

Oisin betrachtete kurz die langbeinige Hündin und schüttelte den Kopf. »Nein, Gamhain bleibt hier. Wir dürfen nicht riskieren, dass sie uns mit ihrem Bellen verrät.«

»Aber wir könnten sie brauchen«, wandte Ciara ein.

»Vielleicht beim nächsten Mal, wenn wir Erfahrung gesammelt haben.« Damit war für Oisin alles gesagt.

Unterdessen ruckte Ferdinand auf seinem Platz unruhig hin und her. »Was ist mit uns?«, fragte er mit lauter Stimme.

»Ihr Deutschen seid diese Art von Kampf nicht gewohnt. Daher bleibt Ihr bei der Festung und werdet diese verteidigen«, erklärte Oisin.

Ferdinand schüttelte störrisch den Kopf. »Ich bin nicht in dieses Land gekommen, um in irgendwelchen Festungen herumzusitzen und zu warten, ob sich irgendwann mal ein Engländer sehen lässt. Ich will kämpfen.«

»Sei still, junger Narr!«, raunte Simon ihm zu.

Doch Ferdinand ließ sich nicht beirren und funkelte Oisin

O'Corra rebellisch an. »Entweder gebt Ihr mir die Gelegenheit, es den Engländern zu zeigen, oder ich suche mir einen Anführer, der mir dazu verhilft!«
Während Simon sich mit einer verächtlichen Geste an die Stirn langte, nickte Oisin widerwillig.
»Gut! Ich werde Euch die Gelegenheit zum Kampf gegen die Engländer geben, Ferdinand von Kirchberg. Aber ich sage Euch offen, dass weder ich noch einer meiner Männer Rücksicht auf Euch nehmen werden, wenn Ihr nicht in der Lage seid, uns zu folgen, oder Euch in anderer Form als Hemmschuh erweist.«
»Das nehme ich in Kauf.« Ferdinand war es gleichgültig, welche Schwierigkeiten vor ihm liegen mochten.
Ihm ging es allein darum, Ciara beschützen zu können.

Vierter Teil

Kriegslist

1.

Oisin bedachte Ciara und Ferdinand mit einem fragenden Blick. »Seid ihr bereit?«
»Das sind wir«, antwortete Ciara für sich und Ferdinand.
Dennoch fragte Oisin auch ihn. »Ihr wisst, was Ihr zu tun habt?«
»Ich gehe in die Schenke, bestelle einen Becher Wein und bringe einen Trinkspruch auf Aodh Mór O'Néill aus. Dann renne ich davon.«
»Hoffentlich kommt Ihr noch dazu«, wandte Ciara besorgt ein.
Ferdinand grinste übers ganze Gesicht. »Ich konnte schon als Junge schnell laufen.«
»Du kommst den Engländern, die Herrn Ferdinand verfolgen, wie zufällig mit deinem Esel in den Weg und sorgst dafür, dass er einen Vorsprung gewinnt. Er muss immerhin eine halbe Meile bis zum Waldrand zurücklegen. Dort werden wir Elisabeths Soldknechte gebührend empfangen.«
Am liebsten hätte Oisin diesen verrückten Plan aufgegeben, der sowohl Ferdinand wie auch Ciara in große Gefahr brachte. Doch bislang hatten sie mit ihren Aktionen weit weniger Aufsehen erregt, als O'Néill es erhofft hatte. Zwar waren ihnen kleinere Überfälle gelungen, und sie hatten auch ein paar englische Boten abfangen können, doch mittlerweile schickten Elisabeths Statthalter und Offiziere mehrere Männer mit derselben Botschaft los, und einer von ihnen kam immer durch. Auch den Warentransport zwischen den englischen Festungen und den Städten hatten sie bis jetzt nicht entscheidend stören können. Aus diesem Grund wollte Oisin eine neue Strategie erproben.

»Möge Gott mit euch sein«, flüsterte er seiner Schwester und Ferdinand zu.

Während Ciara als arme Hökerin verkleidet war, die mit ihrem Esel und einigen Waren von Gehöft zu Gehöft zog, steckte Ferdinand in einem grünen Wams und eng an den Beinen anliegenden karierten Hosen. Er hatte das Schwert auf den Rücken geschnallt, damit es ihn beim Laufen nicht behinderte. Das dunkelblonde Haar lugte struppig unter einem mit einem silbernen Kleeblatt verzierten Barett hervor und verlieh ihm ein verwegenes Aussehen.

»Brecht auf, aber nicht zugleich!«, forderte Oisin sie auf und wandte sich dann an seine Männer. »Macht euch bereit! Notfalls müssen wir dem Deutschen entgegenlaufen. Ionatán, du wirst mit fünf anderen dafür sorgen, dass Ciara nichts passiert.«

»Nicht, solange wir leben!« Ionatán klopfte auf sein Kurzschwert, bereit, Ciara, die es ihm ermöglicht hatte, sich Oisins Kriegern anzuschließen, mit seinem Leben zu verteidigen.

Derweil zog Buirre eine saure Miene. Seit er sich mehrmals bis zur Bewusstlosigkeit betrunken hatte, vertraute Oisin ihm keine wichtigen Aufgaben mehr an. Nun zu sehen, dass der frühere Tagelöhner das Kommando über fünf Clankrieger erhielt, ließ ihn innerlich kochen. Er hatte Oisin bereits gefragt, ob er nicht mit Aithil tauschen und erneut den Posten als Kastellan der Burg übernehmen sollte. Doch der Taoiseach hatte ihm eine Abfuhr erteilt und erklärt, wenn es ihm nicht passe, könne er sich gleich O'Néill anschließen. Aber bei diesem Anführer würde er nur einer von vielen Söldnern sein und kein Mann, der auf seine Verwandtschaft mit dem Oberhaupt des Clans pochen konnte.

Nun überprüfte Buirre wie alle anderen seine Waffen. Wenn die Engländer von dem Deutschen aus der Schenke gelockt wurden und hierherkamen, wollte er beweisen, dass er der beste unter Oisins Kriegern war.

Unterdessen wanderte Ferdinand auf das kleine Dorf zu. Es wies keine direkte Wehranlage auf, war aber von einer Mauer aus aufgeschichteten Feldsteinen umgeben. Er schätzte die Höhe der Umfriedung und war sicher, darüber springen zu können, sollte ihm jemand das Tor vor der Nase zuschlagen. Mit diesem Gedanken betrat er die Ortschaft und wandte sich der Taverne zu. Mehrere vor dem Haus an Pfosten gebundene Gäule brachten ihn auf eine bessere Idee. Es war unnötig riskant, zu Fuß fliehen zu wollen, wenn Verfolger hoch zu Ross hinter ihm her waren. Also würde er ein Pferd stehlen.
Mit einem kundigen Blick suchte er sich den passenden Gaul aus und betrat dann grinsend die Schenke. An der Tür drehte er sich noch einmal kurz um und sah die verkleidete Ciara ins Dorf kommen. Hoffentlich stößt ihr nichts zu, fuhr es ihm durch den Kopf. Dann entdeckte er die englischen Soldaten, die sich an zwei großen Tischen flegelten und die Schankmaid mit anzüglichen Bemerkungen bedachten.
Als einer von ihnen Ferdinand sah, zeigte er lachend mit der Hand auf ihn. »Schaut, da kommt ein Ire! Komm her, mein Freund, setz dich zu uns und stoße mit uns auf die Gesundheit Ihrer Majestät, Königin Elisabeth, an!«
Bei den letzten Worten stand der Mann auf, packte einen Becher und kam schwankend auf Ferdinand zu. »Hier nimm und sprich recht laut, damit wir deinen Trinkspruch auch deutlich hören!«
Das geht ja noch besser als erwartet, dachte Ferdinand und nahm den Becher entgegen. »Auf Euer Wohl, meine Herren!«, ahmte er Aithils irischen Akzent nach und sah zufrieden, wie die Mienen der Soldaten sich entspannten.
Sie glaubten tatsächlich, er wäre so englisch gesinnt oder zumindest so ängstlich, dass er sie nicht verärgern wollte. Er wartete noch einen Augenblick, um Ciara die Zeit zu verschaffen, bis vor die Taverne zu kommen, dann hob er den Becher, so hoch er konnte.

»Auf den Mann, den ihr Scheißengländer Hugh O'Neill nennt, den Befreier Irlands!«

Zum Trinken kam Ferdinand nicht mehr. Die Engländer sprangen brüllend auf, und der, der ihm den Becher gebracht hatte, wollte ihn packen. Ferdinand schleuderte ihn mit einem kräftigen Fußtritt gegen seine Kameraden, drehte sich um und sprang zur Tür hinaus. Keine fünf Herzschläge später hielt er die Zügel eines prachtvollen Rappens in der Hand und schwang sich in den Sattel.

»Komm, mein Guter, wir wollen ein wenig ausreiten«, sagte er im beruhigenden Ton, als das Tier sich widerspenstig zeigte. Zu seinem Glück hatte er, als der erste Engländer auftauchte, den Hengst unter Kontrolle gebracht und sprengte los.

Ciara zerrte den vollbeladenen Esel zur Seite, so dass Ferdinand unbehelligt passieren konnte, und sah sich einem Haufen fluchender Engländer gegenüber.

»Der Kerl hat meinen Hengst gestohlen! Lasst ihn nicht entkommen«, schrie der Anführer und schwang sich auf den nächststehenden Gaul.

Für zwei weitere Engländer standen noch Pferde bereit. Der Rest musste laufen. Sie alle trafen bereits nach wenigen Schritten auf Ciara und deren Esel, der sich gerade querstellte und den Soldaten den Weg verlegte.

»Verdammte Schlampe, aus dem Weg!«, schrie einer der Fußsoldaten, während die Reiter ihre Tiere um sie herum lenkten. Ciara zerrte am Zügel des Esels, als wolle sie ihn zur Seite führen. Da jedoch zwei Engländer mit den Fäusten auf das Tier einschlugen, zeigte es sich bockig. Als der Weg endlich frei war, hatte Ferdinand längst das Tor passiert und galoppierte auf den Wald zu.

Die Engländer folgten ihm, so schnell sie konnten, zuvorderst die drei Reiter, dahinter deren Untergebene zu Fuß.

Ciara sah ihnen nach und schüttelte in gespielter Entrüstung den Kopf. »Was ist denn in die gefahren?«

»Irgendein Kerl hat einen Trinkspruch auf Aodh Mór O'Néill ausgebracht und ist dann mit dem Hengst des Edelmanns geflohen«, erklärte ihr die Schankmaid, die der Verfolgungsjagd von der Tavernentür aus zuschaute. »Schätze, dass sie ihn nicht erwischen. Aber du solltest ebenfalls Fersengeld geben! Sonst denkt dieser Sir, wenn er zurückkommt, der Pferdedieb wäre nur plötzlich deshalb entkommen, weil du seine Leute behindert hast, und lässt seinen Zorn an dir aus.«

»Danke, dass du mich warnst!« Erleichtert, weil sie den Ort nun unauffällig verlassen konnte, ohne ihre Ware anpreisen zu müssen, zog Ciara den Esel herum und schritt eilig auf das Tor zu. Einer der Dörfler überlegte, ob er es vor ihr verschließen sollte, ließ sie aber durch und kehrte zu seinem Tagwerk zurück. Kurz darauf schritt Ciara kräftig aus und hoffte, dass alles so laufen würde, wie ihr Bruder es geplant hatte.

2.

Kurz bevor er den Waldrand erreicht hatte, drehte Ferdinand sich um. Der Anführer der Engländer war den beiden anderen Reitern bereits ein ganzes Stück voraus, während die einfachen Soldaten trotz ihrer schweren Rüstungen und Waffen flink hinter ihren Kameraden herrannten. Einen Augenblick zögerte Ferdinand. Wenn Oisins Männer auf den Edelmann losgingen, wurden die anderen gewarnt und konnten sich ins Dorf zurückziehen. Dann noch anzugreifen würde zu großen eigenen Verlusten führen. Daher sprengte Ferdinand an den wartenden Iren vorbei und winkte heftig mit der Linken.
»Versteckt euch und kümmert euch um die Fußknechte!«
Er sah noch Oisins verblüffte Miene, dann hatte er dessen Männer passiert und ritt auf dem schmalen Karrenpfad weiter in den Wald hinein. Ein Blick nach hinten zeigte ihm, dass ihm die englischen Reiter unbeirrt folgten. Ferdinand versuchte die Zeit zu schätzen, welche die Fußkrieger brauchten, um den Wald zu erreichen, und hörte im nächsten Moment hinter sich Lärm und das Klirren von Waffen. Sofort zügelte er den Hengst und zog ihn herum.
Auch sein hartnäckigster Verfolger hatte sein Pferd angehalten und lauschte. Anscheinend begriff er gerade, dass er in eine Falle getappt war, und schien nicht recht zu wissen, was er tun sollte. Um ihm die Entscheidung abzunehmen, zog Ferdinand sein Schwert und ritt auf ihn zu.
»Na, du Weiberknecht!«, rief er dem Mann zu, als Anspielung darauf, dass England von einer Frau regiert wurde. »Jetzt werden wir sehen, ob dein Schwertarm mit deinem Maul mithalten kann!«

Der Engländer sah ihn an, stellte fest, dass ihm nur ein einzelner Mann gegenüberstand, und zog ebenfalls sein Schwert. Dabei schien er darauf warten zu wollen, bis seine beiden Reiter zu ihm aufgeschlossen hatten.
Doch die Zeit ließ Ferdinand ihm nicht. Er trieb sein Pferd an und schwang seine Waffe. Stahl traf auf Stahl, und zunächst erwies sich der englische Edelmann als gleichwertiger Gegner. Dann aber vollführte Ferdinand eine Finte, auf die sein Gegner prompt hereinfiel. Im nächsten Moment stieß er ihm die Klinge in die Schulter. Der Engländer stürzte mit einem Schrei aus dem Sattel und blieb verkrümmt auf dem Boden liegen.
Ferdinand wollte auf den nächsten Reiter losgehen, sah aber, dass etliche Iren mit Ionatán an der Spitze heraneilten. Die beiden Engländer nahmen ihre Gegner nun ebenfalls wahr und berieten, was sie tun sollten. Der Erste lenkte seinen Gaul in den Wald hinein, und nach einem kaum merklichen Zögern folgte ihm sein Begleiter. Ihre Hoffnung, auf diese Weise entkommen zu können, erfüllte sich jedoch nicht, denn zu Pferd kamen sie zwischen den Bäumen langsamer voran als Ionatán mit seinen Männern.
Ferdinand wollte den anderen folgen, doch da forderte der englische Edelmann seine Aufmerksamkeit. Der Mann stöhnte zwar schmerzerfüllt, stand aber auf und versuchte, sein Schwert aufzuheben, das bei seinem Sturz vom Pferd zu Boden gefallen war. Bevor er die Waffe erreichte, war Ferdinand aus dem Sattel und richtete seine Klinge auf ihn.
Die Schwertspitze vor Augen blieb der Engländer stehen. »Ich bin Euer Gefangener, Sir!«
»Das wird auch gut sein!« Aufatmend nahm Ferdinand die Waffe das Mannes an sich und fing die beiden Pferde ein. »Wie schwer seid Ihr verletzt?«, fragte er, als er sah, dass es zwischen den Fingern der Hand, die der andere gegen die Schulter presste, rot hervorquoll.
»Euer Schwertstoß ging nicht ins Leben, doch werde ich wohl

verbluten, wenn ich nicht bald verbunden werde«, antwortete der Engländer und deutete eine leichte Verbeugung an. »Erlaubt, dass ich mich vorstelle. Sir John Crandon zu Euren Diensten.«
Auch Ferdinand beschloss, höflich zu sein. »Mein Name ist Ferdinand von Kirchberg.«
»Ihr seid also tatsächlich kein Ire!«, sagte der Engländer nachdenklich. »Nun, dafür habe ich Euch von Anfang an nicht gehalten, sondern eher für den Nachkommen eines der normannischen Barone, die unter Richard Strongbow und Henry II. auf diese Insel gekommen sind, um die Ureinwohner zu zivilisieren.«
»Wir sollten weniger schwatzen, als uns um Eure Wunde kümmern. Könnt Ihr Eure Rüstung allein ablegen, oder muss ich Euch helfen?«
Der Engländer versuchte vergeblich, seinen Brustpanzer zu lösen. »Wie es aussieht, bin ich voll und ganz in Eurer Hand«, meinte er mit einem resignierten Unterton.
Ferdinand wies auf einen umgestürzten Baum. »Setzt Euch dorthin.«
Crandon gehorchte, und so konnte er ihm sowohl den Brustpanzer wie auch Rock, Weste und Hemd ausziehen. Gerade als er aus dem Hemd ein paar Streifen herausschneiden wollte, um sie als Binde zu verwenden, tauchte Oisin mit dem größten Teil seiner Männer auf. Die Kleidung der Iren war blutbespritzt, und da sie keine Gefangenen mit sich führten, begriff Ferdinand, dass sie die englischen Fußsoldaten niedergemacht hatten.
Hinter den Kriegern folgte Ciara mit ihrem Esel. Ferdinand sah ihr erleichtert entgegen. Gerade, als er sie bitten wollte, seinen Gefangenen zu verbinden, entdeckte Buirre den Edelmann und zog sein Kurzschwert.
»Da ist ja noch eines dieser englischen Schweine. Gleich bist du in der Hölle, du Hund!« Buirre holte aus, um den Mann zu

töten, doch bevor er dazu kam, saß ihm Ferdinands Schwertspitze an der Kehle.
»Dieser Mann ist mein Gefangener, habt Ihr verstanden? Wer ihn ohne meine Erlaubnis anrührt, wird mir dafür geradezustehen haben!«
»Von Euch lasse ich mir nichts sagen«, schäumte Buirre und blickte sich Hilfe suchend nach seinen Kameraden um. Diese hatten zwar die Fußsoldaten niedergemetzelt, wussten aber auch, dass Ferdinand die Engländer in die Falle gelockt hatte, und hielten sich daher zurück.
Als Buirre begriff, dass keiner ihn unterstützen würde, wich er fluchend vor Ferdinand zurück. »Das habt Ihr nicht umsonst getan!«
Ferdinand gab wenig auf Buirres Schimpfen, sondern sah Ciara an und verbeugte sich vor ihr. »Hättet Ihr die Güte, diesen Mann zu verbinden? Ich will ihn nicht gefangen genommen haben, damit er jetzt verblutet. Tot hat er keinen Wert mehr für uns.«
»Wollt Ihr ihn gegen Lösegeld freilassen?«, fragte Oisin.
»Ob gegen Lösegeld oder im Austausch gegen Gefangene von unserer Seite, wird sich zeigen. Auf jeden Fall soll es sich für uns lohnen, ihn gefangen zu haben.«
»Für Euch hat es sich bereits gelohnt, denn Ihr habt einen prachtvollen Rappen erbeutet.« Oisin zeigte auf den Hengst, der ungeduldig mit den Hufen scharrte.
So weit hatte Ferdinand noch nicht gedacht. Das Pferd war auf jeden Fall besser als das, das Oisin ihm geliehen hatte, und es übertraf sogar das neue Reittier seines Vetters, auf das dieser so stolz war. Simon wird Augen machen, dachte er und freute sich darauf, ihm den Hengst vorführen zu können.
Oisins Gedanken gingen derweil in eine andere Richtung. »Nach diesem Streich sollten wir die Gegend verlassen und uns in die Heimat zurückziehen. Ich vermute, dass Aodh Mór O'Néill uns bald braucht. Von einem Iren aus dem Dorf habe

ich eben erfahren, dass Henry Bagenal einen neuen Kriegszug gegen uns führen will. Den Spaß sollten wir uns nicht entgehen lassen.«

Bei dieser Bemerkung sah Ferdinand seinen Gefangenen an. Dieser erschrak sichtlich bei der Erkenntnis, dass der Plan, den Henry Bagenal und Richard Haresgill gemeinsam ausgearbeitet hatten, ihnen bereits bekannt war. Doch genau so, wie es Iren gab, die für Geld ihre Landsleute an die Engländer verrieten, versorgten andere Iren ihre Landsleute im freien Teil Irlands mit Informationen. Henry Bagenal und die anderen englischen Offiziere und Edelleute konnten kaum einen Schritt tun, ohne dass dies O'Néill, O'Domhnaill oder Oisin O'Corra kurze Zeit später erfuhren.

Für Ferdinand war damit klar, dass sie John Crandon erst freilassen durften, wenn Bagenals geplanter Kriegszug gescheitert war. Erst einmal galt es, von hier zu verschwinden und möglichst das Land der Uí'Corra zu erreichen, ohne auf weitere Engländer zu treffen.

Da nun auch Ionatán herankam und meldete, dass sie die beiden flüchtigen Reiter erwischt und deren Pferde eingefangen hatten, bestimmte Oisin vier Männer, die Crandon auf einer rasch angefertigten Trage mit sich nehmen sollten, während die Waffen und der andere Besitz der Engländer auf die eroberten Pferde und den Esel geladen wurden. Ferdinands persönliche Beute vergrößerte sich noch, als er in den Satteltaschen des Hengstes zwei Pistolen entdeckte. Das Geld, das Crandon bei sich getragen hatte, überreichte er Oisin, damit er es gerecht zwischen allen Männern aufteilte.

Während einige Iren Ferdinand dafür hochleben ließen, stierte Buirre missmutig vor sich hin. Da seinem Taoiseach der Rat des jungen Deutschen mittlerweile wichtiger schien als der seine, wünschte er sowohl Ferdinand wie auch Oisin zur Hölle.

3.

Bei ihrer Rückkehr erwartete Oisin und seine Schar eine herbe Enttäuschung. Die erwartete Schlacht mit den Engländern war bereits geschlagen, und Aodh Mór O'Néill und seine Verbündeten hatten einen gewaltigen Sieg errungen. Sogar Sir Henry Bagenal, der ranghöchste Repräsentant der englischen Königin, gehörte zu den Gefallenen. Zu Oisin O'Corras Enttäuschung aber hatte sein Todfeind Richard Haresgill verwundet fliehen können.
Oisins Leistungen und die seiner Leute verblassten gegen diesen grandiosen Sieg. Allerdings hatte Aithil O'Corra zusammen mit Simon von Kirchberg und dessen Söldnern an der Schlacht teilnehmen können.
»Ihr hättet bei uns bleiben sollen«, begrüßte Cyriakus Hufeisen Ferdinand. »Gewiss wärt Ihr dann Hugh O'Neill aufgefallen und von ihm zum Offizier ernannt worden. Nun hat er Euren Vetter befördert und ihm das Kommando über eine Kompanie Söldner aus aller Herren Länder übertragen. Da einige erfahrene Offiziere darunter sind, werdet Ihr es schwer haben, Euren Rang als Stellvertreter des Hauptmanns zu behalten.«
Hufeisen klang bedauernd, denn er hatte den jungen Deutschen längst ins Herz geschlossen. Allerdings kannte er auch Simon von Kirchbergs eisernes Gesetz, das da lautete: Du sollst keine anderen Götter haben neben mir. Mit seinem Mut und seiner Findigkeit aber wurde Ferdinand allmählich zu einer Gefahr für Simons Eitelkeit.
»Mich freut es, dass Simon gute Offiziere und frische Soldaten erhalten hat«, antwortete Ferdinand. »Ich habe allerdings

nicht die Absicht, unter das Kommando meines Vetters zurückzukehren, sondern werde bei Herrn Oisin und den Iren bleiben.«

Hufeisen bemerkte den Blick, mit dem Ferdinand Ciara streifte, und schüttelte den Kopf. »Es ist wegen des Mädchens, nicht wahr? Aber da solltet Ihr vorsichtig sein. Sie stellt nicht nur für ihren Bruder, sondern auch für Hugh O'Neill ein wertvolles Pfand dar, mit dem sie eine Allianz mit einem großen Clan im Süden bekräftigen können. Man würde sie nicht einmal Eurem Vetter überlassen, geschweige denn Euch.«

»Das ist mir durchaus bewusst«, antwortete Ferdinand schärfer als gewollt und setzte nicht ganz wahrheitsgemäß hinzu: »Ich will auch nicht wegen Jungfer Ciara bei der Schar ihres Bruders bleiben, sondern weil ich glaube, dass die Kampfweise der Iren besser zu dieser Insel passt als unsere Art. Sie sind mutige Krieger, aber nicht gewohnt, in festen Schlachtreihen anzugreifen. Sollte Aodh Mór O'Néill dies versuchen, würde es in einer Katastrophe für ihn und die Iren enden.«

»Ihr solltet den Mann Hugh O'Neill nennen, so wie es Euer Vetter tut«, tadelte Hufeisen. »So weiß man nicht genau, ob ihr diesen oder einen anderen Mann seiner Familie meint.«

»Ich nenne das Oberhaupt der Ui'Néill bei dem Namen, mit dem seine irischen Landsleute ihn ansprechen«, gab Ferdinand zurück.

Er hatte Hufeisens Vorhaltungen satt und war, wie er vor sich selbst zugab, auch enttäuscht, weil er nicht ebenso wie sein Vetter Ruhm in der Schlacht hatte erringen können. Im Gegensatz zu Simon waren seine Handlungen die eines besseren Strauchdiebs gewesen.

Allerdings hatte er Ciara jeden Tag sehen und mit ihr reden können, und das tröstete ihn. Als er zu ihr hinübersah, wurde sie gerade von Gamhain begrüßt. Die Hündin war auf Oisins Anweisung hin zurückgelassen worden und leckte ihrer Herrin nun voller Übermut Gesicht und Hände. Das nächste

Mal sollten wir Gamhain mitnehmen, dachte Ferdinand. Sie ersetzt im Kampf mehr als einen Mann und würde Ciara beschützen.

Unterdessen hatte Simon von Kirchberg Ferdinand erspäht und kam sichtlich zufrieden auf diesen und Hufeisen zu. »Da bist du ja, Kleiner! Schade, dass du nicht bei uns geblieben bist. In dieser Schlacht hättest auch du dich auszeichnen können. Aber du wolltest ja unbedingt mit Oisin mitgehen. Jetzt wird es schwierig, dich wieder in meine Kompanie einzugliedern, denn Hugh O'Neill hat mir einige erfahrene Offiziere unterstellt, die ich nicht vor den Kopf stoßen kann, indem ich ihnen einen Frischling vorziehe, der in seinem Leben noch nie Pulverdampf gerochen hat.«

Ferdinand konnte seinen Ärger kaum verhehlen. Immerhin hatte er bei der Schlacht von Clontibret mitgewirkt und auch unter Oisins Kommando gegen die Engländer gekämpft. »Da in deiner Kompanie kein Platz mehr für mich ist, ist es wohl das Beste, wenn ich bei den Iren bleibe«, antwortete er harscher, als Simon es von ihm gewohnt war.

»Ich sagte nicht, dass dort kein Platz mehr für dich ist. Doch du wirst dich vorerst mit dem Rang eines einfachen Söldners begnügen müssen, bis eine Stelle als Unteroffizier oder Offizier für dich frei wird«, erklärte Simon mit einem boshaften Unterton.

»Du wirst erlauben, dass es mich mehr reizt, Unteranführer unter Oisin O'Corras Kommando zu sein als ein einfacher Söldner unter dem deinen.«

Mit diesen Worten kehrte Ferdinand seinem Vetter den Rücken zu und folgte Ciara in die Halle, in der bereits das Festmahl für die zurückgekehrten Krieger vorbereitet wurde.

Simon sah ihm mit gerunzelter Stirn nach. »Was hat der Bursche schon wieder? Er sollte doch stolz sein, unter mir dienen und von mir lernen zu können.«

»Vielleicht mag er es nicht, dass Ihr ihm fremde Leute vorzieht.

Ihr hättet ihn zu Eurem Adjutanten machen können, ohne Euch dabei etwas zu vergeben.«

Hufeisens Bemerkung gefiel Simon von Kirchberg ebenso wenig wie Ferdinands störrisches Benehmen. Daher ließ er den Mann einfach stehen und beschloss, auch ihn zu degradieren. Immerhin hatte er jetzt genügend andere Offiziere und Feldwebel, auf die er zurückgreifen konnte.

Als er die Halle betrat, flammte sein Ärger erneut auf, denn Oisin wies Ferdinand gerade den Platz zu, an dem bislang er selbst gesessen hatte. Stattdessen musste er ein Stück weiter unten Platz nehmen und stellte erbittert fest, dass man ihn sogar hinter Buirre zurückgesetzt hatte.

In Oisins Freude über den großen Sieg mischte sich Ärger, weil er selbst nicht an den Kämpfen hatte teilnehmen können. Mittlerweile fragte er sich, ob Aodh Mór O'Néill ihn absichtlich ferngehalten hatte, um die Schlacht ohne ihn führen zu können. Sein Anteil an dem Sieg hätte seinen eigenen Ruf in Irland festigen und einige bedeutende Clanführer davon überzeugen können, ihm entweder eine Tochter als Ehefrau oder einen Sohn als Bräutigam für Ciara anzubieten. Da er aber den Teil seiner Männer, die Aithil in die Schlacht geführt hatte, nicht verletzen wollte, gab er ein Hoch auf ihren Sieg aus und lobte ihre Taten.

Aithil trank ihm mit zufriedener Miene zu, denn mit seiner Teilnahme an der Schlacht hatte er seine Stellung als Oisins Stellvertreter weiter ausgebaut und brauchte Buirre vorerst nicht mehr als Konkurrenten zu fürchten.

Das war diesem nur allzu bewusst, und er tröstete sich mit dem starken Met, den Saraid ihm einschenken ließ. Fast noch mehr als Aithils gefestigter Rang im Clan fuchste es ihn, dass auch Ionatán zu einem der Unteranführer des Clans aufgestiegen war und ihm gegenübersitzen durfte. Dabei erinnerte er sich an Maeve. Bis zu diesem Tag hatte die Frau über ihren Ehemann gespottet und erklärt, nie mehr zu ihm zurückkehren zu wollen. Doch was war, wenn sie ihn als angesehenen Mann an Oisins Tafel sitzen sah? Der Gedanke, das Weib, das er selbst begehrte, könnte erneut Gefallen an Ionatán finden, trieb ihn beinahe zur Weißglut.

Dass Oisin nach Aithil auch Ionatán lobte, ehe sein Name gefallen war, konnte Buirre nicht mehr ertragen. Er stand auf und verließ den Raum. Als sein Freund Seachlann ihm folgte und erstaunt fragte, was los sei, fuhr er ihn an: »Kann ich nicht einmal in Ruhe pissen gehen?«

»Welche Laus ist dir denn über die Leber gelaufen?«, fragte Seachlann verdattert. Dann aber lachte er. »Es ist wegen Ionatán, nicht wahr? Wer hätte gedacht, dass sich der Bursche einmal so herausmachen würde.«

»Lass mich in Ruhe!«, knurrte Buirre und stieß Seachlann beiseite.

»Schon gut!«, antwortete sein Freund und kehrte in die Halle zurück, in der fröhlichere Mienen zu sehen waren und der Met in Strömen floss.

Buirre ging unterdessen zu den Ställen, befahl einem Knecht, seinen Gaul zu satteln, und verließ die Burg.

Seine Trunkenheit machte ihm zu schaffen, doch er hielt sich mit äußerster Konzentration im Sattel und ritt zu dem Hof, auf dem Maeve arbeitete. Den Bauern, dessen Knecht und die andere Magd hatte er auf dem Fest gesehen, Maeve selbst jedoch nicht. Diese hatte zu Hause bleiben müssen, um auf den Hof aufzupassen. Das hat ihr gewiss nicht gefallen, dachte er grinsend, als er vor dem Gehöft schwerfällig aus dem Sattel stieg.

Er fand die Haustür verschlossen und klopfte. Kurz darauf hörte er Maeves Stimme. »Wer ist da?«

»Ich, Buirre! Lass mich ein«, rief er im fordernden Ton.

»Was willst du?«, klang es zurück.

Die Tatsache, dass die Frau nicht sofort gehorchte, steigerte Buirres Wut. »Jetzt mach schon! Oder willst du Schläge bekommen?«

Im Haus überlegte Maeve, was sie tun sollte. Am Nachmittag hatte sie extra gebadet und ihr besseres Kleid angezogen, um zu dem Fest in der Burg gehen zu können. Der Bauer und dessen Gesinde hatten ihr jedoch befohlen, auf dem Hof zu bleiben. Mit dieser Zurückweisung hatte sie die ganze Zeit schon gehadert. Doch nun war Buirre hier. Zwar war er sicher nur gekommen, um sie als Beischläferin zu benutzen, aber so würde sie wenigstens ein paar Neuigkeiten erfahren. Dieser Gedanke gab den Ausschlag, und sie öffnete die Tür.
Buirre trat ein und musterte die Frau aus zusammengekniffenen Augen. Sie wirkte sauberer als bei ihrem letzten Zusammentreffen und steckte in einem leidlich hübschen Kleid. Bei dem Anblick ließ ihn seine von Trunkenheit verstärkte Gier, sie zu besitzen, jede Rücksicht vergessen. Ehe Maeve sich's versah, hatte er sie zu Boden gerissen und wälzte sich auf sie.
»Was soll das?«, rief sie erschrocken.
Im nächsten Augenblick gab der Stoff ihres Kleides unter Buirres Händen nach und zerriss mit einem hässlichen Geräusch. Dann zerrte der Mann ihr Hemd nach oben und drang mit einem heftigen Stoß in sie ein.
So genommen zu werden war das Letzte, was Maeve ertragen konnte. Sie flehte Buirre an, sanfter zu sein, und als er nicht darauf hörte, versuchte sie ihn von sich wegzuschieben.
Doch er lachte nur über ihre Gegenwehr und machte ungerührt weiter.
Da sah Maeve mit einem Mal nicht mehr Buirres rotes, verschwitztes Gesicht über sich, sondern das jenes Engländers, der sie als Erster vergewaltigt hatte, und begann vor Entsetzen zu kreischen.
»Lass mich in Frieden, du Untier!«, schrie sie und schlug mit beiden Fäusten auf den Mann ein.
Buirre wollte ihre Hände einfangen, war jedoch zu betrunken und musste einen Hieb auf die Nase hinnehmen.

»Du Miststück!«, brüllte er los und versetzte ihr einige harte Schläge.
Damit aber trieb er Maeve vollends in die Panik. Sie griff ihm ins Gesicht und versuchte, ihm die Augen auszukratzen. Buirre konnte gerade noch rechtzeitig den Kopf abwenden, dennoch schnitten ihm ihre Fingernägel schmerzhaft in die Wangen.
Außer sich vor Wut packte er ihren Hals und presste ihn zusammen. »Willst du wohl stillhalten, du Hure!«
Er sah ihre weit aufgerissenen, vor Angst dunklen Augen und genoss die Macht, die er über sie besaß. Nun sanken ihre Arme kraftlos herab, und sie riss den Mund weit auf, um nach Luft zu schnappen. Buirre aber ließ nicht locker, sondern drückte ihr den Hals so lange zu, bis sie unter ihm erschlaffte.
Endlich gibt sie Ruhe, dachte er zufrieden und bearbeitete sie weiter mit harten Stößen, bis er den Gipfel der Leidenschaft erreicht hatte. Danach forderte der Rausch seinen Tribut, und er schlief auf Maeve liegend ein.

4.

Als Buirre erwachte, fragte er sich zunächst, wo er sich befand. Dann fiel ihm ein, dass er zu Maeve geritten war und ihr nach anfänglicher Gegenwehr Gehorsam beigebracht hatte. Bei dem Gedanken grinste er zufrieden. Weiber waren doch alle gleich. Man brauchte ihnen nur mit Schlägen oder den Strafen der Hölle zu drohen, und sie kuschten sofort.
Noch etwas benommen stemmte er sich hoch und band seine Hose fest. »Du kannst aufstehen und mir ein Frühstück auftischen!«, brummte er.
Doch Maeve blieb liegen.
Verärgert drehte er sich zu ihr um und bemerkte erst jetzt ihre wächserne Blässe, die weit aufgerissenen Augen und die dunklen Flecken an ihrem Hals, die von seinen Händen stammten.
»Maeve, was ist mit dir?« Er streckte die Hand nach ihr aus und spürte mit Entsetzen, wie kalt ihre Haut war. Dennoch dauerte es noch einen Augenblick, bis er begriff, dass sie nicht mehr lebte.
»Ich habe sie umgebracht!«, entfuhr es ihm erschrocken.
Sein Kopf schwirrte, und nur langsam gelang es ihm, einen klaren Gedanken zu fassen. Auch wenn Maeve lediglich eine Magd war, so gehörte sie doch zum Clan, und Oisin würde ihren Tod rächen. Selbst bei einem gnädigen Richtspruch bedeutete dies, dass er jeden Einfluss bei den Ui'Corra verlieren und nur noch als einfacher Krieger gelten würde. Außerdem konnte Saraid fordern, dass die Ehe annulliert wurde, weil sie nicht mit einem Mörder verheiratet sein wollte. Da würde ihm selbst Pater Maitiús Beistand nicht mehr helfen.
»Nein!«, stöhnte er. »Das wollte ich doch nicht! Es war nicht

meine Schuld. Maeve hätte sich nicht so anstellen dürfen. Ich habe ihren Hals doch kaum zugedrückt. Bestimmt ist sie an etwas anderem gestorben.«

Er wusste jedoch selbst, dass er Oisin O'Corra und den Clanältesten nicht mit solchen Ausreden zu kommen brauchte.

»Ich darf mit Maeves Tod nicht in Verbindung gebracht werden!«, flüsterte er. »Es kann jeder gewesen sein, ein Landstreicher, ein englischer Spion, sogar Ionatán!«

Als Buirre diesen Namen aussprach, wurde er ruhiger. Ja, das wäre die Lösung. Sobald Maeves Tod bekannt wurde, musste er nur darauf hinweisen, dass sie Ionatáns Ehefrau gewesen war und sich von diesem im Streit getrennt hatte. Seine Freunde würden ihm gewiss glauben, ärgerten diese sich doch ebenfalls, dass Oisin diesen elenden Tagelöhner zu den Kriegern geholt hatte.

Erleichtert, weil ihm dieser Ausweg eingefallen war, verließ Buirre den Hof und stieg auf sein Pferd. Sein Rausch war verflogen und er wieder Herr seiner Sinne. Damit keiner sah, dass er von diesem Gehöft kam, schlug er einen Bogen und näherte sich der Burg von der anderen Seite. Noch war die Nacht nicht ganz gewichen, doch im Osten rötete sich bereits der Horizont und kündete den nahen Tag an. Um die Zeit standen auf der Burg normalerweise die ersten Knechte und Mägde auf. Doch die hatten bei der Feier ebenso wie die Bauern aus der Umgebung den einen oder anderen Becher Met erwischt und schliefen noch alle.

Selbst der Wächter, der eigentlich die Augen hätte aufhalten sollen, hockte in einer Ecke der Wehrmauer und schnarchte, und da das Burgtor offen stand, hätte jeder Feind ungehindert eindringen können. Buirre verkniff es sich jedoch, den Mann zu wecken und zu tadeln, sondern führte sein Pferd in den Stall, sattelte es eigenhändig ab und schlich in Saraids Kammer. Seine Frau schlief ebenfalls noch, wachte aber auf, nachdem er sich seiner Kleider entledigt hatte und unter die Decke kroch.

»Was ist los?«, fragte sie.

»Ich war auf dem Abtritt«, antwortete er scheinbar verschlafen.

Obwohl er müde war, fand er keine Ruhe. Immer wieder sah er Maeves halbnackten, toten Leib vor sich. Sie hätte nicht sterben dürfen, dachte er und verfluchte sie noch als Tote dafür.

Da ihr Mann sich unruhig bewegte und ständig vor sich hin brummelte, stand Saraid schließlich auf, raffte ihr Kleid an sich und verließ die Kammer. Sich waschen und sich für den Tag fertig machen wollte sie in Ciaras Zimmer, damit Buirre sie nicht nackt sehen konnte. Sie traf ihre Cousine bereits wach an. Allerdings saß diese mit hinter dem Kopf verschränkten Händen auf dem Bett und schien ihrem Lächeln zufolge an etwas Schönes zu denken.

»Guten Morgen, meine Liebe«, grüßte Saraid.

»Guten Morgen! Du bist aber schon früh auf«, antwortete Ciara.

»Es ist wegen Buirre. Entweder schnarcht er, dass ich nicht schlafen kann, oder er zappelt so, dass man Angst haben muss, er stößt einen aus dem Bett.«

Da Ciara die Einzige war, mit der sie offen über ihre Gefühle sprechen konnte, machte sie aus ihrer Abneigung gegen ihren Ehemann keinen Hehl. Das brauchte sie, wenn sie nicht irgendwann vor Wut platzen wollte.

»Was machen wir heute?«, fragte sie Ciara.

»Zuerst frühstücken wir und sehen dann in der Halle nach, in welchem Zustand die Männer sie hinterlassen haben. Sobald genügend Mägde und Knechte wach sind, sollen sie dort aufräumen.« Ciara seufzte und sah ihre Cousine mit einem komisch verzweifelten Ausdruck an. »Kannst du mir sagen, was die Männer daran finden, so lange Met und Whiskey in sich hineinzuschütten, bis er ihnen oben wieder herauskommt?«

»Das ist ein Mysterium, das nur Gott im Himmel beantworten kann. Immerhin hat er die Männer so geschaffen, wie sie sind.

Uns Frauen hat er die Freude am übermäßigen Trinken zum Glück erspart.«

Saraid dachte an Buirre, der schon immer über das richtige Maß hinaus getrunken hatte, und fand nicht zum ersten Mal, dass es ein Fehler gewesen war, ihn zu heiraten. Dann aber zuckte sie mit den Achseln. Vor der Hochzeit war er ein gutaussehender, höflicher junger Mann in Oisins Schar gewesen und hatte sogar einen gewissen Charme besessen. Von alldem war nichts mehr übrig.

Mit einer verächtlichen Miene wandte sie sich Ciara zu. »Männer, sage ich nur! Gäbe es eine andere Möglichkeit für uns Frauen, zu Kindern zu kommen, wären sie überflüssig! Damit gäbe es auch nicht das ganze Leid, das sie uns bereiten. Doch nun sollten wir uns waschen. Nebenbei: Woran hast du vorhin gedacht, als ich in deine Kammer gekommen bin?«

Der abrupte Themenwechsel verwirrte Ciara zuerst, dann färbten ihre Wangen sich rot. Vor jedem anderen hätte sie ihre geheimsten Gedanken verborgen, doch Saraid war nicht nur ihre Cousine, sondern auch ihre Freundin, der sie mehr als allen anderen auf der Welt vertraute.

»An den jüngeren Kirchberg!«, bekannte sie. »Du hättest Ferdinand erleben sollen, als er die Engländer an der Nase herumgeführt hat. Er ist sehr tapfer und klug, aber auch bescheiden und höflich.«

»Im Gegensatz zu seinem Vetter, willst du wohl sagen.« Saraid hatte aus ihrer Abneigung Simon gegenüber nie einen Hehl gemacht und war erleichtert, dass Ciara ihre kindliche Verehrung für diesen Mann offenbar überwunden hatte.

Im ersten Augenblick wollte Ciara ihr widersprechen und sagen, dass Simon von Kirchberg als großer Held nicht so bescheiden auftreten könne wie sein Vetter. Dann aber erinnerte sie sich daran, wie dieser am Abend zuvor Ferdinands Taten als belanglos hingestellt und sein eigenes Mitwirken bei der Schlacht gegen Bagenals Truppen dick herausgestrichen hatte. Letzteres hätte sie ihm mit einem Augenzwinkern verziehen, doch die Taten seines Verwandten kleinzureden, um im Vergleich zu diesem größer erscheinen zu können, war eines Edelmanns unwürdig.

»Herr Simon ist wirklich arg von sich eingenommen«, stellte sie mit einer gewissen Bitterkeit fest. Sie hatte diesen Mann viele Jahre lang heimlich geliebt und sich danach gesehnt, ihn wiederzusehen. Doch nun musste sie vor sich selbst zugeben, dass sein Charakter nicht dem Bild entsprach, das sie sich von ihm gemacht hatte.

»Ich bin froh, dass du endlich begriffen hast, wie Simon von Kirchberg wirklich ist. Ich hatte bereits Angst, du würdest für ihn deine jungfräuliche Scham vergessen. Dabei ist er wirklich nicht der Mann, dem dein Bruder dich gerne zum Weibe geben würde. Der Clan braucht Verbündete und keinen Söldnerführer, dessen Treue von dem Lohn abhängt, den man ihm bezahlen kann.«

Saraid hatte sich in Rage geredet, schüttelte dann aber den Kopf und sah Ciara bedauernd an. »Leider ist auch Ferdinand kein Mann, den der Taoiseach als Schwager akzeptieren würde. Schlage ihn dir also aus dem Kopf und bereite dich darauf vor, dem größten Säufer und Schnarcher anheimgegeben zu werden, nur weil deine Ehe mit diesem Mann unseren Clan stärkt.«

»Ich weiß!«, stieß Ciara bitter hervor.

Sie schüttelte sich, als wolle sie diese Vorstellung loswerden, und sprang aus dem Bett. »Wir sollten uns fertig machen, Saraid. Draußen ist es bereits hell, und die Knechte und Mägde arbeiten nur dann gut, wenn man sie überwacht.«

Saraid musterte ihre Cousine und fragte sich, ob deren Gefühle für Ferdinand von Kirchberg ihre frühere Schwärmerei für dessen Vetter übertrafen. Wenn dies der Fall war, würde es Oisin schwerfallen, seine Schwester zu einer Ehe mit einem ungeliebten Mann zu überreden.

5.

Die Halle sah aus, als hätte dort eine Rotte Kobolde ihren Schabernack getrieben und alles durcheinandergeworfen. Becher und Krüge lagen am Boden, dazwischen diejenigen Zecher, die es nicht mehr bis zu ihrem Quartier im großen Schuppen geschafft hatten, der ihnen während solcher Feste als Schlafstatt diente. Mittendurch liefen die Hunde der Burg auf der Suche nach Knochen und anderem Fressbaren.
Neben der Tür entdeckte Ciara Gamhain, die mit hochmütiger Miene dem Ganzen zusah und es als unter ihrer Würde zu betrachten schien, sich dem Treiben der anderen Tiere anzuschließen. Beim Anblick ihrer Herrin erhob sich die Hündin, ging gemächlich auf Ciara zu und lehnte sich gegen sie als Zeichen, dass sie gekrault werden wollte.
Zuerst wollte Ciara sie wegschieben, strich ihr dann aber über das rauhe, wellige Fell und sagte sich, dass sie Gamhain beim nächsten Streifzug mit Oisin und dessen Männern mitnehmen würde. Sie fühlte sich sicherer, wenn sie das kräftige Tier an ihrer Seite wusste.
»So wird die Unordnung in der Halle aber nicht beseitigt«, spottete Saraid, als sie sah, dass Ciara die Hündin kraulte.
»Ich dachte, du scheuchst die Mägde und Knechte an die Arbeit«, antwortete Ciara lachend, klopfte dann aber Gamhain auf den Rücken. »So, das muss jetzt reichen! Ich habe zu arbeiten.«
Gamhain knurrte, ließ sich aber mit einem großen Markknochen besänftigen, den Ciara unter einem Betrunkenen hervorzog und ihr reichte.
»Dem werden, wenn er aufwacht, die Rippen weh tun, mit de-

nen er auf dem harten Knochen gelegen ist«, sagte Saraid kopfschüttelnd.
Die beiden Frauen riefen die Knechte zu sich und befahlen ihnen, die Betrunkenen hinauszuschaffen. Während Saraid in die Küche zurückkehrte, beaufsichtige Ciara das Gesinde in der Halle. Spätestens wenn Oisin wach wurde, sagte sie sich, sollte der Raum wieder so aussehen, wie es sich gehörte.
Die Zeit verging, und Ciara wollte ihren Untergebenen bereits das Zeichen zum Mittagessen geben, als draußen auf dem Burghof auf einmal laute, zornige Stimmen ertönten. Verwundert eilte Ciara zur Tür und sah, wie Ferdinand und Pater Maitiú sich wie zwei angriffslustige Kampfhähne gegenüberstanden. Etliche Männer hatten sich um die beiden versammelt. Die meisten Iren standen dabei auf der Seite des Priesters, während Ionatán, Hufeisen und mehrere deutsche Söldner sich bei Ferdinand hielten.
Rasch eilte Ciara auf die Gruppe zu. »Was ist hier los?«, fragte sie verwundert.
»Es geht um den Engländer, den ich gefangen habe. Der Pfaffe will ihn umbringen lassen!« Ferdinands Stimme klirrte vor Empörung, während Pater Maitiú sein Kreuz in die Höhe reckte und mit hallender Stimme John Crandons Tod forderte.
»Dieser Mann ist ein elender Ketzer, der in die Hölle fahren muss! Wie soll Irland jemals frei werden, wenn wir diesen Hunden erlauben weiterzuleben?«
»Sir John Crandon hat sich mir ergeben und ist mein Gefangener!«, antwortete Ferdinand heftig. »Ihn jetzt aus nichtigem Anlass zu töten würde meine Ehre besudeln.«
»Es ist der Wille des Himmels, dass dieser Ketzer stirbt«, schäumte der Pater auf. »Wer bist du, dich dem Willen Gottes zu widersetzen?«
»Wenn Gott will, dass dieser Mann getötet wird, dann soll er es mir selbst mitteilen und nicht durch dich.« In seiner Wut vergaß Ferdinand ganz die Achtung, die Maitiú als Geist-

lichem gebührte, und sprach ihn wie einen x-beliebigen Knecht an.
Der Pater war nicht bereit nachzugeben, sondern wandte sich an die Iren. »Habt ihr vergessen, wie die Engländer euch aus eurem eigenen Land vertrieben haben und ihr eurem Taoiseach als Söldner in ferne Länder habt folgen müssen? Ich sage euch, wir töten jeden Engländer, der uns in die Hände fällt!«
»Jawohl, das tun wir!«, stimmte Buirre dem Pater zu und zog sein Schwert.
Doch als er auf den Keller zugehen wollte, in dem Crandon eingesperrt war, vertrat ihm Ferdinand den Weg. »Der Gefangene wird nicht ohne meine Erlaubnis getötet!«
Ferdinand verschränkte die Arme vor der Brust, ohne auf die Klinge in der Hand des Iren zu achten.
Buirres Angst und Wut brauchten ein Opfer, und so hielt er Ferdinand sein Kurzschwert vor die Nase. »Geh mir aus dem Weg, oder du wirst den verdammten Engländer auf seiner letzten Reise begleiten!«
»Gebt Ruhe!«, klang da Oisins Stimme auf. »Wenn hier jemand den Tod eines Menschen befiehlt, dann bin ich es! Habt ihr verstanden?«
Sein Ton ließ eigentlich keinen Widerspruch zu, doch Pater Maitiú war nicht bereit, einzulenken.
»Ich sagte, es ist der Wille des Himmels, dass dieser Engländer stirbt. Wer dies verhindern will, wird es bereuen.«
»Ich glaube kaum, dass meine Männer sich auf das Wort eines clanfremden Priesters hin gegen ihren eigenen Taoiseach wenden werden. Der Gefangene bleibt so lange am Leben, wie ich es für richtig halte«, antwortete Oisin kalt.
Er spürte jedoch, dass er etwas tun musste, um den Unmut seiner Leute zu besänftigen, und erklärte mit etwas weniger schneidender Stimme: »Einige unserer Kämpfer sind Gefangene der Engländer. Ich werde ihnen daher vorschlagen, John

Crandon gegen diese auszutauschen. Sind sie dazu bereit, bleibt er am Leben. Wenn nicht, stirbt er.«
Ferdinand hoffte, dass Crandon bei seinen Leuten angesehen genug war, dass er eine Handvoll Iren aufwog. Gleichzeitig war er froh, dass die Situation fürs Erste entschärft war. Doch als er sich erleichtert umdrehte, klang Simons Stimme auf.
»Dieser Engländer ist von meinem Vetter gefangen genommen worden, der meinem Kommando untersteht. Ich fordere im Gegenzug für dessen Freiheit die Freilassung meiner Söldner, die auf der *Violetta* von den englischen Hunden gefangen wurden. Geschieht das nicht, werde ich diesen Mann mit eigenen Händen töten.«
Während Pater Maitiú zufrieden nickte, weil er sich nicht vorstellen konnte, dass die Engländer eine so große Zahl an Kämpfern freilassen würden, hätte Ferdinand seinen Vetter am liebsten erwürgt. Für einen Moment bedauerte er es, Simon nach Irland gefolgt zu sein, berichtigte sich jedoch sofort, denn andernfalls hätte er Ciara Ní Corra niemals kennengelernt. Dennoch ärgerte er sich über die Art, in der Simon ihn behandelte. Er konnte nicht einmal etwas gegen dessen Forderung sagen, sonst würde es heißen, ihm sei die Freiheit der eigenen Kameraden gleichgültig.
Sein Blick streifte Ciaras Gesicht, und er las für einen Augenblick Mitleid darin. Offensichtlich wusste sie, was er fühlte. Doch es war nicht Mitleid, was er sich von ihr erhoffte. Natürlich brauchte sie ihn nicht so zu bewundern, wie sie dies anfänglich bei Simon getan hatte. Aber ein wenig Anerkennung hätte er sich doch gewünscht, und ein wenig Stolz auf seine Taten. Aber die waren offenbar, wie Simon ihm gestern Abend deutlich erklärt hatte, im Grunde nichts wert.
Zum ersten Mal überlegte er, ob er sich nicht ganz von seinem Vetter trennen und auf eigenen Beinen stehen sollte. Zudem hatte Simon ihn weder, wie versprochen, zu seinem Stellvertreter ernannt noch ihm offiziell den Rang eines Leutnants verliehen.

Ohne seinen Vetter eines weiteren Blickes zu würdigen, kehrte Ferdinand in seine Unterkunft zurück und setzte sich auf einen dreibeinigen Hocker. Auch in diesem Raum hatte es einige Änderungen gegeben. Der Platz, an dem er vor ihrem Kriegszug ins englische Gebiet geschlafen hatte, war von einem der neuen Offiziere in Beschlag genommen worden. Diese Männer führten nun das große Wort, während altgediente Söldner wie Hufeisen ihre Plätze hatten räumen müssen.

Als ihm dies zu Bewusstsein kam, beschloss Ferdinand, sich endgültig Oisin O'Corra anzuschließen. Er suchte seine Sachen zusammen und verließ den Bau. Draußen sah er Ciara und Ionatán, die eben einen Disput mit dem Burschen seines Vetters ausfochten. Der hielt doch tatsächlich das Pferd am Zügel, welches er selbst von Crandon erbeutet hatte.

»Was soll das heißen?«, fuhr Ferdinand den Mann an.

Der wandte sich mit einem spöttischen Grinsen zu ihm um. »Ich bringe dieses Pferd zu meinem Herrn, der es in Zukunft reiten will.«

Zuerst hatte Ferdinand auf den Gefangenen verzichten müssen, und nun wollte man ihm auch noch das Pferd wegnehmen. Das war zu viel! Er ließ seine Habseligkeiten fallen, und ehe Simons Bursche sich's versah, hatte er diesen gepackt, riss ihn scheinbar ohne Anstrengung hoch und schleuderte ihn mehrere Schritte beiseite.

»Du Lumpenhund! Wage es noch einmal, dich an meinem Eigentum zu vergreifen. Dann breche ich dir alle Knochen!«

Noch während er den Söldner anschrie, fuhr es Ferdinand durch den Kopf, dass sein Wutausbruch den Falschen traf. Der Kerl hatte auf Simons Befehl hin gehandelt. Doch es war undenkbar, seinen Vetter ebenso zu packen und zu züchtigen. Daher herrschte er den Burschen an zu verschwinden.

»Halt!«, rief er, als der Kerl sich auf die Beine kämpfte und davonrennen wollte. »Richte Herrn Simon von Kirchberg aus, dass er sich seine Reitpferde entweder selbst erbeuten oder kaufen soll. Ich denke nicht daran, ihm meinen Hengst zu überlassen.«

»Ihr werdet schon sehen, was Ihr davon habt«, stieß der Mann aus und rannte davon, als Ferdinand mit einer ausholenden Handbewegung auf ihn zukam.

»Euer Vetter wird Euch wenig Dank dafür wissen. Aber ich freue mich, dass Ihr diesmal nicht nachgegeben habt«, sagte Ciara lächelnd.

Sofort straffte Ferdinand sich und klopfte dem Hengst auf die Kruppe. »Simon mag mir ruhig zürnen. Noch ist die Rechnung zwischen uns nicht zur Gänze beglichen.«

Dabei dachte Ferdinand an das Pferd, das sein Onkel ihm geschenkt hatte und das auf Befehl seines Vetters ins Meer geworfen worden war, und er spürte, dass seine Augen tränten. Ciara wusste, dass sie diese Tränen nicht als Zeichen der Schwäche ansehen durfte. Ferdinand von Kirchberg mochte als unausgegorener Jüngling nach Irland gekommen sein, doch mittlerweile war er zu einem Mann gereift, der sich von seinem Vetter nichts mehr gefallen ließ und den man nicht unterschätzen sollte.

6.

Viele der Männer, die am Abend zu sehr gefeiert hatten, suchten sich am frühen Nachmittag eine stille Ecke, in der sie schlafen konnten. Zu den wenigen, die noch auf den Beinen waren, zählte Ferdinand. Da er sein Quartier nicht mehr bei den Söldnern seines Vetters aufschlagen wollte, hatte er seine Decke und das wenige an Gepäck, das ihm nach der Überfahrt mit der *Margherita* geblieben war, in die Kammer geschafft, die Ionatán sich mit zwei Kriegern der Ui'Corra teilte. Obwohl das Zimmer klein war, räumten ihm die drei Männer genug Platz ein, und als sie merkten, dass er sich bereits einige Grundkenntnisse ihrer Sprache angeeignet hatte, unterhielten sie sich lebhaft mit ihm.

Simon von Kirchberg kommentierte Ferdinands Auszug mit einem spöttischen Lächeln, denn er war sicher, dass sein Vetter bald wieder angekrochen käme. Vorerst aber saß er mit Oisin und Aithil O'Corra in einem Zimmer im oberen Geschoss des Wohnturms und beriet mit ihnen das weitere Vorgehen.

»Der Earl of Tyrone ist sicher, dass Königin Elisabeth Henry Bagenals Niederlage und Tod nicht so einfach hinnehmen wird. Daher lässt er die Befestigungen an den Grenzen verstärken und sammelt seine Krieger, um auf alles vorbereitet zu sein«, berichtete Simon.

Oisin nickte, denn er selbst hätte nicht anders gehandelt. »Wir müssen die Engländer hinhalten, bis die Kosten des Krieges für sie zu hoch werden und die Königin sich die Feldzüge gegen Irland nicht mehr leisten kann.«

»Das ist auch Hugh O'Neills Absicht«, erklärte Simon. »Er will sich aber nicht darauf verlassen, sondern bei den katholischen Mächten des Kontinents um Unterstützung ansuchen. Spanien hat ihm schon mehrmals Schiffsladungen mit Waffen geschickt. Jetzt bittet er um Truppen, mit denen die Engländer auch in einer offenen Feldschlacht besiegt werden können. Wenn wir diese wie bisher nur aus dem Hinterhalt attackieren, werden wir sie niemals vertreiben. Dafür sitzen sie in Dublin und im Pale zu fest im Sattel.«

Simon genoss es, tiefer in O'Néills Pläne eingeweiht zu sein als Oisin O'Corra. Dieser hatte bei der Schlacht am Yellow Ford gefehlt und dadurch an Ansehen verloren.

Dies war Oisin ebenfalls klar, und er überlegte, wie er dies wettmachen konnte. Sein Blick ruhte auf Simon. Er hatte sich viel von dem Mann versprochen, doch bislang war Kirchberg ihm das meiste schuldig geblieben. Der Söldnerführer war zu starr in seinen Ansichten und konnte sich nicht auf die Kriegsführung der Iren einstellen. Daher war er nur dort von Wert, wo er eine feste Stellung zu verteidigen hatte. Unter den Umständen wäre es Oisin lieber gewesen, Simon hätte sich ganz Aodh Mór O'Néill angeschlossen, denn dann würde er seine Männer nicht länger ernähren müssen.

»Ihr solltet zu O'Néill reiten und dessen Söldner anführen«, schlug Oisin ihm vor.

Simon sagte sich, dass er in der Nähe des Rebellenführers besser glänzen konnte als hier, wo Fuchs und Hase sich gute Nacht sagten, und nickte. »Ich wollte mich sowieso bald wieder mit dem Earl of Tyrone treffen.«

»Dann ist es gut!«, sagte Oisin und beschloss, einen Tag nachdem Simon von Kirchberg die Burg verlassen hatte, selbst aufzubrechen und noch einige gezielte Schläge gegen die Engländer zu führen. Dabei hoffte er, dass Ferdinand von Kirchberg bei ihm bleiben würde. Der junge Mann war ein ausgezeichneter Kämpfer und ein besserer Unteranführer als Buirre. Auch Ciara würde er wieder mitnehmen müssen. Obwohl es ihn schmerzte, die Schwester in Gefahr zu bringen, so stellte sie

doch einen Trumpf in diesem Spiel dar, den er nicht unterschätzen durfte.
Die Beratung erlahmte, da sowohl Oisin wie auch Simon von Kirchberg ihren Gedanken nachhingen und Aithil stumm vor seinem Metbecher saß. Mitten in die Stille erklangen Hufschläge, die sich der Burg näherten. Als Oisin aufstand, um nachzusehen, erkannte er den Bauern, bei dem Maeve als Magd arbeitete. Der Mann ritt gerade auf dem Burghof ein, und sein Pferd sah nicht so aus, als hätte er es auf dem Weg geschont.
»Da muss etwas passiert sein«, sagte Oisin mehr für sich selbst und verließ die Kammer.
Als er den Burghof erreichte, hatte sich bereits eine Menge Leute um den Bauern versammelt. Dessen Gesicht war kalkweiß, und er wischte sich immer wieder fahrig über die Stirn.
»Was ist geschehen?«, fragte Oisin.
Der Bauer wandte sich ihm zu und rang die Hände. »Die Magd! Maeve! Sie ist tot!«
»Wie ist das passiert?«, wollte Oisin wissen.
»Ich weiß es nicht! Ich war mit meinem Knecht und der zweiten Magd gestern hier auf der Burg, um mitzufeiern. Als wir heute Vormittag zum Hof zurückkamen, waren die Kühe im Stall unruhig. Die Hühner waren ebenfalls nicht gefüttert, und auch sonst war nichts von dem erledigt worden, was Maeve hätte tun sollen. Wir haben nach ihr gerufen, aber es kam keine Antwort. Als ich zum Haus ging, fand ich die Tür unverschlossen. Das Feuer im Herd war erloschen und nichts für das Mittagessen vorbereitet.«
Oisin wurde das ausufernde Geschwafel des Mannes zu viel, und er packte ihn mit einem harten Griff. »Ich will wissen, was mit Maeve ist!«
»Die haben wir dann natürlich gesucht.«
Der Mann merkte, dass Oisin kurz davor war, die Geduld mit ihm zu verlieren, und kam endlich zum Wesentlichen. »Mein Knecht hat Maeve schließlich gefunden. Sie lag tot in der Kam-

mer, die ich ihr auf Herrn Buirres Wunsch geben musste. Ihr Unterleib war bloß, und wir konnten deutlich sehen, dass sie vergewaltigt worden war. Am Hals hatte sie Würgemale, die darauf hinwiesen, dass sie nicht von selbst gestorben sein kann.«

»Das heißt, Maeve wurde vergewaltigt und ermordet!« Oisin war tief getroffen, denn er hatte die Frau auf diesen Hof und damit in den Tod geschickt.

Der Bauer nickte. »So war es wohl, Taoiseach. Ich gebe mir die Schuld, dass ich ihr befohlen habe, zu Hause zu bleiben, obwohl sie so gerne mit zu dem Fest gegangen wäre. Aber ich dachte ...« Der Rest seiner Worte ging in einem Schluchzen unter.

Während die Umstehenden mutmaßten, was da passiert sein konnte, fühlte Buirre eine unsichtbare Hand an seiner Kehle, die ihm langsam den Atem abschnürte. Man darf dich nicht damit zusammenbringen, durchfuhr es ihn, und er stieß seinen Freund Seachlann an.

»Wenn das mal nicht Ionatán war! Er war seinem Weib gram, weil sie ihn nicht mehr in ihr Bett gelassen hat.«

»Hast du ihn darin nicht kräftig vertreten?«, fragte Seachlann mit Neid in der Stimme, weil er Maeve ebenfalls gerne besessen hätte.

»Sagen wir, sie hat sich an mich gehängt. Ich hätte schon aus Eisen sein müssen, um die Gelegenheit nicht auszunützen. Aber ich habe bald das Sündhafte meines Tuns erkannt und bei dem hochwürdigen Athair Maitiú gebeichtet. Seitdem habe ich Maeve nicht mehr aufgesucht.«

Es gelang Buirre, Seachlann zu überzeugen. »Du glaubst, Ionatán hätte es getan?«

Buirre nickte eifrig. »Welcher andere Mann hätte Grund gehabt, sie nicht nur zu vergewaltigen, sondern auch zu ermorden? Erinnere dich daran, dass dieser Bastard sich gestern beim Trinken zurückgehalten hat. Er muss gewartet haben, bis die meisten von uns vom Met und vom Whiskey übermannt worden sind, dann hat er sich ein Pferd gesattelt und ist zu dem Hof geritten. In der Nacht schien ein heller Mond, daher waren die paar Meilen rasch zurückgelegt.«

»So muss es gewesen sein«, sagte Seachlann nach kurzem Überlegen.

Während Buirre sich von da an zurückhielt, damit das Gerücht nicht auf ihn zurückgeführt werden konnte, verbreitete sein Freund es eifrig weiter. Aus einem Tropfen wurde ein Rinnsal und aus diesem ein Bach, der immer breiter wurde. Schließlich sprach einer laut aus, was die anderen tuschelten.

»Ionatán ist der Mörder! Er war der Einzige, der einen Grund hatte, Maeve umzubringen.«

»Ja, genauso ist es!«, stimmte ein anderer zu.

Etliche Krieger hatten nicht vergessen, dass Ionatán ein Tagelöhner gewesen war, bevor Oisin ihn in seine Schar aufgenommen hatte, und ärgerten sich, weil er ihnen nun gleichgestellt war. Die Knechte und das einfache Landvolk neideten ihm diesen Aufstieg, und so riefen immer mehr, Ionatán habe seine Ehefrau ermordet, weil diese ihm sein Recht im Bett verweigert habe.

Ionatán selbst wusste nicht, wie ihm geschah, hatte er doch noch kaum begriffen, dass seine Frau tot war. Als die ersten Fäuste ihn packten und einige Frauen Steine und Erdklumpen auf ihn warfen, hob er verzweifelt die Hände. »Ihr guten Leute, so war es nicht. Ich habe Maeve nicht getötet. Ich war die letzte Nacht die ganze Zeit hier.«

»Das kann jeder sagen!«, höhnte Seachlann. »Ich jedenfalls habe dich um Mitternacht nicht mehr gesehen.«

»Kannst du ja nicht, weil du da schon unter dem Tisch gelegen bist«, wandte einer der wenigen Männer ein, die nicht von Ionatáns Schuld überzeugt waren.

Auch Ciara glaubte nicht daran. Zwar war sie schockiert über Maeves Tod, doch der Ärger, dass die Clanleute Ionatán ohne

Beweise als Schuldigen hinstellten, überwog ihre Betroffenheit. »Ich habe Ionatán um Mitternacht noch gesehen. Er saß dort hinten in der Ecke mit Hufeisen und Herrn Ferdinand«, rief sie in den Tumult hinein.

»Das stimmt!«, erklärte Ferdinand. »Wir haben uns gut unterhalten und sind erst sehr spät zu Bett gegangen.«

»Unterhalten willst du dich mit Ionatán haben? Der kann doch kein einziges Wort Englisch und du kein Irisch«, spottete Buirre.

Einige lachten. Da drehte sich Ferdinand mit blitzenden Augen zu Buirre um. »Tú is amháin druidte ábhal abhlóir!«

Obwohl Ferdinand keine Rücksicht auf die irische Grammatik nahm, griff der Ire zu seinem Kurzschwert. »Das lasse ich mir von einem dreckigen Gearmánach nicht sagen!«

»Dass du ein ganz großer Hanswurst bist, verstehst du also! Damit wäre wohl bewiesen, dass ich mich durchaus mit Ionatán verständigen kann. Ein wenig Englisch kann er übrigens. So mühsam ist es also nicht für mich, mich mit ihm zu unterhalten.«

Während er es sagte, wanderte auch Ferdinands Rechte zum Schwertgriff, denn Buirre sah immer noch so aus, als wolle er auf ihn losgehen.

Da mischte Oisin sich ein. »Gib Ruhe, Buirre! Du hast es dir selbst zuzuschreiben, denn es schallt so aus dem Wald heraus, wie man hineinruft. Euch, Ferdinand von Kirchberg, frage ich, wann Ihr zu Bett gegangen seid.«

»Etwa zur selben Stunde wie Pater Maitiú, oder besser gesagt, ich sah ihn gehen und bin dann auch zu Bett.«

Oisin wandte sich nun zu dem Priester um, der dem Ganzen bislang wortlos zugehört hatte. »Wisst Ihr die Zeit, Hochwürden?«

Der Pater schüttelte den Kopf. »Nicht genau.«

»Daher kann Ionatán sich durchaus ein Pferd geholt haben und zu Maeve geritten sein!« Buirre versuchte nun selbst, die

Stimmung gegen Maeves Ehemann anzuheizen, doch die meisten waren nachdenklich geworden. Der Knecht, der ihm in der Nacht das Pferd gesattelt hatte, hob die Hand, senkte sie aber wieder und schien nicht recht zu wissen, was er sagen sollte.
»Ionatán kann es unmöglich gewesen sein«, sagte da einer der Männer, die im selben Raum schliefen wie er. »Ich bin in der Nacht ein paarmal aufgewacht, und da hat er neben mir geschlafen.«
»Das kann auch nur eine zusammengerollte Decke gewesen sein, die du gesehen hast«, rief Buirre giftig.
»Eine Decke schnarcht nicht so wie Ionatán!«, konterte der Mann gelassen. Dann rieb er sich über die Stirn. »Da fällt mir etwas ein. Du hast das Fest gestern selbst zu sehr früher Stunde verlassen.«
Buirre hätte den Mann am liebsten niedergeschlagen. Da er sich jedoch nicht in Verdacht bringen wollte, winkte er mit einem gekünstelten Lachen ab. »Ich habe rasch getrunken und musste daher früher ins Bett.« Noch während er es sagte, begriff er, dass er sich damit Saraid auslieferte. Wenn sie gegen ihn sprach, war er als Lügner entlarvt. Doch dann erinnerte er sich daran, dass sie als seine Ehefrau kein Zeugnis gegen ihn ablegen durfte, und atmete auf.
»Kann es nicht ein Landstreicher gewesen sein oder ein versprengter englischer Soldat?«, brachte einer der Männer vor, den der Gedanke erschreckte, Maeve könnte von jemand aus dem eigenen Clan ermordet worden sein.
Bereit, jeden Strohhalm zu nutzen, stimmte Buirre ihm zu. »Das ist eine Möglichkeit, die in Erwägung gezogen werden muss. Es streift immer wieder Gesindel durch die Wälder. Vielleicht wollte jemand auf dem Hof etwas stehlen und ist von Maeve überrascht worden.«
Sein Gesinnungswandel fiel neben Saraid und Ciara auch Ferdinand und Oisin auf. Nun entschloss sich der Pferdeknecht doch, das, was ihn bedrückte, loszuwerden.

»Ein Reiter hat in der Nacht die Burg verlassen«, begann er vorsichtig.
»Wer?«, fragte Oisin scharf, während Buirre dem Knecht verzweifelt mit Gesten andeutete, dass dieser schweigen solle. Doch der zeigte mit dem Finger auf ihn.
»Herr Buirre war es! Gott strafe mich, wenn ich nicht die Wahrheit sage.«
»Buirre?« Oisin wandte sich verwundert zu diesem um. »Stimmt das?«
Noch bevor Buirre es abstreiten und als Racheakt des Knechts für empfangene Schläge hinstellen konnte, mischte sich einer der Krieger ein.
»Der Mann hat recht! Ich habe ebenfalls gesehen, wie Buirre in der Nacht die Burg verlassen hat.«
Mit einem Mal war es so still auf dem Hof, als wären alle Geräusche eingefroren. Buirre erkannte, auf welch dünnem Eis er sich bewegte und dass er keinen Fehler machen durfte, um nicht unterzugehen.
»Bei Gott, ich hatte gestern den dummen Gedanken, ein wenig auszureiten, und das im Rausch. Oder glaubt hier wirklich jemand, ich wäre zu Maeve geritten, um sie zu vergewaltigen? Wenn ich zu der kam, hat die doch ihre Röcke schneller gehoben, als ich meinen Schwanz aus der Hose bringen konnte.«
Das erhoffte Gelächter unterblieb. Wütend sah Buirre sich um. »Ist hier jemand, der an meinem Wort zweifelt?«
»Ja, ich!«, antwortete Saraid. »Du warst der Einzige, der in der Nacht die Burg verlassen hat, und du bist lange ausgeblieben. Bei deiner Rückkehr war es fast schon wieder hell. Du hast zwar behauptet, du wärst beim Abtritt gewesen, doch dort gibt es andere Gerüche als die nach Pferd. Wärst du früher nach Hause gekommen, hätte ich es nicht mehr riechen können. Der Pferdegeruch an dir war jedoch frisch.«
Buirre holte mit der Hand aus und schrie Saraid an. »Frau, sei still, sonst muss ich dir Gehorsam beibringen.«

Mit vor Zorn funkelnden Augen trat Saraid auf ihn zu. »Nein, Buirre O'Corra, ich schweige nicht! Ich kann nicht beweisen, dass du die arme Maeve vergewaltigt und umgebracht hast. Doch ich glaube es so lange, bis deine Unschuld erwiesen ist. Bis dies geschieht, lehne ich jede Gemeinsamkeit mit dir ab. Du wirst weder in meinem Bett schlafen, noch werde ich für dich waschen oder dein Essen auftischen. Für mich bist du wie jeder andere Krieger des Clans, nur dass ich diese nicht verdächtige, ein solches Verbrechen begangen zu haben.«

»Das ist doch Unsinn!«, brüllte Buirre und ging auf Saraid los. Ciara wollte dazwischentreten, wurde aber von ihm rüde beiseitegeschoben. Zu mehr als einem Schlag kam Buirre nicht, denn Ferdinand packte ihn und schleuderte ihn zu Boden.

»Ist das alles, was du kannst? Frauen schlagen?«, fragte Ferdinand eisig.

Buirre sprang auf die Beine, zog, so schnell er konnte, sein Schwert und hieb zu. Doch Ferdinand hielt bereits die eigene Klinge in der Hand und blockte den Schlag ab. Als Buirre erneut angriff, prellte Ferdinand ihm die Waffe aus der Hand und trat sie beiseite.

»Wenn du willst, machen wir es nach Männerart aus und nicht wie Raufbolde!«, brüllte er Buirre an.

Diesem war klar, dass er in einem ehrlichen Schwertkampf gegen Ferdinand den Kürzeren ziehen würde, und kehrte ihm wütend den Rücken. Weit kam er jedoch nicht, denn Oisin hielt ihn auf.

»Hast du nicht etwas vergessen, Buirre? Immerhin stehst du in Verdacht, ein fluchwürdiges Verbrechen begangen zu haben. Wenn du deinen Platz unter meinen Kriegern behalten willst, wirst du auf die heiligen Reliquien schwören, dass du Maeve nicht ermordet hast!«

»Wenn es weiter nichts ist, das schwöre ich gerne!« Es gelang Buirre, die Worte ohne Zittern auszusprechen.

Im Grunde stimmte es auch, sagte er sich. Er hatte Maeve nicht

ermordet. Ihr Tod war vielmehr ein Unglücksfall, den er gewiss nicht gewollt hatte. Doch als Pater Maitiú in die Burgkapelle trat und mit einem Reliquienschrein aus Holz zurückkam, der wegen seiner Schlichtheit der Zerstörungswut der englischen Besatzer entgangen war, brach Buirre der Schweiß aus. Noch schlimmer wurde es, als der Priester ihn aufforderte, die rechte Hand auf die Reliquie zu legen, und ihm die Eidesformel vorsprach, die er leisten sollte.
»Ich, Buirre O'Corra, beschwöre vor Gott dem Allmächtigen, seinem eingeborenen Sohn Jesus Christus und dem Heiligen Geist, dass mich keine Schuld am Tod des Weibes Maeve Ní Corra trifft. Sollte mein Mund die Unwahrheit sprechen, so ist mir ewige Höllenpein gewiss und die Verweigerung der Erlösung am Jüngsten aller Tage.«
Den ersten Satz brachte Buirre noch halbwegs über die Lippen. Doch als er bei der Höllenpein ankam, begann er zu zittern und ließ erbleichend den Reliquienkasten los.
»Ich habe sie nicht ermordet! Es war ein Unglück!«
Die Umstehenden starrten ihn an, als könnten sie es nicht begreifen, Saraid aber zeigte mit Abscheu auf ihn. »Du bist verflucht unter den Menschen, Buirre O'Corra! Selbst Maeve wollte dich nicht mehr, und dafür musste sie sterben.«
»Gott sei ihrer armen Seele gnädig!« Ciara bekreuzigte sich und bat Maeve in Gedanken, ihr zu verzeihen, dass sie ihren Bruder aufgefordert hatte, die Frau aus der Burg zu entfernen. Damit trug auch sie einen Teil der Schuld an ihrem Tod. Der Gedanke schmerzte, und sie verabscheute Buirre, weil dieser ihnen allen die Freude über den herrlichen Sieg bei der Béal an Atha Buidhe durch seine Tat vergällt hatte.

7.

In England hätte man wohl die Königin selbst ermorden müssen, um den Zorn über Henry Bagenals Niederlage und den Verlust von fast zweitausend Kriegern zu übertreffen. Elisabeth Tudor musste erkennen, dass ihr Versuch, den Aufstand in Irland mit möglichst geringem Aufwand an Geld und Truppen zu beenden, gescheitert war.
An diesem Nachmittag blickte sie von ihrem erhöhten Sitz auf die Mitglieder des Kronrats nieder. Einige von ihnen wirkten so grimmig, als wollten sie die Iren mit eigener Hand dafür strafen, dass sie sich der englischen Herrschaft zu entziehen versuchten. Doch bis jetzt war wenig vorgeschlagen und noch weniger beschlossen worden. Stattdessen ergingen sich die Herren in langatmigen Erklärungen, weshalb Sir Henry Bagenal hatte scheitern müssen.
Obwohl es keiner aussprach, spürte Elisabeth, dass man ihr vorwarf, mit ihrer Zaghaftigkeit und übertriebener Sparsamkeit ebenfalls Schuld an dem Desaster zu tragen. Ihr rot geschminkter Mund in dem weißen Gesicht verriet ihren Ärger. Wussten diese Männer denn nicht, dass sie jeden Sovereign, den sie ausgab, durch Steuern und andere Einkünfte wieder hereinbringen musste? Wie schwer dies war, interessierte keinen von jenen, die hier von der Ehre Englands faselten, die wiederhergestellt werden müsse, und Rache für den Tod tapferer Engländer forderten.
Ihr Blick suchte Robert Cecil. Auf seinen Rat gab sie am meisten, doch bislang hatte er die anderen reden lassen, allen voran Robert Devereux, den Earl of Essex. Dieser saß mit zufriedener Miene auf seinem Stuhl und strich sich mit der Rechten

immer wieder über den rötlichen Bart. Elisabeth meinte ihm an der Stirn ablesen zu können, was er dachte. Jetzt, da Henry Bagenal gefallen war, musste sie ihn nach Irland schicken. Es war eine bittere Pille für sie, doch welche Wahl blieb ihr noch? Keiner ihrer Vertrauten würde es wagen, das Oberkommando in Irland zu übernehmen und Essex damit zu brüskieren. Dafür stand er zu hoch in ihrer Gunst. Auch wenn sie sich gelegentlich mit ihm stritt, wurde ihm dennoch großer Einfluss auf sie nachgesagt. Ein Wort von ihm konnte den Befürchtungen der anderen Höflinge nach eine ganze Karriere zerstören.

Elisabeth fragte sich, ob sie Essex in all den Jahren zu nachsichtig behandelt hatte. Ein paar Wochen im Tower hätten ihn die nötige Bescheidenheit lehren können. Doch sie hatte sich von seinem Charme einlullen lassen und die weniger angenehmen Seiten seines Charakters als lässliche Sünden betrachtet. Das war ein Fehler gewesen, denn nun würde sie ihn mit viel Geld und Soldaten ausschicken müssen und konnte nur hoffen, dass Essex wenigstens diesmal in ihrem Sinne handelte.

Verärgert, weil ihre Räte noch immer noch um den heißen Brei herumredeten, klopfte sie mit der flachen Hand auf die Lehne ihres Stuhls. »Ich erwarte Vorschläge, meine Herren, und keine Überlegungen, was geschehen wäre, hätte Sir Henry Bagenal in Irland anders gehandelt!«

»Euer Majestät haben recht!«, stimmte Robert Cecil ihr sofort zu. »Schon um den anderen Mächten in Europa – allen voran Spanien, Frankreich und Schottland, aber auch dem Papst in Rom – zu zeigen, dass England die richtige Antwort auf eine solch lächerliche Revolte wie die von Hugh O'Neill zu geben bereit ist, müssen wir ein Heer von ausreichender Stärke nach Irland entsenden.«

Elisabeth sah, wie Essex' Augen bei Cecils Rede aufleuchteten. Er wusste, dass sie ihn nicht übergehen konnte, hatte aber gewartet, bis jemand den Vorschlag machte, Irland mit einem

großen Heer niederzuwerfen. Nun fühlte er doppelten Triumph, weil ausgerechnet sein Erzfeind Cecil das getan hatte. Andere Räte stimmten Cecil zu und machten einige Vorschläge, von denen Elisabeth ein paar für gut befand, andere aber sofort wieder verwarf.
Schließlich ergriff Robert Cecil wieder das Wort. »Euer Majestät könnten diese leidige irische Sache auch dadurch beenden, indem Ihr ein weit kleineres Heer von vier- oder fünftausend Soldaten unter einem fähigen General nach Irland schickt. Es würde ein paar Jahre dauern, dann wären die O'Néills, O'Donnells und wie die Clans alle heißen niedergerungen.«
Während Essex ärgerlich das Gesicht verzog, erwog Elisabeth diese Möglichkeit. Auf alle Fälle würde es sie weniger kosten, als so ein riesiges Heer auszurüsten, das ihr Günstling für seine Person als unabdingbar betrachtete.
Bevor sie sich zu einer Entgegnung entschlossen hatte, hob Cecil die Hand. »Wie ich schon vorhin sagte, müssen wir ein Zeichen setzen. Wir wissen, dass Hugh O'Neill geheime Korrespondenz mit Spanien pflegt und von dort Waffen und Geld erhält. Wenn wir zu zögerlich vorgehen, wird dies Spanien dazu bringen, die Rebellen noch stärker zu unterstützen und womöglich eine zweite Armada zu entsenden, um Irland zu erobern. Sitzen die Spanier erst einmal dort, schwebt England in höchster Gefahr. Dann wäre ein Bündnis zwischen Spanien und Frankreich für uns gleichbedeutend mit einem Zweifrontenkrieg. Würde sich dann auch noch Schottland einmischen, wäre England verloren.«
Obwohl Cecil nicht laut gesprochen hatte, hallten seine Worte in den Ohren der anderen Räte nach. Selbst Essex schien ein zustimmendes Nicken anzudeuten. Elisabeth hingegen wog die Folgen eines solchen Kriegszugs ab und konnte sich zu keinem Entschluss durchringen. Schließlich stand sie mit einem heftigen Ruck auf. »Meine Herren! Ich werde Euch meine Entscheidung zu gegebener Zeit mitteilen.«

Die meisten Mitglieder des Kronrats begriffen dies als Aufforderung, den Raum zu verlassen. Nur Essex trat mit beleidigter Miene auf die Königin zu.
»Euer Majestät, Ihr müsst jetzt handeln! Jeder Aufschub ist eine Schande für England und ein Triumph für unsere Feinde.« Er streckte die Hand nach ihr aus, doch sie entzog sich ihm mit einer raschen Bewegung.
»Bewahrt Abstand, Sir! Und zweifelt nicht mein königliches Recht an, zu entscheiden, wann ich es für richtig halte.«
Essex erbleichte und ballte die Fäuste. Sein Blick suchte Cecil, der mit einer beschwichtigenden Geste antwortete.
»Mylord, ich werde Ihrer Majestät vorschlagen, Euch als ihren Statthalter nach Irland zu schicken, damit Ihr diese Rebellion beenden und Europa damit zeigen könnt, dass England seine Rechte zu wahren weiß!«
Heerführer in Irland wollte Essex gerne sein, um O'Néill zu unterwerfen und anschließend im Triumph nach London zurückkehren zu können. Zum Statthalter ernannt zu werden bedeutete jedoch, länger auf dieser elenden Insel bleiben und sich um Steuern, Kühe und Schafe kümmern zu müssen, während sein Konkurrent Cecil seinen Einfluss auf die Königin ungehindert ausweiten könnte. Am liebsten hätte er ihm erklärt, dass er für dieses Amt nicht zur Verfügung stünde. Doch damit würde er auch das Kommando über das Heer aus der Hand geben, das Irland erobern sollte. Gerade diese militärische Macht reizte ihn als Faustpfand, um seine hochfliegenden Pläne verwirklichen zu können.
Daher verbeugte er sich vor Elisabeth, während er Cecil ignorierte. Den Saal verließ er allerdings erst, als einer der anderen Räte den Arm um ihn legte und ihn hinausführte.
Auch Robert Cecil wandte sich zum Gehen, doch eine heftige Handbewegung der Königin hielt ihn zurück. Elisabeth wartete, bis sich die Tür wieder geschlossen hatte, dann funkelte sie ihren Staatskanzler zornig an.

»Gibt es keine andere Möglichkeit, als Essex nach Irland zu schicken?«

»Wenn ich eine wüsste, würde ich sie Eurer Majestät mit Freuden mitteilen. Doch es geht nicht anders. England muss beweisen, dass es Irland fest im Griff behält. Ich schlage vor, dem Earl of Essex einen erfahrenen General an die Seite zu stellen. Auch sollten Euer Majestät ihm genaue Befehle erteilen, was er in Irland zu tun hat.«

»Glaubt Ihr, er wird sie befolgen?«, fragte Elisabeth herb. »Zu oft hat Essex bereits nach seinem eigenen Kopf gehandelt und damit die Erfolge, die er hätte erringen können, wieder aus der Hand gegeben. Er mag ein galanter Höfling und ein mutiger Kämpfer sein, aber er handelt zu unüberlegt.«

»Euer Majestät können versichert sein, dass ich auch daran gedacht habe. Die Befehle für den Earl of Essex werden genau umrissen sein. Er soll keine großen Schlachten schlagen, sondern die Iren bereits durch seine Anwesenheit zur Räson bringen. Mit diesem Heer kann er unaufhaltsam nach Ulster eindringen und O'Néill vor sich hertreiben. Ist dieser erst einmal besiegt, werden sich auch die restlichen Clanoberhäupter ergeben. Dies muss dem Earl of Essex mit aller Deutlichkeit klargemacht werden. Er muss auch wissen, dass jede Abweichung von diesen Befehlen Hochverrat bedeutet. Deswegen habe ich seinen Sekretär Anthony Bacon für heute Abend zu mir einbestellt. Er soll Essex immer wieder an seine Treue zu Euch erinnern und daran, dass er diese Treue am besten bezeugt, indem er Eure Befehle befolgt.«

»Ich hoffe, Ihr habt damit Erfolg! Wenn nicht, schicke ich Euch nach Irland, und zwar mit weitaus weniger Soldaten, als ich sie Essex zubilligen muss.« Trotz ihrer Sorgen gelang es Elisabeth zu spotten, denn wenn es einen ihrer Höflinge gab, der weniger dem Bild eines Soldaten entsprach, so war es Robert Cecil mit seinem Buckel und den schief gewachsenen Beinen. Sein Kopf hingegen war einer der fähigsten, die es in

England gab. Wenn er das von ihm skizzierte Vorgehen für richtig hielt, gab es gute Gründe dafür. Immerhin war Essex ihm nicht gerade gewogen und neidete ihm die Stellung, die er an ihrem Hof einnahm.

»Ich hoffe es auch«, antwortete Cecil nach einer kleinen Pause. »Deshalb sollten Euer Majestät bei der Bestellung der Generäle, die Ihr Essex an die Seite stellen wollt, auf diese Tatsache Rücksicht nehmen.«

»Wer schwebt Euch vor?«, fragte Elisabeth.

»Ich dachte an Lord Mountjoy, an Sir Conyers Clifford …« Bevor er weitere Namen nennen konnte, unterbrach ihn die Königin.

»Beides sind treue Anhänger von Essex und werden sich ihm nicht in den Weg stellen, wenn er von meinen Befehlen abweichen will.«

»Sie sind aber auch gute Soldaten und in der Lage, ihm mit Rat und Tat zur Seite zu stehen. Ich werde dafür sorgen, dass auch sie die Befehle erhalten, mit denen Essex losgeschickt wird.«

»Dann sorgt auch dafür, dass alles in meinem Sinn geschieht.« Elisabeth wollte den Saal verlassen, aber als Cecil sich verlegen räusperte, blieb sie stehen.

»Habt Ihr noch etwas auf dem Herzen?«

»Ich selbst nicht, Euer Majestät. Doch Sir Richard Haresgill of Gillsborough, einer der englischen Siedler in Irland, bittet um die Gunst einer Privataudienz. Er hat schon mehrfach bei mir vorgesprochen, damit ich sein Anliegen an Euch weitertrage.«

»Richard Haresgill? Wer ist das?«, fragte Elisabeth.

»Dieser englische Edelmann hat in Ulster große Ländereien sein Eigen genannt, aus denen Hugh O'Neill und dessen Vasall Oisin O'Corra ihn vertrieben haben. Er hat an der Schlacht am Yellow Ford als Hauptmann einer berittenen Einheit teilgenommen und wurde dabei verwundet.«

»Wenn es so ist, werde ich den Herrn empfangen. Er weiß sicher Genaueres aus Irland zu berichten.« Elisabeth setzte sich wieder. Ihr Blick folgte Cecil, der sich nach einer Verbeugung zur Tür begab und dort einem Diener den Befehl gab, Haresgill hereinzubitten.

Kurz darauf trat Richard Haresgill ein. Der lang aufgeschossene, hagere Mann unterschied sich allein durch seine schlichte Kleidung sehr von den Herren am Hofe. So hatte er auf eine Halskrause verzichtet und sich mit einem einfachen Spitzenkragen begnügt. Außerdem trug er eine Pumphose und darunter eine Art Gamaschen um die Oberschenkel. In der Hand hielt er einen flachen, braunen Hut mit schmaler Krempe.

Obwohl er leicht hinkte und dabei das Gesicht schmerzhaft verzog, hatte Elisabeth an seiner Verbeugung nichts auszusetzen.

»Ihr seid Sir Richard Haresgill?«, fragte sie ihn.

»Euer Diener, Euer Majestät!« Haresgill wagte einen Blick auf die Königin, die einen weiten Rock trug, während ihr Oberteil eng am Leib anlag. Ihr weiß geschminktes Gesicht wirkte alterslos, doch er glaubte, in ihren Augen eine gewisse Erschöpfung zu erkennen. Ihr Haar erschien ihm zu dicht, um echt sein zu können, doch die Perücke verlieh ihr ein hoheitliches Aussehen.

»Ihr kommt aus Irland?« Elisabeths Frage unterband Haresgills Musterung.

»Sehr wohl, Euer Majestät! Um es genau zu sagen aus der Nähe von Drummoney. Ich besitze dort mehrere tausend Morgen Land und habe über vierzig Pächter darauf angesiedelt. Prächtige Engländer, will ich sagen, keine faulen, dreckigen Iren. Die sind Wilde, Euer Majestät, nicht anders als die halbnackten Heiden jenseits des Ozeans. Im Grunde sind sie noch schlimmer, denn sie behaupten, Christenmenschen zu sein, und sind doch ihrem alten, heidnischen Aberglauben verhaftet, der bei jedem aufrechten Engländer Abscheu erregen muss. Obwohl ich weniger als ein Zehntel des Landes in der Grafschaft besaß, habe ich dort beinahe ein Viertel der Steuern erwirtschaftet, die

Eurer Majestät zugutegekommen sind. Die Iren, die dort noch Land besitzen, bezahlen fast nichts. Weder wissen sie den Boden so zu bearbeiten, wie es sich gehört, noch geben ihre Kühe auch nur annähernd so viel Milch wie eine gute englische Kuh. Zudem sind ihre Schafe klein, mager und haben kaum so viel Wolle, dass es sich lohnt, sie zu scheren.«

Elisabeth ahnte, dass der Mann diesen Vortrag noch lange fortsetzen würde, und hob die Hand. »Genug! Wir wissen selbst, wie es in Irland aussieht. Ihr wolltet eine Privataudienz. Was habt Ihr vorzutragen, das nicht auch vor meinen Höflingen und Hofdamen ausgesprochen werden kann?«

Mit dieser Frage verunsicherte sie Haresgill. Doch er fing sich rasch wieder und verbeugte sich erneut. »Euer Majestät, ich bitte um die Rückerstattung meiner Güter. Die aufrührerischen Iren haben mich und meine braven englischen Pächter vertrieben. Obwohl ich alles tue, was in meiner Macht steht, vermag ich die hungrigen Mäuler der mir anvertrauten Menschen nicht mehr zu stopfen. Mein Reichtum bestand aus Land, aus Kühen und dem Ertrag, den meine Pächter erwirtschafteten. Das wenige Geld, das ich besaß, ist fast ausgegeben, und ich stehe wie ein Bettler da, solange die Truppen Eurer Majestät diese Rebellion nicht niederschlagen, damit ich auf meinen Besitz zurückkehren kann. Ich …«

Erneut hob Elisabeth die Hand. »Es reicht! Wir können Euch die gute Nachricht mitteilen, dass Wir Maßnahmen ergriffen haben, um Unsere Herrschaft in Irland zu festigen. Damit werdet Ihr bald wieder Herr Eures Eigentums sein.«

»Euer Majestät machen mich überglücklich!«, rief der Edelmann aus.

Elisabeth musterte ihn und sagte sich, dass sie diesen geschwätzigen Mann nicht als Kostgänger an ihrem Hof sehen wollte. Ein Lächeln trat auf ihre Lippen.

»Wir erlauben Euch, an der Rückgewinnung Irlands und Eures Besitzes mitzuwirken, und ernennen Euch zum Hauptmann

eines Reiterfähnleins im Heer des Earls of Essex! Ihr werdet gewiss tapfer kämpfen und nicht nur großen Ruhm, sondern auch Unsere Gunst und weiteren Besitz erwerben.«
Damit gab die Königin den Lakaien ein Zeichen, dass die Audienz beendet war. Diese öffneten die Tür, und Robert Cecil führte Haresgill hinaus. Während dieser in der Hoffnung ging, nach einem Sieg über O'Néill noch mehr Land an sich raffen zu können, blieb Cecil unentschlossen stehen.
Da stand Elisabeth auf und trat neben ihn. »Am liebsten wäre es mir, wenn Hugh O'Neill und die anderen Rebellen allein durch das Erscheinen meines Heeres in sich gehen und die Waffen niederlegen würden. Es wäre besser für uns alle.«
»Solange O'Néill und die anderen nicht nur Landbesitzer, sondern auch die Oberhäupter ihrer Clans sind und diese nach eigenen Gesetzen leiten, wird es keinen Frieden in Irland geben. Wenn England überleben will, muss es die Nachbarinsel nach seinem Vorbild formen. So wie die Angelsachsen und die Normannen zu Engländern geworden sind, müssen auch die Iren dazu werden. Dies setzt die gleiche Sprache, den gleichen Glauben und das gleiche Gesetz voraus. Ohne das wird Irland immer ein Hort des Aufruhrs bleiben.«
Elisabeth nickte bedrückt. »Wie viele Soldaten werden noch sterben müssen, bis es so weit ist?«
»Das weiß nur unser Herr im Himmel«, antwortete Cecil und betete stumm, dass der Feldzug des Earls of Essex erfolgreich sein möge.

8.

Die Stimmung in der Burg war schlecht. Zwar versuchte Oisin O'Corra alles, um die Zügel in der Hand zu halten, doch er konnte nicht verhindern, dass seine Anhängerschaft in drei Teile zerfiel. Da war zum einen er selbst mit Aithil und den meisten Ui'Corra. Eine andere Gruppe sammelte sich um Buirre, der trotz Ciaras Drängen nicht aus dem Clan ausgestoßen worden war und sogar seinen Rang als Unteranführer hatte behalten dürfen. Neben Buirres Freund Seachlann zählte zu aller Überraschung auch Pater Maitiú dazu. Der Priester hatte Buirre trotz aller Bedenken die Absolution erteilt. Aber die Ehe zwischen Buirre und Saraid hatte auch er nicht mehr retten können. Saraid hatte ihren Schwur gehalten, schlief in Ciaras Kammer und behandelte ihren Mann, als wäre er nicht vorhanden.
Manchmal juckte es Buirre, dem störrischen Weib mit dem Stock Gehorsam beizubringen. Er wusste jedoch genau, dass Ciara sich sofort auf Saraids Seite stellen würde. Und wenn er auch diese im Zorn schlug, konnte ihn dies endgültig Oisins Gunst kosten. So aber bildeten die beiden Frauen mit Ionatán, ein paar einfachen Kriegern sowie den meisten Mägden und Knechten in der Burg die dritte Fraktion. Ihnen hatten sich auch Ferdinand und Cyriakus Hufeisen angeschlossen.
Da es so nicht weitergehen konnte, forderte Oisin seine Schwester auf, mit ihm auf die Wehrmauer zu steigen. »Wir müssen miteinander reden!«
Ciara zuckte mit den Achseln. »Was gibt es viel zu bereden? Solange Buirre hierbleibt, wird es keinen Frieden geben.«
»Ich kann ihn nicht einfach wegschicken, nachdem Pater Mai-

tiú ihm Maeves Tod im Namen des Himmels vergeben hat. Außerdem brauche ich ihn. Solange er nicht trinkt, ist er als Krieger und Unteranführer ebenso wertvoll wie Aithil.«

Oisin bedauerte den Starrsinn seiner Schwester und seiner Cousine. Doch er wusste selbst, dass er Saraid nicht befehlen konnte, zu ihrem Mann zurückzukehren. Auch wenn die meisten Frauen in der Burg Maeve nicht gemocht und sogar verachtet hatten, waren sie über deren gewaltsamen Tod aufgebracht und zürnten auch ihm, weil er dieses Verbrechen nicht bestraft hatte.

»Bitte, Ciara, komm mit. Es ist wichtig!«, bat er.

Seine Schwester atmete tief durch und nickte. »Also gut! Versuche aber nicht, mich zu etwas zu zwingen, was mir von Herzen widerstrebt.«

Froh, dass sie ihm wenigstens zuhören wollte, führte Oisin Ciara auf die Burgmauer. Von dort fiel sein Blick auf das nahe gelegene Dorf. Die Felder ringsum lagen zum Teil brach, denn die Pächter zählten zu seiner Kriegerschar, und die Frauen und Knechte bewältigten die Arbeit nicht allein. Doch solange Krieg mit den Engländern herrschte, konnte er immer nur Teile seiner Männer nach Hause schicken. Der Rest musste bei der Festung wachen oder sich O'Néills Feldzügen anschließen.

»Also, was willst du?« Ciara war stehen geblieben und sah ihren Bruder misstrauisch an.

Oisin stieß einen Laut aus, der ein Lachen sein sollte, aber seine Hilflosigkeit verriet. »Ich habe Nachricht von O'Néill erhalten. Es ist Aodh Ruadh O'Domhnaill gelungen, Sligeach einzunehmen und die Ui'Connor von dort zu vertreiben. Jetzt will auch Aodh Mór O'Néill gegen die von den Engländern beherrschten Städte vorgehen. Auf seinen Befehl hin soll ich mit meiner Schar ebenfalls eine Stadt erobern.«

»Dafür brauchst du gewiss nicht meine Hilfe«, antwortete Ciara mit abwehrender Geste.

»Du hast dich auf unserem letzten Feldzug als sehr wertvoll

erwiesen. Es kann sein, dass ich dich wieder benötigte, um die Engländer zu überlisten.« Oisin wies auf die Burg. »Ich möchte diese hässliche Situation beenden und dich und deinen Anhang von Buirre und seinen Leuten trennen.«
»Nichts leichter als das«, antwortete Ciara. »Schick Buirre fort! Mehr als drei oder vier Krieger werden ihm nicht folgen, wenn überhaupt.«
Oisin schüttelte vehement den Kopf. »Unser Clan ist klein und schwach, Ciara, und ich kann auf keinen einzigen Mann verzichten. Auch nicht auf Buirre! Aus diesem Grund werde ich mit einer Schar von gut einhundert Kriegern aufbrechen und den Rest unter Buirres Kommando hier zurücklassen. Du und Saraid kommt mit mir. Ich hoffe, dass Brìd in der Lage ist, die anderen Mägde zu überwachen. Zwar zählt sie zu euren Anhängerinnen, doch sie wird sich ebenso wie die anderen Weiber ruhig verhalten, solange ihr beide weg seid.«
Damit hatte ihr Bruder nicht unrecht, sagte Ciara sich. Sie und Saraid waren diejenigen, die offen gegen Buirre Partei ergriffen. Aber das taten auch Ionatán und Ferdinand von Kirchberg.
»Es gibt noch jemand, den du nicht zurücklassen kannst, und zwar Ionatán. Buirre hasst ihn und würde ihm so lange zusetzen, bis er zur Waffe greift«, sagte sie nachdenklich.
»Ich wollte ihn auch nicht zurücklassen, ebenso wenig wie Herrn Ferdinand«, erklärte Oisin.
Ciaras Herz machte einen Sprung. Selbst nach Ferdinand zu fragen, hatte sie nicht gewagt, um ihre Gefühle für den jungen Deutschen nicht zu verraten. Nun aber nickte sie lächelnd.
»Du hast alles gut bedacht, Oisin. Dennoch schiebst du das Problem damit nur vor dir her. Wenn wir von unserem Kriegszug zurückkommen, wird alles wieder so sein wie jetzt.«
Oisin jedoch vertraute darauf, dass die harten Fronten mit der Zeit brüchig und die beiden Frauen Buirres Verbleiben beim Clan akzeptieren würden. Zumindest aber hatte er Zeit

gewonnen. Nach ein paar Erfolgen gegen die Engländer, sagte er sich, würde Maeves Tod in Vergessenheit geraten und damit auch der Streit im Clan ein Ende haben.
»Ich danke dir, dass du darin einwilligst«, sagte er erfreut. »Übermorgen werden wir aufbrechen. Aithil sende ich heute noch zu O'Néill, um diesem die Nachricht zu überbringen. Danach wird er sich uns anschließen. Ich will weder ihn noch Buirre vor den Kopf stoßen, indem ich einen von ihnen zum Kastellan ernenne und den anderen ihm unterstelle.«
»Du nimmst viel zu viel Rücksicht auf Buirre!«, antwortete Ciara herb.
»Er war ein guter Mann, bevor er Saraid zur Frau nahm, und ich hoffe, dass er es wieder wird.«
»Das klingt fast so, als würdest du Saraid die Schuld daran geben, was aus Buirre geworden ist!«
Ciara klang so zornig, dass Oisin eine besänftigende Geste machte. »Bei Gott, so habe ich es nicht gemeint! Aber die Ehe mit ihr hat ihm nicht gutgetan. Sie ist eine starke Frau mit einem festen Willen. Doch er hat versucht, sich ohne Rücksicht gegen sie durchzusetzen, und dabei Grenzen überschritten, die er besser gewahrt hätte.«
»Auch ich bin eine Frau mit einem starken Willen.«
Oisin begriff die Warnung, die in Ciaras Worten lag. Obwohl sie Geschwister waren, hatte er sie vor seiner Rückkehr nach Irland nur wenige Wochen gesehen und wusste im Grunde nichts über sie. Während seiner Zeit in Frankreich hatte er ihr nicht einmal Geld schicken und ihr das Leben damit erleichtern können. Nun stellte er sich vor, wie sie barfuß und in einem alten Kleid am Strand nach Muscheln und Vogeleiern gesucht hatte, um nicht zu verhungern. Sie hatte ihr Leben gelebt und er das seine, und das fast ohne Verbindung zueinander. Es tat ihm leid, dass die Schwester ihm fremd geblieben war, und er sagte sich, dass er sie nicht gegen ihren Willen verheiraten durfte. Wozu es führte, wenn die Eheleute

nicht zueinander passten, hatte er an Saraid und Buirre gesehen.

Verwundert über sein langes Schweigen, sah Ciara ihren Bruder an. »Hast du nicht gehört, was ich gesagt habe?«

»Doch«, antwortete Oisin mit einem Laut, der wie ein Seufzer klang. »Ich bin sogar froh darum, dass du einen festen Willen hast, obwohl er Frauen eigentlich nicht zusteht. Diese sollten sich ihren Vätern, Brüdern und Männern beugen.«

»Gráinne Ní Mháille hat sich auch nicht gebeugt«, entgegnete seine Schwester. »Sie war die Herrin ihres Clans und die Herrscherin der Meere.«

»Und doch musste sie vor Königin Elisabeth treten und diese um das Leben und die Freiheit ihres Sohnes bitten«, wandte Oisin ein und gab seiner Schwester ungewollt das nächste Stichwort.

»Gráinne Ní Mháille war die stärkste Frau Irlands, so wie Elisabeth die stärkste Frau Englands ist. Beide haben sich nie dem Willen von Männern gebeugt.«

Oisin begriff, dass er sich auf sumpfiges Gebiet vorgewagt hatte. Wenn er dieses Thema weiter verfolgte, würde es noch dazu kommen, dass er gegen Ciara den Kürzeren zog. Daher rang er sich ein Lächeln ab und klopfte seiner Schwester auf die Schulter. »Du bist gut so, wie du bist. Doch jetzt solltest du gehen und Saraid Bescheid sagen. Sorgt dafür, dass Bríd euch ersetzen kann. Wer weiß, wie lange wir fort sein werden. Und noch etwas: Diesmal werden wir Gamhain mitnehmen! Es ist mir doch lieber, wir haben sie bei uns, damit sie dich beschützen kann!«

Beschützen vor wem?, wollte Ciara schon fragen, doch dann sagte sie sich, dass sie ihrem Bruder nicht noch mehr Sorgen bereiten durfte, und verließ die Wehrmauer.

9.

Auf dem Weg in die Küche traf Ciara auf Simon von Kirchberg. Sie wollte rasch an ihm vorbeigehen, doch er lüpfte seinen Hut und sprach sie an. »Gott zum Gruße, Jungfer Ciara. Ihr eilt hier wie ein Wirbelwind durch die Burg. Dabei solltet Ihr Euch auch einmal etwas Ruhe gönnen.«
»Ruhe kann ich mir erst gönnen, wenn Irland frei ist und wir Frauen nicht mehr die Arbeit unserer Männer tun müssen, weil diese für den Kampf gegen die Engländer gebraucht werden.« Ciara klang abweisend. Zwar hatte sie sich früher nach diesem Mann verzehrt, doch seit sie ihn besser kannte, hatte dieses Gefühl einer wachsenden Verachtung Platz gemacht.
Simon von Kirchberg hob mit einer theatralischen Geste die Arme. »Wir sind auf einem guten Weg, Irland zu befreien. England hat eine herbe Niederlage erlitten, und wer weiß, ob sie es überhaupt noch einmal wagen, ein Heer nach Irland zu schicken. Die Ketzerin Elisabeth weiß, dass der Herr im Himmel auf unserer Seite steht. Betet daher für unseren Sieg und seid versichert, dass ich das Meine dazutun werde.«
Da war diese angeberische Art wieder, die sie früher für Selbstvertrauen und Mut gehalten hatte. Aber befreundete Clankrieger hatten ihr berichtet, dass Simon ihnen nicht gerade durch besonderen Kampfgeist aufgefallen war. Er hatte vor allem seine Söldner kämpfen lassen und selbst nur dann eingegriffen, wenn es unumgänglich geworden war. Sein Vetter war da von anderem Format. Ihre Wangen röteten sich, als sie an Ferdinand dachte. Dieser würde niemals seinen eigenen Wert über Gebühr herausstreichen und im Gegenzug die Leistung anderer kleinreden.

»Verzeiht, Herr von Kirchberg, aber ich muss weiter. Wie Ihr selbst sagtet, gibt es für mich viel zu tun. Oder wollt Ihr keinen Met mehr zu den Mahlzeiten trinken, sondern Wasser?«, sagte sie, da Simon ihr den Weg nicht freigab.

»Ihr seid wirklich eine Hausfrau, wie ein Mann sie sich besser nicht wünschen könnte.«

Trotz seiner schmeichlerischen Worte war Simon nicht auf eine Ehe mit ihr aus. Nur der Gedanke, sie könnte vielleicht Gefallen an Ferdinand finden und diesem gewähren, was er selbst bisher nicht von ihr zu fordern gewagt hatte, brachte ihn dazu, ihr den Hof zu machen.

Ciara entschlüpfte ihm wortlos und eilte weiter. Nachdenklich blickte Simon hinter ihr her. Dieses Mädchen war wahrlich eine Schönheit, wie er sie auf dem Kontinent nur selten zu Gesicht bekommen hatte. Nun fragte er sich, ob eine Ehe mit Ciara wirklich nachteilig für ihn wäre. Die Monate in Irland hatten ausgereicht, um ihn erkennen zu lassen, dass kaum einer der großen Clanoberhäupter bereit war, ihm, dem Landfremden, eine Tochter zum Weib zu geben. Auch wusste er, dass Oisin O'Corra ihn ungern als Schwager sehen würde, da dieser hoffte, durch Ciara das Bündnis mit einem starken Clan eingehen zu können.

Andererseits hatte Hugh O'Neill auch schon in seiner Gegenwart angedeutet, dass Oisin nicht zu hoch greifen durfte, wenn er seine Gunst nicht verlieren wollte. Für ihn selbst hieß dies, sich mehr an O'Néill zu halten als an O'Corra. Mit dem Land, das er von Aodh Mór O'Néill erwarten konnte, und einer adeligen Irin als Gattin würde er sich hier weitaus besser stellen als in seiner Heimat.

Einen Augenblick lang dachte er an seinen und Ferdinands Onkel Franz, den Schlossherrn auf Kirchberg. Dessen Besitz hätte er gerne geerbt. Da Franz jedoch einen Sohn und bereits zwei Enkel hatte, würde es nie dazu kommen. Wenn er nicht zeit seines Lebens ein einfacher Söldnerführer bleiben wollte,

musste er alles tun, um eigenen Besitz zu erwerben. Wenn er dazu noch Ciara bekäme, hätte dies seinen ganz eigenen Reiz, denn damit würde er Ferdinand auf den ihm zustehenden Platz verweisen. Der Narr himmelte Oisin O'Corras Schwester unverhohlen an, seit er diese zum ersten Mal gesehen hatte, und würde mit dem Gefühl auf den Kontinent zurückkehren müssen, sie niemals erringen zu können.
Zufrieden, weil er sich nicht länger vom Schicksal getrieben fühlte, sondern ein lohnenswertes Ziel vor Augen hatte, schlenderte Simon zum Burgtor hinaus und sah zu, wie seine neuen Offiziere und Unteroffiziere die gut zweihundert Söldner drillten, die seit neuestem unter seinem Kommando standen. Mit ihnen war er eine Macht in Irland, der selbst Oisin würde Respekt zollen müssen.
Ohne etwas von Simons Gedankengängen zu ahnen, betrat Ciara die Küche. Dort erklärte Saraid der Magd Bríd, was alles zum Mittagessen für die Halle dazugehörte und wie es zubereitet werden sollte.
Ciara lächelte den beiden zu. »Es ist gut, dass Bríd Bescheid weiß, was zu tun ist, wenn wir weg sind.«
»Wieso sollen wir weg?«, fragte Saraid verwundert.
»Mein Bruder will uns mitnehmen. Weißt du, wir sollen die Engländer betören, damit unsere Krieger ihnen leichter die Köpfe einschlagen können. Bríd wird in der Zwischenzeit die Schlüsselgewalt in der Burg übernehmen.«
»Aber das kann ich nicht!«, rief die Magd erschrocken.
Ciara antwortete mit einem Achselzucken. »Dann musst du es eben lernen. Es ist der Wille des Taoiseachs.«
»Wie kommt dein Bruder auf eine solch dumme Idee?«, fragte Saraid verwundert und kniff dann die Augen zusammen. »Ist es wegen Buirre?«
»Ja! Der soll nach dem Willen meines Bruders wieder das Kommando über die Burg und die Festung übernehmen. Wir aber ziehen in den Kampf!«

Saraid musste lachen. »Das vergönne ich ihm! Der Mann bleibt zu Hause und hütet das Haus, während die Frau Irland befreit.«

»Daran hat Oisin gewiss nicht gedacht. Bei Gott, wird das Buirre fuchsen!« Da Ciara zu glucksen begann, konnte auch Bríd ihre Heiterkeit nicht bezähmen.

»Es wird ihn noch mehr fuchsen, wenn er das essen muss, was ich ihm auf den Tisch stellen lasse. Verwöhnen werde ich ihn gewiss nicht, und ich werde mit Fleisch, Met und Gewürzen äußerst sparsam umgehen.«

Angeregt überlegten die drei Frauen, was Buirre während Ciaras und Saraids Abwesenheit alles angetan werden konnte. Allerdings vergaßen die Cousinen nicht, der jungen Magd zu erklären, wie sie den Haushalt in dieser Zeit zu führen hatte. Es ging ja nicht nur ums Kochen. Die Wirtschafterin auf der Burg war auch dafür verantwortlich, dass die Knechte und Mägde fleißig mit anpackten und die Pächter die benötigten Lebensmittel lieferten.

»Du wirst wieder Frauen und Kinder in den Wald schicken müssen, damit sie Wurzeln, Eicheln und Bucheckern sammeln«, erklärte Ciara, die genau wusste, wie rasch sich die Vorratskammern während des langen, nassen Winters leeren konnten.

»Du darfst auch nicht zu viel Met brauen lassen. Den Honig und das Getreide brauchen wir dringend zum Kochen«, schärfte Saraid der Magd ein.

»Aber was soll ich machen, wenn die Männer Met fordern?«, fragte Bríd ängstlich.

»Ihnen sagen, dass keiner mehr da ist und sie Bier trinken sollen. Das aber braut ihr mehr mit Kräutern als mit Gerste. Hast du verstanden?« Ciara sah Bríd nicken und zwinkerte Saraid zu.

»Sie wird es schon schaffen. Immerhin ist sie ein kluges Mädchen.«

»Danke!« So ganz war Bríd nicht davon überzeugt, dass sie die beiden würde ersetzen können. Auch hatte sie Angst vor Buirre, der immer mürrischer wurde und sogar bei seinen eigenen Männern keinen Widerspruch mehr duldete. Was würde er sagen, wenn sie seine Forderungen nach gutem Essen und Met abschlug? Sie fühlte sich jedoch Saraid und Ciara zu sehr verpflichtet, um nachgeben zu wollen.

»Wünscht mir Glück!«, bat sie daher und zeigte dann auf einen Kessel. »Die Suppe kocht über.«

Bevor sie selbst handeln konnte, griff Ciara nach einem Lappen und zog damit den Schwenkarm, an dem der Kessel hing, vom Feuer.

»Angebrannt ist noch nichts«, sagte sie, nachdem sie auch die beiden Pfannen samt den Dreifüßen vom Feuer weggeschoben und ausgiebig geschnuppert hatte.

»Gott sei Dank!«, stieß Bríd aus, denn sie hätte dem Clanoberhaupt und dessen engsten Vertrauten ungern eine Mahlzeit vorgesetzt, die verbrannt schmeckte.

Ciara hatte das Essen bereits wieder vergessen. Was würde ihr Kriegszug bewirken?, fragte sie sich – und vor allem, wie würde England auf die Niederlage bei der Béal an Atha Buidhe reagieren? Dann dachte sie daran, dass Ferdinand gewiss auch mitkäme, weil dieser sonst mit Buirre aneinandergeraten würde, und freute sich darauf, die Burg zusammen mit dem jungen Deutschen zu verlassen.

10.

Der Abschied war kurz und wenig herzlich. Ciara, Saraid und Ionatán ignorierten Buirre, während Ferdinand herausfordernd gegen sein Schwertgehänge klopfte, als er an dem Mann vorbeiging. Auch Oisin wechselte nur wenige Worte mit ihm. Was wichtig war, hatte er seinem Verwalter bereits am Vorabend eingeschärft.

Buirre starrte dem abrückenden Trupp grimmig nach. Nie würde er es Oisin verzeihen, dass dieser sich nicht auf seine Seite gestellt und Saraid und Ciara zum Schweigen gebracht hatte. Schließlich hielt ja sogar Pater Maitiú als Mann der Kirche zu ihm, und das hätte dem Taoiseach zu denken geben müssen.

Auch der Priester blieb in der Burg zurück. Zuvor hatte er den Kriegern, aber auch den beiden Frauen und dem jungen Toal, der den Trupp ebenfalls begleitete, den Segen gespendet und hoffte nun, dass ihr Kriegszug erfolgreich sein würde. Dennoch missfiel ihm einiges, und er wandte sich mit angespannter Miene zu Buirre um. »Wir Iren sollten die englischen Ketzer auf offenem Felde schlagen und den Namen des Herrn, unseres Gottes, und den der Heiligen Jungfrau Maria als Banner vor uns hertragen. Stattdessen zieht Oisin O'Corra aus wie der Anführer einer Räuberbande, die aus dem Hinterhalt arglose Menschen überfällt.«

»Ist es nicht gleichgültig, auf welche Art die Engländer sterben?«, fragte Buirre achselzuckend.

Pater Maitiú war mit dem Gedanken nach Irland zurückgekehrt, Schlachten würden dort ähnlich wie in Italien von Kriegern in schimmernder Wehr und unter wehenden Fahnen geschlagen werden und die eigene Seite durch Gottes Beistand siegen. Was er bisher erlebt hatte, hatte jedoch nichts mit diesen Vorstellungen zu tun.

Daher begehrte er jetzt heftig auf. »Wenn Oisin O'Corra wenigstens jeden Ketzer, auf den er trifft, töten würde! Doch er verschont sie, angeblich, um eigene Leute gegen sie auszutauschen. Denke nur an diesen Crandon, den er von seinem letzten Raubzug mitgebracht hat. Es wäre seine heilige Pflicht gewesen, diesen umgehend zu seinem höllischen Herrn zurückzuschicken.«

»Daran ist nur dieser verdammte Deutsche schuld. Der Kerl hat Oisin dazu gebracht, den Sasanach zu verschonen!«, rief Buirre hasserfüllt.

Pater Maitiú bedachte ihn mit einem auffordernden Blick. »Sowohl der Taoiseach wie auch der jüngere Kirchberg sind jetzt fort.«

Die Mahnung war eindeutig. Buirre griff unwillkürlich zu seinem Kurzschwert, zögerte dann aber. »Oisin wird außer sich sein!«

»Es ist der Wille unseres Herrn im Himmel, dass die Ketzer mit Stumpf und Stiel ausgerottet werden. Wer sich diesem Werk verweigert oder sich ihm gar widersetzt, begeht eine schwere Sünde.«

Für Pater Maitiú ging es nicht nur um den Engländer, sondern auch um seine eigene Macht. Gott hatte ihn auserwählt, Irland zu befreien. Doch solange er als Prediger auf der Ui'Corra-Burg weilte, konnte daraus nichts werden. Also musste er Oisin dazu bringen, seine Autorität anzuerkennen, und anschließend die Macht über die anderen Clanoberhäupter wie Aodh Mór O'Néill und Aodh Ruadh O'Domhnaill erringen, um dem Ruf des Himmels gerecht zu werden.

»Töte den Engländer!«, forderte er Buirre mit hallender Stimme auf.

Unsicher blickte dieser zwischen dem Pater und der Tür, hinter der Crandon eingeschlossen war, hin und her. Noch ein paar Augenblicke schwankte er, dann aber gab seine Wut über die Zurücksetzung durch Oisin O'Corra den Ausschlag. Mit langen Schritten eilte er zum Kerker, befahl der Wache, die Tür zu öffnen, und stand wenige Herzschläge später vor John Crandon.

Dieser blickte verwirrt auf, weil die Zeit noch nicht gekommen war, zu der er sonst etwas zu essen erhielt.

»Was wollt Ihr von mir?«, fragte er.

Statt einer Antwort holte Buirre aus und stieß ihm die Klinge zwischen die Rippen. Aus Crandons Mund kam noch ein erstickter Laut, dann sank er nieder und blieb in einer Blutlache liegen.

Ebenso wie Pater Maitiú war Seachlann Buirre gefolgt, doch während der Priester zufrieden das Kreuz schlug, stand auf dem Gesicht des Kriegers das pure Entsetzen.

»Warum hast du das getan, Buirre? Der Taoiseach hat befohlen, dass der Engländer in guter Hut gehalten wird. Er wird toben, wenn er das erfährt.«

»Es war der Wille des Himmels, dass dieser Ketzer sterben soll! Oisin O'Corra hat sich diesem Spruch zu beugen, wenn er nicht selbst von Gott verworfen werden will.«

Die Stimme des Priesters klang scharf und triumphierend, denn nach dieser Tat blieb Buirre nichts anderes übrig, als sich ganz auf seine Seite zu schlagen und ihn gegen das Oberhaupt des Clans zu unterstützen.

Seachlann schüttelte fassungslos den Kopf. »Das hättest du nicht tun dürfen, Buirre. Damit spaltest du unseren Clan noch mehr als mit deinem Mord an Maeve.«

Bislang hatte der Krieger treu zu seinem Freund gehalten und Maeves Tod als von Buirre ungewolltes Unglück betrachtet. Nun sprach auch er das Wort Mord aus, und sein Blick machte keinen Hehl daraus, dass er zu seiner Meinung stehen würde.

»Das begreifst du nicht!«, herrschte Buirre ihn an. »Wir müs-

sen den Krieg so führen, dass die Engländer uns fürchten lernen. Mit kleinen Überfällen, wie Oisin sie vorhat, reizt er sie doch nur, mit stärkerer Heeresmacht wiederzukommen.«
»Herr Buirre hat recht! Er ist ein Kämpfer, wie Irland ihn braucht. Mit Männern wie ihm werden wir diese elenden englischen Ketzer von unserer Insel verjagen!«
Pater Maitiú berauschte sich an seinen eigenen Worten. Endlich war auf seine Anweisung hin englisches Blut geflossen, und es sollte nicht das letzte sein. Mit diesem Entschluss zeichnete er Buirre das Kreuz auf die Stirn und verließ den Kerker, um in der Burgkapelle Gott für den Tod dieses Engländers zu danken.
Buirre sah auf Crandons Leichnam hinab und nickte zufrieden. Endlich hatte er zeigen können, dass sein Wille im Clan noch immer etwas galt. Mit einer beiläufigen Handbewegung deutete er auf seinen Freund.
»Schaff den Kadaver hinaus, Seachlann, und verscharre ihn irgendwo außerhalb!« Mit dem Gefühl, eine große Tat vollbracht zu haben, verließ er das Gefängnis, in dem er den unbewaffneten, arglosen Gefangenen wie einen räudigen Hund erstochen hatte.

11.

Ciara, Ferdinand und Oisin ahnten nichts von John Crandons Tod. Ihre Gedanken waren darauf gerichtet, den Engländern so viel Schaden zuzufügen, wie es in ihren Möglichkeiten lag. Die Motive waren dabei so unterschiedlich wie die Menschen selbst. Während es Ciara, Saraid und Ionatán um Irlands Befreiung vom englischen Joch ging, griffen Oisin O'Corras Gedanken weiter in die Zukunft. Für ihn war nicht nur der Sieg wichtig, sondern auch, dass dieser durch tapfere Taten mit seinem Namen verknüpft wurde. Nur so konnte er hoffen, mehr zu werden als ein nachrangiger Lehensmann von Aodh Mór O'Néill. Auch wenn er sich dessen Oberherrschaft nicht ganz entziehen konnte, wollte er für sich und seinen Clan so viel Freiheit wie möglich erhalten.

Ferdinand hoffte, sein Schwert zum Ruhme des katholischen Glaubens schwingen und mithelfen zu können, die Ketzer zu vertreiben. Anders als sein Vetter Simon träumte er jedoch nicht von einer Belohnung durch Land, Pächter und Knechte, sondern davon, von Ciara bewundert zu werden. Was dann kam, würde die Zukunft zeigen. Er beging nicht den Fehler, ihr bereits jetzt den Hof zu machen, denn er wusste, dass ihr Bruder über sie wachte und sie einem seiner irischen Landsleute als Braut andienen wollte. Das aber wollte er verhindern.

In Gedanken verstrickt, legte der Trupp den ersten Teil des Weges weitgehend schweigend zurück. Hatte Oisin zunächst erwogen, An Cabhán zu erobern, scheute er nun davor zurück. Für die weniger als einhundert Mann, die er aufbieten konnte, schien die Stadt ein zu großer Bissen. Für einen Moment haderte er damit, wie gering sein Stellenwert angesichts der großen Clans war, deren Oberhäupter zum Teil sogar mehrere tausend Krieger in die Schlacht führen konnten. Er hatte gehofft, dass sich ihm mehr Krieger anschließen würden, doch zu viele Ui'Corra-Krieger waren auf dem Kontinent geblieben, anstatt nach Irland zurückzukehren und ihm Gefolgschaft zu leisten.

»Ich werde den Ruf des Clans wieder aufrichten«, schwor Oisin sich. Gleichzeitig ärgerte er sich darüber, dass er Simon von Kirchbergs Söldner nicht hatte mitnehmen können. Dessen Männer waren jedoch den Krieg, den er führen musste, nicht gewohnt und würden in den Wäldern und Mooren eher ein Hindernis als eine Verstärkung sein. Außerdem musste er zugeben, dass er sich nicht mehr mit Simon verstand. Oisin wusste nicht, wann die Entfremdung eingetreten war, doch die sichtliche Gier des älteren Kirchbergs, mit Land und Leuten belohnt zu werden, stieß ihn ab. Früher war der deutsche Edelmann anders gewesen. Da hatten sie zusammen trinken und lachen können. Trinken konnten sie zwar immer noch, aber das Lachen war ihnen beiden vergangen.

Mit einer wegwerfenden Handbewegung schob Oisin diese Überlegung von sich. Nun galt es, alle Sinne anzuspannen, um jenes Städtchen zu erobern, das er als neues Ziel ausgesucht hatte.

»Wir werden zwei Tage möglichst unbemerkt durch die Wälder schleichen, und dann müssen wir auf Gott vertrauen. Die Späher sollen nun vorausgehen!«, rief er seinen Leuten zu.

Die Späher, die bereits in der Burg bestimmt worden waren, sammelten sich um ihn. Zu ihnen gehörten Ionatán und Toal, der sich nahezu lautlos im Wald bewegen konnte.

»Wie weit sollen wir gehen?«, fragte der Junge.

»Ihr erkundet die Gegend bis zu den umliegenden Städten. Lasst euch aber nicht sehen, und wenn es doch geschieht, versucht, einen harmlosen Eindruck zu erwecken!« Oisins Versuch zu grinsen geriet zu einer angespannten Grimasse.

Die Späher trugen schlichte Kleider und nur einfache Kurzschwerter und Dolche als Waffen. Auch deuteten ihre Abzeichen auf die Ui'Connor hin. Da dieser Clan von den Ui'Domhnaill aus seinen Ländereien vertrieben worden war, fielen Streuner mit diesen Symbolen am wenigsten auf.
Die Männer um Oisin besprachen noch, wer wohin gehen sollte, und brachen auf. Ihr Anführer sah ihnen nach, bis der Wald sie verschluckt hatte, und gesellte sich zu Ferdinand und den Frauen, die bislang wacker Schritt gehalten hatten. Gamhain, die kaum von Ciaras Seite wich, machte ihm widerwillig Platz und war erst zufrieden, als Saraid sie streichelte.
»Ich hoffe, unsere Späher entdecken etwas, was uns helfen kann. Sonst müssen wir in der Nacht über die Mauer steigen und die englische Besatzung samt Stadtmiliz niederkämpfen«, erklärte Oisin.
»Wäre es nicht besser, Saraid und ich betreten die Stadt als Hökerinnen und öffnen euch in der Nacht das Tor?«, fragte Ciara.
»Das habe ich mir auch schon überlegt. Aber es werden mindestens zwei Wachen beim Tor stehen, und mit denen werdet ihr Frauen nicht fertig.«
»Wir könnten es versuchen!« Ciara klang kämpferisch, doch ihr Bruder schüttelte den Kopf.
»Wenn es schiefgeht, seid ihr entweder tot oder Geiseln der Engländer. Und dann müsste ich mich samt dem ganzen Clan den Sasanachs unterwerfen.«
»Niemals! Du wirst kämpfen und uns befreien – oder rächen, wenn es sein muss«, rief Ciara aus.
Da mischte sich Ferdinand ein. »Euer Bruder hat recht, Maighdean Ciara! Es ist zu gefährlich. Herr Oisin und wir alle würden unsere Ehre verlieren, wenn Euch und Frau Saraid etwas zustieße. Lasst uns auf den Herrn im Himmel vertrauen, auf dass dieser die Stadt in unsere Hände gibt!«
»Ich glaube nicht, dass wir darauf warten können, bis Gott oder sonst wer dies tun wird«, antwortete Ciara sarkastisch.

Ferdinand hob in einer verlegenen Geste die Hände. »Das bestreite ich auch nicht, Herrin. Nur sollten Krieger dabei ihr Blut vergießen, nicht Ihr und Eure Cousine.«
»Wozu habt ihr uns dann eigentlich mitgenommen? Etwa nur, damit wir für euch kochen?«, fragte Saraid aufgebracht.
Oisin und Ferdinand begriffen, dass es nicht leicht sein würde, die beiden Frauen von ihrem Vorhaben abzuhalten, und hofften auf eine Meldung ihrer Späher, dass es einen anderen Weg gab, die kleine Stadt zu erobern.
Vorerst marschierten sie weiter auf ihr Ziel zu. Die Nacht verbrachten sie unter den ausladenden Eichen des Waldes und verzichteten auf ein Lagerfeuer, um nicht auf sich aufmerksam zu machen. Sie hatten Trockenfleisch, Brot und etwas Wurst aus der Burg mitgenommen und begnügten sich mit einem kalten Abendessen.
Die Nähe zu den englischen Vorposten machte es nötig, Wächter aufzustellen. Ferdinand und Hufeisen meldeten sich dafür, doch Oisin winkte ab. »Ihr seid Krieger aus einem fernen Land und kennt unsere Wälder nicht. Meine eigenen Leute hingegen wissen ein Kaninchen von einem Engländer zu unterscheiden.«
Der Vergleich brachte die Iren zum Lachen. Hufeisen jedoch verzog das Gesicht. »Wofür halten diese Kerle sich, Herr Ferdinand?«, fragte er empört auf Deutsch.
Diesem behagte die Abfuhr ebenfalls nicht. Da er jedoch keinen Streit mit Oisin vom Zaun brechen wollte, befahl er Hufeisen, den Mund zu halten. Missmutig setzen sich beide etwas abseits von den Iren unter einen alten, knorrigen Baum. Während Hufeisen einige Eicheln aufhob und damit auf imaginäre Ziele warf, traten die beiden Frauen auf sie zu.
»Ist es erlaubt, uns zu Euch zu setzen?«, fragte Ciara.
Ferdinand schoss hoch und raffte rasch ein paar dürre Blätter zusammen, die vom Vorjahr übrig geblieben waren, damit sie und Saraid weicher sitzen konnten. Dabei fiel ihm ein, dass sie eine Antwort erwarten konnten, und nickte.

»Wir freuen uns, dass Ihr Euch zu uns gesellen wollt, meine Damen.«

»Damen gibt es nur in England. Wir sind Frauen von irischem Blut und stolz darauf!« Ciaras Lippen verbogen sich verächtlich, denn sie hatte kein Verständnis für Edeldamen, die in ihren Kemenaten sitzend stickten und sich nicht um die Belange der Menschen kümmerten, die für sie arbeiteten. Dies erklärte sie Ferdinand recht drastisch und sah ihn dabei mit glitzernden Augen an.

»Ich kann Met und Bier brauen und Whiskey brennen, Fleisch pökeln und Würste machen, und ich weiß zu kochen. Auch bin ich geschult darin, die Wunden von Kriegern zu versorgen, und kenne viele heilende Kräuter. Ich habe gelernt, die Krankheit von Tieren zu bestimmen und diesen zu helfen, so Gott, unser Herr, es zulässt. Vielleicht haltet Ihr das Besticken von Gewändern und Altardecken für wertvoller. Ich tue es nicht.«

»Ich bin sicher, dass Ihr auch das wunderbar könnt«, antwortete Ferdinand lächelnd. »Doch was Eure anderen Fertigkeiten betrifft, so erinnern sie mich an meine Tante Irmberga, die Ehefrau meines Oheims Franz. Sie ist ebenfalls in vielen Dingen beschlagen und nach den Worten ihres Gatten ein Goldstück, wie er es besser nicht hätte finden können.«

»Erzählt mir von Eurer Familie«, bat Ciara, die nachdenklich geworden war.

Ferdinand zuckte mit den Schultern. »Viel gibt es nicht zu berichten. Mein Oheim besitzt ein Schloss und ein Gut im Herzogtum Baiern. Unsere Familie führt sich auf einen Gundobert zurück, einen Ministerialen der Grafen von Ebersberg, der eine illegitime Tochter seines Herrn zum Weib nahm und eine abgelegene Burg als Mitgift erhielt. Deren Nachkommen wurden nach dem Aussterben der Ebersberger im Mannesstamm brave Gefolgsleute der Herzöge in München und erhielten später die Hofmark Kirchberg als Eigenbesitz. Daher nahmen sie den Namen Kirchberg an. Mein Großvater hatte

drei Söhne, Franz, den Ältesten und Erben von Kirchberg, dann Simons Vater und schließlich den meinen. Franz und mein Vater heiraten zwei Schwestern, während Simons Vater eine reiche Erbin raubte und schwängerte. Seine Hoffnung, dadurch zu eigenem Besitz zu kommen, wurde jedoch enttäuscht. Die Frau starb bei Simons Geburt, und dann lauerte ihr Bruder dem Frauenräuber auf einer Reise auf und ließ ihn von seinen Leuten erschlagen.
Da auch mein Vater früh starb, wurden Simon und ich von unserem Onkel aufgezogen. Allerdings bin ich ein ganzes Stück jünger als meine Vettern und habe Kirchberg erst verlassen, als Simon mir die Stelle eines Leutnants in seiner Kompanie anbot.«
»Ein Versprechen, das er nicht erfüllt hat«, setzte Hufeisen grollend hinzu. »Dabei wäre Herr Ferdinand der rechte Mann für diesen Posten gewesen. Der Laffe, der ihn jetzt einnimmt, kann nicht einmal ein Kind kommandieren, geschweige denn erwachsene Männer!«
In Hufeisen kochte noch immer die Wut über Simon von Kirchberg, der Ferdinand und ihn eiskalt übergangen hatte, um seine neuen Söldner befördern zu können.
»Habt Ihr eigenen Besitz?«, fragte Ciara Ferdinand, ohne auf Hufeisens Bemerkung einzugehen.
Ferdinand winkte lächelnd ab. »Mir gehören zwei Bauernhöfe, die durch irgendeinen Zufall meiner Mutter vererbt wurden.«
»Lebt Eure Mutter noch?«, fragte Ciara weiter.
»Nein!« Für einen Augenblick verdüsterte sich Ferdinands Miene. »Sie starb, als ich zehn Jahre alt war. Meine Tante meinte, es wäre aus Gram über den Verlust meines Vaters geschehen. Aber warum musste sie mich allein lassen?«
»Gottes Wille ist den Menschen oft unverständlich«, sagte Ciara leise. »Wieso lässt er es zu, dass die englischen Ketzer unsere Nachbarn sind, und nicht ein Volk, mit dem wir in Frieden leben könnten? So viele gute Iren haben sie bereits umge-

bracht! Sie sind auch schuld daran, dass ich meine Mutter niemals kennenlernen durfte. Ich war kaum älter als ein Jahr, als sie den Wunden erlag, die ihr Haresgills Mordknechte beigebracht haben!«

»Ich glaube nicht, dass ein studierter Kleriker, ein Bischof oder gar der Papst darauf eine Antwort weiß.« Ferdinand lachte leise, um seinen Worten die Schärfe zu nehmen.

Inzwischen war es Nacht geworden, und er wies nach oben, auf einen einzelnen Stern, der sich in einer Lücke zwischen den Baumkronen zeigte. »Die Herren Astrologen behaupten, anhand der Sterne das Schicksal der Menschen bestimmen zu können. Vielleicht sollte man sie fragen, was aus Irland wird.«

»Astrologen sind auch nur Männer und lügen, um jenen zu gefallen, die sie fragen«, antwortete Ciara harsch. »Doch ich sehe, dass Oisin und die Krieger sich bereits hingelegt haben und schlafen. Das sollten wir ebenfalls tun.«

Sie gab Saraid, der bereits die Augen zuzufallen drohten, einen leichten Schubs und wickelte sich nur wenige Schritte von Ferdinand entfernt in ihren Mantel. Ihre Cousine tat es ihr gleich, und kurz darauf verrieten ihre gleichmäßigen Atemzüge, dass sie eingeschlafen waren.

Hufeisen legte sich ebenfalls hin, sah dann aber noch einmal zu Ferdinand auf. »Sie ist eine prachtvolle Frau, Herr Ferdinand. Eine bessere könntet Ihr nicht finden. Wenn Ihr sie fragt, wird sie wahrscheinlich mit Euch gehen.«

»Wohin?«, fragte Ferdinand mit einem bitteren Auflachen. »Selbst wenn ich die beiden Bauernhöfe verkaufe, die mein Onkel für mich verwaltet, könnte ich ihr nicht das Leben bieten, das ihr als Dame von Adel gebührt.«

»Sie hat selbst gesagt, dass es in Irland keine Damen gibt, sondern Frauen, die zupacken können«, sagte Hufeisen noch und gab es auf, Ferdinand weiter den Kopf zurechtzusetzen. Der junge Mann musste selbst erkennen, was er im Leben erringen wollte und was nicht.

12.

Der Trupp kam genauso unbemerkt voran, wie Oisin es erhofft hatte. Sie verbrachten noch eine zweite Nacht im Wald, doch diesmal mied Ciara Ferdinands Nähe. Irgendwie ärgerte sie sich darüber, dass er sie zwar zu bewundern schien, aber nicht einmal ansatzweise den Versuch machte, ihr näherzukommen. Selbst die Überlegung, dass sie ihre Jungfräulichkeit für einen Ehemann aufsparen sollte, half da nichts. Schlecht gelaunt stand sie am nächsten Morgen auf und kramte in dem Beutel, in den sie ihren Mundvorrat verstaut hatte.

Saraid sah ihre Miene und schüttelte den Kopf. »Was ist denn mit dir los? Wir sind doch gut vorwärtsgekommen.«

»Ja, das sind wir«, antwortete Ciara, die immer noch verärgert war, weil Ferdinand keinerlei Begehren zeigte. Das aber wagte sie ihrer Cousine nicht zu sagen, und so blieb sie den Vormittag über still und in sich gekehrt.

Nach einem kargen Frühstück führte Oisin O'Corra seine Leute weiter auf verborgenen Pfaden durch den Wald. Sie befanden sich bereits in der Nähe der Stadt, die er ins Auge gefasst hatte, und er hoffte, bald auf seine Späher zu stoßen.

Mit einem Mal gab Gamhain einen Laut von sich, der wie ein unterdrücktes Bellen klang. Sofort zog Oisin sein Schwert und sah, dass Ferdinand und Hufeisen ihre Waffen ebenfalls in die Hand nahmen.

Es kam jedoch kein Feind auf sie zu, sondern Ionatán. Dieser musste rasch gelaufen sein, denn er keuchte und presste seine Rechte gegen den Bauch, als quäle ihn heftiges Seitenstechen.

Als er schließlich vor Oisin stehen blieb, dauerte es eine Weile,

bis er sprechen konnte. Dann aber zeigte er erregt nach hinten.
»Herr, wir haben einen Trupp englischer Soldaten entdeckt, die nach Léana wollen. Toal hat sie belauschen können. Die Männer sollen die Besatzung ablösen. So hat es der Earl of Essex bestimmt.«
»Was hat der damit zu tun?«, fragte Oisin.
»Nun, die Königin – ich meine die von England – hat Essex zum neuen Lord Lieutenant von Irland und ihrem Oberbefehlshaber ernannt. Er soll mit einem riesigen Heer in Baile Atha Cliath gelandet sein.«
Ferdinand konnte mit diesem Begriff nichts anfangen und fragte: »Wo?«
»In Dublin«, half Oisin ihm aus. Gleichzeitig fühlte er Zorn in sich aufsteigen. Aodh Mór O'Néill musste davon bereits gewusst, es offenbar aber nicht für nötig befunden haben, ihm dies mitzuteilen.
»Was machen wir jetzt? Geben wir auf und warten, was weiter geschieht, oder holen wir uns die Stadt?«, fragte Ferdinand weiter.
An Aufgeben dachte Oisin nicht, obwohl er wusste, dass es ihm nicht leichtfallen würde, Léana auf Dauer zu halten. Aber um die Macht des Clans zu vergrößern, benötigte er die Waffen und vieles andere, was die Engländer dort gehortet hatten.
»Wie viele Soldaten sind es?«, wollte er wissen.
»Toal hat fünfzig und noch einmal zehn gezählt!«, berichtete Ionatán.
»Sechzig also«, antwortete Oisin grimmig.
Seine Männer waren diesen Engländern um etwa die Hälfte überlegen. Aber wenn sie einen Hinterhalt legten und den feindlichen Trupp angriffen, würden die Schüsse die Garnison in der Stadt alarmieren. Danach war jeder Versuch, in Léana einzudringen, zum Scheitern verurteilt.
»Vielleicht könnten die Damen uns helfen«, warf Ferdinand ein.

Sofort spitzte Ciara die Ohren. »Wie meint Ihr das?«
»Wenn Ihr die Männer ablenken könnt, wären wir in der Lage, sie zu umzingeln. Vielleicht ergeben sie sich dann.«
»Und wenn nicht, feuern sie auf uns, und in der Stadt wissen alle Bescheid, dass sich irische Rebellen in der Gegend herumtreiben.« Oisin schüttelte den Kopf, begriff aber selbst, dass das ihre einzige Chance war. Wenn frische Truppen in die Stadt kamen, würden diese auf der Hut sein und die Mauern scharf bewachen. Sie dann heimlich zu überwinden war unmöglich. Dennoch zögerte er.
»Wir sollten Kriegsrat halten«, schlug er Ferdinand vor. Jetzt bedauerte er es, dass weder Aithil noch Buirre bei ihnen waren. Als erfahrene Kämpfer hätten sie gewiss Rat gewusst.
Oisin setzte sich unter einen Baum und forderte Ferdinand, Ionatán und zwei seiner Krieger auf, sich um ihn zu scharen. Zu seinem nicht geringen Ärger nahmen auch Ciara und Saraid wie selbstverständlich bei ihm Platz, und ihre Mienen verrieten unmissverständlich, dass sie gehört werden wollten.
»Was haltet ihr von Herrn Ferdinands Vorschlag, den Engländern mit Hilfe der Frauen eine Falle zu stellen?«, fragte er seine Männer.
»Ich finde ihn sehr gut«, sagte Ciara, bevor einer der anderen antworten konnte.
»Es ist aber gefährlich!«, mahnte Ferdinand, obwohl er die Idee selbst vorgebracht hatte.
»Fürchtet Ihr Euch etwa?«, fragte Ciara spöttisch.
»Nicht um mich, aber um Euch!« Ferdinands Lächeln bewirkte, dass Ciaras Unmut schwand.
Er sorgte sich um sie, und darüber freute sie sich. Dennoch sah sie ihn und ihren Bruder mit entschlossen blitzenden Augen an. »Wer in dieser Zeit Erfolge erringen will, muss etwas wagen. Auch haben wir nicht die Zeit, lange zu beraten. Sonst ist der Trupp in der Stadt, und wir haben das Nachsehen.«
Oisin atmete tief durch und nickte schließlich. »Wir wagen es!

Doch gnade Gott den Engländern, wenn dir auch nur ein Haar gekrümmt wird.«

»Das werden wir zu verhindern wissen!« Entschlossen klopfte Ferdinand gegen den Griff seines Schwerts und erläuterte den anderen seinen Plan.

13.

Ciara zupfte an ihrem Kleid herum, das nicht richtig sitzen wollte, und betrachtete ihre Gefährtin. Saraid sah in dem zerrissenen Rock und der grob genähten Bluse voller Schmutzflecken heruntergekommen aus. Der Gedanke, dass sie selbst den gleichen Anblick bot, ließ Ciara aufseufzen. Doch wenn sie Erfolg haben wollten, mussten sie dieses Opfer bringen. Auch Ionatán, Toal und die beiden anderen Männer, die sie begleiten sollten, wirkten wie Landstreicher. Von diesen gab es derzeit etliche in Irland, und daher würden sie in dieser Verkleidung kaum Aufsehen erregen. Jetzt kam es noch darauf an, dass Oisin, Ferdinand und die anderen Krieger ihnen unbemerkt folgen konnten.
Nervös blickte sie in den Wald, konnte aber nichts erkennen.
»Hoffentlich haben wir sie nicht verloren. Ich höre nämlich schon die Engländer hinter uns«, flüsterte sie besorgt.
»Keine Sorge, der Taoiseach und seine Leute sind keine hundert Schritte von uns entfernt«, versuchte Ionatán sie zu beruhigen.
Saraid lachte bitter auf. »Das könnten im schlimmsten Fall einhundert Schritte zu viel sein – wenn die Engländer uns sofort niederhauen.«
»Welchen Grund hätten sie?« Ihren Worten zum Trotz fühlte Ciara sich nicht wohl in ihrer Haut. Es war etwas anderes, einen Plan zu entwerfen, als diesen auch auszuführen. Mit angespannten Sinnen lauschte sie nach hinten und hörte die Engländer rasch aufholen. Mit der Rechten führte sie ihren Esel, während sie die Linke in Gamhains Nackenfell krampfte. Die große Hündin war im Augenblick wohl ihr bester Schutz.

Doch gegen die Schwerter der Engländer würde auch Gamhain nichts ausrichten können.

Obwohl nur wenige Minuten vergingen, dauerte es für Ciaras Gefühl endlos lange, bis die Engländer zu ihnen aufgeschlossen hatten. Es handelte sich um ebenso gut gekleidete wie ausgerüstete Soldaten zu Fuß, die von einem berittenen Offizier angeführt wurden. Dieser sah noch sehr jung aus und hatte seine Stellung wohl eher seinem gesellschaftlichen Rang als seiner Erfahrung zu verdanken. Ein vierschrötiger Sergeant schritt mit Hellebarde in der Hand hinter ihm, während ein Drittel der Männer mit Musketen und der Rest mit Piken bewaffnet waren. Als die Engländer Ciaras Gruppe entdeckten, befahl der Sergeant den Männern, schneller zu werden, und überholte dabei sogar seinen Offizier. Dieser schien nicht so recht zu wissen, was er tun sollte, und ließ daher seinen Untergebenen freie Hand.

Ein Teil der Engländer eilte nach vorne und schloss Ciara und deren Begleitung ein. Während der Offizier sich im Hintergrund hielt, trat der Sergeant auf die sechs zu und entblößte die schadhaften Zähne zu einem Grinsen.

»Na, wen haben wir denn da?«, fragte er spöttisch.

Ionatán überlief es heiß und kalt, als er die Stimme des Mannes vernahm. Zwar trug der Kerl eine andere Rüstung, doch er hatte in ihm beim ersten Wort den Anführer der Männer erkannt, die Richard Haresgill damals in sein Dorf geschickt hatte, um es niederzubrennen und die Bewohner zu demütigen. Mit einem Mal sah Ionatán deutlich die Szene vor sich, in der dieser Mann sich auf Maeve gestürzt und sie als Erster geschändet hatte. Während seine Hand sich langsam an den Griff seines Kurzschwerts schlich, das er unter einem primitiven Mantel verbarg, musterte Ciara den Engländer mit einem kalten Blick.

»Wir sind Reisende und wollen nach Léana.«

»Was für ein Zufall! Dorthin wollen wir auch«, rief einer der Soldaten mit irischem Akzent.

Ein Blick seines Unteroffiziers brachte ihn zum Schweigen. Dieser musterte Ciara und Saraid und stellte fest, dass in der abgerissenen und schmutzigen Kleidung zwei schöne Frauen steckten. Grinsend leckte er sich die Lippen und fasste Ciara am Kinn.

»Ich will euch sagen, was ihr seid, nämlich gar nichts! Oder besser gesagt, Dreck, der hier in Irland zusammengekehrt worden ist und zufällig menschliche Gestalt besitzt. Ihr treibt es mit diesem verdammten O'Néill und seinen Rebellen und spioniert für diese. Es ist gewiss ein gottgefälliges Werk, wenn wir euch einen Kopf kürzer machen.«

»Sergeant, was soll das?«, mischte sich der jungenhafte Offizier ein.

Der Unteroffizier wandte sich mit einer betont devoten Miene zu ihm um. »Verzeiht, Euer Lordschaft, aber ich weiß, wie man mit Iren umgehen muss, damit sie kuschen. Ihre Weiber legt man am besten auf den Rücken und schiebt ihnen einen richtigen Engländer in den Bauch, während man die Männer am nächsten Baum aufhängt. Hätte der gute Henry Bagenal, Gott sei seiner armen Seele gnädig, das gleich von Anfang an gemacht, hätte Seine Gnaden, der Earl of Essex, nicht mit einem Heer braver Engländer übers Meer kommen müssen, um diesem Gesindel beizubringen, wer hier das Sagen hat. Diesen hier bringen wir es bei. Los, Männer, knüpft die vier Kerle auf! Mit den Weibern werden wir uns ein paar vergnügliche Augenblicke machen. Wenn Ihr, Sir, die Jüngere als Erster haben wollt, nehme ich mir die andere vor. Die hat sich auch gut gehalten.«

»Aber das können wir doch nicht tun!«, wandte der Offizier schockiert ein.

Sein Untergebener achtete nicht mehr auf ihn, sondern packte Ciara und wollte sie zu Boden zwingen. Da vernahm er Gamhains Knurren.

»Bringt den Köter um!«, rief er seinen Männern zu.

Bevor auch nur einer etwas tun konnte, hielt Ionatán sein Kurzschwert in der Hand und schlug zu. Der Arm, mit dem der Sergeant Ciara gepackt hielt, flog davon. Noch in derselben Bewegung führte Ionatán seine Waffe erneut gegen den Mann und durchtrennte ihm die Kehle.

Ein zweiter Engländer starb, bevor die anderen reagieren konnten. Doch als sie voller Wut auf Ionatán eindringen wollten, klang ein zorniger Ruf auf und ließ sie erstarren.

Da die Engländer ihre gesamte Aufmerksamkeit auf Ciara und deren Begleiter gerichtet hatten, war es Ferdinand, Oisin und den Männern gelungen, sich heranzuschleichen. Kaum hatte Ionatán den Sergeanten erschlagen, brach Ferdinand mit langen Schritten durch die Gruppe der überraschten Engländer, fasste mit einer Hand den Zügel des Pferdes, auf dem der Offizier ritt, und hielt dem Mann mit der anderen Hand das Schwert an die Kehle.

»Bleibt ganz ruhig«, rief er, »wenn ihr wollt, dass der Edelmann am Leben bleiben soll!«

Die Soldaten erstarrten und drehten sich langsam um. Sie sahen nicht nur ihren Anführer, der in höchster Gefahr schien, niedergestoßen zu werden, sondern auch die irischen Krieger, die grinsend aus dem Wald heraustraten und ihre Waffen auf sie richteten. Einige Engländer versuchten noch, die Lunten ihrer Musketen anzublasen, doch Ferdinand bemerkte es und fuhr sie an.

»Ein Schuss oder ein Stich, und ihr seid alle tot!« Dann wandte er sich an den Offizier. »Nun, Sir? Was sagt Ihr dazu? Oder hat es Euch die Sprache verschlagen?«

Der junge Mann, der kaum älter als sechzehn sein mochte, schwitzte Blut und Wasser. Die Ehre gebot ihm, Widerstand zu leisten, selbst wenn es ihn das Leben kostete. Als er jedoch zu sprechen begann, führte die Angst seine Zunge.

»Wenn Ihr meinen Männern Schonung gewährt, legen wir die Waffen nieder.«

Ferdinand wechselte einen kurzen Blick mit Oisin.
»Es ist gewährt!«, sagte dieser und atmete auf, als die Engländer ihre Waffen fallen ließen, als wären diese glühend heiß geworden. Zwei seiner Männer zerrten den jungen Offizier vom Pferd und fesselten ihm die Hände. Die anderen kümmerten sich um dessen Leute. Zu Ferdinands Verblüffung beteiligten sich sogar mehrere Soldaten daran und entwaffneten ihre Kameraden.
»Was soll das?«, fragte er.
Einer der Kerle drehte sich grinsend zu ihm um. »Wir sind gute Iren und wollen für unsere Heimat kämpfen.«
»Aber ihr steckt in englischer Soldatentracht und seid ausgezogen, um für die Sasanachs Iren zu töten.« Ferdinand traute den Männern nicht, doch deren Wortführer hob in einer verzweifelt komischen Geste die Hände.
»Von irgendetwas muss man doch leben, Euer Lordschaft, und wenn es vom Sold ist, den die Engländer einem zahlen. Trotzdem sind wir gute Iren und stolz, uns tapferen Landsleuten anschließen zu können. Euren Abzeichen nach seid ihr Ui'Corra. Damit sind wir Verwandte. Ich bin Deasún O'Corraidh. Ihr Ui'Corra seid ein abgespaltener Teil unseres Clans.«
»Die Ui'Corraidh sind ein abgespaltener Teil von uns!«, wies ihn einer von Oisins Kriegern zurecht.
Während zwischen den beiden Männern ein Streit entbrannte, in den sich auch andere einmischten, steckte Ferdinand sein Schwert ein und trat auf Ciara zu. »Ihr wart sehr mutig! Dennoch bin ich fast gestorben, als der englische Unteroffizier Euch zu nahetreten wollte.«
»Ich war keinen Augenblick in Gefahr, denn ich wusste mich unter Eurem Schutz!« Ciara lächelte versonnen. Mit seinem kühnen Eingreifen hatte Ferdinand nicht nur Ionatán gerettet, sondern auch die gesamten Engländer entwaffnet.
Unterdessen betrachtete Ionatán den toten Sergeanten und

spürte, wie sein Zorn nachließ und unendlicher Trauer Platz machte. Mit einer verzweifelten Geste wischte er sich die Tränen aus den Augen und sah Ciara an. »Der da war der Anführer der Männer, die unser Dorf überfallen haben, und der Erste, der Maeve Gewalt angetan hat. Ihn musste ich töten. Das war ich ihr schuldig.«

Saraid legte ihm die Hand auf die Schulter und rang sich ein Lächeln ab. »Ja, das warst du Maeve schuldig. Ohne diesen Mann würde sie vielleicht heute noch leben und wäre deine Frau, so wie Gott es bestimmt hat. Oh Himmel, wie ich diese Engländer hasse! Ich wünschte, sie hätten alle nur einen einzigen Hals, den ich mit einem Schnitt meines Dolches durchschneiden könnte.«

»Aber das haben sie nicht. Aus diesem Grund müssen wir weiterkämpfen. Jetzt gilt es erst einmal, die Stadt einzunehmen.« Ferdinand befahl den Männern, die beiden Toten beiseitezuräumen, und trat dann zu Oisin. »Wir haben sechzig Gefangene gemacht und damit sechzig englische Kriegertrachten. Das sollten wir ausnützen.«

»Ihr wollt, dass wir als angebliche Ablösung in die Stadt einziehen und die alte Besatzung niederkämpfen? Es werden aber nicht weniger Männer sein als wir, und dann haben wir auch noch die Stadtmiliz gegen uns«, wandte Oisin ein.

»Nicht, wenn wir ein gutes halbes hundert angeblicher irischer Gefangener mit in die Stadt nehmen. Würdet Ihr Deasún O'Corraidh vertrauen?«, fragte Ferdinand.

»Sie sind vor den Augen ihres Offiziers zu uns übergelaufen und werden sich hüten, uns zu enttäuschen«, antwortete Oisin.

»Trotzdem würde ich sie ungern bei den Gefangenen zurücklassen. Ich glaube, zehn Männer reichen aus, um die englischen Soldaten zu bewachen. Der Rest sollte sich fertig machen. Jetzt gilt es, schnell zu sein. Wenn jemand in Léana merkt, dass wir diesen Trupp abgefangen haben, werden uns die Tore der Stadt verschlossen bleiben.«

Oisin nickte zustimmend. »Wir werden unsere Gefangenen um ihre Kleider erleichtern. Aber erwartet nicht, dass ich den Offizier spiele. Dafür ist mein irischer Akzent viel zu ausgeprägt.«
»Außerdem habt Ihr etwas zu breite Schultern, um in den Rock dieses Jungen zu passen.« Noch während Ferdinand es sagte, begriff er, worauf Oisin hinauswollte, und schüttelte den Kopf.
»Ihr könnt nicht verlangen, dass ich das tue!«
»Seht Ihr hier einen anderen, der es kann?« Lachend klopfte Oisin Ferdinand auf die Schulter und befahl dann seinen Männern, die Gefangenen zu entkleiden.
Die Engländer beschwerten sich empört, mussten es aber zulassen. So brach eine halbe Stunde später ein Trupp englisch gekleideter Soldaten auf, der eine ähnlich große Zahl an gefangenen Iren eskortierte. Deren Fesseln waren jedoch nur nachlässig um die Handgelenke geschlungen, und unter ihrer Kleidung trugen sie Messer und Dolche. Außerdem hatte man den Esel mit so vielen Kurzschwertern beladen, wie das Tier tragen konnte. Eine Decke verhüllte die Waffen vor fremden Blicken. Ciara führte den Esel und bemühte sich dabei, so zerknirscht auszusehen, als wäre sie von den angeblichen Engländern bei den Iren mit aufgegriffen worden. Auch Saraid kam mit, während Ionatán mit zehn Mann bei den Gefangenen zurückbleiben musste. Da diese erlebt hatten, wie er mit ihrem Sergeanten umgesprungen war, nahm keiner an, dass sie ihm Schwierigkeiten bereiten würden.

14.

Ferdinand starrte nach vorne auf die Stadt und spürte, wie ihm der Schweiß auf die Stirn trat. Léana war klein und war nur der Festung wegen, mit der die Brücke über den Shannon gesichert wurde, von einer gewissen Bedeutung. Diese Brücke verlief in sechs Bogen über den Fluss und endete direkt an dem von einem wuchtigen Rundturm geschützten Stadttor. Die Stadtmauer war etwas mehr als zwei Manneslängen hoch, während die Burg durch eine doppelt so hohe Mauer gesichert wurde.

Das Grau ihrer Steine stach unangenehm von dem Grün der Wiesen und dem schwarzblauen Wasser des Flusses ab und ließ Stadt und Festung wie einen Fremdkörper in der Landschaft erscheinen. Ein Fremdkörper war es auch, fuhr es Ferdinand durch den Kopf, denn die Engländer hatten die Burg errichtet und das danebengelegene irische Dorf einfach mit der Stadtmauer umschlossen und ihm die eigenen Gesetze aufgedrückt. Oisins Berichten zufolge lebten tatsächlich mehr Engländer als Iren in Léana. Dazu kam noch die Besatzung der Burg, die er auf sechzig Mann schätzte.

Angesichts des wuchtigen Palas und der drei Wehrtürme begriff Ferdinand, weshalb Oisin der Ansicht war, dass diese Stadt nur durch List eingenommen werden konnte. Doch würde diese gelingen? Als er auf das Tor zuritt, zweifelte er daran. Zwar trugen sechzig ihrer Männer englische Soldatentracht und er selbst die Kleidung des jungen Offiziers, aber er konnte sich nicht vorstellen, dass der Kommandant der Festung darauf hereinfallen würde. Da ihm das Wams des jungen Mannes zu eng war, hatte er es an den Schultern aufschneiden müssen und sich trotz des schwülwarmen Wetters in den weiten Umhang gehüllt, der hinter den Sattel geschnallt gewesen war. Auf die Rüstung hatte er verzichtet, denn die war zu schmalbrüstig für ihn gewesen.

Die Hufe seines Reittiers klapperten auf der Brücke und erinnerten ihn daran, dass er nun schon das zweite Pferd von den Engländern erbeutet hatte. Auch das würde er Simon nicht überlassen. Eher schon Oisin oder noch besser Ciara. Sie würde sich über das Geschenk gewiss freuen.

Während seine Gedanken ihrer eigenen Wege gingen, näherte er sich dem Stadttor. Es war verschlossen und wirkte mit seinen eisernen Beschlägen äußerst massiv. Um es aus den Angeln zu heben, hätten sie schon einen Rammbock gebraucht.

Mit verkniffener Miene zügelte er sein Pferd und blickte zu den Soldaten hoch, die vom Torturm neugierig auf sie herunterschauten. Jetzt gilt es, dachte er. Entweder brachte er die Worte, die er sich zurechtgelegt hatte, wie ein englischer Edelmann über die Lippen, oder das Krachen der Musketen würde das Letzte sein, was er in seinem Leben hörte. Er bemühte sich, die englische Sprache ohne den weichen Akzent zu sprechen, den er bei den Iren gehört hatte.

»Ich bin Sir James Mathison, der neue Kommandant der Burg. Macht auf! Oder soll ich euch Beine machen?«

Da er nicht wusste, ob der Name des jungen Offiziers hier bekannt war, hatte er diesen übernehmen müssen. Jetzt konnte er nur hoffen, dies niemand den echten James Mathison kannte.

Ein Mann erschien auf dem Turm, den Ferdinand anhand seiner Kleidung für den Kommandanten der Burg hielt. Dieser sah verwundert auf ihn herab und wies dann auf die gefesselten Männer.

»Was wollt Ihr mit diesen Leuten hier?«

»Die haben wir nicht weit von hier gefangen genommen.

Schliefen ohne Wache im Wald auf einer Lichtung. Mein Sergeant hat sie entdeckt, als er sich erleichtern wollte. Dachte, wir nehmen sie gleich mit und sperren sie hier ein!«
Seine Finte verfing, denn der Kommandant begann zu lachen. »So sind diese Iren! Mehr als Saufen und Schlafen können die Kerle nicht. Um die ans Arbeiten zu bringen, muss man schon die Peitsche benützen. Und jetzt macht auf!« Das Letzte galt den Torwächtern, die auf den Befehl ihres Kommandanten gewartet hatten.
Ferdinand fiel ein Stein vom Herzen, als sich die beiden Torflügel öffneten. Hinter ihm brüllte Hufeisen, der die Rolle des Sergeanten übernommen hatte, übertrieben laut, dass die Kompanie sich in Marsch setzen solle.
Die englischen Soldaten auf der Mauer grinsten. »Die Jungs sind ja noch ganz schön auf Zack!«, meinte einer zu einem Kameraden.
»Lass sie erst ein paar Monate hier in der Garnison liegen, dann werden sie schon ruhiger«, antwortete dieser und drehte sich um, um zuzusehen, wie Ferdinand an der Spitze seiner Soldaten und vermeintlichen Gefangenen in die Stadt einritt und schließlich die Burg erreichte.
Zwanzig Mann blieben beim Tor zurück, während der Rest der Truppe die Burg betrat. Einige kehrten schon den Neuankömmlingen den Rücken zu, um ihre Beschäftigungen wieder aufzunehmen, da fuhren die Schwerter der Iren aus den Scheiden, und ehe der Kommandant und die Torwachen sich's versahen, blickten sie auf blanke Klingen.
»Was soll das?«, fragte der Kommandant verdattert.
Da verbeugte Oisin sich elegant vor ihm. »Erlaubt, dass ich mich vorstelle. Mein Name ist Oisin O'Corra, und ich habe eben diese Stadt samt der Festung in Besitz genommen.«
Dem Engländer fielen förmlich die Augen aus dem Kopf. »O'Corra? Hugh O'Néills Bluthund?«
»Eure Bemerkung ist nicht besonders freundlich. Doch nun

übergebt mir Euer Schwert. Oder muss ich es Euch samt der Hand abschlagen?«

Die Drohung war zwar nicht ernst gemeint, brachte den Engländer aber dazu, seinen Schwertgurt zu lösen. Als seine Männer sahen, dass ihr Kommandant sich ergab, legten auch sie die Waffen ab.

Erleichtert, so einfach das Tor gewonnen zu haben, aber auch voller Sorge, was sich in der Festung zutragen mochte, schritt Oisin die Straße entlang. Das Burgtor stand noch offen, und als er durchging, sah er Ferdinand grinsend auf dem Pferd sitzen, während seine Männer mehrere Dutzend englischer Soldaten in Schach hielten.

»Scheint, als sei unsere Kriegslist voll und ganz geglückt!«, rief Oisin aus.

»So kann man es nennen, Bruder«, meldete sich Ciara, die samt Esel und Hund in Ferdinands Nähe stand. »Ich würde vorschlagen, ihr lasst diese Kerle einsperren und tragt dafür Sorge, dass ihre Kameraden, die sich hier noch versteckt halten, sie nicht befreien können. Ich für meinen Teil wünsche einen Zuber mit heißem Wasser, um mich endlich zu waschen. Saraid wird dies gewiss nicht anders sehen.«

»Frauen!«, stöhnte Oisin und umarmte dann Ferdinand, der eben vom Pferd gestiegen war. »Gott sei gepriesen! Damit haben wir den englischen Löwen kräftig in den Schwanz gezwickt«, rief er fröhlich.

Ferdinand hingegen blieb ernst. »Solange wir die Engländer nur in den Schwanz zwicken, tut ihnen das zwar weh, wird sie aber nur noch wütender machen. Was wir brauchen, ist ein Sieg, der ihnen zeigt, dass sie Irland niemals unterwerfen können.«

»So Gott will, wird auch dies geschehen.« Oisin war viel zu glücklich, um in diesem Augenblick an die Zukunft denken zu wollen. Er lachte befreit auf und wies dann ein paar seiner Männer an, nach Met zu suchen, um auf diesen Erfolg anstoßen zu können.

FÜNFTER TEIL

Schicksalswende

1.

Hunderte Meilen von Irland entfernt stand Franz von Kirchberg in der Kapelle seines Schlosses und starrte verzweifelt auf die beiden Särge, die vor ihm standen. Sein Herz schlug hart, und er ballte in hilflosem Zorn die Fäuste. Dann aber senkte er das Haupt und beugte das Knie vor dem Altar, den eine in Rot, Gold und Blau gehaltene Mater dolorosa krönte.

»Gegrüßet seist du Maria voll der Gnade ...«, begann er das Gebet, das sein von Trauer erfülltes Herz erleichtern und ihm neue Hoffnung schenken sollte. Doch der Verlust, den er zu tragen hatte, wog zu schwer für diesen Trost. Als er schließlich sein »Amen« gesprochen hatte, erhob er sich und verließ die Kapelle. Erst als er nach draußen trat, bemerkte er, wie kalt es drinnen gewesen war.

So kalt wie mein Herz, dachte er und blieb einen Augenblick stehen, um die Sonnenstrahlen auf der Haut zu spüren. Doch die Kälte in ihm konnten auch sie nicht vertreiben. Mit schmerzerfüllter Miene ging er weiter und betrat das Schloss. Den Lakaien, der ihm rasch öffnete, bemerkte er nicht. Er stieg die Treppe empor und wandte sich einer Kammer zu. Bevor er sie erreichte, wurde die Tür geöffnet, und seine Gemahlin trat heraus. Irmberga von Kirchberg war nie eine Schönheit gewesen, aber eine ansehnliche, stattliche Frau. Doch nun hatten Kummer und Leid ihre Gestalt gebeugt und tiefe Furchen in ihr Gesicht gegraben. Als sie ihren Mann sah, hob sie die rechte Hand, als wolle sie ihn aufhalten.

»Was ist mit dem Jungen?«, fragte Franz von Kirchberg voller Angst.

»Der Arzt sagt, dass nur noch ein Wunder ihn retten könne. Er selbst sei mit seiner Kunst am Ende. Wenn die himmlischen Mächte nicht eingreifen, wird unser Enkel diese Nacht nicht überleben.«

»Herrgott, warum strafst du uns so!« Franz von Kirchberg lehnte sich gegen die Wand und hieb verzweifelt mit der Faust gegen das Mauerwerk. Tränen trübten seinen Blick, während er mit Gott und allen Heiligen im Himmel haderte.

»Sie befanden sich doch auf einer Wallfahrt zu Ehren der Heiligen Jungfrau Maria. Wie konnte unser Herrgott nur zulassen, dass sie auf diesem segensreichen Weg erkrankten? Das Weib musste unser Sohn bereits in Altötting begraben, er selbst und sein ältester Sohn starben kurz nach ihrer Rückkehr, und jetzt nimmt Gott uns auch noch den letzten Enkel.«

Irmberga von Kirchberg sah ihren Gemahl an und wusste nicht, wie sie ihn trösten konnte. Ihr selbst zerschnitt der Verlust des einzigen Sohnes und ihrer Enkel das Herz. Doch sie sagte sich, dass das Leben irgendwie weitergehen müsse. Mit einem traurigen Lächeln trat sie zu ihrem Mann und legte ihm die Hand auf die Schulter.

»Ich bitte dich, mein Lieber, verzweifle nicht! Wohl prüft unser Herr im Himmel uns schwer, doch wir müssen fest im Glauben sein und auf ihn vertrauen. Sollte es Gott, dem Allmächtigen, gefallen, auch noch unseren jüngsten Enkel zu sich zu nehmen, so ist doch nicht alle Hoffnung verloren. Denke an Ferdinand! Als Sohn deines Bruders und meiner Schwester ist er für uns fast wie ein eigenes Kind.«

»Ich mag den Jungen sehr. Doch sollte ich ihn zum Erben meines Besitzes einsetzen, wird Simon auf seinem Anrecht als Sohn meines nächstjüngeren Bruders bestehen. Aufgrund der Familiengesetze derer von Kirchberg könnte er das Erbe sogar zugesprochen bekommen.«

Franz klang düster, denn wenn schon ein Neffe sein Erbe sein musste, so sollte es Ferdinand sein und nicht Simon. Doch er sah keinen Weg dorthin.

Seine Frau ergab sich weniger der Mutlosigkeit als er und sah ihn auffordernd an. »Ich habe mir die Erbgesetze der Familie ebenfalls angesehen. Doch die sind nicht in Stein gemeißelt! Es gibt Präzedenzfälle. Mit Erlaubnis Seiner Durchlaucht des Herzogs vermochten bereits zwei Herren auf Kirchberg einen ihnen genehmen Erben durchzusetzen, obwohl andere den Familiengesetzen zufolge ein höheres Anrecht besaßen. Darauf solltest du dich berufen.«

Franz von Kirchberg nickte nachdenklich. »Sollte unser Enkel sterben, werde ich nach seiner Beisetzung nach München reiten und Herzog Maximilian darum bitten, dass ich Ferdinand als Erben einsetzen kann. Es ist allerdings bedauerlich, dass der Junge nicht hier ist. Er wäre uns eine große Stütze in dieser schweren Zeit.«

»Das beklage ich auch.« Irmberga von Kirchberg seufzte und schüttelte dann den Kopf. »Du hättest Simon nicht erlauben dürfen, Ferdinand mitzunehmen. Ich mache mir solche Sorgen um unseren jüngeren Neffen. Seine Heiligkeit der Papst hat beide nach Irland geschickt, um die englischen Ketzer zu bekämpfen. Wie leicht kann ihm da etwas zustoßen.«

»Verschreie es nicht!«, wies ihr Gemahl sie zurecht. »Gott kann sich nicht völlig von uns abgewandt haben. Auf jeden Fall sähe ich Ferdinand lieber als nächsten Herrn auf Kirchberg als Simon. Komm jetzt, meine Liebe! Lass uns in die Kapelle gehen und beten. Vielleicht erbarmt sich die Heilige Jungfrau Maria doch unser und bittet Gott, uns den Enkel zu erhalten.«

Obwohl Irmberga die Hoffnungslosigkeit in den Augen des Arztes gesehen hatte, nickte sie und reichte ihrem Gemahl den Arm. »Das tun wir, mein Lieber, und wir bitten die Himmelsjungfrau auch gleich darum, Ferdinand zu beschützen.«

2.

Nachdem es Ferdinand und Oisin gelungen war, das Städtchen und die Festung Léana einzunehmen, holten sie als Erstes die entwaffneten Engländer aus dem Wald und sperrten sie zu den Gefangenen, die sie in der Stadt gemacht hatten. Die beiden Offiziere James Mathison und Humphrey Darren erhielten eine eigene Zelle und konnten darin fachsimpeln, wer von ihnen den Iren dümmer in die Falle gegangen war.
Oisin rief den Bürgermeister der Stadt zu sich und ließ ihn kundtun, dass die Bewohner ihre Waffen abzugeben hätten. Dies geschah gewiss nicht vollständig, doch Oisin und Ferdinand fühlten sich nach dem Einsammeln der Waffen sicherer. Noch wussten sie nicht, wie der Earl of Essex auf den Verlust der Stadt reagieren würde. Sie trauten ihm jedoch zu, dass er einen Teil seiner Truppen in ihre Richtung schicken würde, und gingen daran, die Stadt aufzurüsten. Die Einwohner, deren Treue sie sich nicht sicher sein konnten, mussten Léana verlassen und Richtung Baile Atha Cliath wandern, wo die Engländer noch fest im Sattel saßen. Oisin und Ferdinand überprüften auch die Vorräte an Lebensmitteln und Pulver und ließen die vier Kanonen der Festung feuerbereit machen.
Abends saßen Ferdinand und Oisin in einer Kammer der Burg zusammen, tranken englisches Ale, das fassweise im Keller lagerte, und unterhielten sich darüber, wie sie sich gegen den Feind behaupten konnten. Nach einem tiefen Schluck aus seinem Bierkrug tauchte Oisin den Finger in die Flüssigkeit und zeichnete die Umrisse der Stadt auf die Tischplatte.
»Wenn Essex ein Heer schickt, kommt es von dieser Seite«, erklärte er.

»Sie müssen einen Graben und die Stadtmauer überwinden, das ist nicht leicht. Außerdem wären wir immer noch im Besitz der Festung«, antwortete Ferdinand.
»Das schon, aber sie können weiter oben den Fluss überqueren und uns den Rückweg abschneiden, für den Fall, dass wir die Stadt aufgeben müssten.« Oisin wollte alles genau bedenken, doch Ferdinand zog nun selbst eine Linie auf dem Tisch, der den Fluss darstellen sollte.
»Wenn es sein muss, ziehen wir uns mit Booten zurück, verlassen diese ein Stück flussabwärts und schlagen uns in den Wäldern durch.«
»Und wenn sie genau diesen Weg blockieren?«, wandte Oisin ein.
»Dann rudern wir eben ein Stück flussaufwärts. Die Strömung ist gering, und so kommen wir auf jeden Fall schneller voran als Soldaten zu Fuß. Daher müssten wir nur am Anfang mit Musketenfeuer rechnen. Später hätten wir es nur noch mit ihren Reitern zu tun, und die richten in den Wäldern wenig aus.« Ferdinand sah die Sache in einem helleren Licht als Oisin, dem die Nachricht, dass Robert Devereux, Earl of Essex, mit mehr als siebzehntausend Mann nach Irland gekommen war, sehr im Magen lag.
»Vielleicht habt Ihr recht, Kirchberg«, sagte Oisin nach einer kurzen Pause. »Auf jeden Fall sollten wir genügend Boote sammeln. Ich will nicht wie eine Ratte in der Falle sitzen, falls Essex' Soldaten hier auftauchen.«
»Wenn Ihr solche Bedenken habt, wäre es besser, die Stadt zu plündern und aufzugeben«, schlug Ferdinand vor.
Oisin lachte freudlos. »Solange wir Léana halten, muss Essex sich um die Stadt kümmern und kann nicht auf direktem Weg nach Uladh vorrücken. Er müsste sonst fürchten, dass wir ihm in den Rücken fallen oder seine Depots ausräumen. Ein so großes Heer wie das seine kann sich nicht allein aus der Gegend versorgen, durch die es zieht.«

»Vielleicht sollten wir O'Néill um Verstärkung bitten.«
Sofort schüttelte Oisin den Kopf. »Nein! Damit würde ich mich endgültig zu dessen Handlanger machen. Doch ich will unseren Clan gleichberechtigt neben den anderen Clans sehen, die sich dem Aufstand angeschlossen haben.«
Obwohl Ferdinand Oisins Beweggründe verstand, hielt er diese Entscheidung für falsch. Wie sein Freund bereits gesagt hatte, war es wichtig, Léana so lange wie möglich zu halten, damit Essex nicht mit seiner gesamten Kriegsmacht gegen O'Néill vorgehen konnte.
Doch bevor er etwas sagen konnte, klopfte es an die Tür, und Ciara schlüpfte herein. »Verzeiht, wenn ich störe, doch Aithil ist mit einer Botschaft von Aodh Mór O'Néill erschienen.«
»Aithil ist da? Hole ihn herein!« Oisin sprang auf und füllte eigenhändig einen Krug mit Ale für seinen Stellvertreter.
Kurz darauf kam Ciara mit Aithil zurück. Da sie neugierig war, blieb sie im Raum. Unter dem Vorwand, nachsehen zu wollen, ob die Männer etwas brauchten, schlüpfte auch Saraid hinein.
Oisin duldete die beiden Frauen, weil sie bei der Eroberung der Stadt tatkräftig mitgeholfen hatten. Außerdem wusste er, dass sie verschwiegen waren. Sein Blick warnte Ciara und Saraid jedoch, bei dem Gespräch zu stören.
»Hier, trink! Du wirst Durst haben«, begrüßte er Aithil und drückte ihm den Bierkrug in die Hand.
»Und das nicht zu wenig!« Aithil lachte, setzte den Krug an und trank ihn in einem Zug leer. »So, das hat gutgetan!« Er klopfte sich auf den Bauch. »Etwas zu essen wäre auch nicht schlecht.«
»Ich bringe dir etwas«, bot Saraid an und lief aus dem Zimmer.
»Wir haben auch Hunger«, rief Oisin ihr nach und wandte sich dann Aithil zu. »Was gibt es Neues zu berichten? Ciara sagte, du bringst Nachricht von O'Néill.«
Aithil nickte eifrig. »So ist es, und eine davon ist eine gute

Nachricht. Essex hat den größten Teil seiner Soldaten in Baile Atha Cliath und im Pale einquartiert und zieht mit dem Rest nach Süden. Er will erst einmal einige Clans in An Mhuma unterwerfen, die sich gegen das englische Joch erhoben haben. Dafür wird er einige Zeit brauchen und etliche Männer verlieren. Für uns ist das von Vorteil.«

»Das ist es gewiss!«, warf Oisin ein. »Und was gibt es noch?«

»Die zweite Nachricht ist nicht so gut. Essex hat zweitausend Mann unter Conyers Clifford in unsere Richtung geschickt. Jetzt kommt es darauf an, ob sie auf Léana zurücken oder – wie Aodh Mór O'Néill glaubt – uns missachten und nach Sligeach ziehen, um den Ui'Connor gegen die Ui'Domhnaill beizustehen.«

»Clifford kann uns nicht ignorieren. Er hätte uns dann im Rücken«, stieß Oisin aus.

»O'Néill meint, es käme auf seine Befehle an. Den Ui'Connor steht das Wasser bis zum Hals. Die Ui'Domhnaill haben sie aus dem größten Teil ihres Landes vertrieben und setzen ihnen weiterhin schwer zu. Wenn Essex ihnen keine Unterstützung schickt, bleibt ihnen nichts anderes übrig, als sich Aodh Mór O'Néill zu unterwerfen, wenn sie nicht gänzlich ausgerottet werden wollen. Doch wenn das geschieht, ist Chonnacht für die Engländer verloren.«

Unterdessen war Saraid zurückgekommen und stellte den Männern eine große Platte mit gebratenem Hammelfleisch, Hähnchen und Wassergeflügel hin. Wie selbstverständlich nahm sie neben Ciara in einer Ecke des Raumes Platz.

»Gab es schon etwas Wichtiges?«, fragte sie ihre Cousine.

Ciara hob die Hand, um sie zum Schweigen zu bringen, denn sie wollte selbst hören, was die Männer sagten. Doch zunächst berieten die drei nur, welche Straße Conyers Clifford mit seinen Soldaten benützen würde.

Schließlich schüttelte Ferdinand den Kopf. »Es bringt nichts, wenn wir hier wie Kaninchen vor der Schlange sitzen. Wir

sollten Cliffords Truppen Späher entgegenschicken, um ihren Anmarschweg zu überwachen, und gleichzeitig Krieger zusammenholen, um ihnen notfalls widerstehen zu können. Gegen zweitausend Mann müsste die Festung zu halten sein.«
Am liebsten hätte Ciara ihm Beifall geklatscht. Eingedenk der Warnung ihres Bruders blieb sie jedoch still.
Nach kurzem Überlegen stimmte Oisin zu. »Ihr habt recht. Wir können uns nicht wie geprügelte Hunde mit eingezogenem Schwanz davonschleichen, sonst würde ganz Irland über uns lachen. Wenn ich Buirre mit seinen Leuten und die Söldner Eures Vetters hierherhole, müssten wir die Stadt halten können.«
Bei dem Namen Buirre verzog Aithil das Gesicht. »Es gibt noch etwas, was du wissen musst, Taoiseach. Ich war kurz in Caisleán Ui'Corra. Buirre hat noch am selben Tag, an dem du abmarschiert bist, John Crandon mit eigener Hand erschlagen!«
Oisin fuhr wie von der Tarantel gestochen auf. »Was sagst du da? Das ist unmöglich! Er hatte seine Befehle!«
»Er hat es getan. Brίd berichtete es mir, und Seachlann hat es bestätigt. Er ist Buirres Freund und würde nicht lügen.«
»Aber wie kam er dazu?«
»Der Priester hat ihn dazu aufgestachelt. Du kennst Pater Maitiús Hass auf die Engländer. Der Mann hat nicht verkraftet, dass du Crandon gegen seinen Willen verschont hast.«
Aithil hätte seinem Clanoberhaupt gerne eine bessere Nachricht überbracht, doch diese Sache war wichtig und durfte nicht verschwiegen werden.
Nicht nur Oisin, auch Ferdinand fühlte sich wie vor den Kopf geschlagen. »Crandon war mein Gefangener. Ich bringe ihn um!« Dabei wusste er selbst nicht, ob er damit Buirre meinte oder nicht doch den immer selbstherrlicher auftretenden Pater Maitiú.
Unterdessen durchmaß Oisin die Kammer und hieb mit der

Faust gegen die Wand. »Buirre und der Pfaffe müssen verrückt geworden sein! Wir können die Engländer, die wir gefangen nehmen, nicht einfach erschlagen. Irgendwann müssen wir mit ihnen verhandeln, und dann sind Edelleute wie Humphrey Darren und James Mathison wertvolle Geiseln. John Crandon wäre ebenfalls eine gewesen.«
Nun mischte Ciara sich doch ein. »Der Hass auf die Engländer ist sehr groß! Denk nur an Ionatáns Dorf und an Maeve. Anderswo haben die Engländer noch schlimmer gehaust.«
»Deshalb darf man die Gefangenen trotzdem nicht gegen meinen Befehl umbringen! Ich bin das Oberhaupt des Clans. Mit seiner Tat zweifelt Buirre meine Autorität an«, rief Oisin empört.
»Du hättest ihn aus dem Clan ausschließen und fortschicken sollen, nachdem er Maeve umgebracht hatte.« Ciaras Bemerkung stellte Oisins Autorität ebenfalls in Frage, und für Augenblicke lag ihm eine scharfe Antwort auf der Zunge. Dann aber schüttelte er den Kopf. »Du kennst die Gründe, die mich so handeln ließen. Und daran hat sich auch nichts geändert. Buirre bleibt der Kastellan unserer Burg. Aber diese Stadt hier werden weder er noch der Priester betreten. Was ich mit den beiden mache, wenn Irland endlich frei ist, wird sich zeigen.«
Ferdinand stand zornig auf und blieb vor Oisin stehen. »Ihr Iren redet mir zu viel von dem, was einmal sein wird, wenn wir gesiegt haben. Doch bevor wir uns Gedanken über die Zukunft machen können, müssen wir erst einmal die Engländer verjagen. Buirre ist wie ein Geschwür im Clan. Wenn Ihr ihn weiterhin stützt, wird er auch andere Krieger dazu bringen, gegen Eure Befehle zu handeln. Das könnt Ihr nicht zulassen!«
Oisin bedachte Ferdinand mit kaltem Blick. »Ihr maßt Euch viel an, Kirchberg. Buirre O'Corra ist mein Verwandter und ein tapferer Mann. Außerdem hat er mir vor Jahren in Frank-

reich das Leben gerettet. Ich kann und werde ihn nicht verdammen.«

»Es ist Eure Entscheidung! Möge Gott verhindern, dass Ihr sie jemals bedauern müsst. Und nun wünsche ich den Damen, Euch und Herrn Aithil eine gute Nacht.« Ferdinand drehte sich um und verließ den Raum.

3.

Ciara teilte Ferdinands Verärgerung über die Handlungsweise ihres Bruders. Da Oisin nicht auf sie achtete, stand sie mit einer geschmeidigen Bewegung auf und folgte Ferdinand. Als sie die Tür hinter sich schloss, sah sie den jungen Deutschen mit langen Schritten auf den Ausgang des Hauptturms zugehen und diesen verlassen. Draußen angekommen, entdeckte sie Ferdinand auf der Wehrmauer. Rasch stieg sie die Treppe hinauf und blieb neben ihm stehen.
»Verzeiht, Herr Ferdinand, doch ich will nicht, dass Ihr im Zorn von meinem Bruder scheidet«, sprach sie ihn an.
Mit einem nachdenklichen Lächeln wandte Ferdinand sich zu ihr um. »Ich verlasse Euren Bruder nicht, Herrin. Doch er wird mir erlauben müssen, das zu sagen, was ich denke. Buirre auf seinem Posten zu belassen, halte ich für einen schweren Fehler. Der Mann ist von Hass zerfressen. Noch gilt dieser Hass vorwiegend den Engländern, doch er hasst auch Ionatán, Saraid und Euch.«
»Ihr habt jemand vergessen, den Buirre noch mehr hasst, nämlich Euch selbst! Er kreidet es Euch an, dass sein Einfluss auf meinen Bruder gesunken ist«, erwiderte Ciara leise.
»Um mich mache ich mir keine Sorgen, aber um Euch und Eure Base. Ich traue es Buirre zu, Euch beiden etwas antun zu wollen.«
»Das wird Gamhain verhindern.« Ciara zeigte lächelnd auf die Hündin, die ebenfalls aus dem Hauptgebäude der Burg gekommen und die Treppe heraufgeklettert war. Nun stand sie wie ein Schatten neben ihnen und ließ sie nicht aus den Augen.
»Ich hoffe, dass dieser Schutz ausreicht. Doch ich befürchte,

Buirre lässt sich zu Taten hinreißen, vor denen Euch auch Gamhain nicht mehr wird beschützen können. Dabei haben wir genug Sorgen wegen Essex und dessen Heer und können keinen Zwist unter den eigenen Leuten brauchen.«
»Das ist wahr«, stimmte Ciara Ferdinand zu. »Ihr seid ein so tapferer und kluger Mann! Mein Bruder sollte sich mehr auf Euch verlassen als auf Buirre oder Euren Vetter.«
Ferdinand zuckte mit den Achseln. »Simon wird es gefallen, als Stadthauptmann von Léana zu gelten, denn das verleiht ihm die Bedeutung, die er sich wünscht.«
»Und welche Bedeutung wünscht Ihr Euch, mein Herr?«, fragte Ciara neugierig.
»Nur eine: dass ich Euch niemals enttäuschen werde.«
Mit strahlenden Augen blickte Ciara zu ihm auf. »Das wird nie geschehen!«, sagte sie und legte ihm die Hand auf den Arm. Sie spürte seine Nähe wie einen erregenden Duft und lehnte sich gegen ihn.
»Ihr werdet mich niemals enttäuschen«, bekräftigte sie und ließ es zu, dass er die Arme um sie legte. »Versprecht mir nur eines: Lasst meinen Bruder niemals im Stich, sollte die Zeit kommen, dass er einen treuen Freund braucht.«
»Ich werde Euren Bruder nicht wegen ein paar unbedachter Worte die Gefolgschaft aufkündigen, Herrin, schon Euretwegen«, antwortete Ferdinand mit ernster Stimme.
Allein das, fand Ciara, war es wert, ihn in die Arme zu schließen. Wie von selbst fanden sich beider Münder, und während über ihnen die Sterne in heller Pracht glänzten, gab es für beide nur noch sie selbst.
Der warme, feste Frauenkörper, der sich an ihn drängte, entfachte in Ferdinand ein starkes Verlangen. Er begriff jedoch, dass er Ciara nicht drängen durfte. Sie war eine stolze Frau und würde selbst entscheiden, ob und wann sie sich ihm hingab. Ihm blieb nur die Hoffnung, dass dieser Augenblick einmal kommen würde.

Auch Ciaras Herz klopfte heftig, und sie spürte die Sehnsucht, in seiner Nähe zu sein und sich vielleicht sogar mit ihm zu vereinen. Er war der einzige Mann, bei dem sie sich vorstellen konnte, ihm anzugehören. Einen Augenblick lang dachte sie an ihre kindliche Schwärmerei für seinen Vetter Simon. Gegen das Gefühl, das sie nun empfand, war jenes nur verglimmende Asche im Vergleich zu einem hell lodernden Feuer gewesen. Doch der richtige Augenblick war noch nicht gekommen. Ferdinand und sie waren Menschen und keine Tiere, die nur ihren Trieben folgten. Dennoch würde es einmal sein dürfen, und sei es nur, um ihrem Bruder zu zeigen, dass sie keinen anderen Mann heiraten würde als diesen jungen Deutschen, der auf ihre Insel gekommen war, um für ihre Freiheit zu kämpfen.
Als unten im Hof Schritte erklangen, lösten sie sich voneinander, hielten sich aber noch kurz an den Händen. »Ich liebe Euch, Herrin«, flüsterte Ferdinand andächtig.
Ciara sah ihn sinnend an. »Ich Euch auch!«
Damit verließ sie ihn und lief davon, bevor die Person, die eben die Treppe zur Wehrmauer heraufstieg, sie sehen konnte.
Kurz darauf trat Oisin auf Ferdinand zu und legte ihm die Hand auf die Schulter. »Ich wollte noch mit Euch reden, bevor wir uns schlafen legen, damit Ihr besser über mich denkt als vielleicht jetzt.«
»Sprecht!«, forderte Ferdinand ihn auf.
»Ich weiß, dass Ihr Buirre verachtet, doch Ihr seht es von Eurer Warte aus. Hier in Irland liegen die Dinge anders als auf dem Kontinent. Buirre ist nicht einfach ein Gefolgsmann, so wie Hufeisen der Eure ist, sondern er ist ein Teil des Clans, und der eigene Clan ist uns Iren heilig. Buirre wird alles tun, um Schaden von den Uí'Corra fernzuhalten. Er mag keine so geschmeidige Zunge haben wie Aithil, aber er ist ein rechtschaffener Mann. Er hat Maeve mit Gewissheit nicht umbringen wollen. Was John Crandons Tod betrifft, so werde ich ihn zurechtweisen und an seine Treue erinnern, die er mir

als Taoiseach des Clans schuldet. Und noch etwas will ich sagen: Der Priester, der uns mit seinem heiligen Zorn auf die englischen Ketzer die Gedanken zu vergiften sucht, ist kein Uí'Corra. Ihr und Euer Vetter habt ihn aus Rom nach Irland gebracht.«

»Obwohl ich diesen Mann nicht dazu berufen habe, bedauere ich es, dass er mit uns kam. Er ist ein Fanatiker, der in seinem Wahn keine Grenzen mehr kennt. Sorgt bitte dafür, dass er diese Stadt nicht betritt.« Ferdinand schüttelte sich bei dem Gedanken, was Pater Maitiú hier in Léana alles anrichten würde.

Oisin nickte mit verbissener Miene. »Ich werde dafür Sorge tragen. Doch nun lasst uns die Hand reichen. Es liegen harte Kämpfe vor uns, die wir Schulter an Schulter bestehen wollen.«

Ferdinand streckte Oisin die Rechte entgegen, die dieser sofort ergriff und etliche Augenblicke festhielt.

»Ich bin froh, dass kein Schatten mehr zwischen uns steht«, bekannte Oisin.

»Das bin ich auch und bete darum, dass es so bleiben wird.« Ferdinand dachte dabei weniger an den Kampf gegen die Engländer oder an Buirre als vielmehr an Ciara. Seit dieser Stunde wusste er, dass er nicht mehr in der Lage war, sie nur aus der Ferne zu verehren. Irgendwann würden sie beide sich finden, und er konnte nur hoffen, dass sie nicht Oisins Zorn erregten. Ein Zurück gab es nach Ciaras Kuss nicht mehr.

4.

Mehr als eine Woche lang blieb es für Ciara, Ferdinand und Oisin ungewiss, wohin Conyers Clifford seine Soldaten führen würde. Ein rascher Vorstoß auf die Stadt hätte diesem den Sieg bringen können, da sie nur über gut einhundert Krieger verfügten. Doch die Engländer kamen nicht, und als Ionatán meldete, er habe Simon von Kirchbergs Söldner gesehen, die strammen Schrittes auf die Stadt zurückten, war die Erleichterung groß.

Obwohl Ferdinand sich in letzter Zeit mehrmals über seinen Vetter geärgert hatte, freute er sich, ihn zu sehen, und eilte ihm bis zum Stadttor entgegen. Der erste Wermutstropfen kam jedoch rasch, als er sah, dass Simon wie selbstverständlich den Hengst ritt, den er selbst von dem mittlerweile ermordeten John Crandon erbeutet hatte. Obwohl er das Pferd auf der Ui'Corra-Burg hatte zurücklassen müssen, war er nicht bereit, zugunsten seines Vetters darauf zu verzichten. Mit einem gezwungenen Lächeln verlegte er Simon den Weg.

»Gott zum Gruß. Wie ich sehe, hast du daran gedacht, mir mein Pferd mitzubringen. Nimm meinen Dank dafür!«

Simons Gesicht färbte sich weiß. »Darüber ist das letzte Wort noch nicht gesprochen«, schnauzte er ihn an und gab dem Hengst die Sporen, so dass er seinen Vetter beinahe über den Haufen geritten hätte.

Ferdinand wich aus. »Das glaube ich doch!«, rief er ihm nach und setzte zum nächsten Stich an. »Übrigens habe ich ein noch besseres Pferd in meinen Besitz gebracht und es Jungfer Ciara geschenkt.«

Als Simon das hörte, riss er so heftig am Zügel, dass der Hengst protestierend wieherte. »Du nimmst dir sehr viel heraus, Kleiner, und vergisst, dass ich der Ältere von uns beiden bin und immer das erste Anrecht habe.«

Der Unterton in Simons Stimme machte Ferdinand klar, dass sein Vetter nicht nur die Pferde meinte, sondern auch Ciara. Bis zu seiner Ankunft in Irland hätte er sich Simons Ansprüchen gebeugt. Jetzt aber richtete er sich kerzengerade auf und sah den anderen spöttisch an.

»Du bist nicht mein Bruder, und selbst als solcher müsstest du dir es erst verdienen, an meiner Beute beteiligt zu werden. Anders wäre es, hättest du mich, wie du es versprochen hast, zu deinem Leutnant und Stellvertreter in deiner Kompanie ernannt. Doch so bin ich mein eigener Herr und kann tun und lassen, was mir gefällt.«

Simons Augen sprühten Blitze, und seine Hand fuhr zum Schwertgriff. Bevor er jedoch die Waffe ziehen konnte, kam einer der flämischen Offiziere, die Aodh Mór O'Néill ihm unterstellt hatte, näher und baute sich vor Ferdinand auf.

»Soll ich den Wurm für Euch zusammenstauchen, Hauptmann?«, fragte er Simon.

Dieser musterte Ferdinand mit einem schiefen Blick und sagte sich, dass sein Vetter eine kräftige Abreibung verdient hatte. Damit es nicht so aussah, als wollte er den Flamen auf Ferdinand hetzen, lachte er auf. »Lasst meinen Vetter am Leben, Vandermeer. Sollte er sich allerdings an meinem Hengst vergreifen, könnt Ihr mit ihm machen, was Ihr wollt!« Nun, dachte er, würde Ferdinand es nicht mehr wagen, das Pferd für sich zu fordern.

Ferdinand begriff jedoch vor allem eines: Wenn er jetzt nachgab, würde Simon ihm in Zukunft alles wegnehmen, was ihm lieb und teuer war, einschließlich Ciara. Also musste er sich dieser Herausforderung stellen. Der Flame war noch eine Handbreit größer als er und weitaus schwerer gebaut. Dennoch trat er herausfordernd auf den Mann zu.

»Wie wollt Ihr es denn gern, mein Herr, mit dem Schwert oder mit den Fäusten?«

Zuerst konnte Vandermeer es nicht fassen, dass dieser dünne, unfertige Jüngling es tatsächlich wagte, sich ihm zu stellen. Dann aber rasten seine Gedanken. Ein Duell mit dem Schwert war etwas für flinke Männer, und Ferdinand von Kirchberg sah ganz so als, als wäre er ein solcher. Daher hob er beide Fäuste und reckte sie Ferdinand entgegen. »Ich ziehe die Faust vor, auch wenn manche Edelleute das für bäuerisch halten.«

Oisin und die Iren schimpften leise, denn der Flame schien dem jungen Kirchberg an Kraft und wahrscheinlich auch an Können im Faustkampf weit überlegen zu sein.

Das sah auch Ferdinand so und fühlte einen Knoten im Magen. »Also gut, mit Fäusten! Ich schlage vor, wir tragen es auf dem Burghof aus. Wollt Ihr Euch vorher noch ein wenig erfrischen? Es soll später nicht heißen, ich hätte Euch nur besiegt, weil Ihr vom Marsch erschöpft gewesen seid.«

Vandermeer schnappte nach Luft wie ein Fisch auf dem Trockenen. »Du Wicht! Ich zermalme dich zu Mus!«

»Ihr und Euch bitte, immerhin ich bin ein Herr von Stand«, antwortete Ferdinand gelassen.

Während der Flame Ferdinand anbrüllte, dass er ihn ohne Zögern in den Boden stampfen würde, zog Simon verwundert die Stirn kraus. Es ging ihm nicht in den Kopf, woher die seltsame Ruhe kam, die sein Vetter ausstrahlte. Seit ihrer Ankunft in Irland war mit Ferdinand eine Veränderung vorgegangen, die ihm unerklärlich dünkte.

»Es wird wirklich Zeit, dass jemand den jungen Spund zusammenstaucht«, sagte er leise zu sich selbst und wandte sich dann an Oisin. »Wie Ihr seht, sind wir stramm marschiert, um vor den Engländern hier zu sein.«

Oisin nickte mit unbewegter Miene und wies Aithil und Ionatán an, die Söldner in ihre Quartiere zu führen.

Da hob Simon die Hand. »Verzeiht, aber meine Männer werden zusehen wollen, wie gut sich mein Vetter gegen ihren stärksten Mann hält.«

»Dann sollen sie ihre Spieße und Musketen ablegen und sich auf dem Burghof versammeln. Groß genug ist er ja!« Besonders freundlich klang Oisin nicht. Sein Zorn wuchs noch mehr, als er am Ende der Marschkolonne Pater Maitiú entdeckte.

»Was macht Ihr denn hier? Ich hatte Euch doch befohlen, in meiner Burg zu bleiben«, fuhr er den Priester an.

Dieser bedachte ihn mit einem strengen Blick. »Verzeiht, Herr Oisin, aber ich bin nicht Euer Burgkaplan, sondern mit Herrn Simons Söldnern nach Irland gekommen, um meine Heimat zu befreien.«

»Also seid Ihr sein Regimentspfaffe! Begnügt Euch damit! Erfahre ich, dass Ihr etwas gegen meinen Willen fordert oder gar tun lasst, werde ich Euch zur Rechenschaft ziehen.«

Mit dieser Drohung konnte Oisin den Pater nicht schrecken. Dafür vertraute dieser zu sehr auf Simon von Kirchbergs Schutz und den der Söldner. Allerdings begriff er, dass er sich das Oberhaupt der Ui'Corra nicht zum Feind machen durfte. Wenigstens vorerst nicht, schränkte er ein. Später würde dieser seine Nachsicht mit den gefangenen englischen Ketzern ganz gewiss bereuen. Nun aber vollzog er eine segnende Geste und folgte den Söldnern in die Stadt.

5.

Dries Vandermeer war so begierig darauf, Ferdinand zu verprügeln, dass er sich kaum die Zeit nahm, seine Rüstung und die lederne Kleidung abzulegen, die er darunter trug. Dann baute er sich vor den Zuschauern auf und präsentierte seine schwellenden Muskeln. Die Söldner feierten den Flamen lautstark, und selbst Simon hob huldvoll die Hand.
Als Ferdinand das von dicht gedrängten Männern umgebene Rund betrat, jubelten die Iren ihm zu. Allerdings verrieten ihm einige Wortwechsel in ihrer Sprache, dass sie wenig Hoffnung auf seinen Sieg hegten.
Hinter einem Fenster im Hauptgebäude stand Ciara und starrte vor Aufregung zitternd in den Hof hinab. »Oh Heilige Madonna, warum hat Herr Ferdinand sich nur auf diesen Kampf eingelassen?«, flüsterte sie Saraid zu.
Diese warf einen Blick nach unten und drehte sich zu ihrer Cousine um. »Der Flame scheint mir arg siegessicher zu sein. Wenn das nur mal kein Fehler ist! Herr Ferdinand ist kein Schwächling, den er mit einem Schlag quer durch den Burghof treiben kann.«
»Ferdinand ist zwar tapfer, sich aber mit diesem Hünen anzulegen ist Wahnsinn!«, rief Ciara aus.
»So, wie ich Ionatán vorhin verstanden habe, ist Simon von Kirchberg an der Sache schuld. Der hat den Flamen auf Herrn Ferdinand gehetzt.« Saraid hatte Simon noch nie gemocht und fand nun ihre Meinung bestätigt.
»Das soll Herr Simon getan haben?« So ganz wollte Ciara das nicht glauben. Dann aber erinnerte sie sich, wie oft der Söldnerführer seinen Vetter mit Absicht zurückgesetzt hatte, und

ihr Gesicht wurde starr. »Wenn Herrn Ferdinand etwas geschieht, wird Simon von Kirchberg es bereuen.«
Saraid sah ihre Cousine erschrocken an. Ciara hatte sich eben so angehört, als wolle sie in dem Fall Kirchberg mit eigener Hand niederstechen. »Jetzt beruhige dich! Noch ist Herr Ferdinand nicht besiegt.«
Dann verstummten beide, denn Aithil trat vor und erklärte in irischer und englischer Sprache die Regeln des Kampfes. Im Grunde war den beiden Kontrahenten alles erlaubt, außer einander die Augen auszustechen oder die Hoden auszureißen.
Vandermeer grinste bei dem Vortrag und drohte Ferdinand mit der Faust. Dieser dachte daran, wie skurril es war, dass sich gleich zwei Männer prügeln würden, die für dasselbe Ziel kämpften. Doch daran war Simon schuld. Nun bedauerte er es, dass sich sein Vetter ihm nicht persönlich stellte, sondern diesen flandrischen Ochsen vorgeschickt hatte. Anscheinend befürchtete Simon, eine Niederlage gegen ihn einstecken zu müssen.
Dieser Gedanke verlieh Ferdinand neuen Mut. Er beobachtete den Flamen scharf, um von diesem nicht überrascht zu werden. In dem Augenblick, in dem Aithil als Schiedsrichter den Kampf freigab, stürmte Vandermeer los. Seine Fäuste sausten auf Ferdinand zu – und verfehlten ihn.
Mit einem raschen Schritt hatte Ferdinand sich außer Reichweite gebracht. Vom eigenen Schwung getrieben, konnte der Flame nicht mehr rechtzeitig bremsen und prallte gegen die vordersten Zuschauer.
Einige Iren lachten und fachten damit Vandermeers Zorn an. »Du kommst als Nächster an die Reihe!«, fuhr er Ionatán an, der ihn spöttisch musterte, und wandte sich wieder zu Ferdinand um. Diesmal ging er die Sache langsamer an und wollte besser zielen. Doch erneut wich Ferdinand ihm geschmeidig aus.
»Kannst du nicht stehen bleiben, du Gimpel?«, brüllte der Flame.

Da kam Ferdinand wie ein zustoßender Falke auf ihn zu und versetzte ihm zwei harte Schläge auf die Nase.
Es knirschte laut, und Blut schoss dem Flamen aus den Nasenlöchern. Die Verletzung steigerte jedoch nur seinen Grimm, und seine Arme fuhren wie Windmühlenflügel durch die Luft. Aber wohin er auch schlug – er fand dort kein Ziel. Ferdinand tänzelte um ihn herum, zwang ihn immer öfter, sich um die eigene Achse zu drehen, und bald schwankte der Hüne, weil ihm schwindlig wurde.
Genau in dem Augenblick traf Ferdinand ihn erneut. Vandermeer steckte die harten Schläge nicht mehr so leicht weg wie zuvor, sondern stolperte mehrere Schritte ziellos durch den Burghof und hieb auf den ersten Mann ein, der vor ihm auftauchte. Es war einer von Simons Söldnern, der zornig aufbrauste. »He, du Narr! Was schlägst du mich? Dein Gegner steht hinter dir!«
Mit den Worten gab der Mann dem Flamen einen Stoß und trieb ihn auf Ferdinand zu. Dieser holte aus und drosch mit aller Kraft auf seinen Gegner ein.
Dries Vandermeer blieb noch einen Moment auf den eigenen Beinen stehen, kippte dann langsam nach hinten und schlug schwer auf dem Pflaster des Burghofs auf.
Die Zuschauer waren einen Augenblick lang so verblüfft, dass man zwei, drei Herzschläge nichts anderes vernahm als den Wind, der sich in den Mauern fing. Dann jubelten die Iren auf. Die Söldner aber starrten ungläubig auf ihren stärksten Mann, der reglos auf dem Rücken lag und mit glasigen Augen gen Himmel stierte.
»Hoffentlich hat es dem Mann nicht die Hirnschale zerschmettert, als er auf den harten Boden aufgeschlagen ist«, sagte Ionatán in einem Ton, als wünschte er dem Flamen genau das.
Aithil beugte sich über den Liegenden und untersuchte ihn. »Er ist nur bewusstlos und wird mit einem gewaltigen Brummschädel aufwachen. Bringt ihn in sein Quartier und legt ihm ein

kühles Tuch auf die Nase, um die Blutung zu stoppen. Saraid wird euch Kräuter geben, die die Schwellung abheilen lassen.«
Oisin trat kopfschüttelnd auf Ferdinand zu. »Ihr habt diesen Koloss mit einer Leichtigkeit besiegt, als wäre er ein halbwüchsiger Bursche, der sich mit einem erfahrenen Krieger messen will.«
»Vandermeer hätte meinen Rat annehmen und sich erholen sollen. So war er vom langen Marsch erschöpft«, antwortete Ferdinand schwer atmend. Er wollte nicht, dass seinem Sieg zu viel Bedeutung beigemessen wurde. Zudem wollte er dem Flamen eine Ausrede für die Niederlage verschaffen, um nicht von Anfang an in Feindschaft mit ihm leben zu müssen.
Vandermeers Kameraden gefielen seine Worte. Zustimmung wurde laut, und ein paar von ihnen klopften ihm auf die Schulter und nannten ihn den verdammt schnellsten Faustkämpfer, den sie je gesehen hätten. Andere brachten den Bewusstlosen in den Saal, der ihnen als Quartier zur Verfügung gestellt worden war, und versorgten seine zerschlagene Nase.
Während Ciara noch fassungslos nach unten schaute und kaum glauben konnte, was dort geschehen war, holte Saraid aus ihrem Zimmer einige Kräuter für die kühlende Packung, die sie auf Vandermeers Verletzungen legen wollte. Immerhin war der Flame kein Feind, sondern ein Verbündeter, der mithelfen sollte, die Engländer zu vertreiben. Unterwegs begegnete sie Ferdinand und blieb kurz stehen.
»Lasst Euch ansehen! Wie es aussieht, fehlt Euch nichts. Dankt den himmlischen Mächten dafür! Oder auch nicht, denn hätte der Flame Euch zusammengeschlagen, würde wohl nicht ich, sondern Ciara Euch pflegen wollen.«
Es klang ein wenig spöttisch, aber auch anerkennend. Zwar hielt Saraid es nicht für gut, dass Ciara ihr Herz einem Ausländer geschenkt hatte, doch dieser Deutsche war ihr zehnmal lieber als der andere.
Der Gedanke, dass Ciara neben ihm sitzen und seine Schram-

men versorgen könnte, ließ es Ferdinand fast bedauern, den Faustkampf ungeschoren überstanden zu haben. Doch dann sagte er sich, dass er froh sein musste, dass es so und nicht anders gekommen war.
Ohne Simon anzusehen, winkte er Ionatán zu sich. »Sorge dafür, dass der Hengst, den mein Vetter mir mitgebracht hat, gut versorgt wird. Ich will ihn morgen reiten.«
Als er sich kurz nach seinem Vetter umschaute, kaute dieser auf seinen Lippen herum, wagte aber nicht, etwas zu sagen. Das war für Ferdinand ein größerer Triumph als sein Sieg über den bulligen Flamen.

6.

Da der Platz in der Burg nicht ausreichte, wurden die Söldner zum größten Teil in der Stadt einquartiert. Es waren rauhe Gesellen, die keiner gerne in seinem Haus sah. Dafür aber verhinderte allein ihre Anwesenheit, dass Einwohner, die es insgeheim mit den Engländern hielten, sich gegen die Besatzer erhoben. Während die einen hofften, Conyers Cliffords Heer würde sie befreien, beteten Ciara und die meisten Iren, dass dieser sich gegen die O'Domhnaill wenden möge.
Ferdinand hielt es vor lauter Spannung nicht mehr in Léana. Um zu zeigen, dass der Hengst sein Eigentum war, ließ er diesen satteln und verließ die Stadt. Er war noch nicht weit gekommen, als er hinter sich einen Reiter hörte. Rasch drehte er sich um und sah Ciara, die sichtlich Mühe hatte, sich auf ihrem Pferd zu halten.
Ferdinand wendete sein Tier und trabte ihr entgegen. »Bei Gott, was macht Ihr hier?«
»Ich lerne reiten«, antwortete Ciara etwas beklommen. »Nur habe ich es mir nicht so schwer vorgestellt. Das Pferd ist schnell, und ich kann kaum glauben, dass man sich auf Dauer im Sattel halten kann. Das mag bei euch Männern vielleicht gehen, weil ihr den Leib des Tiers zwischen eure Beine nehmen könnt. Doch frage ich mich, wer auf den Gedanken gekommen ist, dass Frauen auf diese dumme Weise wie Mehlsäcke auf einer Seite hängen sollen.«
»Ihr sollt ja auch nicht hängen, sondern im Sattel sitzen und Euch mit dem linken Steigbügel abstützen. Kommt her, ich zeige es Euch!« Ferdinand schwang sich aus dem Sattel, band den Zügel seines Hengstes an einen Baum und trat neben Ciara.

Auf Schloss Kirchberg hatte er seine Tante Irmberga oft auf Ausritten begleitet. Daher wusste er, wie eine Dame zu Pferd saß, und konnte es Ciara erklären. Zuerst schnallte er den Riemen ihres Steigbügels kürzer und fasste sie an den Hüften, um sie richtig in den Sattel zu setzen.

Ciara fand seinen Griff angenehm und lächelte zu ihm herab. »Ich danke Euch, Herr Ferdinand. Da Ihr mir das Pferd geschenkt habt, ist es auch Eure Pflicht, mir das Reiten beizubringen.«

»Diese Pflicht erfülle ich mit Vergnügen!« Mit einem kurzen Blick überprüfte Ferdinand, ob Ciara richtig saß, schwang sich wieder auf seinen Hengst und wies in Richtung Stadt.

»Wir sollten zurückreiten, denn man wird Euch gewiss bereits vermissen.«

Das war nicht gerade in Ciaras Sinn, und so schüttelte sie den Kopf. »Ihr könnt nicht so ungefällig sein, mir das Reiten vor unseren Freunden beizubringen. Was glaubt Ihr, wie die alle lachen würden, wenn sie sähen, dass ich wie ein Mehlsack im Sattel hänge. Reiten wir weiter! Hier auf der Straße lerne ich es gewiss viel leichter als in der Stadt.«

Einen Augenblick lang schwankte Ferdinand noch, dann gab er nach. »Also gut! Aber Ihr müsst genau das tun, was ich sage.«

»Es wird mir eine Ehre sein.« Ciara deutete eine Verbeugung an und rutschte sofort wieder aus dem Sattel. Bevor sie Schaden nehmen konnte, lenkte Ferdinand seinen Hengst neben den ihren, schob die Hand unter ihr Hinterteil und sorgte dafür, dass sie wieder richtig auf dem Pferd saß. »Wenn Ihr so etwas macht, müsst Ihr Euch mit dem Steigbügel abstützen«, tadelte er sie, obwohl er diesen Augenblick nicht hätte missen wollen.

Die Hand, mit der er sie berührt hatte, glühte wie Feuer, und für einen Augenblick überlegte er, ob er nicht mit ihr in den Wald hineinreiten sollte, um mit ihr allein zu sein. Im nächsten

Augenblick bemerkte er einen Reiter, der eben im Schatten mehrerer Bäume sein Pferd anhielt. War es Oisin, der auf seine Schwester aufpassen wollte? Dann aber erkannte er Aithil. Gewiss hatte Oisin diesem befohlen, Ciara zu folgen. Um nicht den Eindruck zu erwecken, auf verbotenen Pfaden weilen zu wollen, winkte Ferdinand Aithil zu, aufzuschließen.
Nach kurzem Zögern kam er näher. »Ich wollte Euch nicht stören, sondern nur aufpassen, dass alles im Rahmen bleibt.«
»Wer glaubt da, es würde nicht so sein?«, fragte Ciara verärgert. »Ich habe Herrn Ferdinand nur gebeten, mir das Reiten beizubringen.«
»Nach dem, was ich gesehen habe, ist das auch dringend nötig«, antwortete Aithil grinsend.
Ferdinand fand, dass sie genug geredet hatten, und forderte Ciara auf, ihm zu folgen. Um sie nicht zu überfordern, ließ er seinen Hengst im Schritt gehen. Für Ciara war es trotzdem eine anstrengende Angelegenheit, und bald schon taten ihr alle Muskeln weh. Ihr Wille war jedoch stärker, und sie lächelte trotz der Schmerzen. »Ich halte mich doch gut, oder meint Ihr nicht?«
»Ihr haltet Euch ausgezeichnet!«
Ferdinand nahm das Bild der jungen Amazone mit vollem Herzen in sich auf. Ihr Haar leuchtete rot im Licht der Sonnenstrahlen, die durch das grüne Blätterdach drangen, und ihre helle Haut bildete einen wunderbaren Kontrast zu dem Dunkel des Waldes, der sich zu beiden Seiten der Straße erstreckte und seine Äste so weit in den Weg hinein streckte, dass die drei Reiter immer wieder zu tiefen Verbeugungen gezwungen wurden. Nun aber gab die junge Frau acht, dass sie nicht mehr aus dem Sattel rutschte. Ferdinand fand das ein wenig schade, denn zu gerne hätte er sie noch einmal berührt und den feinen Duft ihres Haares gerochen. Doch mit Aithil als Begleiter war er gezwungen, den höflichen Reitlehrer zu spielen, obwohl ihm nach ganz anderen Dingen zumute war.

Da Ciara nicht über ihre Schmerzen klagte, sondern im Gegenteil immer weiterreiten wollte, begleiteten die beiden Männer sie bis zu dem nächsten Kreuzweg. Da drangen ihnen mit einem Mal Geräusche entgegen, woraufhin Ferdinand und Aithil sich rasch aus den Sätteln schwangen. Ferdinand reichte dem Iren die Zügel seines Hengstes. »Führe die Pferde in den Wald hinein. Ich kümmere mich um Jungfer Ciara.«
Aithil nickte und zog die Gäule mit sich, während Ferdinand Ciara die Hände entgegenstreckte und sie aus dem Sattel hob.
»Wir müssen uns verstecken, denn ich weiß nicht, wer vor uns ist. Wenn wir Pech haben, handelt es sich um Cliffords gesamte Armee im Anmarsch auf Léana.«
»Malt den Teufel nicht an die Wand!«, flüsterte Ciara erschrocken.
Obwohl Simon von Kirchbergs Söldner die eigenen Krieger verstärkten, stünde ihnen ein harter Kampf bevor, falls die Engländer die Stadt zurückerobern wollten. Mit klopfendem Herzen folgte sie Ferdinand zwischen die mächtigen Eichen, die ihre Kronen wie Schilde über sie deckten. Ein Gebüsch mit dunklen Blüten eignete sich als Versteck für die Pferde, und auch Ciara, Ferdinand und Aithil verbargen sich dort.
Nach einer Weile rieb Ferdinand sich über die Stirn. »Wir hören zwar, dass dort vorne Männer marschieren, aber sie kommen nicht näher.«
»Wahrscheinlich rückt Clifford doch auf Sligeach zu«, antwortete Ciara so leise, als hätte sie Angst, der Wind könnte ihre Worte zu dem fremden Heer hintragen.
»Wir brauchen Gewissheit. Herr Aithil, gebt bitte auf Jungfer Ciara acht. Ich schleiche mich nach vorne und sehe nach, ob es tatsächlich Cliffords Truppen sind. Vielleicht handelt es sich auch um O'Néills Männer, die den Ui'Domhnaill zu Hilfe kommen wollen, und wir verstecken uns ganz umsonst vor ihnen.«
»Es sind Sasanachs! Iren behängen sich nicht mit so viel Eisen«,

wies Ciara Ferdinand zurecht. Dieser gab jedoch keine Antwort mehr, sondern eilte davon.

Ciara sah ihm kurz nach und wandte sich dann mit einer heftigen Bewegung zu Aithil um. »Ich folge Herrn Ferdinand. Als Deutscher weiß er über die Engländer nicht so gut Bescheid wie unsereins.«

»Sollte nicht besser ich gehen?«, fragte Aithil.

Ciara schüttelte den Kopf. »Ich kann keine drei Pferde halten. Wenn sich eines losreißt und auf die Straße läuft, werden die Engländer auf uns aufmerksam!«

Obwohl es Aithil nicht gefiel, wusste er doch, dass sie recht hatte. Daher nickte er missmutig. »Also gut! Seid aber vorsichtig, Maighdean!«

»Das bin ich doch immer«, antwortete Ciara mit einem leisen Lachen und folgte Ferdinand.

Sie fand ihn in der Nähe des Kreuzwegs flach auf dem Boden hinter einem Busch liegend. Rasch legte auch sie sich hin, stützte den Oberkörper auf die Ellbogen und spähte nach vorne. Es waren tatsächlich Engländer, die mit Proviant- und Pulverwagen sowie Kanonen, Fußvolk und Reitern Richtung Sligeach zogen.

Als Ciara begriff, dass nicht Léana das Ziel des Feindes war, schlug sie vor Erleichterung das Kreuz. Dann blickte sie in Ferdinands zorniges Gesicht und zog den Kopf ein.

»Ich habe Euch doch gesagt, Ihr sollt bei den Pferden bleiben«, schalt er sie mit leiser, aber schneidender Stimme.

»Ich war in Sorge um Euch! Ihr hättet auf Iren treffen können, die Euch nicht kennen und für einen Engländer halten«, log Ciara mit einem schelmischen Lächeln.

Allein schon die Tatsache, dass sie hier nebeneinanderlagen und die fremden Soldaten beobachteten, war es ihr wert, sich in Gefahr begeben zu haben. Dann aber galten ihre Gedanken wieder den Engländern. Die bewiesen mit diesem Kriegszug, dass sie nicht gewillt waren, ihre Herrschaft über Irland aufzugeben. Ciara wurde bewusst, dass es noch vieler Schlachten bedurfte, bis ihre Heimat frei war, und sie betete stumm, dass die eigenen Verluste nicht zu hoch sein würden. Der Gedanke, dass ihr Bruder oder womöglich Ferdinand im Kampf fallen könnten, war so schmerzhaft, dass sie die Hände auf den Mund presste, um sich nicht durch einen Schreckenslaut zu verraten. Im Gegensatz zu ihr musterte Ferdinand die Feinde mit dem Blick eines Soldaten. Die Ausrüstung der Engländer mochte neu sein, doch ein Großteil der Soldaten war es auch. Erfahrene Krieger marschierten anders. Vielleicht war das der Grund, warum Conyers Clifford nicht gegen Léana zog, sondern in Richtung Sligeach strebte, um sich dort mit dem Aufgebot der Uí'Connor zu vereinigen. Gemeinsam konnte es ihnen gelingen, die O'Domhnaill aus Chonnacht zu vertreiben.

»Aodh Ruadh O'Domhnaill muss die Engländer abfangen, bevor sie die Uí'Connor-Truppen erreichen«, sagte er zu Ciara, nachdem auch die Nachhut des Feindes den Kreuzweg passiert hatte.

»Er wird tun, was er für richtig erachtet!« So viel verstand Ciara nicht vom Krieg, als dass sie hätte entscheiden können, was besser war. Daher vertraute sie den eigenen Anführern, die sich bereits mehrfach im Kampf gegen die Engländer ausgezeichnet hatten. Dies sagte sie Ferdinand auch mit deutlichen Worten.

Ferdinand lächelte über ihren Enthusiasmus, doch er wusste nur zu gut, dass Begeisterung und Freiheitsliebe allein den Sieg nicht davontragen würden. Um England zu bezwingen, musste Irland einig sein und vor allem Verbündete auf dem Kontinent finden. Doch das war die Aufgabe von Männern wie Aodh Mór O'Néill und Aodh Ruadh O'Domhnaill und nicht die seine. Für ihn galt es erst einmal, die unternehmungslustige junge Dame neben sich unversehrt nach Léana zurückzubringen.

7.

Für Ciara wurde der Ritt nach Hause zur Tortur. Ihr wundgerittenes Gesäß und ihre Beinmuskeln schmerzten, dass sie die Tränen nicht mehr zurückhalten konnte. Schließlich schüttelte Ferdinand den Kopf.
»So hat es keinen Sinn. Herr Aithil, übernehmt Ihr bitte Ciaras Zügel. Ich werde sie zu mir aufs Pferd setzen. Vielleicht geht es dann besser.«
»Wenn Ihr meint!« So ganz überzeugt klang Aithil nicht.
Aber Ciara freute sich darauf, Ferdinands Arme um sich zu spüren, und vergaß dabei einen Teil ihrer Schmerzen. Sie ließ es zu, dass Ferdinand sie aus dem Sattel hob und auf seinen Hengst setzte. Dabei hielt er sie so, dass sie sich ohne Probleme vor ihm auf der Kruppe des Tieres halten konnte.
Obwohl es nicht einfach war, so zu reiten, bedauerten es beide, als sie die Stadt erreichten und kurz darauf in den Burghof einritten und der Ausflug zu Ende war.
Oisin sah sie kommen und eilte ihnen erschrocken entgegen. »Ist etwas geschehen?«
Aithil schüttelte feixend den Kopf. »Ciara hat nur ein paar Wundstellen dort, wo sie auf dem Sattel gesessen ist. Herr Ferdinand hat sie zwar ein paarmal gemahnt umzukehren, aber sie wollte immer weiterreiten und muss nun die Folgen ertragen.«
Um Oisins Lippen zuckte ein verhaltenes Lächeln. Obwohl er seine Schwester liebte, vergönnte er ihr die Schmerzen. Vielleicht würde ihr dies eine Warnung sein.
»Geh zu Saraid! Sie soll sich um dich kümmern«, sagte er zu ihr und sah dann Ferdinand an. »Ihr hättet sie ruhig auf ihrem

Pferd sitzen lassen sollen, damit sie merkt, was es heißt, ungehorsam zu sein.«
»Jungfer Ciara war nicht ungehorsam! Eher war ich etwas zu nachsichtig. Doch unser Ausflug hat sich gelohnt. Wir konnten Conyers Cliffords Heer beobachten. Es zieht in Richtung Sligeach.«
»Dann können sie uns nicht mehr angreifen, es sei denn, sie kehren um«, ergänzte Aithil Ferdinands Bericht.
»Das ist eine gute Nachricht!« Oisin atmete sichtlich auf und befahl Ionatán, Simon von Kirchberg zu holen. »Wir treffen uns im Turm und beraten, wie wir weiter vorgehen sollen«, setzte er hinzu und winkte Ferdinand und Aithil, ihm zu folgen.
Unterdessen hatte Ciara den Küchentrakt der Burg erreicht. Gamhain lag in einer Ecke und schmollte, weil ihre Herrin sie nicht mitgenommen hatte. Als sie jedoch Blut an ihr witterte, sprang sie mit einem erregten Laut auf und schmiegte sich an Ciara. Dabei kam sie den verletzten Stellen so nahe, dass diese sie resolut zurückschob.
»Das tut doch weh!«, schalt sie und suchte ihre Cousine. Als sie Saraid gegenüberstand, begriff diese sofort, was ihr fehlte, und schüttelte den Kopf. »Du ungeduldiges Wesen wolltest das Reiten wohl an einem Tag erlernen, was? Ist es schlimm?«
Ciara schüttelte zuerst den Kopf, nickte aber dann kläglich. »Meine ganze Kehrseite brennt wie Feuer, und meine Beine schmerzen, als hätte ein Elf sie verhext!«
»Das darfst du nicht sagen, sonst passiert es wirklich!« Erschrocken blickte Saraid sich um und atmete auf, als sie niemanden vom heimlichen Volk in der Küche entdecken konnte. Ciara taten die Beine zu weh, um an Elfen und Geister denken zu können. Stöhnend lehnte sie sich gegen den Türstock und betastete ihre Hüften. »Kannst du mir helfen?«
»Natürlich! Geh schon voraus in unsere Kammer. Ich hole meine Arzneien.« Saraid wollte sich schon umwenden, da hielt Ciaras Stimme sie auf.

»Wir haben Engländer gesehen. Deren Truppe umgeht Léana und hält auf Sligeach zu.«
»Gott sei Dank!«, rief Saraid.
Doch weder ihr noch Ciara entging, dass einige ihrer Hilfsmägde betrübte Gesichter zogen. Das ärgerte sie, denn es waren Irinnen wie sie selbst. Saraid nahm sich vor, den Weibern später die Leviten zu lesen, doch erst einmal benötigte ihre Cousine Hilfe. Mit harschen Worten erklärte sie den Mägden, worauf diese achten sollten, ging dann in den Raum, in dem sie ihre Salben und Arzneien aufbewahrte, und nahm alles an sich, was sie benötigte.
Als sie kurz darauf die Kammer betrat, die sie mit Ciara teilte, mühte diese sich gerade ab, ihr Kleid auszuziehen. Saraid sah ihr einen Augenblick lang zu und schüttelte den Kopf. »Dich hat es aber schwer erwischt. Komm, ich helfe dir!«
Gemeinsam ging es leichter. Schließlich stand Ciara im Hemd vor Saraid. Diese starrte auf die rötlichen Flecken, die Blut und Wundsekret auf dem gebleichten Leinenstoff hinterlassen hatten, und schüttelte den Kopf. »Du dummes Stück! Was musstest du auch so weit reiten? Jetzt wirst du etliche Tage nicht sitzen und nur auf dem Bauch liegend schlafen können.« Saraid wollte ihrer Cousine bereits das Hemd über den Kopf ziehen, als sie merkte, dass dessen Stoff an einigen Stellen an Ciaras Schenkel klebte.
»Mit dir hat man Sorgen«, brummelte sie, so als hätte sie es mit einem kleinen Kind zu tun und nicht mit einer heiratsfähigen Frau. Erst als sie die festgeklebten Teile des Hemds mit warmem Wasser benetzte, lösten sich diese von der Haut. Was Saraid dann sah, übertraf noch ihre schlimmsten Befürchtungen.
»Wenn du Pech hast, behältst du Narben zurück, mit denen du dein Lebtag nicht mehr froh wirst«, schalt sie und befahl Ciara, sich bäuchlings auf das Bett zu legen. Während sie ihre Cousine verarztete, schimpfte sie weiter. Plötzlich aber musste sie lachen.

»Was ist denn jetzt los?«, fragte Ciara verblüfft.
»Mir ist gerade eingefallen, dass dein Bruder sich in den nächsten Tagen keine Sorgen zu machen braucht, du könntest dich zu Dummheiten hinreißen lassen. Verletzungen wie die deinen verhindern jedes Liebesvergnügen.«
»Was soll denn das schon wieder heißen? Du tust ja direkt so, als wäre ich darauf aus, meine Jungfernschaft an den nächstbesten Kerl zu verschleudern!«, rief Ciara, war allerdings gleichzeitig froh, dass Saraid nicht sehen konnte, wie sie errötete. In Ferdinands Armen hatte sie tatsächlich Gefühle verspürt, die sie drängten, sich mit ihm zu verbinden.
»Nicht mit dem Nächstbesten«, antwortete Saraid gelassen. »Aber mit dem jungen Deutschen – Ferdinand meine ich, nicht seinen Vetter – würdest du gewiss gerne das Bett teilen. Doch daraus wird nichts, meine Liebe. Ich passe schon auf dich auf.«
»Du redest heute wahrlich komisch daher! Wenn du so weitermachst, schlafe ich nächstens woanders«, rief Ciara empört und begriff erst, als Saraid zu lachen begann, was sie gesagt hatte.
»Ich meine es nicht so, wie du denkst!«, setzte sie giftig hinzu.
»Doch, du meinst es schon so. Ferdinand ist wirklich ein schmucker junger Mann. Er könnte mir sogar besser gefallen als Buirre in seiner besten Zeit.« Saraid beobachtete dabei ihre Cousine genau und sah, dass diese leicht zitterte.
»Was willst du mit Ferdinand?«, fragte Ciara mühsam beherrscht.
Saraid lachte erneut. »Weißt du, von Zeit zu Zeit ist es allein im Bett doch recht einsam, und man wünscht sich ein paar kräftige Männerarme, die einen umfangen und noch ein bisschen mehr. Aber das wirst du selbst merken, wenn du erst einmal verheiratet bist.«
Bei Saraids letztem Satz verzog Ciara das Gesicht, denn sie erinnerte sich daran, dass ihr Bruder sie jederzeit zur Bekräftigung einer Allianz mit einem wildfremden Mann vermählen

konnte. Sie überlegte, wie sie dies verhindern sollte, doch das Einzige, was ihr einfiel, war Flucht. Da sie diese nicht allein bewerkstelligen konnte, brauchte sie Ferdinand dazu.

Daher erschien es ihr doppelt fatal, dass sie, wie Saraid eben festgestellt hatte, wegen ihres wunden Gesäßes längere Zeit nicht in der Lage war, sich ihm hinzugeben. Sie seufzte tief und hoffte, dass Oisin noch eine Weile unschlüssig blieb, was für einen Brautwerber er ihr suchen sollte.

Sie war so still geworden, dass ihre Cousine Mitleid mit ihr empfand. Doch Saraid sagte sich, dass sie Ciara nicht dabei unterstützen durfte, gegen Sitte und Brauch zu verstoßen. Dann jedoch fiel ihr ein, dass sie nicht besser gehandelt hatte. Sie hatte sich mit Buirre zerstritten und ihn so in Maeves Arme getrieben. Damit war sie an deren Tod ebenso schuld wie ihr Mann.

Ihre Erwägung, Buirre zu verzeihen und ihm vorzuschlagen, wieder als Mann und Frau zusammenzuleben, hielt jedoch nicht lange an. Sie verarztete Ciara, so gut es ging, strich Salbe auf deren Wundstellen und legte dort, wo es nötig war, einen Verband an. Als sie fertig war, reichte sie ihrer Cousine ein frisches Hemd und riet ihr, einen leichten Rock anzuziehen.

»Sonst drückt es zu sehr auf deinen lädierten Po. Gib aber acht, dass der Windzug den Rock nicht hebt und deine Beine entblößt – oder sogar mehr!«, setzte sie mit einem gewissen Spott hinzu.

Ciara nickte und beschloss, dass ihre Verletzungen sie nicht daran hindern durften, das zu tun, was in ihren Augen notwendig war, um ihr Schicksal in den eigenen Händen zu behalten.

8.

Bald danach erreichte Léana die Nachricht, dass Aodh Ruadh O'Domhnaill einen weiteren großen Sieg über die Engländer errungen hatte. Ciara vergaß ihre schmerzende Kehrseite und eilte in die große Halle, um dem Boten zuzuhören, den das Clanoberhaupt der Ui'Domhnaill gesandt hatte. Da nun der Westen Uladhs und der Norden von Chonnacht fest in der Hand der Ui'Domhnaill lag und die Ui'Néill die Mitte und den Süden Uladhs samt den angrenzenden Gebieten in Laighean beherrschten, schien Irlands Freiheit zum Greifen nahe.
Ciara umarmte ihren Bruder und Aithil vor Freude und wagte es sogar, Ferdinand einen Kuss auf die Wange zu hauchen. Da stand auf einmal Simon von Kirchberg vor ihr und sah sie mit durchdringenden Blicken an.
»Wollt Ihr nicht auch Eure Freude mit mir teilen und mir den Freundschaftskuss geben, Jungfer Ciara?«, fragte er mit heiserer Stimme und starrte sie durchdringend an.
Zwar wies das Mädchen nicht ganz den Stand auf, den er sich für seine Braut gewünscht hätte, doch es war so edel geboren, dass es seinem Ehrgeiz zumindest dienlich sein konnte. Vor allem aber wollte er Ciara gewinnen, um seinem Vetter zu beweisen, wer von ihnen der Bessere war. Simon hatte Ferdinand nicht vergessen, dass dieser ihm den Hengst verweigerte, und neidete ihm die Achtung, die er sich bei Oisin O'Corra und dessen Kriegern erworben hatte.
Simons Forderung erboste Ciara. Da sie aber den Verbündeten ihres Bruders nicht vor den Kopf stoßen wollte, reckte sie sich ein wenig und berührte mit den Lippen kurz Simons Wange. Dann wollte sie weitergehen, doch er hielt sie fest.

»Wisst Ihr, wie schön Ihr seid?«, fragte Simon leise.
»Ich muss wohl, denn ich sehe gelegentlich in den Spiegel!«, antwortete sie empört und versuchte, sich zu befreien.
Doch Simon zog sie an sich, um sie auf den Mund zu küssen. Sie stemmte sich gegen ihn und sah sich hilfesuchend um. Um sie herum hatten jedoch alle nur Augen für Aodh Ruadh O'Domhnaills Boten, der einen Krug in der Rechten hielt und nun von der siegreichen Schlacht gegen Conyers Cliffords Armee zu berichten begann. Selbst Ferdinand hatte dem Mann seine Aufmerksamkeit zugewandt.
Da sie nicht gewillt war, Simon gewähren zu lassen, wand Ciara sich wie eine Schlange. Er griff fester zu und bohrte seine Finger dabei in das Körperteil, das immer noch wund vom Ritt war. Sie stieß einen Schmerzensruf aus und sah dann, dass Gamhain auf sie zulief, um sie zu beschützen. Gleichzeitig drehte Ferdinand sich zu ihr um.
Als dieser begriff, dass Ciara sich gegen die Zudringlichkeiten seines Vetters wehrte, war er mit zwei Schritten bei ihnen.
»Lass Jungfer Ciara los, wenn du nicht willst, dass ich dich niederschlage wie einen Hund!«
Ferdinand sprach leise, damit nicht auch andere auf die Szene aufmerksam wurden, doch seine Warnung klang eindringlich genug.
Simon wollte ihm sagen, dass es ihn nichts anginge, was er mit Ciara tat. Aber sie nützte seine Unaufmerksamkeit aus und entschlüpfte ihm.
»Habt Dank, Herr Ferdinand! Wie es aussieht, hat Euer Vetter heute schon etwas zu tief in den Metbecher geschaut und dadurch seine Manieren vergessen.« Lächelnd deutete Ciara einen Knicks an und eilte davon.
Simon wollte ihr folgen, sah sich dann aber Gamhain gegenüber, die ihre weißen Fänge aufblitzen ließ, und wich zurück. Als die Hündin dann ihrer Herrin nachlief, packte er Ferdinand an der Schulter und zog ihn zu sich herum. »Du solltest

dir abgewöhnen, dich in die Angelegenheiten anderer einzumischen, Kleiner!« Das Gefühl, erneut gegen seinen jüngeren Vetter den Kürzeren gezogen zu haben, schmerzte ihn so sehr, dass er voller Grimm nachsetzte. »Im Übrigen wäre ich dir dankbar, wenn du mich in Zukunft so ansprechen würdest, wie es einem Herrn von Stand gebührt!«

Ferdinand begriff, dass Simon von diesem Augenblick an keine Verwandtschaftsbande mehr zwischen ihnen gelten lassen wollte. Mittlerweile war ihm dies jedoch gleichgültig. Daher nickte er zustimmend.

»Dann soll es in Zukunft so sein, Herr von Kirchberg. Ihr werdet jedoch erlauben, dass ich für mich das gleiche Recht einfordere, das Ihr für Euch verlangt. Nennt Ihr mich noch einmal Junge oder Kleiner, werdet Ihr keinen zweiten Vandermeer mehr vorschicken können, sondern Euch selbst meinen Fäusten oder meinem Schwert stellen müssen.«

Die Warnung war deutlich und zudem eine moralische Ohrfeige, weil sie Simon in den Ruch der Feigheit brachte. Dieser knirschte vor Wut mit den Zähnen, wusste aber, dass er im Augenblick nichts gegen seinen Vetter unternehmen konnte. Mit Schrecken musste er sich eingestehen, Angst vor Ferdinand zu haben. Sein Vetter hatte mit Dries Vandermeer den stärksten Mann seines Söldnertrupps in den Staub geworfen, ohne sich eine einzige Schramme zuzuziehen. Das war ihm unheimlich, und er beschloss, Ferdinand vorerst zu meiden.

Hasserfüllt kehrte er seinem Vetter den Rücken zu und gesellte sich zu Vandermeer und seinen anderen Offizieren, die ebenfalls dem Bericht des Boten lauschten. Die Worte des Mannes rauschten jedoch an ihm vorbei, denn er fragte sich, wie er Ferdinand die Demütigung heimzahlen konnte, ohne dass es in einen Zweikampf mündete.

Dieser ahnte nichts von den hasserfüllten Überlegungen seines Vetters, als er zu Ciara trat und ihr zulächelte. »Ich hoffe, Ihr befindet Euch wohl!«

»Ja, dank Eures Eingreifens! Da Ihr mich fragt, kann ich Euch sagen, dass wir unseren Reitunterricht bald wieder aufnehmen sollten.«

Ciara beschloss, nun schnurstracks auf ihr Ziel hinzuarbeiten. Ihr Bruder musste begreifen, dass sie nur einen Mann heiraten würde – und zwar diesen hier. Dann erinnerte sie sich an die offensichtliche Gier in Simons Augen und sagte sich, dass sie sich mit einem unter ihrem Kleid verborgenen Dolch gegen weitere Übergriffe wappnen sollte.

Ferdinand blickte sie sehnsuchtsvoll an und wünschte eine Gelegenheit herbei, Oisin O'Corra zu beweisen, dass er ihrer wert war. Einfach würde es nicht sein. Doch da auch nach O'Domhnaills Sieg über Conyers Clifford noch englische Truppen in Irland standen, hoffte er, diesen so bald wie möglich in der Schlacht gegenüberstehen und sich auszeichnen zu können. Ciara erschien ihm ebenso mutig wie begehrenswert und der höchste Preis, den er in seinem Leben erringen konnte. Ich werde sie für mich gewinnen, was auch immer geschehen mag, schwor er sich und lauschte nun ebenfalls der Erzählung des Boten, den Aodh Ruadh O'Domhnaill ihnen geschickt hatte und der extra für ihn, Simon und dessen Männer alles auf Englisch wiederholte, damit auch die fremden Söldner von den Ruhmestaten seines Clans erfuhren.

9.

Während die Iren auf ihrer Insel hofften, das englische Joch bald abschütteln zu können, zogen über London dunkle Wolken auf. Zwar hielten die Berater der Königin mit Robert Cecil an der Spitze sich mit ihrer Kritik an dem Vorgehen des Earls of Essex zurück. Doch die Berichte, die Elisabeth aus Irland erreichten, waren eindeutig. An diesem Tag stand sie trotz ihres Alters kerzengerade vor ihrem Thron und musterte die versammelten Herren mit kaltem Blick. Einige von ihnen wirkten ebenso grau und düster wie Robert Cecil, der mit seinem einem Talar ähnelnden Rock und der steifen Halskrause eher einem Gelehrten oder Priester denn einem Höfling glich. Andere hingegen prunkten in juwelenbesticktem Brokat und Seide und trugen Ringe an den Fingern, für deren Gegenwert ganze Kompanien kampfkräftiger Soldaten hätten aufgestellt werden können.

Für einen Augenblick erwog Elisabeth, den Herren ihren Schmuck als Opfer für das Königreich abzufordern, verwarf diesen Gedanken aber rasch wieder, denn es wäre nur ein Tropfen auf den heißen Stein gewesen und des Ärgers nicht wert, den sie mit dieser Handlungsweise auf sich ziehen würde. Außerdem trugen nicht ihre Berater die Schuld an der Lage in Irland, sondern sie selbst. Sie hätte Robert Devereux' Drängen nicht nachgeben dürfen, ihn auf die Nachbarinsel zu schicken, sondern so klug sein müssen, Mut und Witz nicht mit Feldherrengenie zu verwechseln. Über Ersteres verfügte Essex im hohen Maße, doch als Anführer kriegerischer Operationen hatte er sich bisher nur dann ausgezeichnet, wenn er weise Berater mitgenommen und auch auf diese gehört hatte.

»Nun, meine Herren, was habt Ihr mir zu berichten?« Elisabeths Stimme durchbrach die Stille, die sich in dem Raum breitgemacht hatte.

Die Männer sahen einander unschlüssig an. Schließlich trat Robert Cecil einen Schritt vor, zögerte dann aber.

»Ich höre nichts?«, bohrte die Königin weiter. »Dabei pfeifen es die Spatzen von den Dächern, dass in Irland wieder einmal englische Soldaten samt ihrem General gefallen sind. Langsam bin ich es leid, solche Nachrichten hören zu müssen. Bagenal, Chichester, Clifford – wie viele meiner Edelleute und Offiziere müssen noch sterben, bis dieses aufrührerische Volk bezwungen ist? Bei Gott, ich hätte besser den Earl of Tyrone zum Lord Lieutenant von Irland gemacht und mich mit seinem Lehenseid begnügen sollen, als solche Männer hinüberzuschicken.«

Ihre Räte zogen die Köpfe ein wie kleine Jungen, wenn es donnert. Auch wenn Elisabeth »Männer« gesagt hatte, wussten alle, dass sie damit eine ganz bestimmte Person gemeint hatte, nämlich Robert Devereux, Earl of Essex, den von ihr meistbevorzugten Edelmann Englands. Da die Königin diesem jedoch schon öfter gezürnt und ihm dann doch wieder vergeben hatte, wagte keiner, etwas gegen ihn zu sagen.

Einer der Herren, der sich zu Essex' Anhängern zählte, versuchte sogar, sich für ihn zu verwenden. »Euer Majestät dürfen Conyers Cliffords Niederlage nicht dem Earl anlasten. Es ist Cliffords eigene Schuld, dass er dem Rebellen O'Donnell in die Falle gegangen ist. Essex hingegen hat bereits mehrere aufständische Clans in Munster botmäßig gemacht und zudem Cahir Castle erobert.«

Die Königin wandte sich mit einer heftigen Bewegung zu dem Sprecher um. »Ich habe Essex nicht nach Irland geschickt, um sinnlose Kriegszüge in Munster zu unternehmen! Die irischen Edelleute, die dort gegen uns rebellieren, hätten sich in dem Augenblick ergeben, in dem mit Hugh O'Neill das Haupt des

Aufstands bezwungen worden ist. Ich habe Essex mit klaren Befehlen versehen und ihm in meinen Briefen dringend angeraten, diese auch zu befolgen. Doch der Herr hat sich nicht darum gekümmert.«

Betretenes Schweigen folgte. Bislang hatte die Königin das Wort vermieden, welches für Essex' Schicksal entscheidend gewesen wäre, nämlich Hochverrat. Obwohl Essex mit seiner Anmaßung etliche der Herren vor den Kopf gestoßen hatte, wollte keiner derjenige sein, der dieses Wort als Erster aussprach. Robert Cecil fuhr sich mit der Zunge kurz über die Lippen, um diese zu befeuchten, und hob dann die Hand. »Ich bitte Euer Majestät, sprechen zu dürfen.«

»Seit wann braucht Ihr dazu meine Erlaubnis?«, fragte Elisabeth mit leichtem Spott.

»Ruft Essex zurück, ernennt ihn zum ersten Edelmann Englands, lasst ihn Sonette schreiben und Euch auf der Laute vorspielen, aber übertragt anderen Männern die Aufgabe, Eure Feinde niederzuwerfen.«

Der Rat war weise, das wusste Elisabeth nur allzu gut. Doch ebenso war ihr klar, dass Essex sich niemals mit einer zeremoniellen Rolle an ihrem Hof zufriedengeben würde. Daher schüttelte sie den Kopf.

»Nein, Sir! Ich hole den Earl of Essex nicht aus Irland zurück, sondern erteile ihm den strengsten Befehl, die Insel nicht eher zu verlassen, bis er die Rebellion niedergeschlagen hat. Er verfügt noch immer über ein großes Heer und über Offiziere, auf deren Ratschläge er hören sollte.«

Elisabeth musterte jeden einzelnen der Räte, von denen sie wusste, dass sie Essex' Parteigänger waren, und deutete auf sie. »Schreibt ihm das! Und schreibt ihm auch, ich wünsche, dass er ungesäumt gegen den Rebellen O'Néill of Tyrone vorgeht. Zu diesem Zweck habe ich ihm das größte Heer gegeben, das England je verlassen hat. Er soll nicht wagen, es in Schande in die Heimat zurückzuführen.«

Niemand widersprach. Einige Herren atmeten sogar auf, denn Elisabeths Unmut über die Lage in Irland war in den letzten Wochen immer größer geworden. Die Königin selbst fragte sich, ob sie diesen Befehl jetzt aus Feigheit gegeben hatte, um sich nicht nach Essex' Rückkehr seine Ausreden anhören zu müssen, in denen nicht er, sondern andere an seinem Scheitern die Schuld trügen. Doch sie hoffte immer noch, Essex würde angesichts seiner Lage endlich die Entschlossenheit aufbringen, die notwendig war, um einen Feind wie Hugh O'Neill zu schlagen. Nicht zum ersten Mal bedauerte sie, dass der Ire nicht bereit war, sich englischen Gesetzen zu beugen und wenigstens nach außen hin so zu tun, als würde er vom katholischen Glauben lassen und die in England gebräuchliche Religion annehmen. Doch wie die meisten Iren war er ein Starrkopf, der nicht einsehen wollte, wo seine Grenzen lagen.

Da bemerkte sie, dass ihre Berater sie noch immer anstarrten, und machte eine Handbewegung, als wolle sie ein Insekt verscheuchen. »Was steht ihr alle noch herum? Ich sagte doch, ihr sollt dem Earl of Essex schreiben und ihm mitteilen, dass er meinem Missfallen nur entgehen kann, wenn er als Sieger über Irland in London einreitet!«

Sie fand es nachgerade lächerlich, wie die sonst so gemessen auftretenden Herren in aller Eile den Raum verließen. Selbst Robert Cecil entfernte sich mit einer Verbeugung und schien seiner Miene zufolge nicht so recht zu wissen, was er von dem Earl of Essex und dessen Verhalten in Irland halten sollte.

Auch sie selbst würde Essex einen Brief schreiben und ihm deutlich erklären, was sie von ihm erwartete. Eine weitere Enttäuschung würde sie ihm nicht verzeihen. Bei dem Gedanken traten Elisabeth die Tränen in die Augen. Sie hatte Robert Devereux geliebt wie einen Sohn und gehofft, er würde sich als solcher erweisen. Doch diese Hoffnung schwand, und sie fühlte, wie es in ihrem Herzen kalt zu werden begann.

»Bitte, Robin, enttäusche mich nicht noch einmal«, flüsterte

sie, wischte sich die Tränen aus den Augen und betrat mit versteinerter Miene ihre Privatgemächer.
Sofort kamen ihre Kammerfrauen auf sie zu und knicksten. Elisabeth blickte über sie hinweg und wies auf ihr Schreibpult.
»Bringt mir Papier, Tintenfass und Feder, aber rasch!«
Die Damen flatterten zwar wie aufgescheuchte Hennen umher, brachten aber das Gewünschte, und kurz darauf hielt die Königin eine Feder in der Hand und überlegte, wie sie dem Earl of Essex schreiben sollte. Es sollte fest klingen und ihn warnen, sich ihre Ungnade zuzuziehen, aber doch verbindlich genug, um sein hitziges Gemüt nicht in Wallung zu versetzen. Als sie die Sätze zu formen versuchte, begriff sie, dass sich beides kaum unter einen Hut bringen ließ.

10.

Mit Aodh Ruadh O'Domhnaills Sieg am Curlew Pass war Léana fürs Erste gesichert. Oisin O'Corra konnte aufatmen und hoffen, die kleine Stadt als Zentrum eines vergrößerten Stammesgebiets behalten zu können. Doch dafür brauchte er Verbündete, und damit kam Ciaras mögliche Heirat ins Spiel. Auch musste er die Entscheidung treffen, ob er weiterhin zu Aodh Mór O'Néill halten oder sich dessen Verbündeten und größten Rivalen Aodh Ruadh O'Domhnaill anschließen sollte. Mit dem Vorsatz, nichts übers Knie zu brechen, suchte er seine Schwester auf.
»Kann ich mit dir sprechen? Allein!«, sagte er, als Saraid sich neugierig näherte.
Ciara sah ihn an. Als sie in seinem Gesicht zu lesen versuchte, stellte sie fest, dass sie einander immer noch fremd waren. Das lag wohl daran, dass ihr Bruder fünfzehn Jahre älter war als sie und zudem die meiste Zeit seines Lebens auf dem Kontinent verbracht hatte.
»Wir können auf die Wehrmauer steigen«, schlug sie vor.
»Gut!« Oisin ließ ihr den Vortritt, wurde dann aber von Gamhain abgedrängt, die es sich nicht nehmen ließ, ihrer Herrin zu folgen. Als sie auf der Mauer standen, blickte Oisin sinnend in das Land hinein.
Von hier aus wirkte der Wald seltsam fern, denn um die Stadt erstreckten sich weite Felder, auf denen die Bauern und ihre Knechte arbeiteten. Die Kuppen der Hügel hingegen boten Kühen und Schafen reiche Weide.
»Es ist ein fruchtbares Land, und ich würde es gerne behalten«, begann er das Gespräch.

Verwundert kniff Ciara die Augen zusammen. »Es ist zu weit weg von unserer Burg.«
»So weit auch wieder nicht. Es muss je kein breiter Streifen sein, der die beiden Teile verbindet. Zwei oder drei Meilen würden reichen, vielleicht auch fünf«, antwortete er und wusste doch ebenso wie seine Schwester, dass keiner ihrer Nachbarn dies zulassen würde.
»Dafür brauchen wir Verbündete«, fuhr er fort. »Am besten wäre ein Clan, der durch Verwandtschaft mit uns verbunden ist.«
Jetzt begriff Ciara, was er von ihr wollte, und schüttelte vehement den Kopf. »Ich werde keinen Mann heiraten, den ich nicht kenne, nur damit du diese Stadt hier behalten kannst.«
»Es ist deine Pflicht als Tochter des Clans!« Etwas anderes fiel Oisin nicht ein. Dann erinnerte er sich an ihre Schwärmerei für Simon von Kirchberg und packte sie mit einem festen Griff. »Glaube nicht, dass ich dich dem Deutschen überlasse!«
Erschrocken nahm Ciara an, er wäre hinter ihre Liebe zu Ferdinand gekommen, doch seine nächsten Worte verrieten ihr, dass er von ihren wahren Gefühlen nichts wusste.
»Simon von Kirchberg ist ein tapferer Soldat, hat aber nur wenige eigene Söldner. Der größte Teil seines Bataillons wurde ihm von Aodh Mór O'Néill überstellt, und er hat diesem die Treue geschworen. Sie werden nicht für uns kämpfen, wenn andere Clans uns dieses Land streitig machen wollen.«
»Weshalb willst du mit anderen Clans um diese kleine Stadt kämpfen, Oisin? Die Engländer sind unsere Feinde, nicht unsere irischen Landsleute.« Ciara hoffte, ihren Bruder zum Einlenken zu bewegen, doch Oisin hatte ein Ziel vor Augen und wollte es unter allen Umständen erreichen.
»Ich werde dir einen guten Mann suchen, einen, der dich ehrenhaft behandelt und der unserem Clan hilft, seine Rechte durchzusetzen. Dies ist mein letztes Wort!«
Bevor Ciara etwas sagen konnte, stürmte Ferdinand heran.

Seine Augen glitzerten erregt, und er hatte sich nicht einmal die Zeit genommen, sein Hemd zu schließen.

»O'Néill hat einen Boten geschickt! Wir sollen mit allen Männern, die wir aufbringen können, zu ihm stoßen. Essex hat sich in Marsch gesetzt und rückt auf Uladh vor.«

»Was sagt Ihr da?« Oisin ließ seine Schwester los und eilte Ferdinand entgegen.

»Die Entscheidungsschlacht naht! Wenn es uns gelingt, die Truppen des Earls of Essex zu schlagen, wird die englische Königin keinen Heerführer mehr finden, der es wagt, ein Heer nach Irland zu führen.« Ferdinands Begeisterung sprang auf Oisin über.

Dieser kniete nieder und faltete die Hände. »Mein Gott, ich danke dir, dass du mir die Möglichkeit gibst, den Mut und die Stärke unseres Clans zu beweisen, und ich bitte dich, gib uns die Kraft, den Feind zu besiegen und allen Iren zu zeigen, wer wir Ui'Corra sind.«

»Essex greift also doch an!« Auch Ciara bekreuzigte sich, aber mehr aus Sorge, hatte sie doch in den letzten Wochen so viel von dem großen Heer der Engländer gehört, das schier unbesiegbar sein sollte. Ihr Blick suchte Ferdinand, und sie begriff, was ihn antrieb. Er wollte sich ihrer würdig erweisen. Dies hieß jedoch, dass er den Kampf tollkühn und ohne Rücksicht auf sein Leben führen würde. Der Gedanke, er könnte dabei fallen, schmerzte sie, und sie nahm sich vor, ihn zu bitten, vorsichtig zu sein. Vor allem aber wollte sie in seiner Nähe bleiben, um ihm bei einer Verwundung beistehen und helfen zu können.

Innerlich zitternd trat sie auf ihren Bruder zu. »Ich komme mit.«

Oisin wollte schon ablehnen, sagte sich dann aber, dass sie ihm damit die Gelegenheit bot, sie einigen Clanführern als mögliche Ehefrau oder Schwiegertochter vorzuführen, und nickte. »Also gut, du und Saraid, ihr könnt mitkommen. Doch ihr braucht männlichen Schutz. Kirchberg, dafür seid Ihr zuständig! Hütet meine Schwester wie Euren Augapfel – und meine Cousine natürlich auch.«

»Sehr wohl, Herr Oisin!« Ferdinand sah, wie Ciara ihm zublinzelte, und sagte sich, dass wohl selten ein Bock leichtsinniger zum Gärtner gemacht worden war als er.

11.

Ciara verließ die Stadt mit dem Gefühl, sie würde Léana nie wiedersehen. Seufzend schüttelte sie den Kopf und schalt sich eine Närrin. Gott würde Irland nicht im Stich lassen, nicht gegen die Ketzer aus England, sagte sie sich und richtete ihre Blicke nach vorne. Oisin ritt an der Spitze des Zuges, ihm folgten Ferdinand und Aithil. Dahinter kamen die übrigen Ui'Corra-Krieger zu Fuß. Unweit von ihr saß Pater Maitiú auf einem schwarzen Maultier. In seiner schwarzen Kutte wirkte er auf sie wie ein Engel des Todes oder wie die Bean sidhe, jenes Geisterwesen, das zumeist als Todesbotin auftrat. Ihr Bruder hatte den Fanatiker nicht in der Stadt zurücklassen können, weil dort mehr als einhundert Engländer gefangen gehalten wurden. Auch hatte Oisin es nicht gewagt, Stammesleute zu deren Bewachung abzustellen, denn er traute ihnen zu, bei schlechten Nachrichten ihre Enttäuschung an den Gefangenen auszulassen und diese zu töten. Doch dafür waren sie als Geiseln zu wertvoll, so dass er sie sich für passende Gelegenheiten aufsparen wollte.
Als Besatzung hatte er Simon von Kirchberg und dessen Söldner bestimmt. Zum einen war es offensichtlich, dass die beiden Vettern nicht mehr in Frieden miteinander auskamen, und zum anderen verstand Ferdinand die Kampfweise der Iren besser.
Verwundert, wohin ihre Gedanken sich verirrten, bemerkte Ciara, dass sie hinter dem Marschzug zurückblieb, und spornte ihr Pferd an. Sie hatte sich entschlossen zu reiten. Auch Saraid ritt, allerdings auf dem Esel, der sie bereits auf mehreren Kriegszügen begleitet hatte. Von dem Tier fiel man wenigstens nicht so tief, dachte Ciara mit einem Glucksen. Dann galt ihre

Aufmerksamkeit Gamhain, die neben ihr hertrabte. Es war offenkundig, dass die große Hündin schmollte. Sie mochte es nicht, wenn ihre Herrin so hoch über ihr saß. Ihre Versuche, sich auf die Hinterbeine zu stellen und sich mit den Vorderpfoten am Sattel abzustützen, waren daran gescheitert, dass der Hengst sich sofort seitwärts bewegte.

»Komm, sei brav! Dann bekommst du heute Abend etwas ganz Besonderes zu fressen«, versuchte Ciara die Hündin zu versöhnen.

Dabei glitten ihre Gedanken unwillkürlich zu Simon von Kirchberg zurück. Dieser verfügte nur noch über die Söldner, die er über das Meer mitgebracht hatte, denn Aodh Mór O'Néill hatte ihm die Männer, die er ihm anvertraut hatte, wieder entzogen. Diese Truppe marschierte nun unter Dries Vandermeers Kommando ein Stück vor ihnen. Simon hatte getobt, als die Nachricht eingetroffen war, und O'Néill in seiner Wut alles Mögliche geheißen. Ciara gönnte es ihm, denn er hatte sich in letzter Zeit arg aufdringlich benommen.

»Wir müssen wirklich eine Elfenkönigin verärgert haben, denn es beginnt zu regnen!«, murrte Saraid.

Ciara wandte sich lachend zu ihr um. »Es regnet doch oft in unserem Land!«

»Das schon, aber es könnte doch zum Teu…«, Saraid unterbrach sich und setzte ihre Rede fort, ohne dieses Wort ganz auszusprechen, »äh, trocken bleiben, wenn wir unterwegs sind. Gestern zum Beispiel hat es nicht geregnet und vorgestern nur ein wenig.«

»Dann wollen wir hoffen, dass es auch heute nur ein wenig regnet.« Ciara blickte zum Himmel auf, der sich als schmaler, grauer Streifen über ihnen spannte. Zu beiden Seiten der Straße erstreckte sich dunkel und unheimlich der Wald. Nichts rührte sich darin, und doch war er voller Leben. Auch spendete der Wald Nahrung, wenn die Ernte schlecht ausfiel und der Hunger wie ein dürres Gespenst an die Türen klopfte.

Regentropfen, die ihr Gesicht trafen, brachten sie wieder auf Saraids Bemerkung zurück. Zu ihrem Leidwesen sah es nicht so aus, als wäre es nur ein kurzer Schauer. An und für sich war das ganz gut, dachte sie, denn wenn die Straßen schlammig wurden, behinderte es die Engländer mit ihren Kanonen und Proviantwägen mehr als die eigenen Leute. Diese konnten unter den uralten Baumriesen des Waldes marschieren, denn sie trugen das, was sie verzehrten, bei sich.

Die nächsten Stunden regnete es ununterbrochen, und die Ui'Corra begannen zu bedauern, dass Dries Vandermeers Söldner vor ihnen zogen. Da diese Truppe den Weg zertrampelte, wurde der Boden so matschig, dass sie bis über die Knöchel darin versanken. Schließlich gab Oisin den Befehl, in den Wald auszuweichen.

Für Ciara und Saraid und die anderen Reiter hieß dies, aus den Sätteln zu steigen und zu Fuß zu gehen. Obwohl sich die Marschkolonne zwischen den Bäumen in ungeordnete Haufen auflöste, kamen sie nun rascher voran als auf der Straße, und am Abend konnte Toal, der als Späher diente, mitteilen, dass sie Vandermeers Söldner überholt hatten.

»Schneller als die sind auch die Engländer nicht«, spottete Aithil.

»Eher langsamer, würde ich sagen, denn sie führen ihre Wagen und Kanonen mit sich. Wenn sie könnten, würden sie auch ihre Burgen auf Räder stellen und mitnehmen, um vor unseren Angriffen sicher zu sein!« Oisin klopfte Aithil lachend auf die Schulter und beteiligte sich eigenhändig an den Vorbereitungen für eines der Lagerfeuer. Zuerst schlugen sie lange Zweige von den Bäumen, entasteten diese und steckten sie in den Boden. Darüber wurde eine alte Lederdecke gespannt, die verhinderte, dass der Regen direkt in das darunter entzündete Feuer fiel. Über dieses wurde ein Kessel gehängt und darin die Suppe gekocht.

Da Ciara und Saraid die auffordernden Blicke nicht ignorieren konnten, übernahmen sie diese Arbeit. An den anderen Lagerfeuern wurden die jüngsten Krieger zum Kochen eingeteilt. Toal machte es sogar freiwillig, denn es gab ihm das Gefühl, richtig dazuzugehören. Auch Ionatán zögerte nicht, mit anzupacken.

»Die Stimmung ist prächtig. Man sollte nicht meinen, dass wir in eine Schlacht gegen einen mehrfach überlegenen Feind ziehen«, lobte Ferdinand die Krieger.

»Warum sollten wir furchtsam sein?«, fragte Aithil lachend. »Solange Gott, der Herr, mit uns ist, kann uns die Zahl der Feinde nicht schrecken. Wie steht es schon in der Bibel: Mit Mann und Ross und Wagen hat sie der Herr geschlagen! Dies wird auch jetzt so sein. Die Fahnen Englands werden in den Staub sinken ...«

»Eher in den Matsch«, spottete Ferdinand.

»... und Englands Stolz mit ihnen«, fuhr Aithil fort, ohne sich um den Zwischenruf zu kümmern.

»Tod den Engländern! Tod allen Ketzern!«, rief Pater Maitiú aus. »Gebt keine Gnade, Männer! Jeder tote Engländer ist für euch eine Stufe, die euch dem Himmelreich näher bringt. Tötet alle und sorgt dafür, dass ihre Pharaonin, die falsche Elisabeth, dieser ehebrecherische Bastard der Hure Anne Boleyn, ihr Gesicht vor Scham und Trauer verhüllen muss. Ich sage euch ...«

So ging es in einem fort.

Ferdinand war die Hetzrede des Priesters zuwider, und er entfernte sich vom Lagerfeuer. Plötzlich tauchte ein Schatten neben ihm auf, der sich als Cyriakus Hufeisen entpuppte.

Dieser schüttelte angewidert den Kopf. »Mit dem Maul haben die Iren den Krieg schon gewonnen. Wollen wir nur hoffen, dass ihre Arme auch das vollbringen, was sie hier so vollmundig ankündigen.«

»Die Iren sind tapfer. Das hast du oft genug erlebt. Also sollten wir froh sein um ihren Mut«, schalt Ferdinand den Haudegen.

»Gegen Mut habe ich nichts, Herr Ferdinand. Ich will auch nicht sagen, dass die Iren Maulhelden sind. Nur vertrauen sie mir zu viel auf Gott und zu wenig auf ihren Verstand. Aber was soll's! Wir beide sitzen mit in der Bratpfanne und können nur hoffen, dass darunter nicht zu heiß angeschürt wird. Und nun nichts für ungut. Wenn ich jemand sehe, pfeife ich!« Damit berührte Hufeisen mit zwei Fingern sein nasses Barett und schlenderte davon.

Noch während Ferdinand ihm sinnend nachblickte, entdeckte er Ciara in seiner Nähe. Diese stand so hinter einem Baum, dass sie von den Lagerfeuern aus nicht entdeckt werden konnte, und winkte ihm zu.

Ferdinand ging zu ihr hin und verbeugte sich. »Verzeiht, Herrin, aber Ihr solltet Euch nicht so weit vom Lager entfernen. Vandermeers Söldner könnten in der Nähe lagern, und das sind rauhe Burschen.«

»Ich vertraue auf Euren Schutz, Herr Ferdinand«, sagte Ciara lächelnd, während ihr Herz bis in den Hals hinein pochte. War dies die Gelegenheit, auf die sie so lange gehofft hatte?, fragte sie sich. Und würde Ferdinand endlich begreifen, dass sie ihm mit allem, was sie besaß, angehören wollte?

Ferdinand spürte die Verlockung, die von ihr ausging, wie einen süßen, betörenden Duft. Ehe er sich's versah, hielt er sie in den Armen und küsste sie. Sie ließ es einen Augenblick geschehen, wies dann aber besorgt auf das nahe Lager. »Wir sollten noch etwas weiter in den Wald hineingehen, Herr Ferdinand, und uns ein trockenes Plätzchen suchen. Ich will nicht, dass man uns sieht.«

»Gott bewahre, nein!« Froh, dass wenigstens sie die Übersicht behalten hatte, reichte Ferdinand ihr den Arm und führte sie auf eine Stelle zu, an der die Bäume dichter standen und mit ihren ausladenden Kronen ein schützendes Dach bildeten, das den größten Teil des Regens abhielt.

»Weshalb haben wir nicht hier gelagert?«, fragte Ferdinand

verblüfft. »Hier wäre es doch weitaus trockener als dort vorne.«
»Dies hier ist kein Platz zum Lagern, Herr Ferdinand. Auch wir sollten uns nicht lange aufhalten. An solchen Stellen befinden sich die Eingänge zum Feenreich, oder aber es treiben sich Kobolde herum, die mit den Menschen ihren Schabernack treiben. Kein Ire würde sich hier zum Schlafen niederlegen.«
»Schlafen wollen wir auch nicht!« Ferdinand breitete seinen Mantel auf dem Boden aus und setzte sich.
Ciara zögerte einen Augenblick und nahm dann neben ihm Platz. Zunächst saßen sie schweigend nebeneinander. Keiner wagte, etwas zu sagen, um den Zauber des Augenblicks nicht zu stören. Doch sie rückten langsam aufeinander zu, bis sich Ciara schließlich an ihn lehnte und zu ihm aufsah. Es war mittlerweile zu dunkel, um sein Gesicht zu erkennen. Nur seine Augen nahm sie als helle Punkte wahr. Wie zwei Sterne, dachte sie sinnend und strich ihm über die Wange.
»Glaubst du auch, dass zwei Menschen vom Himmel füreinander bestimmt werden können?«, fragte sie nach einer Weile.
»Das glaube ich!« Ferdinand schlang die Arme um sie und vergaß dabei seinen Vetter, seine Verwandten in Baiern, ja auch Oisin, Aodh O'Néill und die Engländer. Ihm war, als wäre er mit Ciara allein auf der Welt. So wie einst Adam und Eva, dachte er, während er sie an sich zog und küsste.
Sie ließ es geschehen und erwiderte den Kuss.
Erneut vergingen lange Augenblicke, in denen nichts anderes geschah. Nur Ferdinands Griff wurde fester, und er spürte, wie ihm das Blut rascher durch die Adern floss.
»Ich begehre dich«, flüsterte er. »Ich begehre dich mehr als mein Leben!«
»Ich begehre dich auch. Und doch ist es nicht die Sinnenlust, die mich zu dir treibt, sondern mein fester Wille, dir anzugehören für alle Zeit.«
Ciara war klar, dass der Augenblick, an dem sie noch hätte zu-

rückweichen können, vorüber war, doch sie bereute es nicht. Von Saraid hatte sie in etwa erfahren, wie es ging. Da sie sich jedoch nicht wie eine Magd mit hastig gerafften Röcken hinter einem Gebüsch mit dem Mann paaren wollte, begann sie, ihre Kleidung abzustreifen. In der Dunkelheit ging dies nicht so leicht, und so musste sie Ferdinand bitten, ihr zu helfen.

Kurz darauf lag sie nackt auf seinem Mantel und war doch durch die Schleier der Nacht vor fremden Blicken, aber auch vor Ferdinands Augen verborgen.

Seine Hände berührten ihren Körper, spürten seine Wärme und die Formen, die weiblich weich und gleichzeitig fest waren.

Ihr war es, als würde er ihren Leib in Brand setzen. Mit einem Mal hatte sie den Wunsch, ihn ebenso mit den Händen zu erkunden, wie er es bei ihr tat, und griff unter sein Hemd.

»Zieh dich aus!«, bat sie, da sie auf diese Weise nur seine Brust ertasten konnte. Diese fühlte sich fest an, war voller Muskeln und verriet ihr, dass mehr Kraft in ihm steckte, als seine schlanke Gestalt ahnen ließ.

Nun brauchte Ferdinand ihre Hilfe. Kurz darauf lagen sie Haut an Haut und fühlten die Hände des anderen auf sich.

Ciara atmete tief durch. »Wir sollten nicht zu lange warten. Nur, ich habe es noch nie gemacht. Du?«

»Einige Male! Na ja, so oft auch nicht. Als ich vierzehn war, hat mich eine Magd auf den Gütern meines Onkels auf dem Heustock verführt, und später bin ich von meinem Vetter Andreas bei einem Besuch in Augsburg in ein Hurenhaus mitgenommen worden. Das hat mir aber nicht gefallen.«

Ferdinand befand, dass er weniger in seiner Erinnerung kramen als die Initiative ergreifen sollte. Mit einem sanften Griff legte er Ciara auf den Rücken, schob ihr die Beine auseinander und glitt dazwischen. Zuerst hielt sie erschrocken die Luft an, gab sich dann aber ganz ihren Gefühlen und seiner Führung hin.

Obwohl er seine Erfahrungen mit dem weiblichen Geschlecht nicht gerade bei Jungfrauen gemacht hatte, begriff Ferdinand, dass er diesmal sanfter zu Werke gehen musste, und beherrschte sich. Er liebkoste zuerst Ciaras Brüste mit den Lippen, schob sich dann nach vorne und drang vorsichtig in sie ein.
Im ersten Augenblick war es für Ciara ein seltsames Gefühl, plötzlich sein Glied in sich zu spüren, aber sie entspannte sich nach kurzer Zeit und genoss es, mit ihm so verbunden zu sein wie mit noch keinem Menschen vor ihm. Ihre Leidenschaft wuchs, als er sich langsam vor- und zurückbewegte, und sie wünschte sich, dieser Augenblick würde niemals vergehen.
Beide wussten zuletzt nicht mehr, wie lange sie die Lust miteinander geteilt hatten. Irgendwann war Ferdinands Kraft verbraucht, und er blieb keuchend neben ihr liegen. »Es war wunderschön«, flüsterte er.
Ciara nickte, obwohl er es nicht sehen konnte. »Das war es! Doch nun sollten wir einer Torheit nicht die andere folgen lassen und liegen bleiben, bis man uns findet. Komm, hilf mir, mich anzuziehen. Anschließend tue ich das Gleiche bei dir.«
»Ich wünschte, ich könnte deinen Bruder um deine Hand bitten«, antwortete Ferdinand, dessen Gedanken mehr der Zukunft als dem Jetzt galten.
»Der Tag wird kommen!« Und wenn sich mein Leib dafür runden muss, setzte Ciara in Gedanken hinzu. Ferdinand war von Adel und ein tapferer, umsichtiger Krieger. Auch wenn Oisin zunächst zornig sein mochte, würde ihm in einem solchen Fall nichts anderes übrigbleiben, als ihrer Heirat mit Ferdinand zuzustimmen. Bis dahin war es jedoch noch ein langer Weg, und sie wollte ihren Bruder nicht durch eigene Dummheit darauf aufmerksam machen, dass sich zwischen ihr und Ferdinand etwas tat.
Sie kleidete sich mit Ferdinands Unterstützung an und half dann ihm mit Hosen, Hemd und Rock. »Auf die Schuhe soll-

ten wir verzichten, damit man uns nicht hört, wenn wir zum Lager zurückkehren. Schrei aber bitte nicht, wenn du dir einen Dorn eintrittst!«, warnte sie ihn.
Ferdinand musste sich das Lachen verkneifen. »Keine Sorge, ich werde schweigen wie ein Grab!« Dann fiel ihm ein, dass dieser Vergleich nicht gut gewählt war, und fügte hinzu, dass er schweigen würde wie der nächtliche Wald.
»Besser nicht! Lausche doch nur«, riet Ciara ihm.
Ferdinand vernahm nun selbst das Rauschen der mächtigen Baumriesen, die Schreie der Eulen, die auf der Jagd waren, und die vielen anderen Geräusche, die den Wald beinahe wie ein lebendes Wesen erscheinen ließen. Ihm war fast andächtig zumute, als sie Hand in Hand auf die Lagerfeuer zugingen, die von den Wächtern auf kleiner Flamme genährt wurden.
Der Weg war weiter als gedacht, und ehe sie das Lager erreichten, schälte sich ein Schatten aus dem Dunkel. Ciara konnte gerade noch einen Schrei unterdrücken und glaubte sich ertappt. Doch es war nur Cyriakus Hufeisen, der treu Wache gehalten hatte.
»Ihr wart lange aus«, begrüßte er die beiden mit einem Grinsen in der Stimme. »Doch kommt jetzt! Herr Ferdinand und ich werden gemeinsam zurückkehren und dabei genug Aufsehen erregen, damit Ihr unbemerkt ins Lager schlüpfen könnt, Jungfer.«
»Ihr liebt wohl Euren Herrn?«, fragte Ciara leise.
»Hätte ich sonst seinetwegen Simon von Kirchbergs Dienste verlassen, obwohl Herr Ferdinand keinen Pfennig besitzt, um mich bezahlen zu können?«, antwortete Hufeisen mit einer Gegenfrage.
»Ferdinand steht himmelhoch über Simon!« Ciaras Augen funkelten und warnten die beiden Männer davor, ihr zu widersprechen.
Hufeisen lachte leise, während Ferdinand spürte, wie ihm das Blut zu Kopf stieg. Nie hatte er sich über Simon oder einen

anderen Menschen erheben wollen, doch jetzt freute er sich, dass Ciara in ihm jemanden sah, der seinen Vetter übertraf.
»Wir sollten uns beeilen«, sagte er, suchte in der Dunkelheit nach Ciaras Hand, führte diese zum Mund und küsste sie. »Du bist wunderbar!«
»Das freut mich!« Ciara drückte seine Hand und wartete dann, bis Ferdinand und Hufeisen auf das Lager zugingen und es betraten.
»Und? Habt ihr etwas bemerkt?«, fragte der alte Haudegen die Wachen.
Diese wandten sich ihm zu und schüttelten die Köpfe. Im Schein der Lagerfeuer wirkte dies seltsam, so dass Ciara, aufgekratzt, wie sie war, das Lachen verbeißen musste. Rasch huschte sie hinter dem Rücken der Männer vorbei zu dem Platz, an dem ihre Cousine bereits schlief. Dort wickelte sie sich in ihre Decke und ärgerte sich prompt darüber, dass diese feucht war, während sie nur wenige hundert Schritte entfernt unter dem grünen Dach des Wald-Doms vor dem Regen geschützt gewesen wären. Dann ließ sie ihren Gedanken freien Lauf. Was ihr die Zukunft bringen würde, wusste sie nicht, aber eines war ihr klar: Ihr Platz würde immer an Ferdinands Seite sein.

12.

Am nächsten Tag marschierten sie trotz Regen wieder auf der Straße, um die Aufgebote anderer Clans kennenzulernen. Fröhliche Rufe wurden gewechselt, die Anführer begrüßten einander lachend und tranken Whiskey aus silbernen Feldflaschen.

Die Krieger verbrüderten sich ebenfalls, was sie jedoch nicht davon abhielt, gegeneinander zu sticheln. »Na, ihr Kuhdiebe! Auch mal wieder im Land?«, meinte einer zu Aithil.

Dieser erwiderte die Freundlichkeit mit einem breiten Grinsen. »Diesmal wollen wir uns die ganz großen Kühe holen, nämlich die englischen. Die sollen zehnmal so viel Milch geben wie eine irische.«

»Mir recht! Dann lasst ihr die unseren in Ruhe. In aller Freundschaft gesagt, wenn wir in nächster Zeit einen Ui'Corra zu nahe an eigenen Kühen finden, hängen wir ihn auf und lassen ihn baumeln, dass es eine Lust ist.«

»Was für ein Zufall! Das Gleiche hatten wir auch mit euch vor.« Aithil reichte dem anderen die Hand. »Aber bevor wir uns gegenseitig aufhängen, sollten wir noch ein wenig Engländer klopfen. Keine Sorge, es sind genug für jeden da! Der Earl of Essex soll alle Strolche in England zu seinen Fahnen geholt haben.«

»Dann muss es ein großes Heer sein, denn Strolche gibt es in England wahrlich genug. Aber ich wette mit dir, Aithil O'Corra, dass jeder von uns fünfmal so viele Engländer zur Hölle schickt wie ihr. Es weiß ja jedes Kind in Irland, dass ein Ui'Rueirc fünfmal so viel wert ist wie ein Ui'Corra.«

»Für diese Worte wirst du mir nach der Schlacht Abbitte leis-

ten müssen, Cuolán O'Rueirc«, erklärte Aithil mit einer gewissen Schärfe. »Wir Ui'Corra werden nämlich zeigen, dass jeder von uns so viel wert ist wie fünf von euch.«
Ferdinand verfolgte die Aufschneidereien der Iren schmunzelnd, konnte sich aber des Eindrucks nicht erwehren, dass diese Männer den Krieg auf die leichte Schulter nahmen. Immerhin stand ihnen Englands größte Armee entgegen, mit einem Oberkommandierenden, dessen Mut in ganz Europa gerühmt wurde. So konnte er nur hoffen, dass es kein böses Erwachen gab. Nach einer Weile drehte er sich um und hielt nach Ciara Ausschau. Diese hatte sich einer Gruppe Frauen und Mädchen angeschlossen, die gleich ihr die Krieger ihrer Clans begleiteten. Die meisten waren jung, sehr schlank und hatten helle, von Sommersprossen übersäte Gesichter. Ihre Haare glänzten blond oder rötlich blond, doch keine von ihnen reichte Ferdinands Ansicht nach auch nur entfernt an Ciara heran.
Auch die Frauen und Mädchen schienen das Ganze mehr als einen Ausflug anzusehen als einen Kriegszug, der über das Schicksal ihrer Insel entscheiden konnte. Sie redeten viel, und ihre Bemerkungen betrafen zumeist die jungen Männer, die sich in ihrer Nähe herumtrieben und ihre Muskeln spielen ließen.
»Die Kerle sind wohl auf Brautschau«, knurrte Hufeisen, der neben Ferdinand marschierte. »Hoffentlich spielt ihnen nicht Gevatter Tod zum Brautreigen auf.«
»Das hoffe ich auch!« Angesichts der fröhlichen Gesichter fühlte Ferdinand sich fehl am Platz, und er sagte sich, dass er die Iren wohl niemals verstehen würde.
Dieser Eindruck verstärkte sich noch, als sie am Sammelpunkt eintrafen. Aodh Mór O'Néill empfing jeden einzelnen Anführer persönlich und drückte ihn unter Freundschaftsküssen an seine mächtige Brust. Oisin, der einen guten halben Kopf kleiner war als der Earl of Tyrone und auch um einiges schmaler,

wirkte im Vergleich wie ein Halbwüchsiger, der sich unter die Erwachsenen gemischt hatte.

Ferdinand war froh, dass er nicht auf die gleiche Weise begrüßt wurde. Da Oisin ihn zu Ciaras und Saraids Beschützer ernannt hatte, gesellte er sich zu den beiden und folgte ihnen zu dem Lagerplatz, den O'Néills Männer ihnen gerade zuwiesen.

Als einige Zeit später die Hammel an den Bratspießen steckten und Met und Bier ausgeschenkt wurde, hatte es den Anschein, als habe Aodh Mór O'Néill die Clans zu einem riesigen Fest zusammengerufen. Niemand traf Vorbereitungen für den Kampf, obwohl der Earl of Essex mit seinen Truppen weniger als einen Tagesmarsch entfernt lagerte.

Als Oisin O'Néill darauf ansprach, winkte dieser lachend ab. »Es wird wahrscheinlich gar keine Schlacht geben. Der Earl of Essex hat mir Verhandlungen angeboten, und ich werde mich morgen mit ihm treffen.«

»Und warum habt Ihr dann all diese Krieger zusammengerufen?«, fragte Oisin erstaunt.

»Damit der Engländer es sich nicht anders überlegt. Sein Heer ist durch Krankheit und Desertation geschwächt, und die meisten seiner Männer, die aus Irland stammen, sind zu mir übergelaufen. Das weiß er. Ebenso ist ihm klar, dass Henry Bagenal, John Chichester und Conyers Clifford bereits den Tod gefunden haben und etliche tausend englische Soldaten mit ihnen. Da der Herbstregen die Wege nahezu unpassierbar macht und die Kanonen und Proviantwägen bald bis zu den Achsen im Schlamm versinken werden, sind die Engländer im Nachteil. Denn wir können sie jederzeit aus der Deckung der Moore und Wälder heraus attackieren. Wenn der Earl of Essex jetzt versucht, gegen Uladh zu marschieren, müsste er sich bald schmählich zurückziehen, und das lässt sein Stolz nicht zu. Daher wird er eine Übereinkunft mit mir suchen, um den Kampf zu vermeiden. Er hat andere Pläne, die uns zugutekommen werden.«

Welche Pläne das waren, verriet Aodh Mór O'Néill nicht. Aber er wirkte so zufrieden, als hätte er mit dem Earl of Essex bereits einen vorteilhaften Frieden geschlossen.
Oisin war außer sich. All seine Hoffnungen, seine Macht und seinen Einfluss durch tapferes Verhalten in der Schlacht zu mehren, schienen gescheitert. Als er zu seinen Leuten zurückkehrte und ihnen erklärte, was O'Néill vorhatte, wirkte der junge Kirchberg noch betroffener als er selbst, hatte er doch ebenfalls gehofft, sich im Kampf auszeichnen zu können. »Das ist doch Unsinn!«, rief Ferdinand aus. »O'Néill kann keinen Frieden mit den Engländern schließen, solange deren Festungen unser Land einschnüren.«
»Vielleicht hat Essex zugesagt, diese zu räumen«, wandte Aithil ein.
»Andernfalls würde ich einen Waffenstillstand auch nicht schließen.«
Ferdinand grollte dem Rebellenführer, der dem Anschein nach seine eigenen Ziele verfolgte und stolze Männer wie Oisin wie Knechte behandelte. Das war kein gutes Omen für Irlands Zukunft. Nun fragte er sich, ob dem Earl of Essex nur deshalb an einem Waffenstillstand gelegen war, weil dieser die Iren zunächst einmal ihren internen Streitigkeiten überlassen wollte. Die Engländer konnten sicher sein, dass die Seite, die zu unterliegen drohte, sie wieder zu Hilfe rufen würde. Von seinen irischen Freunden hatte Ferdinand erfahren, dass dies schon mehrfach der Fall gewesen war. Doch wenn die Engländer diesmal wiederkamen, würden sie sich nicht mit einem kleinen Teil der Insel begnügen, sondern alles nehmen.
Mit dem Gefühl, gegen eine Hydra zu kämpfen, der die Köpfe schneller nachwuchsen, als sie abgeschlagen werden konnten, verließ Ferdinand die Gruppe um Oisin O'Corra und ging zu den Frauen hinüber. Während Saraid sich eifrig mit den anderen Irinnen unterhielt, hatte Ciara sich ein wenig abgesondert und auf einen Baumstumpf gesetzt.

»Ist es erlaubt, sich zu Euch zu setzen?«, fragte er so höflich, als wären sie noch nie Haut an Haut gelegen. Es war für sie beide wichtig, den Schein zu wahren.
Dies wusste auch Ciara. Sie rückte lächelnd zur Seite, damit er Platz fand. »Ihr seht arg grimmig drein, Herr Ferdinand.«
»Weniger grimmig als ratlos. O'Néill will mit Essex verhandeln. In meinen Augen kann nichts Gutes dabei herauskommen.«
Ciara nickte verbissen. »Ich habe gehört, dass sie sich morgen an der Furt treffen wollen. Jeder von ihnen wird nur mit kleiner Begleitung erscheinen, so als wollten sie vermeiden, dass die Leute erfahren, was sie miteinander aushandeln.«
Ihr war klar, dass das Gespräch zwischen Aodh Mór O'Néill und Robert Devereux, dem Earl of Essex, auch über ihr eigenes Schicksal entscheiden konnte. Zudem erinnerte sie sich nur zu gut daran, dass O'Néill ebenfalls den Titel eines Earls innehatte, und zwar den seiner Heimat Tyrone, wie die Engländer Tir Eoghain verballhornt hatten. Das beeindruckte sie jedoch nicht, sondern stieß sie ab.
Mit einem schelmischen Lächeln wandte sie sich an Ferdinand. »Ganz so heimlich werden die Herren nicht miteinander sprechen können. Ich habe Ionatán losgeschickt, damit er eine Stelle findet, an der wir die Unterredung belauschen können. Es geht dabei um sehr viel, nicht nur für die Ui'Néill, sondern auch die Ui'Corra und damit für mich.«
Mehr wagte sie nicht zu sagen, damit niemand Verdacht schöpfen konnte, was sie wirklich bewegte.
Ferdinand verstand, was sie ihm zu sagen versuchte, und überlegte, was er tun sollte, wenn es ihnen nicht gelang, Oisins Zustimmung zu einer Heirat zu erlangen. Auf Ciara zu verzichten kam für ihn nicht in Frage. Wenn es nicht anders ging, würden sie Irland heimlich verlassen und auf dem Kontinent Zuflucht suchen. Sein Onkel Franz würde ihm gewiss helfen, eine passende Stellung zu finden, damit Ciara und er so leben konnten, wie die junge Irin es verdiente.

Es war gut, dass Ciara nichts von Ferdinands Überlegungen ahnte, denn für sie war Irland die Heimat, an der sie mit jeder Faser ihres Herzens hing. Der Vorschlag, die Insel zu verlassen, hätte mit Sicherheit zu einer Auseinandersetzung geführt. So aber beriet sie leise mit Ferdinand, wie sie sich am nächsten Morgen aus dem Feldlager schleichen und ihren Beobachtungsposten bei der Furt einnehmen konnten.

»Ionatán muss eine wirklich passende Stelle finden«, gab Ferdinand zu bedenken. »Wir können es uns nicht leisten, ertappt zu werden.«

Ciara schlug erschrocken das Kreuz. »Um Gottes willen, das wäre schrecklich! Aodh Mór O'Néill würde meinen Bruder beschuldigen, uns geschickt zu haben, und ihm seine Gunst entziehen. Ich wage mir gar nicht auszumalen, was dann geschehen würde. Wir müssten auf jeden Fall Léana an die Uí'Néill übergeben und würden endgültig zu deren Vasallen werden.« Dann fasste sie sich wieder und zwinkerte Ferdinand zu. »Es wird alles gut werden! Wir Iren sind Kinder der Wälder und wissen uns zu verbergen.«

Aber ich bin es nicht, wollte Ferdinand schon sagen. Er unterließ es jedoch, weil Ciara ihn sonst gewiss aufgefordert hätte zurückzubleiben. Das aber wollte er um alles in der Welt nicht tun.

13.

Der nächste Morgen entstieg neblig und regnerisch der Nacht. Die Decke, in die Ferdinand sich gehüllt hatte, war nass, und er fühlte sich steif vom Liegen auf dem harten Boden. In Augenblicken wie diesem sehnte er sich nach einem weichen, warmen Bett, am besten mit Ciara an seiner Seite und genug Zeit, ihr zeigen zu können, wie sehr er sie liebte. Einige Augenblicke gab er sich ganz dieser Vorstellung hin. Dann aber sagte er sich, dass er aufstehen musste, wenn er mit ihr und Ionatán rechtzeitig zu dem Versteck bei der Furt kommen wollte, und wickelte sich aus der klammen Decke.

Erst als er ein Stück vom Lager entfernt sein Gesicht mit dem kalten Wasser eines kleinen Baches wusch, wich die Müdigkeit aus seinen Gliedern. Innerhalb kurzer Zeit machte er sich fertig und erreichte als Erster den Treffpunkt, den er mit Ciara vereinbart hatte. Er musste nicht lange auf sie warten. Ionatán folgte ihr in einem gewissen Abstand, so dass es nicht aussah, als hätten sie sich verabredet.

»Ist alles in Ordnung?«, fragte Ferdinand.

Ciara nickte. »Da alle nur an das heutige Treffen der beiden hohen Herren denken, hat sich niemand für uns interessiert, als wir das Lager verließen.«

»Dennoch sollten wir uns beeilen, in unser Versteck zu kommen. Aodh Mór O'Néill will in Kürze aufbrechen«, warf Ionatán ein.

»Dann nichts wie los!« Ferdinand versetzte dem Iren einen aufmunternden Klaps und bot Ciara den Arm, um ihr bei dem Weg durch den Wald zu helfen. Mit einem leisen Schnauben wehrte sie seine Hilfe ab, denn sie war flink wie ein Reh und bewegte sich weitaus geschickter als er.

Im Gegensatz zu den beiden Iren musste Ferdinand sich zusammennehmen, um nicht zu viel Lärm zu machen. Seine Stiefel waren nicht für das heimliche Schleichen geeignet wie Ciaras und Ionatáns Schuhe, und er war auch nicht so erfahren darin, jeden Busch und jeden Baum als Deckung auszunutzen. Dennoch erreichten sie nach einer guten halben Stunde ungesehen den Fluss und hielten sich dort weiterhin verborgen, weil am anderen Ufer englische Soldaten patrouillierten und die Furt überwachten.

»Der Earl of Essex scheint Angst zu haben, wir Iren könnten ihn während seiner Verhandlung mit O'Néill gefangen nehmen wollen«, spottete Ciara.

»Ich würde sagen, er ist nur vorsichtig. Ich hoffe, Aodh Mór O'Néill ist es auch«, antwortete Ferdinand.

»Bitte nicht zu sehr, sonst entdecken sie uns.«

Schelmisch lächelnd huschte Ciara weiter und ließ sich von Ionatán zu einer Stelle leiten, an der der Fluss das Ufer unterspült hatte und die ins Wasser ragenden Zweige mehrerer Büsche eine Höhle verdeckten. Darin würden sie, wie Ionatán ihnen mitteilte, allerdings bis zu den Knien im Wasser stehen. Ciara winkte ab, raffte ihren Rock und betrat das Versteck.

»Kommt, Herr!«, forderte Ionatán Ferdinand auf.

Dieser folgte der Aufforderung und fand sich kurz darauf in einer kleinen, von einem grünen Vorhang verdeckten Grotte wieder. Zwar musste er sich ein wenig bücken, um nicht gegen die hineinragenden Zweige zu stoßen, doch als er ein paar beiseiteschob, konnte er die Furt überblicken, an der das Treffen stattfinden sollte.

»Wir müssen ganz leise sein, damit uns niemand hört«, warnte er seine beiden Mitverschworenen.

»Dann solltest du nicht so im Wasser herumstapfen, wie du es eben getan hast«, riet Ciara ihm fröhlich.

»Deine Zunge ist so scharf wie ein Schwert«, antwortete Ferdinand mit einem theatralischen Stöhnen.

Ionatán legte ihm die Hand auf die Schulter. »Still jetzt! Sie kommen!«

Alle drei äugten zwischen den Zweigen hindurch auf die Furt. Den Weg auf der eigenen Seite konnten sie nicht einsehen, dafür aber die gesamte Furt und das Ufer auf der englischen Seite. Dort tauchten eben drei Reiter in blinkenden Harnischen auf, von denen jeder ein riesiges Banner trug. Das rote Kreuz auf weißem Grund war, wie Ferdinand wusste, Englands Fahne. Das geviertelte Banner mit drei Leoparden, drei Lilien, Rose und Harfe musste der Königin gehören. Damit konnte das dritte, vor Gold- und Silberfäden strotzende Banner nur das des Earls of Essex sein.

Der Mann ist wohl gar nicht eitel, spottete Ferdinand in Gedanken, denn er sah Edelsteine in den Stickereien des Essex-Banners glitzern.

Die englischen Herolde hielten an ihrem Ufer an und starrten unverwandt herüber. Was sich dort tat, konnten Ciara, Ferdinand und Ionatán nur anhand der Geräusche erraten. Wie es sich anhörte, hatte auch Aodh Mór O'Néill einen Vortrab aus mehreren Reitern geschickt, die nun zu den Engländern hinüberriefen, ihr Herr wäre bereit, sich mit Seiner Lordschaft, dem Earl of Essex, zu treffen.

In ihrer Antwort betitelte der englische Oberherold O'Néill als Earl of Tyrone, um diesem zu schmeicheln und gleichzeitig auf Gemeinsamkeiten zwischen den beiden Heerführern hinzuweisen.

Nachdem einige Sätze gewechselt worden waren, kehrten die Herolde auf beiden Seiten wieder um, und es blieb für lange, quälende Augenblicke still. Ferdinand war Wasser in den Stiefel gelaufen, und er fluchte leise vor sich hin, während Ciara angespannt zum englischen Ufer hinüberstarrte und es kaum erwarten konnte, den Earl of Essex zu sehen.

Zunächst kehrten nur die Herolde zurück. Ihnen folgte ein Trupp junger Edelleute in farbenprächtigen Gewändern mit dem Symbol des Earls auf der Brust. Dahinter zogen Leibwachen auf, die in dunkles Eisen gehüllt und mit langen Hellebarden bewaffnet waren. Als diese ihre Posten eingenommen hatten, erschienen mehrere aufgeputzte Offiziere mit blank polierten Brustpanzern und federbesetzten Helmen.
Ferdinand kannte keinen Einzigen von ihnen, doch Ionatán wies auf einen lang aufgeschossenen, hageren Mann, dessen Miene Zorn und Hass ausdrückte. »Das ist Richard Haresgill, der uns Ui'Corra die Heimat geraubt hatte.«
In seiner Erregung sprach der junge Ire fast zu laut, doch im selben Augenblick klangen Trompeten auf und übertönten seine Stimme.
Nun erst erschien Robert Devereux, Lord Lieutenant of Ireland, Earl of Essex und Träger vieler anderer hoher Titel und Würden in England. Sein Pferd zählte zu den besten, die Ferdinand je gesehen hatte, und der Sattel und die Satteldecke waren aufwendig mit Edelsteinen und Goldstickereien verziert. Die Rüstung des Earls stellte ein Meisterstück der Plattnerkunst dar und war ebenso wie seine Schwertscheide mit Edelsteinen besetzt.
Obwohl Ferdinand auf dem Kontinent bereits hohe Edelleute in goldschimmernder Wehr gesehen hatte, so übertraf Essex jeden von ihnen. Fast hatte er den Eindruck, der Mann wolle die Iren allein durch seine Erscheinung zum Aufgeben bewegen.
Inzwischen war auch Aodh Mór O'Néill eingetroffen. Erneut wechselten die Herolde einige wohlgesetzte Worte, dann ritten sowohl der englische wie auch der irische Anführer in die Furt hinein, während ihr Gefolge am Ufer zurückblieb.
Als O'Néill ins Blickfeld kam, musste Ferdinand schlucken. Auch ihr eigener Anführer war voll gerüstet, so als stünde ihm ein Zweikampf bevor und keine friedliche Unterredung.

O'Néills mächtiger Bart fiel ihm bis auf die Brust und war mit Bändern verziert. Zwar war seine Kleidung weniger prunkvoll als die seines Gegenübers, aber sie deutete ebenso seinen hohen Rang an wie die kostbare Satteldecke und der Beschlag des Sattels. Er war um einiges älter als Essex und saß auf einem wuchtigen Hengst, der sein Gewicht zu tragen vermochte. War der Engländer groß, aber schlank, so wirkte Aodh Mór O'Néill gegen ihn so hoch und breit wie eine der mächtigen Eichen der irischen Wälder.
Nun deutete O'Néill eine Verbeugung an. »Euer ergebenster Diener, Mylord!«
Essex musterte ihn nervös und hob dann den Kopf. »Ich führe Klage gegen Euch, Mylord, im Namen Ihrer Majestät, der Königin.«
Aodh Mór O'Néill hob scheinbar überrascht die Hände. »Verzeiht, Mylord, doch ich kann Euren Worten nicht folgen.«
»Ihr habt Euch gegen Ihre Majestät, die Königin von England und Irland, erhoben und Euch der Rebellion schuldig gemacht!«, fuhr Essex fort.
»Vergebt mir, Mylord Essex, doch ich habe mein Schwert niemals gegen Ihre Majestät Königin Elisabeth erhoben, sondern nur mein Land und das meiner Freunde gegen Feinde verteidigt, die es uns wegnehmen wollten.«
O'Néill lügt, dass sich die Balken biegen, fand Ferdinand. Obwohl er den Mann nur wenige Male gesehen und noch seltener sprechen gehört hatte, konnte er sich genau daran erinnern, wie jener die Königin von England verspottet hatte.
Der Earl of Essex tat jedoch so, als glaube er dem Heerführer der Iren. »Ich verspreche Euch im Namen Ihrer Majestät, dass Eure Klagen geprüft und Euch Gerechtigkeit widerfahren wird, Mylord Tyrone. Doch nun lassen wir die Waffen schweigen und geloben, in Frieden miteinander zu leben.«
»So sei es!«, antwortete O'Néill mit weit tragender Stimme.
Ferdinand hatte das Gefühl, einem vorher vereinbarten Spiel

beizuwohnen, und er sah, dass es Ciara nicht anders erging. Die beiden Herren sprachen weiter, doch ging es jetzt nur noch um einige strittige Einzelheiten, die alle zu Aodh Mór O'Néills Zufriedenheit gelöst wurden.

Nachdenklich musterte Ferdinand die Männer am anderen Ufer. Auf den Gesichtern der englischen Edelleute las er Überraschung, Scham und offene Wut. Wie es aussah, hatte der Earl of Essex nicht einmal die eigenen Untergebenen in seine Pläne eingeweiht. Doch was plant der Mann?, fragte Ferdinand sich. Der Waffenstillstand, den er den Iren anbot, überließ diesen nicht nur den größten Teil der Insel, sondern gab auch einige der wichtigsten Positionen Englands preis. Wenn dieser Vertrag ernst gemeint war, hatte O'Néill einen großen Erfolg errungen.

Doch daran vermochte Ferdinand nicht zu glauben. Es passte nicht zu diesem Volk, das dem Papst die Gefolgschaft im Glauben aufgekündigt und Spanien durch die Vernichtung der Großen Armada gedemütigt hatte, seinen Anspruch auf Irland aufzugeben.

In seine Überlegungen verstrickt, überhörte Ferdinand beinahe die nächsten Sätze, die Essex an O'Néill richtete. »Schwört, nie gegen die Interessen Ihrer Majestät der Königin von England gehandelt zu haben und diese als Eure Oberherrin anzuerkennen, dann wird dieser Vertrag Wirklichkeit sein.«

»Das schwöre ich von ganzem Herzen!« Aodh Mór O'Néill klang so ehrlich, als meinte er seinen Eid tatsächlich ernst.

Während Ferdinand sich noch fragte, was er von dem Gehörten und Gesehenen halten sollte, sah er, wie die beiden Herren sich voneinander verabschiedeten und zu ihrem jeweiligen Gefolge zurückkehrten. Die Engländer jenseits des Flusses konnten sich kaum mehr beherrschen. Einige – darunter Richard Haresgill – redeten gleichzeitig auf Essex ein, andere fluchten, und der Rest sah aus, als hätte es ihm sämtliches Korn verhagelt. Eine solche Stimmung, sagte Ferdinand sich, war kein

Garant für eine friedliche Zukunft zwischen Engländern und Iren, sondern trug bereits den Keim neuer Konflikte in sich. Aber wenn es erneut zum Krieg kam, würde er Oisin O'Corra zeigen, dass er nicht der Mann war, dem man die Schwester verweigern konnte.

Es dauerte noch eine Weile, bis Ciara, Ferdinand und Ionatán es wagen konnten, ihr Versteck zu verlassen. Ferdinands Stiefel waren beide voll Wasser und seine Hosenbeine bis oben hin nass. Nun beneidete er Ciara, die ihren Rock hochgehalten hatte und ihn nun wieder fallen lassen konnte. Auch würden ihre leichten Schuhe schneller trocknen als seine Stiefel, die schmatzende Geräusche von sich gaben.

»Ihr solltet Eure Stiefel ausziehen und das Wasser ausgießen«, riet Ciara ihm.

Ferdinand nickte und befolgte den Rat. Dabei betrachtete er die junge Irin, konnte ihrer Miene aber nicht entnehmen, wie sie die Aussprache zwischen Aodh Mór O'Néill und Robert Devereux, dem Earl of Essex, empfunden hatte. Oder war es eher eine Unterredung zwischen Sir Hugh O'Neill, dem Earl of Tyrone, und dem Engländer gewesen?, fragte er sich. Der Huldigungseid, den O'Néill auf Königin Elisabeth geleistet hatte, deutete darauf hin. Aber er war sich nicht ganz sicher, und so fragte er Ciara, nachdem er seine Stiefel wieder angezogen hatte und sie weitergehen konnten, wie sie die Situation einschätzte.

Einen Augenblick lang blieb die junge Frau stehen und blickte in den dichten Wald hinein, in dem sich die Nebelschwaden wie Geisterwesen ballten, und zuckte dann mit den Achseln.

»Ich weiß es nicht. Wenn es ernst gemeint ist, steigert es O'Néills Macht in Irland so sehr, dass kein anderer Ire sich je wieder mit ihm messen kann.«

»Und wenn nicht?«, fragte Ferdinand.

»Werden du und mein Bruder den Engländern schon beweisen, dass es sich nicht lohnt, in Irland einzufallen.«

Ciara sah Ferdinand dabei so strahlend an, dass er seine Bedenken hinunterschluckte und stattdessen auf seinen Schwertgriff schlug. »Das werden wir!«
Als sie weitergingen, wurden sie von Cyriakus Hufeisen erwartet. »Na, was habt ihr erfahren?«, fragte dieser, sprach aber sofort weiter. »Die Iren feiern! Sie glauben, einen endgültigen Sieg über die Engländer errungen zu haben, diese Narren. Wäre ich an Essex' Stelle, würde ich jetzt vorrücken lassen und diesem Spuk ein für alle Mal ein Ende bereiten.«
»Ich glaube nicht, dass er das tun wird. Er schien eher froh zu sein, dass er sich nicht mit uns herumschlagen muss«, antwortete Ferdinand mit einem Auflachen, dem seine Freunde nicht entnehmen konnten, ob es nun Freude ausdrücken sollte oder Spott.
»Es ist gleich, was die Herren besprochen haben, denn der Krieg wird weitergehen. Aber was soll's? Wir sind Soldaten, und es ist unsere Pflicht, zu kämpfen.« Hufeisen klopfte Ferdinand auf die Schulter und wies dann zum Lager. »Ich glaube, ich werde mich auch an einem der Fässer anstellen und mittrinken. Was ist mit dir, Ionatán?«
»Ich weiß nicht ...«, antwortete dieser zögernd. Da fasste Hufeisen ihn um die Schulter und schleppte ihn einfach mit.
Ciara sah den beiden nach und schüttelte zunächst den Kopf darüber, weshalb Männer Bier und Met trinken wollten, obwohl sie wussten, dass ihnen am nächsten Morgen davon übel sein würde. Dann aber begriff sie, dass Hufeisen ihr und Ferdinand die Gelegenheit geben wollte, allein zu sein, und fasste die Hand ihres Geliebten.
»Was meinst du? Wollen wir nachsehen, ob es drüben bei den dicht stehenden Bäumen noch immer so schön ist wie gestern Nacht?«
»Dagegen hätte ich nichts. Ich muss sowieso meine Stiefel und Hosen ausziehen, damit sie trocknen«, antwortete Ferdinand und erntete einen spielerischen Klaps.

14.

Auf englischer Seite waren die meisten Offiziere außer sich vor Zorn über den Vertrag, den Essex mit dem Rebellen O'Néill abschließen wollte. Richard Haresgill, der seinen Besitz an Oisin O'Corra verloren hatte, suchte Essex' Stellvertreter Charles Blount, den 8. Baron Mountjoy, auf, um seinem Unmut Luft zu machen.
»Was denkt der Earl sich dabei, mit diesem Iren-Gesindel Frieden zu schließen?«, rief er erbittert. »Ihr müsst Ihrer Majestät mitteilen, dass sie diesem schmählichen Vertrag niemals zustimmen darf. Ich spreche nicht nur für mich, sondern für eine ganze Reihe braver englischer Edelleute, denen durch Essex' Torheit Land und Besitz geraubt werden. Wir haben alles getan, um dieses Land ertragreich zu machen, und gute englische Rinder und Schafe auf diese Insel gebracht, um die Steuereinnahmen Ihrer Majestät zu erhöhen und damit Englands Ansehen in der Welt zu mehren. Doch anstatt uns die Achtung zu zollen, die uns für die Zivilisierung Irlands gebührt, tritt Essex unsere verbrieften Rechte mit Füßen und erlaubt es Wilden wie Hugh O'Neill und Oisin O'Corra, über uns zu lachen!«
Baron Mountjoy ließ den Wortschwall zunächst schweigend über sich ergehen, hob dann aber die Hand, um selbst zu Wort zu kommen. »Hugh O'Neill einen Wilden zu nennen erscheint mir despektierlich. Ihre Majestät hat ihn immerhin als Earl of Tyrone bestätigt, einen Titel, den Ihrer Majestät Vater, unser guter König Henry, geschaffen hat.«
»Hugh O'Neill mag so viele Titel tragen, wie er will, dennoch bleibt er ein Ire und als solcher treulos und verräterisch. Vor allem aber ist er ein Knecht des Bischofs von Rom!« Haresgills

scharfer Tonfall war einem höherrangigen Herrn gegenüber unangebracht, doch in seinem Zorn kannte er keine Grenzen. Erregt trat er näher, so dass ihre Wämser sich beinahe berührten, und starrte Blount herausfordernd an.
»Wir Engländer in Irland werden dieses Abkommen niemals akzeptieren! Wir haben hier für England geblutet und das Land urbar gemacht. Aus diesem und aus vielen anderen Gründen hat Essex kein Recht, unseren Besitz den Iren zu überlassen. Eher reise ich noch einmal nach London, um Ihrer Majestät unser Anliegen vorzutragen.«
Charles Blount schob Haresgill ein Stück zurück. »Jetzt beruhigt Euch, Sir, und wartet ab. Noch ist der Vertrag, den Essex mit Hugh O'Neill ausgehandelt hat, nicht von Ihrer Majestät unterzeichnet worden. Ich werde heute noch nach London schreiben, dass es große Vorbehalte gegen diese Vereinbarung gibt. Mehr kann ich im Augenblick nicht für Euch tun.«
»Tut das!«, schnaubte Haresgill, so als wäre der andere nur ein Winkeladvokat, der in seinem Auftrag handelte, und nicht der Stellvertreter des Lord Lieutenants von Irland.
Für Mountjoy war die Situation schwierig. Er fühlte sich für Essex verantwortlich, hätte aber an dessen Stelle anders gehandelt. In der Hoffnung, seinen Kommandanten doch noch von einem in seinen Augen schwerwiegenden Fehler abhalten zu können, bat er Richard Haresgill, ihn zu verlassen, und suchte Essex auf. Der Earl hatte seit seiner Rückkehr nach Dublin seine privaten Gemächer kaum noch verlassen. Auch stand seine persönliche Leibwache vor jeder Tür des Trakts, den er bewohnte, und verweigerte jedem den Zutritt, dem ihr Herr nicht die Erlaubnis erteilt hatte, ihn aufsuchen zu dürfen. Auch Charles Blount musste warten, obwohl er sich Essex' Freund nennen konnte. Erst nach geraumer Zeit kam einer der Leibwächter, forderte ihm Schwert und Dolch ab und öffnete dann erst die Tür. Tief durchatmend betrat der Offizier das Zimmer. Es war darin so dunkel, dass er einige Augenblicke warten musste, bis er etwas

sehen konnte. Den Earl entdeckte er erst nach einigem Suchen auf einem Stuhl am anderen Ende des Raumes.

»Seid Ihr es, Mountjoy?«, fragte dieser.

»Euer ergebenster Diener, Euer Exzellenz«, antwortete Blount und merkte dann erst, dass er dieselbe Formulierung benützt hatte wie Hugh O'Neill bei der Verhandlung der beiden Heerführer.

»Ihr seid ein wahrer Freund, Mountjoy, und versteht, weshalb ich mit O'Néill Frieden schließen musste«, fuhr der Earl of Essex fort. »Meine Feinde in London und auch hier in Irland spinnen Intrigen gegen mich und verleumden mich bei Ihrer Majestät. Fern vom Hof bin ich nicht in der Lage, mich gegen diese Schurken zur Wehr zu setzen. Aus diesem Grund werde ich nach London zurückkehren, dort meine Neider niederwerfen und Ihrer Majestät erklären, wie sehr ich von diesen verleumdet worden bin.«

Charles Blount fühlte sich, als hätte Robert Devereux ihm aus heiterem Himmel eine Ohrfeige verpasst. »Euer Exzellenz, das könnt Ihr nicht machen! Ihre Majestät hat Euch den strikten Befehl erteilt, so lange in Irland zu weilen, bis der Aufstand dieses renitenten Volkes niedergeschlagen ist.«

»Die Königin ist ein schwaches Weib und lässt sich von ihren Beratern nach Belieben lenken. Ich sehe sie direkt vor mir, die Herren Räte Ihrer Majestät, wie sie ihr Gift in die Ohren träufeln, Gift, das mich fällen soll! Doch ich schwöre Euch, dass dies nicht geschehen wird. Eher setze ich mit meinem ganzen Heer nach England über und sorge dafür, dass die falschen Berater sich im Tower wiederfinden und ihrer Hinrichtung entgegensehen.«

Einen Augenblick lang überlegte Charles Blount, ob er Essex klarmachen sollte, dass das Heer ihm bei einem solchen Staatsstreich niemals folgen würde. Da er in dem Fall jedoch befürchten musste, von Essex festgesetzt zu werden, suchte er verzweifelt nach einer Ausrede.

»Verzeiht, Euer Exzellenz, aber um unsere Truppen nach England überzusetzen, fehlt es uns an Schiffen. Wir müssten erst Boten schicken, um welche zu holen ...«
»... und würden damit Cecil und die anderen Kreaturen warnen«, unterbrach Essex ihn heftig. »Sie würden Ihrer Majestät noch mehr Lügen über mich erzählen und vielleicht sogar verhindern, dass die Schiffe auslaufen, um mein Heer abzuholen. Die Kapitäne sind ohnehin mit Cecil und Raleigh im Bunde und helfen ihnen, mich zu verleumden und um die mir zustehende Ehren zu bringen.«
»Ihr bleibt also hier in Irland?«, fragte Blount hoffnungsvoll. Essex schüttelte heftig den Kopf. »Ich kann nicht in Irland bleiben, sondern muss Ihre Majestät vor dem verderblichen Einfluss dieser Schurken bewahren. Seht zu, dass Ihr so viele Schiffe zusammenbringt, dass ich mich mit meiner Dienerschaft und meiner persönlichen Eskorte einschiffen kann.«
Blount begriff, dass er Essex nicht würde umstimmen können, und bat, sich verabschieden zu dürfen.
»Geht!«, sagte der Earl, rief seine persönlichen Diener und befahl diesen, seine Sachen zu packen und alles für die Abreise vorzubereiten.
Die Männer waren gewohnt, ihm zu gehorchen, und stellten keine Fragen. Auch die Leibwachen nahmen seine Befehle als gegeben hin, und seine engsten Freunde, die ihn nach Irland begleitet hatten, um hier Ruhm und Ehren zu erringen, waren nach diesem ernüchternden Feldzug froh, gemeinsam mit ihm nach England zurückkehren zu können.
Noch während Richard Haresgill und dessen Freunde auf eine Audienz bei Essex warteten, um dem Lord Lieutenant ihre Proteste zu überbringen, bestieg dieser ein Schiff und ließ Irland hinter sich. Als letzte Amtshandlung setzte er Charles Blount als neuen Feldherrn der zurückbleibenden Truppen ein und richtete all seine Gedanken auf den Augenblick, in dem er vor Elisabeth stehen würde und seinen Standpunkt vertreten konnte.

15.

Dass sich der Krieg in Irland vollkommen anders entwickelt hatte als von ihm geplant, war nur ein Grund, aus dem Essex nach England zurückkehren wollte. Ein weiterer war die Furcht, seinen Einfluss bei Hofe und vor allem bei der Königin zu verlieren. Schon ein paarmal hatte Elisabeth in seiner Abwesenheit Entscheidungen getroffen, die er niemals geduldet hätte. Der Gedanke, sie könnte nun, da er fern von ihr weilte, erneut Robert Cecil oder Walter Raleigh ihr Ohr leihen, machte ihn rasend.
Das Schiff, das ihn nach England brachte, fuhr ihm zu langsam, und er beschimpfte den Kapitän als Verräter, der ihm schaden wolle. Endlich angekommen, ließ er die Pferde ausladen und befahl den sofortigen Aufbruch.
Seine Begleiter hatten erwartet, im Haus eines seiner Freunde bei gutem Wein und reichlichem Essen den Regen und Irlands schlammige Wege fürs Erste vergessen zu können. Doch es war, als wäre ein Dämon in Essex gefahren. Er brauste mit seinem Gefolge wie die Wilde Jagd durch Südengland, ohne sich um den Herbstregen zu scheren, der die Kleider durchnässte, oder auf die schier grundlosen Straßen Rücksicht zu nehmen. Schlamm spritzte unter den Hufen der galoppierenden Pferde auf und besudelte die Kleider, doch Essex kannte kein Erbarmen. Stunde um Stunde saß er im Sattel und trieb sein Pferd vorwärts. Die Häuser und Paläste seiner Freunde suchte er nur auf, um die erschöpften Gäule gegen frische auszutauschen und ein paar Stunden zu schlafen, bevor es am nächsten Tag in gleicher Hast weiterging.
Keiner seine Begleiter begriff, aus welchem Grund er diesen

Parforceritt unternahm. Da sie an seine oft überraschenden Entschlüsse gewöhnt waren, folgten sie ihm, bis London vor ihnen auftauchte. Doch statt zu seinem Haus zu reiten, um sich dort den Schmutz aus dem Gesicht zu waschen und frische Kleider anzuziehen, lenkte Essex sein Pferd zum Palast, stieg auf dem Vorhof steifbeinig aus dem Sattel und schritt an den Wachen vorbei durch das Eingangsportal.

Erstaunte Blicke trafen ihn, niemand jedoch wagte, ihn aufzuhalten. Jeder fürchtete seinen Einfluss auf die Königin und fast noch mehr seine Rachsucht, die oft genug nur durch Blut gestillt werden konnte.

Es war noch weit vor der Zeit, in der die Königin Bittsteller und Besucher empfing. Daher hob eine der Kammerfrauen, der Essex unterwegs begegnete, erschrocken die Hände. »Ich bitte Euch, Mylord, erscheint zu einer späteren Stunde! Ihre Majestät ist noch nicht bereit für Staatsgeschäfte.«

»Für mich wird sie bereit sein!«, rief Essex und schob die Frau beiseite. Mit raschen Schritten näherte er sich den Privatgemächern Elisabeths, ohne darauf zu achten, dass seine verschmierten Stiefel batzenweise Dreck auf dem edlen Parkett hinterließen.

Die Gardisten an der Tür wollten ihn daran hindern, einzutreten, wichen aber zurück, als er nach seinem Schwert griff und es halb aus der Scheide zog.

»Mylord, ich bitte Euch, wartet, bis Ihre Majestät empfängt!«, flehte die Kammerfrau, die ihm nachgeeilt war, noch einmal.

Essex ließ sich jedoch von nichts und niemandem aufhalten. Mit einem Ruck riss er die Tür auf und trat ein. Im Vorraum war niemand, doch er hörte Stimmen aus dem angrenzenden Zimmer. Ohne zu zögern, ging er weiter, öffnete auch diese Tür und sah mehrere Damen mit dem Rücken zu ihm stehen. Dann erst entdeckte er Elisabeth, die in ein dünnes Hemd gehüllt auf einem Schemel saß. Ihre Füße steckten in einer Wanne

mit warmem Wasser, während ihr eine der Damen mit einem Schwamm Gesicht und Hände wusch.
So hatte Essex die Königin noch nie gesehen. Ihr Kopf, den sonst rotblonde Haare bedeckten, war bis auf einen dünnen Flaum kahl geschoren, das ungeschminkte Gesicht fleckig und von Falten durchzogen. Auch der Hals zeigte tiefe Furchen, während der Leib in dem Hemd mager wirkte. Am ansehnlichsten erschienen ihm noch die Beine, die durch Reiten und Tanzen ihre Form behalten hatten.
Während Essex die wenig majestätisch aussehende Frau anstarrte und sich sagte, dass es sich bei ihr um eine beliebige verbrauchte Greisin hätte handeln können, wurde Elisabeth auf ihn aufmerksam.
Im ersten Moment erschrak sie, doch dann erfasste sie lodernder Zorn. »Ihr, Mylord? Was für ein unerwarteter Anblick!«
Nun erst entdeckten auch ihre Damen den Eindringling und sprangen erschrocken auf. Sie besaßen jedoch genug Mut und Übersicht, um sich zwischen Essex und die Königin zu stellen, so dass Elisabeth seinen Blicken entzogen war.
Essex merkte, dass seine Hand noch immer den Schwertgriff umklammerte, und ließ diesen los, als wäre er glühend geworden. Gleichzeitig sank er in die Knie und hob in einer verzweifelten Geste die Arme.
»Verzeiht mein Eindringen, Euer Majestät, doch die Umstände zwingen mich dazu. Neider und Verleumder hetzen gegen mich und versuchen, meinen Ruhm zu beschneiden und meinen Ruf und meine Ehre in den Schmutz zu treten.«
»Da Ihr von Schmutz redet, muss ich Euch sagen, dass Ihr derzeit nicht gerade sauber ausseht.«
Die Königin hatte ihren ersten Schrecken überwunden und musterte den jungen Mann über die Schulter einer ihre Damen hinweg. Etwas war mit ihm geschehen, sagte sie sich. Die jugendliche Frische, die sie so an ihm geliebt hatte, war wie Tünche abgefallen. Jetzt sah sie einen innerlich zerrissenen

Menschen vor sich, der instinktiv erkannte, dass er den hohen Ansprüchen, die er an sich selbst stellte, nicht gerecht werden konnte.
Wie oft hatte sie ihn verzweifelt erlebt und ihn getröstet? Sie wusste es selbst nicht mehr. Wäre er nur ihr getreuer Höfling Robert Devereux, würde sie es wohl wieder tun. Doch vor ihr stand der Lord Lieutenant von Irland, ein Mann, den sie ausgeschickt hatte, den Widerstand auf dieser rebellischen Insel ein für alle Mal zu brechen. Bei dieser Aufgabe hatte er kläglich versagt – und das trotz eines gewaltigen Heeres, wie es noch kein König von England je einem Heerführer anvertraut hatte. Wenn er wenigstens jetzt den Kopf senken und zugeben würde, dass er gescheitert war, dachte sie traurig. Doch darauf würde sie wohl vergebens warten.
Unterdessen überlegte Essex, wie er beginnen sollte, und sagte sich, dass Angriff die beste Verteidigung war. »Euer Majestät, ich habe einen ehrenvollen Frieden mit dem Earl of Tyrone geschlossen und Eure Herrschaft über Irland gesichert. Mir übelwollende Männer wagen es jedoch, mich zu verleumden. Ich muss darauf bestehen, dass Ihr diesen Männern kein Gehör schenkt und sie für ihre Unverschämtheit bestraft.«
Das war Essex, so wie Elisabeth ihn kannte, maßlos und voller Argwohn, ein anderer als er könne ihre Gunst gewinnen. Wenn er wenigstens ein wenig wie Cecil wäre oder wie Raleigh, dachte sie niedergeschlagen. Doch Mut nützte nur, wenn er durch Verstand geleitet wurde, und an diesem hatte Robert Devereux es schon mehrfach fehlen lassen.
Elisabeth wollte nicht nachrechnen, wie viele tausend Pfund sie bereits verloren hatte, nur weil er gegen ihre Befehle gehandelt hatte, um seinen Ruhm zu steigern. Damit war er immer wieder gescheitert. Auch diesmal kehrte er nicht als strahlender Sieger zurück, sondern als Versager. Zunächst erschrak sie vor diesem Wort, doch wie anders sollte sie das, was er sich in Irland geleistet hatte, bezeichnen?

Als Frau empfand sie Mitleid mit ihm und sagte sich, dass sie ihn früher hätte anleiten und sogar zurechtstutzen müssen wie einen Baum im Spalier. Sie hatte ihm zu viel durchgehen lassen und trug daher eine Mitschuld an dem, was nun geschehen war.
»Sir, ich bitte Euch, kehrt in Euer Londoner Heim zurück und reinigt Euch. Erscheint wieder bei Hofe, wenn ich Euch so empfangen kann, wie Ihr es verdient!«, sagte Elisabeth in ruhigem Tonfall.
Gleichzeitig warf sie sich vor, zu weich zu sein. Um England nicht noch mehr zu schaden, durfte sie diesem Mann, dessen Witz sie so oft erheitert hatte, nicht mehr solche Macht überlassen. Nichts von dem, was sie ihm übertragen hatte, war von ihm zum Dienste des Landes verwandt worden, alles hatte er nur für sich selbst genutzt.
Essex vernahm den sanften Unterton in Elisabeths Stimme und verspürte Triumph. Noch immer hatte er Macht über diese Frau, vielleicht noch mehr als früher, denn sie war alt und verbraucht und benötigte daher eine Stütze, die ein Kretin wie Robert Cecil ihr niemals bieten konnte. Mit einer energischen Bewegung erhob er sich und verbeugte sich vor ihr. Dabei verkniff er sich ein Lächeln, denn wie eine Fairy Queen, wie sie einmal genannt worden war, erschien sie ihm mit ihrem kahlen Kopf und dem runzligen Gesicht wahrlich nicht mehr.
»Mit Euer Majestät Erlaubnis werde ich mich zurückziehen und kehre zu einer besseren Stunde wieder«, sagte er und verließ rückwärtsgehend den Raum. Sich umzudrehen und ihr den Rücken zuzukehren, wagte er allerdings nicht. Dies hatte sie schon einmal erzürnt und dazu getrieben, ihm vor versammeltem Hof eine Ohrfeige zu versetzen. In seiner jetzigen Situation konnte er es sich nicht leisten, sie noch einmal auf diese Weise zu verärgern. Doch sobald er mit seinen Feinden am Hof und im irischen Heer aufgeräumt hatte, würde er dafür sorgen, dass dieses Klappergestell nur noch zeremonielle Aufgaben übernahm und ihm die Regierungsgeschäfte überließ.

Elisabeth sah ihm nach und fühlte förmlich, was ihm durch den Kopf ging. Kaum wurde die Tür hinter ihm geschlossen, fuhr sie ihre Damen an. »Macht rasch! Ich will mich ankleiden. Und ruft Robert Cecil zu mir. Ich habe etwas mit ihm zu besprechen.«

Ihre Kammerfrauen begriffen, dass Eile vonnöten war. Kurz darauf stand die Königin in prachtvollen Kleidern im Raum, auf dem Kopf die Perücke, während der runzlige Hals hinter einem aufwendig gefalteten Rundkragen verborgen war. Das Gesicht wurde weiß geschminkt und die Lippen mit roter Farbe betont. Ein kurzer Blick in den Spiegel zeigte ihr, dass sie wieder präsentabel aussah, und so befahl sie, ihren Staatssekretär zu sich zu rufen.

»Ihr könnt gehen«, sagte sie zu ihren Damen, als Robert Cecil eintrat und sich verbeugte. Dann wandte sie sich diesem zu. »Berichtet mir über Irland!«

»Der Feldzug des Earls of Essex war – so leid es mir tut, dies sagen zu müssen – eine einzige Katastrophe. Weder hat er die ihm aufgetragenen Befehle befolgt noch einen entscheidenden Sieg errungen.«

Selten zuvor hatte Robert Cecil in so schonungslosen Worten über Essex gesprochen. Elisabeth, die ihn sehr gut kannte, begriff, dass ihre schlimmsten Befürchtungen wahrscheinlich noch übertroffen worden waren.

»Wie steht es dort wirklich? Sagt es offen, ohne etwas zu beschönigen!«, befahl sie.

Robert Cecils Miene spannte sich an, denn er kannte die Vorliebe der Königin für Essex. Doch das Wohl des Königreichs ließ es nicht zu, dessen Handeln zu entschuldigen. »Euer Majestät, Seine Exzellenz, der Earl of Essex, hat mit dem Rebellen Hugh O'Neill einen Waffenstillstand abgeschlossen, der diesem mehr als die Hälfte Irlands überlässt, und zwar ohne Kontrolle durch England. Wenn Euer Majestät diesem Vertrag zustimmt, vermag Hugh O'Neill jederzeit spanische oder andere feindliche Truppen nach Irland zu holen, ohne dass England dies verhindern kann.«

»Haltet Ihr mich für eine Närrin, Cecil?« Elisabeths Stimme klang traurig und spöttisch zugleich.

Cecil hob erschrocken die Hände. »Natürlich nicht, Euer Majestät! Ich habe Nachricht erhalten, dass alle Offiziere des Earls of Essex über seinen Vertrag mit O'Néill entsetzt sind. Während des Aufstands wurden Dutzende englischer Grundherren vertrieben oder sogar umgebracht. Städte wie Sligo und Eniskillen stehen unter der Herrschaft der Iren, und es ist zu befürchten, dass die Rebellen ihre Position weiter ausbauen können.«

Mit wachsendem Zorn lauschte die Königin und klopfte dann erregt gegen die Lehne ihres Stuhls. »Wir lassen Englands Ansehen nicht in den Schmutz treten, Sir Robert. Teilt Lord Mountjoy mit, dass ich ihn zum Oberbefehlshaber in Irland ernenne und ihm den strengsten Befehl erteile, die Rebellion mit allen Mitteln niederzuwerfen! Verhandlungen über einen Waffenstillstand oder einen Frieden sind ihm nur mit meiner ausdrücklichen Genehmigung gestattet!«

»Sehr wohl, Euer Majestät!« Cecil verneigte sich und bat, gehen zu dürfen, um die entsprechenden Briefe aufzusetzen und zu verschicken.

»Es ist Euch gestattet«, erklärte Elisabeth und beschloss, Charles Blount auch einen mit eigener Hand geschriebenen Brief zu übersenden. Im Gegensatz zu Essex war er ein guter, kompromissloser Offizier, und den brauchte sie nun, um in Irland zu siegen.

Sechster Teil

Trauer und Liebe

1.

Ferdinand blickte zu der englischen Marschkolonne hinüber und schüttelte den Kopf. »Es ist unsinnig, diese Truppe anzugreifen. Dafür sind sie zu wachsam. Außerdem haben wir es mit mindestens einhundert Musketieren zu tun. Wenn die auch nur eine Salve abfeuern können, verlieren wir die Hälfte unserer Leute.«

»Aber wir können diese Hunde nicht einfach durch unsere Lande ziehen lassen!«, rief Ciara empört. »Sie sind Betrüger und Verräter! Der Earl of Essex hat mit uns einen Vertrag geschlossen, doch diese Kerle halten sich nicht daran. Denkt an das Dorf, dass sie gestern niedergebrannt haben. Dabei gehörten dessen Bewohner nicht einmal einem Clan an, der sich Aodh Mór O'Néill angeschlossen hat.«

»Nein, aber sie haben unsere Leute mit Vorräten versorgt. Wie es aussieht, will Mountjoy genau das unterbinden.«

Zwar hatte Ferdinand erwartet, dass sich die Engländer nicht an die von Essex vereinbarte Abmachung halten würden, doch ihr rigoroses Vorgehen hatte alle seine Befürchtungen noch weit übertroffen. Dennoch war in seinen Augen ein Angriff mit den gut einhundert Kriegern, die Oisin O'Corra hier versammelt hatte, auf einen fast doppelt überlegenen und besser bewaffneten Gegner zu riskant. Das versuchte er, Ciaras Bruder zu verdeutlichen.

Während Oisin ihn unschlüssig anstarrte, funkelten die Augen der jungen Frau erneut kämpferisch auf. »Wenn es Saraid und mir gelingt, sie abzulenken, haben wir eine Chance!«

»Ihr würdet dabei ins Kreuzfeuer geraten und könntet verletzt oder gar getötet werden«, warnte Ferdinand.

»Ihr Männer schwebt in derselben Gefahr. Weshalb also sollten wir Frauen uns fürchten?« Ciara machte keinen Hehl daraus, dass sie die englischen Soldaten endlich bestraft sehen wollte. Diese hatten nicht nur das Dorf niedergebrannt, sondern auch einen Teil der Männer erschossen und die Frauen geschändet. Die restlichen Bewohner hatten sie in die Wälder gejagt und ihnen hohnlachend hinterhergerufen, sie sollten zu Hugh O'Neill gehen und sich von diesem durchfüttern lassen.

»Wir hätten gestern angreifen sollen, als die Soldaten sich im Dorf verteilt hatten, wie ich es vorgeschlagen habe«, setzte Ferdinand hinzu.

Oisin schüttelte den Kopf. »Da waren wir noch zu wenige und hätten uns im Kampf aufgerieben. Doch jetzt ist Aithil mit vierzig Mann zu uns gestoßen. Das müsste reichen.«

»Ihr wollt es also tun?« Ferdinand setzte an, noch etwas zu sagen, da legte Oisin ihm die Hand auf die Schulter.

»Versteht doch, Herr Ferdinand! Das hier ist unsere Heimat, und wir können nicht zulassen, dass die Engländer Dorf um Dorf niederbrennen und die Menschen vertreiben.«

»Dann bittet Aodh O'Néill, Euch so viele Männer zu schicken, dass wir den Engländern überlegen sind. In drei Tagen könnten sie hier sein. Danach räumen wir mit dieser Schar dort auf, dass ihnen Hören und Sehen vergeht.«

Ferdinands Vorschlag war vernünftig, das war Oisin bewusst. Doch drei weitere Tage warten hieß, dass die englische Soldateska mindestens zwei weitere Dörfer verwüsten und plündern würde. Außerdem war der Anführer der Schar jener Mann, der seinem Clan einst die Heimat geraubt hatte.

»Wir werden Haresgill aufhalten und ihn spüren lassen, dass er hier nichts verloren hat«, erklärte Oisin nach kurzem Zögern. Seine Männer nickten zufrieden, und Ciara stieß einen leisen, hasserfüllten Ruf aus.

Ferdinand verzog besorgt das Gesicht, und auch Hufeisen

winkte vehement ab. »Das geht nicht gut!«, raunte er Ferdinand zu.
Dieser blickte wieder zu den Engländern hinüber, die während des Gesprächs näher gerückt waren. Die Soldaten ließen bei ihrem Vormarsch den Wald nicht aus den Augen. Überraschen konnte man sie daher nicht. Doch Ferdinand begriff, dass er Oisin nicht mehr davon würde überzeugen können, auf Verstärkung zu warten.
»Möge unser Herr im Himmel und die Heilige Jungfrau Maria uns beschützen«, betete er und sah Oisin dann fragend an. »Wie wollt Ihr vorgehen?«
»Wir ziehen uns eine halbe Meile zurück. Dann werden Ciara, Saraid und Ionatán den Engländern entgegengehen. Sobald diese sie sehen und nur noch auf sie achten, greifen wir an.«
Oisins Plan gefiel Ferdinand ganz und gar nicht. Bislang war er bei solchen Ablenkungsmanövern stets mit von der Partie gewesen. Glaubte Oisin jetzt etwa, er wäre zu feige, sie auch diesmal zu begleiten?
»Ich gehe mit den dreien«, erklärte er und hoffte, dass es kein Weg ohne Wiederkehr für Ciara und ihn war.
Oisin stimmte nach kurzem Zögern zu. »Gut! Gebt auf meine Schwester und auf Saraid acht. Es wird hart werden.«
»Hoffentlich nicht zu hart«, knurrte Hufeisen. »Herr Oisin, Ihr verfügt nicht über ausreichend Musketen für einen solchen Streich. Außerdem sind da noch die fünfzig Reiter, die Haresgill mit sich führt. Die werden uns einiges zu kauen geben!«
Nach einem letzten Blick auf die langsam, aber stetig vorrückenden Engländer kehrte er diesen den Rücken und folgte Ferdinand und den Iren in den Wald. In dem Augenblick begann Ciaras Esel durchdringend zu schreien. Die junge Frau zuckte erschrocken zusammen, während Gamhain nach dem Esel schnappte, als wolle sie ihn auf diese Weise zum Schweigen bringen.
Ferdinand hielt zunächst die Luft an, stieß sie dann aber hart

aus den Lungen und nickte Oisin zu. »Jetzt bleibt uns tatsächlich nichts anderes übrig, als Ciara mit dem Esel den Engländern entgegenzuschicken und zu hoffen, dass sie dadurch getäuscht werden.«
Der Ire nickte verbissen. Der Gedanke, dass seine Schwester und seine Cousine sich in eine tödliche Gefahr begaben, war ihm zuwider. Doch jetzt aufgeben hieße, Haresgills Mordbrennern weiterhin freie Hand zu lassen.

2.

»Passt auf Euch auf, Herr Ferdinand!«, mahnte Hufeisen den jungen Mann.
Dieser lachte freudlos auf. »Ich werde mein Bestes tun! Aber gib auch auf dich acht, mein Freund. Ohne dich wäre ich in diesem Land verdammt allein.«
»Nicht ganz ...«, antwortete Hufeisen mit einem Seitenblick auf Ciara. Dann schüttelte er den Kopf. »Frauen sollten nicht mit in den Krieg ziehen!«
»Aber uns von den feindlichen Soldaten ausplündern, vergewaltigen und umbringen lassen, das sollen wir, was?«, fuhr Saraid den Haudegen an.
»Wie man es auch betrachtet, ist Krieg eine schreckliche Sache. Ich frage mich, weshalb Gott in seiner Weisheit nicht verhindert hat, dass Menschen andere Menschen töten.« Für einen Soldaten wie Hufeisen waren dies ungewöhnliche Worte, doch Saraid begriff, dass es ihm damit ernst war.
Sie schenkte dem Söldner ein Lächeln und folgte Ciara, die bereits mit dem Esel und dem Hund die Straße entlangging. Ionatán hielt sich an ihrer Seite, während Ferdinand ein paar Schritte hinter ihnen blieb und sein langes Schwert unter der Decke verbarg, die er wie einen Mantel um sich geschlungen hatte. Er wirkte wachsam und angespannt. Saraid ging es nicht anders, und sie wusste, dass auch Ciara die Umgebung unentwegt im Auge behielt.
Mit einem Mal fuhr Saraid durch den Kopf, dass Ionatáns Frau auf Haresgills Befehl hin von dessen Männern vergewaltigt worden war, und beschleunigte ihre Schritte. Als sie zu dem jungen Mann aufgeschlossen hatte, fasste sie nach seiner Hand.

»Tu nichts Unüberlegtes, sonst bringst du uns alle in Gefahr.«
Ionatán atmete schwer, während sein Blick unruhig umherschweifte. Längst hatte sich der Gedanke in ihm festgesetzt, Richard Haresgill für alles bezahlen zu lassen, was dieser ihm und dem gesamten Clan der Ui'Corra angetan hatte. Allerdings war ihm klar, dass er nicht blindlings handeln durfte. Die Engländer würden sonst nicht nur ihn, sondern auch Ciara, Saraid und Ferdinand umbringen. Dann würden auch Oisin und seine Schar sie nicht mehr retten können.

»Ich werde mich beherrschen«, antwortete er leise, schwor sich aber, jede Chance wahrzunehmen, die Welt von Haresgill zu befreien.

Kurz darauf hörten sie die Engländer auf sich zukommen. Die Soldaten marschierten mit schwerem Schritt, und ihre Anführer brüllten immer wieder, sie sollten wachsam sein.

»Wir werden sie so ablenken, dass Oisin und die Unseren sie überraschen können«, flüsterte Ciara. Es klang wie ein Gebet.

Ferdinand mochte ihr zu gerne glauben, doch die Art, in der Richard Haresgill seine Männer vorrücken ließ, deutete darauf hin, dass der Feind aus seinen bisherigen Niederlagen gelernt hatte.

Die Straße machte eine Kurve. Kaum hatten sie diese passiert, sahen sie die Engländer direkt vor sich. Bei ihrem Anblick hielt der Trupp sofort an. Mehrere Dutzend Musketiere sicherten gegen den Wald ab, während die Reiter ihre Pistolen aus den Satteltaschen zogen und schussbereit machten.

»Halt, stehen bleiben!«, brüllte ein Unteroffizier ihnen entgegen. Gleichzeitig zielten mehrere Musketiere auf die kleine Gruppe.

»Auf diese Weise wird es nichts mit der Überraschung«, murmelte Ferdinand und überlegte verzweifelt, was er tun konnte.

»Hör zu, Ionatán«, flüsterte er. »Sobald die Kerle heran sind, schlagen wir zu, packen dann die Frauen und verschwinden

mit ihnen im Wald. Du kümmerst dich um Saraid und ich mich um Ciara. Hast du verstanden?«
Ionatán begriff, dass er sich an diesem Tag nicht an Richard Haresgill würde rächen können. Doch er vertraute dem Deutschen und deutete daher ein Nicken an. Zu sagen wagte er nichts mehr, da der Unteroffizier mit sechs Musketieren auf sie zukam. Die Kerle achteten dabei darauf, dass die kleine Gruppe im Schussfeld ihrer Kameraden blieb.
»Wer seid ihr?«, schnauzte der Unteroffizier die vier an.
Angesichts des scharfen Tons begann Gamhain zu bellen. Sofort richteten zwei der sechs Musketiere ihre Läufe auf die Hündin. Auch die anderen vier und der Unteroffizier waren für einen Augenblick abgelenkt.
»Jetzt, Ionatán!«, schrie Ferdinand, zog blank und schlug den Unteroffizier nieder. Er traf auch noch einen zweiten Mann, bevor die Engländer in der Lage waren, zu reagieren. Zwei Musketenläufe schwangen in seine Richtung. Gleichzeitig versetzte Ciara dem Esel einen kräftigen Hieb. Empört raste das Tier los und rammte die Engländer. Die Musketen krachten zwar noch, jagten ihre Kugeln jedoch in die Luft.
Einer der Musketiere drehte seine abgeschossene Waffe um und schwang sie wie eine Keule, doch Saraids Dolch war schneller. »Heilige Maria Mutter Gottes, vergib mir!«, rief die Frau und schlug das Kreuz.
Da versetzte Ionatán ihr einen heftigen Stoß. Saraid stolperte in den Wald hinein, fiel auf die Knie, raffte sich aber sofort wieder auf und rannte, so schnell ihre Beine sie tragen konnten. Flink wie ein Reh setzte Ciara ihr nach, während Ferdinand einen weiteren Engländer fällte, wobei er aus dem Augenwinkel sah, wie die englischen Musketiere des Haupttrupps anlegten und feuerten.
Ferdinand setzte noch zu einem Hechtsprung an, spürte, wie ihm etwas heiß über den Rücken zog, und landete halb betäubt neben der Straße. Zu seinem Glück bot der Esel ihm einen

Augenblick Deckung, wurde aber an seiner Stelle zum Opfer der nächsten Salve. Noch während das Tier mit einem klagenden Schrei niedersank, rappelte Ferdinand sich auf und rannte hinter Ciara, Saraid und Ionatán her. Gamhain hielt sich an seiner Seite und bellte, als wollte sie ihn anfeuern.

»Los, ihnen nach!«, hörte er einen der englischen Offiziere brüllen und musste trotz seiner Schmerzen grinsen. Das war die Gelegenheit, auf die Oisin gewartet hatte.

Während er zwischen den Bäumen hindurchrannte, sah er auf einmal Aithil. Der Ire winkte ihm zu, zog das Schwert und verbarg sich hinter einer mächtigen Eiche. Nun entdeckte Ferdinand auch Oisin, Deasún O'Corraidh und die anderen.

Er blieb stehen, ignorierte den brennenden Schmerz am Rücken und packte den Schwertgriff fester. Wie viele Soldaten ihnen folgten, wusste er nicht, doch zwischen den Bäumen hatten sie eine Chance, sich gegen Haresgills Mordbrenner zu halten.

Die schweren Schritte der Engländer kamen näher. Einer der jungen Iren wollte schon seine Deckung verlassen, da schob Oisin ihn zurück. »Wir lassen die Kerle an uns vorbeilaufen und greifen sie von hinten an.«

»Eine gute Idee!« Ferdinand winkte Oisin kurz zu, atmete dann tief durch und wartete, bis einer der mit festen Stiefeln, Hosen aus derbem Tuch und ledernen Röcken gekleideten Engländer an ihm vorbeirannte.

In dem Augenblick, in dem Oisin einen kurzen Pfiff ausstieß, schnellte Ferdinand auf den Engländer zu und schwang sein Schwert. Der Mann brachte die eigene Waffe noch hoch, konnte den Hieb aber nicht mehr abwehren und wurde in die Schulter getroffen. Mit einem Aufschrei ließ er sein Schwert fallen und sank zu Boden.

Ferdinand kümmerte sich nicht weiter um ihn, sondern setzte vier Männern nach, die Ciara und Saraid verfolgten und bereits einigen Vorsprung gewonnen hatten.

Saraid war ein wenig hinter ihrer Cousine zurückgeblieben und spürte bereits den Atem der Verfolger im Nacken. Voller Angst blickte sie zurück, strauchelte und schlug hin.
»Die haben wir!«, rief einer der vier Engländer und streckte die Hand aus, um sie hochzuzerren.
»Das glaubst aber auch nur du!« Mit diesen Worten war Ferdinand heran und schlug zu. Der erste Engländer fiel stöhnend zu Boden, aber die drei übrigen richteten sogleich ihre Waffen gegen ihn.
»Sprich dein letztes Gebet, dreckiger Ire«, stieß einer von ihnen mit verzerrter Miene hervor.
»Ich bin kein Ire«, antwortete Ferdinand grinsend, um Saraid Zeit zu geben, zur Seite zu robben.
»Dann bist du eben ein dreckiger Spanier!«
»Im Raten bist du wirklich nicht gut. Ich bin nämlich ein Deutscher und der Mann, der euch nun in die Hölle schicken wird!« Noch im Reden attackierte Ferdinand die drei. Der Erste wich seinem Schlag aus und hieb selbst zu. Ferdinand wurde am Arm getroffen, gleichzeitig aber fand seine Klinge ihr Ziel. Ein weiterer Engländer sank nieder.
Zweifach verwundet spürte Ferdinand, dass seine Kräfte nachließen. Doch noch immer standen ihm zwei Engländer gegenüber. Mit zusammengebissenen Zähnen parierte er die wuchtigen Schwerthiebe eines der Männer. Der zweite versuchte, ihn von hinten anzugreifen, doch da schoss ein schwarzbrauner Schatten heran und riss ihn nieder.
»Danke, Gamhain!«, rief Ferdinand aufstöhnend. Ihm war jedoch bewusst, dass er auch gegen einen Feind nicht mehr lange durchhalten würde.
Mit einem wütenden Schrei griff der Engländer an. Ferdinand parierte den Schlag, doch wurde ihm dabei die Waffe aus der Hand geprellt. Der Krieger hob das Schwert, um ihn niederzustoßen, riss auf einmal den Mund auf und kippte haltlos nach vorne.

Hinter ihm kam Ciara zum Vorschein, in der Hand den blutigen Dolch, mit dem sie den Engländer von hinten erstochen hatte.

Ferdinand lächelte sie dankbar an. »Das war Rettung in höchster Not!«

»Du bist verwundet!« Erschrocken trat sie auf ihn zu, doch er hob die Hand.

»Das ist unerheblich. Lass uns lieber schauen, wie es Gamhain geht.«

Ferdinand eilte zu der Hündin, die den von ihr angesprungenen Engländer am Boden festhielt. Allerdings konnte sie nicht verhindern, dass dieser den Dolch zog.

Ehe er zustoßen konnte, trennte Ferdinand ihm den Kopf von den Schultern. Während er seine Klinge an der Kleidung des Feindes abwischte und Ciara Gamhain beruhigend tätschelte, hörten sie Haresgills Trommler zum Rückzug schlagen. Wer sich von den Engländern noch auf zwei Beinen halten konnte, löste sich von den Iren und eilte zur Straße zurück.

»Denen haben wir es gegeben!«, jubelte Ionatán, während Oisin Ferdinand in grimmiger Zufriedenheit musterte.

»Gut gemacht! Wir haben mehr als dreißig von den Kerlen erwischt. Jetzt holen wir uns den Rest!«

»Ihr wollt doch nicht etwa angreifen?«, fragte Ferdinand entsetzt.

»Wir wären dumm, wenn wir unseren Vorteil nicht ausnützen würden. Los, Männer, auf sie. Lasst keinen entkommen.«

»Nein, tut es nicht! Ihr rennt in euer Verderben!«

Ferdinands verzweifelter Appell war vergebens. Berauscht von dem leichten Erfolg über die Engländer, die Ciara, Saraid, Ferdinand und Ionatán verfolgt hatten, stürzten sich die Iren laut brüllend auf den Feind.

»Diese Narren! Sie laufen schnurstracks in die Salven hinein!« Noch während Ferdinand diese Worte verzweifelt ausstieß, hörte er bereits die ersten Musketen krachen.

Ciara hatte seine Verletzungen begutachten wollen, blieb aber nun erschrocken stehen und blickte angstvoll nach vorne. Viel konnten sie durch die Bäume hindurch nicht erkennen, doch das stete Feuer der Engländer sprach dafür, dass diese nicht wie erhofft in Panik verfallen waren, sondern erbitterten Widerstand leisteten.
Trotz seiner Schmerzen wollte Ferdinand loslaufen, um den anderen zu helfen. Doch Ciara packte ihn und hielt ihn fest. »Bleib hier! Du bist verwundet!«
Da Ferdinand nicht auf sie hören wollte, rief sie Saraid zu Hilfe. »Wir müssen ihn aufhalten! Er verblutet uns sonst!«
Gegen beide Frauen kam Ferdinand nicht mehr an. Von Schwäche übermannt, sank er zu Boden und ließ zu, dass Ciara ihm Rock, Weste und Hemd auszog.
»Das sieht nicht gut aus«, flüsterte sie erschrocken, als sie den blutverschmierten Rücken sah. Auch die Wunde am Arm blutete stark. Daher zerriss Ciara einen ihrer Unterröcke und begann, Ferdinand zu verbinden.
Der junge Deutsche starrte verzweifelt auf den Waldrand. Von der Straße her klang immer noch Kampflärm, doch nun sah er die ersten Iren in die Deckung der Bäume zurückweichen. Etliche humpelten, andere mussten von Kameraden gestützt werden. Zwei, drei sanken zu Boden und blieben liegen. Einer hob die Hand und bat um Hilfe. Doch alle eilten vorbei, ohne dem Hilflosen auch nur einen Blick zu schenken. Dann tauchte Ionatán auf, bückte sich und half dem Mann auf die Beine. Als dieser sogleich wieder stürzte, lud Ionatán ihn sich auf die Schulter.
Ferdinand zählte immer mehr Iren, die sich in die Büsche schlugen. Als Letzter kehrte Oisin mit aschfahlem Gesicht zurück und blieb neben ihm stehen. »Ich hätte auf Euch hören sollen, Herr Ferdinand. Es waren zu viele, und sie kämpften wie die Teufel«, stieß er verzweifelt hervor.
»Wie viele Männer habt Ihr verloren?«

Oisin zuckte mit den Schultern. »Ich weiß es nicht. Auf jeden Fall mehr, als der Clan vertragen kann. Außerdem sind die meisten Überlebenden verwundet. Wenn Haresgills Männer uns folgen, werden nur wenige ihnen entkommen.«

»Die gesunden und leicht verletzten Krieger sollen eine Abwehrreihe bilden und langsam in den Wald zurückweichen. Vielleicht können wir so die Überlebenden retten!«, schlug Ferdinand vor, begriff aber im nächsten Moment, dass nicht mehr genug Männer auf den Beinen waren, um sowohl kämpfen wie auch den Verwundeten helfen zu können.

Dennoch folgte Oisin seinem Rat und befahl seinen Kriegern, sich zum Abwehrkampf bereitzumachen. Ferdinand wollte sich ebenfalls einreihen, doch Ciara hielt ihn kurzerhand fest.

»Bist du verrückt geworden? Ich habe dich noch nicht fertig verbunden. So verblutest du uns unterwegs.«

»Meine Schwester hat recht!«, warf Oisin ein. »Ihr seid mir als Kampfgefährte und Ratgeber zu wertvoll, um Euch sinnlos zu opfern. Ciara, du versorgst seine Wunden und kümmerst dich dann um die anderen.«

Da Ferdinand nicht wollte, dass andere seinetwegen leiden mussten, hielt er still, solange Ciara ihm mit Saraids Hilfe eine Binde um den Brustkorb wickelte und verknotete. »So, jetzt geht es. Aber du brauchst jemand, der dich stützt!«, sagte sie schließlich.

Obwohl er ein schmächtiges Bürschchen war, wollte Toal Ferdinand zu Hilfe eilen, doch der wehrte ab. »Kannst du dich nach vorne schleichen und erspähen, was die Engländer machen? Bis jetzt sind sie nicht in den Wald eingedrungen, und ich fürchte, sie hecken eine Teufelei aus.«

Der Junge nickte und rannte los. Im nächsten Augenblick trat Hufeisen aus einem Gebüsch und reichte Ferdinand einen Ast, den er eben zurechtgeschnitten hatte. »Ich kann Euch nicht stützen, Herr, denn es sind etliche schlechter dran als Ihr.

Wenn Ihr den Stock zu Hilfe nehmt, könnt Ihr vielleicht alleine vorwärtskommen.«
»Ihr tut ja alle so, als wäre ich kurz davor, mit Gevatter Tod auf Wanderschaft zu gehen«, antwortete Ferdinand empört. Dabei spürte er selbst, dass er den Stock brauchte. Solange er sich darauf stützte, konnte er einen Fuß vor den anderen setzen, auch wenn ihm der Rücken bei jedem Schritt höllisch weh tat. Im Gegensatz zu ihm mussten etliche andere Männer auf primitiv gefertigten Tragen transportiert werden. Ferdinand sah ihre verzweifelten Mienen und die Angst in ihren Augen, hilflos zurückgelassen zu werden.
Pater Maitiú hatte sich bis jetzt im Hintergrund gehalten, doch nun blickte auch er nervös in die Richtung, in der die Engländer zu hören waren, und trat auf Oisin zu.
»Wer sich noch auf den Beinen halten kann, muss fliehen, mein Sohn. Wir dürfen uns nicht mit den Verletzten beschweren, sonst fallen wir alle diesen verfluchten Ketzern zum Opfer.«
»Das ist wahrhaft christlich gedacht!«, fuhr Ferdinand auf.
Auch Ciara sah aus, als wolle sie dem Kirchenmann am liebsten die Fingernägel durchs Gesicht ziehen.
Sie machte Anstalten, etwas zu sagen, wurde aber von ihrem Bruder aufgehalten: »Sei still!«
Dann wandte er sich dem Pater zu. »Niemals werde ich meine verletzten Männer im Stich lassen. Entweder schaffen wir es alle, oder wir kämpfen.«
»Das ist zwar edel, aber ohne Verstand gesprochen«, keifte Pater Maitiú.
»Ihr könnt uns jederzeit verlassen und versuchen, Eure Haut auf eigene Faust zu retten«, antwortete Oisin ungerührt und befahl den Aufbruch.
Als Ferdinand die vielen Männer sah, die sich kaum selbst durch den Wald schleppen konnten und trotzdem den Kameraden halfen, die noch schwerer verletzt waren als sie selbst, schüttelte er den Kopf. Was für ein trauriger Zug!, dachte er.

Doch dieses Desaster musste Oisin sich selbst zuschreiben. Die zu leicht errungenen Erfolge der Vergangenheit hatten Ciaras Bruder leichtsinnig werden lassen. Es war ein Irrsinn gewesen, den Angriff auf eine überlegene und besser ausgerüstete Truppe zu führen.

»Wenn wir die Engländer wirklich aufhalten wollen, brauchen wir mehr Musketen. Wir haben nun alle gesehen, wie wirksam der Feind die seinen eingesetzt hat«, sagte Ferdinand zu Oisin. Dieser verzog das Gesicht. »Wo sollen wir Musketen hernehmen? Die Dinger sind teuer und müssen mit Schiffen ins Land geschmuggelt werden. Und selbst wenn welche eintreffen, bedienen sich die großen Clans und geben uns nichts ab.«

»Wenn Ihr so denkt, könnt Ihr den Kampf gleich aufgeben. Die einzige Möglichkeit, die ich sehe, ist, mit kleinen Verbänden aus der Deckung des Waldes heraus auf englische Marschkolonnen zu feuern und diese, wenn sie in die Wälder eindringen, in die Zange zu nehmen. Wendet Euch an Aodh Mór O'Néill und sagt ihm, dass er uns Musketen geben muss – oder geht nach Léana und lasst Euch die von meinem Vetter herausgeben, die wir dort erbeutet haben.«

Aithil und viele andere nickten bei Ferdinands flammenden Worten. Bevor Oisin jedoch etwas entgegnen konnte, schloss Toal zu ihnen auf. Trotz der herben Niederlage, die sie eben hatten hinnehmen müssen, grinste er. »Die Engländer trauen sich nicht in den Wald hinein, weil sie glauben, es wäre wieder eine Falle!«

Dann aber veränderte sich seine Miene jäh, und er senkte den Kopf. »Diese Schweine haben jeden der Unseren, der verwundet in ihre Hände fiel, mit ihren Musketenkolben erschlagen. Es konnte kein Einziger mehr fliehen.«

Drückendes Schweigen lag mit einem Mal über ihnen. Sogar das Stöhnen und Wimmern der Verletzten war verstummt. Dann holte Oisin tief Luft und klatschte gebieterisch in die

Hände. »Sie verfolgen uns also nicht? Sehr gut! So können wir uns zurückziehen und unsere Kräfte neu sammeln.«

Er erwähnte weder die eigenen Toten noch die Dörfer, die Haresgills Brandstiftern als nächste zum Opfer fallen würden, sondern versuchte, seinen Männern und den beiden Frauen Mut zu machen.

3.

Obwohl die Engländer ihnen tatsächlich nicht folgten, fiel ihnen der Rückzug schwer, denn es waren zu viele ihrer Krieger gefallen. Ferdinand versuchte unterwegs zu zählen, wie viele der Überlebenden noch kampffähig waren, und kam auf eine erschreckend geringe Zahl. Mehr als die Hälfte der Überlebenden war verwundet, etliche davon schwer. Auch mussten sie einige Male ihren Marsch unterbrechen, um Gräber auszuheben, die mit einfachen, aus Zweigen zusammengebundenen Kreuzen zur letzten Ruhestätte jener Krieger wurden, die unterwegs gestorben waren.

Oisin O'Corra begriff mit erschreckender Klarheit, dass er mit dieser Truppe keine Erfolge mehr erringen konnte. Seine Träume, dem Clan zu Macht und Ansehen zu verhelfen, waren im Musketenfeuer der Engländer wie Seifenblasen zerplatzt. Um zu retten, was noch zu retten war, übergab er Aithil das Kommando und machte sich auf den Weg zu Aodh Mór O'Néill. Zwar würde er nun endgültig dessen Vasall werden, doch um seinen Clan zu retten, war er dazu bereit. Zehn kampffähige Männer nahm er mit, der Rest sollte sich nach Léana durchschlagen.

In dieser Stadt, so hoffte Oisin, konnten sie ihre Wunden in Ruhe ausheilen lassen. Diejenigen, die sich noch auf den Beinen halten konnten, sollten Simon von Kirchbergs Söldner bei der Verteidigung der Stadt gegen einen möglichen englischen Angriff unterstützen.

Pater Maitiú schloss sich Oisin ungefragt an. Da die Ui'Corra durch die Niederlage geschwächt waren, wollte er nicht mehr bei diesem Clan bleiben. Sein Ziel war es, sich Aodh Mór

O'Néill anzudienen, um endlich den Einfluss zu erlangen, nach dem er seit seiner Rückkehr nach Irland strebte.

Obwohl die Verwundeten geistlichen Zuspruch benötigt hätten, sah Ferdinand den Priester erleichtert scheiden. Mit seinem Fanatismus war der Mann ein Ungeist seiner Landsleute geworden und hatte die Köpfe der Männer mit seinen Hetzreden gegen die Engländer vergiftet. Aus diesem Grund schrieb Ferdinand ihm eine Mitschuld an dem so entsetzlich gescheiterten Angriff auf Haresgills Männer zu. Ohne den Pater und dessen Prophezeiungen, der Himmel würde den Iren den Sieg über ihre Feinde schenken, hätte Oisin O'Corra vielleicht auf die sinnlose Attacke verzichtet.

Mittlerweile glaubten sie eine Rast wagen zu können. Am Ufer eines kleinen Sees hielt der traurige Zug an. Auf der einen Seite reichte der Wald bis ans Ufer, und die Bäume reckten ihre Äste über das Wasser. Auf der anderen Seite bot hohes Schilf Deckung und die dort wachsenden Heilkräuter konnten bei der Versorgung der Wunden helfen.

Obwohl es Ciara drängte, nach Ferdinands Verletzungen zu sehen, kümmerte sie sich zuerst um die am schwersten Verwundeten. Einige Wunden hatten sich bereits entzündet. Eiter floss heraus, und es stank bestialisch.

»Die Männer sollen Gräber ausheben, denn ich glaube nicht, dass alle die Nacht überleben«, flüsterte Saraid Ciara zu.

Diese kämpfte mit den Tränen, schüttelte aber den Kopf. »Es wird nicht gegraben, solange die Männer noch leben. Sollen sie denn ihren letzten Mut verlieren und sich aufgeben, obwohl der eine oder andere von ihnen vielleicht doch überleben könnte?«

»Ich dachte nur, dass wir dann schneller von hier wegkommen. Wer weiß, ob Haresgill nicht doch unsere Spur aufgenommen hat, um uns endgültig den Garaus zu machen.«

Ciara blickte in Saraids angstverzerrtes Gesicht und gestand sich erschreckt ein, dass sie ebenfalls innerlich vor Furcht zitterte. Dennoch war sie nicht bereit, Männer in ein für sie vorbereitetes Grab blicken zu lassen.

»Die Heilige Jungfrau wird uns helfen, ebenso die heilige Brighid und der heilige Pádraig!« Es war die einzige Hoffnung, die ihnen noch blieb, dachte Ciara, während sie den Verletzten Samariterdienste leistete.

Als sie endlich nach Ferdinand sehen konnte, war dieser bereits von Hufeisen versorgt worden. Er war blass, und als sie ihm die Hand auf die Stirn legte, fühlte diese sich heiß an. Seine Augen waren jedoch klar und blickten sie bewundernd an.

»Ich danke dir!«, sagte er leise.

»Wofür?«

»Du gibst den Männern Hoffnung, wo sie selbst keine mehr haben. Es werden einige überleben, die ohne dich und Saraid den Tod erleiden würden. In Tagen wie diesen brauchen wir jeden Kämpfer, den Irland noch aufbieten kann.«

»Selbst wenn er nur noch ein Bein hat oder einen Arm?«, fragte Ciara bitter. »Wir werden mehreren Männern Glieder abnehmen müssen, weil ihre Wunden brandig geworden sind. Doch ich kann es nicht hier tun, sondern muss damit warten, bis wir in Léana sind!«

»So lange dürft Ihr nicht warten«, wandte Hufeisen ein, »denn mit Wundbrand ist nicht zu spaßen. Wir sollten ein Feuer anzünden und ein Eisen glühend machen, um Wunden und notfalls auch Bein- und Armstümpfe ausbrennen zu können.«

»Wunden ausbrennen? Das kann ich nicht!« Bereits bei dem Gedanken daran wurde es Ciara übel.

Hufeisen legte ihr mit einem traurigen Lächeln den Arm um die Schultern. »Dann lasst mich das übernehmen. Ich habe auf meinen Feldzügen dem Feldscher oft genug zugesehen. Wir müssen rasch handeln, sonst lassen wir mehr Tote zurück, als es notwendig ist.«

»Das ist richtig! Zwar habe ich erst ein Mal einen Kriegszug mitgemacht, doch mein Onkel Franz hat mir mehr als ein Mal

gesagt, dass jedes Zögern nur die Zeit des Leidens verlängere. Vielleicht kann ich helfen!« Ferdinand machte Anstalten aufzustehen, doch Hufeisen schob ihn zurück.
»Ihr bleibt brav hier sitzen, Herr Ferdinand, denn Euch hat das Wundfieber gepackt. Heizt es nicht noch weiter an! Ich tue schon, was nötig ist. Ionatán ist ein geschickter Bursche und wird mir helfen. Ihr, Jungfer Ciara, sorgt für Stoffstreifen, damit wir die armen Kerle verbinden können!«
»Wir tun, was in unseren Kräften steht«, antwortete Saraid an Ciaras Stelle. »Aber es wird nicht leicht werden. Die Schwester des Taoiseachs und ich haben bereits unsere Unterröcke geopfert. Jetzt werden auch noch unsere Hemden daran glauben müssen. Dass ihr Männer ja nicht lacht, wenn unsere Röcke im Wind auffliegen und ihr unsere nackten Hintern seht!«
Trotz der schlimmen Situation, in der sie sich befanden, musste Hufeisen grinsen. »Ihr seid schon richtig, Frau Saraid, ebenso wie Eure Cousine. Ich danke Gott, dass Ihr bei uns seid. Ein liebes Wort einer Frau hilft oft mehr als alle Medizin. Eines verspreche ich Euch, meine Damen. Sollte einer dieser Kerle hier über Euch lachen oder Euch irgendwie kränken, werde ich ihm die Leviten lesen, dass er danach die Bibel auswendig kann.«
Erstaunt musterte Saraid den Haudegen. Bislang hatte der Mann mit keiner Miene und mit keiner Geste verraten, dass Frauen ihm etwas bedeuten könnten. Zudem hatte sie ihn seines bärbeißigen Wesens und seines struppigen Bartes wegen auf über vierzig, vielleicht sogar an die fünfzig geschätzt. Nun aber stellte sie überrascht fest, dass er nicht viel älter als dreißig sein konnte. Auf jeden Fall war er ein tapferer Mann, und es erleichterte sie, dass er ihr diese entsetzliche Arbeit abnehmen wollte.
»Kommst du bitte mit und siehst dir die Verwundeten an, damit wir bestimmen können, bei wem ein Glied abgeschnitten werden muss?«

»Das ist keine schöne Aufgabe. Im Kampf einem Feind den Kopf zu amputieren ist die eine Sache, diesen armen Kerlen jedoch ein Bein oder einen Arm abzuhacken eine andere. Ich wünschte bei Gott, es wäre jemand bei uns, der das besser kann als ich. Doch was wäre ich für ein Mann, wenn ich diese Arbeit euch Frauen überlassen würde?« Hufeisen schüttelte es, dann versuchte er sich an einem Lächeln. »Wir kriegen das schon hin, keine Sorge!«

Saraid spürte mit einer gewissen Rührung, dass er ihr und Ciara Mut machen wollte. Davon, so sagte sie sich, brauchten sie eine ganze Menge, denn sie mussten dieses entsetzliche Werk schnell beginnen und rasch vollenden. »Wenn du bereit bist, dann komm!«

»Ich bin bereit«, antwortete Hufeisen und zog dabei ein Gesicht, als stände er allein der gesamten englischen Armee gegenüber.

4.

Die nächsten Stunden waren für alle grauenvoll. Die gesunden Männer hielten diejenigen fest, deren Gliedmaßen unter primitivsten Verhältnissen amputiert werden mussten. Um die Schreie der so Behandelten zu ersticken, steckte ihnen Hufeisen ein Stück Holz zwischen die Zähne, auf das sie beißen konnten. Wenn auch das nicht half, pressten andere Helfer dem Mann ein Stück Tuch auf den Mund, bis er halb erstickt war.
Ciara schüttelte es vor Entsetzen, sie wich aber ebenso wie Saraid nicht von Hufeisens Seite und packte mit an, so gut sie es vermochte. »Wenn wir wenigstens etwas Whiskey hätten, den wir den armen Kerlen einflößen könnten«, stieß sie gequält hervor.
»Jenseits des Sees habe ich ein Dorf gesehen. Wenn Ihr wollt, laufe ich hin und frage, ob ich Whiskey bekommen kann«, schlug Toal vor, dem von dem Wimmern der Verletzten und dem grässlichen Geruch, der beim Ausbrennen der Wunden entstand, entsetzlich übel geworden war.
»Lass das lieber sein!«, schnaubte Hufeisen. »Wir wissen nicht, wer hier zu wem hält. Nicht alle Clans sind Feinde der Engländer, und selbst Verbündeten traue ich zu, uns feige zu verraten. Wir dürfen auch nicht zu lange an diesem Ort bleiben. Oder hat einer von euch in der letzten Stunde Deasún O'Corraidh oder einen seiner Kumpane gesehen?«
Nun bemerkten auch die anderen, dass die zu ihnen übergelaufenen Iren sich verdrückt zu haben schienen.
»Vielleicht sind sie Oisin gefolgt«, sagte Ciara wenig überzeugt.

Ferdinand winkte mit dem gesunden Arm ab. »Ganz gewiss nicht! Ich habe sie nach Oisins Aufbruch noch gesehen. Sie sind erst verschwunden, nachdem wir hier unser Lager aufgeschlagen haben. Deasún O'Corraidh und seine Männer haben Irland schon einmal verraten und für die Engländer gekämpft. Dann haben sie diese hintergangen, indem sie zu uns übergelaufen sind. Also scheint es nicht sehr weit hergeholt, dass sie sich aus dem Staub machen, wenn wir nicht zu den Gewinnern gehören.«

Aithil ballte verärgert die Fäuste. »Die Kerle sollten uns nicht mehr über den Weg laufen, sonst hängen wir sie an den höchsten Ästen auf, die wir in Irlands Wäldern finden können.«

Da Oisin ihm das Kommando über diese Schar übertragen hatte, fühlte er sich durch die Desertation der Überläufer persönlich verraten. Außerdem ärgerte er sich über sich selbst, dass er nicht besser auf die Männer achtgegeben hatte.

»Soll ich sehen, ob Gamhain ihre Fährte aufnehmen kann?«, fragte Toal, der hoffte, auf diese Weise dem Gestank und der Übelkeit zu entkommen.

Aithil schüttelte den Kopf. »Lass die Schweine! Wir brauchen die Hündin hier. Gamhain wird uns warnen, wenn sich Fremde nähern. Zudem bist du der geschickteste Späher, den wir haben.«

Angesichts des Lobes schien der Junge zu wachsen, und es fiel ihm leichter, das Geschehen zu ertragen. Er vermochte jedoch nicht zuzusehen, wie Glieder amputiert wurden, und gesellte sich daher zu Ferdinand.

»Glaubt Ihr, dass die Ui'Corraidh uns verraten werden?«, fragte er ihn.

Ferdinand versuchte sich aufzurichten, gab das Unterfangen aber mit schmerzverzerrtem Gesicht auf. Dann zuckte er mit der rechten, unverletzten Schulter. »Um das einschätzen zu können, kenne ich Deasún O'Corraidh zu wenig. Doch sollte er erneut die Seiten wechseln, ist zu befürchten, dass er versucht, sich mit diesem Wissen bei den Engländern einzuschmeicheln.«

»Was können wir tun?«, fragte Toal.

»Selbst wenn die Verräter ein rasches Tempo gehen, werden sie mindestens einen Tag brauchen, bis sie Haresgills Truppe erreichen, und dieser ebenfalls einen, um hierherzukommen. Bis dahin sind wir bereits in Léana. Mit den Männern, die Haresgill mit sich führt, kann er die Stadt nicht belagern. Vergiss nicht, Simon von Kirchberg kommandiert über fünfzig Söldner, und die sind nun alle mit Musketen bewaffnet.«

Ferdinands Ausführungen beruhigten den Jungen ein wenig. »Dann ist es nicht so schlimm, dass die Verräter fort sind?«

»Es ist sogar besser jetzt als zu einem Zeitpunkt, an dem es uns mehr schmerzen würde.«

»Aber mich schmerzt es!«, warf Aithil ein, der zu ihnen getreten war. »Ich habe diesem Hund Deasún O'Corraidh vertraut und ihm sogar Whiskey aus meiner eigenen Flasche angeboten. Da sie jetzt von den Lippen dieses elenden Verräters besudelt ist, kann ich nicht mehr daraus trinken.« Mit einem wütenden Schnauben löste er die kleine Silberflasche von seinem Gürtel und schleuderte sie voller Abscheu in den See hinein.

»War das nötig?«, fragte Ferdinand. »Wir hätten den Whiskey für die Verletzten brauchen können.«

»Was in der Flasche war, habe ich Ciara bereits gegeben«, antwortete Aithil und stiefelte davon.

Von Unruhe getrieben, bat Ferdinand Toal, ihm aufzuhelfen. »Ich will mir die Verwundeten ansehen«, sagte er, als zählte er selbst nicht dazu. Auf seinen Stock gestützt, humpelte er zu der Wiese hinüber, auf der die anderen verarztet wurden.

Hufeisen hatte seine Sache gut gemacht. Mehr noch als den Söldner bewunderte Ferdinand die Frauen, die ihm bei dem entsetzlichen Werk beigestanden hatten und den Verletzten freundlich und einfühlsam Mut zusprachen.

»Die Nacht sollten wir noch hier verbringen, damit sich alle

ein wenig erholen können. Für den Aufbruch morgen früh benötigen wir dann noch bessere Tragen für die Verletzten«, erklärte Ferdinand und befahl Ionatán und Toal, junge Bäume dafür zu schlagen. Andere rafften sich ebenfalls auf und halfen mit. Ferdinand sah ihnen zufrieden zu. Die Ui'Corra mochten besiegt worden sein, doch den Mut hatten sie nicht verloren. Erleichtert wandte er sich an Ciara. »Wie steht es mit den Vorräten?«
»Nicht gut! Wenn alle essen wollen, reicht es nur noch bis morgen. Daher werden Saraid, ich und die unversehrten Krieger nur ein wenig Brot zu uns nehmen und das andere den Verletzten überlassen.«
»Das halte ich nicht für gut«, antwortete Ferdinand mit einem schmerzverzerrten Lächeln. »Die Männer brauchen Kraft, um die Verwundeten tragen und im Notfall kämpfen zu können. Auch du und deine Base solltet nicht hungern.«
»Wir tun es gerne!« Ciara gab sein Lächeln zurück und sagte sich, dass er ein guter Anführer war.
Im Gegensatz zu ihm waren Aithil und auch ihr Bruder viel zu ungestüm. Oisin hatte sich von seinem Hass hinreißen lassen und Haresgill überhastet angegriffen. Und dies verlangte ihnen nun einen allzu hohen Preis ab …
Da ihr diese Gedanken das Gemüt zu verdüstern drohten, schob sie sie von sich und bat Ferdinand, von seiner Heimat zu erzählen. Sie hoffte, dabei die innere Ruhe zu finden, nach der sie sich sehnte.

5.

Am nächsten Tag mussten sie nur ein einziges Grab schaufeln. Darin begruben sie nicht nur den Mann, der in der Nacht gestorben war, sondern auch die amputierten Gliedmaßen. Als sie nach einem kargen Frühstück aufbrachen, mussten zehn Männer getragen werden und fast ebenso viele benötigten jemanden, der sie beim Gehen stützte.
Ferdinand lehnte jegliche Hilfe ab. »Ich vertraue meinem Stock«, sagte er zu Hufeisen, der sich nicht abweisen lassen wollte. »Kümmere du dich um einen von denen, die es nötiger haben als ich, oder löse unterwegs einen der Träger ab.«
»Wenn Ihr es so wollt!« Brummend wandte der Söldner sich ab und nahm sofort einen Mann wahr, der seine Hilfe benötigte.
Ganz so leicht, wie Ferdinand gedacht hatte, kam er jedoch nicht voran. Als er nach etlichen hundert Schritten stehen blieb, um zu verschnaufen, trat Ciara an seine Seite und schob ihm den Arm unter die Schulter.
»Stützt Euch auf mich!«, forderte sie ihn auf.
Ihm war, als riefe ihre Nähe neue Kräfte in ihm wach, und er lächelte ihr dankbar zu.
Unterwegs trafen sie auf keinen einzigen Menschen. Fast schien es, als ging man ihnen mit Vorbedacht aus dem Weg, weil man nicht helfen wollte oder zu viel Angst davor hatte, es zu tun.
Toal schlug mehrfach vor, in einem der Dörfer, die sie von ihrem Weg aus sahen, Nahrung zu kaufen, doch Ferdinand verbot es ihm: »Das ist in unserer Lage viel zu gefährlich. Wenn du Pech hast, gerätst du an Leute, die sich den Engländern angeschlossen haben, und die bringen dich um.«

»Es ist unerträglich, dass man sich als Ire vor Iren fürchten muss«, stieß der Junge hervor.
»Iren sind auch nur Menschen«, antwortete Ferdinand achselzuckend. »Jeder versucht, sich so mit den Gegebenheiten zu arrangieren, wie es ihm am besten dünkt. Sobald Aodh Mór O'Néill seinen nächsten Sieg erringt, werden sie ihm zujubeln. Wird er geschlagen, verkriechen sie sich in ihren Hütten und sagen zu jedem Engländer, der ihnen begegnet, ›Euer Lordschaft‹, als wäre er ein hoher Herr.«
Ciara musterte Ferdinand nachdenklich. Hielt er wirklich so wenig von ihrem Volk?
Doch ehe sie nachhaken konnte, sprach er weiter. »Schlachten werden immer nur von einem kleinen Teil der Bevölkerung geschlagen. Die überwiegende Zahl der Menschen hofft und betet, ungeschoren davonzukommen. Das ist in Irland nicht anders als in meiner Heimat oder in Italien. Darüber zu klagen hieße, die Schöpfung unseres Herrn im Himmel anzuzweifeln.«
»Ihr zeichnet ein sehr schlechtes Bild von den Menschen«, wandte Ciara ein.
Ferdinand schüttelte den Kopf. »Kein schlechtes, sondern ein wahres. Weshalb soll ein Leibeigener oder Knecht sein Leben für einen Herrn riskieren, der ihn zu anderen Zeiten mit der Peitsche züchtigt und sich das Recht herausnimmt, sich seines Weibes und seiner Töchter zu bedienen?«
»Wahrscheinlich ist es so«, antwortete Ciara entmutigt.
Das Gespräch erlahmte, und die Gruppe schleppte sich schweigend dahin. Sie alle sehnten die Ankunft in Léana herbei, um endlich Ruhe zu finden.
Obwohl jeder sein Bestes gab, waren alle am Ende ihrer Kraft, als endlich die Mauern der Stadt vor ihnen auftauchten. Ferdinands erster Blick galt dem Bergfried der Burg. Erleichtert sah er, dass noch immer Oisin O'Corras Fahne darüber wehte. Gleich daneben und gewiss nicht kleiner entdeckte er ein

Banner mit dem leicht abgeänderten Kirchberg-Wappen, welches Simon für sich verwendete. Es sieht meinem Vetter ähnlich, sich so aufzuspielen, als sei er mit Oisin gleichrangig, dachte Ferdinand, war aber zu müde, um sich darüber aufzuregen.

Ciara nahm die Anmaßung, mit der Simon von Kirchberg sich als gleichberechtigter Stadtherr von Léana darstellte, nicht einmal wahr, sondern war nur froh, als sie vor dem Tor standen. Doch Simons Wachen dachten nicht daran, ihnen aufzumachen.

»Was ist los?«, fragte Hufeisen verärgert. »Ihr seht doch, dass wir es sind.«

Ferdinand trat nach vorne. »He, ihr da! Macht auf! Wir haben Verwundete bei uns, die dringend eines Arztes bedürfen.«

Er erhielt keine Antwort, hörte aber, dass die Wachen auf dem Turm seinen Namen aussprachen.

Für einen Augenblick befürchtete er, Simon könnte sich auf die Seite der Engländer geschlagen haben und ihnen den Eintritt in die Stadt verwehren. Er verwarf diesen aberwitzigen Gedanken jedoch sofort wieder. In dem Fall hätte sein Vetter nicht Oisins Fahne auf dem Turm gehisst, sondern das rote Kreuz auf weißem Grund Englands oder Königin Elisabeths Banner. Mit einem gewissen Spott sagte er sich, dass diese Simons Fahne wohl kaum gleichberechtigt neben der ihren dulden würde.

Endlich tat sich hinter dem Tor etwas. Ein Flügel wurde geöffnet, und ein Dutzend mit Musketen bewaffneter Söldner eilte heraus. Obwohl sie ihre Waffen nicht direkt auf Ferdinand und die Iren richteten, fand dieser ihr Verhalten unverschämt. Das Gefühl steigerte sich noch, als Simon auf seinem eigenen Hengst, den er bei diesem Kriegszug zurückgelassen hatte, durch das Tor ritt und vor ihm anhielt.

»Ihr seht aus, als hättet ihr euch mit etwas zu vielen Engländern herumgeprügelt«, rief Simon anstelle eines Grußes aus.

»Wir haben Verletzte, die dringend versorgt werden müssen.

Also gib den Weg frei!« Ferdinands Lust auf ein Gespräch mit seinem Vetter war gering.
Dieser verzog spöttisch das Gesicht und winkte seinen Musketieren, beiseitezutreten. Es war demütigend, auf diese Weise in die Stadt einzuziehen. Die Einwohner Léanas, die sich mit der Besetzung durch die Ui'Corra nie abgefunden hatten, bedachten die abgerissene Schar mit Schmähungen, und es flogen sogar Steine. Als einer von Simons Musketieren getroffen wurde und dieser ebenso wie einige seiner Kameraden auf die Menge zielte, verschwanden die Werfer in anderen Gassen.
Auf dem letzten Teil der Strecke zur Burg blieb es ruhig. Allerdings ärgerte Ferdinand sich, dass ihnen niemand zu Hilfe kam, um die Verletzten die Treppen hinaufzutragen. Auch ihm und jenen, die zwar noch auf den eigenen Füßen standen, aber am Ende ihrer Kraft waren, wurde jede Hilfe verwehrt.
»Herr Simon behandelt uns wie unliebsame Besucher und nicht wie Verbündete«, stieß Hufeisen zornig hervor. Als einer der Söldner ihn daran hindern wollte, den Trakt zu betreten, in dem die beiden Frauen und auch Ferdinand, Aithil und er selbst vor ihrem Abmarsch geschlafen hatten, war seine Geduld erschöpft.
»Entweder du gehst mir aus dem Weg, oder ich gebe dir eine Maulschelle, dass dir Ohren bis an den Jüngsten Tag klingen!«, fuhr er den Kerl an.
Dieser griff zum Schwertknauf und schien es darauf ankommen lassen zu wollen.
Da trat Ferdinand auf ihn zu. »Aus dem Weg!«
Sich mit einem Edelmann anzulegen, der noch dazu ein Verwandter seines Hauptmanns war, wagte der Mann dann doch nicht. Mit finsterer Miene schritt Ferdinand an ihm vorbei und winkte den anderen, ihm zu folgen.
»Sorgt dafür, dass die Verletzten gut untergebracht werden, und schickt nach einem Arzt, einem Bader oder einer Hebamme, die sich mit der Versorgung von Wunden auskennt«, befahl

er und spürte im nächsten Moment, wie die Beine unter ihm nachgaben.
Hufeisen fing ihn gerade noch rechtzeitig auf und trug ihn in jene Kammer, die sie sich vor ihrem Aufbruch geteilt hatten.
»Ihr werdet auf dem Bauch liegend schlafen müssen, Herr Ferdinand«, sagte er, als er seinen Anführer auf das Bett legte.
»Schon gut!«, antwortete Ferdinand. »Kannst du mir etwas zu trinken besorgen? Ich habe Durst!«
Bevor Hufeisen reagieren konnte, eilte Ciara davon, die ihnen schweigend gefolgt war, und kehrte kurz darauf mit einem Krug und zwei Bechern zurück. »Hier, Herr Ferdinand! Seid aber vorsichtig. Der Met ist stark.«
»Hast du ihn probiert?«, murmelte Ferdinand, der schon halb im Traumland weilte.
»Natürlich! Ich hatte doch auch Durst«, antwortete Ciara lächelnd, füllte einen Becher und hielt ihn Ferdinand an die Lippen.
Dieser trank gierig, merkte kaum noch, wie um ihn herum alles dunkel wurde, und sank in einen ohnmachtsähnlichen Schlaf.
»Mein Gott, was ist mit ihm?«, rief Ciara erschrocken.
Hufeisen prüfte Ferdinands Puls und atmete erleichtert auf.
»Er ist nur völlig erschöpft. Kein Wunder bei dem, was er durchgemacht hat.«
In seiner Stimme schwang Kritik für Aithil mit, der während des harten Rückmarsches seinen eigenen Gedanken nachgehangen und es Ferdinand und den beiden Frauen überlassen hatte, sich um die Verletzten zu kümmern.
»Er ist so tapfer!« Ciara fasste nach Ferdinands Hand und hielt sie einige Augenblicke lang fest.
Auch sie war unendlich müde und hätte sich am liebsten neben ihn aufs Bett gelegt. Aber es gab noch vieles zu tun, und das wollte sie nicht alles Saraid überlassen.
»Ich muss nach den anderen sehen. Bleibst du hier bei Ferdinand, bis ich wiederkomme?«

Hufeisen äugte nach dem noch fast vollen Metkrug und nickte. »Das mache ich! Sollte ich eingeschlafen sein, wenn Ihr kommt, dann weckt mich.«

»Das werde ich nicht tun, sondern dich schlafen lassen. Du hast die Ruhe nicht weniger verdient als Herr Ferdinand. Ich weiß nicht, was wir ohne dich getan hätten.«

Mit diesen Worten verließ Ciara die Kammer, um zu sehen, wie die anderen Verletzten untergebracht waren. Auf dem Flur begegnete sie Simon von Kirchberg, der ihr mit hochmütigem Blick den Weg verstellte. »Wie geht es meinem Vetter? Ist er schwer verletzt?«

Ciara ahnte, dass nicht Sorge um seinen Verwandten, sondern eher boshafte Neugier ihn dazu trieb, diese Frage zu stellen. Aus diesem Grund überlegte sie, ob sie Ferdinands Zustand besser hinstellen sollte, als es tatsächlich der Fall war, entschloss sich dann aber, bei der Wahrheit zu bleiben.

»Herr Ferdinand ist übel verletzt. Er braucht dringend einen Wundarzt, wie so viele, die mit uns gezogen sind.«

»Wo ist Euer Bruder? Ich habe ihn nicht gesehen«, fragte Simon weiter.

»Oisin ist zu Aodh Mór O'Néill geritten, um sich mit ihm zu besprechen.«

»Er lebt also noch.« Simon konnte seine Enttäuschung kaum verbergen, hatte er doch tatsächlich gehofft, Ciaras Bruder wäre gefallen. Dann hätte er durch eine Heirat mit dessen Schwester der neue Taoiseach des Ui'Corra-Clans werden können. Allerdings fragte er sich, ob das für ihn überhaupt noch erstrebenswert war, denn die Lage in Irland hatte sich geändert. Nachdem der Earl of Essex die Insel verlassen hatte, führte nun Lord Mountjoy das Kommando, und dieser Offizier schien sein Handwerk zu verstehen.

Léana war nicht so abgelegen, als dass Gerüchte an der Stadt vorbeigehen würden. Daher wussten sie, dass es Mountjoy innerhalb kürzester Zeit gelungen war, sich in Leinster durchzusetzen und die Rebellen in Ulster und Munster zu spalten. Dabei ging er so rücksichtslos vor, dass kaum noch ein irischer Bauer es wagte, einem aufständischen Krieger ein Stück Brot zu geben, aus Angst, dafür von den Engländern an den nächsten Baum geknüpft zu werden.

Simon grübelte seit Tagen darüber nach, wie er mit dieser neuen Situation umgehen sollte. Da die Engländer mittlerweile die überlegene Macht zu sein schienen, ließ er die englischen Offiziere mit Humphrey Darren und James Mathison an der Spitze mehr wie Gäste denn wie Gefangene behandeln. Sie waren in sauberen Kammern untergebracht worden, erhielten gutes Essen und konnten miteinander Karten spielen und reden. Nur die Freiheit versagte er ihnen, denn sie waren wertvolle Geiseln, deren er sich bei entsprechender Gelegenheit bedienen wollte.

Aus diesem Grund gefiel es ihm wenig, dass ein Teil der Ui'Corra zurückgekehrt war, und er beschloss, Aithil unmissverständlich vor Augen zu führen, wer hier das Kommando führte. Und was Ciara betraf, so würde sie ihm hier nicht entkommen können. Er musste sich nur entscheiden, ob sie zu mehr als zu einer Geliebten taugte. Auf jeden Fall kam ihm Ferdinands Verletzung zupass. Jetzt konnte dieser Tölpel ihm nicht mehr in die Quere kommen.

Da Simon ins Schweigen verfallen war, schlüpfte Ciara an ihm vorbei und suchte die Verletzten auf. Zu ihrer Erleichterung war mittlerweile ein Arzt bei ihnen und versorgte ihre Wunden. Am liebsten hätte sie ihn gebeten, sich zuerst um Ferdinand zu kümmern. Doch sie durfte es den Männern, denen Glieder amputiert worden waren, nicht zumuten, noch länger auf ärztliche Hilfe zu warten.

Als sie sich schließlich ihrer Kammer zuwenden wollte, sah sie in einem der Flure Wachen vor mehreren Türen stehen, und trat neugierig näher.

»Was ist hier los?«, fragte sie einen der Söldner.

Dieser sah keinen Anlass, ihr die Antwort zu verweigern. »Wir bewachen die englischen Offiziere, die in diesen Kammern untergebracht sind.«

»Die englischen Offiziere?« Ciara wunderte sich, denn hier wohnte im Allgemeinen der Festungskommandant mit seinen ranghöchsten Untergebenen und ausgewählten Gästen. Gefangene hatten hier nichts verloren. Verwundert öffnete sie die Verbindungstür zu ihrem Flur und suchte ihre Kammer auf.

Saraid beaufsichtigte dort bereits mehrere Mägde, die ein großes Schaff mit warmem Wasser füllten. »Ich dachte, wir könnten ein Bad gebrauchen«, sagte sie zu Ciara.

»Da hast du wohl recht!« Seufzend setzte Ciara sich auf einen Stuhl und barg den Kopf in den Händen. Sie war müde, hungrig und fühlte sich fürchterlich schmutzig. Gleichzeitig schämte sie sich für ihre Schwäche. Schließlich ging es so vielen Kriegern ihres Clans weitaus schlechter als ihr.

»Ich glaube, das Wasser ist jetzt warm genug. Wenn du willst, kannst du als Erste in die Wanne«, bot Saraid ihr an.

Zunächst reagierte Ciara nicht darauf, doch schließlich raffte sie sich auf und begann sich mit steifen Bewegungen auszuziehen. »Wir brauchen unbedingt frische Kleidung«, sagte sie, als sie nackt in die Wanne stieg.

»Ich habe schon danach schicken lassen. Hier ist die Seife. Soll ich dir die Haare waschen?« Saraid wollte schon damit beginnen, sah dann aber, wie schmutzig sie selbst war, und streifte ihr Kleid mit einem Ausdruck des Ekels ab.

»Einen Vorteil hat es ja«, setzte sie mit einem kurzen Auflachen hinzu. »Da unsere Unterröcke und Hemden als Verbandsmaterial herhalten mussten, haben wir wenig auszuziehen und kommen schneller in die Wanne.«

Sie wusch sich Hände und Arme und begann dann, die Haare ihrer Cousine einzuseifen.

Plötzlich hob diese den Kopf und sah sie an. »Weißt du, warum

Kirchberg die englischen Offiziere hier um die Ecke einquartiert hat?«

Saraid schnaubte verächtlich. »Er will wohl für den Fall, dass England sich als stärker erweisen sollte, gut Wetter bei den Kerlen machen. Doch da hat er sich verrechnet. Wir Iren werden dieses Gesindel auf seine eigene Insel zurückjagen.«

»Ich bete Tag für Tag darum, dass uns dies gelingen möge.« Ciara fröstelte und tauchte tiefer in das warme Wasser ein.

»He, nicht so schnell! Wie soll ich dir so die Haare waschen«, beschwerte Saraid sich.

Da Ciara sogleich wieder stillhielt, blickte sie nach einer Weile zufrieden auf die nassen, glänzenden Haare ihrer Cousine. »So, jetzt kommt noch dein Rücken dran, dann ist es an dir, mir diesen Dienst zu erweisen.«

In den nächsten Minuten mieden die beiden ernste Themen und sprachen über ganz triviale Dinge wie das neue Duftöl, das Saraid kurz vor ihrem Aufbruch angemischt hatte, und ein Rezept für eine neue Seife.

Als schließlich auch Saraid sauber war, trockneten sie sich ab und zogen die Kleider über, die ihnen eine Magd gebracht hatte. Da sie in den letzten Tagen nur noch ihre Röcke um die Beine gespürt hatten, engten die Unterröcke sie ungewohnt ein.

»Es ist schon komisch, dass man als Frau so viele Lagen Stoff tragen muss«, maulte Ciara und erhielt von Saraid einen Nasenstüber.

»So ist es nun einmal Sitte. Oder willst du, dass ein Luftzug deinen Rock hebt und alle deinen Hintern sehen können?«

»Nein, natürlich nicht.« Ciara seufzte, prüfte dann, wie trocken ihr Haar war, und ging zur Tür. »Ich bin ein eigensüchtiges Ding, denn über meiner eigenen Bequemlichkeit habe ich unsere Verletzten ganz vergessen.«

»Du meinst einen ganz bestimmten Verletzten«, spottete Saraid und erwog kurz, ihrer Cousine ins Gewissen zu reden,

sagte sich dann aber, dass Ferdinand derzeit nicht in der Lage war, Ciaras Tugend auf die Probe zu stellen, und verschob die Predigt auf später.
»Weißt du, was mich ärgert?«, fragte sie stattdessen.
»Was?«
»Dass Pater Maitiú uns verlassen hat, ohne uns und den Verletzten seinen Segen zu spenden. Und so was will Priester sein!«
»Ich bin froh, dass er nicht mit uns gekommen ist«, antwortete Ciara. »Erinnere dich an den englischen Offizier, den er durch Buirre umbringen hat lassen. Er würde auch vor den hiesigen Gefangenen nicht haltmachen.«
»Ich glaube nicht, dass Simon von Kirchberg das zugelassen hätte. Der Mann treibt sein eigenes Spiel, und ich kann nicht sagen, dass es mir gefällt. Aber wolltest du nicht nach den Verwundeten sehen?«
Saraid war froh, als ihre Cousine die Kammer verließ. Sie wollte noch über einiges nachdenken, was ihr auf dem Herzen lag, aber Müdigkeit überwältigte sie, und sie legte sich ins Bett. Kaum hatte ihr Kopf das dünne Kissen berührt, schlief sie ein und versank in einen wirren, beklemmenden Traum.

6.

Ferdinand erwachte, als ihn jemand an der Schulter packte und rüttelte. Mühsam drehte er sich um und blickte auf. Neben ihm stand ein fremder Mann in engen Hosen und einem grauen Rock. Das längliche Gesicht mit den blassen Augen wirkte kühl.

»Wer seid Ihr?«, fragte Ferdinand schlaftrunken auf Deutsch und wiederholte es auf Englisch.

»Ihr seid kein Ire, ein Engländer aber auch nicht. Letztlich ist es mir vollkommen gleichgültig. Irgendwann wird Euch einer von Königin Elisabeths Sheriffs erwischen und am Hals aufhängen. Was mich betrifft – ich bin der Arzt, den ihr Schurken habt rufen lassen!« Der Mann machte keine Anstalten, verbindlich zu sein, und forderte Ferdinand auf, ihm zu sagen, wo er verletzt sei.

»Am Arm und quer über den Rücken«, antwortete dieser missmutig.

»Dann werdet Ihr Euren Rock und Euer Hemd ausziehen müssen. Sind eh nicht mehr viel wert!«

Trotz seiner Bärbeißigkeit half der Arzt Ferdinand, sich bis auf die Haut auszuziehen, und löste dann die Verbände. Diese klebten an der Haut fest, und es tat höllisch weh, als der Mann sie abzog. Ferdinand schossen die Tränen in die Augen, doch er biss die Zähne zusammen, um dem Fremden nicht den Triumph zu gönnen, ihn schreien zu hören.

»Seid Ihr ein Engländer, weil Ihr uns Schurken nennt?«, fragte er, als der Schmerz endlich nachgelassen hatte.

»Mein Vater war Ire. Er zog nach London, heiratete dort und blieb für den Rest seines Lebens in der Stadt. Ich lernte mein

Gewerbe bei einem Wundarzt, folgte dann aber dem Rat eines Freundes, nach Irland umzusiedeln und hier zu praktizieren. Die Patienten in London rennen lieber zu den studierten Herren *doctores,* und ich galt als Wundarzt kaum mehr als ein Bader. Hier aber gibt es auf Meilen keinen anderen Arzt, der mir Konkurrenz machen könnte.«

Der Mann klang dabei hochzufrieden und untersuchte Ferdinands Verletzungen, während er redete. Schließlich nickte er.

»Ihr verfügt über gutes Heilfleisch, muss ich sagen. Der Schnitt an Eurem linken Arm hat sich bereits geschlossen, ohne sich zu entzünden. Ihr werdet den Arm bald genauso gut gebrauchen können wie früher.«

Diese Auskunft erleichterte Ferdinand. Allerdings bereitete ihm die Wunde auf dem Rücken mehr Sorgen. Der Arzt sah auch diese an, zupfte mit den Fingern an ein paar Stellen und holte schließlich eine kleine Lampe und einen Draht aus seinem Koffer.

»Ich werde Euch einiges an wildem Fleisch wegbrennen müssen«, erklärte er, während er die Lampe entzündete und den Draht in die Flamme hielt. »Ihr solltet Euch ein Stück Holz bringen lassen, auf das Ihr beißen könnt. Ein Krug Met oder noch besser ein großer Becher Whiskey wären auch nicht zu verachten.«

»Ich besorge welchen!« Hufeisen hatte geschlafen, war mittlerweile aber aufgewacht und verließ die Kammer just in dem Augenblick, als Ciara sie betreten wollte.

»Wie geht es Herrn Ferdinand?«, fragte sie ihn bang.

»Dem soll ich Met oder Whiskey besorgen, damit der Arzt an ihm herumfuhrwerken kann.« Hufeisen ließ die Tür offen, so dass Ciara das Zimmer betreten konnte, und eilte in den Keller, um das Gewünschte zu holen.

Der Arzt sah, dass eine Frau eingetreten war, und blies die Luft aus der Nase. »Das hier ist nichts für deinesgleichen! Geh besser wieder, sonst fällst du womöglich noch in Ohnmacht.«

»Ihr solltet etwas höflicher sein«, wies Ferdinand ihn zurecht. »Dies hier ist die Schwester des Taoiseachs der Ui'Corra, und Ihr habt sie als solche anzusprechen.«
»Wenn Ihr meint!« Der Arzt ließ sich in seiner Arbeit nicht stören. »Fast hätte ich gesagt, ein Schuss in den Rücken, wie es für einen hasenfüßigen Iren üblich ist. Aber diese Kugel kam von der Seite und hat Euch eine lange Streifwunde über den Rücken eingebracht. Zu Eurem Glück ist die Verletzung nur leicht entzündet. Wenn Ihr noch mehr Glück habt, wird sie sich auch wieder schließen und Euch kaum beeinträchtigen.«
In Ferdinands Ohren klang der Mann so gefühllos, dass er ihn am liebsten fortgejagt und nach einer irischen Hebamme oder Heilerin geschickt hätte. Noch während er darüber nachdachte, kehrte Hufeisen mit einem Krug Met und einem großen Becher Whiskey zurück.
»Ich habe mich an Herrn Simons Vorräten bedient. Als Eurem Verwandten ist ihm dieses Opfer zuzumuten«, sagte er grinsend, während er Ferdinand den Whiskeybecher reichte.
Dieser trank das scharfe Zeug mit Todesverachtung, und als Hufeisen und Ciara ihm noch ein paar Becher Met aufgedrängt hatten, fühlte sich sein Kopf an wie in dicken Nebel gebettet, und er war zum Einschlafen müde.
»Da kein Stück Holz zur Verfügung steht, solltet Ihr dem Patienten ein zusammengedrehtes Tuch in den Mund stecken, damit er draufbeißen kann«, erklärte der Arzt.
Ciara kam der Aufforderung sofort nach und legte dann ihre Hand auf Ferdinands Wange. »Es wird alles gut werden, bestimmt«, sagte sie eindringlich.
Da der Arzt der Ansicht war, sein Draht sei nun heiß genug, begann er, das wild wuchernde Fleisch abzubrennen, und Ferdinand konnte nichts mehr antworten. Die Behandlung schmerzte so stark, dass er am liebsten laut geschrien hätte. Gleichzeitig stank es so bestialisch, dass Ciara bis zum Fenster zurückwich und es aufriss, um frische Luft zu bekommen.

Ferdinands Miene verriet Hufeisen, wie sehr dieser litt, und er schüttelte den Kopf. »Ihr habt Euer Gewerbe verfehlt, Medicus! Ihr hättet Folterknecht werden sollen.«
Mit einem spöttischen Lachen drehte der Arzt sich zu ihm um. »Seid froh, dass ich es nicht geworden bin. Um Euren Freund stünde es dann schlimm. Ich glaube nicht, dass es auf dreißig Meilen im Umkreis jemand gibt, der ihn so verarzten kann wie ich. So, jetzt muss ich meinen Draht nur noch einmal heiß machen, dann sind wir für heute fertig!«
»Gott sei Dank«, murmelte Ferdinand und stöhnte, weil der rot glühende Draht ihm erneut den Rücken versengte.
Endlich legte der Arzt den Draht beiseite und löschte seine Lampe. Anschließend zog er eine kleine Flasche aus seinem Koffer, maß etwas von einem rötlich braunen Pulver in einen Becher ab und gab Met hinzu. »Das hier ist die gemahlene Rinde eines Baumes aus dem Süden Amerikas. Ein Seemann hat es mir als eine Art Wundermittel verkauft. Tatsächlich hilft es gegen vieles. Vor allem aber senkt es das Fieber und verhindert Entzündungen. Trinkt! Es wird Euch guttun.«
Da Ferdinand kaum mehr in der Lage war, den Becher zu halten, flößte Ciara ihm das Gebräu ein. Danach war er so betrunken, dass er trotz seiner Schmerzen sogleich einschlief.
Der Arzt sah mit einer gewissen Verärgerung auf ihn herab und wandte sich dann an Ciara und Hufeisen. »Ihr werdet ihn stützen müssen, damit ich ihn verbinden kann. Bei Gott, ich dachte, ein Mann wie er verträgt ein paar Becher Met.«
Ciara lag auf der Zunge zu sagen, dass Ferdinand die letzten beiden Tage kaum etwas gegessen hatte und deshalb vom Whiskey und dem Met überwältigt worden war. Sie hielt sich jedoch im Zaum und richtete Ferdinand mit Hufeisens Unterstützung so weit auf, dass der Arzt seine Binden anlegen konnte.
»So, das war der letzte Verband!«, erklärte der Arzt schließlich. »Wem darf ich die Rechnung übergeben? Mehr als zwei Dutzend Verletzte zu versorgen ist nicht billig.«

»Gebt her!«, forderte Ciara ihn auf und musste ihm dann fast alle Münzen überlassen, die noch in ihrem Beutel waren.
Als der Arzt schließlich gegangen war, wandte sie sich mit einer resignierenden Gebärde an Hufeisen. »Ich weiß nicht, ob wir es uns leisten können, den Mann noch einmal zu rufen.«
Hufeisen löste seinen Beutel vom Gürtel und reichte ihn ihr. »Hier, nehmt! Ihr könnt mir das zurückgeben, was übrig bleibt. Aber ich will meinen Herrn und unsere Krieger gut versorgt sehen.«
»Du bist ein edler Mensch, Hufeisen«, antwortete Ciara leise.
»Sagt es aber niemandem weiter! Ich will nicht, dass irgendjemand es je erfährt.«
»Ich werde mich hüten!«
Ciara begriff, was der Mann befürchtete. Da er als Söldner ins Land gekommen war, der für Geld kämpfte, wollte er nicht von seinen früheren Kameraden für diese Tat verlacht werden. Saraid aber würde davon erfahren, sagte sie sich, damit ihre Cousine Hufeisen in Zukunft etwas freundlicher behandelte. Sie selbst würde das ebenfalls tun, auch wenn es dem Söldner in erster Linie um Ferdinand ging und weniger um die verletzten Ui'Corra.
Halt!, rief sie sich zur Ordnung. Möglicherweise unterstellte sie dem Mann etwas, was gar nicht zutraf. Nachdenklich schenkte sie Met in einen Becher und reichte ihn Hufeisen.
Er nahm ihn dankend entgegen und sah sie mit einem breiten Grinsen an. »Allein schon für euren Met und euren Whiskey lohnt es sich, für euch Iren zu kämpfen.«
»Solange wir welchen haben, wirst du nicht dürsten müssen«, antwortete Ciara lächelnd und setzte sich zu Ferdinand ans Bett. Er schlief und schien seiner Mimik nach zu träumen. Hoffentlich von mir, dachte sie und ließ ihre Gedanken in eine Zukunft schweifen, in der kein Engländer ihr Glück mehr gefährden konnte.

7.

Etliche Meilen von Léana entfernt musterte Richard Haresgill einen irischen Bauern mit gerunzelter Stirn. »Lügst du auch nicht?«

»Nein, mein Herr, gewiss nicht. Ich habe die Männer gesehen. Sie sind zu sechst und haben sich in der Scheune meines Nachbarn versteckt. Dieser ist Engländer, müsst Ihr wissen! Er hat seinen Hof verlassen, als dieser Aufstand ausbrach, und mir die Obhut darüber anvertraut. Wäre er hier, könnte er Euch sagen, dass ich ein treuer Untertan Ihrer Majestät, Königin Elisabeths, bin und nichts mit diesem Rebellen O'Néill am Hut habe. Das ist ein übler Schurke, sage ich Euch, und die Männer seines Clans lauter Raufbolde und Viehdiebe. Wir hassen sie noch mehr als ... als die Ui'Domhnaill aus Donegal.« Gerade noch im letzten Moment war es dem Bauern gelungen, das Wort Engländer zu vermeiden und durch den Namen eines rebellischen Clans zu ersetzen.

Haresgill war zu erregt, um darauf zu achten. »Sechs O'Corra, sagst du? Die müssen wir uns holen!« Das Letzte galt seinem Sergeanten.

Der Bauer verbeugte sich devot und hoffte, dass er um dieser Nachricht willen nicht das Schicksal der Bewohner des Nachbardorfs teilen musste, denen Haresgills Männer die Häuser über dem Kopf angezündet hatten. Die Bauern und ihre Familien waren teils umgebracht und teils in die Wälder gejagt worden.

»Wenn Ihr wollt, können wir gleich aufbrechen. Es wird aber Nacht werden, bis wir dort sind«, warf der Sergeant ein.

»Der Kerl hier wird uns führen. Wenn wir die Schurken erwischen, darf er auf seinem Hof bleiben. Wenn nicht, hängen wir ihn an den nächsten Baum, und ihr könnt mit seiner Frau und den Töchtern machen, was ihr wollt.«

Haresgill klang beinahe so, als wünschte er sich, die Suche wäre vergeblich, und der irische Bauer betete zu allen Heiligen, dass die sechs Krieger, die er am Morgen entdeckt hatte, in dem verlassenen Gehöft geblieben waren.

Nun banden ihm zwei Engländer auf Haresgills Geheiß die Hände auf den Rücken und legten ihm einen Strick um den Hals.

»Nur für den Fall, dass du ausrücken willst«, spottete der Sergeant und versetzte ihm eine kräftige Ohrfeige. »Solltest du uns verscheißern wollen, können wir dich damit ohne Verzögerung aufknüpfen. Vorher aber darfst du noch zusehen, wie wir deine Weiber zureiten!«

Sein Herr hingegen dachte an die sechs Clankrieger, die der Bauer als Ui'Corra bezeichnet hatte, und trieb seine Männer an, schneller vorzurücken. Auch wenn sie vor ein paar Tagen den Angriff dieses Gesindels blutig zurückgewiesen hatten, schmerzten ihn die Verluste, die sie hatten erleiden müssen.

»Ich will Oisin O'Corra haben und ihn winseln sehen«, stieß er hervor.

Sein Sergeant lachte meckernd. »Wir werden dafür sorgen, dass er es tut, Sir!«

»Es heißt, Oisin O'Corra habe eine hübsche Schwester und eine kaum minder hübsche Base. Den beiden werde ich persönlich zeigen, wer hier der Herr ist. Danach könnt ihr sie haben«, fuhr Haresgill fort.

»Wir freuen uns schon darauf!« Der Sergeant grinste breit.

In den vergangenen Wochen hatten er und seine Kameraden etliche Frauen vergewaltigt und so manchen Iren über die Klinge springen lassen. Doch der Appetit wuchs mit dem Essen, und daher hoffte er, dass es in dem Dorf, zu dem sie unterwegs waren, noch hübsche Frauen gab.

Nach einer Weile führte der Ire den Trupp über einen schmalen Pfad den Hügel hinauf. Haresgill musterte misstrauisch die Umgebung, denn dies schien ihm die ideale Stelle für einen Hinterhalt zu sein.

»Gebt acht!«, befahl er dem Sergeanten.

Dieser nickte und erteilte den Männern die Anweisung, die Waffen bereitzuhalten.

Mehrere Stunden vergingen, doch kein Schuss fiel, und es stürmten auch keine Clankrieger zwischen den Büschen hervor, um sich auf die Truppe zu stürzen. Als die Dämmerung heraufzog, sahen sie schließlich das Dorf unter sich. Obwohl die Gehöfte weit verstreut lagen, konnten sie auf Anhieb erkennen, wo Engländer gesiedelt hatten und wo Iren hausten. Die englischen Häuser waren größer und in dem in ihrer Heimat üblichen Stil errichtet worden, während die Mauern der irischen Hütten zumeist aus aufeinandergeschichteten Grassoden bestanden und Dächer aus Rasenstücken trugen.

Haresgill schnaubte verächtlich und forderte ihren Führer auf, ihm zu sagen, wo er die O'Corra gesehen habe.

Der Mann wies auf ein stattliches Anwesen in der Nähe. »Dort war es, Herr! Und das daneben ist meine bescheidene Hütte, wenn ich das sagen darf.«

»Und was ist mit den anderen Höfen?«, wollte Haresgill wissen.

»Die meisten stehen leer. Wer zu England hält, ist zu Beginn der Rebellion geflohen, und O'Néills Anhänger sind abgehauen, als die Nachricht von Eurem Kommen die Runde machte.«

»Umstellt den Hof, aber heimlich!«, befahl Haresgill seinen Reitern.

Anders als die Musketiere hatten diese bei dem Gefecht mit Oisins Kriegern kaum geblutet, waren aber ebenso begierig darauf, die Verluste der Truppe zu rächen. Sie preschten los und erreichten das Gehöft innerhalb weniger Minuten. Zunächst blieb es still, doch plötzlich stürzten mehrere Männer aus einem Gebäude und versuchten, in den nahen Wald zu entkommen.

Doch es war zu spät. Auf den Wiesen und Feldern, die das Dorf umgaben, waren Haresgills Reiter schneller. Auch behinderten die Hecken sie weniger als die Fliehenden, denn ihre Pferde setzten einfach darüber hinweg.

Schwerter blitzten auf, und es blieben drei blutige Leichen zurück. Sichtlich zufrieden ritten die Engländer danach auf den Hof zu und umschlossen diesen. Kurz darauf erschienen die Musketiere und drangen mit schussbereiten Musketen in den Hof ein.

Haresgill umkreiste einmal das Gehöft und ärgerte sich, weil auch hier ein guter Engländer seinen Besitz hatte verlassen müssen, um den irischen Rebellen zu entgehen.

»Wir haben die anderen Schurken erwischt!«

Der Ruf seines Sergeanten beendete Haresgills Gedankengang. Er lenkte sein Pferd auf den Hof, der jetzt durch ein rasch entzündetes Lagerfeuer erhellt wurde, und sah zu, wie seine Männer drei abgerissene Iren aus dem Haus trieben.

»Haben wir euch, ihr Hunde!«, fuhr er die drei an.

Während zwei sich furchtsam duckten, sah der dritte zwar ängstlich, aber mit einem listigen Ausdruck in den Augen zu ihm auf.

»Ihr seid es, Sir Richard. Welch ein Glück! Ich habe Rory, Bory und Mory gleich gesagt, dass das nicht O'Néills Rebellen sein können, aber die Brüder wollten nicht auf mich hören. Jetzt sei Gott ihrer Seele gnädig!« Der Mann bekreuzigte sich, ohne Haresgill aus den Augen zu lassen.

Dieser musterte ihn verwirrt. »Wer bist du, Kerl?«, fragte er.

»Deasún O'Corraidh, zu Euren Diensten, Euer Lordschaft. Ich bin ein guter Soldat in englischen Diensten, kann ich sagen. Unsere Einheit wurde durch die elenden Rebellen versprengt.«

»Ihr seid keine O'Corras?«, fragte Haresgill misstrauisch.

»Bei Gott, nein! Wie kommt Ihr nur auf diesen absurden Gedanken? Die Ui'Corra haben sich vor etlichen Jahrhunderten von uns Ui'Corraidh abgespalten, und das nicht in Frieden, wie ich erwähnen will.«

Deasún O'Corraidh log, dass sich die Balken bogen. Gleichzeitig verwünschte er die Tatsache, dass er und seine Begleiter ausgerechnet auf Richard Haresgills Truppe hatten stoßen müssen. Der Mann war dafür berüchtigt, dass er nur selten Pardon gab.

Unterdessen trat der Sergeant näher und musterte Deasún unter zusammengekniffenen Lidern heraus. »Du lügst! Dich Kerl habe ich doch bei den Ui'Corra gesehen, als diese uns angegriffen haben.«

Der Ire sah sich bereits am nächsten Baum hängen und redete um sein Leben. »Meine Kameraden und ich waren gewiss nicht freiwillig bei den Kerlen. Wir haben zu Sir James Mathisons Schar gehört, die von den Ui'Corra in eine Falle gelockt und gefangen genommen worden ist. Uns gebürtige Iren hat dieser Schurke – ich meine Oisin O'Corra und nicht den ehrenwerten Sir James – unter Drohungen in seine Räuberbande gezwungen. Erst als Euer Lordschaft diesem Gesindel die Hucke vollgehauen hat, haben wir die Chance bekommen, zu verschwinden, und hoffen jetzt auf das gnädige Verständnis Eurer Lordschaft.«

»Ihr wart mit Oisin O'Corra zusammen?« Richard Haresgills Kiefer bewegten sich, als kaue er Luft. »Was wisst ihr über diesen Schurken?«

»Ihr habt seine Männer ziemlich zusammengeschlagen, Euer Lordschaft«, erklärte Deasún. »Sie haben viele Verletzte und wollen diese nach Léana bringen. Ich würde sagen, Ihr habt Oisin O'Corra fast alle Zähne gezogen. Mit den Resten seines Clans kann er keinen Angriff mehr wagen.«

»Oisin O'Corra hat sich also nach Léana zurückgezogen.« Haresgill ärgerte sich, weil seine Truppe zu klein war, um die Stadt belagern und erobern zu können.

Doch da schüttelte der Ire den Kopf. »Da muss ich widersprechen, Euer Lordschaft. Wir haben die Feinde noch ein wenig beobachtet und gesehen, dass Oisin O'Corra mit einem Teil seiner unverletzten Männer in Richtung Norden aufgebrochen ist. Mir scheint, er will zu Hugh O'Neill. Nur die Verletzten sind nach Léana weitergezogen. Sie werden dort allerdings keine Verstärkung darstellen, sondern sind nur zusätzliche Fresser.«

»Die Stadt wird von fremdländischen Söldnern gehalten, die im Kriegshandwerk geübt sind, und nicht durch lumpige Iren«, stieß Haresgill hervor.

Auf Deasún O'Corraidhs Gesicht trat ein wissendes Lächeln. »Ich habe diese Söldner kennengelernt. Es sind harte Burschen, die sich nur ihrem Hauptmann verpflichtet fühlen und nicht den Ui'Corra. Herr Simon von Kirchberg scheint mir ein Mann zu sein, der mit sich reden lässt. Zudem verachtet er die Ui'Corra als Wilde und ist gewiss nicht bereit, sein Leben für eine verlorene Sache zu opfern.«

»Du meinst, man könnte mit Kirchberg verhandeln?«, bohrte Haresgill nach.

»Wenn man ihm einen gewissen Gegenwert dafür bietet, dürfte er gesprächsbereit sein. Er ist ein Söldner und schaut auf seinen Gewinn. Bleibt er auf der Seite der Ui'Corra, wird dieser allerdings sehr mager ausfallen.«

Deasún spürte Haresgills Interesse und schöpfte Hoffnung, ungeschoren aus dieser Sache herauszukommen. Doch als er die nächsten Worte des Engländers hörte, wünschte er sich, dem Mann nie begegnet zu sein.

»Ich werde dich laufen lassen, Bursche. Dafür aber wirst du nach Léana gehen und diesen Kirchberg in meinem Namen aufsuchen. Sage ihm, dass ich mit ihm sprechen will.«

»Aber Euer Lordschaft, wenn die Ui'Corra mich sehen, bin ich ein toter Mann!«, rief der Ire entsetzt.

»Dann sorge dafür, dass sie dich nicht sehen.«

Damit war für Haresgill die Sache erledigt. Er erteilte seinem Sergeanten den Befehl, die drei Iren unter Bewachung zu halten, und sah sich nach ihrem irischen Führer um, der noch immer gefesselt und mit dem Strick um den Hals in seiner Nähe stand.

Der Mann deutete trotz seiner Fesseln eine Verbeugung an. »Wie Ihr seht, Sir, habe ich die Wahrheit gesagt. Auf diesem Hof hielten sich sechs Männer versteckt.«

Haresgill spürte die Hoffnung des Iren, freigelassen und samt seiner Familie auf seinem Hof bleiben zu können. Doch dazu war er nicht bereit. »Sechs Männer waren hier, das stimmt. Aber es waren keine der verfluchten O'Corras, sondern versprengte Soldaten Ihrer Majestät, der Königin. Drei davon sind jetzt tot, und das ist allein deine Schuld, denn sie haben uns für Rebellen gehalten und sind vor uns geflohen. Damit hast du das Heer Ihrer Majestät um drei tapfere Kämpfer gebracht. Sollen wir dir dafür etwa noch dankbar sein?«

»Aber Euer Lordschaft!«, rief der Mann ebenso empört wie erschrocken aus.

Doch Haresgill wandte sich bereits an seinen Sergeanten. »Hängt den Mann auf, stürmt seinen Hof und vergnügt euch mit den Weibern. Anschließend zündet ihr alles an. Eines aber sage ich euch: Morgen früh seid ihr alle marschbereit. Wer es nicht ist, bekommt die Peitsche zu spüren.«

»Wohin wollt Ihr ziehen, Herr?«, fragte der Sergeant verwundert über die Eile, die Haresgill mit einem Mal an den Tag legte.

»Nach Léana!«

»Aber die Stadt ist doch in der Hand des Feindes.«

Haresgill musterte seinen Untergebenen mit einem überheblichen Blick. »Genau das will ich ändern. Und nun beeilt euch, sonst bleibt euch nicht genug Zeit für die Weiber!«

8.

Ciara verzog das Gesicht, als Simon von Kirchberg auf sie zukam. Sein gerötetes Gesicht und sein Atem, der ihr schwer entgegenschlug, verrieten ihr, dass er betrunken war. Rasch wollte sie an ihm vorbeigehen, doch er riss sie an sich.
»Wollt Ihr nicht ein wenig mit mir plaudern?«, fragte er mit schleppender Stimme.
»Saraid erwartet mich! Ich muss mich beeilen.« Ciara wollte sich befreien, doch er hielt sie fest.
»Das ist nicht der Weg zur Küche. Also wollt Ihr nur wieder zu meinem nichtsnutzigen Verwandten. Doch der ist zu schwach, um Euch von Nutzen sein zu können. Ich hingegen ...«
»Ich weiß nicht, wovon Ihr sprecht!«, rief Ciara aufgebracht.
»Eine so schöne Frau wie Ihr will nicht wissen, was Liebe ist?« Simons Stimme klang spöttisch. Der Alkohol hatte seine letzten Hemmungen hinweggeschwemmt, und er fürchtete ihren Bruder nicht mehr. Oisin durfte nach seinem letzten Fehlschlag froh sein, wenn Hugh O'Neill ihm einen Offiziersposten in seinem Heer gab. Ein großer Herr, wie Oisin es einmal gehofft hatte, würde der Mann niemals mehr werden.
»Das, was Ihr Liebe nennt, ist nichts als Geilheit, die jede Hure befriedigen kann. Lasst mich damit in Frieden!« Ciara stemmte sich gegen seine Umarmung, musste es aber hinnehmen, dass seine Lippen über ihre Wangen glitten und ihren Mund suchten.
»Was schert mich eine Hure, wenn ich Euch haben kann!« Simon versuchte, Ciara in seine Kammer zu ziehen, doch da holte sie aus und versetzte ihm einen heftigen Tritt gegen das

Schienbein. Im ersten Schmerz ließ er sie los, wollte aber sofort wieder nach ihr greifen.
Doch sie war schneller als er und rannte kochend vor Zorn davon. Was fiel diesem Mann ein, sie so zu behandeln, als könne er sich nach Belieben ihrer bedienen? Schlagartig wurde ihr klar, dass sie auf keinen Fall länger in Léana bleiben durfte, wenn sie nicht wollte, dass er sie irgendwann abfing und ihr Gewalt antat. Aus diesem Grund verzichtete sie auf den Besuch bei Ferdinand und kehrte auf einem anderen Weg in ihre Kammer zurück. Sie trat so stürmisch ein, dass ihre Cousine erschrak und sich mit der Nadel, mit der sie gerade ein Hemd ausbesserte, in den Finger stach.
»Was ist denn mit dir los?«, fragte Saraid und steckte den Finger in den Mund, um die Blutung zu stillen.
»Wir müssen fort von hier! Noch heute! Kirchberg darf auf keinen Fall etwas davon erfahren, sonst hält er uns auf.«
Saraid wurde aus Ciaras hastig hervorgestoßenen Worten nicht schlau. »Was ist los?«, fragte sie noch einmal. »Und warum sollen wir die Stadt verlassen?«
»Es ist wegen Simon von Kirchberg. Er wollte mich eben in seine Kammer schleifen!«
Noch während sie es sagte, begann Ciara, ihre Sachen zusammenzusuchen und zu einem Bündel zu schnüren.
»Was sagst du da? Kirchberg wollte dich vergewaltigen? Aber ...« Saraid fiel kein treffendes Wort ein, mit dem sie diese Schandtat hätte bezeichnen können.
Mit blitzenden Augen nickte Ciara. »Er war schon vorher nicht wirklich gewillt, sich meinem Bruder zu unterstellen. Seit Oisin so viele Männer verloren hat, führt Kirchberg sich auf, als gehöre die Stadt ihm, und behandelt uns wie Bittsteller. Er hat mich schon mehrfach bedrängt, und heute hat er mir sein wahres Gesicht gezeigt. Er ist ein Schurke und noch schlimmer als ein Engländer!«
Da dies die übelste Beschimpfung war, die Ciara ausstoßen

konnte, musste einiges vorgefallen sein. Saraid fragte sich, ob Kirchberg bei ihrer Cousine zum Erfolg gekommen war, verneinte die Frage aber sofort. In dem Fall hätte Ciara ihren Zorn nicht mit Worten Luft gemacht, sondern sich einen Dolch geholt und ihren Vergewaltiger niedergestochen.
»Was hast du vor?«, fragte sie.
»Ich kehre zur Ui'Corra-Burg zurück. Dort bin ich vor Kirchberg sicher.«
Die Ui'Corra-Burg hieß, sich wieder Buirre auszuliefern, und davor fürchtete Saraid sich. Sie wollte schon widersprechen, sagte sich dann aber, dass sie ihre Base nicht im Stich lassen durfte. »Also gut, gehen wir nach Hause. Doch wir sollten nicht alleine unterwegs sein. Dafür treiben sich zu viele englische Streifscharen im Grenzland herum und auch die Krieger der Clans, die mit den Sasanachs verbündet sind.«
»Da hast du recht.« Ciara überlegte, wem sie vertrauen konnte, kam aber nur auf eine sehr geringe Zahl an Männern. »Ionatán wird wenig Lust haben, wieder auf Buirre zu treffen. Oh, verzeih! Ich vergaß ganz, dass du das auch nicht willst.«
Ihre Cousine klang so verzweifelt, dass Saraid mit einer lässigen Handbewegung abwinkte. »So schlimm ist das auch nicht! Außerdem steht zu befürchten, dass Kirchberg, wenn du weg bist, Lust bekommt, sich an mir zu vergreifen, und das würde mir gar nicht gefallen. Was Ionatán betrifft, so wird er dir, wenn es nottut, bis in die Hölle folgen. Wir sollten auch Hufeisen mitnehmen, und Herrn Ferdinand würde ich ungern in der Obhut seines missliebigen Verwandten zurücklassen.«
»Aber er ist doch noch so schwach!«, wandte Ciara ein.
»Er wird noch schwächer werden, wenn sein Vetter ihm die nötige Hilfe versagt. Zutrauen würde ich es ihm, denn er hat Herrn Ferdinand immer schon gehasst, weil dieser ein wahrer Edelmann ist und er selbst nur eine käufliche Kreatur.«
Saraid zog eine angewiderte Miene und machte sich ans Packen. Dabei überlegte sie, wie sie vorgehen sollten. »Du bleibst

in der Kammer und legst den Riegel vor, während ich weg bin!«

»Was willst du tun?«

»Dafür sorgen, dass Hufeisen und Ionatán zum Aufbruch bereit sind. Wir sollten die Stadt nach Anbruch der Nacht verlassen – und zwar durch eine Seitenpforte, die nicht von Kirchbergs Söldnern überwacht wird.«

»Ich fühle mich schuldig, weil wir so viele der Unseren zurücklassen müssen. Vielleicht sollten wir alle mitnehmen, die dazu in der Lage sind!« Der Gedanke an die Verletzten lag schwer auf Ciaras Seele, doch Saraid war überzeugt, dass die Sicherheit ihrer Cousine nur dann gewahrt blieb, wenn sie sich heimlich fortschlichen.

»Wir würden auffallen, und mit den Versehrten, die wir tragen müssten, wären wir so langsam, dass Kirchberg uns einholen könnte. Außerdem halte ich es für besser, wenn einige gesunde Männer hierbleiben und sich um die Verletzten kümmern.«

Dies sah Ciara ein. Nachdem Saraid die Kammer verlassen hatte, verriegelte sie die Tür und setzte sich auf ihr Bett. Ihre Gedanken wanderten zu Ferdinand, der sich nun noch einmal den Strapazen einer Flucht würde unterziehen müssen, und sie fragte sich bedrückt, was die Zukunft noch für sie bereithalten mochte.

9.

Als Saraid zurückkehrte, hatte sie Gamhain mitgebracht, die auf Simon von Kirchbergs Befehl im Hundezwinger der Burg eingesperrt worden war. Die Hündin schoss auf Ciara zu, stellte ihr die Beine auf die Schulter und fuhr ihr mit ihrer langen, blassen Zunge durch das Gesicht.
»Lass das!«, schimpfte Ciara, obwohl sie sich freute, Gamhain wieder an ihrer Seite zu wissen. Mit ihr fühlte sie sich sicherer. Allerdings würden sie nun rasch verschwinden müssen, denn Simon hasste das Tier, seit es seine Abneigung gegen ihn deutlich gezeigt hatte, und hatte sogar gedroht, es erschießen zu lassen, falls es noch einmal in der Burg herumstreunte.
»Hast du mit Hufeisen und Ionatán sprechen können?«, fragte Ciara.
»Ja. Ionatán wollte Aithil berichten, dass Kirchberg dir gegenüber zudringlich geworden ist, aber wir konnten es ihm ausreden. Aithil wäre gewiss zornig geworden und hätte Kirchberg zur Rede gestellt – und wäre daraufhin von diesem charakterlosen Kerl festgesetzt worden. Da sich die Unseren so etwas nicht gefallen lassen würden, wäre es unweigerlich zum Kampf gekommen. Aber Kirchbergs Söldner sind uns mehrfach überlegen, und das hätte unser aller Ende bedeuten können. Das hat Hufeisen Ionatán erklärt und ihn so überzeugen können.«
»Das stimmt. Wir können uns keinen Streit mit Kirchberg und dessen Söldnern leisten. Im Grunde ist Léana bereits mehr seine Stadt als die unsere.« Sie verscheuchte diesen Gedanken und stellte die Frage, die ihr am meisten auf dem Herzen lag.
»Wie steht es mit Herrn Ferdinand? Kann er uns begleiten?«

»Hufeisen meint ja. Er will ihm aber noch nicht gleich sagen, dass sein Vetter dir aufgelauert hat, denn er hat Angst, dass Herr Ferdinand diesen trotz seiner Verletzungen zur Rede stellen würde.«

»Das ist gut!« Ciara blickte kurz aus dem Fenster und sah die Sonne als rotorangefarbenen Ball hinter den grünen Hügeln im Westen untergehen. »Wir sollten bald aufbrechen.«

»Hufeisen will beim nächsten Schlag der Turmuhr an der Nebenpforte sein. Ionatán hat Léana bereits verlassen und wartet draußen auf uns. Er wollte sich um Fackeln kümmern, damit wir in der Nacht eine größere Strecke zurücklegen können.«

Erleichtert nickte Ciara, denn sie wollte so schnell wie möglich aus Simon von Kirchbergs Nähe kommen. Sie ekelte sich vor dem Mann und vermochte sich nicht mehr zu erklären, wieso sie einmal eine Neigung für ihn verspürt hatte.

Während sie zusah, wie der westliche Himmel sich rot färbte, überprüfte Saraid noch einmal alles, was sie mitnehmen wollten, und stupste dann ihre Cousine an. »Wir sollten aufbrechen.«

Ciara nahm ihr Bündel und öffnete vorsichtig die Tür. Niemand hatte eine Lampe oder einen Kienspan entzündet, daher war es draußen so dunkel, dass man die Hand kaum vor Augen sehen konnte. Vorsichtig tastete Ciara sich bis zur hinteren Treppe, stieg hinab und schlich mit angehaltenem Atem an den Quartieren der Kirchberg-Söldner vorbei zum Ausgang. Gamhain hielt sich still an ihrer Seite.

»Braver Hund!«, flüsterte Ciara, als sie endlich auf dem Burghof standen. Hier brannten ein paar Fackeln, doch die beiden Wächter auf der Wehrmauer blickten in die Nacht hinein und bemerkten nicht, wie die beiden Frauen und die Hündin über den Hof schlichen und in einer dunklen Ecke verschwanden.

Nun musste Saraid die Führung übernehmen. Es dauerte eine Weile, bis sie die Pforte gefunden hatte. An dieser Stelle kam ihnen die Sparsamkeit der Engländer zugute, denn die hatten die Ausgaben für ein richtiges Schloss gespart und nur einen Riegel innen angebracht, der sich leicht zurückschieben ließ. Wenige Atemzüge später standen die beiden Frauen und die Hündin im Freien.

»Wo sind Herr Ferdinand und Hufeisen?«, fragte Ciara besorgt.

»Hier!«, klang es nur wenige Schritte von ihr entfernt auf. Sie konnten die beiden Männer nur als Schatten gegen den wenig helleren Hintergrund erkennen. Dennoch fiel sowohl Ciara wie auch Saraid ein Stein vom Herzen.

»Wie geht es Euch, Herr Ferdinand? Ich konnte heute nicht mehr nach Euch sehen«, wollte Ciara wissen.

»Mir geht es weitaus besser«, beteuerte Ferdinand. Das war nicht einmal gelogen. Das Wundfieber war fast gänzlich abgeklungen, die Verletzungen heilten gut, und Ciara und Hufeisen hatten ihn in den letzten Tagen mit kräftigender Nahrung versorgt. Zwar musste er den linken Arm in einer Schlinge tragen, doch diese Verletzung schmerzte nicht mehr und die auf dem Rücken nur noch ein wenig.

»Der Heiligen Jungfrau sei Dank!«, flüsterte Ciara.

Dann sah sie sich um und übernahm die Führung. Zunächst kamen sie nur langsam voran, denn der Mond war noch nicht aufgegangen, und das Licht der Sterne reichte nicht aus, um den Pfad zu beleuchten, dem sie folgen mussten.

Doch schon bald tauchte Ionatán wie ein Schatten aus der Dunkelheit auf und begrüßte sie erleichtert. »Ich hatte schon Angst, Euch zu verfehlen«, sagte er und blies die Feuerbüchse an, um die erste Fackel zu entzünden.

»Ist das nicht zu nahe an der Stadt?«, fragte Saraid besorgt.

»Wir können nicht einfach in die Dunkelheit hineinstolpern und riskieren, uns dabei ein Bein zu brechen«, erklärte Hufeisen. »So gut ist Herr Ferdinand noch nicht auf den Beinen.«

»Jetzt tu nicht so, als wäre ich ein schwächlicher Wurm«, antwortete Ferdinand bissig.

»Herr Hufeisen hat recht! Wir brauchen Licht, um vorwärtszukommen. Ionatán, halte die Fackel tief, damit der Schein nicht so weit dringt!«

Ciaras Anweisung beendete den Disput. Die fünf Menschen marschierten los, während Gamhain ein wenig hin und her lief, um die Witterung zu prüfen, die ihr in die Nase schlug.

Nach einer Weile erreichten sie den Wald, und nun konnte der Schein ihrer Fackeln von Léana aus nicht mehr gesehen werden. Die Angst, dass Simons Leute sie sofort verfolgten, begann zu weichen, und schließlich fragte Ciara nach dem Söldnerführer.

»Als ich ihn das letzte Mal sah, war er ziemlich betrunken und drohte, dass er sich morgen von Euch nicht mehr zum Narren halten lassen würde«, erklärte Hufeisen.

Ciara wechselte einen beredten Blick mit Saraid. Wie es aussah, hatten sie die Stadt im richtigen Augenblick verlassen.

»Wie weit wollen wir in der Nacht gehen?«, fragte Ferdinand.

»So weit wir kommen, Herr, und wir sollten auch morgen nicht rasten. Euer Vetter kommt sonst noch auf den Gedanken, uns erneut zu Gast zu laden, doch das wollen weder die beiden Damen noch ich«, erklärte Hufeisen.

Ferdinand nickte verkniffen. Von Hufeisen hatte er mittlerweile erfahren, dass Simon Ciara nachgestellt hatte. In seiner ersten Wut hatte er seinen Vetter zur Rechenschaft ziehen wollen. Er musste sich jedoch selbst sagen, dass er gar nichts hätte ausrichten können. Mit seinen Verletzungen wäre es ihm unmöglich gewesen, sich gegen Simon durchzusetzen, und so wäre ihm wohl nichts anderes übriggeblieben, als ihn zu erschießen. Davor aber scheute er zurück. Irgendwann aber würde er mit Simon abrechnen, das schwor er sich.

10.

Niemand verfolgte die Gruppe um Ciara und Ferdinand. Allerdings ahnten sie nicht, dass sie dies einem für sie glücklichen Umstand zu verdanken hatten. Richard Haresgill hatte sich nämlich der Stadt auf weniger als einen halben Tagesmarsch genähert und Deasún O'Corraidh als Parlamentär vorausgeschickt. Da der wendige Ire nicht wusste, wie die Verhältnisse in der Stadt aussahen, ließ er die weiße Fahne im Wald zurück und näherte sich als schlichter Wanderer dem Tor.
Weil die Bewohner versorgt werden mussten, wurden Händler und Bauern der Umgebung in die Stadt gelassen. Allerdings überprüften die Wachen, die sich aus den Söldnern rekrutierten, jeden Einzelnen und achteten darauf, dass sich keine Bewaffneten unter die Besucher mischten. Auch wiesen sie Reisende ab, wenn sich bereits zu viele Fremde in der Stadt aufhielten.
Deasún kam früh genug und sah sich einem vierschrötigen Kerl gegenüber, der ihm sein Kurzschwert und den Dolch abverlangte.
»Bekommst du wieder, wenn du die Stadt verlässt«, erklärte er in schwerfälligem Englisch.
Erleichtert, keinem Ui'Corra, sondern einem der Kirchberg-Söldner gegenüberzustehen, reichte Deasún ihm seine Waffen und zwinkerte ihm zu. »Ich habe eine Botschaft für Herrn Simon von Kirchberg, deinen Hauptmann.«
»Hä?«, rief der andere und starrte ihn verblüfft an.
»Bring mich zu ihm oder hole ihn. Es ist sehr wichtig«, drängte Deasún.
»Ich kann hier nicht weg!«, sagte der Söldner und scheuchte

ein paar Weiber zurück, die sich hinter seinem Rücken in die Stadt schleichen wollten. »He! Ihr müsst vorher die Marktsteuer zahlen.«

Dann wandte er sich wieder Deasún O'Corraidh zu. »Zum Hauptmann willst du?«

Der Ire begriff, dass es besserer Argumente als Worte bedurfte, um den Mann zu überzeugen, und zog einen Shilling hervor. »Der gehört dir, wenn du mir eine Unterredung mit Herrn Simon von Kirchberg verschaffst. Es darf aber niemand etwas davon erfahren.« Letztes sagte Deasún, weil er aus dem Augenwinkel sah, dass sich hinter dem Tor einige Ui'Corra herumtrieben, die an dem gescheiterten Angriff auf Haresgills Truppe teilgenommen hatten.

»Setz dich in die Wachstube!« Mit diesen Worten schob der Söldner Deasún durch eine Tür und winkte Toal zu sich, der hinter dem Tor stand und sich fragte, wohin sein Freund Ionatán verschwunden sein könnte.

»He, Junge, lauf zur Burg und melde Herrn von Kirchberg, dass er hierherkommen soll!«

Toal wunderte sich, gehorchte aber und lief sogleich los. In der Burg ließ man ihn jedoch nicht zu Simon vor. Daher sagte er einem der Leibwachen sein Sprüchlein auf und machte sich wieder auf die Suche nach Ionatán. In den nächsten Stunden brachte er heraus, dass auch Ciara, Saraid und Hufeisen verschwunden waren, und als er verwirrt in die Kammer platzte, in der Ferdinand sich von seinen Verletzungen erholen sollte, fand er auch diese verlassen vor.

Unterdessen meldete ein Söldner Simon von Kirchberg, dass ihn jemand dringend am Tor zu sprechen wünschte. Dieser ärgerte sich immer noch über die Abfuhr, die Ciara ihm am Vortag erteilt hatte, und hatte sich gerade zu ihr aufgemacht, um ihr deutlich zu zeigen, wer hier das Sagen hatte. Dann aber sagte er sich, dass die junge Irin ihm nicht entkommen konnte, und machte sich auf den Weg zum Tor.

Da er die verletzten Ui'Corra allzu schroff hatte behandeln lassen, war kein Wort davon an sein Ohr gedrungen, dass Deasún O'Corraidh sich in die Büsche geschlagen hatte, und so glaubte er im ersten Augenblick, dieser käme von Oisin O'Corra.
»Was willst du?«, fragte er gereizt.
Deasún blickte sich um, ob auch niemand zuhören konnte, und beugte sich dann zu Simon hin. »Ich habe Euch eine Botschaft auszurichten von einem hohen Herrn, der mit Euch zu einem Einverständnis kommen will.«
Das klang nun gar nicht nach Oisin O'Corra, sagte sich Simon und forderte den Iren auf zu sprechen.
»Nur wenn Ihr mir versichert, dass ich die Stadt unversehrt wieder verlassen kann, sollte Euch meine Botschaft missfallen!« Ganz sicher war Deasún nicht, ob Kirchberg ihn bis zum Ende anhören würde, und er wollte nicht im Kerker landen oder, was noch schlimmer war, an die Ui'Corra übergeben werden.
Simon von Kirchberg überlegte kurz und nickte. »Von mir aus. Und jetzt rede!«
»Meine Botschaft stammt von einem sehr bedeutenden Herrn, einer echten englischen Lordschaft«, begann Deasún, um sich ins rechte Licht zu setzen.
»Von einem Engländer?«, fragte Kirchberg verblüfft. »Aber du gehörst doch zu Oisin O'Corra!«
»Jetzt nicht mehr. Streng genommen habe ich nie zu ihm gehört. Ich wollte nur nicht von dessen Männern umgebracht oder in den Kerker gesteckt werden. Jetzt stehe ich in den Diensten von Sir Richard Haresgill. Der ist ein Todfeind der Ui'Corra, müsst Ihr wissen.«
»Das ist mir bekannt! Oder hältst du mich für einen Trottel?«, fuhr Simon von Kirchberg ihn an.
Deasún hob besänftigend die Rechte. »Ich wollte es nur erwähnen. Sir Richard ist im Auftrag Lord Mountjoys dabei, diese Gegend von Rebellen zu säubern. Dafür käme ihm diese Stadt

als Stützpunkt sehr gelegen, und aus diesem Grund macht er Euch ein gutes Angebot. Übergebt ihm die Stadt und schließt Euch ihm an! Es soll Euer Schade nicht sein.«

Die Konsequenz dieses Angebots war Verrat an den Uí'Corra, das war Simon vom ersten Moment an klar. Andererseits hatte sich sein Einsatz in Irland bislang bei weitem nicht so ausgezahlt, wie er es sich erhofft hatte. Oisin O'Corra war ihm die Summe schuldig geblieben, die er benötigte, um seine Männer bei Laune zu halten, und hatte ihm auch weder Verstärkungen noch Waffen besorgt. Solange Hugh O'Neill und Hugh O'Donnell den Norden Irlands beherrschten, durfte er sich diese jedoch nicht zum Feind machen. Allerdings brauchte er, wenn England siegreich blieb, ein Abkommen mit Richard Haresgill, um ungeschoren aus der ganzen Sache herauszukommen.

»Sag Sir Richard, dass ich, solange O'Néill das Land hier beherrscht, ihm Léana nicht übergeben kann, ohne dessen Zorn zu erregen. Ich verspreche Seiner Lordschaft jedoch, mich aus diesem Krieg herauszuhalten und nichts zu unternehmen, was England schadet. Sobald Sir Richard mir einen entsprechenden Preis bezahlen und mir freies Geleit bis zur Küste gewähren kann, sieht die Sache anders aus.«

Deasún O'Corraidh kannte zwar den Inhalt von Haresgills Kriegskasse nicht, ahnte aber, dass es nicht genug Geld sein würde, um Simon von Kirchberg zufriedenzustellen. Doch sein Auftraggeber hatte ihm noch andere Anweisungen erteilt.

»Sir Richard lässt Euch mitteilen, dass Ihr Eure Belohnung nicht nur in Geld, sondern vor allem in Land erhalten werdet. Sobald diese Rebellion niedergeschlagen worden ist, werden etliche Clans ihren Besitz verlieren, der dann an treue Untertanen Ihrer Majestät vergeben wird. Wenn Ihr Euch Seiner Lordschaft anschließt, werdet Ihr genug Land erhalten, um zu den reichsten Männern Irlands zu zählen. Dafür aber müsst Ihr Sir Richard helfen, die Uí'Corra endgültig zu vernichten!«

»Genug Land, sagst du?« Dieses Angebot hatte Simon auch von Oisin O'Corra erhalten, mittlerweile wusste er jedoch, dass dieser gar nicht in der Lage war, auf eigene Faust gutes Land zu verteilen. Das konnte höchstens Hugh O'Neill, und der würde das meiste Land selbst in Besitz nehmen und ihn nur mit einem Bettel abspeisen.
»Wenn Sir Richard mir genug Land verspricht, werde ich mich mit ihm zusammentun«, entfuhr es Simon unwillkürlich, so als hätten seine Wünsche die Zunge gelenkt.
Deasún atmete auf. Nun hatte er den Deutschen an der Angel. Ein Problem gab es allerdings noch zu lösen. Er überlegte kurz, ob er es überhaupt ansprechen sollte, doch da Simon von Kirchberg bereit schien, seine irischen Verbündeten zu verraten, würde er sich gewiss auch zu einem weiteren Schritt durchringen.
»Um einer der hohen Lords hier in Irland werden zu können, sagt Seine Lordschaft Sir Richard, müsst Ihr Eurem katholischen Glauben entsagen und Ihre Majestät, Königin Elisabeth, als Euer neues religiöses Oberhaupt anerkennen.«
Diese Forderung an einen Mann zu stellen, den der Papst höchstpersönlich nach Irland geschickt hatte, war im Grunde eine Unverschämtheit. Im ersten Affekt wollte Simon auch auffahren, zügelte sich aber und dachte nach. Wenn er nach Italien zurückkehrte, würde er sich mit viel Glück irgendwann ein kleines Landgut leisten können. Wahrscheinlicher erschien es ihm, dass er bei einem der vielen Kriegszüge sein Leben verlor und auf irgendeinem Dorffriedhof verscharrt wurde. Hier hingegen konnte er zu einem der bedeutendsten Männer Irlands aufsteigen.
Dieser Gedanke gab den Ausschlag. »Also gut«, sagte er zu Deasún. »Berichte Seiner Lordschaft, dass ich bereit bin, mich mit ihm zu treffen und von Angesicht zu Angesicht mit ihm zu verhandeln. Aber ich forderte absolute Vertraulichkeit! Ich habe nämlich keine Lust, auf einmal O'Néills Truppen vor der

Stadt zu sehen und von Sir Richard zu hören, dass er nicht in der Lage sei, mir Entsatz zu leisten.«

»Das ist doch selbstverständlich, Sir!« Deasún grinste erleichtert.

Gleichzeitig sagte er sich, dass sein Verhandlungsgeschick Sir Richard schon einige Münzen wert sein musste. Er versprach Simon, am nächsten Tag mit Haresgills Antwort zurückzukehren, und verließ die Stadt um einiges fröhlicher, als er sie betreten hatte.

Simon von Kirchberg kehrte in die Burg zurück. Unterwegs überlegte er, ob er nun noch Ciara aufsuchen und ihr klarmachen sollte, dass er sich von ihr nicht zum Narren halten ließ. Dann aber winkte er ab und betrat seine Kammer, um sich die Karte Irlands anzusehen. Wenn er hier schon Land erhielt, sollte es so gelegen sein, dass es sich auch lohnte. Das herauszufinden war ihm im Augenblick wichtiger als die Befriedigung seiner Lust.

11.

Ohne zu ahnen, dass ausgerechnet Haresgills Angebot an Simon von Kirchberg ihnen den nötigen Vorsprung verschafft hatte, wanderten Ciara und ihre Begleiter durch die urwüchsigen Wälder, an die seit Urzeiten niemand die Axt gelegt hatte, auf das Tal der Uí'Corra zu.
Bei ihrer ersten Reise durch diese Gegend hatte Ciara die mächtigen Bäume mit ihren weiten Kronen und den langen Moosen, die feucht von den Ästen herabhingen, bewundert. Nun aber hatte sie keinen Blick mehr für die urtümliche Landschaft, die Irland in weiten Teilen bedeckte. Selbst als sie ihr Ziel erreichten und aus dem Dämmerlicht des Waldes in den hellen Sonnenschein hinaustraten, empfand sie keine Freude. Dabei war sie damals allen anderen vorausgeeilt, um endlich den Ort zu sehen, an dem so viele Generationen der Uí'Corra gelebt hatten und an dem sie selbst geboren worden war. Nun schien es ihr, als wäre der Zauber der Landschaft erloschen, und als die Burg vor ihnen auftauchte, war sie kein mystischer Ort mehr, sondern ein Bauwerk aus grauem Stein, das deutlich die Handschrift von Richard Haresgill trug, der es auf englische Weise umgebaut hatte. Mit einem Mal fühlte Ciara sich hier fremd, und sie zog die Schultern hoch, als fröre sie.
»Gleich sind wir zu Hause«, sagte Ionatán tröstend.
Für ihn ist es die Heimat, dachte Ciara. Er war hier aufgewachsen, hatte hier geheiratet und sowohl Glück wie Leid erfahren. Bis auf die Kriegszüge der letzten Monate hatte er dieses von sanften Hügeln und dichten Wäldern umgebene Tal nie verlassen.
Ciara fragte sich, weshalb sie ausgerechnet jetzt diese seltsamen

Gedanken wälzte. Das hier war Ui'Corra-Land! Allerdings hatte Richard Haresgill diesem Tal fast zwanzig Jahre lang seinen Stempel aufgedrückt. Die Felder waren auf englische Art angelegt und nicht auf irische, ebenso hatte man einen großen Teil der Häuser, in denen die Pächter wohnten, in englischem Stil errichtet. An Toals Stelle hütete nun ein anderer Junge englische Rinder. Auch die Schafe und Schweine, ja selbst die Hühner waren von der Nachbarinsel hierhergebracht worden.
»Es ist, als wollten sie uns mit aller Gewalt zu Engländern machen«, flüsterte sie.
Dem aber standen die Religion, die Sprache und die Überlieferungen ihres Volkes entgegen, das lieber den Sagen von Deidre und Dermot lauschte oder von den Heldentaten eines Fionn Mac Cumhaill hören wollte als von einem König Arthur, einem Alfred dem Großen oder gar einem Wilhelm dem Eroberer.
»Was hast du? Du siehst aus, als hättest du der Bean Sidhe ins Auge geblickt«, fragte Saraid, der Ciaras trübe Stimmung nicht entgangen war.
»Ich …« Ciara brach ab, weil sie nicht wusste, wie sie ihrer Cousine erklären sollte, was sie bedrückte. »Ich sorge mich um jene, die wir in Léana zurücklassen mussten«, antwortete sie schließlich, weil ihr nichts anderes einfiel.
»Ich hoffe, mein Vetter lässt sie gut versorgen, sonst mache ich mir ewig Vorwürfe, sie im Stich gelassen zu haben«, warf Ferdinand ein.
Er hatte den Marsch durch die Wildnis gut überstanden, fühlte sich aber zutiefst erschöpft und war daher für trübsinnige Gedanken nicht minder empfänglich wie Ciara.
Ionatán, der sich kaum mehr daran erinnern konnte, dass es hier einmal anders ausgesehen hatte, durchbrach die niedergedrückte Stimmung der beiden mit einem empörten Ausruf.
»Was ist denn hier los? Auf der Burgmauer ist kein Wächter zu sehen und am Tor ebenfalls nicht.«
Verwundert traten die fünf näher. Es hielt tatsächlich niemand

Wache. Dafür drangen muntere Lieder an ihre Ohren. Die Sänger verwendeten die irische Sprache, doch das beruhigte Ciara wenig. Bevor Ferdinand sie zurückhalten konnte, durchquerte sie das Tor und eilte auf die große Halle zu, in der es lustig zuzugehen schien.

Auf dem Weg trafen sie auf Mägde, die volle Metkrüge in die Halle schleppten. Die Frauen sahen sie kurz an, eilten dann aber weiter, weil Buirre lauthals nach Met brüllte. Ciara und ihre Begleiter folgten ihnen und standen kurz darauf in der Halle, die durch mehrere offene Feuer erhellt wurde. Buirre und die fünf Männer, die als Wächter zurückgeblieben waren, saßen am oberen Teil der Tafel und hatten große Schüsseln mit gebratenem Fleisch vor sich und Becher, die eben wieder gefüllt wurden.

»Was ist denn hier los?«, fragte Ciara mit lauter Stimme.

Buirre drehte sich langsam um und starrte sie an. Es dauerte eine Weile, bis er in der schlicht gekleideten jungen Frau die Schwester seines Clanoberhaupts erkannte.

»Ciara, wo kommst du denn her?«, antwortete er mit einer Gegenfrage. Seine undeutliche Aussprache und die glasigen Augen verrieten, dass er bereits viel zu viel getrunken hatte.

»Aus Léana! Aber das tut nichts zur Sache. Ich will wissen, warum niemand die Burg bewacht. Wäre ich Richard Haresgill, hätte ich sie im Handstreich nehmen können.« Ciaras Augen funkelten zornig. Obwohl ihr einiges an Buirre missfiel, so hätte sie ihn doch niemals für so pflichtvergessen gehalten, die Sicherheit der Burg zu vernachlässigen.

Buirre sah jedoch alles andere als schuldbewusst drein, sondern nahm seinen Becher und reckte ihn Ciara entgegen. »Wir feiern O'Néills Sieg über Mountjoy! Er hat dem Sasanach in der Bealach na mhaighre kräftig heimgeleuchtet.«

Als Ferdinand das hörte, vergaß er seine Erschöpfung und seine Schmerzen. »Was sagst du? O'Néill hat die Engländer ein weiteres Mal besiegt?«

»Und ob!«, erklärte Buirre selbstgefällig. »Unser Taoiseach war auch dabei und soll sich ausgezeichnet geschlagen haben. Aodh Mór O'Néill hat ihm als Dank noch auf dem Schlachtfeld eine goldene Kette geschenkt.«

Ciara atmete erleichtert auf, denn das hieß, dass ihr Bruder die Schlacht unbeschadet überstanden haben musste. Auch Hufeisen war zufrieden und nahm den Becher, den ihm einer der Iren reichte, mit Dank entgegen. Anders als er lehnte Ferdinand den Met ab, weil er fürchtete, dieser könne ihm zu rasch zu Kopf steigen. Stattdessen fragte er, was man über die Kämpfe erfahren habe.

Buirre genoss es, das große Wort zu führen, und ließ sich lang und breit über die Schlacht aus, in der Aodh Mór O'Néill einen weiteren Versuch Lord Mountjoys, nach Uladh einzudringen, vereitelt hatte.

Obwohl Ferdinand sich über die Nachricht freute, wurde ihm bald klar, dass der Sieg bei weitem nicht so überwältigend gewesen sein konnte, wie Buirre ihn darstellte. Die Verluste der Engländer waren weitaus geringer als bei früheren Schlachten, und Lord Mountjoy hatte sich mit seinen Truppen in voller Ordnung zurückziehen können. Damit aber war er in der Lage, jederzeit einen weiteren Vorstoß nach Uladh zu wagen.

Ferdinand behielt seine Überlegungen jedoch für sich und sah die fröhlichen Zecher mahnend an. »Ich verstehe, dass ihr O'Néills Sieg feiern wollt. Trotzdem hättet ihr das Tor nicht unbewacht lassen dürfen.«

Sein Ton gefiel Buirre ganz und gar nicht. Er stand auf und trat so nahe auf Ferdinand zu, dass sich ihre Nasen beinahe berührten. »Oisin O'Corra hat mich zum Kastellan seiner Burg ernannt und nicht dich! Ich entscheide, was hier geschieht. Wenn ich der Ansicht bin, dass die Burg sicher ist, können wir auch hier sitzen und trinken, und kein verdammter Gearmánach hat das Recht, uns das zu verbieten.«

Ferdinand wollte sich diese unverschämte Rede nicht gefallen

lassen, doch da zupfte Saraid ihn am Ärmel. »Streite dich nicht mit Buirre. Er ist betrunken und kennt in diesem Zustand weder Recht noch Unrecht. Es ist eine Schande, dass die Verantwortung für unsere Heimat einem solchen Mann übertragen worden ist.«
»Sei still, Weib!«, herrschte Buirre sie an. »Du lästerst unseren Taoiseach, denn er hat mich zu seinem Stellvertreter ernannt. Oisin weiß, was er tut. Was dich betrifft, so kommst du gefälligst in unsere Kammer. Mir verlangt es heute Nacht nach dir.« Er endete mit einem dröhnenden Lachen, das von den anderen Iren am Tisch aufgenommen wurde.
Saraid erbleichte. Sie hatte Streit mit Buirre erwartet, nicht aber, dass dieser so unverblümt sein Recht als Ehemann einfordern würde. Am liebsten hätte sie ihn angeschrien, dass er sich zum Teufel scheren solle. Doch zu ihrem Leidwesen waren Ciara, sie, Ferdinand und die beiden anderen auf sein Wohlwollen angewiesen. Letztlich waren sie vom Regen in die Traufe geraten.
Ihrem Mann dauerte ihr Schweigen zu lange. »Wage es nicht, dich in Ciaras Kammer zu verstecken. Ich hole dich auch dort heraus, und wenn ich die Tür einschlagen muss!«
Ohne ein Wort drehte Saraid sich um und verschwand. Hufeisen sah ihr grimmig nach und streichelte den Griff seines Schwerts, während Ciara Buirre am liebsten ins Gesicht gesagt hätte, was sie von ihm hielt. Doch auch ihr war schmerzhaft bewusst, dass sie und ihre Begleiter es in ihrer jetzigen Situation nicht auf einen offenen Streit mit dem Mann ankommen lassen durften.
Doch Buirre war noch nicht fertig. Mit einer überheblichen Geste wies er auf Ionatán. »Der Kerl wird das Schwert ablegen und wieder auf den Feldern arbeiten. Er ist ein dreckiger Tagelöhner und wird es immer bleiben.«
Während Ionatán einige Schritte zurücktrat und überlegte, wie er auf diese Forderung reagieren sollte, schob Ciara Ferdinand

beiseite und baute sich vor Buirre auf. »Ionatán ist mein Leibwächter! Wage es, ihn anzurühren, und du wirst meinen Zorn zu spüren bekommen.«

Im ersten Augenblick wollte Buirre über diese Warnung hinweggehen. Doch da versetzte sein Freund Seachlann ihm einen Stoß. »Jetzt nimm Platz und schwätze kein unnützes Zeug. Du kannst der Tochter der Ui'Corra doch nicht vorschreiben, wen sie zu ihrem Leibwächter ernennen darf.«

Dieser Einwand ernüchterte Buirre etwas, und er begriff, dass es Grenzen gab, die er nicht überschreiten durfte. Wenn er Saraid aufforderte, ihm zu Willen zu sein, so war dies eine Sache. Sie war sein angetrautes Weib, und da standen seine Männer auf seiner Seite. Doch wenn er die Schwester ihres Clanoberhaupts bedrohte oder ihr gegenüber gar handgreiflich wurde, musste er damit rechnen, dass sich seine Freunde gegen ihn stellten.

Innerlich fluchte er, weil es nicht möglich war, sich so durchzusetzen, wie er es für richtig hielt. Daher kehrte er Ciara den Rücken zu und nahm wieder Platz. Erst als er Seachlanns mahnendes Räuspern hörte, begriff er, dass er sich angewöhnt hatte, auf dem Platz des Clanoberhaupts zu sitzen. Auch wenn Oisin in der Ferne weilte, so beleidigte er damit dessen Ansehen und stellte sich mit diesem gleich.

Ein Becher Met, in einem Zug hinuntergegossen, minderte seinen Ärger, und er beschloss, Ciara einfach nicht mehr zu beachten. Stattdessen ließ er seinen Becher erneut füllen und trank seinen Freunden zu. Diese erwiderten seinen Trinkspruch jedoch nicht mehr so begeistert wie vorher. Die Kritik, sie hätten das Burgtor unbewacht gelassen, nagte an ihnen, und im Gegensatz zu Buirre schämten sie sich dafür.

12.

Unterdessen hatte Saraid ihre und Buirres alte Kammer erreicht. Zwar graute ihr davor, das Bett mit ihrem mittlerweile verhassten Mann teilen zu müssen, doch um Ciaras Sicherheit und der von Ferdinand und Ionatán willen war sie zu diesem Opfer bereit. Allerdings schwor sie Buirre in Gedanken finsterste Rache.

Kurz nachdem sie ihr Bündel auf das Bett geworfen hatte, ging die Tür auf, und sie erschrak. Es war jedoch nicht ihr Mann, sondern Bríd, die sie als ihre Stellvertreterin auf der Burg zurückgelassen hatte. Die hübsche Magd lächelte listig, als sie einen vollen Metkrug und eine Flasche Whiskey auf die Truhe stellte, die Buirres Besitztümer barg.

»Ich glaube, das wirst du brauchen«, sagte sie.

Zuerst dachte Saraid, Bríd wolle sie auffordern, sich selbst so zu betrinken, dass sie nicht mehr mitbekam, wie Buirre sich ihrer bediente.

Doch da sprach die junge Frau weiter. »Buirre will jeden Abend einen Krug Met in seiner Kammer haben. Wenn du dem Met einen Schuss Whiskey beigibst, wird dich in dieser Nacht vielleicht Buirres Schnarchen stören, aber gewiss nicht mehr seine Lust.«

»Danke!« Saraid sah das Funkeln in Bríds Augen und fragte nach. »Ich denke, du hast hier Erfahrung, was?«

Die junge Magd nickte verkniffen. »So kann man es sagen. Als Buirre zum ersten Mal nach Met verlangte, war ich so dumm und habe ihm diesen gebracht. Es gelang mir leider nicht, ihm zu entgehen. Seitdem tue ich alles, um eine Wiederholung zu verhindern. Dafür bespringt er jetzt einige der Burgmägde, deren Moral fadenscheiniger ist oder die zu viel Angst haben, ihn abzuweisen.«

Zuletzt klang Bríd bitter, denn mit dem moralischen Verfall auf der Burg hatten überall Disziplinlosigkeit und Vernachlässigung Einzug gehalten.

Saraid fragte Bríd verwundert, woher der Met kam. Denn als sie die Burg verlassen hatten, waren die Fässer fast leer gewesen.

Die junge Magd lachte freudlos auf. »In den ersten Wochen haben Buirre und seine Männer noch Streifzüge zu den verlassenen Dörfern der Engländer unternommen und von dort alles an Met und Whiskey angeschleppt, was aufzutreiben war. Jetzt haben sie genug, um den ganzen Tag saufen zu können. Aber jetzt muss ich fort, sonst kommt Buirre noch herein und fällt über uns beide her!« Mit diesen Worten verabschiedete Bríd sich und verließ die Kammer.

Saraid wartete, bis sich die Tür hinter der Magd geschlossen hatte, dann nahm sie die Whiskeyflasche und goss ein Viertel des Inhalts in den Met. Anschließend setzte sie sich auf ihr Bett, suchte Nadel und Faden heraus und begann, einen Riss an ihrem Kleid zu flicken. Sie wusste, dass sie Buirre auf Dauer nicht würde entkommen können. Doch solange er so viel trank wie jetzt, würde sich sein Verlangen in Grenzen halten.

13.

Die Bealach na mhaighre, die von den Engländern die Schlacht am Moyry-Pass genannt wurde, änderte nichts am Status quo in Irland. Charles Blount, Lord Mountjoy, hielt seine Truppen in bester Ordnung und ließ rechts und links neben den Straßen, auf denen er nach Ulster vorrücken wollte, alle Bäume schlagen und schaffte so breite Schneisen, um den Iren die Möglichkeit zu nehmen, aus dem Hinterhalt anzugreifen. Da die Holzfäller auf seinen Befehl von Soldaten geschützt wurden, gelang es den Aufständischen nur selten, einen dieser Trupps aufzureiben.
Aodh Mór O'Néill begriff, dass er mit seinen Mitteln nicht in der Lage war, sich gegen Mountjoy zu behaupten, und verstärkte seine Bemühungen, Unterstützung von Englands Feinden zu erhalten.
Ciara erhielt einen Brief ihres Bruders, in dem Oisin ihr mitteilte, dass er zu einer diplomatischen Mission nach Spanien aufbrechen würde. Zwischen den Zeilen las sie seine Zweifel heraus, ob dieser Auftrag nun eine besondere Ehre darstellte oder ob O'Néill ihm nach dem Misserfolg gegen Haresgill nicht mehr zutraute, mit einem eigenen Kommando erfolgreiche Aktionen gegen die Engländer durchführen zu können.
Eine Auswirkung der Schlacht am Moyry-Pass berührte das Schicksal der Ui'Corra allerdings direkt. Nachdem es Lord Mountjoy nicht gelungen war, die Iren zu schlagen und in das Herzland von Ulster einzudringen, wagte Simon von Kirchberg es nicht, die Stadt Léana an Richard Haresgill auszuliefern. Dennoch brach er die Verhandlungen nicht ab, sondern erhöhte seinen Preis so lange, bis Sir Richard sich zwei- bis

dreitausend Soldaten wünschte, um die Stadt belagern und dem unverschämten Deutschen das Maul stopfen zu können.
Sein direkter Befehlshaber George Carew billigte ihm jedoch nur den Ersatz für seine Verluste zu und wies ihn an, weiterhin irische Dörfer anzugreifen und dafür Sorge zu tragen, dass deren Bewohner O'Néills Rebellen kein einziges Gerstenkorn mehr liefern konnten.
Haresgill war nur einer von mehreren Hauptleuten, die diese Befehle erhielten. Mountjoy und Carew erklärten ihren Unteranführern, sie sollten die direkte Konfrontation mit O'Néills Truppen meiden, den Iren aber so viel Schaden zufügen, wie es ihnen möglich war.
Obwohl Haresgill darauf brannte, seine Besitztümer zurückzugewinnen, auf denen noch immer die Ui'Corra saßen, zögerte er, gegen den Clan vorzugehen. Zum einen hätte er mehr als fünfzig Meilen ins Feindesland vordringen müssen, und zum anderen widerstrebte es ihm, Höfe niederzubrennen, auf denen er wieder eigene Pächter ansiedeln wollte.
Nicht zuletzt deshalb verlebten Ciara und Ferdinand eine recht unbeschwerte Zeit. Buirre ließ sie in Ruhe, er kümmerte sich allein darum, dass stets genug Met und Bier auf den Tisch kam. Selbst sein Interesse an Saraid hatte sich bald wieder verloren. Diese wagte es trotzdem nicht, die gemeinsame Kammer zu verlassen, um ihn nicht zu verärgern. Dafür übernahm sie erneut ihre Pflichten als Wirtschafterin und schaltete und waltete nach ihren Vorstellungen.
Saraid hätte sich gewünscht, dass auch Ciara wieder Interesse an der Führung des Haushalts zeigen würde, doch ihre Cousine ging in der Aufgabe auf, Ferdinand zu pflegen. Dieser hatte nach der anstrengenden Wanderung von Léana zur Ui'Corra-Burg einen Schwächeanfall erlitten, von dem er sich nur langsam erholte.
An diesem Abend feierten Buirre und seine fünf Freunde wieder in der großen Halle. Der Met floss in Strömen, und ihre

trunkenen Lieder hallten durch die ganze Burg. Diesmal konnte niemand schimpfen, denn Buirre hatte Ionatán als Wächter bestimmt. Um Mitternacht sollte Cyriakus Hufeisen ihn ablösen. Es war ein Befehl, der alle zufriedenstellte. Da er den anderen Männern die unangenehmen Aufgaben abnahm, wurde Ionatán von ihnen nun als Krieger akzeptiert. Auch Hufeisen hatte keine Lust, sich den Saufkumpanen anzuschließen, und es missfiel ihm, ebenso nutzlos herumzulungern wie Buirre, Seachlann und die anderen vier. Deswegen teilte er sich mit Ionatán die Nachtwachen.
Da Saraid noch in der Küche zu tun hatte, füllte Ciara einen Krug mit leichtem Bier, das nicht so rasch zu Kopf stieg wie süßer Met oder Whiskey, schnitt ein Stück Brot und eine Scheibe Hammelbraten ab und machte sich damit auf den Weg zu Ferdinands Kammer.
Es waren nur wenige Krieger in der Burg zurückgeblieben, und so hatte sie einen eigenen Raum für ihn bestimmt und Hufeisen und Ionatán im Nebenzimmer untergebracht. Als sie eintrat, schlief Ferdinand. Mittags hatte er nur wenig Appetit gezeigt. Er musste aber etwas essen. Daher stellte sie Krug und Schüssel auf der Truhe ab und berührte ihn an der Schulter.
Ferdinand zuckte zusammen und gab ein paar brummige Laute von sich.
»Aufwachen!«, sagte Ciara lächelnd. »Es gibt Abendessen! Du willst doch bald wieder stark und kräftig sein.«
In ihrer heimischen Burg hatten beide es aufgegeben, sich so förmlich anzusprechen, wie es zwischen Adeligen Sitte war.
Ferdinand starrte sie einige Augenblicke verwirrt an. »Du bist es!«, stieß er dann hervor. »Ich habe geträumt, ich wäre bei meinem Oheim in Kirchberg, und er würde mir gerade die Leviten lesen, weil ich so spät aus Irland zurückgekehrt bin.«
Dieser Traum gefiel Ciara überhaupt nicht, verriet er ihr doch, dass Ferdinand mehr an seine ferne Heimat dachte, als ihr lieb sein konnte. Sie selbst sah sich zusammen mit ihm auf einer

Burg in Irland mit Land und Pächtern und einer Kirche, die sie nach der Vertreibung der Engländer errichten lassen wollte. Sie verriet aber nicht, wie sie seine Bemerkung aufgenommen hatte, sondern lächelte und deutete auf den Krug.
»Ich habe dir Bier gebracht. Du hast gewiss Durst.«
»Und ein wenig Hunger«, antwortete Ferdinand mit einem Seitenblick auf die Schüssel mit Fleisch und Brot.
»Das freut mich!« Ciara füllte einen Becher. »Lass es dir munden! Met will ich dir noch nicht geben, weil er die Wundheilung behindert. Vor allem aber macht er den Kopf schwer, und du merkst dann nicht, wenn du dich auf den Rücken legst, und dann könnte die dünne Haut, die sich auf den Wunden gebildet hat, wieder aufplatzen.«
»Ich bin schon wieder ganz in Ordnung«, erklärte Ferdinand nicht ganz wahrheitsgemäß.
»Das bist du nicht!«, mahnte Ciara ihn, denn ihr war nicht entgangen, wie mager er geworden war. Auch bereitete ihr Sorge, dass er den linken Arm noch immer nicht richtig bewegen konnte.
Er trank, nahm ein Stück Brot und kaute es bedächtig. »Gibt es etwas Neues von O'Néill?«
»Nein! Seit man uns Oisins Botschaft gebracht hat, ist kein Fremder mehr hier vorbeigekommen. Fast könnte man meinen, die Welt habe uns vergessen.«
Dabei hätte Ciara zu gerne gewusst, ob es ihren Landsleuten gelungen war, die Engländer erneut zurückzuschlagen. Wie es aussah, belauerten Aodh Mór O'Néill und Lord Mountjoy sich seit der Schlacht am Moyry-Pass wie wachsame Hunde.
»Oisin müsste bereits in Spanien sein.«
Ciara glaubte, in Ferdinands Stimme ein gewisses Bedauern zu vernehmen. »Wärst du gerne an seiner Stelle?«
»Am liebsten würde ich mit dir und ihm zusammen nach Spanien reisen. Gewiss würde es dir dort gefallen.«
»Das glaube ich nicht! Es gibt kein schöneres Land als meine

Heimat, und ich werde sie niemals verlassen.« Um ihre Worte zu unterstreichen, schüttelte Ciara vehement den Kopf. Gleichzeitig flehte sie die Heilige Jungfrau an, Ferdinand dazu zu bringen, dass er Irland genauso liebte, wie sie es tat.
In Ferdinand jedoch stiegen die Bilder jener Landschaft hoch, in der er aufgewachsen war. Zwar gab es auch dort weite Wälder, doch die waren nicht so dicht und wirkten nicht so geheimnisvoll wie der uralte Forst auf dieser Insel. Auch wenn die Menschen bereits Lücken in den Wald geschlagen hatten, um Städte zu bauen und Land für Getreide und Weiden zu gewinnen, so wirkten die irischen Wälder in der Fülle, die ihnen der Regen verlieh, tatsächlich wie die Heimat eines den Menschen fremden Geschlechts.
Ihm gefiel das Land mit seinen grauen Städten und den Dörfern mit ihren schlichten Hütten aus Rasenstücken und Torf, dennoch blieb Irland ihm im Herzen fremd. Doch um Ciaras willen war er bereit, zu bleiben und hier sein Glück zu suchen. Er sah sie nachdenklich an und bat sie dann, ihm den Becher erneut zu füllen. »An das Bier hier werde ich mich allerdings gewöhnen müssen. Es schmeckt ganz anders als zu Hause.«
»Wenn du willst, holen wir einen Braumeister aus deiner Heimat. Ich möchte alles tun, damit du dich hier wohl fühlst!«
Für einige Augenblicke gaben beide ihre geheimsten Gefühle preis und waren glücklich. Darüber vergaß Ciara jedoch Ferdinands Wohl nicht und brachte ihn dazu, alles aufzuessen, was sie ihm vorlegte.
»Das hat gut geschmeckt«, sagte er, während er einen weiteren Becher des dünnen, eigenartig schmeckenden Bieres trank, das mit wenig Gerstenmalz und vielen Heidekräutern gebraut worden war.
»Dafür bekommst du einen Kuss!« Ciara schob seine Hand mit dem Becher beiseite, beugte sich vor und presste ihre Lippen auf die seinen.
»Ich liebe dich«, flüsterte sie, als sie sich wieder von ihm löste.

»Ich dich auch!« Ferdinand stellte den hinderlichen Becher ab und schlang beide Arme um sie. »Wie du siehst, kann ich meinen linken Arm schon wieder ganz gut bewegen!«, setzte er hinzu und verspürte zum ersten Mal seit seiner Verletzung das Verlangen, mehr zu tun, als nur ihre Lippen zu berühren. Seine Hände glitten über ihren Körper und kamen dabei empfindlichen Stellen nahe, so dass Ciara tief Luft holte. Zuerst überlegte sie, ihm zu sagen, er solle mit seinen Kräften sorgsamer umgehen, doch dann spürte sie auch die eigene Lust wachsen. Lächelnd sah sie ihn an. »Wenn du mich willst, musst du das Bett für mich freimachen.«
»Und ob ich dich will!« Ferdinand sprang so schnell auf, dass ihm ein starker Schmerz durch den Rücken fuhr.
»Was ist mit dir?«, fragte sie, weil er das Gesicht verzog und schnaufte.
»Ach, nichts!«
Diese Stunde wollte Ferdinand sich durch nichts verderben lassen. Er reckte sich ein wenig, um seine Muskeln zu entspannen, half dann Ciara aus Kleid und Unterröcken und sah sie im Hemd vor sich stehen.
Doch bevor sie es ablegte, blies sie die Lampe aus, und es wurde dunkel im Raum.
»Warum tust du das?«, fragte er verblüfft.
»Weil es eine Sünde ist, wenn wir beieinanderliegen, ohne dass ein Priester uns zusammengegeben hat«, flüsterte Ciara kaum hörbar, so als hätte sie Angst, die Wände des Raumes könnten ihre Worte an Saraid oder jemand anderen weitertragen.
Bisher hatten sie sich nur wenige Male bei Dunkelheit im Wald gepaart, und Ferdinand hätte sie gerne einmal im hellen Licht betrachtet. Doch er verstand ihre Scheu und sagte daher nichts, sondern streichelte sie sanft, damit sie ihre Anspannung verlor und die Liebe ebenso genießen konnte wie er.
Ihre Worte aber wollte er nicht unerwidert lassen. »Ich würde dich lieber heute als morgen heiraten, dafür brauchen wir aller-

dings einen Priester, der uns traut. Hier auf der Burg ist keiner, und ich weiß auch nicht, ob ich mich von Pater Maitiú mit dir zusammengeben lassen würde.«

Bei der Erwähnung dieses Namens schauderte es Ciara. »Ein Priester sollte ein heiliger Mann sein, ein Mann, der die Menschen versteht. Doch dieser Prediger besteht nur aus Hass.«

»Wir wollen nicht von Hass reden, sondern von Liebe«, antwortete Ferdinand leise und schob sich auf sie. Es fiel ihm schwer, sich mit dem linken Arm abzustützen, doch er wollte Ciara nicht mit seinem Gewicht in die Kissen pressen. Als er sie liebte, geschah dies mit langsamen Bewegungen. Ciara wollte ihn schon auffordern, ein wenig heftiger zu werden, aber sie spürte dann doch, dass ihr diese sanfte Art gefiel, und schnurrte zuletzt wie ein Kätzchen. Nach einer Weile sank er keuchend und verschwitzt neben ihr nieder.

»Mehr geht heute nicht!«

»Es war mehr als genug«, antwortete sie lächelnd und begann, seinen Rücken zu liebkosen. Plötzlich merkte sie, dass sie dabei über die verletzte Stelle strich, und zog die Hand blitzschnell weg. »Tut mir leid, das wollte ich nicht.«

»Was?«

»Dir Schmerzen an deiner Wunde bereiten.«

»Es hat nicht weh getan«, versicherte Ferdinand ihr.

So ganz glaubte Ciara es ihm nicht. Sie stand auf, ging zur Tür und öffnete diese einen Spalt. Da draußen niemand zu sehen war, huschte sie hinaus und holte einen der langen Holzspäne, mit denen der Gang erleuchtet wurde. Mit diesem zündete sie die Lampe wieder an und griff dann nach ihrem Hemd. Obwohl sie es rasch überstreifte, sah Ferdinand sie doch einige Augenblicke so, wie Gott sie geschaffen hatte. Sie war wunderschön, aber er wagte es nicht, ihr das zu sagen, aus Angst, sie könnte sich schämen.

Ein wenig verwundert dachte er darüber nach, dass Eheleute den Lehren der heiligen Kirche zufolge sich zwar paaren sollten, um Kinder zu zeugen, der Anblick ihrer bloßen Leiber jedoch gleichzeitig eine Sünde darstellte.

»Leg dich auf den Bauch, damit ich mir deinen Rücken ansehen kann«, forderte Ciara ihn auf.

Ferdinand gehorchte und gab sich dann ganz der Berührung ihrer sanften, kühlen Hände hin.

»Die Verletzung ist gut verheilt, und sie hat auch keinen Schaden genommen, als du ... auf mir gelegen bist«, erklärte Ciara erleichtert.

»Sie behindert mich kaum mehr. Dagegen habe ich in meinem Arm das Gefühl, als wäre er so schwach, dass ich kaum einen Becher damit halten kann.«

»Bist du Linkshänder?«, fragte Ciara verwundert, weil sie bei Ferdinand nie Anzeichen dafür gesehen hatte.

Er schüttelte lächelnd den Kopf. »Nein, aber ich habe ein paarmal probiert, wie gut ich etwas mit meiner Linken festhalten oder heben kann, und das geht lange nicht so, wie es sollte.«

»Dreh dich um!« Da Ferdinand nicht sofort reagierte, fasste Ciara ihn bei der Schulter und zog ihn herum, bis sie seinen Arm sehen konnte. Sie nahm die Lampe in die Hand, um die verletzte Stelle auszuleuchten, und fand, dass auch diese Wunde gut abgeheilt war.

»Du solltest den Arm wieder mehr benützen, auch wenn es zunächst schmerzen sollte«, riet sie ihm.

»Meinst du so?«, fragte er und griff mit der Linken nach ihren Brüsten, die sich unter dem dünnen Stoff des Hemdes deutlich abzeichneten.

Ciara genoss die Berührung und forderte ihn auf, auch seine Finger ein bisschen zu bewegen. »Ja, so ist es gut«, keuchte sie, als ihre Brustwarzen steif und hart wurden. Sie fragte sich, ob sie ihn bitten sollte, sie noch einmal zu lieben, entschied sich jedoch schweren Herzens dagegen, um ihn nicht übermäßig zu erschöpfen. Auf jeden Fall schien er wirklich auf dem Weg der Besserung, und das erleichterte sie zutiefst.

14.

In den nächsten Wochen boten die Umstände Ciara und Ferdinand die besten Voraussetzungen, sich ihrer Liebe hinzugeben. Buirre und seine Freunde interessierten sich nicht für sie, und wenn Hufeisen und Ionatán etwas ahnten, schwiegen sie aus Freundschaft zu ihnen. Was Saraid betraf, so war diese zu sehr mit sich selbst beschäftigt, um die Pfade ihrer Cousine überwachen zu können. Anders wäre es gewesen, wenn sie beide wie früher in einer Kammer geschlafen hätten. So aber konnte Ciara sich spät in der Nacht ungesehen in ihr Bett schleichen. Saraid hauste weiterhin bei Buirre und sorgte mit genug Met und heimlich zugegebenem Whiskey dafür, dass er nicht in der Lage war, sie mit mehr zu belästigen als mit seinem Schnarchen.

Hie und da erreichten Nachrichten die Ui'Corra-Burg, und die meisten hörten sich nicht gut an. Charles Blount, Baron Mountjoy, war es gelungen, das gesamte Umland des Pales unter seine Kontrolle zu bringen, und er ging zwar langsam, aber mit gnadenloser Konsequenz daran, die Iren Schritt für Schritt zu unterwerfen. Da seine Truppen sich mittlerweile auf deren überfallartige Attacken eingerichtet hatten, gelang es Aodh Mór O'Néill nicht mehr, nennenswerte Erfolge zu erringen. Mountjoy hatte es nach dem Fehlschlag am Moyry-Pass aufgegeben, die schnelle Entscheidung zu suchen, sondern beschäftigte seinen Gegner durch Streifscharen wie die von Richard Haresgill und weitete sein Einflussgebiet auf diese Weise Stück für Stück aus.

Ciara sprach häufig mit Ferdinand über die sich verschlechternde Situation der Iren. Ihr Enthusiasmus war geschwunden, und sie musste immer wieder an die vielen tausend Familien denken, die von den Engländern gewaltsam aus ihrer angestammten Heimat verjagt worden waren. Diese Vertreibungen hielten an, und die besten und ertragreichsten Landstriche der Insel gingen auch jenen Clans verloren, die sich nicht Aodh Mór O'Néill angeschlossen hatten. Der Mann, der sich immer noch Earl of Tyrone nennen ließ, hatte am meisten damit zu kämpfen, dass die Versorgung der Menschen und besonders seiner Krieger immer schwieriger wurde.

»Ich hoffe, Oisin kommt bald zurück und bringt ein großes Heer aus Spanien mit«, sagte Ciara an diesem Nachmittag seufzend.

Sie und Ferdinand hatten einen Spaziergang unternommen und sich dabei zuerst um Gamhain kümmern müssen, die unbedingt mit einem Stock hatte spielen wollen. Nun lief die große Hündin zufrieden neben ihnen her, und sie konnten miteinander reden.

»Es sollte ein sehr großes Heer sein«, antwortete Ferdinand nachdenklich, »und müsste mit Waffen und Vorräten für etliche Monate versorgt sein. Ich glaube nicht, dass Aodh Mór O'Néill zehn- oder gar fünfzehntausend spanische Soldaten ernähren kann. Allerdings frage ich mich, ob Spanien wirklich genug Soldaten schicken wird, um die Engländer aus Irland zu vertreiben. Sie führen bereits in den Niederlanden einen verbissenen Kampf gegen die dortigen Aufständischen.«

»Aber sie dürfen uns Iren doch nicht im Stich lassen! Wir verteidigen den einzig wahren Glauben gegen die englischen Ketzer«, antwortete Ciara entrüstet.

Ferdinand schüttelte nachdenklich den Kopf. »Spanien schuldet uns nichts. Auch tut König Philipp nur dann etwas, wenn er einen Vorteil daraus ziehen kann. Ich vermute, er wird einige tausend Soldaten schicken, damit die Engländer in Irland beschäftigt sind und keine Kraft mehr haben, die niederländischen Rebellen zu unterstützen.«

»Diese elenden Hunde haben sich der Ketzerei verschrieben und erheben die Waffen gegen ihren Herrn, den König von Spanien!« Ciaras Augen funkelten zornig, denn sie begriff nicht, wieso Menschen vom rechten Glauben abfallen und gegen die von Gott geschaffene Ordnung rebellieren konnten. Ferdinand hingegen dachte daran, wie sehr sich die Situation in den Niederlanden und in Irland glich. In beiden Ländern erhoben sich die Menschen, weil ihre Herren in der Kirche anders beteten als sie selbst. In den Niederlanden war es erst der verstorbene König Philipp II. gewesen und nun dessen Sohn Philipp III., und hier in Irland waren es König Heinrich VIII. und dessen Tochter Elisabeth. Auf dem Kontinent standen Protestanten gegen einen katholischen König und hier die Katholiken gegen eine protestantische Königin. Dennoch schien es mehr Gründe für diese Rebellionen zu geben als allein den Kampf um den Glauben. Beide Völker, die Niederländer wie die Iren, waren es leid, von Menschen regiert und verwaltet zu werden, die eine andere Sprache sprachen als sie selbst und die sie zudem als Wilde oder Bauerntölpel verachteten.

»Irgendwie ist die Welt aus den Fugen geraten«, murmelte er.

»Wir werden die Engländer von unserer Insel vertreiben, ganz gleich, ob Spanien nun tausend Soldaten schickt oder hunderttausend.« Ciara klang so kriegerisch, als wollte sie selbst Pike oder Muskete ergreifen und sich in O'Néills Kriegerschar einreihen.

Auf Ferdinand wirkten ihre Worte wie ein Signal. »Meine Verletzungen sind gut verheilt, und ich sollte längst wieder bei unseren Kriegern sein. Bei Gott, ich hätte aus den Männern, die wir in Léana zurückgelassen haben, eine Streifschar bilden und ihnen beibringen sollen, gegen eine in Reih und Glied angreifende Gruppe zu bestehen.«

Ciara erschrak. Wenn ihr Geliebter wieder in den Kampf zog, würden sie beide sich nur noch selten sehen und sich noch seltener lieben können. Um Irlands willen war sie zu diesem Opfer bereit, aber sie würde ihn nicht allein gehen lassen.

»Saraid und ich werden mitkommen, denn wir werden nicht bei Buirre zurückbleiben. Außerdem braucht du und die anderen jemanden, der für euch kocht und eure Wunden pflegt.«

»Ich weiß nicht, ob das gut ist.«

Noch während er es sagte, wurde Ferdinand klar, dass er Ciara nicht davon würde abhalten können, ihn zu begleiten. Es war sogar notwendig, denn sie würde weder bei Buirre noch in Léana den Schutz finden, den sie benötigte. Noch immer schmerzte es ihn, dass Simon seine Verletzung ausgenützt hatte, um Ciara zu bedrängen und sowohl sie wie auch ihn um ihre Pferde zu bringen. Wenn er es genau nahm, war er derzeit mittellos und daher nicht einmal in der Lage, eine Schiffspassage zum Kontinent zu bezahlen.

»Wir werden den Engländern einheizen, meine Liebe«, versuchte er Ciara und nicht zuletzt auch sich selbst Mut zu machen.

»Das werden wir!«, antwortete sie lächelnd. »Wir Iren müssen unsere Freiheit erringen, sei es unter einem eigenen König oder einem aus einem anderen katholischen Land. Länger unter der Herrschaft dieser Ketzerin Elisabeth zu leben ist ein Alptraum. Welch grässliches Weib die Frau ist, sieht man allein daran, dass sie den edlen Lord Essex gnadenlos hat hinrichten lassen, nur weil dieser unsere Rechte auf unser Land anerkennen wollte.«

Auch wenn Ferdinand nicht glaubte, Lord Essex wäre nur wegen seiner Sympathie für Irland zum Tode verurteilt worden, so fand auch er es eigenartig, dass der höchste Edelmann Englands und langjährige Günstling der Königin wegen seiner Verhandlungen in Irland sein Leben verloren hatte. Aber Essex' Schicksal interessierte ihn weniger als Ciaras schlanker, verführerischer Leib. Als sein Blick ein dichtes Gebüsch streifte, das Schutz vor fremden Blicken bot, lenkte er Ciaras Aufmerksamkeit auf diese Stelle.

»Was meinst du? Lange werden wir nicht mehr Gelegenheit finden, allein zu sein.«
Ciara betrachtete nachdenklich die Büsche, die von moosbedeckten Bäumen umgeben waren. Auch wenn hier im Wald ein grün durchflutetes Dämmerlicht herrschte, so würde ihr Geliebter ihren Leib sehen können, und das musste sie irgendwann beichten. Dann aber warf sie den Kopf hoch, dass ihre Haare aufstoben und für einen Augenblick so grün schimmerten wie die einer Nixe. Sie liebte Ferdinand und er liebte sie. Daher fragte sie sich, weshalb es Sünde sein sollte, wenn sie sich gegenseitig an ihrem Anblick erfreuten.
»Komm!«, sagte sie und fasste ihn an der Hand. »Gamhain wird uns warnen, falls sich jemand uns nähern sollte.«
»Ich hoffe, sie vertreibt alle Störenfriede.« Ferdinand versprach der Hündin in Gedanken einen großen Markknochen, wenn sie dies tat, denn in dieser Stunde wollte er mit Ciara allein sein.

15.

Nach Wochen der Ruhe nahm die schöne Zeit auf der Ui'Corra-Burg zwei Tage später ein jähes Ende. Aithil führte die Überlebenden des Überfalls auf Haresgills Trupp in das Tal zurück, und seine verdrossene Miene hellte sich erst auf, als Ciara und Ferdinand ihn am Tor willkommen hießen.
»Dachte mir doch, dass ihr hier Zuflucht gefunden habt. Ich wäre auch längst hier, wenn ich nicht hätte warten wollen, bis der letzte Verwundete wieder auf den Beinen ist. Wie geht es übrigens Eurer Verletzung, Herr Ferdinand? Seid Ihr in der Lage, das Schwert zu ergreifen, um Albions Kreaturen die Köpfe abzuschlagen?«
»Und ob ich das bin!«, antwortete Ferdinand und umarmte den Kampfgefährten.
»Ihr seid ein Ehrenmann! Aber Euer Vetter – verzeiht, wenn ich das sagen muss – ist ein Schurke. Den gefangenen englischen Offizieren lässt er auftischen wie lange entbehrten Freunden, während wir Ui'Corra beinahe um jedes Stückchen Brot betteln mussten. Als ich zornig wurde, rief er seine Söldner und drohte mir. Ich wollte, ich hätte die Waffe gezogen und ihn einen Kopf kürzer gemacht. Aber es waren einfach zu viele seiner Männer um ihn herum.«
Aithil bleckte die Zähne. Dann klopfte er Ferdinand auf die Schulter. »Zu gegebener Zeit werden wir es ihm heimzahlen. Doch sagt, warum habt Ihr damals die Stadt verlassen, ohne mir ein Wort zu sagen?«
»Weil ich es so wollte«, antwortete Ciara an Ferdinands Stelle.
»Und warum?«, fragte Aithil, ohne auf ihre ablehnende Miene zu achten.

»Weil es notwendig war«, sagte Ciara knapp.
Ihr Verwandter vermochte jedoch eins und eins zusammenzuzählen. »Simon von Kirchberg hat getobt, als Ihr verschwunden wart, und uns Vorwürfe gemacht. Ich kann mir jetzt denken, was der Grund war. Maighdean, du hättest mir sagen sollen, dass er dich nicht mit der Achtung behandelt hat, die dir gebührt.«
»Und was wäre damit gewonnen gewesen?«, antwortete Ciara herb. »Du hast eben selbst berichtet, dass er sich hinter seinen Söldnern versteckt, anstatt für sich selbst einzustehen, wie es sich für einen Edelmann gehört. Und dann waren da auch noch unsere Verletzten. Was wäre mit denen passiert, wenn es zum Streit und vielleicht sogar zum Kampf gekommen wäre?«
Aithil nickte nachdenklich. »Daran habe ich nicht gedacht. Ich traue diesem Schurken durchaus zu, dass er die Unsrigen trotz ihrer Wunden aus der Stadt hätte schaffen lassen. Doch reden wir von angenehmeren Dingen. Habt ihr genug Met und Whiskey für unsere durstigen Kehlen?«
»Ihr werdet euch mit dem begnügen müssen, was Buirre, Seachlann und ihre Freunde übrig gelassen haben. Deren Durst ist nämlich mit der Zeit, die sie hier in der Burg verbringen mussten, arg gewachsen.«
Ciara gab sich keine Mühe, ihre Verachtung für Saraids Ehemann zu verbergen. Er war ihr zwar nicht ganz so zuwider wie Simon von Kirchberg, doch sie verübelte es ihm, dass er immer wieder seine Macht über Saraid ausspielte.
»Ich hatte gehofft, die Kerle wären vernünftiger! Immerhin hat der Taoiseach ihnen eine verantwortungsvolle Aufgabe übertragen.« Aithil war sauer, weil keiner der Krieger Wache hielt, und geradezu schockiert, als er Ciara und Ferdinand in die Halle folgte und dort Buirres Saufkumpane entdeckte. Zwei von ihnen saßen noch am Tisch, die Ellbogen in Metlachen gestemmt, und tranken um die Wette, während die drei anderen

bereits am Boden lagen und schnarchten. Von Buirre war nichts zu sehen.

»Der liegt in seinem Bett und schläft«, erklärte Saraid, die hinzugekommen war und seinen Blick zu deuten wusste.

»Und das am frühen Nachmittag?« Aithil musterte die fünf Männer mit verächtlichen Blicken. »Schafft sie hinaus und werft sie in den Ziegenstall. Sollen sie dort ihren Rausch ausschlafen. Bei Gott, mit solchen Männern sollen wir Irland befreien? Es wird an der Zeit, dass der Taoiseach zurückkommt und durchgreift.«

»Habt Ihr etwas von Oisin gehört?«, fragte Ferdinand.

»Ja! Er hat geschrieben, dass er den Spaniern vorausfährt, um alles für ihre Ankunft vorzubereiten. Sie sollen in Sligeach anlanden. Dort können sie sich mit O'Domhnaills und O'Néills Männern vereinigen und sofort gegen Mountjoy vorgehen.«

»Oisin kehrt endlich zurück!« Einesteils war Ferdinand froh, denn dies hieß, dass er ihn um Ciaras Hand bitten konnte. Gleichzeitig aber kündete diese Nachricht das Ende ihrer unbeschwerten Zeit auf der Burg an.

Siebter Teil

Sterbende Hoffnung

1.

Oisin O'Corra mochte arm sein, doch er wusste so aufzutreten, wie es seinem Rang entsprach. Als er auf dem Hof der Ui'Corra-Burg aus dem Sattel eines rassigen spanischen Hengstes stieg, trug er ein Wams aus golddurchwirktem grünem Samt sowie kurze Puffhosen, darunter hauteng, grüne Strümpfe und auf dem Kopf ein mächtiges geviertelies Barett in Grün und Gold. Seine riesige Halskrause engte seine Kopfbewegungen ein, aber das hinderte ihn nicht daran, erst Ferdinand und dann Aithil in die Arme zu schließen. Als er sich Buirre zuwandte, sah er, dass dieser sichtlich Mühe hatte, sich auf den Beinen zu halten. Auch stieß die Met- und Whiskeyfahne, die seinen Stellvertreter umgab, Oisin ab.

»Du solltest nicht so viel trinken, Buirre! Immerhin bist du einer meiner wichtigsten Gefährten. Wie soll ich dir Krieger anvertrauen können, wenn du in deinem Rausch Freund und Feind nicht mehr unterscheiden kannst?«

»Einen Engländer erkenne ich noch immer, und, bei Gott, ich wünschte, ich hätte jetzt einen vor mir. Ich würde ihn ...« Buirre griff zu seinem Schwert, brachte es aber nur halb aus der Scheide.

Oisin sah ihm kopfschüttelnd zu. »Wäre ich ein Engländer, müsste ich dich nur anhauchen und du würdest umfallen. Also beherrsche dich in Zukunft!«

Nach diesem Tadel kehrte er Buirre den Rücken und begrüßte andere Männer des Clans, bis er schließlich auf seine Schwester und Saraid zutrat.

»Ich freue mich, euch beide wohlbehalten vor mir zu sehen.«

»Meine Freude wäre größer, hätte ich in den letzten Monaten

des Nachts nicht das betrunkene Schnarchen meines Mannes ertragen müssen«, erwiderte Saraid herb, während Ciara neben Ferdinand trat, um ihrem Bruder zu zeigen, wem ihre Neigung galt.
Oisins Blick wanderte von Saraid zu Buirre und zurück. »Hat er dich gezwungen, ihm zu Willen zu sein, obwohl du es nicht wolltest?«
»Ja! Aber es ist nicht oft dazu gekommen, denn der Met und der Whiskey waren ihm lieber.«
Saraid senkte den Kopf, damit Oisin ihr Gesicht nicht sehen konnte. Immerhin hatte sie dafür gesorgt, dass Buirre jedes Mal dem Alkohol erlegen war, bevor er sie hatte anrühren können. Aber sie verargte es dem Clanoberhaupt, sie und die anderen in einer schlimmen Stunde verlassen zu haben, ohne sich darum zu kümmern, wie es ihnen ergehen mochte.
Oisin nahm Saraids Abwehr und auch die störrische Miene seiner Schwester wahr. Während seiner Reise nach Spanien hatte er mit einem befreundeten Clanoberhaupt eine Ehe zwischen dessen Bruder und seiner Schwester vereinbart. Doch so, wie Ciara aussah, würde sie ihn nicht einmal ausreden lassen, wenn er davon anfing. Verärgert verschob er diese Nachricht auf später und beschloss, erst einmal seine Rückkehr zu feiern.
»Ich hoffe, Buirre hat noch genug Met und Whiskey übrig gelassen, damit wir unsere Kehlen benetzen können. Wer weiß, wie lange wir noch in dieser trauten Runde zusammensitzen werden. Der letzte große Kampf um Irland steht bevor. Aodh Mór O'Néill hat mich beauftragt, alle Krieger der Ui'Corra zu sammeln und sich seinem Heer anzuschließen. Sobald die Exzellenzen Don Juan de Aguila und Don Diego Brochero mit ihren Truppen Irland erreichen, werden wir Mountjoys englische Ketzer von unserer Insel fegen.«
Während Aithil und die anderen Iren jubelten, sah Ferdinand Oisin fragend an. »Wie viele Spanier werden uns zu Hilfe kommen?«

Oisin hatte sich für diese Nachricht von seinen Männern feiern lassen wollen und war nun etwas verärgert. »Seiner katholischen Majestät, König Philipp III., belieben es, uns sechstausend seiner besten Soldaten zu schicken.«

»Nur sechstausend?«, fragte Ciara enttäuscht und wechselte einen kurzen Blick mit Ferdinand. Er schien mit seinen Befürchtungen recht zu behalten.

Bevor jemand etwas sagen konnte, mischte Pater Maitiú sich ins Gespräch, der Oisin nach Spanien begleitet hatte. Aufmerksamkeit heischend, hob er die Hand.

»Nicht die Anzahl der Krieger wird entscheiden, sondern der Heilige Geist, der in sie fahren und ihre Schwerter lenken wird! Hat nicht Gott, der Herr, Gideon mit fünfhundert Mann über das große Heer der Midianiter siegen lassen? Hat er nicht die Krieger, Pferde und Kampfwagen des Pharaos im Schilfmeer ertränkt und für Joshua die Mauern von Jericho einstürzen lassen? Der Herr wird auch unsere Waffen und die unserer spanischen Brüder segnen, auf dass wir die Ketzer nicht nur von unserer geliebten Insel fegen, sondern auch die Häresie in England selbst vernichten werden.«

»Ich habe gelernt, dass eine ausreichende Anzahl an Kriegern eher den Segen des Himmels empfängt als eine zu kleine«, murmelte Hufeisen in den Begeisterungssturm der Iren hinein, die Oisin, Pater Maitiú, Aodh Mór O'Néill und die anderen irischen Anführer hochleben ließen.

Ferdinand hatte Hufeisens Worte trotz des Lärms vernommen und hielt sie für ein schlimmes Omen. Er wandte sich zu Ciara um und ahnte, dass diese noch andere Sorgen quälten, denn sie wirkte ungewohnt verbissen.

Sie hatte Oisins abschätzenden Blick bemerkt und begriffen, dass dieser noch immer plante, sie mit einem irischen Anführer zu verheiraten. Doch was konnte sie tun? Oisin war ihr Bruder und das Oberhaupt des Clans. Wenn er ihr zu heiraten befahl, hatte sie den Sitten und Gesetzen ihres Volkes nach zu gehorchen. Dazu aber war sie nicht bereit. Sie würde keinen Iren zum Mann nehmen, nur damit ihr Bruder mehr Einfluss gewann. Der Gedanke an die einzige Lösung, die ihr blieb, gefiel ihr jedoch wenig. Aber ehe sie sich opferte, würde sie zusammen mit Ferdinand die Ui'Corra verlassen und ihm notfalls sogar in seine Heimat folgen. Ciara fürchtete sich zwar vor dem, was sie in der Fremde erwarten mochte, doch sie war von Jugend an ein karges Leben gewöhnt und würde mit Ferdinand auch in einem Soldatenzelt in einem fernen Land glücklich werden.

Nun, da sie ihre Entscheidung getroffen hatte, beschloss sie, sobald wie möglich mit ihm darüber zu reden. Vorher aber galt es, sich O'Néills Scharen anzuschließen und die Engländer zu vertreiben.

2.

Als Ciara der gewaltigen Schar ansichtig wurde, die Aodh Mór O'Néill um sich versammelt hatte, kam sie aus dem Staunen nicht heraus. Sie hatte sich nicht vorstellen können, dass es so viele Männer in Irland gab. Im Vergleich mit diesem Heer wirkte das Aufgebot der Ui'Corra wie ein Wassertropfen im Meer. Aber es war ein Meer, das die Engländer endgültig von ihrer Insel schwemmen würde, sagte sie sich, während sie an Oisins Seite auf das an drei Seiten offene Zelt zuging, unter dem Aodh Mór O'Néill mit seinen Vertrauten zusammensaß. Pater Maitiú begleitete sie, während Ferdinand und Aithil zurückbleiben mussten.

O'Néill unterhielt sich mit einem fremdländisch gekleideten Mann mit einem schmalen Gesicht, dunklen Augen und bis auf die Schultern fallenden dunkelblonden Locken. Er blickte auf, als Oisin auf ihn zutrat.

»Mein lieber O'Corra, ich freue mich, Euch zu sehen. Don Luis de Cazalla kennt Ihr ja bereits.«

Bei der Erwähnung seines Namens neigte der Spanier kurz das Haupt. »Ich hatte die Ehre, Don Oisin de Corra in Madrid kennenzulernen.«

Oisin erwiderte die Verbeugung. »Ich freue mich, Euch wiederzusehen, Don Luis, und kann es kaum erwarten, Seite an Seite mit Euch gegen die Engländer zu fechten.«

»Dazu habt Ihr früher Gelegenheit, als Ihr glaubt«, erklärte O'Néill. »Doch setzt Euch und trinkt mit uns. Ich sehe, Ihr habt Eure Schwester mitgebracht. Angenehm, Maighdean! Bringt einen Stuhl für die Dame.«

Während Oisin nur drei Plätze von O'Néill entfernt einen

Stuhl zugewiesen bekam, wurde der für Ciara in eine Ecke des Zeltes gestellt. Als sie sich setzte, bemerkte sie, dass ein älterer Mann und ein etwas jüngerer, die Brüder sein mochten, sie so intensiv musterten, als sei sie ein Pferd, das zum Verkauf steht. War einer von diesen beiden der Bräutigam, den Oisin für sie ausgesucht hatte? Sie beäugte die Männer von Kopf bis Fuß und stellte fest, dass keiner von ihnen sich auch nur im Entferntesten mit Ferdinand messen konnte. Den Abzeichen auf ihren Baretten nach stammten sie aus dem Süden. Ciara vermutete, dass es sich um Ui'Laoghaire aus Laighean handelte. Das war so weit weg von zu Hause, dass sie gleich mit Ferdinand auf den Kontinent gehen konnte.

Ciara war so in ihre Gedanken verstrickt, dass sie das Gespräch der Anführer kaum beachtete und zusammenzuckte, als Aodh Mór O'Néill mit seiner prankenähnlichen Faust auf den Tisch schlug. Sofort richtete sich die Aufmerksamkeit aller Anwesenden auf ihn.

»Unsere spanischen Verbündeten sind in Irland gelandet!«, rief er mit weittragender Stimme.

Jubel brandete im ganzen Lager auf, und O'Néill ließ den Männern Zeit, ihrer Begeisterung Ausdruck zu geben. Erst nach einer Weile hob er die Hand, um Ruhe zu gebieten.

»Durch die Unbilden des Meeres und des Windes hat jedoch nur ein Teil des Heeres Irlands Küsten erreicht, und sie konnten auch nicht wie geplant in Sligeach landen, sondern mussten in Cionn tSáile an Land gehen!«

Den meisten Iren sagte das wenig, und sie jubelten erneut. Oisin hingegen runzelte die Stirn. »Cionn tSáile? Das liegt ganz im Süden!«

»So ist es«, bekannte O'Néill. »Meine Späher haben erfahren, dass Charles Blount seine Truppen zusammenzieht, um mit ihnen gegen Cionn tSáile zu marschieren. Don Luis hat mir erklärt, dass sein General Don Juan de Aguila davon ausgeht, Cionn tSáile gegen die Engländer halten zu können. Aber die

Kräfte unserer Verbündeten reichen nicht aus, um den Belagerungsring zu durchbrechen. De Aguila bittet uns daher, ihm zu Hilfe zu eilen, damit wir die Engländer in die Zange nehmen und der Ketzerei in Irland ein für alle Mal ein Ende machen.«
Oisin glaubte, nicht richtig zu hören. »Wir sollen Hunderte von Meilen durch von Engländern kontrolliertes Gebiet ziehen, ohne jede Aussicht auf Nachschub und Versorgung, und das mitten im Winter? Das kann nicht gutgehen!«
»Seid Ihr ein Feigling geworden, O'Corra, nachdem Haresgills Streifscharen Euch und Eure Leute verprügelt haben?«, fragte einer der irischen Anführer spöttisch.
»Nein, aber blinder Mut hilft uns nicht weiter. Sendet Don Juan de Aguila die Nachricht, er soll Cionn tSáile bis in den Frühling hinein halten. Dann müssen Mountjoys Männer Kälte und Regen ertragen. Wir hingegen sammeln uns im März und ziehen zu einer besseren Zeit nach Cionn tSáile.«
Der Vorschlag war vernünftig, das wusste auch O'Néill. Aber er kannte die Situation der Spanier. Die meisten mit Proviant und Ausrüstung beladenen Schiffe hatten ihr Ziel nicht erreicht, und Aguilas Truppen würden daher selbst ohne Bedrohung von außen nicht bis zum Frühjahr durchhalten. Wenn es den Engländern gelang, die Spanier zu besiegen oder zum Verlassen der Insel zu zwingen, würden viele der Clans, die auf seiner Seite standen, umschwenken und sich Mountjoy anschließen.
»Wir werden Don Juan de Aguila und seine Soldaten nicht im Stich lassen, sondern nach Süden ziehen, sobald die letzten Krieger zu uns gestoßen sind«, erklärte er in einem Tonfall, der jeden Widerspruch von vornherein ausschließen sollte.
Oisin schüttelte verzweifelt den Kopf, wagte aber keinen Einwand mehr.
Pater Maitiú hingegen trat mit strahlender Miene vor das Zelt und reckte die Arme gen Himmel. »Meine Kinder!«, rief er, so laut er konnte. »Gott im Himmel hat diese tapferen spanischen

Soldaten geschickt, auf dass wir uns mit ihnen zusammentun und die Häresie mit Stumpf und Stiel ausrotten können. Der Heilige Geist wird unsere Schritte lenken und die Heilige Jungfrau Maria ihren Himmelsmantel schützend über uns ausbreiten, damit uns weder das Wetter noch die Schwerter und Kugeln der Engländer etwas anhaben können. Wer jetzt noch zögert, der ist kein rechtgläubiger Ire, sondern ein Mann, an dessen Herzen bereits das Gift der Ketzerei nagt und der den himmlischen Mächten seinen Gehorsam versagt! Lasst uns aufbrechen, und ihr werdet die Wunder erleben, die unser Herr Jesus Christus, die Heilige Jungfrau und der heilige Pádraig für uns bewirken werden.«

Als der Pater schwieg, blieb es für einige Augenblicke so still wie in einer Kirche. Dann aber brandete der Jubel noch stärker auf als zuvor. Freunde und auch Wildfremde fielen einander in die Arme, und eine Welle der Begeisterung erfasste die Iren. Aithil jubelte so überschwenglich wie die meisten, während Ferdinand zumindest ein wenig Hoffnung schöpfte, dieser Kriegszug könne das erhoffte Ergebnis bringen.

Auch Hufeisen mimte Begeisterung, nachdem ihn einige schiefe Blicke getroffen hatten. Er sah die Schwierigkeiten eines langen Marsches durch den Winterregen deutlich vor sich, aber er war Soldat und würde gehorchen, wenn der Befehl zum Abmarsch kam. Dann fiel ihm ein, dass sich die Engländer ebenfalls mit den Unbilden des Wetters herumschlagen mussten. Also waren die Aussichten beider Seiten gleich schlecht. Siegen würde das Heer, das über die besseren Anführer verfügte, und er hoffte, dass Don Juan de Aguila der richtige Mann war. Immerhin verfügten die Spanier über das beste Fußvolk der Welt. Wenn diese disziplinierte Truppe sich mit dem Überschwang der Iren vereinigte, konnte es das Ende der Engländer auf dieser Insel sein.

3.

Aodh Mór O'Néill hatte es eilig, denn er verfügte weder über die Mittel, sein Heer lange zu versorgen, noch konnte er riskieren, dass die Engländer einen überraschenden Sieg gegen die in Cionn tSáile gelandeten Spanier errangen. Daher brachen die Iren nur wenige Tage später auf. Da die englischen Festungen noch immer die wichtigsten Straßen und Flüsse kontrollierten, mussten sie erneut durch die Wälder marschieren und konnten die wenigen Kanonen und Proviantwagen, die sie besaßen, nicht mit sich führen. Auch reichte die Zahl der Saumtiere nicht aus, alle Vorräte und die wichtigste Ausrüstung zu transportieren. Deswegen mussten jeder Mann und auch die Frauen, die ihre Männer begleiteten, schwere Lasten auf den Schultern tragen.
Ciara und Saraid schleppten ebenso viel wie die anderen Frauen, und selbst Gamhain wurde ein Bündel auf den Rücken geschnallt, was der Hündin gar nicht gefiel. Während Ciara das Tier immer wieder antrieb und selbst unter ihrer Last gebeugt einherstapfte, trauerte sie ihrem Esel nach, der das Gefecht mit Haresgills Streifschar nicht überlebt hatte.
Das Wetter war so schlecht, als hätten die Heiligen im Himmel Pater Maitiús flehendes Bitten um Beistand überhört, und so kämpfte sich eine triefend nasse Schar durch die kalten Winde in Richtung Süden. Nur der Gedanke, dass es den Engländern nicht besser ging, ließ sie den Mut nicht verlieren. Schwer genug war es trotzdem. Nur wenige von ihnen waren je so weit durch Irland gezogen, und so blickten die meisten nun misstrauisch auf Landschaften, die sich von ihrer gewohnten Heimat unterschieden. Die Wälder erschienen ihnen dunkler, und

im Nebeldunst glaubten sie immer wieder, geheimnisvolle Gestalten zu sehen, die sie belauerten. Uralte Sagen und viele Ängste erfüllten die Herzen der Marschierenden, und manch einer murmelte die alten Bannsprüche, die ihn die Großmutter gelehrt hatte, und vertraute mehr darauf als auf die Gebete der Priester und die Weihrauchdüfte, mit denen die Geistlichen böse Geister fernhalten wollten.

Um zu zeigen, dass sie sich dem Willen ihres Bruders niemals beugen würde, hielt Ciara sich an Ferdinands Seite. Er hatte ihr mittlerweile einen Teil ihres Gepäcks abgenommen und schleppte es zusätzlich zu seinem eigenen. Sie war ihm dankbar, sagte sich aber, dass ein Edelmann keine solch schweren Lasten tragen sollte. Keiner der einheimischen Anführer hatte sein Gepäck geschultert, auch Oisin nicht. Ihr Bruder vertraute darauf, dass die Ui'Corra-Krieger alles mitschleppten.

Hufeisen war ebenfalls schwer bepackt und nahm es mit bissigem Humor hin. »Was meint Ihr, Herr Ferdinand? Wie viele Tage müssen wir noch marschieren, bis wir in Cionn tSáile ankommen?«

»Da müsstest du schon den O'Néill fragen. Aber selbst bei unserem großen Anführer bezweifle ich, dass er es auf den Tag genau sagen kann«, antwortete Ferdinand.

»Wenn wir es wüssten, könnten wir unsere Vorräte so einteilen, dass sie bis dorthin reichen, schnell die Engländer zusammenschlagen und uns dann an deren Proviantwagen bedienen. So schleppen wir womöglich zu viel unnötiges Zeug mit, das in unseren Mägen besser aufgehoben wäre!«

Hufeisen wischte sich über die Stirn, auf der sich Regen und Schweiß mischten, und wandte sich Saraid zu, die mit verbissener Miene neben ihm herstapfte.

»Jetzt bedauert Ihr wohl, nicht in der Ui'Corra-Burg zurückgeblieben zu sein.«

Saraid schüttelte den Kopf, dass die Tropfen nur so flogen.

»Nie und nimmer! Ich gehe lieber bis ans Ende der Welt, als weiterhin in Buirres Kammer schlafen zu müssen.«
»Warum habt Ihr ihn eigentlich geheiratet, wenn er Euch so zuwider ist?«, wollte Hufeisen wissen.
»Er war ein tapferer Krieger und hat mir geduldig den Hof gemacht. Außerdem hatte ich in dem alten Turm am Meer, in dem wir lebten und den kaum jemand aufsuchte, nicht viel Auswahl. Anfangs war ich davon überzeugt, wir würden uns aneinander gewöhnen, und ich hatte auch Angst, eine alte Jungfer zu werden. Auf jeden Fall war der Buirre, der vom Kontinent nach Irland zurückkam, nicht mehr der gleiche fröhliche junge Mann wie zuvor. Oisin hatte ihn zu einem seiner Unteranführer ernannt, und das ist ihm zu Kopf gestiegen. Nach seiner Rückkehr forderte Buirre von mir unbedingten Gehorsam, obwohl er mit einem freundlichen Wort mehr erreicht hätte, und nahm sich Rechte heraus, die ihm nicht zustanden. Sobald wir die Engländer besiegt haben, werde ich mein Leben so einrichten, dass ich ihn nicht mehr sehen muss. Vielleicht erreicht Oisin es sogar, dass meine Ehe mit Buirre aufgelöst wird. Dann könnte er sich ein Weib nehmen, das vor ihm kuscht und seine schlechte Laune erträgt, und ich ...«
Saraid brach ab und kniff die Lippen zusammen, während Hufeisen leise zu lachen begann.
»Ihr würdet wohl auch gerne wieder heiraten, was? Allein ist Euch das Bett doch ein wenig zu kalt.«
»Ich wüsste nicht, was dich das angeht!«, gab Saraid scharf zurück und ging etwas schneller.
Hufeisen beschleunigte ebenfalls seine Schritte. »Ihr solltet nicht zornig auf mich sein!«, bat Hufeisen. »Ich kann einfach nicht glauben, dass eine so prachtvolle junge Frau wie Ihr wie eine Nonne leben will.«
»Wenn du glaubst, ich würde meine Schenkel für dich spreizen, so hast du dich geschnitten! Mach es dir gefälligst selbst oder

such dir ein Weib, das dumm genug ist, sich von einem deutschen Ochsen bespringen zu lassen.«
»Wenn schon, dann deutscher Stier! Ein Ochse kann nämlich keine Kuh mehr bespringen.« Hufeisen brachte es so trocken hervor, dass Saraid gegen ihren Willen lachen musste.
»Du bist einfach unmöglich«, sagte sie kopfschüttelnd, blieb aber an seiner Seite und begann, ihn über sein bisheriges Leben auszufragen.
»Da gibt es nicht viel zu erzählen«, meinte er, berichtete aber einiges aus seiner Jugend. »Ich bin auf Kirchberg aufgewachsen. Mein Vater war einer der Gutsbeamten und meine Mutter die Tochter eines wohlhabenden Bauern. Ihrem Willen zufolge hätte ich die Erbin eines großen Bauernhofs heiraten sollen. Der Hof hätte mir gefallen, aber die Frau dazu nicht. Außerdem trieb ich mich ständig mit den beiden jungen Herren herum – ich meine mit Simon von Kirchberg und dessen Vetter Andreas, dem Sohn des Gutsherrn. Herr Ferdinand war damals noch ein Knabe. In den Wirtshäusern der Gegend waren die beiden Vettern wohl bekannt, und Andreas von Kirchberg war sehr freigiebig. Er hat mir so manchen Becher Wein oder Bier bezahlt – und Herrn Simon auch.«
Hufeisen seufzte, als er an jene Zeiten zurückdachte. »Die beiden jungen Herren hatten sich mit einem Nachbarn einen groben Scherz erlaubt und wurden dabei erwischt. Seinem Sohn hat der Gutsherr Franz höchstpersönlich die Leviten gelesen, Simon hingegen wollte sich eine solche Predigt nicht gefallen lassen und verließ Kirchberg, um Söldneroffizier zu werden. Trotz seines Ärgers gab ihm sein Oheim ein Empfehlungsschreiben an einen ihm bekannten Söldnerhauptmann mit – und mit der Sache begann mein Pech. Herr Franz hätte mich als Gutsbeamten in seine Dienste genommen, doch Herr Simon schlug mir vor, ihn als sein Bursche zu begleiten. Für mich war es allzu verlockend, fremde Länder zu sehen und Abenteuer zu erleben, und so ging ich mit ihm. Im Lauf der

Zeit bin ich zu seinem ersten Unteroffizier aufgestiegen, aber nun bin ich wieder nur ein Diener, und zwar der von Herrn Ferdinand, der im Gegensatz zu Herrn Simon ein ehrlicher, aufrechter Mann geworden ist. Auf Kirchberg hätte ich ein besseres Leben gehabt als hier, aber wenn ich dort geblieben wäre, hätte ich Euch nicht kennengelernt. Das wäre wirklich schade gewesen.«
Hufeisen begleitete seine letzten Worte mit einem bewundernden Blick, der Saraid erröten ließ. Derzeit sah sie aus wie eine getaufte Katze, und das war ihr allzu deutlich bewusst.
»Du hast ja so einiges erlebt«, antwortete sie nachdenklich.
»So viel nun auch wieder nicht. Als Soldat liegt man die meiste Zeit irgendwo auf Garnison und langweilt sich zu Tode. Aber wir sollten wieder etwas schneller werden, denn die anderen sind uns ein ganzes Stück voraus.«
Das Gespräch erlahmte und wurde auch nicht mehr aufgenommen, weil beide eigenen Gedanken nachhingen. Während Hufeisen sich mit der bevorstehenden Schlacht beschäftigte, drehten Saraids Überlegungen sich um den Deutschen. Seine bäuerlich-bürgerliche Abkunft kam zwar nicht ganz der ihren gleich, doch das war bei Buirre auch nicht der Fall gewesen.
Nun bedauerte sie es, dass sie als verheiratete Frau galt, obwohl sie keine Gemeinschaft mehr mit ihrem Mann hatte. Eine neue Ehe durfte sie trotzdem nicht eingehen. Zumindest in einem hatte Hufeisen recht: Ganz allein wollte sie den Rest ihres Lebens nicht verbringen. Sie würde jedoch nur die Geliebte eines Mannes werden können, wenn sie sich nicht vor Gott versündigen und sich der Bigamie schuldig machen wollte. Doch war Cyriakus Hufeisen der richtige Mann für ein Verhältnis?, fragte sie sich. Oder würde er sich genauso wie Buirre zum Schlechteren hin verändern? Auf diese Frage wusste sie keine Antwort. Und so weit durfte sie ohnehin nicht denken, wenn sie nicht als leichtfertiges Weib gelten wollte. Eine Frau, die sich von ihrem Ehemann trennte, hatte den Lehren der heiligen

Kirche nach keusch zu leben und am besten gleich in ein Kloster einzutreten.

Nur gut, dass die Engländer hier in Irland die meisten Klöster zerstört haben, dachte sie in einem Anflug von Galgenhumor und beschloss, vorerst nicht über den Tag hinauszudenken. Was morgen kam, wusste nur Gott, der Herr, und der flüsterte es ihr gewiss nicht vorher ins Ohr.

4.

Das Heer hatte einige Meilen vor Cionn tSáile Lager bezogen. Damit Ciara und Saraid nicht im Regen sitzen und schlafen mussten, schnitt Ionatán junge Zweige ab und flocht daraus ein Schutzdach. Hufeisen half ihm dabei, während Ferdinand zunächst nur verwirrt zusah.
Da trat Oisin auf ihn zu. »Wir sollen beide zu Aodh Mór O'Néill kommen.«
Mit einem bedauernden Blick auf die halbfertige Hütte folgte Ferdinand ihm. Einem Gespräch mit dem Rebellenführer hätte er es vorgezogen, etwas für Ciara zu tun, um ihr zu zeigen, wie sehr er sich um sie sorgte.
Sie sah ihm nach und lächelte.
Wenn O'Néill nach Ferdinand schickte, musste dessen Mut und Findigkeit bereits die Runde gemacht haben. Vielleicht, so hoffte sie, konnte er sich in der kommenden Schlacht so auszeichnen, dass es ihrem Bruder unmöglich wurde, sie ihm zu verweigern.
Solche Gedanken waren Ferdinand im Augenblick fern. Als er mit Oisin auf Aodh Mór O'Néills Zelt zutrat, welches dessen Diener auf mehreren Lasttieren herangebracht hatten, fühlte er sich zutiefst erschöpft und spürte, wie Kälte und Regen in die alten Verletzungen bissen. Innen war es zwar nur unwesentlich wärmer als draußen, doch wenigstens hielt es den Winterregen ab, der den Männern ständig zusetzte.
O'Néill saß auf einem Klappstuhl, während Pater Maitiú und Don Luis de Cazalla neben ihm standen. Hinter ihnen tauchte gerade Aodh Ruadh O'Domhnaill auf und blickte O'Neill über die Schulter. Alle vier trugen trockene Kleider, und darum

beneidete Ferdinand sie fast noch mehr als um die dampfenden Punschbecher, die sie in Händen hielten.

»Wir haben Cionn tSáile fast erreicht«, begann O'Néill das Gespräch. »Jetzt gilt es zu beraten, wie wir weiter vorgehen sollen.«

»Wir sollten die Engländer umgehend angreifen, bevor sie gegen uns Stellung beziehen können«, schlug Oisin vor.

»Das ist unmöglich!«, wandte Don Luis erregt ein. »Mein General Don Juan de Aguila muss vor einem Angriff informiert werden, damit er einen Ausfall machen und den Engländern in den Rücken stoßen kann.«

»So machen wir es!« O'Néill nickte dem Spanier kurz zu und wandte sich Oisin und Ferdinand zu. »Ihr beide werdet euch in die Stadt schleichen und Don Juan meinen Schlachtplan übermitteln. Er darf auf keinen Fall dem Feind in die Hände fallen. Habt ihr verstanden?«

Oisin nickte bekräftigend. »Das haben wir.«

Mit einem zufriedenen Lächeln breitete Aodh Mór O'Néill eine Karte der Umgebung aus. »Hier«, sagte er und wies auf ein Symbol, »liegt Cionn tSáile. Den Meldungen meiner Späher nach haben die Engländer hier, hier und hier Stellung bezogen. Wir selbst sind hier, also noch weit genug entfernt, um von Mountjoys Wachhunden nicht bemerkt zu werden.«

O'Néills rechter Zeigefinger tanzte dabei über das Blatt und blieb jeweils nur kurz auf den entsprechenden Stellen stehen.

»Unser Ziel muss es sein, die Engländer an drei Stellen gleichzeitig anzugreifen, damit sie einander nicht unterstützen können. Don Juan wird zur selben Zeit mit seinen Truppen die Stadt verlassen und den Feind von der Seite her aufrollen. Im Grunde ist der Plan ganz einfach. Wichtig ist, dass alles zur richtigen Zeit erfolgt. Hier sind meine Anweisungen für Don Juan! Er kennt den Code und kann ihn entziffern. Die Engländer können es nicht. Trotzdem solltet ihr alles daransetzen, dass sie euch nicht bemerken.«

O'Néill redet mit uns, als wären wir blutige Rekruten, dachte Ferdinand erbost. Er selbst hielt den Plan ganz und gar nicht für so einfach, wie ihr Anführer es hingestellt hatte. Bereits bei den Iren mussten drei Marschsäulen aufeinander abgestimmt werden, und dazu kamen noch die Spanier in der Stadt. Doch das war nicht seine Aufgabe, sondern die der Männer, die O'Néill zum Kommandanten der einzelnen Truppenteile ernennen würden.
»Don Luis wird euch begleiten. Und nun geht mit Gott!«, fuhr O'Néill fort.
»Die Hilfe der Himmlischen werden wir brauchen«, flüsterte Oisin Ferdinand zu, als sie das Zelt verlassen hatten.
Dieser schüttelte den Kopf. »Wie sollen wir in die Stadt hineinkommen? Ich glaube nicht, dass die Engländer die Straßen unbewacht lassen.«
Ohne dass sie es bemerkt hatten, war Aodh Ruadh O'Domhnaill ihnen gefolgt. »Kommt mit mir. Dieser Pfad führt in eine Bucht. Dort liegt ein Boot für euch bereit. Es ist der einfachste Weg für euch, dicht an der Küste entlang zu rudern. Englische Schiffe trauen sich wegen der spanischen Kanonen nicht so nahe an die Stadt heran, und daher kann euch unterwegs niemand abfangen.«
»Danke, Herr!« Oisin deutete eine Verbeugung an und drehte sich dann zu Ferdinand und Luis de Cazalla um. »Ich schlage vor, dass wir gleich aufbrechen. Ich möchte nicht in die Nacht hineinkommen, sonst verfehlen wir noch die Stadt und landen vor Mountjoys Füßen.«
Keiner lachte über diesen Scherz. Während O'Domhnaill ihnen alles Gute wünschte, überlegte Ferdinand, ob es ihm noch gelingen könnte, sich von Ciara zu verabschieden. Doch da schlug deren Bruder bereits den Weg zum Strand ein, und ihm blieb nichts anderes übrig, als ihm zu folgen.
Der Weg endete in einer kleinen, felsigen Bucht, in der ein einzelnes Boot am Ufer lag. Zwei Matrosen warteten bereits auf

sie. Die beiden Männer sahen Ferdinand, Oisin und de Cazalla zwar neugierig entgegen, dachten aber nicht daran, den dreien in den schwankenden Kahn zu helfen.

»Wir sollen Euch nach Cionn tSáile bringen«, sagte einer von ihnen.

Das war keine Frage, sondern eine Feststellung, fand Ferdinand, und er fragte sich, wieso O'Domhnaill so sicher sein konnte, dass die beiden zuverlässig waren. Die Kerle konnten sie ebenso gut direkt vor die englischen Musketenläufe rudern. Er ärgerte sich über seine Zweifel, doch er hatte gelernt, dass nicht alle Iren einen Aodh Mór O'Néill als mächtigsten Mann im Land haben wollten, auch wenn dieser einem alten Königsgeschlecht entstammte. Aodh Ruadh O'Domhnaill konnte seine Abstammung ebenfalls auf eine der alten Sippen zurückführen und trug als Rí von Tir Chonaill sogar noch den Titel eines jener Kleinkönige, die Irland einst beherrscht hatten und es in einigen Gegenden noch taten. Im Grunde waren Aodh Mór O'Néill und Aodh Ruadh O'Domhnaill Konkurrenten, und nur der Krieg gegen die Engländer verhinderte, dass zwischen ihnen ein Kampf um die Macht entbrannte.

Mit diesem unerfreulichen Gedanken stieg Ferdinand ins Boot, und die beiden anderen taten es ihm nach. Kaum hatten sie Platz genommen, stießen die Ruderer das Boot vom Ufer ab und legten sich in die Riemen. Ferdinand fand das Verhältnis von zwei Ruderern auf drei Passagiere ungünstig und hätte am liebsten mitgeholfen. Da es jedoch kein weiteres Paar Riemen an Bord gab, blieb ihm nichts anderes übrig, als ebenso wie Oisin und de Cazalla ruhig sitzen zu bleiben und das Ufer anzustarren. Dort erwartete er jeden Augenblick, englische Musketenläufe im Licht der Nachmittagssonne aufleuchten zu sehen und den Knall von Schüssen zu hören. Sie bewegten sich knapp innerhalb der Schussweite und konnten noch getroffen werden.

Doch zu seiner Erleichterung blieb alles ruhig, und bald sahen sie die grauen Mauern von Cionn tSáile vor sich auftauchen. Die Ruderer steuerten den Hafen an, und Ferdinand erkannte bereits die Masten der spanischen Schiffe, die dort vertäut waren.

Im nächsten Moment hörte er Oisin verärgert knurren. »Aguila hätte seine Leute also doch auf die Schiffe verladen und mit ihnen nach Sligeach segeln können, aber er hatte wohl zu viel Angst vor der englischen Flotte und den Winterstürmen auf See«, erklärte Oisin auf Irisch, damit de Cazalla ihn nicht verstand.

»Wohl zu Recht! Wenn ich O'Néill richtig verstanden habe, ist nur gut die Hälfte der spanischen Schiffe an diesem Hafen angelangt«, antwortete Ferdinand in der gleichen Sprache.

»Wer nichts wagt, kann nichts gewinnen! Auf jeden Fall hat Aguila uns Iren damit in eine prekäre Lage gebracht. Unsere Clankrieger müssen nun in offener Feldschlacht gegen geschultes Fußvolk antreten. Das wird blutig werden, mein Freund, dafür lege ich meine Hand ins Feuer. Wir werden den Segen des Himmels und den ganzen Verstand unserer Anführer brauchen, wenn wir heil aus dieser Sache herauskommen wollen«, prophezeite Oisin düster, während das Boot sich der Mole näherte.

Ein spanischer Posten rief sie an. »Wer seid ihr?«

Sofort erhob sich de Cazalla, stützte sich an der Bordwand ab und winkte hinüber. »Ich bin Don Luis de Cazalla und muss mit Seiner Exzellenz Don Juan de Aguila y Arellano sprechen.« Mit diesen Worten hatte der Spanier sich zum eigentlichen Boten O'Néills ernannt und Ferdinand und Oisin zu unwichtigen Begleitern degradiert. Oisin knurrte erneut, konnte aber nicht verhindern, dass die spanischen Wachtposten sich vor de Cazalla verbeugten, ihn und Ferdinand aber daran hinderten, an Land zu steigen.

»He, was soll das?«, fragte er empört.

»Es ist der Befehl Seiner Exzellenz Don Juan del Aguila y

Arellano, dass kein Fremder die Stadt betreten darf. Sonst könnten die Engländer erfahren, wie er deren Mauern verteidigen will«, erklärte de Cazalla.
»Ich bin kein Engländer, verdammt noch mal, sondern ein Ire, ein Verbündeter!« Jetzt wurde Oisin laut, konnte den Spanier jedoch nicht beeindrucken.
De Cazalla streckte fordernd die Hand aus. »Gebt mir die Botschaft des Conte de Néill!«
»Nein, verdammt! Ich bin beauftragt, Don Juan O'Néills Schlachtplan zu erläutern. Es muss alles zusammenpassen, sonst schlittern wir in eine Katastrophe.« Oisin platzte beinahe vor Wut, doch ihr spanischer Begleiter verschanzte sich hinter seiner Arroganz.
»Ich kenne den Plan Conte de Néills besser als Ihr und werde ihn Seiner Exzellenz daher ausführlich erklären. Ihr wartet hier, bis ich zurückkomme.«
Mit diesen Worten drehte de Cazalla sich um und betrat die Stadt, während Ferdinand und Oisin sich weiterhin einem halben Dutzend spanischer Infanteristen gegenübersahen, die sie mit gefällten Piken bedrohten.
Oisin fluchte mit allem, was die irische Sprache hergab. Ebenso wie Ferdinand fühlte er sich von dem Auftreten der Spanier vor den Kopf gestoßen. Dabei war allein deren Dummheit, hier im Süden der Insel zu landen anstatt in den Gebieten, die von O'Néill und seinen Verbündeten gehalten wurden, an der verfahrenen Situation schuld.

5.

Luis de Cazalla blieb mehr als fünf Stunden aus und hatte bei seiner Rückkehr sogar noch die Frechheit zu erwähnen, dass Juan de Aguila ihn zum Mahl eingeladen habe. Da Ferdinand, Oisin und die beiden Ruderer nicht einmal einen Schluck Wasser erhalten hatten und, wie Oisin rüde sagte, auch über die Bordwand ins Hafenbecken hatten pinkeln müssen, nahmen sie diese Rede übel auf.
»Ich weiß nicht, ob die Spanier als Herren über Irland wirklich besser sind als die Engländer«, erklärte Oisin grimmig.
Ferdinand zuckte mit den Schultern. »Sie haben wenigstens denselben Glauben.«
»Das schon, aber dafür ist jeder von ihnen doppelt so aufgeblasen wie ein englischer Lord. Gott schütze uns vor beiden!«
Oisin schlug das Kreuz und blieb dann stumm, bis sie tief in der Nacht wieder in die kleine Bucht einliefen, von der sie aufgebrochen waren.
Die Posten, die dort auf sie warteten, entpuppten sich zu ihrer Erleichterung als Iren. Einer davon rannte gleich los, um Aodh Mór O'Néill die Rückkehr seiner Abgesandten bekanntzugeben.
O'Néill erwartete die drei in seinem Zelt. Es regnete ausnahmsweise nicht, aber es war kalt, und Ferdinand hätte sich einen Becher warmen Mets gewünscht, wie ihr Anführer ihn gerade in der Hand hielt. Es dachte jedoch niemand daran, ihm oder Oisin etwas anzubieten. Stattdessen sah O'Néill sie erwartungsvoll an.
»Ihr habt mit Don Juan gesprochen. Was sagt er? Ist er mit meinem Plan einverstanden?«

Sowohl Oisin wie auch Ferdinand blieben aus Ärger stumm, richteten aber beredte Blicke auf Luis de Cazalla. Nach einem Räuspern deutete dieser eine Verbeugung vor dem Rebellenführer an.

»Ich habe mit Seiner Exzellenz Don Juan de Aguila y Arellano gesprochen und ihm Euren Plan erörtert. Er ist bis auf wenige Kleinigkeiten damit einverstanden.«

»Und was sind das für Kleinigkeiten?« Diesmal vergaß Aodh Mór O'Néill alle Höflichkeit, denn er hatte Stunden um Stunden an seinem Plan gearbeitet und sah Schwierigkeiten voraus, wenn die Spanier Änderungen forderten.

»Seine Exzellenz Don Juan de Aguila y Arellano teilt Euch mit, dass er mit seinen Truppen die Stadt Kinsale erst verlassen wird, wenn er sicher sein kann, dass Eure Truppen bereits auf die Engländer gestoßen sind. Seine Exzellenz befürchtet, diese Ketzer könnten sonst versuchen, sich durch eine Kriegslist in den Besitz der Stadt zu setzen.«

Luis de Cazalla dozierte wie ein Magister an einer Hochschule, so als hätte er statt eines erfahrenen Kriegsführers wie O'Néill einen dummen Rekruten vor sich. Auch kam die Tatsache, dass er Cionn tSáile bei dem englischen Namen nannte, nicht gut an.

Aodh Mór O'Néills rötlicher Bart zitterte, als er zu sprechen begann, und ihm war anzumerken, dass er gerne deutlichere Worte gefunden hätte. Der diplomatische Zwang machte ihm dies jedoch unmöglich.

»Don Juan de Aguila muss seinen Ausfall zu genau dem Zeitpunkt beginnen, den ich genannt habe. Wenn unsere Aktionen nicht aufeinander abgestimmt sind, geben wir den Engländern die Möglichkeit, sich auf unseren Angriff einzurichten und unsere Marschsäulen nacheinander zu bekämpfen.«

»Seine Exzellenz Don Juan de Aguila y Arellano wird genau zu dem Zeitpunkt eingreifen, den er für richtig hält.« Damit war für de Cazalla alles gesagt.

O'Néill begriff, dass er keine andere Antwort erhalten würde, und ballte die Fäuste. Da war er mit seinem Heer mitten im Winter quer durch ganz Irland geeilt, um den gelandeten Spaniern beizustehen, und wurde von diesen behandelt wie ein Lakai.
»Wir greifen morgen an«, wandte er sich an Oisin, »und zwar wie geplant in drei Kolonnen. Ich werde mit meinem Heerbann diesen Hügel hier besetzen!« Sein rechter Zeigefinger fuhr über die Karte und blieb auf einem Symbol in der Nähe der Stadt stehen. »Von hier aus greife ich das Zentrum der Engländer an. Unsere zweite Schar unter O'Domhnaill wird hier angreifen und die dritte an dieser Stelle. Morgen müssen wir die Engländer schlagen! Verlieren wir diese Schlacht, werden wir keine freien Männer mehr sein, sondern Sklaven einer Königin, die uns jederzeit mit einem Federstrich die Köpfe abschlagen lassen kann, genau so, wie es dem armen Earl of Essex ergangen ist.«
»Wir werden siegen, schon um diesen aufgeblasenen Spaniern zu zeigen, wozu wir Iren fähig sind!« Oisin ballte erbittert die Faust, verbeugte sich dann vor O'Néill und forderte Ferdinand auf, mit ihm zu kommen.
»Vielleicht bekommen wir noch etwas zu essen. Ich habe nämlich seit dem Morgenbrei nichts mehr zu mir genommen!« Es war ein weiterer Stich gegen de Cazalla, dem Oisin und Ferdinand keine weitere Beachtung schenkten. Sie verließen O'Néills Zelt und gingen im Schein einer Fackel zu dem Teil des Lagers, in dem ihre Leute untergebracht waren.
Die meisten Ui'Corra schliefen bereits. Nur Ciara und Saraid, Aithil, Hufeisen und Ionatán waren wach geblieben, um auf sie zu warten.
Ciara ergriff zuerst die Hände ihres Bruders, dann die von Ferdinand. »Ihr seid glücklich zurückgekehrt! Ich hatte große Angst, seit ich hörte, O'Néill hätte euch losgeschickt, um in die Stadt zu gelangen.«

»Uns ist nichts passiert! Nur unsere Mägen knurren. Die Spanier waren nämlich so gastfreundlich, als hätten sie bereits alles selbst aufgefressen.« Oisin setzte sich an das Feuer, dessen Flammen kaum eine Handbreit hoch brannten, und starrte düster in die Glut. »Morgen werden wir wissen, ob Aodh Mór O'Néill richtig gehandelt hat, uns so weit in den Süden zu führen.«

»Es gibt also eine Schlacht.« Obwohl Ciara klar gewesen war, dass es dazu kommen würde, umklammerte sie Ferdinands Hände, als suche sie Halt.

Das flackernde Lagerfeuer zeichnete seltsame Schatten auf ihr Gesicht, und sie erschien Ferdinand so schön und gleichzeitig fremd wie eine der Feenköniginnen, die dieses Land bewohnen sollten.

»Gib auf dich acht!«, sagte ihr Blick, und er nickte unwillkürlich.

»Das werde ich tun!«

6.

Der Morgen war nicht mehr fern, als Ferdinand von einer Hand geweckt wurde, die an seiner Schulter rüttelte. Er öffnete die Augen und sah Toal mit einer brennenden Fackel vor sich.

»Geht es los?«, fragte er den Jungen.

»Die Engländer!«, stieß er hervor. »Sie haben ihre Stellungen verlassen und rücken gegen uns vor.«

»Was sagst du?« Ferdinand war mit einem Schlag hellwach. Wie es aussah, hatte der Feind ihren Anmarsch entgegen aller Voraussagen bemerkt. Leise fluchend warf er die klamme Decke ab, sprang auf und war mit zwei Schritten bei Oisin, den Toal bereits vor ihm geweckt hatte. »Was sollen wir tun?« Oisin schüttelte sich, um seine Müdigkeit loszuwerden, und zeigte auf die schlafenden Männer. »Wir wecken alle und machen uns zum Kampf bereit. Das Frühstück muss ausfallen, wenn wir rechtzeitig auf dem Hügel sein wollen.«

»Sollten die drei Marschsäulen nicht alle zugleich angreifen?«, fragte Ferdinand.

»Aodh Mór O'Néill wird schon dafür sorgen, dass es dazu kommt. Allerdings werden wir uns nicht in seiner Nähe sehen lassen, sonst schickt er uns noch einmal in die Stadt, um den Spaniern in den Arsch zu treten. Doch dazu sind meine Zehen zu empfindlich. Soll es doch Don Luis tun. Wir kämpfen!«

Bei den letzten Worten begann Oisin, seine Krieger einen nach dem anderen mit der Fußspitze anzutippen. »Los, aufstehen, ihr Faulpelze!«, rief er. »Wer nicht sofort zu den Waffen greift, bekommt einen Eimer Wasser über den Kopf.«

»Nasser als jetzt kann ich dabei auch nicht mehr werden!«,

knurrte Aithil und wies auf seine Decke, aus der das Wasser rann.
»Wenn wir die Engländer schlagen, kannst du dir bei ihnen eine trockene Decke besorgen«, warf Ionatán mit einem verkrampften Lachen ein.
»Die ist am nächsten Tag ebenfalls durchweicht. Gibt es was zu essen?« Aithil sah sich suchend um, doch bislang waren keine Kochfeuer entzündet worden, und jetzt war es zu spät dazu.
»Wir haben noch ein bisschen Brot«, rief Ciara dazwischen. Sie war ebenso wie Saraid durch die plötzliche Unruhe wach geworden und beeilte sich, die geringen Brotvorräte zu verteilen. Eines der größten Stücke reichte sie Ferdinand.
»Möge die Heilige Jungfrau dich beschützen«, flüsterte sie.
»Sei du ebenfalls vorsichtig und behalte Gamhain bei dir! Mit ihr bist du sicherer. Außerdem sollten du und Saraid darauf vorbereitet sein, von hier zu verschwinden«, erklärte Ferdinand ihr hastig.
»Du glaubst, ihr werdet der Engländer nicht Herr?«, fragte Ciara erschrocken.
»Ich will auf alles vorbereitet sein. Nur ein Narr verlässt sich auf den Zufall oder sein Glück. Habt ihr Geld? Auch wenn wir siegen, könnten wir durch die Umstände getrennt werden.« Ferdinand nannte Ciara noch einige Vorsichtsmaßnahmen, die sie und Saraid treffen sollten.
Da kam Hufeisen heran und klopfte ihm auf die Schulter. »Ihr solltet Euch bereitmachen, Herr. Eben ist ein Bote von O'Néill gekommen und hat neue Befehle gebracht.«
»Danke! Wünsch mir Glück!« Das Letzte galt Ciara, die bleich vor Ferdinand stand und in hilfloser Verzweiflung die Hände rang. Auch wenn sie Ferdinand, ihrem Bruder und allen Iren, die sich hier zusammengefunden hatten, vertraute, so erschreckte sie der unerwartete Schachzug der Engländer, die nicht in ihren Stellungen geblieben waren, sondern die Initiative ergriffen hatten.

Ferdinand blieb nicht die Zeit, über das Vorgehen der Gegner nachzudenken. Mit Hufeisens Hilfe rüstete er sich zum Kampf und reihte sich dann in die Schar der Ui'Corra ein, die schnellen Schrittes den Wald verließen und über den schwankenden Boden eines Moores dem Hügel zueilten, den Aodh Mór O'Néill unbedingt einnehmen wollte.

Hunderte irischer Krieger schlossen sich ihnen an, und man hätte einen fröhlichen Wettstreit vermuten können, welcher Clan als Erster die Höhe erreichte, wären nicht die verbissenen Mienen der Krieger gewesen, die Schwerter und Spieße in Händen hielten und kleine Rundschilde am Arm trugen. Auch O'Néills Musketiere marschierten mit, doch der Regen troff von ihren Feuerwaffen, und nur wenigen gelang es, ihre Lunten zu entzünden.

Hoffentlich können die Männer schießen, dachte Ferdinand. Mit wachsendem Zweifel stürmte er weiter, denn es galt, die Anhöhe vor den Engländern zu erreichen. Aus dem Augenwinkel sah er Aodh Mór O'Néill auf seinem riesigen Hengst sitzen seine Männer antreiben. In seiner Nähe tauchte Pater Maitiú auf, der ein großes Holzkreuz trug, welches er auf dem Marsch in einem zerstörten Kloster gefunden hatte.

Kurz darauf entdeckte Ferdinand auch Aodh Ruadh O'Domhnaill. Dessen Krieger waren ein Stück hinter den Ui'Néill zurückgeblieben, und es tat sich eine hässliche Lücke zwischen ihnen auf.

»Gleich haben wir es geschafft!«

Oisins Ruf brachte Ferdinand dazu, wieder nach vorne zu schauen. Inzwischen hatte der beginnende Morgen die Schatten der Nacht vertrieben, und er konnte die Engländer erkennen, die in breiten Kolonnen von Cionn tSáile her auf sie zurückten. Es waren verdammt viele, und das Schlimmste war, dass sie Kanonen mit sich schleppten.

Aithil schlug das Kreuz. »Heiliger Pádraig, mach, dass ihr Pulver nass geworden ist!«

»Und wenn nicht, dann sollen die Schweine wenigstens danebenschießen!«, rief Hufeisen, der die letzten Schritte den Hügel aufwärts keuchend zurücklegte und neben Ferdinand stehen blieb. »Auf alle Fälle müssen die Engländer jetzt bergan gegen uns vorrücken, das gibt uns einen Vorteil«, setzte er nach einem Blick auf den Feind hinzu.

Ferdinand wischte die Hand an dem gefütterten Wams ab, das ihm als Rüstung diente. Doch der Stoff war ebenso nass wie alles andere an ihm. »Wenigstens können wir ein paar Augenblicke verschnaufen, während die Kerle da unten zu uns hochsteigen müssen.«

»Langsam sollten die beiden anderen Trupps kampfbereit sein!« Oisin blickte in die Richtung, in die Aodh Ruadh O'Domhnaills Krieger marschiert waren. Doch dort rührte sich nichts. Auch von der dritten Abteilung konnten sie weder etwas sehen noch hören.

»Sieht so aus, als müssten wir den Tanz allein beginnen!« Hufeisen spie aus und zog sein Kurzschwert, um für den ersten Ansturm der Engländer bereit zu sein.

7.

Aodh Mór O'Néill begriff, dass der Angriff nicht so verlief, wie er es geplant hatte. Obwohl der Gegner dem vereinten irischen Heer gemessen an der Zahl der Krieger unterlegen war, sah er selbst sich einer Übermacht gegenüber. Wie es aussah, hatte Lord Mountjoy sein gesamtes Heer gegen ihn geführt, ohne sich dabei um die Spanier in seinem Rücken oder die beiden anderen irischen Truppenteile zu scheren. Das Schlimme war, dass Mountjoy damit sogar erfolgreich sein mochte.

Besorgt rief O'Néill seine Offiziere zu sich. »Wo bleiben O'Domhnaill und die anderen? Wenn sie nicht umgehend angreifen, umzingelt uns der Feind, und wir können nicht mehr vor und zurück.«

Achselzucken und verwirrte Blicke antworteten ihm. »Verdammt!«, schrie er. »Sucht O'Domhnaill und erteilt ihm den Befehl zum Angriff! Ein anderer muss in die Stadt und den verdammten Spaniern sagen, dass sie ihren Ausfall beginnen müssen.«

Einige Männer eilten sofort los, während die übrigen auf die Engländer starrten, die in dicht gestaffelten Reihen vorrückten. Mit einem Mal blieb die feindliche Front stehen. Die Musketiere traten zwei Schritte vor, legten an und feuerten. Ein Bleihagel schlug in die Reihen der Iren ein, die auf dem Hügel ein leichtes Ziel boten.

»Verdammt, wo bleiben unsere Musketiere?«, brüllte O'Néill, weil es kein Gegenfeuer gab.

»Den meisten ist das Pulver nass geworden«, erklärte ein Offizier.

»Den Engländern aber nicht!« Aodh Mór O'Néill schäumte vor Wut. »Begreift ihr denn nicht? Dies ist die entscheidende Stunde. Wenn wir hier besiegt werden, ist Irlands Freiheit für alle Zeit dahin!«

»Wir sollten endlich angreifen!«, rief Pater Maitiú dazwischen. »Die Heilige Jungfrau und alle Heiligen des Himmels stehen auf unserer Seite. Mit ihrem Segen werden wir siegen.«

O'Néill musterte den überlegenen Feind und dessen Musketiere, die eben erneut geladen hatten und eine weitere Salve abschossen. Erneut fielen Iren, ohne selbst dem Feind etwas anhaben zu können. Innerhalb weniger Augenblicke traf er seine Entscheidung.

»Wir ziehen uns zurück, damit sie uns nicht umzingeln können. Sobald unsere beiden anderen Heersäulen auf den Feind stoßen, rücken wir wieder vor und hauen sie zusammen.«

»Nein! Wir greifen an! Gott ist mit uns!« Pater Maitiú entriss O'Néills Bannerträger die Fahne, packte sie mit der einen Hand und mit der anderen Hand sein Kreuz. Für die umstehenden Männer war es ein Signal, und sie setzten sich unwillkürlich in Bewegung.

»Vorwärts, Iren, vernichtet die Ketzer!«, donnerte des Paters Ruf über die Reihen der Iren und der Engländer.

Ferdinand, Oisin und die anderen Krieger hatten von ihrer Stellung aus nicht den gleichen Überblick wie O'Néill. Als sie sahen, wie der Priester auf die Engländer zumarschierte, und ihm immer mehr Kämpfer folgten, zog auch Oisin sein Schwert. »Vorwärts!«, rief er und lief los. Ferdinand und Hufeisen folgten ihm auf dem Fuß.

»Endlich tut sich was! Ob zum Guten oder zum Schlechten wird sich weisen«, sagte Hufeisen grimmig und zog den Kopf ein, als die nächste englische Musketensalve in die eigene Truppe einschlug und sie erneut dezimierte.

Um dem englischen Musketenfeuer nicht länger ausgeliefert zu sein, begannen die Iren zu rennen. Doch bevor sie die feind-

lichen Fußsoldaten erreichten, rückten diese enger zusammen, so dass ihre Reiterei durch die entstehenden Lücken vorstoßen konnte. Im steten Trab – Kopf, Brust, Beine und Arme mit Eisen geschützt und mit gezücktem Pallasch in der Faust – rückten die Kürassiere vor. Einer von ihnen ritt auf Pater Maitiú zu, der mit Fahne und Kreuz in den Händen unter allen Iren hervorstach.
»Weiche zurück, du unreiner Geist, und fahre zur Hö…«, schrie der Pater noch, da holte der Engländer aus und schlug zu.
Entsetzt sahen die Iren, wie der Kopf des Paters durch die Luft flog und etliche Schritte entfernt auf dem Boden aufschlug. Sein Körper machte noch zwei, drei Schritte, dann stürzte er und begrub O'Néills Fahne unter sich.
Für die Iren war es ein Menetekel. Sie standen immer noch wie erstarrt, als die Reiter in ihre Reihen einbrachen und Mann für Mann erschlugen.
Hufeisen sah seine Kameraden um sich fast ohne Gegenwehr fallen und stieß Ferdinand an. »So wird das nichts, Herr! Die Ketzer machen uns nach Belieben nieder. Ich schlage vor, wir nehmen die Beine in die Hand und sehen zu, dass wir von hier wegkommen.«
»Wir sollen fliehen?« Im ersten Augenblick wollte Ferdinand diesen Vorschlag empört zurückweisen. Dann aber sah er, dass immer mehr Iren kehrtmachten und davonrannten.
»Ich glaube, du hast recht!«, rief er, wich Schritt für Schritt zurück und wehrte dabei die Klingen der auf sie eindringenden Engländer ab.
Oisin, Aithil und die anderen Ui'Corra, die den ersten Ansturm des Feindes überlebt hatten, folgten seinem Beispiel. Ihre Hoffnung, sich planmäßig zurückziehen zu können, erfüllte sich jedoch nicht, denn kaum hatten die Engländer erkannt, wie angeschlagen der Feind war, stießen sie noch schneller vor und schlugen auf alle ein, die noch standen oder sich regten.

Zuletzt warfen die Iren Schwerter, Schilde und alles andere weg, was sie beim Laufen behinderte, und flohen wie die Hasen.

Mitten in diesem Getümmel entdeckte Ferdinand Aodh Mór O'Néill, der verzweifelt versuchte, seine Männer zum Standhalten zu bewegen. Es war vergebens. Selbst als in der Nähe Kampflärm aufklang und anzeigte, dass Aodh Ruadh O'Domhnaill mit seinen Männern auf den Feind gestoßen war, blieb kein Ire stehen. Zwischen den Fliehenden und dem rettenden Wald lag ein breiter Streifen moorigen Landes, doch auch über diesen setzten ihnen die englischen Reiter nach.

Ferdinand war bislang einfach in einem Pulk mitgelaufen, doch dann blieb er mit einem Mal wie angewurzelt stehen.

»Wir müssen zu den Frauen, sonst sind sie ohne jeden Schutz«, rief er Hufeisen zu.

Der nickte verbissen. »Wird nicht leicht werden!«

»Wenn wir es nicht versuchen, werden wir es nie herausfinden«, rief Ferdinand und bog nach links ab.

Während die Ui'Corra kopflos weiterrannten, folgte Hufeisen ihm. Einige hundert Schritte kamen sie gut voran, dann hörte Ferdinand ein Pferd hinter sich schnauben. Er drehte sich um und erschrak, als er sah, wie nahe der Reiter bereits herangekommen war. Offensichtlich hatte der weiche Moorboden die Hufschläge des Pferdes verschluckt.

Der Engländer stieß einen triumphierenden Ruf aus und hob seinen Pallasch zum Schlag. Ferdinand blieb regungslos stehen, als wäre er vor Angst erstarrt. In Wahrheit wartete er auf seine Chance und wunderte sich, wie ruhig er sich fühlte.

In dem Augenblick, in dem die Brust des Pferdes ihn zu streifen drohte, trat er einen Schritt beiseite. Der Pallasch des Engländers pfiff haarscharf an ihm vorbei. Zu einem zweiten Schlag kam der Mann nicht, denn Ferdinand packte ihn und riss ihn aus dem Sattel. Der Kürassier schlug schwer auf den Boden, versuchte aber trotz seiner hinderlichen Rüstung sofort

wieder auf die Beine zu kommen. Da trat Ferdinand ihm mit dem Stiefelabsatz mit aller Wucht gegen den Kopf. Er hörte unter dem Helm Knochen bersten und vernahm ein Wimmern, das rasch verstummte.
»Das war verdammt leichtsinnig von Euch, Herr Ferdinand. Ihr hättet den Kerl mit Eurem Schwert erledigen sollen«, tadelte Hufeisen, der das Pferd des Engländers eingefangen hatte.
»Wenn meine Klinge an seiner Rüstung abgeglitten wäre, hätte er einen zweiten Schlag führen können. Das durfte ich nicht riskieren«, antwortete Ferdinand und sah sich um. Zum Glück war ihnen nur dieser eine Reiter gefolgt. Die anderen jagten weiter hinter den in kleinen Gruppen fliehenden Iren her.
Hufeisen sah es ebenfalls und atmete tief durch. »Wie es aussieht, haben wir verdammt viel Glück und können uns in die Büsche schlagen. Nehmt Ihr das Pferd und reitet zu den Damen. Beschützt sie, so gut es geht!«
»Wir werden sie gemeinsam beschützen. Komm, steig auf! Der Gaul ist kräftig genug, uns beide zu tragen.« Ferdinand schwang sich in den Sattel und streckte Hufeisen fordernd die Hand entgegen.
Nach kurzem Zögern ließ dieser sich auf das Pferd helfen, warf noch einen kurzen Blick über das Schlachtfeld und schüttelte den Kopf. »Das war bei weitem der am schlechtesten vorbereitete und durchgeführte Angriff, den ich als Soldat mitgemacht habe«, meinte er und hielt sich an Ferdinand fest. Dieser ließ das Pferd antraben, um so rasch wie möglich zu Ciara und Saraid zu gelangen.

8.

Mit dem erbeuteten Pferd erreichten Ferdinand und Hufeisen das Lager vor den meisten anderen. Einige irische Edelleute, die ebenfalls beritten waren, versuchten bereits verzweifelt, Teile ihres Besitzes einzupacken und mitzunehmen. Andere Krieger plünderten die Zelte, um ein wenig Geld oder Nahrung zu finden, bevor sie sich in die Büsche schlugen.
Hufeisen warf einen Blick auf das Chaos und winkte ab. »Ich glaube nicht, dass es O'Néill gelingt, das Heer noch einmal zu sammeln. Er darf froh sein, wenn er seine Kernschar zusammenhält. Der Rest wird verschwinden und hoffen, sich irgendwann mit den Engländern verständigen zu können.«
»Du glaubst, der Aufstand ist vorbei?«, fragte Ferdinand erschrocken.
»Davon bin ich überzeugt. Bei dem, was jetzt noch kommt, werden wir keine Rolle mehr spielen. Am besten, Ihr nehmt Jungfer Ciara mit in die Heimat. Hier werdet Ihr beide kein Glück finden.«
Es klang so mutlos, dass Ferdinand seinen Gefährten schelten wollte. Dann aber sagte er sich, dass Hufeisen als Kriegsmann weitaus erfahrener war als er und die Situation besser einzuschätzen wusste. Wichtiger, als sich mit ihm zu streiten, war es, die beiden Frauen zu finden.
Ferdinand lenkte den Gaul zu dem Teil des Lagers, den die Ui'Corra bezogen hatten, und stieg ab. Plötzlich tauchte ein Mann auf, riss Hufeisen vom Pferd und wollte sich selbst in den Sattel schwingen. Doch Hufeisen hielt den Iren fest und versetzte ihm eine so heftige Ohrfeige, dass dem Angreifer das Blut aus der Nase quoll.

»Wenn du einen Gaul haben willst, dann pflück dir gefälligst selbst einen Engländer herunter, wie Herr Ferdinand es getan hat«, brüllte Hufeisen und holte noch einmal aus.
Sogleich gab der Ire Fersengeld. Unterdessen rief Ferdinand nach Ciara. Doch niemand antwortete ihm.
»Wo können sie nur sein?«, fragte er verzweifelt.
Hufeisen hielt das Pferd am kurzen Zügel, damit es ihnen nicht doch noch verlorengehen konnte, und sah sich um. »Vielleicht sind sie schon geflohen«, meinte er.
Da entdeckte Ferdinand zwischen den Bäumen eine Gestalt, die ihm heftig zuwinkte. »Dort sind sie!«, rief er und eilte in die Richtung.
Hufeisen folgte ihm mit dem Pferd, musste aber sein Kurzschwert ziehen, um mehrere Männer daran zu hindern, es ihm abzunehmen.
»Verschwindet, ihr Kerle! Hättet ihr so gekämpft, wie es sich gehört, müsstet ihr jetzt nicht rennen wie die Hasen!«, brüllte er die Iren an.
Noch während Hufeisen sich mit einem Mann herumschlug, der einfach nicht aufgeben wollte, erreichte Ferdinand Ciara und schloss sie in die Arme. »Endlich finde ich dich!«
»Geht es dir gut! Ja? Oh, Heilige Jungfrau, ich danke dir dafür!« Ciara gab ihm einen Kuss, sah sich dann aber suchend um. »Wo sind mein Bruder und die anderen?«
»Wir wurden getrennt! Ich konnte wenig später einem englischen Reiter den Gaul abnehmen. Die anderen werden etwas länger brauchen.«
»Herr Ferdinand, wenn Ihr noch länger mit der Jungfer tändelt, anstatt mir zu helfen, ist der Zossen fort, und wir haben das Nachsehen!«, brüllte Hufeisen in höchster Not.
Ferdinand drehte sich um und sah, dass sein Gefährte von drei Iren bedrängt wurde, die ihm das Pferd abnehmen wollten. Mit zwei Sprüngen war er bei ihm und versetzte den Kerlen Hiebe mit der flachen Klinge.

»Verschwindet!«, herrschte er sie an und schwang drohend das Schwert.

Ciara war ihm gefolgt und fasste ihn am linken Arm, nachdem die Iren Fersengeld gegeben hatten. »Ist die Schlacht wirklich so schlecht für uns ausgegangen, wie die Männer sagen?«

»Schlacht?« Hufeisen lachte bitter auf. »Das war keine Schlacht, Jungfer Ciara, sondern ein Taubenschießen, wobei leider die Engländer die Schützen und wir die Tauben waren. Der Vormarsch der Engländer hat jeden Plan von O'Néill – falls er je einen hatte – so durcheinandergewirbelt, dass alles schiefging, was nur schiefgehen konnte. Doch sagt mir, wo ist Frau Saraid? Sie ist doch hoffentlich nicht allein geflohen?«

»Natürlich nicht! Sie wartet im Wald auf mich. Kommt mit!« Obwohl Ciara immer wieder Ausschau nach Oisin und den anderen Ui'Corra hielt, begriff sie selbst, dass sie nicht säumen durften. Bald würden die Engländer das Lager erreichen und jeden niedermachen, der sich darin noch aufhielt.

Ciara führte Ferdinand und Hufeisen zu einem Gebüsch am Rand des Lagers. Dort entdeckten sie Saraid.

Sie saß neben einem Haufen Reisig, unter dem von nahem mehrere Ledersäcke zu erkennen waren. In den Beuteln befand sich all das, was Ciara und sie schnell eingesammelt hatten. Neben Saraid stand Gamhain, die den vorbeirennenden Iren die Zähne zeigte und böse knurrte.

»Wenigstens ihr zwei seid zurückgekehrt«, begrüßte Saraid die beiden Männer mit einer Stimme, der das Grauen und die Angst anzumerken waren. Dann sah sie das Pferd und nickte erleichtert.

»Sehr gut! Mit Hilfe des Gauls können wir alles mitnehmen, was wir in Sicherheit gebracht haben. Kommt, helft mir aufladen!«

Damit entfernte sie die Zweige und hob den ersten Beutel auf.

»Was ist das?«, fragte Ferdinand verwundert.

»Alles an Lebensmitteln, was wir an uns raffen konnten, als es

hieß, die Schlacht sei verloren. Wir haben einen weiten Weg vor uns, und die fliehenden Krieger werden nicht mehr dazu kommen, ihre Sachen mitzunehmen.«
Im Grunde hatten die beiden Frauen das eigene Lager geplündert, aber anders als die meisten Kerle, die in immer größerer Zahl in den Wald hinein flohen, dabei an Nahrungsmittel gedacht und nicht an den einen oder anderen silbernen Teller oder Trinkbecher eines hohen Herrn.
Ferdinand lobte sie im Stillen dafür. Vor ihnen lag ein langer, harter Heimweg, und sie durften es nicht wagen, an irgendeine Tür zu klopfen und um Essen zu bitten. Lord Mountjoy hatte den Iren bereits deutlich vor Augen geführt, was es hieß, den Rebellen zu helfen, nämlich Vertreibung aus ihren Häusern und von ihren Feldern, in vielen Fällen sogar den Tod.
Da Hufeisen Saraid half, war das Pferd rasch beladen, und sie hätten sich nun selbst in die Büsche schlagen können. Ferdinand zögerte jedoch und starrte immer wieder zum Lager hinüber. Plötzlich stieß er einen erleichterten Ruf aus.
»Ich sehe Oisin!«
»Wo?« Ciaras Blick folgte der Richtung, die sein Arm wies. Dort tauchte tatsächlich ihr Bruder auf. Aithil war bei ihm und hielt sich den Arm, während Oisin unversehrt schien. Bei den beiden waren noch etwa zehn Mann von den fünfzig, mit denen sie von Ulster aus aufgebrochen waren.
»Oisin, hier sind wir!«
Auf Ciaras Rufen drehte ihr Bruder sich um, sah sie und rannte auf sie zu. »Gott sei Dank haben wir euch gefunden. Aber jetzt schnell fort! Die Engländer sind uns bereits auf den Fersen, und sie machen keine Gefangenen.«
Dann erst entdeckte er Ferdinand und schloss ihn in die Arme.
»Ich glaubte Euch bereits verloren.«
»Wir sind in eine andere Richtung gelaufen, und dabei hat Herr Ferdinand dieses prachtvolle Ross erbeutet. Das ist ganz gut, denn nun müssen wir unser Gepäck nicht schleppen. Doch was

ist mit den anderen? Sind wirklich nur so wenige entkommen?« Hufeisen stand das Entsetzen ins Gesicht geschrieben. Immerhin hatte Oisin vor wenigen Monaten noch weit über einhundert Clankrieger befehligt. Ihn jetzt mit so wenigen zu sehen war kaum zu ertragen.

»Ich hoffe sehr, dass noch mehr überlebt haben. Doch die werden sich auf eigene Faust in die Heimat durchschlagen müssen. Wir können nicht warten.« Oisin schüttelte es, als habe er Fieber. Rasch fasste er sich wieder und gab das Zeichen zum Abmarsch.

»Was wollen wir tun?«, fragte Ciara bedrückt.

Ihr Bruder stieß Luft durch die Zähne. »Erst einmal so schnell wie möglich laufen, damit uns die Engländer nicht erwischen. Dann schleichen wir uns durch Irland, bis wir zu Hause sind, packen alles ein und fliehen zu unserem alten Turm in Tir Chonaill. Mit so wenigen Kriegern, wie mir noch geblieben sind, kann ich das Ui'Corra-Tal nicht halten. Hoffen wir, dass die Engländer uns am Meer in Ruhe lassen. Etwas anderes als das bleibt uns nicht übrig.«

Da Oisin während der Flucht die Scheide verloren hatte, legte er sein Schwert über die Schulter und schritt tiefer in den Wald hinein. Die kleine Gruppe folgte ihm beinahe lautlos, denn allen war klar, dass ein Zusammentreffen mit einer englischen Patrouille ihr Ende bedeuten würde.

9.

Die Schlacht von Cionn tSáile, das die Engländer Kinsale nannten, veränderte alles. Die Hoffnungen der Iren auf Freiheit ihrer Insel und ihres Glaubens wurden dort mit einem Schlag vernichtet. Während sich die Überlebenden der vielköpfigen Armee, die Aodh Mór O'Néill zusammengebracht hatte, nach Norden durchschlugen, eilte ihnen die Nachricht von ihrer Niederlage voraus und erreichte schließlich auch Léana. Dort verwaltete Simon von Kirchberg die Stadt zwar noch immer in Oisins Auftrag, schmiedete aber insgeheim an einem Bündnis mit Richard Haresgill.
Als Deasún O'Corraidh in der Stadt erschien und Simon grinsend ein Blatt Papier mit dem Siegel und der Unterschrift Lord Mountjoys überreichte, begriff der Deutsche, dass die Zeit zum Handeln gekommen war. Der Brief enthielt nicht mehr und nicht weniger als die Meldung, dass Charles Blount, 8. Baron Mountjoy, einen überwältigenden Sieg über den irischen Rebellen Hugh O'Neill errungen und die spanischen Invasionstruppen unter Juan de Aguila gezwungen habe, Irland zu verlassen.
»Das ist eine gute Nachricht, Sir! Seine Lordschaft lässt Euch ausrichten, dass er Léana jetzt besetzen will. Damit kriegt er ein größeres Stück vom Kuchen ab, der zu verteilen sein wird. Ist ja auch in Eurem Interesse«, erklärte Deasún O'Corraidh grinsend.
Simon von Kirchberg las den Brief ein zweites Mal, doch der Inhalt blieb der gleiche. Zwar wurde in solchen Botschaften oft grässlich übertrieben, aber selbst wenn er die Hälfte wegstrich, war die Niederlage der Iren noch immer vernichtend. Wechsel-

te er jetzt nicht rasch genug die Seiten, wäre es wahrscheinlich zu spät, sagte er sich und sah Deasún an.
»Ich muss dringend mit Sir Richard sprechen!«
»Das hat Seine Lordschaft sich bereits gedacht. Er erwartet Euch heute Nachmittag bei der alten Schänke an der Straße nach Enniskillen.«
Obwohl er Ire war, verwendete Deasún O'Corraidh den englischen Namen der Stadt, damit Kirchberg wusste, was gemeint war.
Dieser wischte sich fahrig über das Gesicht und nickte anschließend. »Melde Sir Richard mit meinen besten Empfehlungen, dass ich zu der genannten Stunde dort sein werde.«
»Seine Lordschaft wird entzückt sein.« Deasún O'Corraidh verbeugte sich und verließ bester Stimmung das Zimmer.
Kurz dachte er daran, wie sehr sich seine Situation gewandelt hatte, seit Haresgill ihn zum ersten Mal zu Simon von Kirchberg geschickt hatte. Nun gab es in Léana keine Ui'Corra mehr, die ihn als Verräter ansehen und einen Kopf kürzer machen konnten. Diejenigen, die wieder auf die Beine gekommen waren, hatte Kirchberg in ihr Tal zurückgeschickt, und jene, die gestorben waren, auf einem nahe gelegenen Friedhof begraben lassen. Auf jeden Fall, fand Deasún, mussten seine Botendienste sowohl Haresgill wie auch Kirchberg einiges wert sein, und er beschloss, die Herren zu gegebener Zeit daran zu erinnern.
Auch Simon von Kirchberg überlegte, was er von Haresgill als Belohnung fordern konnte. Ein großer Landbesitz mit mehreren Dutzend Pächtern musste diesem die friedliche Übergabe der Stadt schon wert sein.
Er ahnte nicht, dass er Deasún O'Corraidhs übertriebener Ausdruckweise zum Opfer gefallen war, der Richard Haresgill immer »Seine Lordschaft« genannt hatte, obwohl dieser nur den Rang eines schlichten Knights einnahm. Eine so hochgestellte Persönlichkeit, dass er nach Belieben Landbesitz in

Irland verteilen durfte, war Haresgill noch lange nicht. Aber Simon von Kirchberg hielt ihn dafür und sah sich selbst bereits in prachtvoller Kleidung vor die englische Königin treten und von ihr huldvoll begrüßt werden.

Über seinen Hoffnungen und Träumen vergaß er jedoch nicht das Hier und Jetzt, sondern machte sich zu gegebener Stunde auf den Weg. Da keiner seiner Söldner ein guter Reiter war, befahl er kurzerhand, ein Pferd für Sir James Mathison zu satteln. Immerhin war der junge Mann der Sohn eines mächtigen englischen Lords, und er wollte sich auch dessen Gunst versichern.

Unterwegs unterhielt Simon sich mit Mathison, als wären sie die besten Freunde. Seine Anspannung wuchs jedoch mit jedem Yard, den er sich der alten Schenke näherte. Diese stand dicht am Fluss und war von hohen Eichen umgeben. Einst waren Schiffer und Fuhrleute dort eingekehrt. Schon zu Beginn des Aufstands war der Wirt geflohen, und seitdem hatte sich niemand mehr um das Gebäude gekümmert. Das Reetdach war verfault und an einigen Stellen eingebrochen. In den gemauerten Kamin an der Stirnseite des Gebäudes hatte der Blitz eingeschlagen. Nun lagen herausgebrochene Mauersteine im Innern der Ruine, und die einst grün gestrichene Tür schwang vom Wind getrieben quietschend in ihren Angeln.

Pferde sah Simon keine, aber einen Kahn, der in der Nähe aufs Ufer gezogen war. Offensichtlich hatte Richard Haresgill den Wasserweg gewählt. Doch wo war er?, fragte Simon sich noch, als sich eine Gestalt aus dem Unterholz des Waldes löste. In ein braunes Wams mit Spitzenkragen, weiten Pumphosen und Schaftstiefel gekleidet, trat Sir Richard auf Simon zu und wartete, bis dieser abgestiegen war. Deasún O'Corraidh und zwei englische Soldaten begleiteten ihn.

»Ich freue mich, Euch zu sehen, Sir«, grüßte er.

Simon verneigte sich schwungvoll. »Ganz meinerseits, Euer Lordschaft.«

Geschmeichelt, als Lord bezeichnet zu werden, nickte Haresgill huldvoll. Immerhin hoffte er, um seiner Taten in Irland willen von der Königin tatsächlich in diesen Stand erhoben zu werden. Dazu aber musste er Léana erobern.
Er rieb sich innerlich schon die Hände, riss sich aber zusammen und wies auf die Ruine. »Das Wirtshaus ist zwar so verkommen wie fast alles in Irland, aber meine Männer haben einen Tisch freigeräumt. Ale und Gin mussten wir selbst mitbringen, sonst würde unsere Unterredung eine elend trockene Angelegenheit.«
»Gegen einen guten Schluck habe ich nichts einzuwenden.« Simon grinste, um seine Nervosität zu verbergen.
In der nächsten Stunde würde sich entscheiden, ob er ein einfacher Söldnerhauptmann bleiben oder sogar den Stand seines Onkels Franz und seines Vetters Andreas weit übertreffen würde. Die Tatsache, dass er dafür den katholischen Glauben verraten musste, schob er als Nebensächlichkeit beiseite.
Deasún O'Corraidh hielt die Tür für die beiden Herren auf. Anschließend nahm er zwei Becher und eine Flasche aus einem Korb, den er in einer Ecke bereitgestellt hatte, und schenkte diese voll.
»Auf Euer Wohl, Kirchberg!«, rief Haresgill.
»Auf das Eurer Lordschaft!«, antwortete Simon und trank das cremig schmeckende Bier mit Genuss.
»Das ist doch ein ganz anderes Getränk als der irische Met«, sagte er und zwinkerte Haresgill zu. »Ich hoffe, ich kann meinen Namen bald auf Englisch schreiben. Sir Simon of Mountchurch besäße doch einen guten Klang, findet Ihr nicht auch?« Haresgill lachte leise auf. »Mir gefällt er. Nur auf das of Mountchurch werdet Ihr verzichten müssen. Das sind kontinentale Sitten. Wenn es dazu kommt, seid Ihr Sir Simon Mountchurch of irgendwas, nämlich dem Namen des Landsitzes, den Ihr einmal besitzen werdet.«
Diese Worte schmeckten Simon süßer als Honig. »Es ist also

beschlossen, dass ich für meine Treue zu England Land in Irland erhalte?«
»Ich habe nichts dagegen!«, erklärte Haresgill selbstbewusst. »Wenn dieser elende O'Néill und sein Kumpan O'Donnell endlich geschlagen sind, wird es hier sehr viel Land zu verteilen geben. Warum solltet Ihr hier nicht Euren Anteil erhalten? Allerdings«, schränkte er ein, »werdet Ihr dafür nach London an den Hof Ihrer Majestät reisen müssen, denn nur sie kann die Landschenkung bestätigen.«
»Ist diese Reise wirklich notwendig?«, fragte Simon. »Elisabeth kann doch ihre Unterschrift und ihr Siegel auf die entsprechende Urkunde setzen und diese per Kurier hierher schicken lassen.«
Nun hätte Haresgill seine Karten aufdecken und erklären müssen, dass er selbst nicht die Befugnis besaß, Land zu verschenken. Doch sein Wunsch, sich an Oisin O'Corra und dessen Clan zu rächen, überwog alle Bedenken.
»Mein lieber Sir, Ihr könnt kein Edelmann in England werden, ohne dass Ihre Majestät Euch persönlich die entsprechende Urkunde übergibt. Es wäre grob unhöflich, nicht bei Hofe zu erscheinen.«
Das sah Simon ein. »Gut, dann werde ich nach London reisen, sobald ich Eurer Lordschaft die Stadt übergeben habe.«
Haresgill schüttelte den Kopf. »So rasch geht das nicht. Ich muss vorher noch einige Briefe an die Herren des Kriegsrats sowie an Sir Robert Cecil, den Sekretär Ihrer Majestät, schicken, um die Landschenkung an Euch in die Wege zu leiten. Bis dorthin werdet Ihr die Güte haben, mir bei der Beseitigung eines drängenden Problems behilflich zu sein.«
»Wenn es in meiner Macht steht, gerne!« Da Simon sich diesem Mann verpflichten wollte, war er zu vielem bereit.
»Es geht um Oisin O'Corra. Ich habe keine Nachricht, ob er die Schlacht bei Kinsale überlebt hat, doch ein Mann wie er hat neun Leben wie eine Katze. Solange er noch unter den Leben-

den weilt, ist er eine ständige Gefahr für mich. Iren sind nicht wie andere Menschen, müsst Ihr wissen. Ein vernünftiger Mann weiß, wann er geschlagen ist, und akzeptiert es. Iren sind jedoch durch das Leben auf dieser abgelegenen Insel am Rande der Welt verrückt geworden. Man kann sie schlagen, wie man will, sie erheben sich immer wieder. Nur wenn sie tot sind, hat man Ruhe vor ihnen.«

»Ihr wollt Oisin O'Corra also tot sehen!« Simon dachte für einen kurzen Moment daran, dass er diesen Mann einst Freund genannt und auf dem Kontinent sogar Bruderschaft mit ihm getrunken hatte. Doch wenn er seinen Weg gehen wollte, durfte er sich keine Sentimentalitäten leisten. Immerhin war er Oisin O'Corra nicht gut genug für dessen Schwester gewesen.

Während Simon diese Gedanken durch den Kopf schossen, sprach Haresgill weiter. »Solange Oisin O'Corra lebt, muss ich damit rechnen, dass er zurückkommt und mir mein Haus über dem Kopf anzündet oder gar einen Mordanschlag auf mich verübt. Also muss er beseitigt werden. Doch Iren sind ebenso schwer zu fangen wie Aale mit der bloßen Hand.«

Simon spürte die Angst des Mannes und gedachte, sich diese zunutze zu machen. »Ich wäre bereit, Euer Lordschaft beizustehen, um Oisin O'Corra endgültig zu beseitigen. Doch sollte sich dies in einem größeren Stück Land oder klingender Münze niederschlagen.«

»Ich werde bei Ihrer Majestät darauf hinwirken, dass Ihr so viel Land erhaltet, wie es möglich ist.« Das Versprechen fiel Haresgill leicht, denn es kostete ihn nicht mehr als ein paar Sätze, die er auf Papier schreiben und an den Hof in London schicken musste. Da er sich selbst einen großen Anteil an der Niederschlagung des irischen Aufstands zuschrieb, war es für ihn undenkbar, dass die Königin sein Ansinnen ablehnen würde. Zwar würde Kirchberg möglicherweise weniger Landbesitz erhalten, als dieser es sich wünschte, doch das konnte ihm persönlich gleichgültig sein.

»Euer Lordschaft sollten die Stadt so rasch wie möglich übernehmen und dann ins Tal der O'Corras vorstoßen, bevor Oisin aus dem Süden zurückkehrt und sich dort festsetzen kann«, schlug Simon vor.

Haresgill musterte ihn gereizt. »Wenn ich das tue, wittert der Fuchs die Falle und schlägt sich nach Frankreich oder Spanien durch. Dann muss ich zeit meines Lebens befürchten, dass er entweder selbst zurückkommt oder einen Meuchelmörder schickt.«

»Lasst seine Leute, die sich noch in der Burg befinden, fliehen, dann muss er sich um sie kümmern. Ich weiß, wohin er sie bringen wird«, antwortete Simon lächelnd.

Haresgill sah ihn zweifelnd an. »Ich habe von einer alten Turmburg an der Donegalküste gehört, die im Besitz der O'Corras sein soll. Doch wo diese liegt, weiß keiner.«

»Ich kenne sie! Vor etlichen Jahren war ich dort zu Gast und habe mich ein wenig umgesehen. Der Turm liegt zwar versteckt, doch ich bin sicher, dass ich ihn finden kann.«

Simon von Kirchberg lächelte zufrieden. Wie es aussah, hatte er Sir Richard Haresgill so weit, wie er es für seine Pläne brauchte. In den nächsten Minuten sprach er mit ihm die Übergabe der Stadt durch und entwickelte einen Plan für ihr weiteres Vorgehen.

Als er sich schließlich von Haresgill verabschiedete, tat er es mit dem Gefühl, einen guten Freund und Verbündeten gefunden zu haben.

Auf dem Rückweg wollte er sich mit James Mathison unterhalten, doch dieser blieb stumm und starrte verbissen vor sich hin. Obwohl Mathison Engländer war, passte ihm der offene Verrat nicht, den der Deutsche an seinen bisherigen Verbündeten beging.

Daher hatte Simon Zeit, über seine Zukunft nachzudenken. Zuerst spottete er in Gedanken über Haresgills Angst vor irischen Meuchelmördern, gestand sich jedoch ein, dass er, wenn bekannt wurde, dass er Oisin O'Corra verraten hatte, in die gleiche Situation geraten würde. Am besten erschien es ihm, wenn niemand von seinem Mitwirken an Oisins Untergang erfuhr. Dennoch blieb ein beunruhigendes Gefühl zurück, das nicht weichen wollte.

Es musste einen Weg geben, der ihn in den Augen der Iren nicht als Feind erscheinen ließ, sondern als jemand, der zwar englischer Untertan geworden war, aber immer noch Sympathien für sie hegte. Es dauerte eine Weile, bis ihm die rettende Idee kam. Wenn er dieser folgte, würde er für alle Iren als edler Mann und Retter in der Not gelten und seinen Vetter Ferdinand endgültig in seine Schranken weisen.

10.

Auch wenn James Mathison als junger Mann mit Idealen Simon von Kirchbergs Verhalten missbilligte, so war Humphrey Darren, der ehemalige Stadtkommandant, sehr davon angetan, den Status eines Gefangenen gegen den eines freien englischen Gentlemans eintauschen zu können. Simon von Kirchbergs letzte Überlegungen hatten diesen jedoch dazu bewogen, den Plan zur Übergabe der Stadt noch einmal zu ändern. Wie abgesprochen, erschien Richard Haresgill mit seinem Fähnlein vor der Stadt und behauptete, nur die Vorhut eines großen Heeres zu sein. Vor dem geschlossenen Stadttor mit gezogenem Schwert auf seinem Pferd sitzend, forderte er Simon auf, Léana sofort zu übergeben.
»Sollten mir die Stadttore bis heute Nachmittag beim dritten Stundenschlag nicht offen stehen, wird sie gestürmt, und alle Iren und Söldner, die sich darin befinden, werden ohne Gnade niedergemacht. Léana wird geplündert und restlos abgefackelt, als Symbol für alle Iren, dass Rebellion und die Unterstützung einer Rebellion schwerste Strafen nach sich ziehen.«
Es war wie ein Theaterstück aus der Feder von William Shakespeare.
Simon stand auf der Mauer und hörte Haresgills Drohungen scheinbar verzweifelt zu. »Euer Lordschaft, Sir, darf ich um Aufschub bitten, um mich mit meinen Offizieren und den Repräsentanten der Bürger dieser Stadt zu beraten?«
»Ihr habt Zeit bis zum dritten Glockenschlag. Öffnet die Stadt bis dorthin nicht die Tore, wird sie zerstört.«
Nach diesen Worten stieß Haresgill das Schwert zurück in die Scheide und kehrte zu seinen Soldaten zurück.

Noch während das Hufgetrappel der Abziehenden zu hören war, eilten ängstliche Bürger auf Simon zu und flehten ihn auf Knien an, auf die Bedingungen der Engländer einzugehen.
»Sir, wenn Ihr die Stadt nicht übergebt, werden sie uns alle umbringen und den Frauen übelste Gewalt antun«, rief der protestantische Pfarrer, den die anderen zu ihrem Sprecher ernannt hatten, obwohl sie zum großen Teil noch der katholischen Religion angehörten.
Scheinbar empört schüttelte Simon den Kopf. »Die Stadt wurde mir von Oisin O'Corra anvertraut. Ich kann sie nur auf dessen Befehl übergeben!«
Der Pfarrer rang verzweifelt die Hände. »Sir, Oisin O'Corra kann längst vor Kinsale gefallen sein!«
»Dann brauche ich eine Bestätigung seines Ablebens«, antwortete Simon schroff.
»Aber Sir, draußen stehen Hunderte von englischen Soldaten, und Sir George Carew ist mit weiteren Truppen im Anmarsch. Dieser Armee könnt Ihr mit Euren Söldnern nicht standhalten. Denkt doch an Eure Männer! Sollen sie umkommen, nur weil Ihr Oisin O'Corra die Treue bis in den Tod bewahren wollt?«
Der Pfarrer weinte fast. Obwohl er selbst protestantischen Glaubens war, hatte er Angst vor dem Kriegsvolk, das die Stadt stürmen würde. Gerieten die Soldaten außer Rand und Band, so waren auch er und seine Familie nicht vor ihnen sicher.
Simon gab vor, tief nachzudenken. Schließlich wandte er sich an die beiden Unteroffiziere, die ihm geblieben waren. »Was meint ihr dazu?«
Die Männer rückten unruhig hin und her. Sterben wollte keiner von ihnen, doch als Feiglinge mochten sie auch nicht gelten.
»Nun, Herr von Kirchberg, vielleicht solltet Ihr mit Sir Richard verhandeln, dass die Stadt geschont und uns ein ehrenvoller Abzug gewährt wird«, meinte schließlich einer.
»Da es Euer Wunsch ist, werde ich ihm willfahren!« Mit diesen

Worten drehte Simon sich um und stieg erneut die Wehrmauer hinauf. Als er oben ankam, sah er, dass Deasún O'Corraidh in der Nähe herumlungerte, um auf seine bereits mit Haresgill abgesprochene Antwort zu warten.

»Richte Seiner Lordschaft aus, dass ich bereit bin, die Stadt zu übergeben. Das soll jedoch in allen Ehren geschehen, so dass den braven Leuten hier nichts geschieht und ich mit meinen Männern unbehelligt abrücken kann.«

»Ich werde es ausrichten«, versprach der Ire grinsend und rannte davon.

»Ihr seid ein wackerer Kriegsmann und ein ehrenwerter Herr!«, rief der Pfarrer, der Simon auf die Mauer gefolgt war, erleichtert aus.

»Ihr ladet mir mit der Übergabe eine schwere Bürde auf!«, behauptete Simon anklagend, war aber sehr zufrieden. Alle, die die Übergabe Léanas nun miterlebten, würden später bezeugen können, dass er der Kapitulation nur zugestimmt hatte, um seiner Verantwortung für die Bürger der Stadt gerecht zu werden.

Keine Stunde später ritt Sir Richard Haresgill an der Spitze seiner Truppe durch das offene Tor in die Stadt ein. Die Engländer, die hier lebten, und die Iren, die zu ihnen hielten, jubelten seinen Soldaten zu, und einige junge Mädchen begrüßten sie sogar mit Blumen.

Während Simons auf dem Marktplatz angetretene Söldner erleichtert aussahen, verrieten die Mienen der englischen Soldaten, dass diese die Stadt lieber im Sturm genommen und hinterher nach Herzenslust geplündert und vergewaltigt hätten. So aber mussten sie froh sein, wenn sie einen Becher Wein umsonst erhielten.

Ihrem Anführer und auch Simon von Kirchberg waren die Gefühle der einfachen Männer gleichgültig. Sie hatten den ersten Teil des Schauspiels aufgeführt, das mit Oisin O'Corras Untergang und dem seines Clans enden sollte.

11.

Die Kunde von der Niederlage drang auch bis ins Ui'Corra-Tal. Während Buirre auf den Schreck hin erst einmal ein paar Becher Met brauchte, wirbelten Bríds Gedanken wie Staubteufel herum. Zwar verstand sie nicht viel vom Krieg, ahnte aber, dass sie weder die Burg noch das umliegende Land mit sechs Kriegern würden halten können.

Da Buirre bereits viel zu betrunken war, suchte sie Seachlann auf. »Ich muss mit dir reden«, begann sie.

»Das wird schon was Gescheites sein«, antwortete der Krieger mit einem verächtlichen Abwinken.

»Du hast gehört, dass die Unseren im Süden geschlagen worden sein sollen?«

Seachlann knurrte wie ein gereizter Kettenhund. »Ja, das habe ich gehört!«

»Glaubst du es?«, bohrte Bríd nach.

»Du meinst, es könnte ein Trick der Engländer sein, um uns Angst zu machen?«

Unschlüssig zuckte Bríd mit den Schultern. »Ich weiß es nicht! Aber die Nachricht klingt in meinen Ohren nicht nach einer List.«

»Du glaubst es also!« Seachlann atmete tief durch und sah Bríd nachdenklich an. »Das tue ich auch, denn ich kenne den Mann, der es uns erzählt hat. Er ist zwar kein Kämpfer, aber er steht insgeheim auf unserer Seite. Außerdem hatte er ein Flugblatt bei sich, auf dem Lord Mountjoy mit seinem Sieg über unsere Truppen geprahlt hat. Das hätte der Sasanach nicht getan, wenn er geschlagen worden wäre.«

»Dann müssen wir etwas tun!«, rief Bríd verzweifelt aus.

»Was denn?«
»Wir können nicht hier im Tal bleiben. Bis Oisin mit unseren Kriegern zurückkommt, wird es Wochen dauern. Aber Richard Haresgill ist mit seinen Truppen nur zwei oder drei Tagesmärsche von hier entfernt. Wenn er erfährt, dass O'Néill geschlagen wurde, wird er als Erstes hierherkommen. Glaubst du, dass ihr zu sechst mit über hundert schwerbewaffneten Engländern fertig werden könnt?«
Brids verzweifelter Appell verfing. Nervös rieb Seachlann sich über das Kinn und starrte in die Ferne. »Es könnte schon sein, dass Haresgill seinen Vorteil nutzen wird. Ich hatte schon lange befürchtet, dass er die Abwesenheit unserer Krieger ausnützen und uns angreifen könnte. Aber er hat anscheinend auch nach Süden gestarrt und abgewartet, wie die Schlacht ausgeht. Hätten die Unseren gewonnen, stände ihm nun ein Heer aus verschiedenen Clans gegenüber, und das hat er sicher nicht riskieren wollen. Doch jetzt wird ihn nichts mehr aufhalten.«
»Wenn wir hierbleiben, sind wir ihm und seinen Soldaten hilflos ausgeliefert. Ich will nicht, dass mir oder den anderen Frauen dasselbe passiert wie Maeve. Sie ist daran zugrunde gegangen.«
Seachlann sah sie fragend an. »Was sollen wir deiner Meinung nach tun?«
»Uns nach Tir Chonaill zurückziehen. Der alte Turm, in dem wir früher gelebt haben, liegt abseits aller Wege, und die Engländer wissen nicht, wo er zu finden ist. Dort sind wir sicher und können auf unsere Freunde warten. Oisin wird sich denken können, dass Haresgill das Tal eingenommen hat, und sich dorthin wenden.«
»Wenn er noch lebt!«, warf Seachlann düster ein.
»Wenn er nicht mehr lebt, ist es umso wichtiger, dass wir dorthin gehen. Wir sollten es bald tun, sonst steht Haresgill vor dem Tor. Ich werde mich eher selbst töten, als die englischen Schurken ertragen zu müssen, selbst wenn ich dafür in die Hölle komme.«

Bríd kämpfte zitternd gegen ihre Tränen an, weil Maeves Schicksal ihr so deutlich vor Augen stand. Aus ihrer Sicht war die Frau durch die Untat der Engländer verrückt geworden und hatte auch Buirre damit angesteckt.
»Dann sollten wir bald aufbrechen. Aber wir können nicht viel mitnehmen«, überlegte Seachlann laut.
»Ein paar Kühe, die zwei Pferde, die noch im Stall stehen, und unsere drei Esel. Wenn wir denen einiges aufladen, müsste es gehen. Aber du musst den Befehl dazu erteilen«, drängte Bríd.
Seachlann schüttelte den Kopf. »Das muss Buirre tun! Ich bin nur sein Stellvertreter.«
»Buirre ist zu betrunken dazu!«
»Er wird trotzdem zornig werden.« Es gefiel Seachlann gar nicht, seinen Freund und Anführer übergehen zu müssen, doch nun winkte Bríd verächtlich ab.
»Wir sagen ihm einfach, es sei Oisins Befehl. Außerdem brauchen wir nur ein Fass Met auf einen Esel zu schnallen, dann läuft Buirre ganz von selbst hinterher.«
»Dabei war er einmal ein fröhlicher, mutiger Mann«, sagte Seachlann bedrückt.
Er blies die Luft aus den Lungen und nickte Bríd zu. »Beginn schon mal zu packen! Ich sage den Männern, dass wir aufbrechen. Wer von den Pächtern und Knechten mitkommen will, soll es tun. Ich weise niemanden zurück.«
Beiden war die Tragweite dieses Entschlusses bewusst. Zum zweiten Mal innerhalb dreier Jahrzehnte mussten die Ui'Corra ihre Heimat aufgeben, und es stand in den Sternen, ob sie jemals zurückkehren konnten. Doch wichtiger als Land und Häuser war das Leben der Clanmitglieder, und das galt es zu retten. Sowohl Bríd wie auch Seachlann hatten genug über Lord Mountjoys Vorgehen im Pale und in Laighean gehört, um zu wissen, dass Haresgill niemanden, der zum Clan gehörte, am Leben lassen würde.

12.

Trotz eindringlicher Warnungen kamen nicht alle mit. Die Tagelöhner, etliche Knechte und Mägde und ein Teil der Pächter, die bereits unter Haresgills Herrschaft hier gelebt hatten, hofften, dies weiterhin tun zu können. Auch einige Familien, die mit in Tir Chonaill gewesen waren, wollten im Tal bleiben, um der Not und dem Hunger an der kargen Küste zu entgehen. Bríd redete mit Engelszungen auf sie ein, erntete aber nur Achselzucken und abwehrende Gesten.
»Ich bin zu alt, um noch einmal bis ans Meer zu wandern«, sagte eine Frau, »und mein Enkel bleibt hier, weil er für mich sorgen will.«
»Haresgill wird euch umbringen lassen!«, erklärte Brid verzweifelt.
Die Alte winkte ab. »Auch Haresgill braucht Leute, die für ihn arbeiten, und dazu sind wir bereit. Wir haben genug vom Krieg und wollen in Frieden leben.«
Seachlann legte Brid die Hand auf die Schulter. »Lass es gut sein. Die Menschen wollen ihre Heimat kein zweites Mal mehr verlassen. Ich kann sie sogar verstehen, denn der Clan ist vernichtet. Selbst wenn Oisin überlebt hat, wird er nur noch wenige Männer um sich sammeln können.«
»Das ist also das Ende der Ui'Corra«, flüsterte Brid unter Tränen.
»Solange wir leben, wird es Ui'Corra geben!« Mit diesen Worten drehte Seachlann sich um und ging zur Burg, um nachzusehen, ob der Flüchtlingstreck zum Aufbruch bereit war. Sein Herz krampfte sich zusammen, als er das verzweifelte Häuflein vor sich sah. Viele von ihnen mussten nun schon zum

zweiten Mal die Heimat verlassen. Bei der ersten Flucht hatten sie noch geglaubt, irgendwann wieder zurückkehren zu können. Doch diese Hoffnung war nun gestorben.

Seufzend zog Seachlann seinen Dolch, grub ein bisschen Erde aus und barg diese in seinem Sacktuch. Wenn er schon nicht mehr zurückkehren konnte, sollte die Erde, die so viele Generationen der Ui'Corra genährt hatte, ihn begleiten. Anschließend trat er zu Buirre, der mit blutunterlaufenen Augen auf die Gruppe starrte und nicht zu begreifen schien, was um ihn herum vorging.

»Wir können aufbrechen, sobald du den Befehl dazu gibst!« Buirre schüttelte sich. »Glaubst du wirklich, dass das notwendig ist? Hier im Tal haben wir doch alles, was wir brauchen.«

Vor allem Met, damit du saufen kannst, dachte Seachlann mit steigender Wut. Doch noch war Buirre der vom Taoiseach bestimmte Verwalter und damit sein Anführer.

»Es ist notwendig, mein Freund. Sonst hätte der Oisin uns diesen Befehl nicht gesandt!« Seachlann tat es weh, lügen zu müssen, doch anders hätte er Buirre niemals dazu bewegen können, die Burg zu verlassen.

»Also gut. Wir brechen auf!« Buirres Stimme schwankte, denn trotz seines Rausches empfand auch er den Verlust der Heimat als scharfen Schmerz. Da es möglich war, dass sie unterwegs Angriffe abwehren mussten, tastete er über seinen Gürtel, um festzustellen, ob er sein Kurzschwert umgelegt hatte. Dann nahm er seinen Spieß zur Hand und schritt los, ohne sich noch einmal umzusehen.

Die Flüchtlinge schlossen sich ihm an. Die meisten weinten um die verlorene Heimat und um die zurückbleibenden Freunde und Verwandten, die sich lieber der Herrschaft der Engländer unterwarfen, als das Tal zu verlassen, in dem ihre Vorfahren geboren worden waren.

Eine dieser Frauen lief einige Schritte neben ihrer Schwester her, die sich zum Gehen entschlossen hatte. »Du musst mich

verstehen, Dairíne. Hier ist alles grün, und dort in Tir Chonaill sind nur kahle Felsen und das Meer. Ich ...«
»Du bist mir keine Rechenschaft schuldig«, antwortete die Ältere harsch. »Sollte dein Mann überlebt haben und nach Tir Chonaill kommen, werde ich ihm sagen, wo du zu finden bist.«
»Sag mir wenigstens Lebewohl!«, flehte die Schwester, doch sie erhielt keine Antwort mehr.

13.

Von einem Hügel aus beobachteten Simon von Kirchberg, Richard Haresgill und dessen Stellvertreter den Auszug der Flüchtlinge. Während Simon zufrieden lächelte, knetete Haresgills Unteranführer seinen Schwertgriff.
»Jetzt könnten wir sie alle niedermachen«, schlug er vor.
Simon wechselte einen kurzen Blick mit Haresgill. »Nein, wir lassen sie ziehen. Wenn Oisin O'Corra auf sie trifft, muss er sich um sie kümmern. Sie werden ihm wie ein Klotz am Bein hängen und dafür sorgen, dass er nicht sofort über das Meer verschwinden kann. Wenn er das täte, entkäme er uns, und wir lebten noch jahrelang in der Furcht vor seinen Racheakten.«
Bei diesen Worten zuckte Haresgill zusammen. Er hatte sich jedoch rasch wieder in der Gewalt und lachte leise auf. »Ihr habt recht. Ich will den Kopf der Schlange zertreten und nicht den Schwanz. Es bringt uns nichts, jetzt mit diesem Gesindel aufzuräumen. Damit geben wir Oisin O'Corra nur freie Hand, Irland auf dem schnellsten Weg zu verlassen. Wir holen sie später aus jenem versteckten Turm an Donegals Küste heraus. Dort wird uns niemand entkommen, selbst das Kind im Mutterleib nicht!«
»Einen Einwand werdet Ihr mir erlauben«, rief Simon verärgert aus. »Oisins Schwester Ciara gehört mir!«
»Was wollt Ihr mit dieser Wilden?«, fragte Haresgill spöttisch.
»Sie heiraten! Damit bin ich der Erbe der O'Corra, und vor meiner Rache seid Ihr vollkommen sicher.«
Haresgill starrte ihn zuerst verwirrt an, begriff dann, was Simon vorhatte, und lachte auf. »Ihr glaubt, auf diese Weise die Iren für Euch gewinnen zu können? Clever. Aber ich sage

Euch, dieses Volk versteht nur eine Sprache, und das ist nackte Gewalt!«

Unterdessen war die Flüchtlingskarawane weitergezogen und entschwand ihren Blicken. Haresgills Stellvertreter passte es nicht, sie unbehelligt lassen zu müssen, und wandte sich verärgert an seinen Herrn.

»Was machen wir mit den Leuten, die im Tal zurückgeblieben sind? Sollen wir die erledigen?«

»Wollt Ihr für mich säen und ernten?«, spottete Haresgill.

»Nein, wir brauchen die Iren zum Arbeiten. Aber sie sollen lernen, dass jeder Aufruhr mit eiserner Hand unterdrückt wird. Sobald wir das Tal besetzt haben, gehören die Weiber drei Tage unseren Soldaten. Außerdem hängen wir jeden vierten Mann auf. Tragt aber Sorge dafür, dass die übrig bleiben, die noch brauchbar sind. Und nun vorwärts! Auf das, was jetzt kommt, habe ich mich gefreut, seit ich dieses Tal verlassen musste!«

Haresgill gab ein Zeichen, und die Soldaten, die in der Deckung des Hügels gewartet hatten, marschierten in das Tal hinein. Dabei passierten sie die hölzerne Festung, die Oisin O'Corra im Auftrag Aodh Mór O'Néills hatte erbauen müssen und die nun verlassen dalag, ohne dem Tal und seinen Bewohnern den erhofften Schutz zu bieten. Einige Zeit später sahen sie die Burg vor sich und die Menschen, die sich dort versammelt hatten und ein weißes Tuch an einer Stange schwenkten. Widerstand, sagte Haresgill sich, war hier keiner zu erwarten, und seine Soldaten würden dafür sorgen, dass es auch in Zukunft so blieb.

14.

Die Flüchtlinge hatten alles verloren bis auf ihren Stolz, und selbst der war ziemlich geknickt. Ferdinand und Hufeisen ertrugen es noch am leichtesten, weil Irland nicht ihre Heimat war, sondern ein Land, in das sie gekommen waren, um zu kämpfen. Oisin O'Corra hingegen stapfte die meiste Zeit geistesabwesend neben ihnen hier. Zu viele Männer hatte er in den Tod geführt, und ihm war klar, dass er die Heimat des Clans durch die Niederlage bei Cionn tSáile endgültig verloren hatte. Alle Hoffnungen, die er je gehegt hatte, waren in dem eisigen Wind, der über Irland hinwegpfiff, erstorben.

Auch Ciara begriff, dass diese Insel ihr nicht mehr die Heimat bieten konnte, die sie sich wünschte, und sie weinte ebenso wie Saraid um den Tod vieler Freunde.

Die Erwartung, die meisten anderen Ui'Corra-Krieger könnten überlebt haben und sich ihnen auf dem Heimweg anschließen, erfüllte sich nicht. Insgesamt stießen fünf eigene Leute zu ihnen, dazu ein Dutzend anderer Iren, die gleich ihnen von Uladh aus aufgebrochen waren, um den von Lord Mountjoy belagerten Spaniern beizustehen. Weshalb der von Aodh Mór O'Néill angeordnete Angriff gescheitert war, wusste keiner zu sagen, doch alle fluchten auf die Spanier, die von den Mauern Cionn tSáiles geschützt zugesehen hatten, wie die Engländer die irischen Truppen zerschlugen, ohne selbst in die Schlacht einzugreifen.

Ciaras und Saraids Voraussicht, Vorräte einzupacken und mitzunehmen, die sonst in die Hände der Engländer gefallen wären, erwies sich als segensreich, denn es ersparte der Gruppe, an fremde Türen zu klopfen und um Nahrung betteln zu müssen. Andere, die es taten, wurden häufig erschlagen oder an die

Engländer verraten, sei es, weil sie einem Clan angehörten, mit dem der eigene seit Generationen in Fehde lag, sei es aus Angst vor Mountjoys Soldaten.

Nicht erspart blieben ihnen jedoch die kalten Nächte im Wald oder im Moor, in denen sie in ihre nassen Decken gehüllt versuchten, ein wenig Schlaf zu bekommen, um sich am nächsten Morgen steif und kaum weniger erschöpft als am Abend wieder auf die Beine zu kämpfen. Als sie sich schließlich bei Béal Tairbirt der Grenze Uladhs näherten, verließen die Männer, die nicht ihrem Clan angehörten, die Gruppe, um sich zu ihren Dörfern durchzuschlagen.

Am nächsten Morgen ließ Ferdinand seinen Blick durch die Umgebung mit ihren kahlen Mooren, den dichten Auwäldern und den unzähligen kleinen Seen schweifen. Dabei erinnerte er sich an eine Sage, die Saraid erzählt hatte. Einst habe hier ein Riese aus seiner Feldflasche getrunken. Dabei wären viele Tropfen auf den Boden gefallen und zu diesen Seen geworden.

»In dieser Gegend hier hätten wir gegen die Engländer kämpfen sollen. Der Zug nach Süden war sinnlos und hat uns unnötig Krieger gekostet«, sagte er zu Oisin.

»Er hat uns das Kreuz gebrochen«, antwortete dieser bitter. »Wie soll ich mit den paar Männern, die mir geblieben sind, weiterkämpfen? Ein Aodh Mór O'Néill kann versuchen, mit den Engländern zu verhandeln, und sie werden sich vielleicht sogar darauf einlassen. Diese Möglichkeit habe ich nicht. Die Sasanachs liefern mich höchstens Richard Haresgill aus, und der würde mich mit Vergnügen am Turm meiner eigenen Burg aufhängen.«

»Was habt Ihr vor?«, fragte Ferdinand.

»Ich werde meine Leute aus unserem Tal holen und sie nach Tir Chonaill führen. Danach kehre ich auf den Kontinent zurück und kämpfe für Könige, die nicht die meinen sind, in Schlachten, die mich im Grunde nichts angehen.« Oisins Stimme verriet die Verzweiflung, die in ihm wühlte.

Da er Ferdinand leidtat, versuchte dieser, ihn aufzurichten.
»Morgen erreichen wir Léana. Dort finden wir erst einmal Ruhe und können entscheiden, wie es weitergehen soll!«
»Ihr seid ein guter Mensch! Doch ich glaube nicht, dass die Stadt noch uns gehört. Euer Vetter ist niemand, der sich für eine verlorene Sache schlägt. Ich schätze, er hat die Stadt bereits den Engländern übergeben.«
»So ehrlos kann Simon doch nicht sein!« Noch während Ferdinand es sagte, erinnerte er sich an die Pferde, die Simon ihm gegen jedes Recht abgenommen hatte, und das selbstherrliche Verhalten seines Vetters bei seinem letzten Aufenthalt in der Stadt. Außerdem hatte Simon Ciara bedrängt. Plötzlich war ihm jede Lust vergangen, nach Léana zu gehen, und er winkte Toal zu sich.
»Du bist doch ein guter Späher. Glaubst du, du kannst dich nach Léana durchschlagen und die Lage sondieren?«
Toal nickte eifrig. »Gewiss! Wenn Ihr wollt, gehe ich gleich los. Ich kann in der Nähe der Stadt in einem Gebüsch schlafen und mich gleich am Morgen umsehen. Ich komme Euch dann entgegen.«
»Mach das, mein Junge!« Ferdinand klopfte Toal auf die Schulter und sah zu, wie dieser loslief und zwischen den knorrigen Bäumen verschwand.
Er selbst blickte zum Himmel hoch, der sich grau wie Eisen über ihnen spannte, und versuchte die Zeit zu schätzen. Es war jedoch fast unmöglich, und so blieb ihm nichts anders übrig, als sich auf sein Gefühl zu verlassen.
»Wir müssen noch ein wenig weitergehen und uns dann ein Versteck suchen«, sagte er zu Oisin.
Dieser zuckte mit den Achseln. »Jeder Platz ist so gut oder schlecht wie der andere. Es wird nass sein und kalt und der Schlaf von schlechten Träumen erfüllt.«
»Wir sollten uns nicht von schlechten Träumen leiten lassen, sondern unser Schicksal selbst in die Hand nehmen. Irland ist

groß, und die Wälder bieten uns Schutz. Zudem kennt ihr Iren jeden Schlupfwinkel, in dem man sich vor den Engländern verbergen kann. Warum versuchen wir nicht, ihnen so viel Schaden wie möglich zuzufügen?«

Oisin antwortete mit einem bitteren Auflachen. »Würde ich mit den paar Kriegern, die mir noch verblieben sind, den Kampf weiterführen, wären wir nur noch eine Räuberbande, die von den Engländern über kurz oder lang gefangen und gehängt wird. Wahrscheinlicher ist jedoch, dass wir in den Wäldern verhungern, weil niemand es wagt, uns auch nur ein Stück Brot zu geben. Außerdem trage ich die Verantwortung für die Frauen und Witwen meiner Männer und deren Kinder. Diese will ich nach Tir Chonaill in Sicherheit bringen.«

»Und wenn sie dort nicht sicher sind?«, fuhr Ferdinand auf.

»Dann müssen sie mit uns auf den Kontinent gehen.«

»Und warum geht Ihr nicht zu O'Néill und schließt Euch diesem an? Er wird den Kampf gewiss fortsetzen!«

Oisin sah Ferdinand kopfschüttelnd an. »Gegen besseres Wissen habe ich mein Schicksal und das meines Clans mit Aodh Mór O'Néill verbunden, und das ist mir zum Schlechten ausgeschlagen. Es noch einmal zu tun hieße, die himmlischen Mächte versuchen. O'Néill wird so lange kämpfen, bis er Frieden schließen kann. Wenn der Preis dafür mein Kopf ist, wird er darauf eingehen, denn sein Kopf ist ihm nun einmal näher als der meine.«

Das sah Ferdinand ein. Da Oisin den Kampf aufgeben wollte, gab es auch für ihn keinen Grund mehr, in Irland zu bleiben, und er musste nun selbst entscheiden, wohin sein Weg ihn führen sollte. Eines aber stand für ihn so fest wie der Gipfel der Berge, die er in der Ferne sah: Wenn er in seine Heimat zurückkehrte, würde er es nur mit Ciara an seiner Seite tun.

Fest entschlossen, für klare Verhältnisse zu sorgen, sah er Oisin an. »Bevor wir weiterziehen, möchte ich Euch noch um etwas bitten.«

»Worum wollt Ihr einen Bettler noch bitten?«, fragte Oisin bitter.
»Um die Hand Eurer Schwester! Ich will Ciara heiraten.«
Jetzt riss es Oisin doch aus seiner Lethargie. »Was wollt Ihr?«, rief er empört. »Ihr seid doch kein Ire!«
»Nein, das ist er nicht. Aber er ist der Mann, den ich liebe, und ich werde keinem anderen angehören als ihm!« Ciara hatte das Gespräch verfolgt und griff nun ein, um ihren Standpunkt zu behaupten.
Um Oisin zu zeigen, wie ernst es ihr war, trat sie neben Ferdinand und fasste nach seiner Hand. »Wäre ein Priester hier, würden wir noch heute das Ehegelöbnis sprechen. Doch auch so werde ich von nun an mit ihm unter einer Decke schlafen.«
»Und wer wärmt mich?«, meldete sich Saraid im komischen Erschrecken, denn während des langen Marsches hatte sie die Decke mit Ciara geteilt.
»Wenn Ihr unbedingt jemand braucht, stelle ich mich zur Verfügung«, entfuhr es Hufeisen.
Im selben Augenblick schnellte Saraid herum und versetzte ihm eine solche Ohrfeige, dass es aus dem Wald widerhallte.
»Such dir deine Huren woanders! Ich bin eine verheiratete Frau.«
Hufeisen stand so verdattert da, dass Saraid ihr Ausbruch leidtat. »Ich wollte Euch nicht kränken oder Euch weh tun«, stotterte sie.
»Gekränkt habt Ihr mich nicht, sondern Euch wie ein tugendsames Weib verhalten. Allerdings hättet Ihr etwas weniger fest zuschlagen können.« Es gelang Hufeisen mit ein bisschen Mühe zu grinsen.
Doch Saraid war nicht besänftigt. »Wenn du willst, kannst du mich schlagen. Ich habe es verdient.«
»Für das dumme Geschwätz, das Ihr jetzt von Euch gebt, hättet Ihr es wirklich verdient. Doch ich habe noch nie ein Weib geschlagen und werde es, so Gott will, auch bis ans Ende

meiner Tage nicht tun. Aber ich kann Euch meine Decke leihen, da Herr Ferdinand die seine nicht mehr braucht, wenn die Jungfer ihn an ihrem Busen ruhen lässt.«
Hufeisen brachte es so drollig hervor, dass Saraid unwillkürlich kichern musste, während Ciara aussah, als würde sie am liebsten vor Scham im Boden versinken.
Der unerwartete Zwischenfall hatte Oisin daran gehindert, seiner Schwester und Ferdinand eine Antwort zu geben. Doch als er jetzt etwas sagen wollte, spürte er, dass er weder den Willen noch die Kraft und wohl auch nicht mehr das Recht hatte, sich gegen die beiden durchzusetzen.
»Macht doch, was ihr wollt! Und jetzt kommt! Wir hatten beschlossen, noch eine Stunde lang weiterzugehen«, sagte er brummig und übernahm die Spitze.
Ciara fasste Ferdinand unter und warf Hufeisen dabei einen warnenden Blick zu. »Ich will keine Anzüglichkeiten mehr von dir hören! Wenn ich Herrn Ferdinand zum Mann nehme, so ist es deshalb, weil ich es vor Gott, dem Herrn, geschworen habe.«
Mit einem scheinbar verwunderten Blick sah der Söldner sich zu Saraid um. »Versteht Ihr, was Eure Cousine meint? Ich kann mich nicht erinnern, ein Wort gesagt zu haben, das sie kränken könnte.«
»Komm jetzt! Oder willst du hier zurückbleiben?«, antwortete Saraid betont harsch, hakte sich aber bei Hufeisen unter. »Das Angebot deiner Decke werde ich übrigens annehmen, aber erst, nachdem ich sie kräftig ausgeschüttelt habe. Du vererbst mir sonst noch Läuse.«
So viel Schlagfertigkeit verschlug selbst dem erfahrenen Söldner die Sprache. Schweigend musterte er die Frau und fand, dass er nichts dagegen hätte, mit ihr die Decke zu teilen. Es ihr noch einmal anzubieten, verkniff er sich jedoch, denn sie hatte sich als etwas zu schlagfertig erwiesen.

15.

Nach einer weiteren kalten, feuchten Nacht erreichte die Gruppe am späten Vormittag die Straße nach Léana. Oisin wollte schon befehlen, in Deckung einiger Büsche zu rasten und auf Toal zu warten, als sie den Jungen auf sich zukommen sahen. Schon von weitem war ihm anzusehen, dass er keine guten Nachrichten brachte.

»Ihr hattet recht, Herr!«, sagte er niedergeschlagen, als er vor Oisin stand. »Léana ist von den Engländern besetzt. Ich habe deren Fahnen auf dem Turm gesehen. Haresgill hat die Stadt eingenommen. Er soll auch unser Tal besetzt haben.«

»Woher weißt du das?«, fragte Ferdinand, weil Oisin nicht in der Lage schien, ein Wort zu äußern.

»Ich habe bei der Stadt einen Mann getroffen, der uns früher immer wohlgesinnt war, und der hat mir alles erzählt. Simon von Kirchberg hat die Stadt nach anfänglichem Weigern auf Bitten der Bürger übergeben, weil Haresgill angedroht hat, sie nach einem Sturm plündern und niederbrennen zu lassen. Danach ist Haresgill mit seinen Soldaten nach Norden gezogen, um unsere Burg zu erobern.«

Toals schmale Schultern zuckten, und er kämpfte gegen die Tränen an, die er so lange zurückgehalten hatte.

»Und wer bewacht jetzt die Stadt?«, wollte Ferdinand wissen.

»Sir Humphrey Darren mit einem Teil seiner Männer und einigen von Haresgills Musketieren. Die Gefangenen sind nämlich freigekommen, nachdem die Engländer die Stadt übernommen haben«, berichtete Toal.

Ferdinand nickte unbewusst. »Das war zu erwarten. Aber was ist mit meinem Vetter und dessen Söldnern?«

»Die Söldner befinden sich noch in der Stadt und gelten als Gefangene, während Herr Simon auf Ehrenwort freigekommen ist. Sobald das Land wieder unter englischer Herrschaft steht, soll er mit seinen Männern das Land verlassen dürfen.«
»Ich glaube, diese Aussicht hat ihn mehr als das Bitten der Stadtbewohner dazu bewegt, die Tore öffnen zu lassen«, warf Ciara voller Verachtung ein.
Ferdinand hob die Hand, um sie zu bremsen, denn er wollte nachdenken. »Wenn Haresgill auch nur mit der Hälfte seiner Leute ins Ui'Corra-Tal zieht, haben Buirre und die anderen keine Chance, ihn daran zu hindern. Sie werden nicht einmal die Burg halten können.«
»Verzeihung, Herr Ferdinand«, meldete sich Toal wieder zu Wort. »Aber der Mann vor der Stadt erzählte mir auch von dem Gerücht, die Unsrigen hätten das Tal verlassen, bevor Haresgill es eingenommen hat. Man will Menschen gesehen haben, die von dort aus nach Nordwesten gezogen sind. Es waren nur wenige Männer, aber etliche Frauen und Kinder.«
»Wenn das stimmt, hat Buirre mehr Verstand bewiesen, als ich ihm zugetraut habe.« Ferdinand wusste nicht so recht, was er von dem Gehörten halten sollte. Auf jeden Fall hatte Haresgill, jener alte Feind der Ui'Corra, sofort den Vorteil ausgenützt, den ihm die irische Niederlage bei Cionn tSáile geboten hatte.
»Was wollen wir jetzt tun?«, fragte Ferdinand Oisin. »Nach Léana können wir nicht, und Euer Heimattal befindet sich in der Hand des Feindes.«
»Dann müssen wir weiterziehen, bis wir die Küste von Tir Chonaill erreicht haben, und uns dort verstecken.« Oisin versuchte, energisch zu klingen, doch alle spürten das Elend, das in ihm wühlte.
Er sehnte sich danach, noch einmal jene Fluren zu betreten, in denen er aufgewachsen war. Doch die Gefahr, dort auf Haresgills Soldaten zu stoßen, war zu groß. Daher wandte er der Straße den Rücken zu und schritt in den Wald hinein, der wie

ein mächtiger, grüner Dom über ihm aufragte. Die anderen folgten ihm mit hängenden Schultern. Sie alle wussten, dass noch ein langer Fußmarsch durch die Wildnis vor ihnen lag und sie am Ende blanke Not erwartete.

Ciara fasste Ferdinands Hand und drückte sie fest. »Ich hoffe, dass wir heute einen halbwegs trockenen Platz für uns allein finden und Mann und Frau sein können!«

»Das hoffe ich auch«, sagte Ferdinand leise und sagte sich, dass er bei allem Unglück, das sie erleiden mussten, doch vom Glück gesegnet war, eine so wunderbare Frau gefunden zu haben.

Keiner von ihnen ahnte, dass Deasún O'Corraidh nicht weit von ihnen entfernt auf der Lauer lag und sie beobachtete, bis der Wald sie seinen Blicken entzog. Dann klopfte er sich selbst auf die Schulter.

»Gut gemacht, Deasún! Du hattest doch die richtige Nase. Es war dieser Rotzlöffel Toal O'Corra, der sich bei der Stadt herumgetrieben hat.«

Zufrieden, weil er seinem Gefühl nachgegeben hatte und dem Jungen heimlich gefolgt war, kehrte Deasún O'Corraidh nach Léana zurück, lieh sich dort ein Pferd und ritt nach Norden zum Ui'Corra-Tal, um Richard Haresgill und Simon von Kirchberg mitzuteilen, dass die Maus dabei war, in die Falle zu gehen.

16.

Obwohl Richard Haresgill das Tal erst vor einer guten Woche eingenommen hatte, wirkte es auf Deasún O'Corraidh stark verändert. Männer in englischer Soldatentracht wachten in der hölzernen Festung am Taleingang, und auf dem Turm der Burg wehte neben Haresgills Banner Englands rotes Georgskreuz.

Als Deasún auf dem Burghof vom Pferd stieg, trat Richard Haresgill aus der Halle. Simon von Kirchberg folgte ihm auf dem Fuß und fragte sofort: »Hast du etwas über Oisin O'Corra in Erfahrung bringen können?«

Grinsend nickte Deasún. »Nicht nur das, Euer Lordschaft. Ich habe ihn sogar mit den Resten seiner Krieger gesehen. Die sehen ziemlich gerupft aus, muss ich sagen.«

»Wo sind sie?« Haresgill hatte wenig Lust, sich die ausschweifenden Erklärungen des Iren anzuhören.

»Wenn sie nicht noch einmal die Richtung wechseln, ziehen sie nach Donegal, würde ich sagen.«

»Donegal also!« Haresgill sagte es in einem Ton, als hätte er nicht erwartet, dass es so kommen würde.

»Ja, Donegal!«, bekräftigte Deasún. »Wenn Ihr Euch beeilt, Euer Lordschaft, könnt Ihr sie unterwegs abfangen.«

»Was meint Ihr?«, wandte Haresgill sich an Simon.

Dieser schüttelte lächelnd den Kopf. »Das würde ich nicht tun. Wenn der Teufel es will, entkommt Oisin in den Wald, und dann habt Ihr bestimmt keine Ruhe mehr vor ihm.« Und ich auch nicht, setzte Simon in Gedanken hinzu.

»Also gut! Wir machen es so, wie Ihr vorgeschlagen habt. Doch wehe Euch, wenn uns der Vogel deswegen entwischt.«

Simon nahm Haresgills Drohung nicht ernst, sondern winkte lachend ab und klopfte Deasún auf die Schulter. »Gut gemacht! Jetzt kann Oisin uns nicht mehr entkommen. Wir beide reiten los. Seine Lordschaft soll uns mit seinen Truppen im Abstand von einem halben Tagesmarsch folgen.«

Deasúns Grinsen verschwand mit einem Schlag. »Wenn Ihr mich mit zu den Ui'Corra nehmt, werden die mich um einen Kopf kürzer machen.«

»Die Burg ist nicht leicht zu finden. Deshalb wirst du mit mir reiten. Kurz bevor wir den Turm erreichen, bleibst du zurück, um Seiner Lordschaft den Weg zu weisen. Ich werde Euch bereits in der ersten Nacht ein Zeichen geben. Ihr solltet daher nicht zu lange warten, um aufzuschließen.« Die letzten Worte galten Haresgill, der Simon mit grimmiger Miene ansah.

»Wir werden bereit sein, diese Schlangenbrut zu zertreten. Und nun reitet! Mich reut jede Minute, die Oisin O'Corra noch am Leben ist.«

»Mit Eurer Erlaubnis!« Simon drehte sich um und winkte einen Knecht heran. »Sattle mein Pferd!«

Der Mann war einer der Iren, die zurückgeblieben waren, und hatte den Tod etlicher Freunde erleben müssen, die auf Haresgills Befehl aufgehängt worden waren. Die Angst, diesem gnadenlosen Mann zu missfallen und ebenfalls umgebracht zu werden, ließ ihn widerspruchslos gehorchen.

Daher konnte Simon schon bald in den Sattel steigen. Er winkte Haresgill noch einmal zu und gab dem Pferd die Sporen. Deasún folgte ihm, nachdem er eine Verbeugung vor Haresgill angedeutet hatte, und holte rasch auf. »Ich glaube nicht, dass viel dabei sein wird, Oisin O'Corra das Lebenslicht auszublasen«, sagte er, um ein Gespräch in Gang zu setzen.

Simon verzog den Mund zu einem verächtlichen Lächeln. »Oisin O'Corra, mein Freund, kannst du einen Arm abschlagen, und er wird immer noch mit drei Kerlen wie dir fertig.«

Für den Augenblick brachte er Deasún damit zum Schweigen.

Doch der Ire spielte nicht lange den Gekränkten, sondern plauderte bald munter weiter.

Da einige seiner Informationen Simon brauchbar erschienen, hörte er dem Mann zu. Währenddessen dachte er darüber nach, ob er Deasún nach seinem Vetter fragen sollte. Sein Onkel Franz würde sicher wissen wollen, was mit Ferdinand geschehen war, wenn er ihn auf Schloss Kirchberg besuchte. Dann aber gab sich Simon ganz der Vorstellung hin, bald ein reicher Grundbesitzer hier in Irland zu sein, der seine Verwandten in Baiern wohl niemals wiedersehen würde. Statt weiter an seinen Onkel zu denken, richtete er seine Gedanken auf Oisin und wie er diesen überlisten konnte. Kurz erinnerte er sich daran, dass er ihn einmal sogar Freund genannt hatte. Doch die Zeit war lange vorbei, und jetzt galt es, erst einmal an sich zu denken.

17.

Nach der Ruhe der Wälder erfüllte die Brandung des Meeres die Luft mit einem ohrenbetäubenden Dröhnen und Rauschen. Selbst der Boden schien im Gleichklang mit den Wellen zu vibrieren. Ciara deutete auf eine felsige Landzunge, die sich mehr als eine halbe Meile in die See hineinschob.
»Jetzt kehre ich dorthin zurück, von wo ich damals aufgebrochen bin, und ich bringe nicht mehr mit als blutige Tränen.«
»Etwas mehr ist es doch, so hoffe ich, nämlich meine Liebe«, antwortete Ferdinand sanft und fasste nach ihrer Hand.
Mit tränenverschleierten Augen nickte die junge Irin. »Ja, die trage ich in meinem Herzen. Sie ist das Einzige, was mich noch am Leben hält.«
»Es wird wieder bessere Tage geben, sowohl für uns wie auch für den Clan.«
Ferdinand versuchte, Zuversicht in seine Stimme zu legen, doch das gelang ihm nur schlecht. Die Gegend erschreckte ihn. Um sie herum gab es nur nackten Fels, auf dem kein Grashalm wuchs. Am Steilufer spritzte die Gischt weiß empor und nahm Formen an, die ihn an Geister gemahnten. Wer hier lebte, musste alles, was er zum Leben brauchte, einem Meer abringen, das sich wahrlich nicht als Freund zeigte.
Als sie weitergingen, entdeckte er den Turm. Dieser war rund, hatte einen größeren Durchmesser als alle Türme, die er in Irland bereits gesehen hatte, und war mindestens sechzig Fuß hoch. Der Eingang befand sich fast zwei Manneslängen über dem Boden und war nur über eine Leiter zu erreichen, die nach oben gezogen werden konnte. Im unteren Teil des Turms gab es einige Schießscharten, während im oberen Teil kleine Fenster

zu erkennen waren. Eine mit Schieferplatten gedeckte Spitze schloss ihn nach oben ab. Daneben stand ein aus Bruchsteinen errichtetes Gebäude, das als Stall und Scheuer diente. Mehrere Steinwürfe weit davon entfernt konnte er die Hütten jener Clanmitglieder sehen, die nicht im Turm untergekommen waren.

Aithil hatte zu Ferdinand aufgeschlossen und zeigte auf die Gebäude. »Ich werde mit ein paar Leuten ins Dorf gehen und nachsehen, welche Hütten noch zu brauchen sind. Bezieht Ihr inzwischen den Turm.«

Eigentlich hätte Oisin den Befehl dazu erteilen sollen, doch seit der Niederlage bei Cionn tSáile schien dessen Wille gebrochen zu sein. Auch jetzt sah er nur kurz auf und nickte.

»Tut das!«

Aithil winkte drei Männern, ihm zu folgen. Unwillkürlich setzten sich auch die Männer in Bewegung, die bereits früher in den Hütten gelebt hatten. Die meisten Frauen und Kinder schlossen sich ihnen an, und so blieben nur wenige bei Oisin zurück.

Sie haben das Vertrauen in meinen Bruder verloren, fuhr es Ciara durch den Kopf. Dabei leidet er am meisten unter dem Schicksal, das uns getroffen hat. Bekümmert wischte sie die Tränen ab, die ihr in die Augen traten, und hängte sich bei Ferdinand ein.

»Halte mich fest! Ich kann den Weg fast nicht mehr sehen.«

»Weine ruhig, mein Schatz. Mögen die Tränen die Trauer in deinem Herzen fortspülen und Platz machen für zukünftiges Glück.«

»Das hast du schön gesagt, Ferdinand!« Da sie nun offiziell als Verlobte galten, hatten sie auch in Gegenwart der anderen das steife Ihr und Euch aufgegeben und sagten du zueinander.

Ciara war froh, dass sie endlich zu ihrer Liebe stehen konnte. Allerdings fragte sie sich bang, wohin der Wind des Schicksals sie wehen würde. Zunächst aber galt es, den alten Turm wieder bewohnbar zu machen.

Sie gingen weiter, und bald fiel ihnen auf, dass das Stallgebäude in jüngster Zeit ausgebessert worden war. Misstrauisch blieben sie stehen. Da kamen ihnen auf einmal Seachlann, Bríd und einige andere aus dem Uí'Corra-Tal entgegen.

Ciara schossen vor Erleichterung erneut die Tränen in die Augen. »Ihr habt tatsächlich entkommen können!«, rief sie und schloss Bríd in die Arme.

»Ich bin so froh, euch zu sehen! Als uns die Nachricht von Aodh Mór O'Néills Niederlage erreicht hatte, waren wir in Angst, ihr wäret alle umgekommen.« Bríd weinte nun ebenfalls und umklammerte Ciara, als wäre diese ihr einziger Halt auf Erden. Nach einigen tiefen Atemzügen ließ sie sie los und umarmte nacheinander Saraid, Ferdinand, Hufeisen und Ionatán. Oisin so zu begrüßen, wagte sie allerdings nicht. Auch wenn der Clan kaum noch Mitglieder besaß, so war er immer noch der Taoiseach und stand ihrer Meinung nach hoch über ihr.

»Wie viele sind mitgekommen?«, fragte Ciara.

Ein Schatten huschte über Bríds Gesicht. »Weniger, als wir hätten sein können. Viele sind geblieben, um sich Richard Haresgill zu unterwerfen.«

»Gebe Gott, dass der Sasanach Gnade hat walten lassen!« Ciara schlug das Kreuz und war gleichzeitig erleichtert, nicht als Erste den kahlen Turm an der Steilküste erreicht zu haben. Es wäre zu schmerzhaft gewesen, den Turm aufzuschließen und all den Schmutz zu sehen, den der Wind durch die offenen Fenster hineingeweht hatte.

»Wo ist Buirre?«, fragte Saraid, die ihren Mann zwar nicht besonders vermisste, aber doch Klarheit über sein Schicksal erlangen wollte.

»Er ist im Turm und wagt es nicht, Euch gegenüberzutreten, weil er sich so schämt! Es liegt ihm auf der Seele, dass er unser Heimattal nicht hat verteidigen können«, berichtete Bríd.

»Wenn sich einer schämen muss, dann bin ich es! Ich habe euch in den Untergang geführt.« Oisin schüttelte sich wie im Fieber und kämpfte gegen die Bilder von Tod und Vernichtung an, die in ihm aufsteigen wollten.

Bevor jemand etwas darauf antworten konnte, zeigte Toal nach hinten. »Seht doch! Da ist uns ein Reiter gefolgt!«

So schnell hatte Ferdinand sein Schwert noch nie gezogen. Auch Hufeisen und Ionatán fassten nach ihren Waffen.

Da gab Ciara ein ärgerliches Schnauben von sich.

»Es ist Kirchberg!«

»… und – wie ich sehe – allein!«, setzte Hufeisen hinzu.

Eine gewisse Erleichterung machte sich breit. Dennoch blieben alle wachsam, denn keiner begriff so richtig, weshalb Simon von Kirchberg ausgerechnet diese abgelegene Gegend aufsuchte.

Als Simon näher kam, stellte Ferdinand fest, dass dieser den Hengst ritt, der eigentlich ihm gehörte, und erinnerte sich, wie oft er sich seit ihrer Ankunft in Irland über seinen Vetter geärgert hatte. Und doch fühlte er sich erleichtert, ihn wohlbehalten vor sich zu sehen.

Oisin schien ähnlich zu empfinden, denn er trat Simon erfreut entgegen. »Ich danke Gott, dass Ihr diesen englischen Schurken unversehrt entkommen konntet!«, rief er und reichte ihm die Hand.

Simon schwang sich aus dem Sattel und blieb mit hängenden Schultern vor ihm stehen. »Ich wäre gerne mit einer besseren Nachricht zu Euch gekommen. Doch ich musste die Stadt Léana aufgeben. Es war nicht möglich, sie gegen die Übermacht der Engländer zu halten, und ich wollte meine wackeren Söldner nicht in einen sinnlosen Tod führen. Wenn ich Verstärkung erhalten hätte …«

Der Vorwurf traf Oisin, und er hob beschwichtigend die Hände. »Jetzt quält Euch nicht, Kirchberg. Ihr habt das Richtige getan. Kommt mit in den Turm! Wir wollen doch sehen, ob noch ein Schluck Met zu finden ist. Auch wenn wir keinen Sieg zu feiern haben, so wollen wir doch darauf anstoßen, dass die Zukunft besser wird.«

»Das wird sie! Dessen bin ich ganz sicher.« Simon von Kirchberg klopfte Oisin auf die Schulter und trat auf Ferdinand zu.
»Ich sehe, du hast die Sache überstanden. Freut mich, denn ich würde Onkel Franz ungern ohne dich entgegentreten. Hier, nimm den Gaul! Ich habe ja immer noch meine Söldner, mit denen ich hoffentlich bald auf den Kontinent zurückkehren kann. Vielleicht gibt es das Schicksal, dass wir bald wieder gemeinsam gegen einen Feind ziehen, sei es für den Papst, Spanien oder Frankreich.«
»Das ist ein gutes Wort!« Oisin hakte Simon unter und ging mit ihm los. Die Lethargie, die ihn seit Cionn tSáile befallen hatte, war wie weggeblasen.
Obwohl Ciara Simon nicht mochte, war sie im Augenblick froh, dass er gekommen war, denn seine Gegenwart schien ihrem Bruder gutzutun. Das sagte sie auch zu Ferdinand. Der nickte zwar, musste aber ein schlechtes Gefühl niederkämpfen. Sein Vetter war immer recht eigensüchtig gewesen, und es passte nicht zu ihm, dass er den wertvollen Hengst so leicht aufgab und nun auch noch davon sprach, dass er hoffe, den Ui'Corra auch weiterhin beistehen zu können.

18.

Bríd und Seachlann hatten bereits alles für den Einzug ihres Clanoberhaupts hergerichtet, und so konnte Oisin sich mit Simon, Ferdinand und Buirre in einen Raum im Obergeschoss des Turmes zurückziehen und bei einem Becher Met alles besprechen, was in letzter Zeit geschehen war. Buirre war ausnahmsweise nüchtern und berichtete, wie er von der Niederlage bei Cionn tSáile erfahren und beschlossen hatte, die nicht mehr zu verteidigende Burg aufzugeben.
»Eigentlich war nicht ich es«, setzte er bitter hinzu, »sondern Bríd. Sie hat zum Aufbruch gedrängt und alles in die Wege geleitet.«
»Daran hat sie gut getan«, lobte Oisin die Magd. »Da sieht man, dass die Frauen die Übersicht behielten, als wir Männer versagt haben.«
Simon hob seinen Becher, um Oisin zuzuprosten, und meinte dann: »Ich finde, wir sollten unser Licht nicht zu sehr unter den Scheffel stellen. Auch wir haben einiges geleistet, was des Ruhmes wert ist. Denkt nur daran, wie wir Léana erobert haben!«
»Das waren noch andere Zeiten!«, stimmte Oisin ihm zu.
»Darauf wollen wir trinken!« Erneut nahm Simon seinen Becher auf und stieß mit den anderen an. »Auf uns alle und darauf, dass Fortuna uns wieder küsst!« Er führte den Becher zum Mund und tat so, als würde er kräftig trinken. Tatsächlich rann nur wenig Met durch seine Kehle. Damit es nicht auffiel, nahm er selbst den Krug und schenkte sich und den anderen nach, bis die Becher fast überliefen.
»In Zeiten der Sorge ist es ganz gut, wenn ein Mann sich auch

mal betrinkt. Danach hat man zwar einen schweren Kopf, doch wenn dieser wieder klar ist, sind viele Sorgen kleiner geworden, und man fühlt wieder die Kraft, sich ihnen zu stellen«, fuhr Simon fort und verleitete Oisin und Buirre dazu, einen Becher nach dem anderen zu leeren. Auch Ferdinand trank zunächst mit. Schließlich aber hob er die Hand.
»Wenn ich noch mehr trinke, müsst ihr mich in mein Bett tragen! Ich lege mich lieber hin.« Damit stand er auf und verließ schon leicht taumelnd den Raum. Aber es war nicht der Alkohol, sondern Müdigkeit und Erschöpfung, die ihn in den Krallen hielten.
»Und so was will ein Mann sein!«, spottete Simon und füllte Oisins und Buirres Becher erneut.
Während er über die alten Zeiten schwadronierte, in denen alles besser gewesen war, lauschte er mit einem Ohr nach draußen. Im Turm wurde es allmählich still. Die Erschöpfung nach dem langen Marsch quer durch Irland forderte ihren Tribut. Oisins Kopf sank vornüber, und er begann leise zu schnarchen. Das sah Buirre und murmelte, er müsse sich hinlegen.
»Tut das! Ich suche mir auch gleich einen Schlafplatz«, erklärte Simon und sah zu, wie der Mann schwankend die Kammer verließ.
Nun war er mit Oisin allein, und es wäre ein Leichtes gewesen, Haresgills Todfeind umzubringen. Schon griff er zum Dolch, schreckte dann aber vor der Tat zurück. Er befand sich beinahe in der Spitze des Turmes. Wenn jemand entdeckte, dass er Oisin erstochen hatte, würden die Ui'Corra ihn in Stücke hacken, bevor Richard Haresgill mit seinen Soldaten auch nur auf hundert Schritt an den Turm herangekommen war.
Daher blieb er still sitzen und wartete, bis auch das letzte Geräusch in dem Gebäude verklungen war. Als er nur noch das Rauschen des Meeres und den Wind hörte, der um die Mauern strich, nahm er die Öllampe vom Tisch und trat an ein Fenster, das vom Land aus gesehen werden konnte. Dort hielt er die

Lampe hinaus und schwenkte sie mehrmals. Dies muss als Signal für Haresgill reichen, sagte Simon sich und atmete auf, als er am Fuß eines nahe gelegenen Hügels für einen kurzen Augenblick Feuerschein bemerkte.
Nun galt es, ein letztes Problem aus der Welt zu schaffen, und dabei musste er höchst vorsichtig vorgehen. Er verließ die Kammer und schlich die Treppe hinunter. Kurz vor der Eingangskammer hielt er an und stellte seine Lampe auf einem Sims ab. Unter sich sah er Gamhain als dunklen Schatten vor der Tür liegen und griff unwillkürlich nach seinem Schwert. Die Hündin schlief zwar, zuckte aber unruhig mit den Beinen. Das vermaledeite Biest kann jeden Augenblick aufwachen, durchfuhr es ihn. Dennoch ließ er den Griff seiner Waffe los, als sei er heiß geworden. Wenn er sie jetzt zog, würde die Hündin wahrscheinlich das Geräusch vernehmen und zu bellen beginnen. Verärgert, weil er nicht an den widerwärtigen Köter gedacht hatte, griff er nach einem an der Wand lehnenden Knüppel. Jetzt musste es schnell gehen, sagte er sich.
Simon legte die letzten Stufen in einem Satz zurück und schlug sofort zu. Dennoch kam Gamhain noch auf die Beine und versuchte zuzubeißen. Da fuhr der Knüppel ein zweites Mal auf sie nieder und traf sie am Kopf. Mit einem ersterbenden Winseln sank sie in sich zusammen.
Das elende Biest ist hin!, dachte Simon erleichtert, öffnete die Tür und schob die Leiter so geräuschlos wie möglich hinaus. Kurz darauf sah er eine Reihe von Männern mit Fackeln in den Händen auf den Turm zukommen. Das war der gefährlichste Moment für ihn, und so trat er zur Treppe und lauschte. Zu seiner Erleichterung blieb alles still.
Die englischen Soldaten kamen rasch näher, und schon bald erkannte Simon Haresgill unter ihnen. Dieser hielt sein Schwert in der Hand, obwohl er noch die Leiter hochsteigen musste.
»Ist alles gutgegangen?«, fragte er Simon für dessen Empfinden viel zu laut.

»Ja! Aber macht rasch! Oben tut sich etwas!«, antwortete Simon und zog sich vom Tor zurück.

Auf Haresgills Zeichen kletterten mehrere Soldaten hoch und drangen durch das Tor ins Innere des Turms.

Nun gönnte Simon sich ein tiefes Aufatmen. Er wartete, bis auch Haresgill den Turm betreten hatte, und wies dann nach oben. »Oisin O'Corra hat kaum mehr als ein halbes Dutzend Krieger bei sich im Turm, und die sitzen jetzt in der Falle.«

»Wo sind die anderen?«, fragte Haresgill argwöhnisch.

»In den Hütten unterhalb des Turms. Sobald Oisin O'Corra erledigt ist, könnt Ihr Euch um die Kerle kümmern«, erklärte Simon.

Haresgill schüttelte den Kopf. »Das ist mir zu unsicher. Ich will sie alle haben. Ein Dutzend Männer kommt mit mir, die anderen sollen das Dorf stürmen. Lasst keinen Mann am Leben! Den Weibern könnt ihr Bälger in den Bauch schieben, damit ich in neun Monaten neue Tagelöhner bekomme.«

Er lachte leise und stieg dann hinter seinen Männern nach oben.

Simon blieb zunächst noch an der Eingangstür stehen, sagte sich dann aber, dass er Ciara in die Hand bekommen musste, bevor Haresgills Männer über sie herfielen. Noch während er die ersten Stufen bewältigte, erklang über ihm ein wilder Schrei.

19.

Saraid wollte nicht mit Buirre in einer Kammer schlafen, und so hatte Ciara sie mit Bríd zusammen in einem der winzigen Räume untergebracht. Sie selbst wählte eine Kammer aus, die sie mit Ferdinand teilen wollte. Da sie müde war, zog sie sich bald zurück und legte sich hin. Sie wachte nur einmal kurz auf, als Ferdinand in die Kammer trat und seine Stiefel auszog.
»Müsst ihr Männer immer so viel Krach machen?«, murmelte sie, dämmerte aber sofort wieder weg.
Als sie erneut aufwachte, hörte sie nur noch das Rauschen der Brandung. Es hatte sie ihre ganze Kindheit über begleitet, doch in dieser Nacht empfand sie es als bedrohlich. Unruhig geworden, stand sie auf und trat ans Fenster. Unter ihr klatschten die Wellen im steten Rhythmus gegen die Steilküste. Sie erinnerte sich daran, dass sie als kleines Kind Angst gehabt hatte, der Turm könnte umkippen und ins Meer fallen. Nun erfasste sie eine ähnliche Furcht, allerdings viel stärker als früher.
»Nimm dich zusammen!«, flüsterte sie und beschloss, den Abtritt aufzusuchen, bevor sie sich wieder hinlegte. Als sie sich der Tür näherte, vernahm sie Schritte auf der Treppe und leise Stimmen, die sich auf Englisch unterhielten.
Erschrocken öffnete sie und sah, wie englische Soldaten im Licht mehrerer Fackeln heraufstiegen. Mit einem Schritt war sie bei Ferdinand und versetzte ihm einen Fußtritt.
»Aufstehen! Wir werden angegriffen«, flüsterte sie und tastete nach seinem Schwert, um es ihm zu reichen.
»Was sagst du?« Ferdinand sprang auf, packte das Schwert und eilte zur Tür. Gleichzeitig gellte sein Warnruf so laut durch den

Turm, dass selbst die Möwen draußen an der Steilküste erschrocken von ihren Nestern aufflogen.

»Zu den Waffen! Wir sind verraten worden!«

Er stürmte die Treppe hinab und schwang sein Schwert gegen den vordersten Engländer. Der Treppenschacht war so schmal, dass seine Schwertspitze eine funkensprühende Spur an der Decke zog. Daher versetzte er dem Engländer einen Fußtritt gegen die Brust, der ihn gegen die ihm folgenden Männer stürzen ließ.

Die Eindringlinge hielten sich jedoch an dem Tau fest, das als Handlauf diente, und stachen mit ihren Spießen nach ihm. Ferdinand wich unwillkürlich immer weiter nach oben zurück, sah dann Ciara schreckensbleich in der offenen Tür stehen und rief ihr zu, sie solle zu ihm kommen und die Treppe hinaufsteigen. Doch als sie es versuchte, trieben die langen Spieße der Engländer sie in ihre Kammer zurück.

Weder Ciara noch Ferdinand begriffen, was geschehen war. Während sie erschrocken die Tür zuwarf, wehrte er die Engländer mit seiner Klinge ab und sah, dass in einem tiefer gelegenen Stockwerk eine Tür aufging. Buirre, Seachlann und seine vier Kameraden quollen hinaus und stürzten sich auf die Eindringlinge.

Die Iren waren nackt oder trugen nur ihre Hemden, kämpften aber wie Berserker. Doch sie hatten keine Chance. Innerhalb weniger Augenblicke machten die von ihren Rüstungen geschützten und besser bewaffneten Engländer sie nieder. Als Letzter brach Buirre über seinem Freund Seachlann zusammen.

Dies nahm Ciara aus den Augenwinkeln wahr, während sie versuchte, hinter dem Rücken der Eindringlinge die Treppe zu erreichen und Ferdinand zu folgen. Obwohl sie Saraids Ehemann verabscheut hatte, zog sich ihr Herz schmerzhaft zusammen. Im nächsten Augenblick sah sie sich Engländern gegenüber, von deren Klingen noch das Blut der Erschlagenen tropfte. Während einer der Angreifer sie mit seinem Schwert in Schach hielt, gingen die restlichen auf Ferdinand los.

Zu dessen Glück war die Treppe so eng, dass die Engländer sich gegenseitig behinderten. Dennoch musste Ferdinand Stufe um Stufe nach oben zurückweichen und erreichte zuletzt das Stockwerk, auf dem er am Abend mit Oisin, Simon und Buirre getrunken hatte.

Gerade als er den Treppenabsatz erreichte, ging die Tür auf, und Oisin stolperte heraus. »Was ist los?«, fragt er verwirrt.

»Verrat!«, rief Ferdinand zornbebend. »Gibt es hier Spieße, mit denen wir die Kerle auf Abstand halten können? Ein paar Pistolen wären noch besser!«

Oisin hob hilflos die Hände. »Ich habe nur mein Schwert und meinen Dolch.« Plötzlich weiteten sich seine Augen, und er rief: »Vorsicht!«

Nun sah Ferdinand es selbst. Mehrere Engländer stiegen mit Musketen und brennenden Lunten zu ihnen herauf und zielten auf sie. Der erste Schuss krachte wie ein Donnerschlag, und er fühlte, wie das heiße Blei an seiner Wange vorbeistrich.

»Wir müssen ganz nach oben. Dort ist eine Falltür, die sie nicht so leicht öffnen können!« Oisin winkte ihm mitzukommen und achtete für einen Augenblick nicht auf die Musketiere. Als der nächste Schuss aufpeitschte, zuckte er zusammen und stieß einen Schrei aus. Auf seiner Brust war ein daumennagelgroßes, schwarzes Loch zu sehen, aus dem es nun rot herausquoll.

Oisin hielt sich jedoch auf den Beinen und stieg schwankend nach oben. »Kommt jetzt!«, forderte er seinen Freund auf.

Ferdinand packte den nächsten Gegenstand, der ihm in die Finger kam, und schleuderte ihn die Treppe hinab. Dann kletterte er, so rasch er konnte, hinter Oisin her. Erneut krachten die Musketen, und er hörte, wie die Geschosse gegen die Wand klatschten. Aber keine Kugel traf.

Inzwischen hatte Oisin das oberste Stockwerk erreicht und streckte die Hand aus, um Ferdinand in die Kammer unter

dem spitzen Dach zu helfen. Kaum war dieser hineingeklettert, schlug Oisin die Falltür zu und schob den Riegel in die Krampen.
»Jetzt müssen sich die Kerle etwas einfallen lassen. So leicht kommen sie nicht herein.«
»Aber wir sind hier oben eingeschlossen und zur Untätigkeit verdammt!«, schrie Ferdinand ihn an. »Diese Schufte haben Ciara gefangen. Wir müssen sie befreien!«
»Das werden wir. Irgendwie! Beim heiligen Pádraig, ich hätte ein paar Pistolen hier heraufbringen lassen sollen. Dann könnten wir den Kerlen einheizen. Aber so ...« Ein Hustenanfall erstickte Oisins Worte.
Als er sich mit der Hand über den Mund strich, färbte diese sich rot. »Ich glaube, mich hat es erwischt, mein Freund, und das ist gut so. Die besten Männer meines Clans warten bereits drüben auf mich.«
»Das dürft Ihr nicht sagen! Wir müssen doch Ciara befreien«, rief Ferdinand verzweifelt.
Oisin hob angespannt die Hand. »Seid still, ich höre was!«
Jetzt spitzte auch Ferdinand die Ohren und vernahm eine rauhe Stimme. »Ich bin nicht bereit, gute Männer zu riskieren, um die Kerle da oben aus ihrem Taubenschlag herauszuholen. Holt Pulver und Zündschnüre! Wir sprengen die Turmspitze ab. Dann fahren sie ganz sicher zur Hölle.«
»Haresgill! Jetzt ist er am Ziel.« Oisin war zu Boden gesunken und lehnte mit grauem Gesicht an einem Balken. Zwischen den auf die Brust gepressten Fingern quoll es rot, und seine Miene verriet, dass er sich aufgegeben hatte.
Ferdinand sah keinen anderen Ausweg, als nach unten zu stürmen und so viele Engländer mitzunehmen, wie es nur möglich war. Schnell wollte er sich von Oisin verabschieden, doch der Ire umklammerte seine Hand.
»Ihr dürft Euer Leben nicht sinnlos opfern, mein Freund. Seht Ihr dieses Fenster dort? Es ist zwar schmal, aber vielleicht

könnt Ihr Euch hindurchzwängen und in die See springen. Zwar geht es weit in die Tiefe, aber man erzählt sich, dass man Eachann O'Néill, den Mörder meines Ahnen Bran, in diese Kammer eingesperrt hatte und er auf diese Weise entkommen ist.«
Ferdinand schüttelte den Kopf. »Das ist unmöglich! Ich würde auf den Klippen zerschmettern.«
»Es gibt dort eine Stelle ohne Klippen. Versucht es wenigstens! Hier erwartet Euch der sichere Tod. Denkt an Ciara! Ihr wollt sie doch befreien.«
Auf Oisins Drängen hin trat Ferdinand ans Fenster und sah hinaus. Er nickte versonnen und drehte sich um. »Ich gehe nicht ohne Euch!«
»Ihr müsst, mein Freund! Mein Leben ist am Ende, und ich bin niemandem mehr nütze. Lebt wohl! Lasst Euch noch sagen, dass ich stolz bin, weil ich an Eurer Seite kämpfen durfte. Rettet Ciara!« Beim letzten Wort sank Oisins Kopf auf die Brust, und Ferdinand begriff, dass mit dem Blut auch das Leben seines Freundes verrann.
Von unten klangen die Stimmen der Engländer herauf. Ferdinand hörte, wie einer meinte, das Pulver reiche nun. Entschlossen zwängte er sich durch das Fenster, nahm Maß und schnellte durch die Luft. Während er mit den Beinen voraus in die Tiefe stürzte, dachte er, dass ihm jetzt nur noch sämtliche Heiligen helfen konnten.

20.

Ciara musste hilflos mit ansehen, wie Ferdinand und ihr Bruder vom Feind immer weiter nach oben getrieben wurden. Als es ihnen gelang, die oberste Kammer zu erreichen und die Falltür hinter sich zu schließen, fiel ihr ein Stein vom Herzen. Doch da tauchte Haresgill auf ihrer Etage auf und befahl, die Spitze des Turms abzusprengen.

Hasserfüllt wich sie bis an ihr Bett zurück und griff nach ihrem Dolch. Auch wenn es sie das Leben kosten würde, so sollte ihr Feind nicht triumphieren.

Sie kam gerade bis zur Tür, als einer der Engländer den Dolch in ihrer Hand bemerkte und mit der flachen Klinge zuschlug. Mit einem erstickten Laut sank Ciara zu Boden. Haresgill fuhr herum und starrte auf die junge Frau herab, die noch in der Bewusstlosigkeit den Dolch fest umklammert hielt.

Mit einer höhnischen Miene, die sein Erschrecken verbergen sollte, beugte der englische Edelmann sich über sie. »Eine hübsche Stute will unser Freund Kirchberg da für sich haben. Am liebsten würde ich sie ja selbst reiten!«

Sein Hass auf die Ui'Corra war so groß, dass Haresgill überlegte, die Frau dem Deutschen zu verweigern. Andererseits würde er dann auch Kirchberg aus dem Weg räumen müssen, um vor dessen Rache sicher zu sein. Er hatte dem Mann jedoch sein Wort gegeben, und das war bekannt. Wenn er nicht vor seinen Landsleuten als Eidbrecher und Verräter dastehen wollte, blieb ihm nichts anderes übrig, als auf die Frau zu verzichten.

»Wo ist Kirchberg?«, fragte er.

»Hier!« Nachdem der Kampf um den Turm entschieden war, hatte auch Simon sich wieder nach oben gewagt.

Haresgill wies auf Ciara. »Nehmt das Weibsstück! Deasún O'Corraidh soll Euch zum nächsten englisch kontrollierten Hafen bringen. Von dort könnt Ihr nach London fahren und Ihrer Majestät Euer Anliegen vortragen.«
»Aber Ihr wolltet doch ...«, begann Simon, wurde aber von Haresgill rüde unterbrochen.
»Was ich für Euch tun konnte, habe ich getan. Doch nun sollten wir den Turm verlassen, damit der letzte O'Corra mit Getöse zur Hölle fahren kann!«
Und Ferdinand mit ihm, dachte Simon mit grimmiger Zufriedenheit, während er die bewusstlose Ciara aufhob und nach unten trug.
Auch Haresgill wollte den Turm verlassen, doch da trat sein Stellvertreter auf ihn zu. »Wir haben zwei Weiber gefangen, recht ansehnliche, wie ich sagen muss. Sollte man bei diesen Iren eigentlich gar nicht glauben.«
Auf seinen Wink stießen zwei Männer Saraid und Bríd vor sich her. Haresgill betrachtete die beiden vor Schreck erstarrten Frauen und nickte. »Ein guter Fang! Ich werde mich zuerst mit der einen und dann mit der anderen vergnügen. Danach könnt ihr sie haben – vom ersten bis zum letzten Mann.«
»Englisches Schwein!«, stieß Saraid aus.
Doch Haresgill lachte nur und befahl, sie und Bríd nach draußen zu bringen.
»Ein paar der Iren sind noch nicht ganz tot. Sollen wir ihnen die Kehlen durchschneiden?«, fragte sein Stellvertreter.
»Lasst mal! Die gehen drauf, wenn der Turm zusammenbricht!«, antwortete Haresgill und stieg nach unten. Dabei entging ihm, dass Buirre sich leicht aufrichtete und ihm aus blutunterlaufenen Augen nachstarrte.
Bevor der letzte Engländer den Turm verließ, zündete er die Lunte an. Danach waren nur noch deren Zischen und der ewige Klang der Brandung zu hören. Buirre begriff, dass er sterben würde, wenn er liegen blieb, und kämpfte sich auf die Beine.

Die Treppe hinab ging es ihm so schlecht, dass er sich an dem morschen Strick festhalten musste, der als Geländer diente. Dabei nahm er wahr, dass ihm jemand folgte. Er drehte sich um und sah Seachlann. Diesem lief dass Blut wie ein Brunnen aus einer Kopfwunde, doch er grinste. »Freut mich, dass du auch noch auf den Beinen stehst, alter Freund!«
Buirre sah zu der Lunte hoch, die schon ein ganzes Stück über ihnen brannte und begriff, dass er sie nicht mehr erreichen und löschen konnte. »Wir müssen raus! Die sprengen den Turm in die Luft.«
»Raus? Direkt den Engländern vor die Schwerter?« Noch während Seachlann seinem schmerzenden Kopf einen klaren Gedanken abzuringen versuchte, öffnete sich die Falltür, die zu den Vorratskammern im Kellergeschoss führte. Hufeisen streckte den Arm heraus und packte ihn am Bein.
»Schnell, kommt her! Hier sind die Mauern dicker, und es gibt ein festes Gewölbe! Vielleicht halten die Steine die Explosion aus.«
Buirre und Seachlann kletterten in die Kammer hinab. Hinter ihnen schloss Hufeisen die massive Falltür und schob den Riegel vor.
Im nächsten Augenblick krachte es. Der Turm schwankte, als bräche er über ihnen zusammen. Einzelne Steine zerplatzten wie Glas und verstreuten ihre Splitter in der Kammer. Die Decke hielt jedoch stand, und als der Lärm verebbte, begriff Hufeisen, dass sie die Sprengung überlebt hatten.
»Wie bist du denn hier hereingekommen?«, fragte Buirre mit verkniffener Miene.
»Ionatán und ich sind wach geworden, als die Kerle bereits im Turm waren«, erklärte Hufeisen. »Es waren zu viele, als dass wir mit ihnen hätten fertig werden können. Daher sagte ich mir, wir verstecken uns und warten, bis wir eine bessere Chance haben und vielleicht sogar diejenigen von uns, die sie gefangen nehmen, befreien können.« Dabei fragte Hufeisen sich

jedoch selbst, ob er jetzt feige gewesen war und seinen Herrn im Stich gelassen hatte oder klug.
Er schüttelte sich und wies dann zur Falltür. »Und jetzt sollten wir zusehen, dass wir aus dieser verdammten Scheiße herauskommen.«
»Sie wollen Saraid vergewaltigen, und zwar Mann für Mann – und Bríd auch«, brach es aus Buirre heraus.
Hufeisens Miene wurde hart. »Kommt jetzt! Wir haben etwas zu tun!«
Ihm war ebenso klar wie den anderen, dass sie die beiden Frauen wahrscheinlich töten mussten, um zu verhindern, dass sie Haresgill und seinen Soldaten zum Opfer fielen. Und auch ihr Leben würde es kosten, doch das schien ein geringer Preis, wenn sie dafür ein paar Engländer zur Hölle schicken konnten. Hufeisen und Ionatán stemmten sich mit aller Kraft gegen die Falltür, um sie hochzuwuchten. Doch es tat sich nichts. Sie fürchteten schon, lebendig begraben zu sein, nahmen noch einmal alle Kraft zusammen und pressten sich gegen das Holz. Endlich hörten sie, dass über ihnen Trümmerstücke ins Rutschen kamen, und verdoppelten ihre Bemühungen. Kurz darauf gelang es ihnen, die Falltür zu öffnen und hinauszuschauen.
Draußen lagen Steine und Staub fast kniehoch, und auf der Treppe häuften sich die Trümmer. Hätte der Zugang zum untersten Geschoss nicht unter dem Schutz der Stufen gelegen, wären sie wohl nicht mehr herausgekommen. Hufeisen und Ionatán räumten die Treppe Stufe für Stufe frei, bis sie zum Eingangstor hochklettern konnten. Nun sahen sie, dass der obere Teil des Turms fehlte. Über ihnen erstreckte sich der Himmel. Gerade stieg die Sonne hell strahlend auf – nach einer Nacht, die ihren Freunden Tod und Verderben gebracht hatte.

21.

Richard Haresgill jubelte triumphierend auf, als es die Spitze des Turmes zerriss und ein Regen aus Mauerbruchstücken ins Meer stürzte. »Endlich hat es Oisin O'Corra erwischt!«

Etliche Schritte von ihm entfernt starrte Simon von Kirchberg mit zwiespältigen Gefühlen auf die Trümmer. Ihm war bewusst, dass Ferdinand ebenfalls oben in der Spitze gewesen war. Wie der Taoiseach der Ui'Corra war nun auch sein Vetter tot, und sein zerschmetterter Leichnam trieb unten in der tosenden See. Schaudernd wandte er sich ab und stieg auf den Hengst, den Ferdinand nun nie mehr würde reiten können.

Deasún O'Corraidh reichte ihm Ciara herauf. Die junge Irin wirkte immer noch wie betäubt, hatte aber die Augen weit geöffnet. Nun galt es für ihn, diesen Ort schnell zu verlassen, bevor sie ganz zu sich kam und begriff, dass er sich mit dem Todfeind ihrer Sippe verbündet hatte.

»Ich breche jetzt auf«, sagte er zu Haresgill.

»Tut das!« Haresgill kümmerte sich nicht weiter um ihn, sondern trat auf Saraid und Brid zu. Die saßen mit gefesselten Armen am Boden und starrten entsetzt zu dem alten Gemäuer hinüber, von dem nur noch die untere Hälfte stand. Erst als Richard Haresgill Saraid packte und hochzog, begriffen die beiden, dass ihr Schicksal noch schrecklicher sein würde als das der Freunde, die im Turm ihr Leben verloren hatten.

»Du bist also Oisin O'Corras Cousine. Da ich seine Schwester nicht bekommen konnte, werde ich mich an dir schadlos halten und zwischen deine Schenkel steigen.«

Er griff nach ihrem Hemd und riss es auseinander, so dass ihre vollen Brüste zum Vorschein kamen.
»Ich glaube, es wird mir sogar ganz gut gefallen, dich zu reiten«, sagte er grinsend.
Da trat einer seiner Krieger auf ihn zu. »Verzeiht, Sir. Aber wir haben im Dorf nur ein paar alte Leute angetroffen. Als wir sie fragten, wo die anderen seien, sagten sie, die Kerle wollten sich zu den O'Domhnaills durchlagen, um dort um Aufnahme zu bitten.«
»Damit kommst du mir erst jetzt? Los, folgt diesen Schweinen und tötet sie!«, brüllte Haresgill unbeherrscht los.
»Sie haben uns ein ganzes Stück voraus. Wir ...«
»Ihr seid Narren! Wahrscheinlich seid ihr zu laut gewesen, und so haben sie euch kommen hören. Wer von den Kerlen noch laufen konnte, hat sich in die Büsche geschlagen, und die anderen haben euch Lügen aufgetischt. Geht jetzt! Die letzten O'Corras können noch nicht weit sein. Fünf Mann bleiben bei mir. Der Rest verfolgt die Kerle!«
Der Befehl behagte den Männern wenig, denn sie hatten sich darauf gefreut, über die gefangenen Frauen herfallen zu können. Aber sie kannten ihren Herrn gut genug, um ihm nicht zu widersprechen. Haresgills Stellvertreter suchte fünf Männer aus, die bei ihrem Anführer zurückbleiben sollten, und brach dann an der Spitze der übrigen auf, um Aithil O'Corra und den anderen nachzusetzen, die ihnen entkommen waren.
Haresgill sah ihnen nach, bis der nächste Hügel sie seinem Blick entzog. Dann wandte er sich wieder Saraid zu und begann, seine Rüstung abzulegen, die ihn bei dem, was er vorhatte, nur hinderlich war.
»Zieht sie aus! Alle beide!«, befahl er seinen Männern.
Die Soldaten zerfetzten johlend die Hemden, in denen die beiden Frauen geschlafen hatten, zwangen Saraid zu Boden und hielten sie fest.
»Dass mir keiner von euch zuvorkommt! Er würde es be-

reuen«, warnte Haresgill noch, dann öffnete er seinen Hosenlatz und stellte sich mit aufgerichtetem Glied vor Saraid hin.
»Gleich werde ich dich aufspießen!« Er lachte, während Saraid in seine Richtung spuckte.
Da nahm sie wahr, wie hinter dem Rücken der Engländer mehrere Männer die Leiter des halbzerstörten Turms herabstiegen und näher kamen. An ihrer Spitze erkannte sie Buirre. Nie war er ihr willkommener gewesen als in diesem Augenblick. Um zu verhindern, dass Haresgills Männer auf ihre Freunde aufmerksam wurden, begann sie, den Edelmann lauthals zu beschimpfen und zu verwünschen.
»Bei dir hat man wohl auch die Nachgeburt aufgezogen!«, schrie sie ihn an. »Oder bist du ein Wechselbalg? Ein fühlender Mensch kannst du niemals sein!«
Haresgill beugte sich über sie und schlug ihr ins Gesicht.
»Wenn wir mit dir fertig sind, wirst du mir die Füße lecken wie ein Hund und mich anflehen, dir einen raschen Tod zu gönnen.«
»Das denkst aber auch nur du!« Mit einem letzten, langen Schritt war Buirre bei Haresgill, schwang sein Schwert und trennte ihm den Kopf von den Schultern.
Gleichzeitig griffen Hufeisen, Seachlann und Ionatán die fünf Männer an, die zurückgeblieben waren. Die Engländer waren zu überrascht, um gegen die glühende Wut der drei Iren und des Söldners bestehen zu können. Hufeisen tötete zwei von ihnen mit einem einzigen Schwertstreich, einen stach Seachlann nieder, einen weiteren Ionatán. Der letzte Engländer sank von Buirres Schwert gefällt über dem kopflosen Leichnam seines Anführers nieder.
»Das ging besser als erwartet. Wir sollten nur zusehen, dass wir wegkommen, bevor Haresgills Haupttrupp zurückkehrt«, mahnte Hufeisen.
Gleichzeitig beugte er sich über Saraid und löste ihre Fesseln.

»Danke!«, flüsterte sie und raffte die Reste ihres Nachthemds an sich, um ihre Blöße zu bedecken.

Bríd wurde von Ionatán befreit. Dieser reichte ihr auch ihr zerrissenes Hemd und schließlich Haresgills Mantel. »Ich schaue in den Ruinen des Turms, ob noch Kleidung für die Frauen zu finden ist. Wir selbst können auch schlecht im Hemd herumlaufen«, meinte der junge Ire.

»Bleib hier! Oder willst du, dass der Rest des Turms über dir zusammenbricht?« Hufeisen packte Ionatán und stieß ihn auf einen der Toten zu. »Wir nehmen die Kleidung der Engländer! Damit müssen sich auch die Frauen begnügen. Oder wollt ihr nackt herumlaufen?«

Saraid schüttelte den Kopf und begann, einen der kleineren Engländer zu entkleiden. Mit merklichem Zögern tat Bríd es ihr gleich.

»Das ist eine gute Idee!«, lobte Buirre den Söldner, machte aber selbst keine Anstalten, sich umzuziehen.

»Was ist mit dir?«, fragte Hufeisen, der bereits einen der Soldaten seiner Kleider beraubte.

»Ihr braucht einen Vorsprung. Den werde ich euch verschaffen!«, antwortete Buirre.

»Du kommst mit uns!« Saraid wollte ihm ein Hemd zuwerfen, doch er schüttelte den Kopf.

»Mich hat es zu schlimm erwischt, und ich wäre euch nur ein Klotz am Bein. Versucht, Ciara zu befreien! Dieser verdammte Simon von Kirchberg hat sie mitgenommen. Wenn ich es richtig verstanden habe, will er mit ihr nach London reisen, um dort die Belohnung für seinen Verrat einzustreichen.«

Hufeisen knurrte wie ein gereizter Kettenhund. »London? Das ist nicht gerade der nächste Weg!«

Dann erst begriff er die Konsequenzen dessen, was Buirre gesagt hatte, und begann unflätig zu fluchen. »Diesen elenden Simon soll der Teufel holen! Durch diesen Verrat trägt er ge-

nauso die Schuld am Tod seines Vetters, als hätte er Ferdinand eigenhändig umgebracht.«
»Zieh dich an!«, wies ihn Buirre zurecht und lehnte sich an einen Felsen, um seine Kraft für den Augenblick zu sparen, an dem die Engländer zurückkehrten.
»Ich werde dich verbinden!«, hörte er Saraid sagen.
»Tu das! Vielleicht halte ich dann noch ein wenig länger durch!« Buirre hob die Arme, damit Saraid die Wunden auf seiner Brust mit einer Binde bedecken konnte.
»Komm mit! Wir werden wieder als Mann und Frau zusammenleben«, flüsterte sie, während ihr die Tränen aus den Augen liefen.
»Du bist eine gute Frau«, antwortete er. »Aber ich bin zu schwer verletzt. Außerdem habe ich eine Schuld abzutragen.«
»Eine Schuld?«
»Maeve! Ionatán, sie hätte dir eine wunderbare Frau sein können, wenn diese Kerle nicht gewesen wären. Doch nun geht!« Saraid wusste, dass sie ihren Mann nicht mehr umstimmen konnte. Kurz entschlossen fasste sie seinen Kopf und küsste ihn. Dann drehte sie sich um und lief weinend davon. Bríd und Ionatán folgten ihr auf dem Fuß.
Als auch Hufeisen gehen wollte, hielt Buirre ihn auf. »Ihr werdet Geld nötig haben, wenn ihr Ciara suchen wollt. Haresgill braucht das seine nicht mehr.«
Aus einer gewissen Scheu heraus hatten sie den Leichnam des Edelmanns in Ruhe gelassen und nur die Kleidung seiner Soldaten angezogen. Jetzt bückte Hufeisen sich, schnitt den Geldbeutel vom Gürtel des Toten und deutete vor Buirre einen militärischen Salut an.
»Du bist ein großer Krieger! Ich werde dich in guter Erinnerung behalten und von deiner Tapferkeit erzählen«, sagte er und machte sich auf den Weg.
Seachlann sah ihm nach und setzte sich neben Buirre. »Ich bleibe bei dir. Wir haben als Freunde gelebt und werden als

Freunde sterben. Aber du solltest dir ebenfalls die Kleidung eines Engländers anziehen. Wenn wir die Kerle täuschen können, werden wir ein paar mehr von ihnen erwischen.«
»Das ist eine gute Idee, mein Freund«, antwortete Buirre lächelnd. »Doch du wirst mir helfen müssen. Allein bin ich schon zu schwach, und ich will meine letzte Kraft für die Engländer aufsparen.«

22.

Der Sturz in die Tiefe schien endlos. Ferdinand hielt den Atem an und zwang sich, nicht an die scharfkantigen Felsklippen zu denken, die unten auf ihn warteten, und an die Brandung, die selbst Steine zerreiben konnte. Als das Wasser näher kam, streckte er sich unwillkürlich und tauchte mit den Füßen zuerst ein. Dennoch traf ihn der Aufprall wie ein Schlag. Für einen Augenblick verlor er das Bewusstsein, aber das kalte Wasser des Atlantiks brachte ihn sofort wieder zu sich, und er begann instinktiv, vom Steilufer wegzuschwimmen.
Da krachte es auf einmal fürchterlich. Er spürte, dass etwas Großes, sehr Schweres hinter ihm ins Wasser klatschte und eine Welle auftürmte, die ihn mitriss. Etwas traf schmerzhaft seine Schulter und drückte ihn hinab. Während er verzweifelt mit den Armen ruderte, um wieder an die Oberfläche zu gelangen, wurde er von einer noch größeren Welle gepackt und aufs Meer hinausgetragen. Erschrocken drehte er sich um und versuchte, auf einen sandigen Küstenstreifen zuzuschwimmen. Dabei sah er, dass nur noch der untere Teil des Turmes aufragte, und begriff, dass Oisin O'Corra sich zu seinen Ahnen begeben hatte. Für ihn aber galt es, in diesem ungewohnten Element um sein Leben zu kämpfen. Er war noch nie ein guter Schwimmer gewesen, und die Strömung zog ihn hinaus auf den Ozean. Seine Stiefel und seine Kleidung hingen wie Blei an ihm und drohten ihn in die Tiefe zu zerren. Verzweifelt strampelnd entledigte er sich der Stiefel und riss sich die Kleidung vom Leib. Er schluckte dabei Unmengen an Wasser, aber ein gütiges Geschick sorgte dafür, dass er über Wasser blieb. Doch als er sich endlich umsehen konnte, war das Ufer so fern, dass er es unmöglich erreichen konnte.

Achter Teil

Die Nadel im Heuhaufen

1.

Bríd fühlte sich in der Soldatenkleidung sichtlich unwohl. Das Zeug war ihr zu groß und der Stoff zu rauh. Außerdem hielt sie es für eine Sünde, so etwas anzuziehen, zumal es die Kleidung des verhassten Feindes war. Da sie jedoch nicht nackt durchs Land laufen konnte, blieb ihr nichts anderes übrig, als sich damit zu trösten, dass ihr ein Priester bei der Beichte gewiss Absolution für dieses Vergehen erteilen würde.

»Glaubt ihr, wir haben Haresgills Männer abgehängt?«, fragte sie nach einer Weile.

»Ich hoffe es«, antwortete Hufeisen. Er sah jetzt wirklich aus wie ein englischer Soldat, und Bríd konnte ihn nicht ansehen, ohne sich innerlich vor Entsetzen zu schütteln. Auch Ionatán hatte Soldatenkleidung übergezogen und hasste es, so herumlaufen zu müssen.

»Wo wollen wir eigentlich hin?«, fragte er.

»Ein Stück weiter im Norden gibt es an der Küste eine kleine Stadt mit Hafen«, erklärte Saraid. »Ich schätze, dass der Schurke Simon sich dorthin gewandt hat. Vielleicht gelingt es uns, ihn noch abzufangen und Ciara zu befreien. Allerdings können Bríd und ich schlecht in Männerhosen dort aufkreuzen. Bis jetzt habe ich nämlich noch nicht gehört, dass die Engländer auch Frauen zu den Waffen rufen.«

»Sobald wir in die Nähe der Stadt kommen, bleibt ihr Frauen mit Ionatán zusammen in einem Versteck zurück, während ich Kleider für euch besorge.« Hufeisen wollte noch mehr sagen, als ganz in der Nähe Bellen erklang.

Bríd zuckte zusammen, schüttelte dann aber über sich selbst

den Kopf. »Das ist doch Gamhain!«, rief sie aus. »Gamhain, hierher!«

Wenige Augenblicke später tauchte die große Hündin vor ihnen auf. Sie humpelte auf drei Beinen, das vierte zog sie hinter sich her.

»Mein Gott, Gamhain!« Bríd eilte auf die Hündin zu und schlang ihr die Arme um den Hals. Dann sah sie ihr strafend in die Augen. »Warum hast du uns nicht vor den bösen Engländern gewarnt?«

»Sie hätte es wohl gerne. Aber wie es aussieht, hat sie einen Hieb auf den Kopf bekommen!« Hufeisen wies auf eine gewaltige Beule an Gamhains Schädel und das Blut, das ihr Fell verkrustet hatte. Schnell kniete er nieder und untersuchte ihr verletztes Bein. Nach einer Weile atmete er erleichtert auf, weil er den Knochen unverletzt gefunden hatte.

»Wie es aussieht, ist sie bei der Explosion des Turms verletzt worden. Es ist ein Wunder, dass sie es noch ins Freie geschafft hat.«

»Wir hätten sie suchen sollen«, wandte Ionatán ein.

»Wir dachten doch, sie wäre tot. Umso froher bin ich nun, dass Gamhain wieder bei uns ist.« Hufeisen wickelte einen Streifen Stoff um das verletzte Bein des Tiers und klopfte ihr dann auf den Rücken. »So, meine Gute. Jetzt schau, ob du besser laufen kannst!«

Als hätte die Hündin ihn verstanden, machte sie ein paar Schritte. Sie humpelte zwar immer noch auf drei Beinen, zog aber das verletzte Bein nicht mehr so stark nach.

Hufeisen nickte zufrieden und ging weiter. Die anderen folgten ihm, und Gamhain hielt wacker mit der Gruppe Schritt. Einige Zeit später blieb sie jedoch stehen und witterte. Auf einmal winselte sie und lief hinkend auf das Meeresufer zu.

»Was soll das, Gamhain?«, rief Hufeisen ihr verärgert nach.

»Vielleicht hat sie Hunger und will sich was zum Fressen fangen«, meinte Ionatán.

Saraid schüttelte den Kopf. »Wenn sie Hunger hat, benimmt sie sich anders. Ich glaube, wir sollten ihr folgen.«
»Und wenn sie uns direkt in die Arme der Engländer führt?«, wandte Bríd ein.
»Das wird sie schon nicht!« Saraid lief hinter der Hündin her und nahm den anderen damit die Entscheidung ab. Kurze Zeit später standen sie am Ufer des Meeres. An dieser Stelle war es flach, und die Wellen flossen über groben Kies.
Gamhain lief so weit ins Wasser, bis es ihr zur Brust reichte, und bellte.
»Nicht so laut! Wenn dich jemand hört«, rief Bríd erschrocken.
»Seht dort!« Saraids Stimme zitterte, als sie auf das Meer hinauswies. Eine Gestalt, die auf die Entfernung noch winzig wirkte, mühte sich ab, ans Ufer zu kommen.
»Das ist gewiss ein Geist, der uns verderben will!« Bríd und Saraid schraken zusammen, und Ionatán wich angstvoll zurück, während Hufeisen die Augen zusammenkniff, um besser sehen zu können. »Für einen Geist schwimmt er verdammt schlecht«, sagte er zu den anderen.
Ganz sicher war er aber selbst nicht. Trotzdem blieb er am Ufer und sah zu, wie die Gestalt sich langsam näherte. Bald erkannte er, dass es sich um einen Mann handelte, der nicht mehr am Leib trug als das, was er bei seiner Geburt besessen hatte. Ein paar Minuten länger dauerte es, bis er begriff, wen er vor sich sah.
»Herr Ferdinand! Bei Gott, ich komme!« Hufeisen rannte in voller Kleidung ins Wasser hinein und fasste Ferdinand bei den Armen. Es war kein Augenblick zu früh, denn Ferdinands Kraft war erschöpft, und er hätte das nahe Ufer wohl nicht mehr erreicht. Hufeisen nahm ihn auf die Arme und stemmte sich gegen die Wellen, die heftig an seinen Beinen zerrten. Als er den Halt verlor und schwankte, hatte Ionatán ihn erreicht, und zu zweit gelang es ihnen, Ferdinand an Land zu bringen. Der junge Mann sah völlig zerschlagen aus. Blutige Abschür-

fungen bedeckten seinen Körper, und auf dem Rücken war ein großer blauer Fleck zu sehen. Auch war er nicht ansprechbar, sondern erbrach Unmengen an Wasser.

Hufeisen hielt ihn so, dass er alles von sich geben konnte. »Es muss Herr Ferdinand sein und nicht sein Geist. Ein solcher wäre nicht so verschrammt.«

Diese Bemerkung löste bei den anderen die Anspannung. Bríd legte Haresgills Mantel ab und wickelte Ferdinand darin ein. Es reizte Saraid zu einem spöttischen Kommentar. »Hast du noch nie einen nackten Mann gesehen?«

»Ja doch, aber ich dachte, Herr Ferdinand soll nicht frieren«, antwortete die Magd.

»Da hast du recht!« Hufeisen rieb Ferdinands Hände, damit sie wieder warm wurden. Als dessen Augenlider zitterten und er sie kurz darauf öffnete, strahlte er übers ganze Gesicht. »Willkommen unter den Lebenden, Herr Ferdinand. Ich sag's nur, damit Ihr uns nicht für Geister haltet.«

»Hufeisen! Was ist geschehen. Oisin, ich ...« Die Erinnerung an die letzten Minuten im Turm und den Sprung in die Tiefe erdrückte Ferdinand beinahe.

»Mein Gott, wie konnte das geschehen?«

»Euer Vetter hat uns verraten«, erklärte Saraid herb. »Er hat Haresgill und dessen Mannen hierhergeführt und ihnen in der Nacht das Eingangstor geöffnet.«

»Wahrscheinlich hat er auch Gamhain niedergeschlagen, sonst hätte die Hündin uns gewarnt«, setzte Ionatán hinzu.

Ferdinand senkte bedrückt den Kopf. »Ich habe es geahnt. Aber er war doch Oisins Freund!«

»Ein Judas war er! Und jetzt ist er auf dem Weg nach London, um seinen Verräterlohn abzuholen.« Saraids Stimme knirschte vor Wut.

Nun stellte Ferdinand die Frage, die ihm am meisten am Herzen lag und deren Antwort er fürchtete. »Was ist mit Ciara?«

»Euer Vetter hat sie mitgenommen. Er ist wohl auf dem Weg

nach London. Was er mit ihr vorhat, wissen wir nicht.« Hufeisen berichtete alles, was sich in der Nacht und am Morgen ereignet hatte, und fragte zuletzt, wie es Ferdinand gelungen war, aus dem zusammenbrechenden Turm zu entkommen.
»Oisin sagte mir, ich solle mich durch eines der Fenster quetschen und ins Meer springen. Der Turm ist erst hinterher explodiert«, antwortete Ferdinand so leise, als schäme er sich, das Unglück überlebt zu haben.
»Es ist also doch möglich!«, rief Saraid aus. »Wir haben es immer für eine Sage gehalten, dass Eachann O'Néill von dort oben entkommen sein soll. Uns erschienen das Meer und die Klippen zu wild, um einen Sprung wagen zu können.«
»Ein zweites Mal würde ich es auch nicht mehr tun.« Ferdinand kämpfte gegen seine Schwäche an und streichelte Gamhain, die sich an ihn drängte und ihm die Hände ableckte.
»Simon will also nach London. Wisst ihr, in welchem Hafen er sich einschiffen will?«, fragte er.
»Nein, es ist kein Name gefallen«, erklärte Saraid.
»Dann wird uns nichts anderes übrigbleiben, als nach ihnen zu suchen. Mit etwas Glück fangen wir sie noch hier in Irland ab. Wenn nicht, werden wir ebenfalls nach London fahren müssen. Spätestens dort werden wir Ciara finden und befreien.« Ferdinand zog eine Miene, die seinem Vetter einen Schauder über den Rücken gejagt hätte.
»Das werden wir wohl müssen«, stimmte Hufeisen ihm zu, während Bríd abwehrend die Hände ausstreckte. »London? Das bedeutet doch England!«
»Ich verspreche dir, dass ich dich nur im Notfall von den Engländern fressen lassen werde«, sagte Hufeisen und brachte damit Ferdinand, Saraid und Ionatán zum Lachen.
Bríd hingegen sah ihn so misstrauisch an, als wisse sie nicht, ob er im Scherz oder im Ernst gesprochen hatte.

2.

Noch wusste Ciara nicht, ob sie in einem schrecklichen Alptraum gefangen war oder ob die Bilder, die ihr die Phantasie vorgaukelte, Wirklichkeit waren. Sie sah englische Soldaten den Turm stürmen und die eigenen Leute niedermachen. Haresgill tanzte vor ihren Augen herum und schrie immer wieder, dass er Oisin endlich erwischt habe. Dazu hörte sie ein infernalisches Krachen und glaubte zu sehen, wie die Turmspitze in die Luft flog. Bei dem Gedanken, dass Ferdinand und ihr Bruder dort oben gestorben waren, brach sie in Tränen aus.

Simon spürte die Verzweiflung seiner Gefangenen und war vorerst damit zufrieden. Solange Ciara weinte, konnte sie ihm keine Fragen stellen. Bis es so weit war, musste ihm eine Geschichte eingefallen sein, die glaubhaft genug klang, um sie zu überzeugen. Daher achtete er darauf, dass ihm kein unbedachtes Wort entschlüpfte, wenn er mit Deasún sprach. Da er sich nicht vorstellen konnte, dass Ciara über dessen Verrat Bescheid wusste, wollte er ihn als reumütigen Deserteur hinstellen, der sich ihm angeschlossen hatte.

In einer Pause, in der Ciara zusammengekauert am Boden saß und sich weigerte, etwas zu essen oder zu trinken, winkte Simon den Iren, ein Stück beiseitezukommen.

»Was gibt es, Euer Lordschaft?«, fragte Deasún dienstbeflissen.

»Ich will nicht, dass sie erfährt, was sich wirklich zugetragen hat, verstehst du?«

Der Ire nickte. »Das dachte ich mir schon, Euer Lordschaft. Ich würde Euch vorschlagen, dass Ihr während der Erstür-

mung des Turms tief und fest geschlafen habt und erst wach geworden seid, als dieser zusammengebrochen ist. Durch die Gnade des Herrn, seines eingeborenen Sohnes und des Heiligen Geistes«, Deasún bekreuzigte sich, »seid Ihr unversehrt aus dem zusammenbrechenden Turm herausgekommen, habt die Dame Ciara gefesselt am Boden entdeckt und unbemerkt zu den Pferden getragen. Auf diese Weise konntet Ihr entfliehen und seid unterwegs auf mich gestoßen. Was mich betrifft, so war ich auf dem Weg, mich wieder Oisin O'Corra anzuschließen.«
»Eine gute Geschichte«, lobte Simon. »Sie hat nur einen Haken. Wer soll Haresgill und seinen Leuten das Tor geöffnet haben?«
»Wie wäre es mit Hufeisen, als Preis dafür, dass Haresgill ihm die Heimreise ermöglicht?«, schlug Deasún vor.
»Nicht schlecht!« Simon lachte leise, schüttelte dann aber den Kopf. »Ciara würde es nicht glauben. Dafür war Hufeisen meinem Vetter zu treu ergeben.«
»Dann eben Ionatán, und zwar aus Angst, dass Haresgill ihn foltern würde, wenn er ihm nicht gehorcht.«
Simon verwarf auch diesen Vorschlag. »Wir nehmen Aithil! Der wollte Oisin loswerden, weil dieser zu viel Unglück über den Clan gebracht hat. Außerdem will er der neue Taoiseach der O'Corras werden.«
»Klingt schlüssig«, gab Deasún grinsend zu. »Aber jetzt sollten wir weiterreiten. Wir befinden uns immer noch im Gebiet der Ui'Domhnaill, und Ihr wollt doch nicht, dass die Euch einen Kopf kürzer machen, weil sie glauben, dass Ihr damit zu groß seid.«
Gelegentlich fand Simon den Humor des Iren gewöhnungsbedürftig. Doch der Mann war findig und konnte ihm, wenn er als großer Landeigner aus London zurückkehrte, als Aufseher über seine irischen Knechte von Nutzen sein. Über diese Gedanken vergaß Simon jedoch das Hier und Jetzt nicht.

Daher trat er auf Ciara zu und verbeugte sich. »Verzeiht, aber wir müssen weiter. Es könnten Engländer hier umherstreifen.«
»Engländer!« Bei dem Wort stellten sich Ciaras Nackenhaare auf.
»Wir müssen vorsichtig sein!«, beschwor Simon sie. »Am besten ist es, wenn wir Irland so rasch wie möglich verlassen.«
»Was ist mit den anderen?«, rief Ciara entsetzt.
Simon senkte scheinbar betrübt den Kopf. »Sie sind alle tot. Ich konnte nur Euch retten!«
»Tot? Alle?«, schrie Ciara auf, und ein haltloses Schluchzen schüttelte ihren Körper.
Kraftlos ließ sie es zu, dass Simon sie aufs Pferd hob und sich hinter ihr in den Sattel schwang. Als er nun weiterritt, war ihm wohler zumute. Wie es aussah, glaubte Ciara ihm seine Geschichte. Allerdings würde er Ferdinands trauernden Verwandten spielen müssen, um überzeugend zu sein. Daher bedauerte er auf dem weiteren Weg immer wieder das Ableben seines Vetters und erklärte, wie sehr er sich schäme, weil er überlebt habe, sein junger Verwandter jedoch nicht.
Allmählich klärten sich Ciaras Gedanken, und sie stellte die Frage, auf die Simon gewartet hatte.
»Wer hat uns verraten?«
»Aithil!«, stieß Simon hervor. »Er wollte der neue Taoiseach der Ui'Corra werden. Haresgill hat ihn mit allen, die ihm gefolgt sind, ziehen lassen!«
Ciara erinnerte sich, dass mehr Clanmitglieder mit Aithil ins Dorf gegangen waren, als sie erwartet hatte. Der Riss im Clan war deutlich zu spüren gewesen. Dennoch hätte sie niemals angenommen, dass Aithil so handeln könnte. Außerdem machten sie die Angaben, die Simon so flüssig von sich gab, misstrauisch.
»Woher wisst Ihr das alles?«, fragte sie.
Verdammtes Weib, warum musst du so neugierig sein, durchfuhr es Simon. Er setzte jedoch ein trauriges Lächeln auf und

sah sie an. »Ich musste einige Zeit am Eingang des Turms warten, bevor ich ihn ungesehen verlassen konnte. Da Haresgill und seine Mordbuben sich draußen ungeniert über alles unterhielten, habe ich vieles mithören können.«
Für diese Ausrede klopfte er sich selbst auf die Schulter. Solange er seine eigene Rolle verschwieg, konnte er sich nicht mehr verplappern.
Immer wieder dachte Ciara über alles nach, was sie selbst erlebt und von Simon erfahren hatte, und es passte zusammen. Trotzdem blieb ein ungutes Gefühl zurück. Es musste wohl mit ihrer Abneigung Simon gegenüber zusammenhängen. Ihr wäre es lieber gewesen, ein anderer hätte sie gerettet, Hufeisen zum Beispiel oder auch Ionatán. Selbst Buirre hätte sie Simon vorgezogen. Einen Augenblick lang gab sie sich dem Gedanken hin, Ferdinand hätte sie retten können. Doch ihr Geliebter war tot. Sie brach erneut in Tränen aus und ließ es zu, dass Simon sie streichelte und mit sanfter Stimme zu trösten versuchte.

3.

Die erste Nacht verbrachten sie in einer Hütte, die Deasún O'Corraidh auf dem Herweg entdeckt hatte. Obwohl Ciara zuerst geglaubt hatte, sie könne kein Auge zumachen, fiel sie rasch in einen tiefen Erschöpfungsschlaf. Simon sah ihr missmutig zu, denn er hatte überlegt, sich ihrer zu bedienen, um von vornherein klarzustellen, dass sie ihm in allem zu gehorchen hatte. Dann aber sagte er sich, dass es wahrscheinlich besser war, wenn er den Edelmann spielte und sie heiratete, bevor er sie beschlief.

Mit diesem Gedanken verließ er den Raum und trat in den angebauten Verschlag, den er Deasún als Schlafstelle zugewiesen hatte. »Ich brauche einen Geistlichen, und zwar einen anglikanischen. Ciara darf das aber nicht merken, sondern soll ihn für einen katholischen Priester halten!«

»Keine Sorge, Euer Lordschaft! In der nächsten Stadt finde ich gewiss einen Pfaffen, der Euch für ein kleines Geschenk diesen Gefallen tut«, erklärte der Ire.

Simon überlegte, wie viel Geld er ausgeben konnte, und nickte schließlich. »Auch sollten wir bald ein Schiff finden, das uns nach London bringt.«

»Das ist leicht, Euer Lordschaft. Die Stadt, in der ich den Priester suchen will, hat einen Hafen. Es sind zwar meistens Schmuggler, aber die bringen uns mit Sicherheit zu einer Stadt, von der aus Schiffe nach London gehen.«

Deasún zwinkerte Simon zu und rieb sich innerlich die Hände. Es war offensichtlich, dass der Deutsche sich trotz der vielen Monate in Irland in diesem Land noch immer nicht zu helfen wusste. Also brauchte Kirchberg jemanden, der für ihn übersetzen und Sachen erledigen konnte. Da er selbst keine Lust hatte, seine heilen Knochen noch einmal für Königin Elisabeth zu riskieren, sah er es als erstrebenswertes Ziel an, Kirchbergs Diener zu werden.

Um zu beweisen, was er wert war, lotste Deasún den Deutschen und dessen hübsche Begleiterin in eine kleine Ortschaft am Meer, die zu unbedeutend war, um als Zankapfel zwischen Engländern und Iren zu dienen. Die Schiffer, die diesen Hafen anliefen, wurden nicht nach ihrer Volkszugehörigkeit gefragt, weil sie jene Dinge lieferten, die man teuer ins Hinterland verkaufen konnte.

Obwohl der Ort nicht groß war, gab es eine recht saubere Taverne. Der englische Wirt war mit einer Irin verheiratet und buckelte vor Simon, der deutlich herausstrich, ein Mann von Adel zu sein.

»Ich brauche eine Kammer mit einem großen Bett«, forderte Simon und ließ Ciara dabei nicht aus den Augen.

Diese sah ihn erschreckt an, sagte aber nichts. Wenn ihm seine heile Haut lieb ist, dachte sie, sollte er besser nicht versuchen, sich ihr zu nähern.

»Wenn die Herrschaften mir folgen würden!« Der Wirt nahm eine Lampe, um den düsteren Treppenaufgang auszuleuchten, und führte sie in eine passabel aussehende Kammer mit einem Schrank an der Wand und einem breiten Bett.

»Sind die Herrschaften damit zufrieden?«, fragte er, nachdem Ciara und Simon eingetreten waren.

Er nickte. »Das sind wir. Lass uns in einem der Extrazimmer ein Mahl auftragen. Der Priester wird bald kommen, und du kannst dann als Zeuge den Heiratskontrakt unterschreiben.«

»Die Herrschaften wollen hier heiraten? Ich werde selbstverständlich alles so herrichten, wie es gewünscht wird.«

Ciara wartete, bis der Wirt das Zimmer wieder verlassen hatte, und wollte dann ein paar deutliche Worte zu Simon sagen. Da fühlte sie plötzlich, wie ihr Magen revoltierte. »Ich muss zum

Abtritt«, brachte sie noch mühsam hervor. Dann presste sie die Lippen ganz fest aufeinander und eilte mit wehenden Röcken davon.

Sie kam gerade noch in den Hof des Gasthauses und erbrach dort in kurzen, heftigen Schüben. Zunächst fühlte sie sich nur elend, spürte aber bald, wie ihre Lebensgeister wieder erwachten und sie einen gewaltigen Hunger bekam.

Erleichtert ging sie zum Brunnen, wusch sich den Mund aus und kehrte in die Herberge zurück. Unterwegs fielen ihr hundert Dinge ein, die sie Simon an den Kopf werfen wollte. Heiraten würde sie ihn auf jeden Fall nicht.

Als sie die Treppe hinaufsteigen wollte, öffnete sich eine Tür, und Simon blickte heraus. »Ich habe hier auftragen lassen!«

Ciara nickte und trat wortlos ein. Beim Anblick des Schinkens und der Würste, die auf mehreren Holztellern serviert worden waren, lief ihr das Wasser im Mund zusammen. Noch während sie sich setzte, nahm sie etwas Brot und ein Stück Schinken und steckte beides in den Mund. Während sie kaute, erinnerte sie sich, dass ihr vor zwei Tagen genauso übel gewesen war. Da hatte sie nicht ganz so stark erbrechen müssen, war hinterher aber genauso hungrig gewesen. Ciara war unter vielen Frauen aufgewachsen und begriff daher schnell, was ihr Zustand zu bedeuten hatte. Sie war schwanger!

Im ersten Augenblick erschreckte sie der Gedanke, dann aber durchzuckte sie es wie ein Blitz: Sie trug Ferdinands Kind! Es war sein Vermächtnis für sie, sein letztes Geschenk! Nun wusste sie, was sie zu tun hatte. Zwar verachtete sie Simon von Kirchberg, doch sie durfte sein Werben nicht ablehnen, sonst würde ihr Kind als Bastard zur Welt kommen. Er bot ihr die Chance, es in einer vor Gott geschlossenen Ehe zu gebären. Auf diese Weise erhielt das Kind den Namen, der ihm zustand. Ciara schauderte es bei der Vorstellung, mit Simon das Bett teilen zu müssen, doch um ihres Kindes willen war sie dazu bereit. So würde es als Kirchberg aufwachsen. Auch wenn

Simon vor der Welt als dessen Vater gelten würde, so konnte sie ihrem Kind doch von seinem Onkel Ferdinand erzählen, dem edelsten Menschen, den es je gegeben hatte und der seinen Freunden bis in den Tod treu geblieben war.
Mit dieser Überlegung griff sie zu und aß mit gutem Appetit. Dabei bemerkte sie, dass Simon sie aus den Augenwinkeln betrachtete. So ganz sicher schien er sich ihrer nicht zu sein. Doch das störte sie nicht. Liebe würde es zwischen ihnen niemals geben, denn all ihre Gefühle waren für ihr Kind bestimmt.
»Geht es Euch besser?«, fragte Simon besorgt. »Schließlich habt Ihr ein schreckliches Erlebnis hinter Euch.«
»Das habe ich wirklich, und ich bin Euch dankbar, dass Ihr mich aus den Klauen dieses entsetzlichen Haresgill gerettet habt.«
Ciaras Worte waren ebenso falsch wie das Lächeln, das sie aufsetzte. Es reichte jedoch aus, um Simon zu täuschen. Dieser bedauerte wortreich Oisins Tod und den seines Vetters, sprach aber auch davon, dass das Leben weitergehen müsse.
»Das wird es gewiss«, stimmte Ciara ihm zu. »Doch sagt mir, was Ihr in nächster Zeit zu tun gedenkt. Werdet Ihr mit Euren Söldnern auf den Kontinent zurückkehren?«
Diese Frage behagte Simon wenig, denn noch wollte er ihr nicht sagen, dass er Land in Irland erhalten würde. Wenn Ciara dies erfuhr, musste sie nicht nur sein Weib sein, sondern sich auch daran gewöhnt haben, dass er ihr Herr war.
»Ich weiß es noch nicht«, sagte er daher ausweichend. »Am Hofe des Heiligen Vaters in Rom werde ich derzeit wohl wenig gelitten sein, da meinem Einsatz hier in Irland der Erfolg versagt geblieben ist. Vielleicht verlasse ich auch das Militär und kaufe mir irgendwo einen kleinen Besitz, von dessen Ertrag wir leben können!«
Das, so sagte Simon sich, war nicht einmal gelogen. Er sah erleichtert, dass Ciara sich mit dieser Auskunft zufriedengab,

und trieb Deasún in Gedanken an, endlich mit einem Priester aufzutauchen. Nicht weniger drängte es ihn, nach London zu fahren, um von der Königin den Lohn für seine Dienste in Empfang zu nehmen.

Simons Flehen wurde bald erhört, denn sie saßen noch bei Tisch, als Deasún grinsend den Kopf hereinsteckte. »Ich habe den Pfarrer mitgebracht.«

Bei Deasúns Anblick zog Ciara die Stirn kraus. »Wie kommt dieser Mann hierher? Er ist ein elender Verräter!«

»Bitte, Mylady, urteilt nicht so hart über mich. Meine Kameraden und ich wurden bei dem missglückten Überfall auf Haresgill versprengt und haben die Schar Eures Bruders nicht mehr gefunden. Dafür haben wir uns anderen braven Iren angeschlossen und sind mit ihnen bis Cionn tSáile gezogen. Meine Kameraden sind dort auf dem Schlachtfeld geblieben. Ich selbst habe lange gebraucht, um Euren Bruder zu finden, weil ich mich ihm wieder anschließen wollte. Leider kam ich zu spät, denn dieser elende Haresgill hatte Euren Turm bereits erobert. Dafür aber traf ich auf Herrn von Kirchberg und konnte ihm helfen, mit Euch zu entkommen.«

Simon hatte noch nie einen Menschen getroffen, der so lügen und gleichzeitig so treuherzig aussehen konnte wie Deasún. Auch in Ciaras Ohren klang dessen Erklärung so schlüssig, dass sie nicht daran zweifelte.

»Du sagst, der Priester sei hier? Dann sollten wir es hinter uns bringen.«

Frauen sind alle gleich, spottete Simon in Gedanken. Zuerst sind sie spröde, doch wenn es sich ums Heiraten dreht, kann es keiner schnell genug gehen. Zufrieden blinzelte er Deasún zu.

»Du hast Lady Ciara gehört. Bring den Priester herein, damit der Bund geschlossen werden kann.«

Der Ire zog den Kopf zurück und schob Augenblicke später einen kleinen, wohlbeleibten Mann in die Kammer, der mit begehrlichen Augen auf die noch halbvollen Schüsseln starrte.

»Ihr seid Priester?«, fragte Ciara.
Der Mann nickte. Ihm war von Deasún erklärt worden, dass die Ehe nach englischem Ritus geschlossen, die Braut ihn aber für einen katholischen Geistlichen halten solle. Da dies eine gute Gelegenheit war, eine irrende Katholikin vor dem Höllenfeuer zu erretten und sie und ihre Kinder dem wahren Glauben zuzuführen, war er dazu bereit. Daher änderte er einige Passagen des Ehesakraments so ab, dass die Frau nicht bemerkte, welcher Kirche er wirklich angehörte.
Ciara hätte sich niemals vorstellen können, dass ihre Ehe einmal so schlicht in einem Gasthaus geschlossen würde, mit dem Wirt und einem Diener als einzige Zeugen. Doch für sie war nicht die Form der Eheschließung wichtig, sondern allein die Tatsache, dass ihr Kind offiziell einen Vater bekam. Daher setzte sie ihre Unterschrift auf das bereits vorbereitete Pergament, das ihr der Priester vorlegte, und sah dann zu, wie Simon seinen Namen neben den ihren setzte. Nachdem auch der Priester und die Zeugen unterschrieben hatten, nahm Simon die Urkunde an sich und verstaute sie in einer ledernen Tasche. Dann drehte er sich um und trat auf Ciara zu. »Nun bist du mein Weib!«
Seine Stimme ließ keinen Zweifel daran, dass er sein Recht als Ehemann auf der Stelle einfordern wollte.
Ciara beschloss, sich sogleich in ihr Schicksal zu fügen, denn je eher es geschah, umso schneller konnte sie schwanger geworden sein. Daher sagte sie nichts, als Simon den Priester bezahlte und sie anschließend aufforderte, mit nach oben in ihre Kammer zu gehen.
Deasún zwinkerte Simon erneut zu. »Wenn es Eurer Lordschaft genehm ist, suche ich jetzt nach einem Schiff, mit dem wir Irland verlassen können.«
»Tu das!«, befahl Simon kurz angebunden.
Seine Gedanken beschäftigten sich bereits mit seiner eben angetrauten Frau und dem, was er gleich mit ihr zu tun gedachte.

Er fasste Ciaras Arm, führte sie nach oben und verschloss die Kammer.

»Meine Liebe, solange Ihr mir gehorcht, werdet Ihr in mir einen guten Ehemann haben.«

»Sehr wohl, mein Herr!« Ciara knickste und begann sich auszuziehen.

Nie im Leben, sagte sie sich, würde sie Simon so vertraulich ansprechen, wie sie es bei Ferdinand getan hatte. Dies wäre ihr wie Verrat an ihrem Geliebten erschienen. Es war schon schwer genug, einem anderen Mann ihren Körper überlassen zu müssen.

Auch Simon entledigte sich seiner Kleidung und drehte sich dann nackt zu Ciara um. Diese trug noch immer ihr Hemd. Unwirsch zeigte er darauf. »Was soll das?«

»Es ist sündhaft, sich nackt dem eigenen Ehemann zu zeigen, sagen die Priester«, erklärte sie.

»Und sie sollen wir es dann machen?«, fragte er barsch.

Als Antwort legte Ciara sich aufs Bett, zog das Hemd hoch, so dass ihr Unterleib freilag, und spreizte die Beine. Mehr, sagte sie sich, würde er niemals von ihr zu sehen bekommen. Ihre Brüste waren für ihr Kind bestimmt und nicht dazu, Simons Lust zu steigern.

Dieser musterte sie spöttisch. Dann aber wurde sein Blick von dem feinen, rötlichen Flaum zwischen ihren Schenkeln angezogen. Mit einem zufriedenen Lächeln, nun doch das Weib erhalten zu haben, das sein Vetter sich so sehr gewünscht hatte, folgte er ihr auf das Bett und stieg ihr zwischen die Beine. Fast noch im selben Augenblick drang er mit einem heftigen Ruck in sie ein und hörte einen leisen Wehlaut. Trotzdem nahm er keine Rücksicht auf sie, denn er hatte zu lange warten müssen, sie zu bekommen.

Ciara ließ alles reglos über sich ergehen und weinte innerlich um jene seligen Augenblicke, in denen sie und Ferdinand sich geliebt hatten.

4.

Deasún O'Corraidh gelang es, ein Schiff aufzutreiben, das zwar nicht nach London, aber wenigstens nach Bristol fuhr. Daher konnte Simon bereits am nächsten Morgen mit Ciara und ihm zusammen aufbrechen. Während Simon es mit einem Hochgefühl tat, weil er davon ausging, bald als reicher Mann zurückkehren zu können, weinte Ciara bittere Tränen um den Verlust der Heimat, denn sie war sicher, Irland niemals mehr wiederzusehen.
Ein paar Stunden nachdem das Schiff ausgelaufen war, erreichten Ferdinand und seine Begleiter den Ort. Zu Fuß hatten sie andere Pfade nehmen können als Simon und Deasún O'Corraidh und verpassten die drei um weniger als einen halben Tag.
Da Ferdinand nur den Mantel auf der blanken Haut trug und die beiden Frauen nicht weiterhin als Soldaten verkleidet auftreten konnten, versteckten sie sich in einem Waldstück. Hufeisen und Ionatán gingen in den Ort hinein. Die Wächter am Tor sahen ihre englische Soldatentracht und verzogen das Gesicht. Aufzuhalten wagten sie die beiden jedoch nicht.
»Weißt du einen Schneider oder Altkleiderhändler?«, fragte Hufeisen eine der Wachen.
»Ihr wollt wohl desertieren, was?« Der andere spie aus und verfehlte Hufeisen nur um Haaresbreite.
»He, Freundchen, mach das noch einmal, und du musst dir vorher die Knochen numerieren, wenn du sie hinterher wieder zusammenfügen willst. Ich fragte nach jemandem, von dem wir Kleider kaufen können. Hast du das nicht begriffen?«
Die Torwächter waren schlichte Bürger, die von der Stadt be-

soldet wurden, und keine Krieger. Sie begriffen, dass mit diesen beiden Männer nicht gut Kirschen essen war, und so bequemte sich einer zu antworten.

»Am Hafen gibt es einen Laden, in dem man alles Mögliche bekommt. Der alte Eachann verkauft dort auch Kleider.«

»Danke!« Hufeisen kümmerte sich nicht weiter um die Männer, sondern schritt schnurstracks in die Stadt hinein. Ionatán musste sich beeilen, um mit ihm Schritt zu halten.

»Was ist, wenn die Wachen uns verraten, weil sie uns für Deserteure halten?«, fragte er bang.

»Wem sollen sie es erzählen? Dem Wind vielleicht, damit dieser es zu den Engländern trägt? Nein, mein Guter, hier sind keine englischen Soldaten stationiert, und es gibt auch keinen Richter oder Sheriff, der uns festnehmen kann. Wir besorgen jetzt Kleider, damit die Damen und Herr Ferdinand ebenfalls die Stadt betreten können, und sehen dann zu, dass wir Irlands Staub so rasch wie möglich von den Füßen schütteln.«

Damit war für Hufeisen alles gesagt. Kurz darauf bog er zum Hafen ab und stand schließlich vor einem schäbigen Haus, das aus grob behauenen Steinen errichtet war. Ein Schild hing über der Tür, dessen verschlungene Aufschrift keiner von den beiden lesen konnte.

»Wenn der Kerl am Tor nicht gelogen hat, müsste es diese Hütte hier sein«, brummte Hufeisen und trat ein. Das Türblatt stieß gegen ein Metallstück, das von der Decke hing und einen höllischen Lärm machte.

Innen war es trotz der kleinen Fenster düster, und daher dauerte es einige Augenblicke, bis er etwas erkennen konnte. Von außen hatte das Gebäude winzig gewirkt, doch innen erwies es sich als überraschend geräumig. Es gab einen großen Ladentisch, auf dem etliche Gegenstände lagen, die Hufeisen nicht einzuordnen wusste, und ringsum an den Wänden standen vollgestellte Regale und große Truhen. In einem Nebenraum schienen Säcke aufgestapelt zu sein.

»Was kann ich für die Herrschaften tun?«, fragte eine Männerstimme wie aus dem Nichts. Gleich darauf tauchte ein kleines, mageres Männlein auf, das Hufeisen und Ionatán aus kurzsichtigen Augen anblinzelte.
»Bist du Eachann?«, fragte Hufeisen misstrauisch.
»Genau der in eigener Person, Euer Lordschaft! Was ist Euer Begehren?« Der Händler hielt Hufeisen wegen seines Akzents für einen Engländer und redete ihn wie einen hohen Herrn an, um ihm zu schmeicheln.
Allerdings war der Söldner weit davon entfernt, sich als hoher Herr zu fühlen. »Ich brauche ein paar Frauenkleider und ein Gewand, das einem Herrn von Stand zukommt, wenn du so etwas hast«, antwortete er barsch.
»Mit Kleidern kann ich dienen!« Eachann drehte sich um, kramte in einer Kiste und brachte mehrere Kleidungsstücke zum Vorschein, wie arme Irinnen sie trugen.
»Hast du nichts Besseres?«, fragte Hufeisen, der Saraid nicht zumuten wollte, so etwas anzuziehen.
Der andere wiegte den Kopf. »Arme Frauen verkaufen ihren Sonntagsstaat, damit ihr Mann die Pacht für seinen Hof zahlen kann, reiche Damen haben das nicht nötig.«
»Also gut, wir nehmen das Zeug! Und jetzt die Männerkleidung.« Beim Anblick der schlichten Frauenkleider befürchtete Hufeisen bereits, mit der Tracht eines Matrosen oder Knechts zu Ferdinand zurückkehren zu müssen. Da legte Eachann ihm die Kleidung eines englischen Edelmanns mit einer gebauschten Hose, dazu passenden Kniegamaschen, einem Wams mit verbreiterten Schultern und einen randlosen Hut vor.
»Wie kommst du zu dem Zeug?«, fragte er verwundert.
Der Ire wand sich ein wenig. »Das hat mir ein Ui'Domhnaill verkauft, der es bei einem Überfall auf ein Landgut erbeutet hat, welches einem englischen Gentleman gehörte. Wenn Ihr es haben wollt, gebe ich es Euch zu einem guten Preis.«
Hufeisen sagte sich, dass sie, wenn sie in London etwas er-

reichen wollten, entsprechend auftreten mussten. In dieser Kleidung war Ferdinand dazu in der Lage.

»Wir nehmen es«, sagte er. »Mach aber den Preis so, dass ich ihn auch bezahlen kann, sonst kannst du das Zeug behalten und später einem englischen Richter erklären, wie du daran gekommen bist. Es ist nicht auszuschließen, dass er dir die Sache mit dem O'Domhnaill nicht glaubt, sondern denkt, du wärst selbst bei dem Überfall dabei gewesen.«

»Ich verlange dafür nicht mehr, als ich selbst bezahlt habe«, erklärte der Händler daraufhin eilfertig und nannte die Summe.

Es war weniger als die Hälfte dessen, das Hufeisen dafür bezahlt hätte. Trotzdem zog dieser ein saures Gesicht. »Mann, willst du mich arm machen?«

»Billiger kann ich es Euch nicht geben«, rief der Ire händeringend. »Ich ruiniere mich mit diesem Preis bereits selbst.«

»Also gut! Aber dafür dürfen die Frauensachen nicht viel kosten«, begann Hufeisen das Feilschen erneut.

Diesmal dauerte es etwas länger, bis er den Händler so weit gebracht hatte, auf eine passende Summe herunterzugehen. Während Hufeisen bezahlte, zwinkerte er Ionatán heimlich zu. Er war sehr zufrieden mit sich und kaufte kurz entschlossen noch ein hübsches Schultertuch für Saraid. Auf dem Weg zur Tür wandte er sich noch einmal um. »Wir wollen von hier nach England übersetzen. Weißt du ein Schiff, das bald dorthin ausläuft?«

»Nach England wollt Ihr? Schade, dass Ihr nicht früher gekommen seid. Heute Morgen hat ein Schiff abgelegt, das nach Bristol will. Ein hoher Herr ist mit seiner Dame und seinem Diener mit ihm gefahren.«

»Ein hoher Herr?« Hufeisen spürte, wie es in seinem Nacken kribbelte. Er fragte den Händler genauer nach diesem Mann und war dann sicher, dass es sich um Simon von Kirchberg gehandelt haben musste. Dieser hatte Ciara mitgenommen und einen Iren. Erst jetzt fiel ihm auf, dass Eachann die beiden als Mann und Frau bezeichnet hatte.

»Ein Ehepaar also?«, bohrte er mit wachsendem Schrecken nach.

»Ein sehr frischgebackenes. Reverend O'Halley hat sie gestern Nachmittag getraut. Er musste es als katholischer Priester verkleidet tun, wegen der Lady, müsst Ihr wissen. Sie ist ...«

Was der Händler noch sagte, ging an Hufeisen vorbei. Ciara hatte Simon von Kirchberg geheiratet! Welcher Dämon mochte sie geritten haben, dies zu tun. Er nahm die gekauften Sachen, teilte sie so auf, dass Ionatán den größeren Teil tragen musste, und verließ den Laden ohne Abschied. Auf dem Weg zurück in den Wald überlegte er verzweifelt, wie er Ferdinand diese Nachricht beibringen sollte.

5.

Hufeisen wartete mit der schlechten Neuigkeit, bis Ferdinand und die beiden Frauen sich umgezogen hatten. Nach all den Monaten in schlichter Kriegerkleidung fühlte Ferdinand sich in seinem neuen Gewand zunächst unwohl und zupfte und zerrte überall herum. Saraid und Bríd hingegen waren dankbar, die Männerhosen und Wämser ablegen zu können, denn der rauhe Stoff hatte ihnen Schenkel und Brüste aufgerieben. Als sie in die Frauenkleider schlüpften, entschuldigte Hufeisen sich, weil er nichts Besseres hatte finden können.

Saraid winkte lachend ab. »Wenn es schmutzige Arbeit zu tun gab, war ich nicht besser angezogen und Bríd auch nicht.«

»Ich bin ganz zufrieden«, erklärte die Magd und überlegte, ob sie die Stunden, die sie in Männerverkleidung verbracht hatte, wirklich beichten musste. Schließlich hatte außer ihren Freunden niemand sie darin gesehen.

Anders als die Frauen fühlte Hufeisen sich nicht wohl in seiner Haut. Schließlich sah er Ferdinand seufzend an. »Euer Vetter war vor uns in der Stadt und hat sie heute Morgen mit einem Schiff in Richtung England verlassen.«

»Und? War Ciara bei ihm?«, fragte Ferdinand erregt.

»Ja. Aber das ist noch nicht alles. Der Händler, von dem wir die Kleider haben, hat mir erzählt, dass die beiden gestern Nachmittag geheiratet haben.«

Jetzt war es heraus. Hufeisen behielt Ferdinand im Blick, der zunächst ungläubig den Kopf schüttelte. »Das sagst du doch nicht im Ernst!«

»Leider ist es mein voller Ernst«, antwortete Hufeisen. »Ein englischer Pfaffe soll sie als katholischer Priester verkleidet getraut haben.«

Ferdinand packte den Söldner erregt und schüttelte ihn. »Das ist unmöglich! Ciara würde das niemals tun!«

»Gewiss glaubt sie, Ihr wäret nicht mehr am Leben«, wandte Ionatán ein.

»Aber Simon hat uns alle verraten und ist am Tod ihres Bruders schuld!« Ferdinand konnte und wollte es nicht glauben.

Da mischte sich Saraid ein. »Ciara wurde bei dem Überfall von einem englischen Soldaten bewusstlos geschlagen, und sie war noch nicht wieder bei Sinnen, als Euer Vetter mit ihr und diesem elenden Verräter Deasún O'Corraidh losgeritten ist. Wer weiß, was dieser Schurke ihr erzählt hat!«

»Wenn Herr Simon Ciara belogen hat, ist nicht alles verloren. Sobald seine Schuld am Tod ihres Bruders bekannt wird, kann sie die Auflösung der Ehe verlangen. Auch wurde die Ehe von einem Ketzerpriester geschlossen. Damit ist sie wahrscheinlich nicht gültig!« Hufeisen brachte einige Punkte vor, die Ferdinand neue Hoffnung machen sollten.

Doch der sah ihn mit bleicher Miene an und verkrampfte die Gesichtsmuskeln so, dass die Wangenknochen hervortraten. »Warum so umständlich? Ich breche Simon das Genick, und damit ist die Sache erledigt!«

»Das könnt Ihr nicht tun, Herr!«, rief Hufeisen entsetzt. »Es wäre Mord, und alle würden es so sehen. Selbst Ciara müsste sich um ihrer Ehre willen von Euch abwenden. Wenn Ihr wollt, übernehme ich es.«

Ferdinand sah seinem Getreuen an, dass er dazu bereit war, und klopfte ihm auf die Schulter. »Ich danke dir! Doch sollten wir die Entscheidung, wie wir mit Simon verfahren, auf die Zukunft verschieben. Jetzt gilt es erst einmal, ein Schiff zu finden, das uns ebenfalls nach England bringt.«

»Vorher sollten wir etwas essen. Ich habe Hunger, und Gamhain scheint es ähnlich zu gehen ...« Damit brachte Ionatán die

anderen zum Schmunzeln. Selbst Ferdinands Anspannung verlor sich, und er nickte dem jungen Iren lächelnd zu.
»Das ist ein guter Gedanke. Es nützt Ciara nichts, wenn wir unnötig fasten. Sobald wir auf Simon treffen, werden wir all unsere Kraft brauchen. Doch nun kommt!«
Als Ferdinand auf die Stadt zuschritt, war seinen Bewegungen anzumerken, wie erregt er war. Kurz vor dem Tor drehte er sich zu Hufeisen und Ionatán um, die immer noch die englische Kriegertracht trugen. Darin konnten sie zwar als seine Leibwache auftreten, doch damit dies glaubhaft war, gab es noch eine Kleinigkeit zu tun.
»Ich hoffe, Saraid, dass Ihr und Bríd geschickte Finger habt. Unsere beiden Freunde tragen immer noch Haresgills Wappen auf ihren Waffenröcken. Das erscheint mir zu gefährlich, denn sobald bekannt wird, dass der Kerl bei dem Angriff auf den Turm ums Leben gekommen ist, könnte man sie mit seinem Tod in Verbindung bringen.«
»Ihr meint, wir sollen ihnen ein neues Wappen sticken?«, schloss Saraid aus seinen Worten.
Ferdinand lächelte. »Ja, das meine ich.«

6.

Sie kamen in derselben Herberge unter, in der auch Ciara und Simon genächtigt hatten. Ohne es zu ahnen, erhielt Ferdinand sogar deren Kammer. Bis jetzt war Gamhain mit hängenden Ohren hinter ihnen her gehumpelt. Doch nun schnupperte die Hündin aufgeregt und bellte mehrfach, als wolle sie jemanden melden, dass sie hier sei.
Da Ferdinand nicht wusste, was er mit dem Tier tun sollte, befahl er Bríd, Gamhain etwas zu fressen zu besorgen, sowie Salbe und Verbandszeug, um die Verletzung an deren Hinterbein besser versorgen zu können.
»Ich glaube nicht, dass sie Hunger oder Schmerzen hat«, antwortete die junge Irin. »Ich habe eben von einer Magd gehört, dass bis heute Vormittag andere Herrschaften hier gewesen sind und angeblich auch geheiratet haben. Damit können nur Maighdean Ciara und Euer Vetter gemeint sein. Gamhain riecht es und sucht ihre Herrin.«
»Wir suchen sie auch«, antwortete Ferdinand mit einem bitteren Auflachen. Dann streichelte er die Hündin und sprach beruhigend auf sie ein.
Bríd kehrte in die kleine Kammer zurück, die sie mit Saraid teilte, und kämpfte dort mit ihrer Stickerei. Sie mussten das Wappen derer von Kirchberg nach Ferdinands Beschreibungen aufbringen, aber sie hatten nur wenig Zeit und noch weniger Übung in solchen Dingen.
Hufeisen, der den Kopf zu ihnen hereinsteckte, schüttelte den Kopf, als er Saraids halbfertige Stickerei sah, bei der eine massige Kirche auf einem kaum angedeuteten grünen Hügel stand. »Ich glaube, es ist besser, wenn Ionatán und ich uns in

Eachanns Laden andere Kleidung besorgen und wir nicht als Soldaten gehen.«

»Gefällt dir etwa nicht, was ich sticke?«, fragte Saraid mit einer Wut, die weniger Hufeisen als der ungeliebten Arbeit galt.

»Doch, doch!«, versicherte ihr der Mann. »Nur passt es nicht auf einen englischen Soldatenrock. Aber auf der Kleidung eines normalen Dieners kann man es tragen.«

Bevor Saraid ihn fragen konnte, wo der Unterschied lag, verabschiedete er sich und verließ rasch den Raum. Draußen traf er auf Ionatán, der gleich ihm Haresgills Wappen von seinem Waffenrock abgetrennt hatte.

»Komm mit!«, forderte er den Iren auf. »Wir gehen zu Eachanns Laden und schauen, ob wir nicht andere Gewänder bekommen. Mir gefällt es immer weniger, als englischer Soldat herumzulaufen.«

»Mir auch nicht«, antwortete Ionatán und folgte ihm. Auf der Straße sprachen sie kaum, und im Laden überließ Ionatán Hufeisen das Verhandeln. Ganz konnten sie ihre Kriegertracht nicht auswechseln, erhielten aber je ein graues Wams, auf dem, wie Hufeisen fand, sich die von Saraid und Bríd gestickten Wappen ganz gut ausmachen würden. Daher feilschte er nur wenig mit dem Händler und wollte schon gehen, als ihm noch etwas einfiel.

»Wenn du hier alles Mögliche an- und wieder verkaufst, kommst du doch gewiss mit vielen Schiffern und Matrosen zusammen. Vielleicht weißt du jemanden, der meinen Herrn und uns nach England bringen kann.«

»Die nächste Zeit wird keiner dorthin aufbrechen«, antwortete der Händler.

»Das ist dumm. Wir sind nämlich in großer Eile!« Hufeisen ließ einen Shilling aufblitzen, der Eachann zeigen sollte, dass sie sich beim Preis für die Passage nicht geizig zeigen würden. Die Miene des Händlers verriet, dass der angestrengt nachdachte. »Nun, direkt nach England schippert keiner. Aber mein Neffe fährt morgen auf die See hinaus, um sich mit einem Schiff zu treffen, das von England kommt. Er nimmt normalerweise keine Passagiere mit, doch für einen guten Lohn ist er vielleicht dazu bereit. Soll ich mit ihm reden?«

»Tu das!«, forderte Hufeisen ihn auf.

Ihm war klar, dass es sich bei dem Neffen um einen Schmuggler handelte, der fremde Waren an den Zollstellen in den großen Hafenstädten vorbei ins Land schaffte. Solche Männer waren nicht unbedingt zuverlässig. Dennoch reichte er Eachann den Shilling und klopfte ihm auf die Schulter.

»Wenn dein Neffe uns zu diesem englischen Schiff bringt, bekommt diese Münze ein Junges!«

Eachanns Augen blitzten begehrlich auf, und er versprach, sofort Bescheid zu geben, wenn sein Verwandter damit einverstanden wäre, die Gruppe mitzunehmen.

Hufeisen kehrte mit einer guten Nachricht in die Herberge zurück und verstärkte damit Ferdinands Hoffnung, Ciara bald aus Simons Klauen befreien zu können.

»Wir müssen ab jetzt jederzeit zum Aufbruch bereit sein«, wies er die anderen an.

Saraid stemmte die Hände in die Hüften. »Was ist mit den Stickereien? Sollen wir die vielleicht an Bord eines Schiffes fertigstellen?«

»Wenn es nicht anders geht, ja.« In Ferdinands Augen waren die gestickten Wappen bereits nebensächlich. Er wollte Ciara rasch folgen und war bereit, jede Möglichkeit dazu auszunützen, auch wenn es ein Schmugglerschiff war.

7.

*E*achann erschien noch am selben Abend in der Herberge und setzte sich neben Hufeisen an den Tisch. Dabei sah er dessen Metbecher mit großen Augen an und leckte sich die Lippen. »Die Luft ist heute arg trocken, findet Ihr nicht auch?«

Da es draußen wie aus Kübeln schüttete und das Feuer im Kamin kaum gegen die feuchte Kälte ankam, musste Hufeisen nicht lange raten, was diese Bemerkung bedeutete. Er winkte dem Wirtsknecht, einen weiteren Becher zu bringen, und schenkte dem Händler ein. »Zum Wohl!«

»Auf eine glückliche Überfahrt nach England!«, antwortete Eachann grinsend und trank den Becher in einem Zug aus.

»Bei einem solchen Wetter muss man gelegentlich einen Schluck Whiskey als Medizin nehmen, damit es einem nicht auf die Lunge schlägt«, fuhr er fort.

Hufeisen bestellte sogleich zwei Becher Whiskey, schwor sich aber, dem Händler ein paar saftige Ohrfeigen zu versetzen, wenn dieser nur zum Schnorren gekommen war, ohne die ersehnte Nachricht mitzubringen.

Nachdem Eachann noch einen gehörigen Schluck Whiskey getrunken hatte, zwinkerte er Hufeisen vertraulich zu. »Kommt morgen früh um sechs zum Hafen. Seid aber pünktlich! Mein Neffe wartet nicht. Wie war das jetzt mit dem zweiten Shilling?«

Es passte Hufeisen wenig, die Belohnung schon vorher bezahlen zu müssen, aber er traute es Eachann zu, ihre Überfahrt platzen zu lassen, wenn er das Geld nicht erhielt. Daher schob er ihm die Münze hin und zahlte ihm auch noch einen zweiten Whiskey und drei weitere Becher Met. Erst danach konnte er nach oben gehen, um den anderen Bescheid zu sagen.

Ferdinand sah ihm an, dass er gute Nachrichten brachte. »Der Schiffer nimmt uns also mit?«

»Wir sollen morgen um sechs Uhr in der Früh am Hafen sein. Er wird nicht auf uns warten«, erklärte Hufeisen.

»Das muss er auch nicht! Ich werde dem Wirt einen Viertelshilling dafür versprechen, dass er uns früh genug weckt. Alles, was wir unterwegs brauchen, machen wir bereits heute Abend fertig!« Ferdinand nickte Hufeisen dankbar zu und sagte sich, dass er ihn irgendwann einmal für seine Treue belohnen musste. Vorher aber wollte er Ciara finden und retten. Mit diesem Gedanken ging er wenig später zu Bett.

Als er erwachte, war es noch dunkel, und er wusste nicht, wie spät es sein mochte. Auch ein Blick durch das Fenster zur Kirche hinüber brachte kein Ergebnis, denn er sah den wuchtigen Turm nur als dunklen Schatten vor einem kaum helleren Horizont. Das Gefühl sagte Ferdinand jedoch, dass der Morgen nicht mehr fern sein konnte.

Er tastete sich zur Tür und trat auf den Flur. Weiter vorne brannte eine Talglampe. An dieser entzündete Ferdinand einen Kienspan, kehrte in seine Kammer zurück und zündete die Kerze in seinem Zimmer an.

Nun konnte er sich für den Tag zurechtmachen und überraschte damit den Wirt, der einige Zeit später an seine Kammertür klopfte und schuldbewusst den Kopf hereinstreckte.

»Verzeiht, Euer Lordschaft, es ist gleich sechs Uhr. Ich habe bedauerlicherweise etwas verschlafen.« Dann erst bemerkte der Mann, dass Ferdinand schon fertig war, und atmete auf.

»Wenn Euer Lordschaft wünscht, lasse ich einen Korb mit Met, Brot und Schinken füllen. Ihr könnt die Sachen dann auf dem Schiff essen.«

»Tu das! Hast du meine Begleiter schon geweckt?«

Der Wirt schüttelte den Kopf. »Nein, noch nicht, Euer Lordschaft.«

»Dann eil dich! Ach was, das mache ich selbst. Kümmere dich um den Korb!« Mit zwei Schritten war Ferdinand auf dem Gang und klopfte an die Kammern, in denen Saraid und Bríd sowie Hufeisen und Ionatán schliefen.

»Aufstehen! Es ist bereits spät.«

Ferdinand hörte Hufeisen fluchen, musste sich dann aber um Gamhain kümmern, die bereits unten an der Tür kratzte, um ins Freie zu gelangen. Eine Wirtsmagd stürmte aus der Küche und schimpfte.

»Was soll das, du Biest?« Die Frau prallte zurück, als Gamhain sich zu ihr umdrehte und ihre Fänge entblößte.

Unterdessen war Ferdinand nach unten gestiegen und ließ die Hündin hinaus. »Komm aber gleich wieder!«, rief er ihr nach. »Tust du es nicht, lassen wir dich hier zurück.«

Die nächsten Minuten vergingen für Ferdinand viel zu schnell. Er überlegte schon, ob er vorgehen sollte, um den Schiffer dazu zu bringen, noch ein wenig zu warten. Doch da stolperte Ionatán aus seiner Kammer und schleppte ein großes Bündel mit sich. Hufeisen folgte ihm etwas langsamer. Auch er hatte sich einen Teil des Gepäcks aufgeladen. Den Rest trugen Saraid und Bríd, die ihm auf dem Fuß folgten.

»Wir sind fertig«, sagte Saraid.

»Der Wirt wollte uns noch etwas zum Essen bringen, und Gamhain ist im Freien, um sich zu erleichtern.« Ferdinand hoffte, dass beides nicht zu lange dauern würde.

Der Korb mit den Lebensmitteln kam auch gleich. Saraid nahm ihn an sich, während Ferdinand die Zeche beglich. Als er auf die Straße trat, war von der Hündin nichts zu sehen.

»Gamhain, hierher«, rief er, das Tier ließ sich jedoch nicht sehen.

»Elendes Biest!«, schimpfte Saraid und rief selbst nach der Hündin.

»Wenn es nicht anders geht, müssen wir sie zurücklassen. Wer

weiß, wann wir sonst wieder ein Schiff finden, das uns mitnimmt.« Ferdinand wurde zunehmend wütend. Während er zum Hafen ging, rief er noch mehrmals nach ihr. Plötzlich stieß Hufeisen ihn an.
»Seht doch, Herr Ferdinand. Das ist kaum zu glauben!«
Ferdinands Blick folgte der Richtung, in die Hufeisens Zeigefinger wies. Er sah ein großes, ungedecktes Boot mit einem einzelnen Mast am Ufer. Mehrere Männer standen in der Nähe und wollten es besteigen, kamen aber nicht an Gamhain vorbei, die es wie ein einköpfiger Zerberus bewachte.
Die Hündin beschnupperte immer wieder den Boden vor dem Kahn und wimmerte wie ein Kind. Erleichtert lief Ferdinand auf Gamhain zu und kraulte ihr die Stirn. »Da bist du ja!«
»Ist das Euer Hund?«, fragte ein untersetzter Mann mit rundem, rötlich angehauchtem Kopf misstrauisch.
»Jawohl!«, antwortete Ferdinand. Offenbar hatten die Schiffer ohne sie in See stechen wollen, waren aber von Gamhain daran gehindert worden. Er konnte nur vermuten, dass Ciara an dieser Stelle ein Schiff bestiegen hatte und ihr Geruch immer noch am Steg hing. Auf jeden Fall hatte das Tier auf der Suche nach seiner Herrin ihre Passage gerettet. Allerdings sah er es den Männern an, dass sie sich nicht gerade freuten, dieses Riesenvieh mitzunehmen. Der Kapitän, wenn man den Mann bei einem zehn Yard langen Boot ohne jedes Deck überhaupt so nennen konnte, verlangte das versprochene Geld, sah die Gruppe dann aber drohend an.
»Ihr werdet alles vergessen, was ihr in den nächsten Stunden seht, verstanden?«
»Wir sind keine Schwätzer«, antwortete Ferdinand.
»Dann ist es gut!« Der Kapitän wies sie an, ins Boot zu steigen. Just in dem Augenblick eilte Eachann herbei und fasste Ferdinand am Arm.
»Euer Diener hat mir einen Shilling dafür versprochen, wenn ich meinen Neffen überrede, Euch mitzunehmen!«

Bevor Hufeisen etwas sagen konnte, reichte Ferdinand dem Händler die Münze. »Hier, braver Mann, du hast es dir verdient!«

»Vor allem hat er gut verdient«, murmelte Hufeisen grollend. »Ich habe ihm den Shilling bereits gestern Abend gegeben. Wenn Ihr wollt, Herr Ferdinand, laufe ich ihm hinterher und nehme ihm das Geld wieder ab.«

Als er Anstalten machte, wieder von Bord zu steigen, hielt Ferdinand ihn auf. »Bleib! Oder willst du hier einen Streit anfangen. Die Schiffer sind gewiss auf seiner Seite.«

»Aber …«, wollte Hufeisen sich beschweren, wurde jedoch von dem Kapitän unterbrochen.

»Da ich euch alle mitnehmen soll, muss ich ein paar meiner Männer zurücklassen, weil sonst der Platz nicht reicht. Eure Lordschaft können sich ruhig neben mich setzen, während ich das Steuer halte. Eure beiden Knechte und die Weibsstücke müssen jedoch rudern, bis wir genug Wind haben, um das Segel aufzuziehen.«

»Das ist unverschämt«, brauste Ferdinand auf.

»Tut es oder steigt aus!«

Hufeisen winkte ab. »Lasst es, Herr Ferdinand. Ionatán und ich können rudern. Die Frauen aber nicht.«

»Glaubt Ihr, wir sind aus Glas und zerbrechen bei der geringsten Anstrengung?«, fragte Saraid spöttisch und setzte sich auf eine Ruderbank. Bríd nahm neben ihr Platz und ergriff den Riemen. »Wir sind bereit«, rief sie mit entschlossener Miene.

»Dann sei es!« Der Kapitän stieß das Boot vom Ufer ab und richtete den Bug aufs Meer hinaus. Gleichzeitig gab er im singenden Tonfall den Takt für die Männer und Frauen vor, welche die Riemen bedienten.

Es passte Ferdinand überhaupt nicht, dass seine Begleiter rudern mussten. Doch sie waren auf den Schiffer angewiesen, und der nutzte diesen Umstand schamlos aus. Ferdinand überlegte schon, ob er wenigstens Saraid die Arbeit ersparen und an ihrer Stelle rudern sollte. Immerhin zählte sie als Ciaras Cousine zum Adel in Irland. Ihr Blick warnte ihn jedoch davor, es zu tun. Er hatte als englischer Edelmann zu gelten, und ein solcher beschmutzte sich die Hände nicht mit solchem Tun.

Nach einer Weile prüfte der Schiffer den Wind und befahl seinen Männern, das Segel aufzuziehen. Saraid und die anderen konnten nun die Riemen einholen und verschnaufen. Während Ferdinands Blick über die See schweifte, wo das Schiff auftauchen musste, das sie nach England bringen sollte, starrten Saraid, Bríd und Ionatán auf die Küste Irlands, die langsam hinter ihnen versank. Alle drei ahnten, dass sie ihre Heimat nie wiedersehen würden, und kämpften gegen die Tränen an.

Saraid schlug ein ums andere Mal das Kreuz, damit die Heiligen Irlands ihr und den anderen auch in der Ferne beistanden. Dann richtete sie ihre Gedanken auf die nahe Zukunft und fragte sich, welche Möglichkeiten es gab, Ciara zu befreien. Ihre Cousine war durch ihre Heirat mit unsichtbaren Fesseln an Simon gebunden, die sich nur gewaltsam durchtrennen ließen.

Es waren schwere Stunden für die drei, deren Wiegen in Irland gestanden hatten. Erst der Ruf »Segel in Sicht!« riss sie aus ihren trüben Gedanken, und sie blickten nach vorne.

Ein Matrose kletterte auf den Mast und winkte dann zu seinem Kapitän herab. »Es ist die *Belle!*«

Bei den Schiffern machte sich Erleichterung breit, denn gelegentlich verirrten sich auch Piraten in diese Gegend und raubten die Küstenschiffer aus. Der Kapitän korrigierte den Kurs nach den Anweisungen seines Ausgucks, und schon bald sahen sie eine mittelgroße Karacke vor sich, auf der eben die Segel gerefft wurden. Wenig später waren sie dem Schiff so nahe gekommen, dass Leinen herübergeworfen werden konnten. Rasch banden die Matrosen die beiden Schiffe aneinander. Bei der Karacke wurde eine Stenge umgeschwenkt und als Kran benützt, damit die Ladung schnell übergeben werden konnte.

Die ersten Kisten waren bereits im Boot, als der Kapitän der Karacke auf die Gruppe um Ferdinand zeigte. »Was sollen diese Leute? Seid wann habt ihr Weiber dabei?«

»Die Herrschaften suchen eine Möglichkeit, nach England zu kommen«, erklärte Eachanns Neffe.

Der Kapitän lachte. »Nach England! Das ist was Neues. Meistens wollen solche Herrschaften auf den Kontinent. Aber mir soll es gleich sein, wenn der Preis stimmt.«

Er nannte eine unverschämt hohe Summe und schüttelte den Kopf, als Hufeisen zu handeln beginnen wollte. »Entweder ihr zahlt, was ich sage, oder ihr könnt nach Irland zurückschippern.«

In diesem Augenblick war Ferdinand froh um Richard Haresgills Börse, die Hufeisen und die anderen erbeutet hatten. Er musste dem Kapitän der *Belle* jedoch ein Fünftel des Inhalts auf den Tisch legen, nachdem dieser ihn in seine Kajüte geführt hatte. Doch das war es ihm wert, wenn er nur nach England kommen und Ciara suchen konnte.

8.

Ciara kümmerte es während der Seereise nicht, in welche Richtung das Schiff fuhr. Als sie jedoch in einen Hafen einfuhren und von Bord gingen, vernahm sie englische Laute um sich. Verwundert drehte sie sich zu Simon um.
»Wo sind wir hier?«
»In ... na, äh ... Bristol.«
»In England?« Ciara erbleichte und versuchte kurz entschlossen, an Simons Dolch zu gelangen. Dieser konnte ihr die Waffe gerade noch entwinden, bevor sie auf den nächststehenden Mann einstechen konnte.
»Bezähme deine Mordlust«, flüsterte er ihr ins Ohr, »bevor du uns alle ins Verderben reißt. Ich musste hierherkommen. Aber ich verspreche dir, dass wir England bald wieder verlassen.«
»Wir suchen uns also ein Schiff, das nach Frankreich oder Spanien fährt?«, fragte Ciara.
Simon ärgerte sich über sich selbst, weil er hätte wissen müssen, wie leidenschaftlich Ciara die Engländer hasste. Nun fasste er sie um die Schulter und zog sie mit sich, während Deasún O'Corraidh ihnen mit dem Gepäck folgte.
»Ich muss mit dir reden!« Simons Stimme klang drängend.
Ciara blieb stehen. »Sprecht!«
»Nicht hier, sondern in der Herberge.«
Er schob sie durch die dichtgedrängte Menge. Zudem stank es durchdringend nach verfaultem Fisch und anderen, noch unangenehmeren Dingen. Für Ciara war es eine Qual, und sie sehnte sich nach einem Ort, an dem sie allein sein konnte und vor allem keine Engländer mehr sehen musste.
Als sie sich einmal kurz umsah, bekam sie mit, dass ihre Pferde

ausgeladen wurden. Beim Anblick des Hengstes, den Ferdinand einst von dem mittlerweile ermordeten John Crandon erbeutet hatte, stiegen Tränen in ihr auf. Rasch fasste sie sich an den Leib und hatte das Gefühl, als würde sich dieser bereits leicht runden.

Ferdinand, dachte sie verzweifelt, warum musstest du sterben? Und nicht zum ersten Mal stieg die Frage in ihr auf, ob Aithil wirklich so ehrgeizig und verkommen gewesen sein konnte, ihren Bruder, Ferdinand, sie selbst und so viele Freunde an die Engländer zu verraten. Je länger sie darüber nachsann, umso größer wurden ihre Zweifel.

Nach einer Weile, die Ciara wie eine halbe Ewigkeit erschien, erreichten sie eine Herberge. Simon schickte Deasún O'Corraidh vor, um mit dem Wirt zu verhandeln, und sah Letzteren bereits nach wenigen Augenblicken auf sich zukommen und vor ihm buckeln.

»Wenn Euer Lordschaft meine bescheidene Herberge genehm ist, wäre es eine Ehre für mich«, begann er.

»Es ist mir genehm«, antwortete Simon von oben herab. »Schick ein paar Knechte zum Hafen, um meine Pferde zu holen. Mein Diener wird sie führen.«

»Sehr wohl, Euer Gnaden!« Der Wirt beeilte sich, und Simon sah sich der nächsten Herausforderung gegenüber, nämlich einem Untergebenen des Hafenmeisters, der erfahren wollte, wer hier an Land gegangen war. Simon hörte dem Mann nicht lange zu, sondern reichte ihm das Empfehlungsschreiben, das er für solche Zwecke von Richard Haresgill erhalten hatte.

»Ihr seid Simon von Kirchberg?«, fragte der Beamte misstrauisch. Dieser Name war amtlicherseits als Anführer einer üblen Rotte von Katholiken bekannt, die von Rom geschickt worden waren, um die Iren zur Rebellion aufzuhetzen.

»Das bin ich! Und wie Sir Richard Haresgill geschrieben hat, habe ich Ihrer Majestät, der glorreichen Elisabeth, in Irland große Dienste geleistet!« Simon war froh, dass eine Magd

Ciara bereits in die Kammer geführt hatte, in der sie schlafen würden. Daher konnte er so vor dem Beamten auftreten, wie es für ihn notwendig war.

Der Mann las den Brief, prüfte Unterschrift und Siegel und reichte ihn dann zurück. »Ich bedauere, den Herrn belästigt zu haben. Doch erfüllte ich nur meine Pflicht.«

»Dessen bin ich mir bewusst!« Während Simon das Schreiben wieder einsteckte, wurde ihm klar, dass es Ciara nie unter die Augen kommen durfte. Auch wenn das edelste Blut Irlands in ihren Adern floss, war sie unter der dünnen Tünche der Zivilisation noch immer eine Wilde und in der Lage, ihm den eigenen Dolch ins Herz zu stoßen.

Zum ersten Mal kamen ihm Zweifel, ob es wirklich klug gewesen war, Ciara zu heiraten, nur um sich das Wohlverhalten der Iren zu sichern. Vielleicht hätte er sich zuerst das Land geben und dann unter den Töchtern der englischen Siedler eine Frau suchen sollen. Allerdings hätte er sich die Iren damit doppelt zum Feind gemacht.

»Wie man es auch immer anfängt, ist es falsch«, murmelte er, verabschiedete sich von dem Hafenbeamten und stieg zu Ciara in die Kammer hinauf. Sie lag bereits im Bett und hatte das Gesicht zur Wand gedreht.

»Ich dachte, wir wollten essen?«, fragte er verärgert.

»Mir ist nicht gut! Ich würde jetzt keinen Bissen hinunterbringen. Vielleicht heute Abend wieder.«

»Ich hoffe, du bist heute Abend noch zu etwas mehr in der Lage, als nur zu essen.«

Simon ließ keinen Zweifel daran, dass er sein Recht als Ehemann einfordern würde. In dieser Hinsicht hatte er es nicht schlecht getroffen, dachte er. Ciara war schön, und es machte ihm Freude, sie zu nehmen. Außerdem erinnerte sie ihn immer an seinen Triumph über Ferdinand. Wenn er ehrlich zu sich war, hatte er den Burschen bereits gehasst, als dieser noch ein kleiner Junge gewesen war. Sein Oheim Franz hatte Ferdinand wie einen Sohn behandelt, während er selbst nur der Neffe aus einer Ehe gewesen war, die das Haupt der Familie missbilligt hatte.

Verwundert, dass ihm ausgerechnet jetzt solche Gedanken durch den Kopf schossen, verließ Simon die Kammer wieder und betrat die Wirtsstube. Der Wirt brachte ihm einen Krug schäumenden Ales und berichtete lang und breit, welche Leckerbissen seine Frau in der Küche zaubern konnte.

Simon entschied sich für eine Pastete aus Schweinefleisch, Zwiebeln, Äpfeln und Pflaumen und aß diese anschließend mit gutem Appetit. Irgendwann erschien Deasún und meldete, dass die Pferde sich im Stall der Herberge befänden. Dabei äugte er so hungrig auf Simons Teller, dass es auffallen musste.

In dem Bewusstsein, dass er seinen Diener ernähren musste, befahl Simon dem Wirt, diesem ebenfalls etwas zu essen zu bringen, und fragte anschließend nach dem kürzesten Weg in die Hauptstadt.

9.

Simon hielt es nicht lange in Bristol. Ohne Rücksicht darauf, dass Ciara noch unter den Strapazen der Überfahrt zu leiden schien, brachen sie auf. Den größten Teil des Weges ritten sie, ohne es zu ahnen, auf denselben Straßen, die Robert Devereux, der Earl of Essex, bei seiner überstürzten Rückkehr aus Irland benutzt hatte. Nur übernachteten sie nicht in Herrenhäusern, sondern in Herbergen, die oft genug nur den einfachsten Ansprüchen genügten.
Obwohl Ciara den Kontakt mit den Engländern mied und lediglich gelegentlich ein paar Worte mit den Mägden wechselte, die sie bedienten, begriff sie bald, dass nicht alle Engländer dem Bild entsprachen, das sie sich von ihnen gemacht hatte. Genau wie bei den Iren gab es höfliche Menschen, die ihnen halfen, wie der Gutsherr, der nicht nur seinem Schmied befahl, das verlorene Eisen ihres Pferdes zu ersetzen, sondern ihnen auch Obdach für die Nacht anbot. Dennoch war Ciara froh, als die ersten Vororte von London vor ihnen auftauchten, denn sie nahm an, dass Simon von hier aus mit ihr zusammen in seine Heimat aufbrechen würde. Den Gedanken, nach Irland zurückkehren zu können, hatte sie aufgegeben.
War ihr Bristol bereits laut und übelriechend erschienen, so war es in London noch weitaus schlimmer. Als sie in die Stadt einritten, musste sie sich einen Zipfel ihres Mantels vor Mund und Nase halten, um wenigstens dem übelsten Gestank zu entgehen. Sauber waren die Straßen auch nicht gerade. Es gab zu viele Pferde hier, die ihre Äpfel fallen ließen und für kleine Überschwemmungen sorgten, und die Bewohner schienen ihre Abfälle einfach aus den Häusern zu werfen.

Ciara schauderte es, und sie sprach Simon ausnahmsweise von sich aus an. »Wir sollten nicht lange an diesem Ort verweilen. Hier verschlägt es mir schier den Atem!«

»Ein paar Tage werden wir bleiben, denn ich muss einige Herren aufsuchen und kann nicht damit rechnen, sofort vorgelassen zu werden«, antwortete Simon scheinbar bedauernd.

Im Stillen hoffte er, rasch Zutritt zu Robert Cecil zu erhalten, den Richard Haresgill einen guten Freund genannt hatte. Zwar hatte er auch Empfehlungsschreiben für zwei andere Herren erhalten, die sein Anliegen unterstützen konnten, doch er war sicher, dass diese eine Belohnung dafür verlangen würden. Sein Geldbeutel war mittlerweile so mager geworden, dass ihm jeder Shilling weh tat, den er ausgeben musste.

Es dauerte ein wenig, bis er einen Gasthof fand, den er sich noch leisten konnte, und bereits am nächsten Morgen machte er sich auf den Weg zu Sir Robert Cecils Haus. Der Stadtteil, in dem dieses lag, unterschied sich sehr von dem, in dem er und Ciara untergekommen waren. Die Gebäude waren stattlich, und große Hoftore zeigten, dass man hier gewohnt war, hoch zu Ross einzureiten. Die meisten Häuser verfügten sogar über eigene Gärten.

Simons Neid stieg mit jedem Yard, den sein Pferd zurücklegte. Selbst wenn er einen großen Besitz in Irland erhielt, würde es lange dauern, bis er sich ein solches Stadthaus in London leisten konnte. Mit dem Gefühl, dass Gott die Gaben der Welt höchst ungerecht verteilt hatte, stieg er vor Cecils Heim aus dem Sattel und klopfte gegen das Hoftor.

Ein Knecht öffnete ihm und nahm ihm die Zügel ab. Auf das Trinkgeld, das der Mann sich erhoffte, wartete er jedoch vergeblich.

»Ich will zu Seiner Exzellenz, Sir Robert Cecil«, erklärte Simon forsch.

»Dort hinein!« Der Knecht zeigte auf eine Tür und führte den Gaul beiseite.

Simon trat auf die Tür zu. Bevor er anklopfen konnte, wurde sie geöffnet. Ein Diener sah ihn an, wobei er diskret die Hand ausstreckte.

»Wen darf ich Seiner Exzellenz melden?«

»Ich bin Simon von Kirchberg und besitze ein Empfehlungsschreiben von Sir Richard Haresgill of Gillsborough«, antwortete Simon, ohne die Geste zu beachten.

Der Diener wartete noch einige Augenblicke, doch da der Gast ihm keine Münzen zukommen ließ, zog er die Hand wieder zurück und deutete eine Verbeugung an. »Wenn der Herr mir folgen will!«

Kurz darauf fand Simon sich in einem großen Raum wieder, dessen Fußboden aus festem Eichenparkett bestand. Wände und Decke waren ebenfalls mit Holz getäfelt, und die Bilder, die den Raum schmückten, zeigten sowohl den Hausherrn wie auch dessen Vater, Lord Burghley, der Ihrer Majestät bis zu seinem Tod als Staatssekretär gedient hatte.

Mehr als ein Dutzend Herren standen im Raum, und sie alle hofften, zu Robert Cecil vorgelassen zu werden, wie Simon verärgert feststellte. Da es keine Stühle gab, blieb ihm nichts anderes übrig, als sich gegen die Wand zu lehnen und sich in Geduld zu üben.

Einige der Anwesenden hatten ihre Diener mitgebracht und schickten diese los, in einem nahe gelegenen Gasthof Ale und Bratenstücke zu holen, so dass sie während der Wartezeit nicht hungrig bleiben mussten. Als Simon das sah, ärgerte er sich, dass er Deasún in seiner Unterkunft zurückgelassen hatte. Cecils Diener dachten nämlich nicht daran, ihm eine Erfrischung zu reichen. Noch lästiger fand er, dass immer wieder Herren erschienen und von Cecils Untergebenen sofort in dessen Räume geführt wurden. Die Zeit verging, und schließlich stand die Sonne bereits weit im Westen. Die ersten Wartenden wurden bereits unruhig und fragten die Diener, ob Seine Exzellenz sie vielleicht doch heute noch empfangen könnte.

»Es kann sein, dass Ihr morgen wiederkommen müsst, mein Herr«, beschied ein Diener einen der Männer. Der Blick, mit dem er dabei Simon streifte, zeigte diesem deutlich, dass auch er sich keine Hoffnung mehr machen konnte, noch an diesem Tag vorgelassen zu werden.
Simons Wut stieg, und zuletzt bedauerte er es sogar, dass die Iren vor Kinsale verloren hatten. Dieses aufgeblasene Volk auf der größeren Insel wurde ihm langsam zuwider. Sein Ärger brachte ihm nichts ein, denn bei Einbruch der Dunkelheit forderte Cecils Sekretär alle Wartenden auf, am übernächsten Tag wiederzukommen, da Seine Exzellenz am nächsten verhindert sein würde.
Für Simon war es eine herbe Enttäuschung, und er fragte sich, ob Haresgill beim Staatskanzler wirklich so angesehen war, wie er behauptet hatte. In den nächsten Tagen wuchsen seine Zweifel, denn er betrat ein ums andere Mal Cecils Haus und wartete vergebens.
Da Cecils Diener daran gewöhnt waren, von den Edelleuten, die zu ihrem Herrn kamen, gute Trinkgelder zu erhalten, dachten sie nicht daran, sich für den geizigen Deutschen zu verwenden. Erst nach knapp einer Woche meldete der Sekretär gegen Abend seinem Herrn, dass Haresgill einen Boten geschickt habe.
»Es handelt sich, wie ich bemerken muss, um einen Ausländer! Er nennt sich Simon von Kirchberg«, setzte er mit angeekelter Stimme hinzu.
Cecil überlegte kurz und machte dann ein auffordendes Zeichen. »Führe den Mann herein! Halt! Vorher bringst du mir noch alle Unterlagen, die wir über Kirchberg besitzen.«
»Sehr wohl, Euer Exzellenz.« Der Sekretär verbeugte sich und verließ den Raum.
Draußen hatte Simon sich bereits darauf eingerichtet, erneut ohne Erfolg den Heimweg antreten zu müssen. Da kam der Sekretär Cecils in den Raum und trat auf ihn zu. »Ihr seid Simon von Kirchberg?«

Simon bejahte. »Ich habe ein Empfehlungsschreiben von Sir Richard Haresgill of Gillsborough an Seine Exzellenz, Sir Robert.«
»Ich bitte Euch, mir zu folgen.«
Zur Enttäuschung der Diener, die diesen knausrigen Gast noch etliche Tage länger hatten warten lassen wollen, führte Cecils Sekretär Simon zu seinem Herrn.
Robert Cecil saß auf einem bequemen Stuhl hinter einem großen Tisch, auf dem ein Stoß Papier, Schreibfeder und Tintenfass sowie das Petschaft mit seinem Siegel, Siegelwachs und eine kleine Lampe, um dieses zu schmelzen, standen. In der Hand hielt er mehrere Blätter Papier, auf denen alles verzeichnet stand, was er von seinen Zuträgern über Simon von Kirchberg erfahren hatte. Sein Informant in Rom hatte diesen einen ehrgeizigen Offizier in Diensten der katholischen Kirche genannt. Aber die Berichte, die er aus Irland erhalten hatte, ließen den Mann in einem etwas zwielichtigen Licht erscheinen.
Hier war von Taten die Rede, mit denen Kirchberg den Engländern schwer geschadet habe, während die letzte Information von Haresgill darauf hindeutete, dass sein Besucher die Seiten gewechselt hatte.
»Seid mir willkommen, Sir«, begann Cecil höflich.
Simon erinnerte sich daran, dass sein Gegenüber der erste Berater der Königin war, und verneigte sich tief. »Ich bin überglücklich, dass Euer Exzellenz sich die Zeit nehmen, mich zu empfangen.«
»Ihr sagtet, Ihr hättet ein Empfehlungsschreiben von Sir Richard Haresgill?«
Cecil war nicht in der Stimmung für blumige Worte, sondern wollte die Sache so rasch wie möglich hinter sich bringen. Er nahm den Brief entgegen, den Simon ihm reichte, und las ihn. Richard Haresgill verwendete sich für Simon von Kirchberg und wies auf dessen Wunsch hin, Land in Irland zu erhalten,

um Ihrer Majestät, Königin Elisabeth, auch weiterhin dienen zu können.
Schließlich reichte Cecil das Schreiben zurück und musterte seinen Besucher durchdringend. »Das, was Sir Richard schreibt, kann Euch nur Ihre Majestät gewähren. Doch Ihr werdet verstehen, dass ich, bevor ich Euch der Königin empfehlen kann, mehr über Euch erfahren muss.«
Simon hatte sich die Sache einfacher vorgestellt. Da er Cecil auf seine Seite bringen wollte, begann er einen kurzen Bericht über sich selbst und erklärte zuletzt, dass er in Irland beschlossen habe, dem katholischen Glauben zu entsagen und sich der anglikanischen Kirche anzuschließen.
»Das ist ein löblicher Vorsatz, fürwahr, wenn auch ein wenig überraschend für einen Offizier, der im Auftrag des Papstes nach Irland gekommen ist und dort unseren eigenen Truppen so manchen Streich gespielt hat!«, sagte Cecil trocken.
Im ersten Augenblick erschrak Simon, dann aber begann er leise zu lachen. »Euer Exzellenz verwechseln mich mit meinem Verwandten Ferdinand von Kirchberg, der sich als fanatischer Englandhasser erwiesen und sich dem Rebellen Oisin O'Corra angeschlossen hat. Ich selbst habe nie etwas gegen die Armee Ihrer Majestät unternommen. Wenn Ihr die ehrenwerten Offiziere Sir Humphrey Darren und Sir James Mathison befragen wollt, werden sie Euch bestätigen, dass ich sie nicht nur in leichter Haft gehalten habe, wie es englischen Gentlemen zukommt, sondern auch vor den mörderischen Iren beschützt habe.«
Cecil nickte nachdenklich. »Sir, ich werde Euer Anliegen Ihrer Majestät vorlegen. Habt die Güte, morgen um zwei Uhr bei Hofe zu erscheinen!«
»Ich danke Euch, Euer Exzellenz!« In dem Gefühl, in Cecil einen Fürsprecher gefunden zu haben, verbeugte Simon sich erneut sehr tief und verließ rückwärtsgehend den Raum.

10.

An diesem Abend fühlte Simon sich so wohl wie lange nicht mehr. Er speiste gut zu Abend, trank eine Flasche Wein und forderte anschließend Ciara auf, sich zu ihm zu legen. Sie ertrug es ohne jede Anteilnahme. In ihren Augen war dies der Preis, den sie bezahlen musste, damit ihr Kind nicht als Bastard zur Welt kam.

Simon hingegen dachte an seinen Vetter, der diese Frau so sehr begehrt hatte und dessen Leichnam mittlerweile von den Fischen an Irlands Küsten gefressen worden war. Beinahe hätte dieser Kerl dafür gesorgt, dass er selbst in den Ruf eines katholischen Fanatikers geraten wäre. Zum Glück hatte er Robert Cecil Ferdinands Rolle erklären können. Ihm kam der beruhigende Gedanke, dass sich sein Vetter auch in Zukunft als idealer Sündenbock eignete, dem er alle für England unangenehmen Taten anhängen konnte, die mit dem Namen Kirchberg in Verbindung gebracht wurden.

Mit diesem Vorsatz schlief er ein und träumte von einem gewaltigen Besitz in Irland, mit dem die dankbare Elisabeth ihn belohnt hatte. Das Gefühl war so stark, dass er sich nach dem Aufwachen erst wieder ins Gedächtnis rufen musste, dass es noch nicht so weit war.

Aus der Erfahrung der Tage heraus, in denen er mit knurrendem Magen hatte warten müssen, frühstückte er ausgiebig, machte sich dann zum Ausgehen zurecht und befahl Deasún O'Corraidh, ihn zu begleiten. Beim Palast angelangt, erklärte Simon den Wachen, dass Sir Robert Cecil persönlich für ihn eine Audienz bei der Königin erwirkt habe.

»Der Lordkanzler ist vorhin eingetroffen. Wenn Ihr erlaubt,

führe ich Euch zu ihm«, erklärte der Offizier der Wache und schritt voraus.

Simon folgte ihm und fand sich in einem kleinen, düsteren Raum wieder. An dem einzigen Fenster stand Robert Cecil und blickte hinaus. Als Simon eintrat, wandte er sich um.

»Wir müssen noch ein wenig warten, bis Ihre Majestät bereit ist, uns zu empfangen. Ich habe ihr bereits meine Empfehlung überbringen lassen.«

»Ich danke Eurer Exzellenz!« Simon verbeugte sich und rieb sich innerlich die Hände. Wenn er diesen Palast verließ, würde er endlich mehr sein als ein kleiner Söldnerhauptmann, der froh sein musste, wenn die hohen Herren, denen er diente, ihm wenigstens seine Auslagen für die Aufstellung seiner Kompanie ersetzten.

Zu Simons Überraschung erschien schon nach kurzer Zeit eine Kammerfrau der Königin und forderte sie zum Eintreten auf.

Robert Cecil ging voraus, verbeugte sich gleich hinter der Tür und musterte Elisabeth unauffällig aus dem Augenwinkel. Sie ist alt geworden, dachte er besorgt. Selbst Perücke und Schminke konnten dies nicht mehr verbergen. Auch ihre Haltung war anders als früher. Sie hielt den Kopf gesenkt, und die Lippen waren zu einem Strich zusammengepresst. Die Augen wirkten matt und so müde, als sei sie der Welt überdrüssig geworden. Das dunkle Kleid, welches eher einer trauernden Witwe angemessen war denn einer jungfräulichen Königin, verstärkte diesen Eindruck noch.

Seit Essex' Hinrichtung war sie nicht mehr dieselbe, fand Cecil und beschloss, noch am selben Tag einen Boten nach Edinburgh zu schicken, um James IV. von Schottland zu informieren, dass es wohl nicht mehr lange dauerte, bis er sich auch James I. von England und Irland würde nennen können. Vorher aber galt es, diese Audienz hinter sich zu bringen.

»Euer Majestät, darf ich Euch Herrn Simon von Kirchberg

vorstellen, den Sir Richard Haresgill of Gillsborough als einen treuen Diener Eurer Majestät bezeichnet hat.«
Elisabeth hob ein wenig den Kopf und musterte Simon, der nun hinter Cecil hervortrat und sich geziert vor ihr verbeugte, mit abschätzigem Blick. »Ich habe mir die Berichte über diesen Herrn, die Ihr mir habt zukommen lassen, angesehen und mir mein Urteil gebildet.«
Die Stimme der Königin klang brüchig und verriet starkes Missfallen.
Während Simon trotzdem noch hoffte, trat Robert Cecil beiseite und winkte mehrere Leibwachen heran, um den Deutschen bändigen zu können, wenn es nötig sein sollte.
Die Königin wies mit der ausgestreckten Hand auf Simon und sprach zornig weiter. »Dieser Mann wurde nach Irland geschickt, um England zu bekämpfen. Stattdessen hat er den Papst verraten, der sowohl sein Souverän wie auch sein geistliches Oberhaupt ist. Genauso hat er seine irischen Verbündeten verraten, vor allem seinen Freund Oisin O'Corra, der durch seine Handlungen ebenso zu Tode kam wie der eigene Vetter Ferdinand von Kirchberg. Dieser mag unser Feind gewesen sein, aber im Gegensatz zu Herrn Simon war er ein ehrlicher, wackerer Krieger, der selbst meinen Offizieren wie Sir James Mathison und Sir Humphrey Darren Achtung abgenötigt hat.«
»Euer Majestät, ich verstehe nicht«, rief Simon entsetzt dazwischen.
Die Miene der Königin wurde zu einer Maske des Abscheus. »Ihr werdet gleich verstehen, wie ich es meine, Herr Simon. Wie viel Treue, glaubt Ihr, kann ich von jemandem erwarten, der dieses Wort nicht einmal kennt? Ihr habt Euch mit Haresgill zusammengetan, weil Ihr Euch einen Vorteil davon versprochen habt. Dafür habt Ihr sogar das Blut Eurer eigenen Sippe geopfert. Nein, mein Herr, Männer wie Euch dulde ich nicht in England oder Irland. Ihr erhaltet den Lohn, der Euch

gebührt, und ich werde mich sogar als großzügig erweisen. Sir Robert, lasst diesem Mann dreißig Pfund in Gold auszahlen. Damit kommt er besser weg als der Verräter Judas Ischariot, denn dieser erhielt für seinen Verrat an unserem Herrn Jesus Christus nur dreißig Silberlinge.
Danach hat Herr Simon von Kirchberg mein Königreich innerhalb von drei Tagen zu verlassen. Sollte er jemals wieder nach England oder Irland zurückkehren, droht ihm der Strick. Und nun fort mit ihm!«
Das Letzte galt den Leibwachen, die Simon kurzerhand packten und aus dem Raum schleiften. Als Letztes hörte dieser noch, wie die Königin erklärte, den Verrat an den Iren hätte sie ihm noch verzeihen können, nicht aber den an seinem Vetter.
»Außerdem weiß ich nicht, welche Rolle Simon von Kirchberg bei Richard Haresgills Tod gespielt hat«, sprach die Königin weiter, nachdem Simon hinausgeschafft worden war.
»Haresgill ist tot?«, fragte Cecil verblüfft.
Für einen Augenblick kehrte Leben in die trüben Augen Elisabeths zurück, und sie genoss es, diese Information früher erfahren zu haben als ihr Vertrauter. »Haresgills Stellvertreter hat es Lord Mountjoy gemeldet, und dieser hat den Bericht an den Hof geschickt. Ich habe ihn vorhin erst erhalten. Eine Kopie müsste in Eurem Haus auf Euch warten.«
»Wie konnte das geschehen?«, fragte Cecil angespannt.
»Das weiß niemand. Haresgill hatte seinen Leutnant mit dem Großteil seiner Schar losgeschickt, um eine Gruppe Iren zu verfolgen. Er selbst ist mit mehreren Männern bei dem eroberten Turm der O'Corras zurückgeblieben, und als sein Stellvertreter unverrichteter Dinge zurückgekehrt ist, fand er Haresgill und seine Soldaten tot vor. Er nimmt an, dass die Iren, die er verfolgen sollte, in der Nähe geblieben waren und Haresgill umgebracht haben. Zwei Iren sollen verwundet zurückgeblieben sein und mehrere Soldaten erschlagen haben, bevor die anderen sie niedermachen konnten. Einigen der bei

Haresgill zurückgebliebenen Soldaten wurden die Kleider geraubt. Also streifen jetzt einige irische Rebellen als gute Engländer verkleidet durch das Land.«

»Ich glaube eher, dass sie den nächstgelegenen Hafen aufgesucht und eine Passage nach Frankreich oder Spanien genommen haben«, antwortete Cecil, der sich zunehmend darüber ärgerte, dass die Zeit der Königin und auch die seine mit solchen Kleinigkeiten vertan wurde. Andererseits schien ihm Elisabeth jetzt etwas munterer als in den letzten Wochen. Dafür, sagte er sich, hatte die Sache sich gelohnt. Außerdem interessierte es ihn selbst, wer Richard Haresgill in eine Falle gelockt und ermordet hatte.

Ein Wink der Königin machte ihm jedoch klar, dass es anderes zu tun gab. Von einer Kammerfrau erhielt er eine Lederbörse, die, wie er sich mit einem kurzen Blick überzeugte, dreißig Pfund enthielt.

»Gebt das diesem Kirchberg! Sonst verpestet er womöglich noch länger meinen Palast und den Rest von England.«

Das war die Elisabeth, die Cecil kannte. Er verbeugte sich und schritt zur Tür, die ihm sofort geöffnet wurde. Eine Wache führte ihn in einen Hof, in dem Simon von Kirchberg, von zwei Gardisten bewacht, in einer Ecke stand. Als er Cecils ansichtig wurde, hob er verzweifelt die Hände. »Das ist alles ein großer Irrtum, Euer Exzellenz. Ich bin ein Ihrer Majestät treu ergebener Diener. Ich …« Zu mehr kam Simon nicht, denn Cecil warf ihm den Beutel mit den dreißig Pfund in Gold vor die Füße.

»Hier habt Ihr Euren Judaslohn, mein Herr. Und nun geht! Vergesst aber nicht, England binnen drei Tagen zu verlassen. Trifft man Euch danach noch an, werdet Ihr gehängt!« Mit diesen Worten wandte Cecil sich ab und ließ Simon in einem Zustand zurück, bei dem Verzweiflung und Wut sich gegenseitig zu übertreffen suchten.

11.

Simon von Kirchberg hätte später nicht zu sagen vermocht, wie er an diesem Tag zu seiner Herberge zurückgekommen war. Seinem Diener hatte er es gewiss nicht zu verdanken. Deasún O'Corraidh hatte Simons Verwünschungen entnommen, was im Palast geschehen war, und beschlossen, sich einen Herrn zu suchen, dessen Aussichten ihm besser dünkten. Daher lenkte der Ire seinen Wallach in eine Seitengasse und verschwand aus Simons Leben. Dieser bemerkte nicht einmal, dass Deasún sich davonmachte, sondern hing seinen Gedanken nach, in denen er abwechselnd Königin Elisabeth und Robert Cecil den Hals umdrehte. Da dies aber niemals durchzuführen wäre, brauchte er ein anderes Opfer für seinen Zorn.
Als er im Hof der Herberge aus dem Sattel stieg, warf er einem Knecht die Zügel zu. »Der Hengst bleibt gesattelt! Ich muss gleich wieder los.«
Nach diesen Worten stürmte er ins Haus, stieg die Treppe empor und platzte in die Kammer, die er mit Ciara teilte.
Diese saß am Fenster und nähte weiter den Saum ihres Kleides, ohne aufzusehen.
Simon blieb vor ihr stehen und fragte sich, was er mit ihr anfangen sollte. Da sich die Hoffnung auf Landbesitz in Irland für ihn nicht erfüllt hatte, war sie für ihn wertlos geworden und zudem ein Hindernis auf seinem weiteren Weg. Ich hätte sie niemals heiraten dürfen, setzte er für sich hinzu, denn nun war sie nichts weiter als ein Klotz am Bein. Außerdem hatte sie sich für seinen Vetter Ferdinand entschieden und hätte wohl diesen geheiratet, wenn der Kerl nicht mit dem Turm in die Luft geflogen wäre.

Der Gedanke, dass sie bereits bei seinem Vetter gelegen sein könnte, machte ihn mit einem Mal rasend, und er schlug ohne Vorwarnung zu. Seine Hand klatschte ihr ins Gesicht, und ihre Nase begann zu bluten. Noch bevor Ciara reagieren konnte, versetzte er ihr einen weiteren Schlag.

Ihre Empörung war größer als ihr Schmerz. Als er wieder ausholte, zog sie ihm mit einem raschen Griff den Dolch aus der Scheide und reckte ihm die Klinge entgegen.

»Schlagt mich noch einmal, und Ihr werdet es bereuen!«, warnte sie ihn mit leiser, aber eindringlicher Stimme.

Da Simon sie gut genug zu kennen glaubte, wusste er, dass dies keine leere Drohung war, und wich unwillkürlich vor ihr zurück. In dem Augenblick fiel ihm ein, wie er sie noch sehr viel härter treffen konnte als mit körperlicher Gewalt.

Mit einem hämischen Lachen zog er die Ledermappe unter seinem Wams hervor und fischte die Heiratskunde heraus.

»Hör mir gut zu, meine Liebe! Richard Haresgill – seine Seele möge in der Hölle braten! – hat mich mit dem Versprechen von Landbesitz dazu gebracht, mich den Engländern anzuschließen. Deswegen habe ich Haresgill Léana übergeben, ihm geholfen, erneut das Tal eures Clans zu besetzen, und ihm zuletzt noch das Tor eures Turms am Meer geöffnet, damit er deinen Bruder endlich umbringen konnte. Dich habe ich geheiratet, damit die verdammten Iren mich als Freund und meine Knechte mich als ihren Herrn anerkennen sollten.«

Simon verstummte kurz und genoss das Entsetzen, das sich auf Ciaras Gesicht abzeichnete. Doch noch war er nicht fertig.

»Haresgills Versprechen waren jedoch das Papier nicht wert, auf das sie geschrieben waren, denn Ihrer englischen Majestät haben es beliebt, mir den Lohn für meine Hilfe zu verweigern. Außerdem muss ich England innerhalb von drei Tagen verlassen. Daher werde ich gleich nach unten gehen, mich auf mein Pferd schwingen und verschwinden, ohne den Wirt zu bezahlen. Du weißt, was das heißt? Er wird das Geld für die Unter-

kunft von dir verlangen und dich, da du keines hast, ins Schuldgefängnis werfen lassen! Oder aber er besteht darauf, dass du das Geld auf andere Weise für ihn verdienst, nämlich als Hure.«
Da Ciara noch immer schwieg, sprach Simon hasserfüllt weiter. »Da mir die Ehe mit dir nichts mehr bringt, ist es besser, dafür zu sorgen, dass sie nie stattgefunden hat.« Mit diesen Worten warf er die Urkunde in den Kamin, in dem ein kleines Feuer flackerte, und verließ mit einem höhnischen Lachen den Raum.
Ciara schleuderte ihm den Dolch hinterher, doch die Klinge bohrte sich nur in das Holz der hinter ihm zuschwingenden Tür. Im ersten Augenblick wollte Ciara ihm folgen, doch dann begriff sie, in welcher Gefahr ihr ungeborenes Kind schwebte. Sie warf sich vor dem Kamin auf die Knie und riss das Pergament aus dem Feuer. Diese Urkunde war ihr wertvollstes Gut, denn mit ihr konnte sie beweisen, dass ihr Kind in einer ordnungsgemäß geschlossenen Ehe zur Welt kommen würde, auch wenn der angebliche Vater ein Schurke, Verräter und Mörder war. Rasch klopfte Ciara die glimmenden Stellen der Urkunde aus und sah erleichtert, dass der Text noch gut zu lesen war.
Für einen Moment überwog der Schmerz an der Hand alle anderen Gefühle. Die Haut hatte sich an zwei Fingern rot gefärbt, und es würden sich gleich Blasen bilden. In Ciaras Augen war das ein geringer Preis dafür, dass sie ihre Heiratsurkunde hatte retten können. Sie trat ans Fenster und sah, wie Simon sich in den Sattel schwang und den Hof der Herberge verließ.
Im ersten Augenblick wollte sie den Wirt rufen und ihm sagen, dass Simon dabei war, die Zeche zu prellen. Sie griff schon zur Türklinke, als ihr einfiel, dass der Mann sich gewiss an ihr schadlos halten würde. Was hatte Simon gesagt? Der Wirt würde sie ins Schuldgefängnis sperren lassen? Oder noch schlimmer – sie würde die Schuld als Hure abarbeiten müssen.

»Simon ist der Sohn eines räudigen Wolfes und einer noch räudigeren Hündin«, zischte sie voller Wut. Aber ihr war klar, dass sie sich nicht von ihrem Zorn beherrschen lassen durfte. Sobald der Wirt merkte, welch übles Spiel Simon getrieben hatte, würde er sie in einer Kammer einsperren, um an sein Geld zu kommen. Daher durfte niemand erfahren, dass ihr Mann nicht zurückkehren würde.
Es fiel Ciara schwer, die bitteren Gedanken, die sich in ihr ballten, niederzuringen und eine gleichmütige Miene aufzusetzen. Sie hob die Ledertasche auf, aus der Simon die Urkunde gezogen hatte, und steckte sie wieder hinein. Dann schob sie die Mappe unter ihr Kleid und befestigte sie mit einem dicken Faden. Als das geschehen war, ging sie nach unten und sprach die erste Magd an, die ihr entgegenkam.
»Ich war unvorsichtig und habe etwas in den Kamin fallen lassen. Um es wieder herauszuholen, musste ich ins Feuer greifen und habe mir die Hand verbrannt. Kannst du mir Schweineschmalz bringen oder Mehl sowie ein Stück Tuch, damit ich die Hand verbinden kann?«
»Gerne, Mylady!«, antwortete die Magd und eilte davon.
Ciara kehrte in ihre Kammer zurück, setzte sich ans Fenster und wartete. Dabei rasten ihre Gedanken. Nicht Aithil, sondern Simon hatte ihren Bruder verraten und an Haresgill ausgeliefert. Nicht einmal den eigenen Vetter hatte er dabei verschont. Anschließend hatte er ihre Trauer ausgenützt, um sie nach Strich und Faden zu belügen, und sie so dazu gebracht, ihn zu heiraten.
»Halt!«, rief sie sich in Erinnerung. Sie hatte Simon aus freiem Willen geehelicht, um ihr Kind nicht als Bastard aufziehen zu müssen. Den Beweis für die gültige Ehe hatte sie immer noch. Doch was half ihr das in diesem stinkenden London? Sie hatte kein Geld und kannte niemanden, der ihr helfen würde, eine sichere Bleibe zu finden.
Die eintretende Magd unterbrach Ciaras Überlegungen. »Hier

bin ich, Mylady«, sagte sie und legte ein sauberes Stück Linnen, ein Salbentöpfchen und eine Schere aufs Bett. Anschließend verarztete sie die verletzte Hand so geschickt, dass es Ciara leidtat, ihr nur mit Worten danken zu können.

»Der gnädige Herr ist wohl noch einmal ausgeritten?«, fragte die Magd, als sie fertig war.

Es gelang Ciara, ein enttäuschtes Lächeln aufzusetzen. »Das ist er! Leider sagt er mir nie, wohin er reitet und wie lange er ausbleibt. Ich muss nun wach bleiben, bis er zurückkommt.«

Damit, sagte sie sich, hatte sie zumindest bis zum Abend Zeit gewonnen. Viel länger durfte sie nicht in diesem Gasthaus bleiben. Die große Frage war nun, wohin sie sich wenden sollte, aber die vermochte sie nicht zu beantworten.

Erst als die Magd ihre Sachen zusammenräumte, bemerkte Ciara, dass der Dolch, den sie nach Simon geworfen hatte, noch immer im Türblatt steckte. Rasch ging sie hin und zog die Waffe vorsichtig heraus. Sie würde sie brauchen, wenn sie auf sich gestellt in dieser Stadt überleben wollte.

Bei dem Gedanken überflog sie das Gepäck, das Simon zurückgelassen hatte. Viel war es nicht, doch vielleicht konnte sie einige der Sachen verkaufen, um wenigstens ein paar Pennies in der Tasche zu haben. Sie wartete, bis die Magd gegangen war, und bereitete dann alles vor, um möglichst unauffällig verschwinden zu können. Der Gedanke, dass sie das nicht mit hungrigem Magen tun sollte, brachte sie dazu, ihr Schultertuch umzulegen und nach unten zu gehen, um sich für ihre Flucht zu stärken.

Nicht lange, da steckte der Wirt den Kopf in das Extrazimmer, in dem sie für sich hatte auftischen lassen. »Wohl bekomm's, Mylady! Ich hoffe, es mundet Euch.«

Selbst wenn Ciara Sägespäne gegessen hätte, wäre ihr der Unterschied nicht aufgefallen. Sie lächelte jedoch. »Es schmeckt ausgezeichnet! Seid Ihr so gut und lasst mir noch einen Becher Wein bringen?«

»Selbstverständlich, Mylady! Erlaubt mir nur eine Frage: Wann wird der gnädige Herr wieder hier sein? Es ist so, dass ich nach ein paar Tagen einen Abschlag auf die Kosten von Unterkunft und Verpflegung zu verlangen pflege, und den ist Ihr Gemahl mir bis jetzt schuldig geblieben.«
»Das geschah gewiss nicht mit Absicht«, antwortete Ciara mit aller Beherrschung, die sie aufzubringen vermochte. »Ich werde meinen Gatten daran erinnern, sowie er zurückkommt.«
Sie nickte dem Wirt noch kurz zu und aß dann scheinbar ungerührt weiter. In ihr tobte es jedoch. Wie es aussah, war Simons Infamie noch größer, als sie gedacht hatte. Er musste gewusst haben, dass der Wirt an diesem Tag Geld von ihm verlangen würde. Ihr Wunsch, ihm zu folgen und ihn zur Rechenschaft zu ziehen, wurde beinahe übermächtig. Doch sie wusste selbst, dass ihr dafür die Mittel fehlten. Selbst wenn sie sich aufs Betteln verlegte, würde sie zu Fuß hinter ihm herlaufen müssen und stünde spätestens am Meeresufer vor der Frage, wovon sie die Überfahrt bezahlen sollte.
Ihre freundliche Antwort beruhigte den Wirt. Er verließ das Zimmer, und kurz darauf kam die Magd, die Ciaras Hand verbunden hatte, mit einem frischen Becher Wein herein. Ciara hätte die Frau am liebsten nach einer Möglichkeit gefragt, wo sie ihren wenigen Besitz verkaufen konnte. Aber wenn sie das tat, würde der Wirt davon erfahren und ihr das erlöste Geld für Unterkunft und Essen abnehmen.
Daher aß sie langsam weiter, trank den Wein und beweinte in Gedanken das Schicksal, das sie in die Fremde verschlagen und so grausam behandelt hatte.

12.

Auch wenn der Wirt Engländer war, so tat es Ciara doch leid, ihn betrügen zu müssen. Aber dieses Gefühl durfte sie nicht daran hindern, ihre Pläne auszuführen. Zwar hätte sie gerne die eine Nacht noch in der Herberge verbracht, um einen vollen Tag zu haben, sich in London eine neue Bleibe zu suchen. Aber es würde dem Wirt auffallen, dass ihr Ehemann am Abend nicht zurückgekehrt war, und dann ließe er sie am nächsten Morgen bestimmt nicht gehen.

Daher wartete sie, bis es in der beginnenden Dunkelheit im Zimmer düster wurde und die lauten Stimmen der Zecher, die sich in der Schenke Ale und Wein schmecken ließen, zu ihr heraufdrangen. Als sie annahm, der Wirt und sein Gesinde wären zu beschäftigt, um auf eine einzelne Person zu achten, verließ sie ihr Zimmer und stieg leise nach unten.

Sie durfte die Herberge nicht durch die Vordertür verlassen, weil man sie von der Gaststube aus sehen würde. Deswegen benützte sie den Ausgang über den Hof, wartete so lange, bis der Knecht, der dort arbeitete, in den Stall ging, und eilte, so schnell sie konnte, zum Hoftor. Zu ihrem Glück war dieses nur angelehnt, und sie vermochte hindurchzuschlüpfen. Drei Herzschläge später befand sie sich auf der Straße und reihte sich in das Gewirr der Passanten ein.

Ciara wusste, dass sie dieses Stadtviertel verlassen musste, und ließ sich zunächst einfach treiben. Irgendwann roch die Luft feucht, und sie ahnte, dass sie in die Nähe der Themse geraten war. Direkt am Fluss war die Bebauung aus Angst vor Hochwasser geringer als in anderen Teilen der Stadt, und sie fand in der einbrechenden Dunkelheit ein Gebüsch, das ihr für die

Nacht Deckung zu bieten schien. Morgen, sagte sie sich, würde sie einen Händler suchen und den Inhalt ihres Bündels verkaufen. Mit diesem Gedanken wickelte sie sich in ihren Mantel, kauerte sich zusammen und betete, dass es in der Nacht nicht regnete.
Der Schlaf blieb ihr jedoch fern. In ihren Gedanken erlebte sie immer wieder jene entsetzlichen Augenblicke, in denen der Turm von Haresgill gestürmt und schließlich die Spitze abgesprengt worden war. Damals hatte sie sowohl ihren Geliebten wie ihren Bruder verloren – und das durch Simons Schuld.
»Simon von Kirchberg, wo auch immer du sein magst: Möge die Strafe des Himmels dich bald ereilen!«, flüsterte sie voller Hass und umklammerte den Griff ihres Dolches mit der rechten Hand. In dieser Pose dämmerte sie schließlich ein.
Ciara erwachte, als etwas an ihrem Kleid zerrte. »Was soll das?«, fauchte sie und stieß mit dem Fuß zu. Zwar traf sie etwas, hörte dann aber ein zorniges Knurren. Ein Hund, durchfuhr es sie. Gleichzeitig schnappte das Tier nach ihrem Bein, doch seine Fänge drangen nicht durch den Stoff ihres Kleides. Rasch fasste sie den Dolch fester, wälzte sich herum und stieß zu. Wie gut sie traf, konnte sie in der Nacht nicht sehen. Das Tier stieß einen schmerzerfüllten Laut aus und verschwand hinkend in der Dunkelheit.
»Das ist gerade noch gutgegangen«, sagte Ciara sich und bedauerte, dass Gamhain nicht bei ihr war. Die große Hündin hätte sie vor anderen Hunden und weiteren Gefahren beschützt. Hier durfte sie nicht bleiben. Doch wenn sie in der Nacht durch die Straßen der Stadt wanderte, würde sie den Stadtwachen in die Hände laufen und als Landstreicherin im Gefängnis landen. Unschlüssig, was sie tun sollte, ging sie ein paar Schritte und entdeckte plötzlich eine Gestalt in ihrer Nähe. Sofort reckte sie den Dolch in deren Richtung.
»Bleib mir vom Leib!«, warnte sie.
»Bist wohl neu hier, was?«, antwortete eine Frauenstimme.

»Hättest dich sonst nicht hier schlafen gelegt, sondern 'nen andern Unterschlupf gesucht.«
»Und was tust du hier?«, fragte Ciara misstrauisch.
»Ich komm von der Schifferkneipe da unten. Hab mir 'n paar Pennies und 'nen großen Fleischpudding verdient.«
»Hast du Bier ausgeschenkt?« Noch während Ciara es sagte, lachte die andere auf.
»Denkste, der Wirt lässt mich an seine geheiligten Krüge? Ne, ich hab nur 'n paarmal die Beine breitgemacht. Darauf stehen die Kerle, wenn sie nach vielen Tagen auf See nach London kommen. Wenn's ihnen so richtig in der Hose juckt, sind se immer großzügig. Hab gesehen, dass die *Mistress of Kent* heute eingelaufen ist, und mir gesagt, Maudie, das wird 'n Glückstag für dich. War's auch! Muss sonst dreimal so viele Kerle drüber lassen, um so gut zu verdienen. Den Pudding gab's noch extra dazu.« Die Frau plapperte fröhlich vor sich hin und sprach mit Ciara, als wäre diese ihrer beste Freundin.
»Du bist eine Hure?«, fragte diese mit einer gewissen Abscheu.
»Von irgendwas muss ich ja leben«, gab die andere gelassen zurück. »Sag, wo kommste eigentlich her? Hörst dich an, als kämste aus Schottland.«
»Ich bin Irin!«, korrigierte Ciara sie giftig.
»Hab nichts gegen euch Iren«, fuhr Maud unbeirrt fort. »Kannte sogar 'n paar irische Matrosen. Waren großzügig, ja, das waren sie. Aber tu jetzt den blöden Dolch weg. Oder willste mich wegen 'n paar Pennies und 'nem Fleischpudding abstechen?«
»Natürlich nicht!«
»Dann ist's ja gut. Übrigens, wennste 'nen guten Schlafplatz suchst, kannste mit mir kommen. Aber eins sage ich dir! Konkurrenz machste mir keine, verstanden? Oder du lieferst die Hälfte des Geldes, das dir die Kerle geben, bei mir ab.«
Ciara begriff, dass Maud glaubte, sie würde ebenfalls als Hure arbeiten, und wollte sich schon zurückziehen. Der Gedanke, dass die andere ihr eine Unterkunft für die Nacht angeboten

hatte, hielt sie davon ab. Vielleicht kannte Maud sogar einen Pfandleiher. Daher nickte sie, obwohl die Hure es bei dem schwachen Mondlicht nur undeutlich sehen konnte.

»Ich komme mit dir und verspreche dir, dass ich dir weder deine Pennies wegnehmen noch deinen Fleischpudding wegessen werde!«

Als Ciara auf Maud zutrat, roch sie die Ausdünstung nach Bier und billigem Schnaps, den diese verströmte, und fragte sich bedrückt, ob dies die einzige Möglichkeit war, solch ein Leben zu ertragen.

13.

Als Ciara am nächsten Morgen erwachte, fand sie sich in einem engen Verschlag wieder, der zwischen zwei festen Steinmauern errichtet worden war. Das Kämmerchen war gerade groß genug für ein schmales Bett, auf dem eine Frau mittleren Alters lag und schnarchte, eine einfache Kochstelle sowie einen Tisch und einen schiefen Stuhl. Sie selbst lag zusammengeringelt halb unter dem Tisch und hatte den Kopf auf ein schmutziges Kissen gelegt.

Zunächst wunderte Ciara sich über ihre Umgebung. Dann fiel ihr ein, dass Simon sie im Stich gelassen hatte und geflohen war. Die Frau hier musste Maud sein, die Hure, die sich in einer Schenke am Fluss den Matrosen angedient hatte und beim Heimweg auf sie getroffen war.

Noch während Ciara über die Winkelzüge des Schicksals nachdachte, meldete sich ihre Verdauung. Rasch kroch sie unter dem Tisch hervor und streckte den Kopf zur Tür hinaus. Doch direkt davor lag eine mit Flusskieseln gepflasterte Straße. Passanten eilten vorbei, ohne sie anzusehen. Die meisten sahen abgerissen aus, viele verhärmt.

Würde dies auch ihr Los sein?, fragte Ciara sich. Ihr rumorender Darm machte ihr aber rasch klar, dass es Dringlicheres als eine mögliche Zukunft gab. Da sie sich nicht einfach auf die Straße setzen und sich erleichtern konnte, kehrte sie in den Verschlag zurück und rüttelte Maud.

Die Frau schlug im Halbschlaf nach ihr, doch Ciara gab nicht auf. Schließlich öffnete Maud die Augen und starrte sie an.

»Wer bist du denn?«

Es klang nicht gerade freundlich.

»Wir sind uns in der Nacht begegnet, und du hast mich eingeladen, bei dir zu schlafen«, antwortete Ciara.
»Muss besoffen gewesen sein. Was willste?«
»Wo ist hier der Abtritt?«
»Hinten raus, an der Wand entlang und dann rechts ums Eck. Pass auf, damit dich keiner sieht. Musst sonst 'nen Penny zahlen.«
»Danke!« Da Ciara keinen einzigen Penny mehr besaß, beschloss sie, die Warnung zu beherzigen. Sie verließ den Verschlag durch eine schmale Tür und huschte zwischen den drei Stockwerk hohen Gebäuden nach hinten. Bei einem der Anwesen schloss sich eine hohe Gartenmauer an, während es bei dem anderen einen Holzzaun mit zwei losen Brettern gab, die beiseitegestellt werden konnten.
Als Ciara hindurchspähte, sah sie nur wenige Schritte entfernt den Abort. Niemand war in der Nähe, daher sauste sie hin und verriegelte die Tür von innen. Sie war froh, dass es rasch ging und sie kurz darauf wieder durch den Zaun schlüpfen konnte.
In Mauds Verschlag zurückgekehrt, sprach diese sie mürrisch an. »Hat dich keiner gesehen? Will keine Scherereien wegen dir bekommen.«
»Nein, da war niemand.«
»Wollens hoffen. Wo du schon mal hier bist, kannste am Brunnen Wasser holen.« Maud zeigte auf einen Holzeimer, der in einer Ecke stand, und dann auf ein Schaff. »Mach's aber richtig voll!«
Ciara nickte und ging los. Der Brunnen war gut zweihundert Yards von Mauds Verschlag entfernt und wurde von schmuddeligen Weibern und Kindern umlagert, die alle Wasser holen wollten. Dabei ging es nicht gerade friedlich zu, und Ciara musste einige derbe Stöße einstecken, bis sie sich nach vorne gekämpft hatte. Selbst hier wollte ihr eine Frau noch den Schöpfeimer entreißen.

Ciara fauchte die andere aufgebracht an. »Lass deine Finger davon!«

Einen Augenblick lang sah es so aus, als wolle die Frau sie schlagen. Doch als Ciara nach ihrem Dolch griff, zuckte die andere zurück, und sie konnte ihren Eimer füllen.

Bei ihrer Rückkehr saß Maud am Tisch und schaufelte die Fleischpastete in sich hinein. Bei dem Anblick meldete sich Ciaras Magen in schmerzhafter Weise, und sie blieb neben der Frau stehen.

Diese sah ärgerlich auf. »Biste mit dem Wasserholen fertig?«

»Ich habe einen Eimer voll gebracht!«

»Das seh ich«, sagte Maud mit verkniffener Miene. »Mach weiter. Es gehen fünf Eimer ins Schaff.«

»Ich habe Hunger!«, bekannte Ciara.

»Soll ich dich auch noch durchfüttern? Mach, dass du das Wasser holst. Danach kannste meinetwegen was von der Pastete abhaben.« Noch während sie es sagte, schnitt Maud sich ein weiteres Stück ab und stopfte es sich in den Mund.

Ciara hätte es ihr am liebsten aus den Händen gerissen, so hungrig fühlte sie sich, obwohl sie am Abend vorher noch gut gespeist hatte. Bei dem Gedanken daran nahm sie den Eimer und ging wieder hinaus. Am Brunnen merkte sie, dass sie sich ein wenig Achtung verschafft hatte, denn diesmal machte ihr niemand den Schöpfeimer streitig. Es war dennoch eine schweißtreibende Arbeit, bis sie das Schaff in Mauds Verschlag gefüllt hatte. Als sie schon hoffte, endlich etwas zu essen zu erhalten, wies die andere sie an, einen weiteren Eimer Wasser zu holen.

»Zum Waschen. Die Kerle mögen's nicht, wenn man bei der Arbeit stinkt«, erklärte sie.

Da Ciara auch nichts dagegen hatte, sich waschen zu können, ging sie erneut zum Brunnen. Als sie zurückkam, zeigte Maud auf den Stuhl.

»Stell den Eimer da drauf.« Danach zog sie sich ungeniert bis auf die Haut aus und begann sich mit einem halbwegs sauberen Lappen zu waschen.

Unterdessen hielt Ciara nach etwas Essbarem Ausschau, doch Maud hatte alles wieder verräumt. Diese bemerkte ihren Blick, kümmerte sich aber nicht darum, sondern säuberte sich und zog sich anschließend wieder an.

»Jetzt kannst du dich waschen!«, sagte sie.

Da Ciara nicht das Wasser benutzen wollte, mit dem die Hure sich gewaschen hatte, ging sie noch einmal zum Brunnen. Dort spülte sie den Eimer zunächst kräftig aus und kehrte mit frischem Wasser zurück.

»Bist wohl 'ne ganz Vornehme, was?«, spottete Maud, als Ciara sich zu waschen begann. Sie hielt jetzt ein großes Stück Brot in der Hand, von dem sie einen kleinen Teil abriss und ihn ihrem Gast zuwarf.

»Hier, für dich!«

Ciara fing das Brot auf und begann es heißhungrig zu essen.

»Ganz so vornehm biste doch nicht«, kommentierte Maud. »Bist wohl deinem Mann weggelaufen. Bin's auch! Hat mich geschlagen, der Kerl, dass ich geblutet hab. Und andauernd wollte er rammeln wie ein Ziegenbock. Hat auch gestunken wie einer. War's irgendwann leid und hab die Fliege gemacht. Hab mich hier gut eingerichtet. Zahl dem Verwalter vom Nebenhaus 'nen Shilling Miete im Monat für diese Hütte und kann dafür den Dienstbotenabtritt mitbenützen. Gelegentlich ruft er mich auch in 'nen Kellerraum, damit ich's ihm besorge. Er macht's gerne wie ein Hengst von hinten, aber bei seiner Alten bleibt ihm da der Schnabel sauber. Die legt sich brav aufs Kreuz, macht die Beine breit und schließt die Augen, bis er fertig ist.«

Ciara empfand unwillkürlich Mitleid mit der Frau, die ein hartes Schicksal zu tragen hatte und immer nur für den nächsten Tag leben konnte. Ein wenig wunderte sie sich, weshalb Maud jetzt freundlicher zu ihr war. Da bemerkte sie, dass Maud eine

Flasche aus einer kleinen Truhe holte, die hinter dem Bett versteckt stand, und einen großen Schluck daraus nahm.
»Willste auch was?«, fragte sie.
»Nein, danke!« Ciara trank zwar gelegentlich einen Becher leichten Bieres oder dünnen Mets gegen den Durst, doch der Geruch, der aus der offenen Flasche drang, verursachte ihr Übelkeit. Wie es aussah, war es so etwas Ähnliches wie Whiskey, der in kleinen Mengen als Medizin brauchbar war und von Männern vor allem zum Vergnügen getrunken wurde. Allerdings war es ein Teufelszeug, denn es raubte ihnen den Verstand und ließ sie streitsüchtig und hemmungslos werden. Am nächsten Tag lagen die Männer dann in ihrem eigenen Schmutz und jammerten über Kopf- und Magenweh. Doch anstatt sich das eine Lehre sein zu lassen, tranken sie unverdrossen weiter. Wohin das führen konnte, hatte Ciara an Buirre gesehen.
Auch Maud schien sich durch den Genuss des scharfen Getränks zu verändern. Sie wurde zugänglicher und reichte Ciara wenig später sogar ein gutes Stück vom Rest der Fleischpastete. »Muss eh bald gegessen werden, sonst wird se schlecht«, sagte sie und sah Ciara nachdenklich an. »Bist wirklich 'ne Noble! Wie biste denn in diese Lage gekommen?«
Ciara überlegte, wie viel sie ihr erzählen durfte, und berichtete schließlich, dass ihr Mann sie verstoßen habe.
»Hättest doch zu deinen Verwandten gehen können«, meinte Maud.
»Die leben in Irland oder sind tot.« Ciara wischte sich über die Wangen, die sich auf einmal nass anfühlten, und zuckte dann mit den Schultern. »Es gibt niemand auf der Welt, an den ich mich noch wenden könnte. Daher muss ich mein Leben selbst in die Hand nehmen und ...«
Den Rest verschluckte sie, denn sie hatte sagen wollen, dass sie hoffte, den Tod Ferdinands und ihres Bruders an Simon von Kirchberg rächen zu können. Doch da würde wohl kein Weg hinführen. Für sie ging es nur noch ums Überleben.

»Ich habe noch ein paar Sachen retten können und will sie an einen Trödelhändler verkaufen. Wenn du mir einen nennen kannst, der mich nicht betrügen wird, kannst du ein paar Pennies haben«, bot sie Maud an.
»Freilich weiß ich einen! Verkauf ihm auch immer wieder Zeugs, das ich von Matrosen bekomme. Zeig mal, was du hast, damit ich sehen kann, was es wert ist.«
Nach einem kurzen Zögern öffnete Ciara ihr Bündel und breitete die Sachen aus.
Maud pfiff durch die Zähne. »Wenn du jetzt keine Noble wärst, hättste das aus 'nem noblen Haushalt geklaut. Das gibt ein paar Shillinge. Wennste willst, komme ich mit zum alten Tim und verhandle für dich. Krieg auf jeden Fall 'nen besseren Preis als du. Was willste dann mit dem Geld machen? 'ne bessere Wohnung wirste dir trotzdem nicht leisten können. Schlag vor, du bleibst erst mal bei mir und zahlst mir 'nen halben Shilling Miete und 'nen anderen halben fürs Essen. Wennste willst, bringe ich dir in der Zeit alles bei, waste als Hure können musst.«
»Ich will nicht als Hure arbeiten«, antwortete Ciara schroff.
»Wirste aber müssen! Selbst wenn dich ein Wirt als Schankmaid nimmt, musste für seine speziellen Gäste und ihn selbst die Beine breitmachen. Es ist nun mal so.«
»Ich will es nicht! Außerdem bin ich schwanger!«, rief Ciara erregt.
»Von dem Mann, der dir den Laufpass gegeben hat? Da wüsst' ich mir Besseres!«
Bei Mauds Worten senkte Ciara den Kopf, damit die Frau nicht sehen konnte, wie sie errötete. In ihrem Herzen wuchs nicht Simon von Kirchbergs Kind heran, sondern das von Ferdinand. Aber das ging die Hure nichts an, und so erklärte sie, dass sie sich auf ihr Kind freue.
»Es ist sicher schön, mal so 'n Würmchen zu haben. Hätt auch gerne eins gehabt, aber zweimal hat mein Mann mich so ver-

hauen, dass es abging. Danach war's aus. Bin jetzt froh darum, wenn ich die anderen Huren seh, die sich noch mit ihren dicken Bäuchen von den geilen Kerlen rammeln lassen müssen. Sollten jetzt aber zu Tim gehen. Dürfte inzwischen wach sein.« Mit diesen Worten stand Maud auf, warf sich ihr Schultertuch über und trat zur Tür.

Ciara packte ihre Sachen wieder ein und folgte ihr. Draußen sperrte die Hure umständlich zu und steckte den Schlüssel unter ihr Kleid. »Wegen der Diebe«, erklärte sie Ciara.

Diese hatte längst begriffen, dass sie nicht gerade im vornehmsten Viertel von London gelandet war, und fragte sich bang, wie sie hier überleben und ihr Kind gesund zur Welt bringen sollte.

14.

Der Laden des Pfandleihers und Trödlers Tim lag in einer schmalen Seitengasse, die von alten Fachwerkhäusern gesäumt wurde. Ein schlichtes Schild über der Tür wies darauf hin, dass hier alle Waren an- und verkauft wurden.
Ciara blieb kurz davor stehen, atmete tief durch und ging auf die Tür zu. Bevor sie die Hand danach ausstrecken konnte, wurde diese geöffnet, und ein Mann trat heraus, der in einen weiten Mantel gehüllt war. Er sah Ciara, grinste und fasste nach ihrem Kinn.
»Du könntest mir gefallen, Kleine. Komm mit! Ich habe wieder Geld und kann deinen Preis bezahlen.«
»Das glaube ich weniger«, antwortete Ciara kühl und zwängte sich an dem Mann vorbei ins Innere des Ladens. Sie hörte noch, wie er sie eine dumme Kuh nannte, und atmete auf, als er weiterging. Statt seiner kam Maud herein und trat lächelnd auf einen lang aufgeschossenen, mageren Mann zu, der glitzernde Gegenstände in einer Schublade verstaute.
»Grüß dich, Master Tim«, begann sie.
Der Mann schloss die Schublade und drehte sich zu ihr um.
»Maud, du bist es! Hast wohl wieder einen deiner besoffenen Hurenböcke um ein paar Sachen erleichtert?«
»Ach Gottchen, als wenn ich das tun würde!«, rief die Frau scheinbar entrüstet und zeigte dann auf Ciara. »Es geht um die Lady hier. Hat letztens Pech gehabt und braucht 'n wenig Geld. Maudie, hab ich mir gesagt, bringse zu Master Tim. Der hat immer 'n Herz für Frauen, denen Unglück geschehen ist.«
»Versuche nicht, mich einzuseifen. Das kann ein Barbier besser. Also, was will die Frau loswerden?«

»Ist 'ne echte Lady, aber aus Irland«, erklärte Maud. »Der musste 'nen guten Preis machen. Schon mir zuliebe. Müsst mich schämen, wennstes nicht tätest.«

Maud lächelte dabei vielversprechend, doch die Miene des Trödlers wurde womöglich noch mürrischer. »Ich sagte, ich will die Sachen sehen.«

Ciara öffnete ihr Bündel und breitete ihre Besitztümer vor ihm aus. Es handelte sich um eines von Simons Hemden sowie ein Essmesser und eine Gabel mit silbernem Griff, die er verwendet hatte, um seinen Stand als adeliger Offizier zu unterstreichen. Bei dem Anblick zeigte Tim sich interessiert. Er nahm sie in die Hand, prüfte das Besteck und nickte unwillkürlich.

»Italienische Arbeit! Nicht schlecht gemacht. Ich gebe dir fünf Shilling dafür!«

»Master Tim, das kannste nicht machen. Das ist mindestens vier Mal so viel wert«, rief Maud aus.

Mit einem Achselzucken packte Ciara die Sachen wieder ein. »Einen Versuch war es wert. Aber jetzt werden wir doch einen anderen Pfandleiher aufsuchen müssen. So weit unter Wert verkaufe ich meine Sachen nicht.«

»Jetzt man halblang mit den jungen Pferden!«, rief Tim. »Tu die Sachen wieder hin. Ich schau mir alles an, und dann reden wir weiter. Aber eins sage ich dir gleich: Ich muss auch leben! Daher werde ich dir den Preis nennen, den ich vertreten kann, und dann akzeptierst du ihn oder nicht. Denke aber nicht, dass ein anderer dir mehr zahlen würde. Ich tu's auch nur der guten Maud zuliebe. Dafür aber habe ich bei dir was gut, nicht wahr?«

Während Ciara noch verwundert schaute, wusste Maud sofort, was Tim meinte. »Wennste ein kleines Stößerchen machen willst, können wir nach hinten gehen. Aber erst, wennste der Lady 'nen guten Preis gemacht hast.«

Danach ging es ganz schnell. Tim schätzte die wenigen Habseligkeiten, nannte Ciara einen Preis, der zwar noch weit unter dem wirklichen Wert lag, aber doch um einiges besser war als

sein erstes Angebot. Dann schob er ihr ein Häuflein unterschiedlichster Münzen zu und sah Maud auffordernd an.
»Komm jetzt!«
Beinahe erwartungsvoll grinsend glitt Maud an ihm vorbei ins Hinterzimmer. Er folgte der Hure beinahe auf dem Fuß. Seufzend blieb Ciara im Laden zurück. Da der Durchgang zum hinteren Raum keine Tür hatte, konnte sie mithören, was dort geschah, und sah die Schatten der beiden, die an die Wand gemalt wurden. Maud legte sich rücklings auf einen Ballen und zog die Röcke hoch, während der Mann an seiner Hose nestelte und ihr dann zwischen die Beine glitt. Dabei keuchte er so laut, dass Ciara glaubte, es müsse draußen auf der Straße zu hören sein.
Sie spürte, dass sie rot wurde, und drehte dem Schatten des kopulierenden Paares den Rücken zu. Dabei fragte sie sich, in was für eine Umgebung sie hineingeraten war. Hier schien Hurerei so alltäglich zu sein wie Essen und Trinken.
Nach einer Weile grunzte Tim mehrmals laut, dann war es vorbei. Beide kamen wieder nach vorne, der Pfandhändler mit einem zufriedenen Ausdruck auf dem Gesicht und Maud mit einer noch halbvollen Flasche Branntwein, die Tim ihr zugesteckt hatte.
»Wir können jetzt gehen«, erklärte sie Ciara.
Diese schüttelte sich, als müsse sie einen schlechten Traum vertreiben, und folgte ihr nach draußen. »Es tut mir leid, dass du dich dem Kerl hingeben musstest«, sagte sie leise zu Maud.
»Das hier war's wert!«, antwortete diese grinsend und hielt ihr die Flasche vors Gesicht.
In diesem Augenblick war für Ciara klar, dass sie nicht den gleichen Weg nehmen würde wie Maud. Zwar blieb ihr nichts anderes übrig, als sich vorerst bei dieser einzumieten, doch irgendwie würde sie ihr Schicksal wenden, und wenn es durch Diebstahl war. Der Gedanke, dass es Engländer und damit Angehörige des verhassten Volkes treffen würde, half ihr, jegliche Gewissensbisse zu unterdrücken.

15.

Endlich lag London vor ihnen! Ferdinand und seine Begleiter hatten noch zweimal das Schiff wechseln müssen, bis das letzte sie endlich in die Hauptstadt gebracht hatte. Auch wenn die anderen Kapitäne lange nicht so erpresserische Forderungen gestellt hatten wie der englische Schmuggler, war Richard Haresgills anfänglich wohlgefüllte Börse um einiges dünner geworden. Die Überlegung, über Land zu reisen, hatten sie rasch aufgegeben, denn dafür hätten sie sich Pferde kaufen müssen. Eine solche Ausgabe aber hatten sie sich nicht leisten können. Hufeisen hatte schon mehrmals bedauert, dass sie nach dem Tod Haresgills und seiner Männer nicht nach den Pferden der Engländer gesucht hatten.

Als er wieder davon anfing, schüttelte Saraid den Kopf. »Zu Pferd wären wir niemals heimlich durch Tir Chonaill gekommen. Außerdem können weder Bríd noch ich reiten.«

Bevor Hufeisen etwas entgegnen konnte, klopfte Ferdinand ihm auf die Schulter. »Gräme dich nicht, alter Freund. Wir haben London schließlich doch erreicht. Hol unsere Sachen, damit wir schnell von Bord kommen. Vielleicht können wir heute noch nach meinem Vetter und Ciara forschen.«

»Wollen wir hoffen, dass sie noch hier sind«, antwortete Hufeisen düster.

»Wenn nicht, werden wir erfahren, wohin sie sich gewandt haben, und ihnen folgen, und sei es bis zu den Toren der Hölle!«

Die Tage auf See hatten Ferdinand gutgetan. Seine Abschürfungen und Quetschungen, die er sich beim Sprung aus dem Turmfenster und beim Schwimmen zwischen den Klippen zugezogen hatte, waren verheilt und seine Kraft zurückgekehrt.

Ein Matrose scheuchte ihn von seinem Platz, weil die Leinen bereitgelegt wurden, mit denen das Schiff am Kai vertäut werden sollte. Während Ferdinand ein paar Schritte beiseitetrat, verschwanden die anderen unter Deck, um das Gepäck heraufzuholen. Als sie wiederkehrten, legten die Matrosen bereits die Rampe aus.

Als Ferdinand den Kai betrat, musste er alle Kraft aufwenden, um Gamhain zu halten. Die Hündin schnupperte unruhig und schien sogleich losrennen zu wollen. Auch ihre Verletzungen waren während der Überfahrt gut verheilt, und sie sehnte sich nach der Enge des Schiffes danach, sich wieder einmal richtig auszutoben. Doch das war hier in der Stadt unmöglich.

Schließlich half Ionatán, das Tier zu bändigen. »Sie benimmt sich, als hätte sie Ciara bereits gewittert«, sagte er zu Ferdinand. Dieser überlegte, ob er die Hündin loslassen sollte, entschied sich aber dagegen. Sie waren fremd hier, und er wusste nicht, ob Gamhain sie bei der Überfülle an Gerüchen, die hier herrschte, wiederfinden würde.

»Würde sie Ciara wittern, gäbe sie Laut«, antwortete er und trat beiseite, damit die anderen das Schiff verlassen konnten.

»Als Erstes brauchen wir ein nicht allzu teures Gasthaus, in dem wir unterkommen können. Von dort aus suchen wir eine Herberge nach der anderen auf und fragen nach Ciara und Simon«, erklärte er noch einmal, obwohl sie während der Schifffahrt oft genug darüber gesprochen hatten.

Während Bríd, Hufeisen und Ionatán nickten, brachte Saraid einen Einwand, den sie schon geraume Zeit mit sich herumtrug. »Was ist, wenn Ciara von Simon schwanger ist? Wollt Ihr sie dann bei ihm lassen?«

»Nein! Simon hat kein Recht auf sie, denn er hat ihre Familie verraten und ist schuld am Tod so vieler Uí'Corra. Entweder gibt er sie freiwillig auf, oder ich werde ihn dazu zwingen.«

Saraid nickte anerkennend. Aus dem Jüngling, der nach Irland gekommen war und seinen Vetter über die Maßen bewundert hatte, war ein Mann geworden, dessen Wort so fest wie ein Felsen stand.

»Wir werden sie finden!«, sagte sie mit einem hoffnungsfrohen Lächeln. Die Stadt mochte groß sein und die Suche der nach einer Nadel im Heuhaufen gleichen. Aber sie würden nicht aufgeben.

Währenddessen fragte Hufeisen Passanten nach einem brauchbaren Gasthaus. Er erhielt mehrere genannt und bat einen jungen Burschen, der scheinbar ziellos hier herumlungerte, sie zu einem zu bringen.

»Aber selbstverständlich, mein Herr«, erklärte dieser, machte aber gleichzeitig die Geste des Geldzählens.

Hufeisen holte einen Penny aus der Tasche und zeigte ihm diesen.

Doch der Kerl schüttelte den Kopf. »Dafür gehe ich keine zehn Schritte!«

Bevor Hufeisen etwas erwidern konnte, mischte sich ein Passant ein. »Hört nicht auf den Kerl! Der will euch nur betrügen. Der Gasthof ist dort vorne gleich links um die Ecke. Ihr könnt ihn nicht verfehlen.«

Hufeisen bedankte sich, wandte sich seinen Begleitern zu und forderte sie auf mitzukommen. Den Burschen, dem der Penny zu wenig war, beachtete er nicht mehr. Der zog ein griesgrämiges Gesicht, denn er hatte die Fremden für Provinzler gehalten, wäre aber auch mit der kleinen Münze zufrieden gewesen.

Sein Schaden war Ferdinands und Hufeisens Gewinn, und dieser wurde noch größer, denn der *Pheasant* erwies sich als sauberer Gasthof mit ihnen zusagenden Preisen. Ferdinand nahm eine Kammer für sich, Hufeisen und Ionatán sowie eine weitere für die beiden Frauen. Danach setzten sie sich in den Gastraum und bestellten sich eine Mahlzeit.

Gamhain legte sich wie schützend neben den Tisch und gähnte herausfordernd. Etliche Gäste warfen dem riesigen Tier ängstliche Blicke zu, denn sie übertraf jeden englischen Bullenbeißer

an Größe, und ihre Zähne sahen aus, als könne sie den Oberschenkel eines kräftigen Mannes mit einem Biss zermalmen.
Der Appetit der Hündin galt jedoch mehr dem Ochsenknochen, den die Schankmaid ihr hingeworfen hatte. Dennoch hob sie, wie Ferdinand bemerkte, immer wieder den Kopf, schnupperte und winselte leise.
Das schien auch ihm ein eindeutiges Zeichen, dass sie Ciaras Geruch in die Nase bekommen hatte. Nun hoffte er selbst, dass die Hündin die Witterung seiner Geliebten aufnehmen und ihr folgen konnte. Dies sagte er auch zu den anderen, als sie später bei einem Becher Ale zusammensaßen. »Wir werden uns aufteilen. Hufeisen und ich machen uns einzeln auf die Suche. Wir sind des Englischen so mächtig, dass wir Fragen stellen können. Ionatán wird Saraid begleiten, die ich nicht allein durch diese Stadt laufen lassen will, und ich nehme Gamhain mit.«
»Ich würde schon nicht verlorengehen«, maulte die Irin.
»Wir kennen uns hier nicht aus und wissen nicht, welche Ecken Londons gefährlich sind. Daher ist es besser, ihr seid zu zweit. Ionatán kann nicht allein gehen, weil er die hiesige Sprache zu schlecht versteht. Deshalb braucht er dich. Bríd wird hier im Gasthof bleiben und den anderen Bescheid geben, wenn einer von uns etwas entdeckt hat.« Auch diesen Vortrag hatte Ferdinand schon mehrfach gehalten, aber er wollte sichergehen, dass jeder wusste, was er zu tun hatte.
»Wir sollten die Suchgebiete in der Stadt vorher aufteilen, damit wir nicht an einzelnen Stellen doppelt fragen«, schlug Hufeisen vor.
»Das machen wir! Aber heute werden wir uns gemeinsam in der Umgebung dieses Gasthofs umsehen. Außerdem werde ich den Wirt bitten, uns alle Herbergen und Gasthöfe zu nennen, die er kennt. Diese werden wir als erste aufsuchen.«
Eifriges Nicken folgte. Sie hatten London glücklich erreicht und waren bereit, die Stadt auf den Kopf zu stellen, um Ciara zu finden.

16.

Simon von Kirchberg empfand wenig Freude, als er das Schloss seines Onkels vor sich auftauchen sah. Einst war er von hier ausgezogen, um als Söldneroffizier Karriere zu machen, und nun kehrte er allein und ohne einen einzigen Soldaten zurück. Er hatte nicht einmal mehr einen Burschen, seit Deasún O'Corraidh verschwunden war.

Zwar hatte er sich unterwegs einen neuen Diener suchen wollen, aber niemanden gefunden, der bereit gewesen wäre, ihm bis ins Land der Baiern zu folgen. Ohne die notwendige Pflege waren seine Stiefel und seine Kleidung verdreckt, und er wusste, dass dies bei seiner Tante heftigen Unwillen auslösen würde. Doch daran konnte er nichts ändern.

Mit grimmiger Miene ritt er durch das Dorf, das zu Füßen des Schlosses lag, und achtete weder auf die verwunderten Blicke der Einwohner noch auf die neue, größere Kirche, die an der Stelle der alten Kapelle stand und einen schlanken Turm aufwies, der von einem Satteldach gekrönt wurde.

Ein Dörfler sah seine Frau erstaunt an. »Das ist doch der Herr Simon! Was für ein Glück, dass er der Herrschaft jetzt beistehen kann, wo sie so viel Unheil hat erleiden müssen.«

Die Frau schnaubte verächtlich. »Der denkt wohl, er wäre jetzt der Erbe, und hat daher weder Ross noch Gewand geschont. Aber da wird ihm der Schnabel sauber bleiben. Von meiner Base, der Rosi, weiß ich, dass der gnädige Herr sich für Ferdinand als Erben entschieden hat. Der ist mir ehrlich gesagt auch lieber als Herr Simon, denn bei dem hätten wir nichts zu lachen!«

»Das kannst du laut sagen!«, antwortete der Mann und sah sich sogleich ängstlich um, ob jemand ihn gehört haben könnte.

Unterdessen trabte Simon auf die Mauer zu, die das Schloss weiträumig umgab, und zügelte sein Pferd vor dem verschlossenen Tor. Der Pförtner seines Onkels, ein in Ehren ergrauter Knecht, kam gemächlich aus seinem Häuschen und kniff die Augen zusammen, um zu sehen, wer da zu seinem Herrn wollte. Wegen des abgerissenen und schmutzigen Aussehens wollte er den Reiter schon abweisen. Da erkannte er Simon und zuckte erschrocken zusammen.

»Ihr, Herr?«, rief er und öffnete das Tor. »Da wird sich die Herrschaft gewiss freuen.«

Es klang nicht gerade begeistert, denn der Pförtner wusste, wie rasch Simon mit der Peitsche bei der Hand war. Diesem Neffen des Schlossherrn stand eine große Enttäuschung bevor, und er würde sich gewiss ein Opfer suchen, an dem er seine Wut auslassen konnte.

Simon ritt an dem kleinen, künstlich angelegten See vorbei, auf dem die Damen sich mit Kähnen rudern ließen, und verhielt kurz darauf sein Pferd auf dem mit feinem Kies ausgelegten Vorplatz des Schlosses. Halb hinter dem linken Flügel verborgen entdeckte er den alten Wehrturm, in dem das Pulver für die wenigen Kanonen des Schlosses und die Jagdbüchsen aufbewahrt wurde. Als Kinder hatten sein Vetter Andreas und er dort oft gespielt und versucht, sich ein wenig Pulver für eigene Zwecke anzueignen. Meist hatte der Leibjäger seines Onkels sie dabei erwischt und davongejagt.

Verwundert, weil seine Gedanken sich plötzlich mit jenen alten Zeiten beschäftigten, schwang Simon sich aus dem Sattel, reichte einem herbeieilenden Knecht die Zügel und fragte: »Wo kann ich meinen Oheim finden?«

Nun erst begriff der Knecht, wer vor ihm stand. »Herr Simon, Ihr seid es!« Er wies zu dem alten Pulverturm. »Die Herrschaften haben sich auf den Söller zurückgezogen. Doch wenn Ihr vor sie treten wollt, solltet Ihr Euch vorher reinigen und umziehen.«

Der Rat kam aus aufrichtigem Herzen, wurde aber nicht gut aufgenommen. Simon besaß nicht einmal mehr ein Hemd zum Wechseln, seit er es in seiner Wut über die Abfuhr durch die englische Königin zusammen mit einigen anderen Sachen in der Londoner Herberge zurückgelassen hatte. Auch hatte er sich unterwegs nicht die Zeit genommen, die Kleidung zu ersetzen. Im Grunde hoffte er, einige Wochen auf Kosten seines Onkels leben und sich neu ausrüsten zu können. Obwohl er die dreißig Pfund in Gold, die Elisabeth ihm hatte geben lassen, für sich einen Bettel nannte, waren sie sein einziges Vermögen. Es reichte gerade, um eine neue Söldnerkompanie aufzustellen. Und selbst wenn ihm das gelang, würde er noch vieles auf Pump kaufen müssen.

Als er das Schloss betrat, ballte er die Fäuste. Das Schicksal hatte ihn von Anfang an äußerst ungerecht behandelt, indem es seinen Vetter Andreas als Majoratserben und ihn als Sohn eines nachgeborenen Sohnes hatte zur Welt kommen lassen, der zudem bei seinen Verwandten nicht gut gelitten gewesen war. Er stieg die breite Treppe hinauf und eilte trotz des mahnenden Räusperns einer Magd mit seinen schmutzigen Stiefeln den Gang entlang, der zum Pulverturm führte.

Ein Lakai sah ihn kommen und wollte sich ihm in den Weg stellen. Simon funkelte ihn wütend an. »Was soll das? Erkennst du mich nicht?«

»Ihr, Herr Simon?«, stotterte der Mann und riss die Tür auf.

Der Pulverturm war nicht mit dem eigentlichen Schloss verbunden, aber in Höhe der zweiten Etage führte ein gedeckter, hölzerner Gang auf die Plattform hinüber, so dass man den Söller auch bei Regenwetter betreten konnte, ohne nass zu werden. Simons Schritte hallten laut auf dem Bretterboden. Auf der anderen Seite erwartete ihn sein Onkel mit ärgerlicher Miene. »Wer seid Ihr, Herr?«

Ich hätte mich doch waschen und bei den Sachen meines Vetters bedienen sollen, fuhr es Simon durch den Kopf. »Verzeiht,

Oheim, dass ich so abgerissen vor Euch erscheine. Doch bin ich ohne Gepäck gereist, und mein Diener hat mich unterwegs verlassen.«

»Simon!« Erleichterung lag in der Stimme des alten Herrn.

»Zu Euren Diensten, Oheim!« Simon deutete eine Verbeugung an und trat an ihm vorbei in die hölzerne Laube, die einen Teil des Turmdachs einnahm und besonders den Damen als Schutz vor Sonne und nassem Wetter diente. Von diesem Söller aus konnte man weit ins Land hineinblicken, und deswegen war dieser Ort seit jeher der Lieblingsplatz seines Onkels.

Jetzt erst wunderte Simon sich über dessen düstere Miene. Und auch seine Tante saß da, als hätte der Engel des Todes sie gestreift. Seinen Vetter Andreas, dessen Frau und die Kinder entdeckte Simon nirgends.

»Du warst lange weg!«, stellte Franz von Kirchberg fest.

»Wer im Dienst Seiner Heiligkeit steht, kann nicht auf die Zeit achten«, antwortete Simon in der Absicht, seine Verwandten zu beeindrucken.

»Da du so rasch gereist bist, muss mein Bote dich erreicht haben«, fuhr Franz fort.

»Euer Bote, Oheim?« Simon starrte den alten Mann verwirrt an.

»Ich habe einen Boten nach Rom geschickt, damit man dir und Ferdinand die Nachricht nach Irland bringt!«

Simon hob ratlos die Hände. »Bedauerlicherweise hat uns keine Botschaft erreicht.«

»Das ist bedauerlich«, sagte Franz und winkte dann ab. »Aber letztlich ist es nicht mehr wichtig. Man sollte dir und Ferdinand melden, dass unser Sohn Andreas durch den Ratschluss Gottes, dem wir alle uns beugen müssen, verstorben ist, ebenso sein Weib und unsere Enkel. Ich habe Ferdinand zu meinem Erben bestimmt, aber du sollst auch nicht zu kurz kommen. Immerhin bist du ebenfalls mein Neffe, auch wenn du nur der

Sohn eines meiner Brüder bist und nicht – wie Ferdinand – auch der der Schwester meiner Gemahlin.«
Schon wieder Ferdinand!, durchfuhr es Simon mit einer Welle blanken Hasses. Dann aber dachte er an die explodierende Turmspitze an der Küste von Donegal und sah seinen Onkel mit einem kaum verhohlenen Lächeln an.
»Lieber Oheim, ich bedauere, Euch mitteilen zu müssen, dass mein Vetter Ferdinand während der Kämpfe in Irland bei einem Angriff der Engländer ums Leben gekommen ist.«
»Nein!« Irmberga von Kirchbergs entsetzter Aufschrei ließ Simon wünschen, ihr den Hals umdrehen zu können. Diese Frau hatte ihn immer abgelehnt, selbst als er hier zusammen mit ihrem eigenen Sohn erzogen worden war. Er vergönnte es ihr, im Alter vor den Scherben ihres Lebens zu stehen – und seinem Onkel ebenso. Da deren Sohn, die Enkel und ihr Lieblingsneffe tot waren, gab es nur noch einen Erben von Kirchberg – und das war er.
In dem Augenblick spottete er innerlich über die geizige englische Königin, die ihm nicht einmal einen Quadratfuß irischen Bodens gegönnt hatte. Nun würde er auch ohne ihre Gunst ein hoher Herr werden, ein Lord, wie man in England zu sagen pflegte, und mit einer passenden Heirat konnte er noch höher aufsteigen. Es war gut, dass er die Heiratsurkunde verbrannt und Ciara in London zurückgelassen hatte, dachte er, dann erst fiel ihm ein, dass er seinem Onkel und dessen Gemahlin zu deren schwerem Verlust kondolieren musste.

17.

Die ersten Tage in London verliefen enttäuschend. Die Stadt war einfach zu groß, und es gab zu viele Gasthäuser, Herbergen und Tavernen, um sie innerhalb kurzer Zeit alle aufsuchen zu können. Außerdem zeigte sich rasch, dass die Wirte und Schankmägde meist erst dann redeten, wenn sie einen Krug Bier und etwas zu essen spendiert bekamen.

Als Ferdinand sich an diesem Nachmittag mit Hufeisen in der Nähe des Towers traf, schüttelte er verzweifelt den Kopf.

»Wenn wir so weitersuchen wie bisher, brauchen wir bis ins nächste Jahr, um alle Gasthäuser Londons zu durchsuchen.«

»Wir dürfen auch die Tavernen in den Vorstädten nicht vergessen«, wandte Hufeisen ein. »Viele Besucher übernachten dort, weil ihnen die Preise in der Hauptstadt zu teuer sind. Euer Vetter besaß gewiss nicht viel Geld.«

»Das beunruhigt mich ja! Wer weiß, in welches Loch er Ciara verschleppt hat. Meine größte Sorge ist jedoch, dass Simon und Ciara London bereits wieder verlassen haben. Wenn wir sie hier nicht finden und auch nicht herausbringen, wo sie sich hingewandt haben, stehen wir vor dem Nichts. Simon soll verflucht sein!« Ferdinand ballte die Faust. Dann klopfte er Hufeisen auf die Schulter. »Lass uns weitermachen. Ich nehme die linke Seite der Straße, du die rechte. Komm, Gamhain. Vielleicht kann deine Nase uns helfen!« Noch während Ferdinand dies sagte, sah er, wie die Hündin die Lefzen hochzog und leise knurrte.

»Was ist los?«, fragte er noch, da stieß Hufeisen ihn an.

»Seht doch, Herr! Wenn das nicht dieser Schurke Deasún O'Corraidh ist, könnt Ihr mich einen Narren heißen.«

Ferdinand blickte in die Richtung, die Hufeisen ihm wies.
»Tatsächlich! Nach allem, was wir in Irland noch erfahren haben, war der Kerl bei meinem Vetter. Los, den schnappen wir uns!«
Die beiden Männer eilten sofort los. Gamhain folgte ihnen wie ein schwarzbrauner Schatten und wartete auf den Befehl, loszurennen und den Mann zu stellen. Zunächst aber galt es, die gut dreißig Yards aufzuholen, die Deasún Vorsprung hatte, und das ging nicht, ohne den einen oder anderen Passanten beiseitezustoßen. Ferdinand und Hufeisen ernteten einige Flüche. Angesichts der riesigen Hündin wagte es jedoch niemand, handgreiflich zu werden.
Nicht lange, da wurde Deasún O'Corraidh darauf aufmerksam, dass sich etwas tat, drehte sich um und sah Ferdinand etwa fünf Schritte hinter ihm. Zunächst erkannte er den Mann nicht, der mit verbissener Miene auf ihn zukam, dann aber wurde sein Gesicht so weiß wie frisch gefallener Schnee.
»Geh weg, du Geist! Ich habe nichts mit dir zu tun.«
Er rannte los, rempelte eine Frau an und stieß sie Ferdinand in den Weg. Während dieser bremste, um nicht mit ihr zusammenzuprallen, machte Gamhain einige Sätze, erreichte Deasún und riss ihn um.
Der Ire schrie wie am Spieß, als die scharfen Zähne die Haut seiner Kehle ritzten, wagte aber nicht mehr, sich zu bewegen. Stattdessen fuhr einer der Passanten, der Kleidung nach ein besser gestellter Herr, Ferdinand an, wie er es wagen könne, seinen Hund mitten in London auf andere Leute zu hetzen.
»Das da ist ein verdammter Ire, der mich bestohlen hat!«, antwortete Ferdinand geistesgegenwärtig, weil auch andere Passanten Miene machten, sich zu Deasúns Gunsten einzumischen.
»Der Mann lügt! Ich habe ihm nichts gestohlen«, kreischte Deasún, konnte aber seinen irischen Akzent nicht verleugnen. Daher winkte der Herr, der Ferdinand angesprochen hatte, verächtlich ab.

»Iren sind Gesindel, das man nur mit der Peitsche zu einem ehrlichen, gottgefälligen Leben zwingen kann. Was wollt Ihr mit dem Kerl machen? Ihn den Stadtgarden ausliefern?«
Ferdinand schüttelte den Kopf. »Damit er auch noch im Kerker auf Kosten der braven Bürgerschaft der Stadt London ernährt wird? Nein, den nehme ich mit in mein Quartier und verprügle ihn so lange, bis er mir sagt, wo er das gestohlene Gut versteckt hat.«
»Das würde ich ebenso machen«, antwortete der Herr und ging seiner Wege.
Auch die anderen Passanten verloren das Interesse, und so starrte Deasún O'Corraidh voller Angst zu Ferdinand hoch, als dieser sich über ihn beugte.
»Ich werde jetzt Gamhain zurückrufen. Glaube aber nicht, dass du weglaufen kannst! Sie ist auf jeden Fall schneller als du und wird kräftiger zubeißen als jetzt. Hast du mich verstanden?«
Da der Ire es wegen Gamhain, deren Zähne noch immer an seiner Kehle saßen, nicht wagte zu nicken, flüsterte er nur. »Ich habe verstanden.«
Sein Gesicht war noch immer schreckverzerrt, denn er hatte selbst gesehen, wie die Spitze des Turmes explodiert war und samt allen, die sich darin befanden, ins Meer gestürzt war. War Ferdinand von Kirchberg etwa aus der Anderswelt zurückgekehrt, um Rache zu üben?
Nachdem Gamhain ihn losgelassen hatte, stand Deasún auf und trottete vor den beiden Deutschen her. Er konnte nicht verstehen, dass Männer, die doch tot sein mussten, sich wie ganz normale Menschen bewegten. Sein Schock wurde noch größer, als sie den *Pheasant* erreichten und er dort erst Bríd sah und dann Saraid und Ionatán, die eben von ihrer vergeblichen Suche ermattet eingetroffen waren.
Unsicher, ob nun alle aus dem Jenseits stammten oder nur ein Teil von ihnen, versuchte Deasún, sich aus allem herauszureden.

»Ich trage keine Schuld an eurem Tod!«, wimmerte er.»Meine Freunde und ich wurden nach dem misslungenen Überfall auf Haresgills Truppe von euch getrennt. Bei dem Versuch, euch zu finden, sind wir Haresgill und seinen Soldaten in die Arme gelaufen, und der Schweinehund hat drei meiner Männer erschlagen lassen. Mich hat er gezwungen, nach Léana zu gehen und Simon von Kirchberg das Angebot zu Verhandlungen zu überbringen. Die beiden haben sich dann getroffen, doch was sie besprochen haben, kann ich nicht sagen. Später hat Simon von Kirchberg die Stadt an Haresgill übergeben und diesem anschließend geholfen, die letzte Zuflucht der Ui'Corra an Tir Chonaills Küste zu erobern. Ich habe daran keinen Anteil, das müsst ihr mir glauben! Bitte, nehmt mich nicht mit euch. Ich will nicht sterben!«

Von Deasúns Gestammel verwirrt, sah Hufeisen die anderen an.»Versteht ihr, was er will?«

»Er glaubt, wir seien aus dem Totenreich zurückgekehrt, um uns an ihm und unseren Feinden zu rächen«, erklärte Saraid, die mit den Mythen und Sagen ihres Volkes am besten vertraut war.

Ferdinand schüttelte unwirsch den Kopf und packte Deasún bei der Brust.»Ich will wissen, wo mein Vetter ist!«

»Das kann ich Euch nicht sagen, Herr! Ich habe mich schon vor fast drei Wochen von ihm getrennt. Er war sehr zornig, weil die Königin ihn nicht für seinen Verrat an den Ui'Corra belohnt, sondern aus dem Land gewiesen hat.«

»Er hat also mit Ciara zusammen England verlassen!« Ferdinand sah so aus, als wolle er auf schnellstem Weg zum Hafen, um ebenfalls auf den Kontinent übersetzen zu können.

Doch Deasún O'Corraidh schüttelte den Kopf.»Nein, das hat er nicht! Das heißt, er selbst ist fort, aber er hat die Lady hier zurückgelassen. Nachdem ich mich von Eurem Vetter getrennt hatte, bin ich einen Tag später wieder zu dem Gasthaus gegangen, weil ich doch neugierig war, wie er die Abfuhr durch die englische Elisabeth verkraftet hat. Dort habe ich erfahren, dass er sich von dannen gemacht hat, und zwar ohne Übernachtung und Zeche zu bezahlen. Die Lady war ebenfalls fort, und so ist dem Wirt eingefallen, ich müsse ein Jahr lang umsonst für ihn arbeiten, um die Schulden der beiden abzuzahlen. Erst nach zwei Wochen ist es mir gelungen, ihm zu entkommen. In der Zwischenzeit aber hatten böse Buben mein Pferd gestohlen, und jetzt stehe ich ohne Geld da und ohne die Möglichkeit, mir auf ehrliche Weise etwas verdienen zu können.«

Mittlerweile hatte Deasún sich wieder etwas gefasst und sah treuherzig zu Ferdinand auf. »Ihr müsst mir glauben, Herr, ich sage die reine Wahrheit!«

»Simon wird Ciara gewiss mitgenommen haben! Womöglich will er zu unserem Oheim. Wenn wir ihn dort nicht finden, dann in Rom.« Ferdinand wollte bereits den Befehl geben, alles für die Abreise vorzubereiten, doch Deasún O'Corraidh widersprach ihm nach kurzem Nachdenken.

»Das kann nicht stimmen, Herr! Eine der Mägde sagte, sie habe in der Kammer der beiden zornige Stimmen gehört. Danach sei Euer Vetter losgeritten und nicht mehr zurückgekommen. Lady Ciara aber wäre erst am nächsten Morgen vermisst worden.«

»Was hältst du davon?«, fragte Ferdinand Hufeisen.

Dieser wiegte unschlüssig den Kopf. »Hätte Euer Vetter nicht bereits den Beweis geliefert, ein elender Verräter zu sein, würde ich sagen, die beiden sind trotzdem gemeinsam weitergezogen. Doch ich traue dem Kerl zu, Lady Ciara im Zorn zurückgelassen zu haben. Ich frage mich ohnehin, weshalb er sie geheiratet hat.«

»Das kann ich Euch sagen, Herr!« Gerade weil Deasún unsicher war, ob Ferdinand und die anderen tatsächlich Haresgills Angriff auf den Turm entkommen waren oder doch aus der Anderswelt stammten, wollte er einen guten Eindruck auf sie machen.

»Dann rede!«, fuhr Ferdinand ihn an.

»Haresgill hat Eurem Vetter versprochen, dieser würde Landbesitz in Irland erhalten. Um zu verhindern, dass die Freunde der Ui'Corra ihn mit deren Untergang in Verbindung bringen, hat er die Lady geheiratet.«

»Außerdem wollte er Euch endlich übertrumpfen!«, warf Saraid mit bitterer Miene ein, um dann die Frage zu stellen, die alle bewegte. »Was sollen wir jetzt tun? Es war schon schwierig genug, die Gasthäuser in London aufzusuchen. Doch wenn Euer Vetter meine Cousine wirklich im Stich gelassen hat, kann sie überall in London sein, ja sogar bereits auf dem Heimweg nach Irland.«

»Wo sie auch sein mag: Wir werden sie finden«, antwortete Ferdinand leise. Es klang wie ein Schwur.

Neunter Teil

Das Ende des Weges

1.

Für Ciara wurde das Zusammenleben mit Maud immer schwieriger, denn die Hure verdiente nicht genug, um sich jeden Tag eine Flasche Schnaps leisten zu können. Nüchtern aber war sie ein elendes Biest, das ihr sämtliche Arbeiten überließ und sie wie eine Magd behandelte. Außerdem bedrängte Maud sie immer mehr, dass sie unter ihrer Anleitung lernen sollte, ebenfalls ihren Körper zu verkaufen.

Auch nun fing sie wieder damit an. »Wirst's irgendwann doch tun müssen! Oder glaubste, ich will dich noch länger durchfüttern?«

»Der Vorwurf ist ungerecht!«, rief Ciara empört. »Ich zahle dir gutes Geld dafür, dass ich auf einer Decke unter deinem Tisch schlafen kann, und für das wenige Essen, das du mir zuteilst.«

»Ist viel zu wenig! Du weißt nicht, wie teuer's hier in London ist«, keifte Maud zurück. »Daher wirste mir ab Sonntag vier Pennies mehr pro Woche geben, sonst kannste gehen!«

»Du hast schon letzte Woche mehr Geld von mir verlangt!« Ciara war so wütend, dass sie Mauds Hütte am liebsten auf der Stelle verlassen hätte. Doch ganz auf der Straße leben, ohne jede Möglichkeit, sich sauber zu halten, das vermochte sie nicht. Und um sich irgendwo anders einzumieten, fehlte ihr das Geld. In Gedanken verfluchte sie Simon, der sie in diese entsetzliche Stadt verschleppt und einfach hier zurückgelassen hatte.

»Zahl oder geh!«

Mauds Antwort riss Ciara wieder aus ihren Gedanken, und sie zählte die wenigen Münzen, die sie noch besaß. Zwar hatte sie mehrfach versucht, auf der Straße und am Markt Frauen anzu-

sprechen, ob diese ihr Arbeit geben wollten, war aber stets abgewiesen worden. Auf ehrliche Weise würde sie ihr Los daher niemals ändern können, und als Hure wollte sie es nicht.
»Ich bin schwanger«, wiederholte sie.
Maud winkte lachend ab. »Kenne genug Kerle, die scharf darauf sind, 'nen dicken Bauch zu schieben. Zahlen ganz gut! Könntest genug verdienen, damit wir hinten 'nen Yard oder zwei anbauen und 'n Dummerchen vom Land einfangen können, das ebenfalls mitarbeitet.«
Ciara begriff, dass Maud die Chance sah, von einer nachrangigen Hure zu einer Kupplerin zu werden, die weniger durch eigene Arbeit als durch die ihrer Mägde ihren Lebensunterhalt verdiente. In gewisser Weise verstand sie die Frau sogar. Maud war nicht mehr die Jüngste und würde in ein paar Jahren von vielen Männern, die ihr jetzt noch zwischen die Beine stiegen, nicht einmal mehr angesehen wurden. Zu denen würde wohl auch der Trödler Tim gehören, der sich Mauds Bereitschaft mit Schnaps erkaufte. Doch die letzte Flasche war nur mehr zu einem Drittel voll gewesen.
»Ich werde anders zu Geld kommen, und wenn ich es stehlen muss!«, erklärte Ciara.
»Wennse dich erwischen, steckense dich in 'nen Sack und werfen dich in die Themse, weil 'n Weibsstück hierzulande nicht aufgehängt wird. Wennste lieber ertrinken willst, ist's deine Sache!«
Maud lachte, griff nach der Flasche und leerte sie ganz. Doch es war zu wenig Schnaps, um ihre Laune zu verbessern, und sie keifte so lange, bis Ciara es nicht mehr aushielt und aufstand.
»Wo willste hin? Zum Anschaffen ist's noch zu früh«, fragte Maud.
»Ich will zusehen, ob ich nicht doch eine Arbeit finde«, gab Ciara kurz angebunden zurück.
»Gibt keine für unsereins, außer im Liegen.« Mauds Spott verfolgte Ciara bis auf die Straße.

Zuerst wusste die junge Irin nicht, was sie tun sollte. Andere Leute zu bestehlen widerstrebte ihr, auch wenn es sich um Engländer handelte. Daher ging sie zum Markt und sah den Frauen zu, die dort einkauften. Die meisten achteten sehr auf ihr Geld, denn es trieb sich überall Diebesgesindel herum.
Auch Ciara spürte Hände, die sie abtasteten, doch trug sie ihr Geld unter dem Kleid versteckt, da sie auch Maud nicht traute. Als der Kerl ihr, weil er nichts fand, einen Rippenstoß versetzte, drehte sie sich um und schlug ihm ins Gesicht. Bevor er zurückschlagen konnte, hielt sie ihren Dolch in der Hand und richtete die Spitze auf ihn.
»Wenn du jemanden bestehlen willst, dann such dir einen anderen aus!«, fauchte sie.
Ihre Worte wirkten wie ein Signal. Eine ältere Frau, die eben Gemüse erstanden hatte, griff in ihren Korb und stieß dann einen erschrockenen Ruf aus.
»Mein Beutel ist weg! Der Mann dort hat mich eben angerempelt. Dabei muss er ihn mir gestohlen haben.«
Der Kerl wollte davonrennen, doch Ciara stellte ihm geistesgegenwärtig ein Bein. Bevor er aufstehen konnte, hatten mehrere Männer und Frauen ihn gepackt und griffen in seine Taschen.
»Da ist mein Beutel!«, rief die bestohlene Frau überglücklich. Auch andere Passanten behaupteten, dass die Beutel, die man noch bei dem Dieb fand, ihnen gehörten. Dabei stritten sich zwei Männer um eine elegante Lederbörse, erweckten aber den Eindruck, als wollten sie sich nur bereichern.
Ciara überlegte kurz, ob sie nicht selbst Anspruch auf die Börse erheben sollte. Doch da eilte bereits ein Mann mit zwei Büttelns im Gefolge die Straße heran und rief, er sei hier bestohlen worden. Gleichzeitig beschrieb er den Beutel, um den die beiden anderen sich stritten. Diese sahen sich plötzlich im Kreuzfeuer der Blicke und wurden sichtlich kleinlaut. Einem gelang es noch, in der Menge zu verschwinden, während der

andere mit dem Beutel in der Hand dastand und von dem Gentleman als Dieb beschimpft wurde.

»Ich habe ihn nicht gestohlen, das war der da«, rief der Bursche und zeigte auf den Mann, den Ciara entlarvt hatte.

»Er sagte, es wäre sein Beutel, und wäre wahrscheinlich längst damit verschwunden, wenn nicht der andere Kerl ihn ebenfalls für sich verlangt hätte«, klärte Ciara den Edelmann auf.

Ihre Hoffnung, dieser wäre großzügig und würde ihr eine Belohnung zukommen lassen, erfüllte sich jedoch nicht. Der Mann steckte seinen Beutel ein und überließ es den Bütteln, sich um die beiden Schurken zu kümmern.

Ciara sah ihm nach, als er fortging, und trat dann zu der ebenfalls bestohlenen Frau. »Kann ich Euch helfen und Euren Korb tragen?«

»Verschwinde aber nicht damit!«, warnte diese.

Diese Antwort hätte Ciara beinahe dazu gebracht, den Korb stehen zu lassen. Da sie aber auf eine kleine Belohnung hoffte, nahm sie ihn auf und trug ihn der Frau hinterher.

Zufrieden, weil sie die Sachen nicht selbst schleppen musste, kaufte diese noch ein, bis der Korb überquoll und Ciara ihn kaum mehr tragen konnte. Danach ging es fast eine halbe Meile weit bis zu dem Haus der Frau. Diese öffnete die Tür und wies auf den Flur.

»Du kannst den Korb hierherstellen. Ich danke dir fürs Tragen und auch dafür, dass du mich vor dem Dieb gewarnt hast.«

Ciara setzte den Korb ab und glaubte, die Frau würde ihre Dankbarkeit auch anders als mit Worten ausdrücken. Doch die nahm nur einen verschrumpelten Apfel aus dem Korb, drückte ihr diesen in die Hand und schloss ihr die Tür vor der Nase. Mit der traurigen Erkenntnis, dass sie in dieser Stadt nicht auf redliche Weise zu Geld kommen würde, wandte Ciara sich ab und kehrte in die Gasse zurück, in der Mauds primitive Heimstatt lag.

2.

Etwa zur selben Zeit, in der Ciara den Korb abstellte, musterte Maud die leere Schnapsflasche mit düsterem Blick und überlegte, wie sie an Geld kommen konnte, um sich Nachschub zu verschaffen. Die Geschäfte waren in letzter Zeit schlechter gelaufen als sonst. Außerdem forderte der Wirt der Schifferkneipe immer mehr Geld von ihr, damit sie in seinem Lokal die Matrosen ansprechen durfte.
»Wenn Ciara nicht so störrisch wär«, murmelte sie, als es an die primitive Tür klopfte.
In der Hoffnung, es könnte ein Mann sein, dem an der schnellen Befriedigung seiner Lust gelegen war, strich Maud ihr Haar und ihr Kleid glatt und sagte: »Herein!«
Mit einem breiten Grinsen trat der Trödelhändler in die Hütte und reichte ihr eine volle Flasche Gin. »Die ist für dich, Maudie!«
Maud zog sofort den Stöpsel heraus und setzte die Flasche an. Das scharfe Zeug brannte in Kehle und Magen, doch sie genoss die wohlige Wärme, die sich in ihr ausbreitete, und atmete innerlich auf.
»Seid 'n guter Mensch, Master Tim«, lobte sie ihn. »Sollt auch auf Eure Kosten kommen!«
Mit diesen Worten wollte sie die Röcke schürzen, um ihm den Geschlechtsverkehr zu ermöglichen. Doch Tim winkte ab.
»Ist gut von dir gemeint, Maudie, aber heute steht mir der Sinn nicht nach dir, sondern nach der jungen irischen Hure, die bei dir lebt. Du musst zugeben, dass sie ein verdammt hübsches Stück Weiberfleisch ist. Die ganze Flasche gehört dir, wenn ich heute mit ihr …«

Er brach ab, doch wie er das Becken bewegte, sagte genug.
Maud ärgerte sich schon länger darüber, dass Ciara sich immer noch weigerte, als Hure zu arbeiten, und musterte die Flasche mit dem verführerischen Inhalt. Es ist an der Zeit, dass diese verdammte Irin zu gehorchen lernt, dachte sie und nickte Tim zu. »Die Kleine kannste haben. Darfstse aber nicht zu Schanden reiten, sag ich dir.«
»Aber Maudie, als wenn ich das tun würde! Habe dich doch oft genug gerammelt, du müsstest also wissen, dass ich ein Gentleman bin. Das kannst du morgen wieder haben. Komm bei mir vorbei. Ich habe auch was zu trinken daheim.«
Als Ciara entmutigt zurückkehrte, hatte Maud bereits die halbe Flasche geleert. »Siehste, wer uns heute besucht!«, sagte sie und wies auf Tim, der es sich auf dem einzigen Stuhl im Raum bequem gemacht hatte.
»Soll ich wieder gehen?«, fragte Ciara, da sie glaubte, der Trödler wolle sich mit Maud vergnügen.
Doch diese schüttelte den Kopf. »Aber nicht doch! Master Tim ist nicht meinetwegen gekommen. Er ist diesmal auf dich aus. Kriegst auch fünf Pennies dafür, wennste stillhältst!«
Ciara hoffte, sich verhört zu haben. »Du weißt, dass ich das nicht mache.«
»Einmal musste anfangen! Da ist Master Tim gerade der Richtige dafür. Ist 'n Gentleman und tut dir nicht weh, wie's andere tun würden.«
»Nein!« Ciaras Stimme klang scharf.
Der Trödler nahm sie jedoch nicht ernst, sondern glaubte, sie wolle nur den Preis hochtreiben.
Maud lag daran, die junge Irin endlich zum Gehorsam zu zwingen, und packte sie. »Wird dir aber nichts anderes übrigbleiben, als stillzuhalten!«
Bevor Ciara begriff, was Maud beabsichtigte, hatte diese sie aufs Bett gezerrt und presste sie mit ihrem Gewicht nieder.
»Das Kleid musste dem dummen Ding selbst hochziehen,

Master Tim. Ich haltse für dich fest«, wies Maud den Trödler an.
Dieser starrte auf die beiden miteinander ringenden Frauen und spürte, wie sein Verlangen wuchs. Rasch packte er Ciaras Kleid und wollte es hochschlagen. Da erhielt er einen so heftigen Fußtritt, dass er gegen den Tisch prallte und diesen zerbrach. Bevor er wieder auf den Beinen war, hatte Ciara Maud abgeschüttelt und versetzte ihr einige heftige Ohrfeigen.
»Die sind für dich, du Miststück! Dann lernst du endlich, dass du so mit mir nicht umspringen kannst.«
Inzwischen hatte Tim sich wieder auf die Beine gekämpft und versuchte Ciara erneut zu packen.
Sie schnellte herum und schlug ihm mit aller Kraft ins Gesicht.
»Wenn du rammeln willst, dann halte dich an die Schlampe da!«
Tim wich einen Schritt zurück und griff sich an die schmerzende Wange. »Das hast du nicht umsonst getan, du elendes Biest! Wenn ich mit dir fertig bin, wirst du es bedauern, nicht nett zu mir gewesen zu sein.«
Er wollte sie packen und sah im nächsten Moment Ciaras Dolch vor sich aufblitzen.
»Verschwinde!«, herrschte sie ihn an. Dabei entging ihr, dass Maud nach einer leeren Flasche gegriffen hatte. Dem Schlag gegen den Kopf konnte Ciara in letzter Sekunde noch ausweichen, doch dann traf das massive Glas ihren Unterarm und prellte ihr den Dolch aus der Hand.
»Jetzt haben wir dich!« Tim jubelte bereits, da glitt Ciara an ihm vorbei zur Tür. Bevor einer der beiden sie aufhalten konnte, war sie draußen.
Der Trödler wollte nicht auf die erhoffte Beute verzichten und rannte hinter Ciara her. Nach wenigen Schritten hatte er sie eingeholt und packte sie. Doch als er sie mit sich zerren wollte, vernahm er ein wütendes Knurren und sah etwas Großes, Dunkles auf sich zuspringen.

3.

Nie zuvor in seinem Leben hatte Ferdinand sich so elend und verzagt gefühlt. Tag für Tag war er durch London gestreift, hatte Hunderte von jungen Frauen angesehen und zwei-, dreimal bereits geglaubt, Ciara entdeckt zu haben. Doch stets war es eine Täuschung gewesen. Es schien wahrlich eine Suche wie nach der Nadel im Heuhaufen zu sein, und mittlerweile hatte er die Hoffnung fast verloren, Ciara jemals finden zu können.

An diesem Tag hatte er im *Pheasant* wieder einen Abschlag auf ihre Übernachtung bezahlen müssen und dabei gemerkt, dass Richard Haresgills Beutel mittlerweile arg runzlig geworden war. Wenn er nicht zum Straßenräuber werden wollte, musste er die Suche bald abbrechen und England verlassen. Und selbst dann war es ungewiss, ob das Geld noch für die Reise nach Kirchberg reichen würde. Auch war ihm der Gedanke zuwider, seinem Onkel abgerissen und abgebrannt unter die Augen zu treten, zumal er noch Leute mitbringen würde, die ebenfalls versorgt werden mussten.

Noch zwei Tage, dann reisen wir weiter, sagte er sich, als er an diesem Morgen mit Gamhain an der Leine aufbrach, um ein Stück von London zu durchsuchen, in dem sie bis jetzt noch nicht gewesen waren. Zuerst war es wie immer. Keine der Frauen, denen er begegnete, hatte Ähnlichkeit mit Ciara. Selbst Gamhain trottete mit hängenden Ohren neben ihm her, als hätte sie die Hoffnung aufgegeben.

Schließlich kam er zu einem der ärmlichsten Viertel am Fluss. Er fand einen kleinen Markt und warf einen prüfenden Blick über die eifrig hin und her wieselnden Frauen. Da hob Gamhain auf einmal den Kopf und schnupperte aufgeregt. Gleich darauf stemmte sie sich gegen die Leine und zerrte Ferdinand mit sich.

»Was ist los?«, fragte dieser verdattert.

Die Hündin wurde schneller, und er musste schließlich rennen, weil er sie nicht loslassen wollte. Vor einem Haus blieb sie kurz stehen, schnupperte wieder und schlug dann eine andere Richtung ein. Dabei zerrte sie mit einem Mal so heftig, dass Ferdinand die Leine aus der Hand gerissen wurde. Obwohl er ihr sogleich hinterherrannte, war Gamhain ihm bald weit voraus.

Plötzlich sah er, wie die Hündin auf einen Mann losging, der eine sich wehrende Frau gepackt hatte, und den Kerl zu Boden riss. Die Frau schrie aber nicht vor Schreck auf oder lief davon, sondern breitete die Arme aus und rief: »Gamhain!«

Ungläubig starrte Ferdinand Ciara an, rannte im nächsten Moment jubelnd auf sie zu, riss sie in die Arme und schwang sie durch die Luft. »Ciara! Endlich!«

Seine Geliebte starrte ihn mit einer Miene an, als hätte der Blitz sie getroffen. »Ferdinand? Aber du bist doch tot!«

Er fasste nach ihrer Hand und berührte damit sein Gesicht und seine Brust. »Wie du siehst, ist an mir ein bisschen zu viel, als dass ich ein Geist sein könnte.«

»Aber der Turm ist explodiert! Oder hat Simon auch da gelogen?«

»Nein, er ist wirklich explodiert. Aber dein Bruder hatte mich aufgefordert, mich durch ein Fenster zu zwängen und ins Meer zu springen.«

»In die Klippen hinein?«, fragte Ciara entsetzt.

Ferdinand sah sie liebevoll an. »Aber nein! Es gab eine Stelle ohne Klippen, und die hat er mir gezeigt. Ich hätte ihn mitgenommen, doch er war auf den Tod verwundet und hat wahrscheinlich nicht mehr gelebt, als der Turm explodierte.«

»Armer Oisin! Bei seiner Rückkehr war er voller Hoffnung und musste einen so elenden Tod erleiden.«

Ciara brach in Tränen aus und klammerte sich an ihn.
Unterdessen kam ein Passant auf Ferdinand zu und wies auf Tim, der flach am Boden lag und kaum zu atmen wagte, weil Gamhain mit ihren Fängen seine Kehle umfasst hielt.
»Ist das Euer Hund, Sir?«
Jetzt erst wurde Ferdinand auf den Trödelhändler aufmerksam und sah Ciara fragend an. »Wer ist der Kerl?«
»Jemand, der jetzt sehr schnell verschwinden wird, wenn er nicht von Gamhain gebissen werden will!« Auf ihren Befehl ließ die Hündin Tim los, blieb aber wachsam.
Der Mann rappelte sich hoch, ordnete Ferdinand als Edelmann ein, mit dem er sich gewiss nicht streiten wollte, und schlich mit hängendem Kopf davon. Unterwegs sagte er sich, dass Maud ihn für den erlittenen Schrecken entschädigen musste. Die schöne Irin wäre ihm zwar lieber gewesen, doch wie es aussah, hatte die sich einen mächtigen Beschützer zugelegt.
Ferdinands finsterer Blick folgte dem Mann, während Ciara sich an ihn klammerte, als hätte sie Angst, ihn wieder zu verlieren. »Ärgere dich nicht über den Kerl«, sagte sie leise. »Auch wenn er heute Morgen zudringlich geworden ist, so hat er mir doch für das wenige, das Simon an Gepäck zurückgelassen hat, einen guten Preis bezahlt, so dass ich bis heute mit dem Geld ausgekommen bin. Auch Maud soll ohne Strafe davonkommen, denn sie hat mir immerhin Obdach geboten. Sie wird mit der Erkenntnis leben müssen, dass sie mich nicht ebenfalls zur Hure machen konnte.«
»Du hast bei einer Hure gelebt?«, rief Ferdinand erschrocken.
»Und hätte ebenfalls eine werden müssen – oder eine Diebin, sobald mein Geld zur Neige gegangen wäre. Doch kümmern wir uns nicht mehr um diese Leute. Ich bin viel zu glücklich, dass du noch lebst und mich gefunden hast.«
Ciara lächelte unter Tränen, wagte aber nicht zu fragen, ob noch andere Clanmitglieder Haresgills hinterhältigem Angriff entkommen wären.

Umso größer war ihre Freude, als sie den *Pheasant* erreichten und sie sich Bríd gegenübersah. Diese starrte Ciara zuerst fassungslos an, umarmte sie dann aber und heulte Rotz und Wasser.

»Ihr habt es geschafft, Herr Ferdinand! Wir haben schon nicht mehr daran geglaubt, aber Ihr habt niemals aufgegeben und unsere Herrin schließlich gefunden.«

»Wir?«, fragte Ciara angespannt.

»Ja, Herr Hufeisen, Saraid und Ionatán«, erklärte Bríd eifrig. »Wir sind Euch und diesem Schurken Simon von Irland aus bis in dieses schreckliche London gefolgt.«

»Der treue Hufeisen, Saraid und Ionatán leben also auch noch!« Nun brach Ciara endlich in Tränen aus, die sowohl der Freude als auch all dem Leid geschuldet waren, das auf ihr lastete. Sie war erleichtert, dass wenigstens ein paar Freunde den Krieg überstanden hatten. Doch es waren zu viele ums Leben gekommen, als dass sie wirklich glücklich sein konnte. Ferdinand trat zur Tür und befahl einer Wirtsmagd, einen Krug Ale zu bringen, damit Ciara sich stärken konnte, und fragte diese, ob sie auch etwas essen wolle.

»Aber ja! Ich bin sehr hungrig!« Ciara hatte sich in den letzten Wochen kaum einmal satt essen können. Als die Magd Bier und anschließend ein großes Stück Braten und einen halben Laib Brot brachte, musste Ciara an sich halten, um das Ganze nicht in kürzester Zeit in sich hineinzuschlingen.

Sie kaute noch, als kurz hintereinander Hufeisen, Saraid und Ionatán auftauchten. Während die beiden Männer Ciara nur glücklich ansahen, schlang Saraid die Arme um sie und bemerkte dabei die leichte Wölbung auf ihrem Bauch.

»Du bist schwanger!«

Diese Nachricht versetzte Ferdinand einen leichten Stich.

Saraid bemerkte seine entsetzte Miene und musste lachen.

»In der Zeit, in der Ciara mit Simon verheiratet war, kann ihr Bauch nicht so gewachsen sein. Ich muss daher annehmen, dass

Ihr, mein Herr, meine Cousine zu Dingen verführt habt, die einer tugendhaften Jungfer nicht anstehen.«
Ferdinand zog zuerst den Kopf ein, begriff dann aber, dass Saraid es nicht böse meinte, und sah Ciara an. »Stimmt das?«
»Ja, auch wenn du es vielleicht nicht verdient hast!«, antwortete sie leicht gekränkt, weil er sie so entsetzt angeschaut hatte. »Machst du mir vielleicht auch noch meine Heirat mit Simon zum Vorwurf? Ich tat es nur, damit unser Kind nicht als Bastard zur Welt kommt und den Namen trägt, der ihm gebührt.«
Da griff Hufeisen ein. »Jetzt ereifert Euch nicht. Wenn einer Eure Liebe verdient hat, dann ist es Herr Ferdinand. Ihr wisst gar nicht, was er alles auf sich genommen hat, um Euch zu finden. Wir anderen hätten längst aufgegeben, doch er war der festen Überzeugung, dass Gott Euch wieder zusammenführen würde.«
»Nun, ganz so fest war mein Glaube zuletzt nicht mehr«, bekannte Ferdinand. »Nur noch ein weiterer Tag, dann hätten wir aufgeben müssen. Unser Geld ist fast gänzlich zur Neige gegangen.«
Hufeisen klopfte ihm aufmunternd auf die Schulter. »Es ist alles gutgegangen, Herr Ferdinand. Wir haben die Jungfer gefunden und können nach Hause gehen.«
»Ich hoffe, dass mein Oheim uns unter die Arme greift, denn mit Ruhm haben wir uns wahrlich nicht bekleckert.«
»Das sollt Ihr nicht sagen! Ihr seid in Irland zu einem Mann herangereift, der weit über Eurem Vetter steht. Außerdem benötigen wir nur ein kleines Plätzchen für die drei Frauen. Wir Männer suchen uns einen Söldnerhauptmann, der tapfere Männer braucht. Dieser wird Euch gewiss als Leutnant und mich als Feldwebel in seine Dienste nehmen, und unser Ionatán wird sich als Musketier auch gut machen.«
Für Hufeisen war die Sache klar, doch sowohl Ciara wie auch die beiden anderen Frauen verzogen erschrocken das Gesicht.
»Ihr wollt wieder zu den Soldaten gehen? Aber ich will Fer-

dinand nicht gleich wieder verlieren. Eher komme ich mit euch!«, rief Ciara entsetzt aus.

»Ich auch!«, stimmte Saraid ihr zu.

»Jetzt seid vernünftig«, bat Hufeisen die beiden. »Noch ist nichts entschieden. Vorher muss Herr Ferdinand noch mit seinem Oheim sprechen. Immerhin ist dieser das Oberhaupt der Familie. Doch jetzt hätte ich nichts gegen einen Krug Ale, um auf das glückliche Ende der Suche anstoßen zu können.«

Ferdinand wollte erneut nach der Wirtsmagd rufen, da eilte Bríd bereits hinaus, um Bier und noch etwas zu essen zu besorgen.

4.

Nachdem Ferdinand Ciara gefunden hatte, hielt ihn nichts mehr in London, und sie war ebenfalls froh, die Stadt verlassen zu können. Die Erlebnisse der letzten Wochen hätte sie am liebsten aus ihrem Gedächtnis gestrichen. Da das Geld arg knapp war, verzichtete Ferdinand darauf, auch Deasún O'Corraidh mitzunehmen. Selbst wenn der Mann vielleicht doch kein Verräter war, so wollte er ihm nicht vertrauen. Der Ire konnte sich anders als Ciara als Knecht durchschlagen.

Sie schieden ohne Wehmut von dem wendigen Iren, der bereits beim Wirt des *Pheasant* nachgefragt hatte, ob dieser niemand brauchen könnte, der sich um die Pferde der Gäste kümmerte, und wanderten zur Themse, um dort das Schiff zu besteigen, das sie zum Kontinent bringen würde. Der Kapitän, ein maulfauler Holländer, hatte ihnen nach langem Feilschen die Passage zugestanden, aber verlangt, dass sie sich während der Überfahrt selbst ernähren sollten. Daher schleppten Ionatán und Bríd etliche Lebensmittel in Säcken mit. Leckerbissen waren keine dabei, denn es hieß eisern sparen. Ciara und Saraid hatten in erster Linie auf Haltbarkeit geachtet, denn es sollte alles zur Gänze aufgebraucht und nicht irgendwo verdorben zurückgelassen werden.

Als sie die *Zeehond* erreichten, führte ein Matrose sie zu ihrem Quartier. Beim Anblick des kleinen Verschlags im Vorschiff, der der Gruppe kaum genug Platz bot, bereute Ferdinand es, den Preis für die Passage so stark gedrückt zu haben.

»Wo ist hier der Abtritt?«, fragte er einen Matrosen, da er den Frauen nicht zumuten wollte, den Hintern über die Bordwand zu halten.

Der Mann winkte ihm mitzukommen und wies auf ein unter dem Bugspriet gespanntes Netz. »Entweder Ihr erleichtert Euch hier, oder Ihr müsst einen Eimer benützen.«
»Wir haben keinen Eimer«, wandte Ferdinand ein.
»Ich könnte Euch einen besorgen«, bot der Matrose an.
Ferdinand überlegte, ob er noch einmal von Bord gehen und selbst einen kaufen sollte. Da er jedoch nicht wusste, wie lange das Schiff noch vor Anker liegen würde, wollte er nichts riskieren.
»Tu das!«, sagte er und reichte ihm das Geld, das der Mann ihm für einen alten, stinkenden Holzeimer abforderte. Der Matrose grinste, denn diesen Eimer verkaufte er beinahe auf jeder Reise an Reisende, die nicht auf das Netz steigen wollten. Zwar gab es im Achterdeck einen angebauten Abtritt für den Kapitän und die Schiffsoffiziere sowie einen für besser gestellte Passagiere. Doch um den benützen zu dürfen, bezahlte der Deutsche mit seiner eigenartigen Begleitung zu wenig.
»Auf der *Margherita* waren wir besser untergebracht, obwohl das Schiff voll beladen war«, sagte Ferdinand verärgert zu Hufeisen.
Dieser nahm die Bedingungen jedoch achselzuckend hin. »Um so reisen zu können wie damals, müssten wir dem Kapitän mehr Geld geben, als wir noch haben. Seien wir also froh, überhaupt ein Schiff gefunden zu haben, das uns mitnimmt.«
»Der Meinung bin ich auch«, stimmte Ciara ihm zu.
»Die Fahrt nach Amsterdam soll ja nur ein paar Tage dauern. So lange werden wir es aushalten.« Saraid warf Ferdinand einen warnenden Blick zu, den er durchaus verstand. Bis zu ihrem Ziel würden noch viele Tage vergehen, und da durften sie für die Überfahrt nicht noch mehr Geld ausgeben.
»Länger als ein paar Tage würde ich es in dem Loch auch nicht aushalten«, erklärte Hufeisen mit gerümpfter Nase.
»Du wirst es so lange aushalten müssen, bis wir wieder an Land

gehen können!«, wies Saraid ihn zurecht. »Es sei denn, du willst die letzte Strecke schwimmen.«

Hufeisen musste lachen. »Wenn ich unterwegs auf ein paar Seejungfrauen treffe, wäre das zu überlegen.«

»Ich glaube kaum, dass du mit denen im Wasser etwas anfangen kannst«, antwortete Saraid gereizt.

»Außerdem brauchen wir dich noch. Ich habe nicht alle Städte im Kopf, die wir auf dem Weg nach Kirchberg passieren müssen.« Ferdinand klopfte dem erfahrenen Söldner auf die Schulter und wies dann zur Tür. »Wollen wir an Deck gehen? An der frischen Luft ist es gewiss angenehmer als hier.«

»Ihr beide hättet euch in der letzten Zeit mal baden sollen«, warf Saraid gelassen ein.

»Ich habe erst letzte Woche gebadet!«, begehrte Ferdinand auf und begriff dann erst, dass das scherzhaft gemeint war. Er grinste die Spötterin an. »Wie es aussieht, musst du bald wieder heiraten. Du wirst sonst zu übermütig.«

Er wollte die Kammer verlassen, doch ein Matrose scheuchte ihn zurück.

»Schade!«, sagte er. »Wie es aussieht, dürfen wir im Augenblick nicht an Deck.«

»Ich hoffe, das dauert nicht allzu lange, denn ich benötige den Eimer!« Ciara klang so kläglich, dass sich Saraid und Bríd sofort um sie kümmerten. Die beiden bestimmten nun auch die Schlafplätze. Während Ionatán und Hufeisen mit dem spitzen Ende des Verschlags vorliebnehmen mussten, in dem sie sich nicht einmal ausstrecken konnten, durfte Ciara sich neben Ferdinand legen. Für Saraid blieb nur ein schmaler Streifen auf Ciaras anderer Seite, und Bríd musste zu Füßen der drei halb an die Vorderwand gelehnt schlafen. Damit war nur noch Gamhain unterzubringen. Ciara hatte gehofft, ihre Hündin könnte draußen vor der Tür schlafen, doch das verboten ihnen die Matrosen. Daher würde die Hündin sich irgendwo zwischen sie quetschen müssen.

Saraid sah sich die Aufteilung noch einmal an und nickte zufrieden. »So ist wenigstens der Sittsamkeit Genüge getan!« Hufeisen verdrehte die Augen. Vor Haresgills Angriff auf den Turm hatte es so ausgesehen, als wäre die Frau schon halb bereit, sich ihm zuzuwenden. Doch seit jenem Tag wich sie ihm beharrlich aus, wenn er Andeutungen machte, es könne aus ihnen noch etwas werden. Dabei gefiel Saraid ihm ausnehmend gut, und er konnte sich vorstellen, den Rest seines Lebens mit ihr zu verbringen.

5.

Die *Zeehond* war kein schnelles, aber ein sicheres Schiff und weitaus besser für die rauhe nördliche See geeignet als die *Margarita*, auf der Ferdinand und Hufeisen einst nach Irland gefahren waren. Zwar musste jeder von ihnen den Meergeistern sein Opfer bringen, doch die Seekrankheit hielt nicht lange an. Gelegentlich konnten sie sogar an Deck gehen und sich den Wind um die Ohren blasen lassen. Die Frauen blieben nur kurz oben, weil es ihnen schnell zu kalt wurde, doch Ferdinand stand lange an der Reling und blickte auf die grauen Wogen der Nordsee hinaus. Obwohl es in diesem Meer von Schiffen wimmelte, entdeckte er kein einziges fremdes Segel, hörte aber von Matrosen, dass der Ausguck welche gesichtet habe.

Den Kapitän bekamen sie nur selten zu Gesicht. Dieser hielt sich zumeist nur dann an Deck auf, wenn man die ärmeren Passagiere wieder nach unten gescheucht hatte. Mittlerweile war ihnen klargeworden, dass sie in der Achtung der Seeleute nicht sehr hoch standen. Dagegen hatte für jene vier Herren, die im Auftrag der rebellischen niederländischen Provinzen mit der englischen Krone verhandelt hatten, der Kapitän sogar seine Kajüte geräumt, und ihnen wurden vom Schiffskoch all jene Leckerbissen aufgetischt, die dieser in der kleinen Kombüse zubereiten konnte.

Ciara, Ferdinand und ihre Begleiter mussten sich an die mitgebrachten Vorräte halten und nutzten die Zeit, um über ihre Erlebnisse in Irland und England zu sprechen. Allerdings sprachen sie Simons Namen nur selten aus. Der Urkunde nach, die Ciara aus dem Feuer gerettet hatte, war sie noch immer mit dem Mann verheiratet. Aber sie war nicht bereit, noch einmal in ehelicher Gemeinschaft mit ihm zu leben.

»Warum wirfst du das Ding nicht weg?«, fragte Ferdinand am letzten Tag der Seereise. »Wir können uns dann trauen lassen, sobald wir Land erreicht haben.«

»Ich habe die Ehe mit deinem Vetter vor Gott geschlossen, und dieser wirft seine Urkunde gewiss nicht ins Meer. Ich wäre für den Herrgott eine Bigamistin, deren Weg unweigerlich ins Höllenfeuer führt«, antwortete Ciara betrübt.

»Dann wird mir nichts anderes übrigbleiben, als Simon den Kragen umzudrehen, sobald ich ihn sehe!«, stieß Ferdinand aus.

Hufeisen schüttelte heftig den Kopf. »Ich habe es Euch doch schon einmal gesagt: Das dürft Ihr nicht tun! Frau Ciara kann nicht den Mörder ihres Ehemanns heiraten. Außerdem ist er Euer Vetter und damit mit Euch blutsverwandt.«

»Das hat ihn und viele andere vor ihm nicht daran gehindert, sich unliebsamer Rivalen zu entledigen.« Ferdinands Stimme klang giftig.

Hufeisen lächelte nur. »Ihr seid nicht die anderen, sondern ein Mann von Ehre. Geht zu Eurem Oheim! Er wird Euch helfen, Ciaras Ehe mit Simon von der Kirche auflösen zu lassen.«

»So einfach ist das nicht. Sie ist schwanger, und vor der Welt gilt Simon als Vater ihres Kindes.«

Auch von diesem Einwand ließ Hufeisen sich nicht aus der Ruhe bringen. »Wenn das so ist, dann muss ich Eurem Vetter den Hals umdrehen, so wie ich es Euch versprochen habe. Vorher solltet Ihr aber zu Geld kommen, denn mit leerem Beutel reist es sich schlecht, vor allem, wenn man auf der Flucht ist.«

Saraid verstand zu wenig Deutsch, um zu begreifen, was die beiden Männer besprachen, spürte aber, dass es wichtig war, und sann über ihre Situation nach.

Durfte sie mit Cyriakus Hufeisen das Bett teilen? Buirre hatte am Ende Größe gezeigt und sie vor dem Schlimmsten bewahrt, und sie fragte sich, ob er wirklich tot war. Solange sie das nicht wusste, konnte sie sich mit keinem anderen Mann einlassen. Andererseits befand sie sich in einem fremden Land, in dem es ihr als alleinstehender Frau schwerfallen würde, einen Platz zu finden, an dem sie glücklich werden konnte. Wäre sie tatsächlich Witwe, würde Ferdinands Freund und Begleiter ihr wahrscheinlich dazu verhelfen.

Auch Ciara fragte sich, was ihr die Zukunft bringen mochte. Da ihre Ehe mit Simon auf Betrug und Verrat beruhte, brauchte sie ihrer Meinung nach keine Rücksicht auf ihn zu nehmen, sondern konnte mit Ferdinand wie Mann und Frau zusammenleben, nur eben ohne den Segen der Kirche. In ihrem Herzen wünschte sie sich jedoch, dass eine Heirat möglich wäre.

Das Meer wurde stürmischer, als die *Zeehond* die Zuidersee erreichte und durch die große Meeresbucht in Richtung Amsterdam segelte. Die kleine Reisegruppe war froh, dass sie endlich von Bord gehen konnten, auch wenn ihnen bewusst war, dass sie von nun an auf die eigenen Beine angewiesen waren, denn das Geld, Pferde zu kaufen, besaßen sie nicht. Zwar erwog Ferdinand, einen Gaul samt Karren zu erstehen, der groß genug für sie alle war, doch davon riet Hufeisen ab.

»Mit Pferd und Wagen müssten wir zu viel Geld an den einzelnen Zollstellen bezahlen, Herr Ferdinand. Deswegen können wir auch kein Schiff besteigen, das den Rhein hochfährt. Wir wären völlig blank, bevor wir auch nur die Hälfte der Strecke zurückgelegt hätten. Oder wollt Ihr Euch mehrere Wochen lang als Bettler durch die Lande schlagen?«

»Nein, gewiss nicht«, versicherte Ferdinand. »Aber wird es für die Frauen nicht zu anstrengend werden?«

»Wir halten mehr aus als ihr Männer! Oder habt ihr den Marsch nach Cionn tSáile und vor allem die Flucht von dort vergessen?«, warf Ciara ein, nachdem Hufeisen ihr seine und Ferdinands Worte übersetzt hatte.

»Ich weiß, dass ihr Frauen frohen Mutes seid und wacker zu marschieren wisst. Aber du bis schwanger und solltest dich schonen ...«, begann Ferdinand auf Irisch, doch da legte Ciara ihm die Hand auf den Mund.

»Kein Aber! Wir halten gewiss durch, nicht wahr, Saraid?«

»Und ob!«, stimmte diese ihr zu.

Schließlich beugte Ferdinand sich ihrem Willen und verzichtete auch auf ein Maultier oder einen Esel, auf den Ciara sich unterwegs hätte setzen können. Dafür kehrte er mit seinen Begleitern für eine Nacht in einem guten Gasthof ein. Er musste Ciara zwar als seine Ehefrau ausgeben, bevor er ein Zimmer für sie beide erhielt, doch dies war ihm die Ausgabe wert.

Nach einem Abendessen, das besser war als die meisten, die sie in den letzten Monaten vorgesetzt bekommen hatten, führte Ferdinand Ciara in ihre Kammer. Dort stand bereits eine Wanne mit warmem Wasser für sie bereit sowie Seife und ein Krug leichten Weines. Eine Magd brachte noch die Kleidung der beiden zum Waschen, dann waren sie endlich allein.

»Diesen Augenblick habe ich mir selbst in den trübsten Stunden herbeigesehnt«, sagte Ferdinand leise und schloss Ciara in die Arme.

»Ich habe es nicht mehr für möglich gehalten, denn ich glaubte, du seiest in dem explodierenden Turm umgekommen.« Eine Träne stahl sich aus Ciaras Augen, als sie Ferdinand küsste.

Dann wies sie auf das Wasserschaff. »Bevor wir mehr tun, sollten wir uns erst einmal säubern.«

»Ein guter Gedanke!« Ferdinand nahm einen Lappen, tauchte ihn ins Wasser und rieb etwas Seife hinein. Dann begann er, Ciara zu waschen.

Als er an ihre Haare ging, nahm sie ihm den Lappen aus der Hand. »Du behandelst meinen Kopf, als wäre ich eine Stute, die du striegeln musst!«

»Verzeih!« Ferdinand wirkte so geknickt, dass Ciara zu lachen begann.

»Komm, mach weiter! Aber ein wenig vorsichtiger als eben. Frauen haben nun einmal längere Haare als Männer, und wenn man daran zupft und reißt, tut es weh.«

»Sollte ich besser Saraid holen?«, schlug Ferdinand vor.

Ciaras Lachen wurde noch heller. »So, wie du jetzt aussiehst, nackt und mit bloßen Füßen? Nein, mein Lieber, wenn du das tust, erschreckst du meine Cousine. Außerdem würde der Wirt die Stadtknechte rufen und dich wegen ungebührlichen Verhaltens in den Kerker werfen lassen. Das willst du doch gewiss nicht, oder?«

»Nur dann, wenn du mit mir in dieselbe Zelle gesperrt wirst«, antwortete Ferdinand und fuhr fort. Nun behandelte er Ciaras Haare zart genug und erntete dafür ein Lob.

Ciara ließ sich von ihm auch noch den Rücken waschen, doch als er mit dem nassen Lappen über ihre Brüste streichen wollte, wehrte sie ab.

»Das mache ich selbst!« Auch wenn sie sich ihm in dem dämmrigen Licht, das durch die gelblichen Butzenscheiben fiel, nackt zeigte, so gab es für sie doch Grenzen, die er nicht überschreiten durfte.

Ferdinand reichte ihr den Lappen und begnügte sich damit, zuzusehen, wie sie Busen und Unterleib wusch. Er konnte den Blick von der nun deutlich zu erkennenden Wölbung auf ihrem Bauch kaum abwenden, hinter der sein Kind heranwuchs.

Mit einem Mal kamen ihm Zweifel. »Dürfen wir eigentlich …? Ich meine, weil du schwanger bist.«

»Ist dir mein Bauch bereits jetzt zu dick?«, fragte Ciara gekränkt.

Ferdinand wehrte mit beiden Händen ab. »Bei Gott, natürlich nicht. Du bist wunderschön und begehrenswert!«

»Dann begehre mich!«, antwortete sie. »Aber erst, wenn du dich gewaschen hast. So bist du mir zu schmutzig. Doch um dich zu beruhigen: Von einer Frau aus dem Clan habe ich gehört, wie lange Ehepaare sich aneinander erfreuen dürfen. Sie musste es wissen, da sie selbst acht Kinder geboren hat. Uns dürften noch zwei Monate bleiben. Doch nun halte still, damit ich dir den Rücken waschen kann!«

Mit einem kurzen Auflachen stellte Ferdinand sich mit dem Rücken zu ihr und genoss die sanfte Massage mit dem Lappen. Schließlich gab sie ihm einen Klaps auf den Po und drückte ihm das rauhe Tuch in die Hand. »Den Rest übernimmst du selbst!«

»Ich werde mich beeilen!« Seinen Worten zum Trotz säuberte Ferdinand sich gründlich, trocknete sich anschließend ab und wandte sich dann zu ihr um.

Ciara stellte fest, dass er vor Erregung fast glühte, und bat ihn, sanft mit ihr umzugehen.

Ihre Worte kamen im rechten Augenblick, denn sie dämpften seine Leidenschaft so weit, das er sich Zeit nahm, sie zu küssen und zu streicheln. Mit den Fingern strich er ihr über den Bauch, und dann glitt er mit den Lippen über die Wölbung. Als sie sich ganz entspannt hatte, drang er vorsichtig in sie ein. Zuerst schmerzte es ein wenig, doch nicht lange, da spürte Ciara, dass sie für ihn bereit war, und gab sich ihren Gefühlen hin.

6.

Der nächste Tag brachte den Abschied von Amsterdam. Die ersten Meilen legten sie noch auf Booten zurück, die auf Hollands Kanälen ins Binnenland hineinfuhren. Wohlhabende Reisende konnten sich ein ganzes Boot mieten, sie aber mussten sich damit zufriedengeben, überhaupt mitgenommen zu werden. Doch schon bald galt es, auf Schusters Rappen weiterzukommen. Es ging nach Südosten, und die Städte auf ihrem Weg reihten sich wie Perlen aneinander. Nach Amsterdam kam Arnheim, schließlich Köln und dann Mainz. Wie viele Tage sie bereits marschiert waren, hätte zuletzt keiner mehr von ihnen zu sagen vermocht. Ihr Geld ging zur Neige, und da es Frühling geworden war und die Nächte nicht mehr so eisig, entschlossen sie sich, es den Landstreichern gleichzutun und im Gebüsch zu übernachten. Auf diese Weise konnten sie die wenigen Münzen zusammenhalten, die sie noch besaßen. Ferdinand haderte jedoch damit, den Frauen, vor allem Ciara, nichts Besseres bieten zu können.

Als er ihr das sagte, lachte sie ihn aus. »Mein Lieber, wie oft haben wir in Irland unter freiem Himmel im Wald übernachtet? Warum sollte es mich da schrecken, es auch hier zu tun?«

»Hier gibt es Wölfe und Bären, und die sind gefährlich«, wandte Ferdinand ein.

»Gamhain wird uns vor diesem Viehzeug warnen und uns Frauen zusammen mit dir, dem wackeren Hufeisen und Ionatán beschützen. Außerdem hat Saraid ihren Dolch, und du kannst mir den deinen geben. Uns ist es gleich, ob ein Wolf zwei oder vier Beine aufweist, denn wir wissen uns zu wehren.«

In Ciaras Augen war Ferdinand viel zu ängstlich. Doch als sie in der Nacht Wölfe heulen hörte, kuschelte sie sich enger an ihn und betete, dass die Tiere nicht näher kommen würden.

Am Morgen setzten sie nach einem kargen Frühstück ihre Wanderung fort. An der Spitze gingen Ciara und Ferdinand Hand in Hand. Bríd und Ionatán folgten ihnen fast auf dem Fuß, denn das fremde Land war ihnen unheimlich, Saraid und Hufeisen blieben stets ein wenig zurück. Zumeist schwiegen die beiden sich an, doch irgendwann hielt Hufeisen es nicht mehr aus.

»Du bist so anders als drüben in Irland. Was widerstrebt dir denn an mir? Damals dachte ich, wir könnten Freunde werden – und vielleicht sogar mehr.«

»Ich wüsste gerne, wie es Buirre in seinem letzten Kampf ergangen ist«, entfuhr es Saraid.

Hufeisen sah sie erstaunt an. »Es geht dir nahe – trotz allem, was gewesen ist?«

»Unsere Ehe bestand nicht nur aus Streit. Zu Beginn waren wir sogar glücklich, und mit seinen letzten Taten hat er meine Achtung zurückgewonnen.«

»Er starb als tapferer Mann!«, gab Hufeisen zu.

»Starb er wirklich, oder wurde er von den Engländern gefangen genommen und schmachtet nun in einem Kerker?« Bei dem Gedanken kämpfte Saraid mit den Tränen. Zum einen hoffte sie, frei zu sein, zum anderen aber schämte sie sich, ihrem Mann den Tod zu wünschen.

»Buirre war zu schwer verletzt, um den Tag überleben zu können«, antwortete Hufeisen bedrückt. »Wenn Haresgills Leute lange ausgeblieben sind, war er vielleicht schon tot, bevor sie kamen. Und wenn er es nicht war und ihnen in die Hände gefallen ist, haben sie ihn gewiss nicht am Leben gelassen. Immerhin hatten sie ihren Anführer und etliche Kameraden an ihm zu rächen. Doch wenn du mich fragst, so ist er im Kampf gefallen, genau wie er es wollte, als freier Ire und stolz darauf, dir und uns die Flucht ermöglicht zu haben. Behalte ihn so in Erinnerung! Das hat er verdient.«

»Das hast du schön gesagt!« Saraid kam etwas näher auf Hufeisen zu und wies auf die bewaldeten Hügel, die sie umgaben. »Dies hier ist ein anderes Land als das, aus dem ich komme. Es ist fremd und macht mir Angst.«
»Solange ich bei dir bin, brauchst du keine Angst zu haben«, sagte Hufeisen im Brustton der Überzeugung. Saraid schüttelte den Kopf. »Aber du willst mit Herrn Ferdinand zusammen zu den Soldaten gehen! Dann bleiben Ciara und ich allein.«
»Ihr bleibt nur dann auf Kirchberg, wenn wir sicher sein können, dass ihr dort als Gäste willkommen seid und mit allen Ehren behandelt werdet. Sollte das nicht der Fall sein, nehmen wir euch mit.«
»Was Ciara und mir gewiss das Liebste wäre«, sagte Saraid mit einem verschmitzten Lächeln. »Wozu hat man einen Mann, wenn man ihn nur alle paar Jahre sieht?«
»Du hättest also nichts dagegen, wenn wir ...«, setzte Hufeisen an, brach dann aber ab, weil er die Antwort fürchtete.
Saraid musterte ihn von der Seite und nickte schließlich, als müsse sie es sich selbst bestätigen. »Gegen eine Heirat mit dir habe ich nichts, aber viel dagegen, dass wir vorher die Bäuche aneinander reiben. Ich bin es Buirre schuldig, eine ehrliche Ehe einzugehen.«
»Schon wieder Buirre! Wird der Kerl denn immer zwischen uns stehen?«, rief Hufeisen aus.
»Ich will nicht als liederliche Witwe gelten!«, wies Saraid ihn scharf zurecht. »Wenn dir nur an dem einen gelegen ist, such dir eine andere. Mich bekommst du nur mit dem Segen des Priesters.«
»Wenn es weiter nichts ist, das kannst du haben!« Hufeisen streckte ihr grinsend die Hand entgegen, die Saraid nach kurzem Zögern ergriff. Ihr Blick warnte ihn davor, sie nicht ernst zu nehmen. Aber das hatte er auch nicht vor. Für ihn war eine Heirat mit Saraid die Erfüllung eines Traumes, den er lange gehegt hatte. Nun sah es so aus, als würde dieser Wunsch Wahrheit werden.

7.

*E*in anstrengender Tag folgte auf den anderen. Einer brachte Sonnenschein, der andere Regen, und am dritten pfiff der Wind kalt über das Land. Während Ferdinand sich mit seinen Begleitern Schritt für Schritt Kirchberg näherte, dachte er daran, dass er ärmer zurückkam, als er mit Simon zusammen aufgebrochen war. Sein Pferd Martin, das Franz ihm geschenkt hatte, war im Meer ertrunken und sein Beutel mittlerweile so leer, dass sie sich nur noch eine Mahlzeit am Tag leisten konnten. Außerdem waren sie mittlerweile so verwahrlost, dass er sich fragte, ob er seinen Verwandten überhaupt unter die Augen treten konnte.

Da es jedoch nicht in seiner Macht lag, sich und den anderen neue Kleider zu beschaffen, und auch keine gute Fee sie damit beschenkte, blieb ihm nichts anderes übrig, als weiter auf Kirchberg zuzuhalten und zu hoffen, dass er seinen Onkel mit seinem Aussehen nicht verprellen würde. Doch als er in der Ferne den Kirchturm des Dorfes vor sich sah, der größer wirkte als früher und ein neues Satteldach als Spitze trug, und wenig später auf den Weg zum Schloss einbog, schlug ihm das Herz bis zum Hals.

Ferdinand und seine Begleiter erregten im Dorf weniger Aufsehen als Simon, der etliche Wochen zuvor eingetroffen war. Die Leute hielten sie ihrer abgerissenen Kleidung wegen für fahrendes Volk und achteten darauf, dass ihre Haustüren verschlossen waren, zuckten aber mit den Schultern, als die Gruppe sich dem Schloss zuwandte.

Am Tor der Einfriedung angekommen, fand Ferdinand es verschlossen. Der alte Mann, den sein Onkel als Pförtner

angestellt hatte, eilte aus seinem Haus und begann zu schimpfen.
»Verschwindet, Gesindel! Hier ist Betteln und Hausieren verboten!« Dabei schwenkte er drohend eine Pistole, die nicht nur als Waffe diente, sondern mit ihrem Klang auch die Bewohner des Schlosses alarmieren sollte, wenn sich hier etwas Ungewöhnliches tat.
»He, Hans! Kennst du mich nicht mehr?«, antwortete Ferdinand lachend.
Den Pförtner riss es herum. Ungläubig starrte er Ferdinand an und schüttelte mehrmals den Kopf. »Das ist unmöglich! Ihr seid doch tot!«
»Aber Hans! Wie kommst du denn darauf?«, mischte Hufeisen sich ein.
»Cyriakus! Ich … Herr Simon sagte doch, ihr wärt alle in Irland umgekommen!« Der Pförtner schlug das Kreuz und wagte sich langsam näher. »Ihr lebt wirklich?«
»Hans, eine dümmere Frage habe ich noch nie gehört. Wann ist denn der letzte Tote zu dir gekommen und hat sich mit dir unterhalten?« Ferdinand lachte und forderte den Mann auf, endlich das Tor zu öffnen.
Zögernd öffnete Hans es und wartete, bis Ferdinand und die anderen eingetreten waren.
»Darf ich Euch berühren, Herr?«, fragte er, weil er immer noch nicht ganz überzeugt davon war, dass er einen lebenden Menschen vor sich hatte und keinen Geist, der ihn narren wollte.
»Meinetwegen!« Ferdinand blieb vor ihm stehen und ließ zu, dass Hans vorsichtig die Hand ausstreckte und sein Gesicht abtastete.
»Nun? Zufrieden?«, fragte er dann.
Der alte Mann grinste mit einem Mal übers ganze Gesicht.
»Und ob ich zufrieden bin! Ihr wisst gar nicht, wie sehr!«
Dann riss er seine Pistole hoch und feuerte einen Schuss in die

Wolken ab. »Das müssen die anderen auch erfahren, vor allem die Herrschaft, die so viel Leid erlitten hat, und auch Herr Simon. Der wird sich freuen!«
Das Letzte klang so boshaft, dass Ferdinand sich fragte, was auf Kirchberg vorgefallen sein mochte. Da Hans Alarm gegeben hatte, beschloss er zu warten, bis vom Schloss jemand kam. Er wandte sich wieder an den alten Mann.
»Hast du etwas zu trinken für die Frauen, Hans? Wir sind heute lange gewandert, ohne einzukehren, und …«
»… da habt Ihr alle Durst! Nur einen Augenblick, Herr Ferdinand. Wenn dieser Lümmel da«, Hans' Blick streifte Hufeisen, »mir hilft, erhaltet Ihr gleich einen kühlen Trunk.«
»Für ein gutes Bier verzeihe ich dir sogar den Lümmel«, lachte Hufeisen und folgte Hans in das Häuschen.
Währenddessen zupfte Ciara Ferdinand am Ärmel. »Der Mann hat sich so seltsam benommen. Weshalb?«
»Er hat geglaubt, Hufeisen und ich seien tot. Simon muss hier gewesen sein und es erzählt haben.«
»Möge er bald seiner eigenen Bean Sidhe begegnen und von ihr den Zeitpunkt seines nahen Todes erfahren«, stieß Ciara zornig hervor.
Ferdinand wollte etwas darauf antworten, doch da kamen Hans und Hufeisen mit den Getränken zurück. Jeder erhielt einen großen Becher mit Bier und leerte ihn durstig.
Bríd trank mit verzogenem Gesicht. »Unser Met schmeckt mir besser.«
»Der Durst treibt's rein«, meinte Hufeisen lachend und füllte seinen Becher ein zweites Mal.
Der Pförtner stieß mit ihm an und grinste übers ganze Gesicht. »Ich bin so froh, dass Ihr zurückgekommen seid, Herr Ferdinand. Wie werden sich Euer Oheim und Eure Tante erst freuen! Sie haben um Euch nicht minder getrauert als um ihren eigenen Sohn.«
»Was ist mit Andreas?«, fragte Ferdinand erschrocken.

»Tot! Er starb an einer Krankheit und seine Gemahlin und die Kinder mit ihm.«

»Das darf nicht wahr sein!« Ferdinand erschien der herrliche Sonnentag auf einmal so düster wie vor einem Gewitter, und er spürte, dass ihm die Tränen kamen.

Ciara fasste seinen Arm. »Was ist mit dir?«

»Mein Vetter ist tot!«

»Simon?« Es klang hoffnungsvoll, doch Ferdinand schüttelte traurig den Kopf.

»Nein! Ich meine Andreas, den Sohn meines Oheims. Er war ein so starker, lebensfroher Mann! Mit ihm habe ich mich immer gut verstanden, obwohl er etliche Jahre älter war als ich.«

»Ja, das ist ein schreckliches Unglück für Kirchberg«, mischte Hans sich ein, nachdem Hufeisen ihm Ciaras und Ferdinands Bemerkungen übersetzt hatte. »Aber es wäre fast noch schlimmer gekommen! Gott sei Dank ist diese Gefahr jetzt gebannt.«

Ferdinand begriff nicht, was der Alte damit sagen wollte, konnte aber nicht nachfragen, denn es kamen mehrere Knechte mit raschen Schritten auf das Tor zu. Ihnen stand die Vorfreude auf eine zünftige Rauferei ins Gesicht geschrieben. Doch bevor auch nur einer von ihnen die Fäuste schwingen konnte, trat Hans dazwischen und hob die Hand.

»Gebt Ruhe, Burschen, und schaut euch die zwei hier genau an.«

Die Knechte starrten verwirrt auf die abgerissenen Besucher, rieben sich über die Augen und wichen erbleichend zurück.

»Heilige Maria Muttergottes! Kehren jetzt schon die Toten wieder?«, stieß einer hervor.

»Dir gebe ich gleich einen Toten, und zwar mit ein paar saftigen Ohrfeigen«, knurrte Hufeisen ihn an.

»Reden tut der Geist wie der Cyriakus«, sagte der Knecht verblüfft.

»Er haut auch so zu. Oder hast du die Prügel vergessen, die du bei der Kirchweih vor zehn Jahren von mir bekommen hast?« Hufeisen packte den anderen und zog ihn an die Brust. »Aber ich freue mich, dich zu sehen. Und tot sind der Herr Ferdinand und ich noch lange nicht.«

»Dann hat unser Herrgott ein Wunder geschehen lassen!« Der Knecht nahm Hans den Bierbecher ab und stieß mit Hufeisen an. »Willkommen daheim!«, sagte er mehr in Ferdinands Richtung.

Dieser konnte sich immer weniger einen Reim darauf machen, weshalb die Leute so erleichtert waren, ihn zu sehen.

Die Knechte sahen sich kurz an, dann wies ihr Wortführer zum Schloss. »Der gnädige Herr und die gnädige Frau müssen es sofort erfahren. Kommt, Herr Ferdinand, wir bringen Euch zu ihnen.«

Ehe Ferdinand sich's versah, packten ihn zwei der Männer und hoben ihn auf die Schultern. Andere hoben Hufeisen hoch, und die Gruppe strebte lachend dem Schloss zu. Ciara und die anderen folgten ihnen verwundert, während Ferdinand sich fragte, ob er in ein Tollhaus geraten war.

»Leute, lasst mich wieder runter!«, rief er.

Doch die Knechte hörten nicht auf ihn, sondern trugen ihn zum Schloss, durchquerten den Eingang und strebten die Treppen empor. Als sie den Gang entlangeilten, der zum Söller auf dem Pulverturm und damit dem Lieblingsplatz seines Onkels führte, begann er zu schimpfen.

»Verdammt noch einmal! Ich will mich waschen und meine Kleider richten lassen, bevor ich dem Oheim und der Tante unter die Augen trete!«

Ferdinand hätte es genauso gut der Turmmauer sagen können, die sie gerade erreicht hatten. Als die Knechte die Pforte durchschritten, mussten er und Hufeisen die Köpfe einziehen, um nicht gegen den Türbalken zu stoßen. Dann standen sie vor Franz von Kirchberg und dessen Gemahlin. Die beiden saßen auf bequemen Stühlen und schienen sich von dem Aufruhr, den die Knechte machten, belästigt zu fühlen. Doch bevor der Schlossherr etwas sagen konnte, stellten die Männer Ferdinand wieder auf die Füße und grinsten dabei übers ganze Gesicht.

»Die Herrschaften mögen verzeihen, aber wir haben ein paar ganz besondere Landstreicher erwischt und wollten die herbringen!«

Franz musterte die beiden abgerissenen Gestalten und schüttelte ungläubig den Kopf. »Das kann nicht sein!«

»Doch, Oheim! Ganz so tot, wie man uns hier gehalten hat, sind Hufeisen und ich noch nicht!«

»Ferdinand!« Die Tante erhob sich und ging mit unsicheren Schritten auf den jungen Mann zu. Mit beiden Händen fasste sie sein Gesicht, spürte warmes, lebendiges Fleisch unter ihren Fingern und fiel ihm weinend um den Hals. »Du bist es wirklich!«

»Verzeiht, dass ich so staubig und abgerissen vor Euch erscheine, aber die Kerle hier wollten mir nicht die Zeit geben, mich zu waschen«, entschuldigte sich Ferdinand.

Sein Onkel stieß ein Lachen aus, wie man es von ihm seit dem Tod des Sohnes und seiner Enkel nicht mehr gehört hatte. »Als wenn das jetzt noch wichtig wäre! Willkommen daheim, mein Junge! Du weißt gar nicht, welche Freude du uns bereitest.«

Ferdinand erinnerte sich nun an den Grund seines Kommens und wies auf Ciara, Saraid und Bríd. »Erlaubt mir eine Bitte, Oheim. Die beiden Damen und ihre Dienerin stammen aus Irland und haben ihre Heimat verloren. Ich würde mich freuen, wenn Ihr ihnen Gastfreundschaft gewähren könntet, bis ich eine Stellung erreicht habe, die es mir möglich macht, für sie zu sorgen.«

Die Blicke, die Ciara und Ferdinand miteinander wechselten, ließen Irmberga von Kirchberg aufmerksam werden. Diese sah auch den gewölbten Bauch der jungen Irin und spann ihre Gedanken weiter. »Ist die junge Dame dein Weib?«, fragte sie neugierig.

»Leider nicht. Noch ist sie mit einem anderen Mann verheiratet, doch lehnt sie jede weitere Gemeinschaft mit ihm ab.«
Mehr wollte Ferdinand nicht verraten, denn Simon war ebenso wie er ein Neffe des alten Paares, und da mochten Klagen und Vorwürfe gegen seinen Vetter übel aufgenommen werden.
Als hätten Ferdinands Gedanken ihn herbeigerufen, trat Simon im gleichen Augenblick ein. Er warf einen beiläufigen Blick auf die Gruppe und blieb dann vor seinem Onkel stehen. »Haben die Knechte wieder Diebesgesindel aufgegriffen? Lasst ihnen die Peitsche geben, dann wissen sie, dass es sich nicht lohnt, nach Kirchberg zu kommen.«
»Eure Augen waren auch schon einmal besser, Vetter!«, sprach Ferdinand ihn mit grimmigem Spott an.
Simon riss es herum, und er starrte die fünf entgeistert an. Seine Lippen bewegten sich, als wolle er etwas sagen, doch es kam kein Ton aus seinem Mund. Das bot den anderen die Gelegenheit, ihn genauer anzusehen. Da er sich ausgiebig bei den Gewändern seines toten Vetters bedient hatte, wirkte er nicht mehr wie ein Soldat, sondern wie ein reicher Landedelmann. Bisher hatte Simon geglaubt, die Herrschaft Kirchberg würde ihm direkt in den Schoß fallen. Doch nun stand auf einmal Ferdinand vor ihm. Fassungslos schüttelte er den Kopf.
»Das ist unmöglich! Ich habe selbst gesehen, wie die Spitze des Turmes explodiert ist, in der du gesteckt hast.«
»Ihr hättet damals nach meinem Leichnam suchen lassen sollen, Herr Vetter. Doch Ihr hattet es allzu eilig, nach London zu kommen!« Ferdinand sprach Simon so an, wie dieser es einst in Irland gefordert hatte.
Dies und auch das beredte Mienenspiel der beiden bewiesen Franz und Irmberga von Kirchberg, dass die Vettern nicht als Freunde voneinander geschieden waren.
»Zum Glück ist Ferdinand gesund zu uns zurückgekehrt, und so kann der Erbfall so eintreten, wie ich es von Seiner

Durchlaucht, Herzog Maximilian, erwirkt habe«, erklärte der Schlossherr.

Während Ferdinand ihn nur verwirrt ansah, fuhr Simon wütend auf. »Das dürft Ihr nicht! Ihr habt mir das Erbe versprochen. Diesem Landstreicher hier weiche ich nicht!«

»Dieser Landstreicher, wie du ihn nennst, ist der Sohn meines jüngsten Bruders und der jüngeren Schwester meiner Gemahlin und steht uns somit näher als du«, wies Franz ihn zurecht.

»Ich bestreite Ferdinands Anrecht! Nach den Erbregeln derer von Kirchberg ...«, hub Simon an.

Sein Onkel unterbrach ihn. »Ich sagte bereits, dass der Herzog eingewilligt hat, dass ich Ferdinand als meinen Erben einsetze. Dir werde ich helfen, so weit es in meiner Macht steht, wieder ein Söldnerkommando zu übernehmen, aber mehr kann ich nicht für dich tun.«

Der Blick des Schlossherrn warnte Simon, sich länger widerspenstig zu zeigen. Doch noch hatte dieser den Kelch der Enttäuschung nicht zur Gänze geleert, denn Ciara schlug ihm mit aller Kraft ins Gesicht. Bevor er reagieren konnte, trat Ferdinand zwischen die beiden.

»Mäßige dich! Oder soll ich dem Oheim berichten, was wirklich in Irland geschehen ist und später in London?« Obwohl er leise gesprochen hatte, war es bis zu Franz' Ohren gedrungen.

»Rede, Neffe! Ich will alles wissen.«

»Es sind doch nur die Lügen dieses Neidhammels!«, rief Simon voller Wut.

»Diese Menschen hier sind Zeugen, dass es keine Lügen sind«, antwortete Ferdinand gelassener, als er sich fühlte. »Wenn ich vorstellen darf, dies sind Ciara und Saraid Ní Corra, Schwester und Cousine des irischen Edelmanns Oisin O'Corra, den Simon an den Engländer Sir Richard Haresgill verraten hat. Bríd und Ionatán zählen zu ihrem Gesinde.«

Franz deutete eine Verbeugung in Ciaras und Saraids Richtung an und forderte dann Ferdinand auf weiterzusprechen. Zwar

versuchte Simon mehrfach, dessen Bericht zu unterbrechen, und nannte die Anschuldigungen infame Lügen, mit denen Ferdinand ihn als Erbe von Kirchberg verdrängen wolle. Aber damit kam er bei dem Schlossherrn nicht gut an.
»Schweig!«, herrschte er Simon schließlich an. »Du wirst noch ausreichend Gelegenheit erhalten, dich zu rechtfertigen.«
Während Ferdinand berichtete, blieb Simon nichts anderes übrig, als zähneknirschend zuzuhören. Doch als die Rede auf seine Rolle bei der Erstürmung des Turms in Donegal kam, konnte er sich nicht mehr beherrschen.
»Es ist alles Lüge! Nicht ich habe Oisin O'Corra verraten, sondern sein eigener Gefolgsmann Aithil.«
Dies ließ Hufeisen sich nicht bieten. »Das kannst auch nur du behaupten, du elender Schurke! Ich habe mit eigenen Ohren gehört, wie Richard Haresgill seine Leute ausgeschickt hat, Aithil O'Corra zu verfolgen und zu töten, um die Sippe im Mannesstamm endgültig auszurotten! Außerdem haben Saraid und Bríd gesehen, wie Ihr Lady Ciara mitgenommen habt.«
»Willst du vielleicht auch noch behaupten, dass ich sie trotz allem geheiratet hätte?« Simon beschloss, alles auf eine Karte zu setzen, um die Glaubwürdigkeit seiner Gegner zu erschüttern.
Als Ferdinand dies Ciara übersetzte, zog sie die kleine Ledertasche unter ihrem Kleid hervor, entnahm ihr die versengte Heiratsurkunde und überreichte sie Franz von Kirchberg. Dieser las den lateinischen Text und bedachte Simon anschließend mit einem verächtlichen Blick.
»Und was ist das hier?«
Simon fielen beim Anblick der Urkunde schier die Augen aus dem Kopf. »Das ist unmöglich! Ich habe sie doch ins Feuer geworfen.«
»Damit hast du dich gerade selbst verraten«, sagte der alte Herr mit angewiderter Miene.
Obwohl Ciara unterwegs ein wenig Deutsch gelernt hatte, ver-

mochte sie dem Gespräch kaum zu folgen und bat Ferdinand, ihr alles zu übersetzen. Danach trat sie auf Franz zu und streckte die Hand aus. »An zwei meiner Finger könnt Ihr die Narben sehen, die ich mir zugezogen habe, als ich die Urkunde aus dem Feuer retten musste. Doch der Verrat an meinem Bruder und an Ferdinand und der Versuch, die Urkunde zu verbrennen, waren nicht die einzigen Schurkenstücke Eures Neffen. Er ließ mich allein, schutzlos und ohne Geld in London zurück. Hätte die Himmelsmutter sich nicht gnädig gezeigt und Ferdinand zu mir geführt, wäre ich dort verdorben und elend zugrunde gegangen.«

Franz ließ sich ihre Rede von Ferdinand übersetzen und schüttelte den Kopf, als hielte er so viel Schlechtigkeit nicht für möglich.

»War es so?«, fragte er Ferdinand.

»Ja, so war es«, antwortete dieser. »Simon hat in Irland und England gelogen, betrogen und seine Freunde verraten. Er hatte gehofft, die englische Königin würde ihn mit reichem Landbesitz in Irland belohnen, und hat Ciara mit Lügen dazu gebracht, in die Eheschließung mit ihm einzuwilligen. Mit einer irischen Adeligen an seiner Seite wollte er sich die Zuneigung jener Iren sichern, die er beherrschen wollte. Doch Ihrer Majestät war sein Verrat zuwider, und daher hat sie ihn des Landes verwiesen. Aus Wut, weil die Heirat mit Ciara ihm nicht den angestrebten Lohn eingebracht hat, hat er sie daraufhin im Stich gelassen.«

»So war es nicht!«, stieß Simon hervor. »Ich …«

Franz unterbrach ihn zornig. »Halt endlich den Mund! Ich glaube dir kein Wort mehr! Du bist ein Verräter an deiner eigenen Sippe. Den eigenen Vetter einem Feind auszuliefern ist ein Schurkenstück, wie ich es noch niemals erlebt habe. Beinahe hätte ich dir geglaubt und dich zu meinem Erben ernannt. Doch Gott, der Herr, hatte ein Erbarmen mit mir und hat es verhindert. Verlass auf der Stelle mein Haus und komm nie wieder! Ich leugne fortan jede Verwandtschaft mit dir, und du wirst mir fremder sein als ein Heide oder Ketzer, denn abgesehen von deren Irrglauben gibt es ehrliche Menschen unter ihnen.«

Simon begriff, dass es keine Worte mehr gab, mit denen er seinen Onkel umstimmen konnte, und wandte sich hasserfüllt ab. Als er an Ferdinand vorbeiging, versetzte er ihm einen Stoß, der diesen an die Wand prallen ließ.

»Glaube nur nicht, dass du gewonnen hast, du Heimtücker!«, fauchte er ihn an und stiefelte davon.

Auf Franz' Wink folgten ihm drei kräftige Knechte und verhinderten, dass er sich weiterhin an den Sachen seines toten Vetters bedienen konnte. Als er den englischen Hengst satteln lassen wollte, traten die drei ihm ebenfalls entgegen.

»Ihr wollt doch nicht etwa mit dem Pferd fortreiten, das in Wahrheit Eurem Vetter gehört?«, meinte einer grinsend.

»Soll ich etwa zu Fuß gehen?«, fuhr Simon auf.

»Warum nicht? Herr Ferdinand hat es auch getan, und das sehr viele Meilen weit.«

Als Simon nicht umgehend den Schlosshof verließ, packten zwei Knechte ihn unter den Achseln und schleppten ihn trotz seines Widerstrebens zum äußeren Tor. Dort öffnete Hans, der Pförtner, das Tor sperrangelweit.

»Lebt wohl, Herr Simon. Wiederzukommen braucht Ihr nicht, denn ich darf Euch nicht mehr einlassen«, rief er erleichtert aus und schlug Simon, der ihn am liebsten verprügelt hätte, das Tor vor der Nase zu.

8.

Nachdem Simon fortgeschafft worden war, kamen Ferdinand und seine Begleiter endlich dazu, sich zu waschen. Während der Schlossherr mit seinem Neffen ging, begleitete seine Gemahlin Ciara und Saraid. Sie sorgte dafür, dass die beiden sich zusammen mit Bríd in einem Raum ausziehen konnten, in dem für jede ein großes Schaff mit warmem Wasser bereitstand. Nackt war die Wölbung auf Ciaras Bauch deutlich zu sehen, und das bereitete Irmberga Sorgen.

»Trägst du Simons Kind, mein Kind?«

Ciara schüttelte vehement den Kopf. »Der Heiligen Jungfrau sei Dank, nein! Ferdinand und ich lieben uns, und wir wären bereits verheiratet, wenn wir einen Priester gefunden hätten, der uns traut. Doch da kam Simons Verrat dazwischen, und ich glaubte Ferdinand tot. Als Simon mir seine Lügen auftischte und mich zur Ehe drängte, sagte ich ja, damit mein Kind den Namen erhält, der ihm gebührt.«

»Du und Ferdinand, ihr hättet euch beherrschen müssen!«, tadelte Irmberga zunächst, schüttelte aber nach kurzem Nachdenken den Kopf. »Andererseits ist es vielleicht besser so. Sonst wärest du womöglich von Simon schwanger geworden. Allerdings wirst du Ferdinand erst heiraten können, wenn deine Ehe mit Simon aufgelöst worden ist. Mein Gemahl wird so bald wie möglich nach München reiten und um eine Audienz bei Herzog Maximilian ansuchen. Da Simon deine Zustimmung zur Ehe durch Lüge und Verrat errungen hat, wird es möglich sein, mit Unterstützung Seiner Durchlaucht den Heiligen Stuhl dazu zu bewegen, uns zu willfahren. Bis dorthin wirst du mit Ferdinand nicht mehr fleischlich verkehren!«

Letzteres passte Ciara wenig, doch sie wusste, dass sie die Unterstützung der alten Dame benötigte, um ihre Freiheit wieder zu erlangen, und stimmte daher zu. Die Verständigung war nicht einfach, da Ciara zu wenig Deutsch konnte und immer wieder auf englische oder französische Ausdrücke ausweichen musste. Dennoch kamen sie erstaunlich gut zurecht, und Irmberga musste ihren ersten Eindruck revidieren, die junge Irin könnte nur ein schlichtes Bauernmädchen sein. Auch wenn die Uí'Corra arm gewesen waren, so hatte Oisin doch dafür gesorgt, dass seine Schwester so viel Bildung erhielt, wie es einem Mädchen von Adel in der Abgeschiedenheit von Tir Chonaill möglich war.
Irmberga von Kirchberg erhielt bei dem Gespräch einen ersten Eindruck von den Verhältnissen in Irland und bedauerte das Volk, das schier hilflos den englischen Ketzern ausgeliefert war.
Nachdem Ciara sich ausgiebig gewaschen und ein sauberes Kleid aus Irmbergas Truhe angezogen hatte, umarmte die Dame sie und legte ihr die Hand auf den Leib.
»Hätten Ferdinand und du damals einen Priester gefunden, wärt ihr längst ein Ehepaar. Daher will ich nicht päpstlicher sein als der Papst. Du kannst in der Kammer neben Ferdinand schlafen. Es gibt eine Zwischentür. Den Schlüssel dazu erhältst du.«
»Nicht Ferdinand?«, fragte Ciara verwundert.
Ihre Gastgeberin schüttelte lachend den Kopf. »Nein! Er soll gefälligst warten, bis du ihn rufst. Und nun komm, meine Liebe! Du hast gewiss Hunger.«
Ciaras knurrender Magen gab die Antwort, und sie wurde rot vor Scham. »Verzeiht, aber wir mussten auch an Lebensmitteln sparen, um nicht auf dem letzten Stück des Weges betteln zu müssen.«
»Du wirst mir alles erzählen«, forderte Irmberga sie auf, hob aber die Hand, als Ciara sofort beginnen wollte. »Erst wollen wir essen, und dann will ich Ferdinand noch einmal umarmen. Ich kann es noch immer nicht glauben, dass er zurückgekehrt ist und etwas so Schönes und Feines wie dich mitgebracht hat.«

9.

Simon von Kirchberg schäumte vor Wut, weil sein Onkel ihn wie einen Bettler aus seinem Haus hatte weisen lassen. Nun besaß er nicht mehr als das, was er am Leib trug, und das Geld der englischen Königin. Die Summe würde gerade ausreichen, um eine kleine Söldnertruppe anwerben und ausrüsten zu können. Damit, so schwor er sich, würde er nach Kirchberg marschieren, Ferdinand und seinen Onkel aufhängen und das Schloss in Brand setzen lassen.

Allerdings wusste er selbst, dass das nur Hirngespinste waren. Keine Söldnertruppe würde mitten im Frieden ein Landgut in Baiern überfallen, sondern den Offizier, der dies befahl, über die Klinge springen lassen.

»Ich werde mir mein Recht auf andere Weise erkämpfen«, murmelte er vor sich hin, während er über die Landstraße stapfte.

Da er längere Strecken bislang immer zu Pferd zurückgelegt hatte, fiel ihm der Fußmarsch schwer, und er kehrte in einen Gasthof im übernächsten Dorf ein. Während er das dunkle, nach Malz schmeckende Bier trank und Blut- und Leberwürste dazu aß, überlegte er, was er tun sollte. Ganz wehrlos war er nicht. Immerhin war Ciara immer noch sein Weib. Also konnte er sie zwingen, mit ihm zu kommen. Zwar war sie für ihn nicht mehr von Wert, doch er würde Ferdinands Stolz damit empfindlich treffen. Immerhin war Ciara schwanger mit Ferdinands Kind. So dumm zu glauben, dass der Bauch, den sie vor sich hertrug, von ihm selbst stammen konnte, war er nicht. Dafür war die Zeit, seit er sie das erste Mal besessen hatte, zu kurz. Hatte dieses elende Biest etwa bereits gewusst, dass sie ein

Kind bekommen würde, und es ihm unterschieben wollen?, fragte er sich.
Für die Welt musste es jedenfalls so aussehen, als wäre er der Vater. Damit konnte er vor Gericht einiges erreichen. Er würde auch die von seinem Onkel ins Auge gefasste Erbregelung anfechten. Immerhin war Kirchberg bei Fehlen eines direkten Erbes stets dem ältesten Sohn des unmittelbar nachgeborenen Bruders vererbt worden. Da sein Vater älter gewesen war als Ferdinands, musste Kirchberg einmal ihm gehören. Allerdings würde er dann mit Ciara als Frau geschlagen sein und mit Ferdinands Bastard als Erben. Nun, das ließe sich sehr leicht mit einem Kissen aus der Welt schaffen.
Nach zwei weiteren Krügen Bier sah Simon sich bereits als trauernden Witwer auf Kirchberg herrschen. Da fiel ihm ein, wie gut sein Onkel bei Herzog Maximilian angesehen war. Schließlich hatte Franz diesen dazu gebracht, Ferdinand als Erben von Kirchberg anzuerkennen. Außerdem gab es da noch Tante Irmbergas vielköpfige Sippschaft, die sich mit Sicherheit auf Ferdinands Seite schlagen und gegen ihn intrigieren würde. Wenn er jetzt vor Gericht ging, würde er gegen zu mächtige Feinde stehen und mit Pauken und Trompeten verlieren. Der Gedanke, daraufhin in ähnlich beschämender Weise wie in England aus dem Land gewiesen zu werden, brachte ihn beinahe dazu, seine Wut an dem Wirt und dessen Mobiliar auszulassen.
Mit einiger Mühe gelang es Simon, sich zu beherrschen, und er sann über andere Möglichkeiten nach, die ihn in den Besitz von Kirchberg bringen konnten. Da ihm niemand dabei helfen würde, musste er seinen ganzen Scharfsinn einsetzen. Schließlich konnte er nicht einfach nach Kirchberg gehen, seinen Onkel und Ferdinand erschießen und sich dann als Erbe präsentieren.
Doch wenn er je in Schloss Kirchberg einziehen wollte, mussten die beiden sterben. Am besten wäre es, wenn auch seine Tante und Ciara dabei zugrunde gingen. Ihm kam eine Idee …

Zwei Etagen unter dem Söller, auf dem sein Onkel so gerne saß, befand sich der alte Keller mit den Pulvervorräten des Schlosses. Sein Vetter Andreas und er hatten sich in ihrer Jugend ausgemalt, was passieren würde, wenn das Pulver in dem Augenblick explodierte, wenn alle Familienmitglieder auf dem Söller versammelt waren. Der Förster seines Onkels hatte sie damals beruhigt, dass das im Kellergeschoss gelagerte Pulver nicht ausreichen würde, um die dicken Mauern des Turms und das steinerne Gewölbe über dem Kellergeschoss zu sprengen. »Doch die höheren Teile des Turms haben nur Holzböden. Also wird es reichen, wenn das Pulver ins Erdgeschoss geschafft wird und dort explodiert.«

Simon erschrak. Hatte er das eben laut gesagt? Rasch blickte er sich um, doch um die Zeit saßen nur wenige Männer im Wirtshaus, und keiner hatte auf ihn geachtet.

Erleichtert wandte er sich wieder seinen Überlegungen zu. Bei gutem Wetter pflegte sein Onkel das Frühstück auf dem Söller einzunehmen. Dabei würden ihm die Tante, Ferdinand und Ciara gewiss Gesellschaft leisten. Morgen, sagte er sich, sollte ein warmer und schöner Tag werden. Es galt nur noch herauszufinden, wie er in den abgeschlossenen Pulverkeller hineinkam. Im nächsten Moment lachte er leise auf. Sein Vetter Andreas hatte vor Jahren aus einem Stück festen Draht einen Nachschlüssel für die Pulverkammer angefertigt, so dass sie sich heimlich hatten Pulver beschaffen können. Zwar hatten sie den Nachschlüssel nur wenige Male benutzt, weil der Onkel ihnen kurz darauf den Umgang mit Schusswaffen beigebracht hatte. Doch Simon glaubte sich daran zu erinnern, wo Andreas den Schlüssel damals versteckt hatte.

Er rieb sich die Hände bei dem Gedanken, dass Ferdinand genau den Tod sterben würde, dem er in Irland um Haaresbreite entronnen war. Auch würde er Ciara loswerden und ein paar Krokodilstränen wegen des Kindes vergießen, das angeblich das seine gewesen war. Man durfte ihn nur nicht erwischen.

Aber da er auf Kirchberg aufgewachsen war und dort jeden Weg und Steg kannte, würde ihn niemand kommen oder gehen sehen.

Kaum hatte Simon diesen Vorsatz gefasst, konnte er es kaum mehr erwarten, seinen Plan in die Tat umzusetzen. Er bezahlte seinen Verzehr, verließ das Gasthaus und ging noch ein Stück weiter in die Richtung, die er zu Beginn eingeschlagen hatte. Als das Dorf außer Sicht war, bog er auf einen Feldweg ein, der in Richtung Kirchberg führte. In einem Waldstück wartete er die Abenddämmerung ab, bis er aufbrach. Der fast volle Mond spendete genug Licht, so dass er gut vorankam und schon bald die Umfassungsmauer des Schlossparks vor sich sah. In ihrer Jugend waren Andreas und er oft darüber geklettert, um sich im Wald herumzutreiben oder Mädchen nachzustellen.

Er überwand die Mauer ebenso leicht wie früher und schlich vorsichtig auf das Schloss zu. Beim Pulverturm angekommen, stand er vor dem Problem, in dieser Finsternis den Nachschlüssel zu finden, um sowohl die Tür des Turms wie die des Kellers aufschließen zu können. Es dauerte eine Weile, bis er den losen Stein in der Außenmauer ertastet hatte und herausziehen konnte. Das ging nicht ganz ohne Geräusch ab, und er hörte einen Hund wütend bellen. Das muss dieser verdammte irische Riesenköter sein, dachte er und ärgerte sich, weil er das Vieh damals im Turm nicht richtig erwischt hatte.

Als das Gebell verklang, griff er mit zitternden Händen in das Loch und jubelte innerlich auf, als er den Nachschlüssel in den Fingern hielt. Doch als er diesen im Mondlicht betrachtete, überkamen ihn Zweifel. Das Ding war so verrostet, dass er befürchtete, es würde ihm bereits bei dem Versuch abbrechen, das erste Schloss zu öffnen.

Angespannt steckte er den Nachschlüssel in den Gürtel und schob den Stein wieder an seinen Platz. Als er zum Tor kam, zitterte er vor Anspannung. Er steckte den Schlüssel ins Schloss und drehte ihn sachte. Bereits beim ersten Versuch ertönte ein

leises Knacken, und er dankte im Geiste höhnisch seinem Onkel, der die Türschlösser immer gut einfetten ließ, damit sie leichtgängig waren und nicht quietschten.
Simon öffnete die Tür und betrat vorsichtig den Turm, um ja keinen Lärm zu machen. Da es im Erdgeschoss nur schmale Schießscharten gab, war es stockfinster. Er wusste sich jedoch zurechtzufinden und wich der hölzernen Treppe aus, die nach oben führte. Dahinter begann eine aus Steinen gemauerte Treppe, die in die Pulverkammer führte. Vorsichtig tastete er sich die ausgetretenen Stufen hinab. Vor der Kellertür konnte er die Hand nicht vor Augen sehen und brauchte für sein Gefühl eine halbe Ewigkeit, bis er das Schloss gefunden hatte. Danach dauerte es noch einmal schier unendlich lange, bis auch dieser Riegel im Schloss zurückglitt und die Tür sich öffnen ließ.
Nun stand Simon vor dem Problem, dass er in dieser absoluten Finsternis kaum etwas tun konnte. Er tastete nach der geschlossenen Lampe, die sein Onkel und dessen Förster immer verwendet hatten, und zog sein aus einem Pistolenschloss gefertigtes Feuerzeug aus der Tasche, um einen Funken zu schlagen. Mitten in der Bewegung hielt er jedoch inne und steckte es wieder weg. Wenn der Funke in ein Pulverfass fiel, brauchte er sich um seine weitere Zukunft keine Gedanken mehr zu machen. Daher blieb ihm nichts anderes übrig, als bis zum Morgen zu warten und zu hoffen, dass das Licht ausreiche, das vom Erdgeschoss durch die offene Kellertür fallen würde, um seine Vorbereitungen zu treffen.

10.

An diesem Abend war man auf Schloss Kirchberg spät ins Bett gekommen. Franz und Irmberga hatten nicht genug von alledem erfahren können, was Ferdinand und Ciara zu erzählen hatten, und auch die witzigen Bemerkungen genossen, mit denen Hufeisen die Berichte würzte. Als die Runde sich schließlich auflöste, fiel es Ciara schwer, Gamhain davon abzuhalten, ihr in ihr Zimmer zu folgen. Schließlich fasste Ionatán die große Hündin beim Genick und zog sie mit sich.
»Ich habe noch nie einen so großen Hund gesehen, und erst recht keinen, der so zahm und friedlich ist wie diese Gaun!« Irmberga sprach den Namen so aus, wie sie ihn gehört hatte.
Ihr Mann nickte zustimmend. »Das wundert mich auch. Meine Bullenbeißer sind um einiges kleiner, doch selbst der Hundewärter dürfte es nicht wagen, einen von ihnen so anzufassen, wie Jonathan es mit diesem Tier tut.«
»Täuscht Euch nicht! Gamhain ist ein ausgezeichneter Wachhund und vermag jeden Mann niederzuwerfen«, erklärte Ferdinand, wünschte allen eine gute Nacht und verließ das bequeme Gemach.
Hufeisen war Saraid gefolgt und sprach sie an der Tür seiner Kammer an. »Wenn du willst, werde ich Herrn Franz bitten, uns die Heirat zu gestatten.«
Saraid überlegte kurz und nickte. »Es ist wohl besser so. Sonst stellst du womöglich noch den Mägden nach.«
»Oh nein! Dafür habe ich zu viel Angst, dass du mich nicht mehr in deine Kammer lässt. Ich weiß doch, wie du es mit Buirre gemacht hast, als er Maeve nachstellte.«

Für einen Augenblick schien die beidseitige Vergangenheit greifbar, und sie durchlebten in ihren Gedanken noch einmal jene bitteren Stunden. Dann schüttelte Saraid sich und atmete tief durch. »Ich brauche wirklich jemanden, der mich in den Arm nimmt und festhält, damit all die schlechten Bilder meiner Erinnerung versinken.«

»Wenn du willst: Unsere Kammern liegen dicht beieinander«, schlug Hufeisen vor.

»Dich sticht wohl der Hafer!«, spottete Saraid. Dann aber nickte sie mit einem versonnenen Lächeln. »Also gut, ich komme mit dir. Aber mehr als mich im Arm halten wirst du heute nicht. Für etwas anderes bin ich nämlich viel zu müde.«

»Ich auch«, bekannte Hufeisen und sagte sich, dass sie beide einen oder zwei Tage später gewiss munter genug wären, um mehr tun zu können, als nur Arm in Arm zu schlafen.

Unterdessen begleitete Ferdinand Ciara bis zu deren Tür und blieb dann so traurig stehen, dass sie ihm winkte einzutreten.

»Immerhin ist es die erste Nacht seit langem, die wir in einem richtigen Bett verbringen«, sagte sie.

»Das ist wahr! Dennoch wünschte ich, unsere Ankunft in Kirchberg hätte unter weniger traurigen Umständen stattgefunden. Ich kann noch immer nicht fassen, dass mein Vetter Andreas tot sein soll. Er war so voller Lebensfreude! Mit seinen Söhnen habe ich noch gespielt und sie auf meinem Rücken herumgetragen. Jetzt sind sie kleine Engel im Himmel.«

»Es wird wieder Kinder auf Kirchberg geben!« Ciara griff lächelnd nach seiner Hand und legte sie sich auf den Leib. »Es ist gesund und kräftig und wird in einer sichereren Heimat aufwachsen, als ich sie gekannt habe.«

»Von nun an ist Kirchberg deine Heimat und die meine!«, antwortete Ferdinand wehmütig.

Auch wenn er sich freute, diesen schönen Besitz einmal erben zu können, so hätte er es doch lieber gesehen, wenn die Nachkommen seines Onkels und seiner Tante noch leben würden

und er eine gewisse Summe erhalten hätte, um auf eigenen Beinen stehen zu können.
Ciara und er waren zu müde, um noch viel reden zu können. Daher machten sie sich zur Nacht fertig, legten sich gemeinsam in ihr Bett und waren froh, einander zu spüren. Schon nach kurzer Zeit dämmerten sie ein. Irgendwann hörte Ciara im Halbschlaf Gamhain erregt bellen. Sie wollte aufstehen, um nachzusehen, schlief aber über diesem Gedanken wieder ein.
Als sie aufwachte, zog Ferdinand sich bereits an. »Ich gehe in meine Kammer, bevor die Magd mit dem Waschwasser kommt.«
Er lächelte etwas verlegen, denn noch galt Ciara als Simons Ehefrau, und er wollte nicht, dass es Gerede gab.
»Tu das! Aber erst, nachdem ich dir einen Kuss gegeben habe.« Obwohl sie mittlerweile im sechsten Monat schwanger war, glitt Ciara geschmeidig aus dem Bett und klammerte sich an ihn. Einige Augenblicke lang hielt sie ihn fest, drückte dann kurz ihre Lippen auf die seinen und ließ ihn dann los.
»Ich liebe dich!«, flüsterte sie und öffnete ihm die Zwischentür zu seinem Raum.
»Ich liebe dich auch!« Ferdinand musste sich zwingen, sie zu verlassen.
Es war keinen Augenblick zu früh, denn da klopfte bereits eine Magd und rief, sie brächte das Waschwasser für die Dame. Ciara ließ sie ein.
Während die Frau den Krug auf einen kleinen Tisch in der Ecke stellte, sprach sie Ciara an. »Der gnädige Herr lässt ausrichten, dass er das Frühstück um zehn Uhr auf dem Turmsöller einnehmen will und dabei auf Eure Gesellschaft hofft.«
»Danke!« Ciara lächelte ihr freundlich zu und gewann damit ihr Herz.
Daher sprach die Magd das aus, was ihr bisher ein wenig Sorgen bereitet hatte. »Die gnädige Frau sagte vorhin, wenn Ihr eine Leibmagd benötigt, sollte ich Euch beistehen!«

»Gerne! Du kannst mir bei den Kleidern helfen. Man legt sie doch anders an als bei mir zu Hause.« Zwar hatte Ciara überlegt, Bríd zu ihrer Leibmagd zu machen, sagte sich aber, dass es besser war, wenn sie eine Einheimische wählte. Bríd konnte Aufgaben übernehmen, die ihren Fähigkeiten mehr entgegenkamen. Das würde ihnen beiden helfen, die hier gebräuchliche Sprache schneller zu beherrschen.

Die Magd war geschickt und mit Eifer dabei, so konnte Ciara kurz darauf ihr Zimmer verlassen. Als sie an Irmbergas Gemächern vorbeikam, wurde sie von deren Leibdienerin aufgehalten.

»Verzeiht, die Herrin will Euch sehen!« Die Frau sprach höflich, wirkte aber distanziert. Immerhin hatte Ferdinand die junge Frau aus der Fremde mitgebracht, und diese mochte Angewohnheiten haben, die man hierzulande nicht so gerne sah.

Irmberga begrüßte Ciara liebevoll und betrachtete zufrieden deren Aussehen. »Wie es scheint, hat Moni gute Arbeit geleistet. Ich dachte mir doch, dass sie dir eine gute Leibmagd sein wird.«

»Moni muss noch viel lernen«, wandte ihre eigene Zofe ein und zupfte an Ciara herum, weil ihr der Sitz des Mieders missfiel.

»So, jetzt könnt Ihr Euch bei den Herren sehen lassen«, setzte sie hinzu und öffnete die Tür, damit Irmberga und Ciara aufbrechen konnten.

Auf dem Weg zum Söller verlegte ihnen Gamhain den Weg. Die Hündin war Ionatán entkommen und tanzte nun schwanzwedelnd um Ciara herum. Dieser gelang es gerade noch zu verhindern, dass sie ihr die Vorderpfoten auf die Schultern legte und ihr übers Gesicht leckte.

»Lass das, Gamhain! Geh zu Ionatán!«, schalt Ciara, doch die Hündin dachte nicht daran, zu gehorchen. Sie folgte ihnen, lief dann voraus und schnupperte im Söller herum.

»Heute benimmt Gamhain sich eigenartig«, sagte Ciara verwundert.

Dann aber hatte sie nicht mehr die Zeit, sich um die Hündin zu kümmern, denn der Schlossherr begrüßte sie. Schräg hinter diesem stand Ferdinand und winkte ihr zu. Saraid und Hufeisen waren ebenfalls anwesend, und nun kam auch noch Bríd herein, die nicht so recht wusste, ob sie sich in Anwesenheit so hoher Herrschaften einfach dazusetzen durfte.

»Wo ist denn Euer Jonathan?«, fragte Franz. »Er soll auch kommen. Immerhin hat er euch durch dick und dünn die Treue bewahrt.«

»Das hat er – und Bríd ebenfalls!« Ferdinand lächelte der jungen Irin zu und fasste nach Ciaras Hand. »Hast du gut geschlafen?«

Als wenn du das nicht wüsstest, spottete ihr Blick. Mehr an die anderen gerichtet aber sagte sie, dass sie ausgezeichnet geschlafen habe.

»Das freut mich! Hattest du auch schöne Träume, mein Kind?«, wollte Irmberga wissen.

»Ich weiß nicht ... Ich kann mich nicht erinnern«, antwortete Ciara zögernd.

»Dann waren sie schön, denn an schlechte Träume erinnert man sich«, befand Irmberga und befahl den Mägden, das Morgenmahl aufzutragen.

Es herrschte eine angenehme Atmosphäre, die den Schlossherrn und dessen Gemahlin ihren Kummer eine Weile vergessen ließ. Ein paarmal lachten sie sogar über witzige Bemerkungen, die Ferdinand oder Hufeisen von sich gaben, und auch über Ciaras kleine Sprachschnitzer, die Irmberga liebevoll berichtigte.

Als Ciara Gamhain ein wenig Fleisch zuwerfen wollte, sah sie diese mit gespitzten Ohren neben einer Tür liegen, die offensichtlich in den Turm führte. Die Hündin hatte die Lefzen hochgezogen und knurrte leise.

Gewohnt, sich auf die Instinkte des Tiers zu verlassen, zupfte Ciara Ferdinand am Ärmel. »Achte auf Gamhain! Irgendetwas passt ihr nicht.«

»Vielleicht riecht sie die Bullenbeißer meines Oheims«, antwortete Ferdinand, der eben eine Frage des Schlossherrn beantworten wollte.
Mit der Erklärung gab Ciara sich nicht zufrieden. »Was liegt jenseits der Tür?«
»Die Treppe, die ins Erdgeschoss führt. Doch das ist abgeschlossen«, erklärte Irmberga ihr.
Inzwischen war Gamhain aufgestanden und kratzte leise am Holz.
»Etwas geht dort vor!« Ciara erhob sich und trat neben die Hündin. »Seid bitte still«, sagte sie zu den anderen und lauschte. Nun vernahm sie ein Geräusch, ein leises Schaben, als wenn jemand einen Gegenstand über den Boden schleifen würde. Aufgeregt deutete sie zur Tür.
»Da unten ist jemand!«
»Unmöglich!« Franz schüttelte den Kopf, hielt aber inne, als Ciara die Tür leise öffnete. Die gut geölten Scharniere gaben kein Geräusch von sich. Nun vernahm auch Ferdinand, dass sich jemand unten im Erdgeschoss aufhalten musste. Gamhain wollte hinunter, doch Ciara hielt sie fest und trat vorsichtig auf die Treppe. Im selben Augenblick klang ein scharfes Zischen auf, und der Geruch verbrannten Pulvers erfüllte die Luft.

11.

Die Nähe des Pulvers hatte Simon nicht schlafen lassen, und daher war er bis zum Morgen unruhig hin und her gegangen. Als es draußen endlich dämmerte, herrschte im Pulverkeller ein fahles Licht, in dem er kaum mehr als einige Umrisse erkennen konnte. Eines aber begriff er rasch: Die Vorräte an Schießpulver waren nicht mehr so reichlich wie in seiner Jugendzeit. Er fand nur drei volle Fässer, jedes etwa einen halben Zentner schwer, und ein fast leeres, dem er zunächst keinen zweiten Blick schenkte.
Da das Pulver im Erdgeschoss explodieren musste, um auch den Söller zu zerstören, schaffte er die Fässer mit viel Mühe die steinerne Treppe hinauf. Dort rollte er sie bis an den dicken Eichenbalken, der den Zwischenboden und das Dach des Turms stützte. Eine Explosion an dieser Stelle würde die Decken einstürzen lassen. Grinsend stellte er sich vor, wie die zerfetzten Körper seiner Verwandten vom Feuer verzehrt würden. Da erst fiel ihm ein, dass er das Schießpulver zünden musste, ohne sich selbst in die Luft zu sprengen.
»Ich brauche eine Lunte«, murmelte er und machte sich auf die Suche. Im Pulverkeller fand er nichts. Dafür entdeckte er im Erdgeschoss des Turms zwischen ein paar alten Kisten und unbrauchbaren Gerätschaften ein zu einer Rolle gedrehtes Seil. Er schnitt mit dem Dolch ein Stück ab und faserte es auf, bis er drei mehrere Ellen lange Schnüre in der Hand hielt. Diese rieb er mit dem losen Schießpulver aus dem fast leeren Fass ein und stopfte sie mit einem Ende tief in die vollen Fässer.
Geräusche, die von oben herabdrangen, verrieten ihm, dass seine Verwandten erschienen waren. Simon vernahm die Stimme

seines Onkels und die von Ferdinand und hörte kurz darauf auch Irmberga und Ciara miteinander reden.
Nun musste er nur noch die Schnüre anzünden, zur Tür hinauslaufen und sich hinter den Büschen im Park verstecken. Von dort aus würde er zusehen, wie Franz und die anderen mit einem weithin hallenden Knall zur Hölle fuhren, dachte er zufrieden, sah dann aber das nächste Problem vor sich. Schlüge er jetzt mit seinem Feuerzeug Funken, konnte einer davon in ein Fass springen und das Pulver zünden. Selbst wenn dies nicht geschah, mochte die erste Lunte bereits abgebrannt sein, bevor er die letzte zum Brennen gebracht hatte. Nur auf eine einzige Lunte wollte er sich jedoch nicht verlassen, da diese verlöschen konnte. Nach kurzem Nachdenken schnitt er ein Stück von einer der drei Lunten ab, um sie als Fidibus zu benützen. Danach holte er noch etwas Pulver aus dem Keller, steckte das Ende des Luntenstücks hinein und hantierte in gehörigem Abstand zu den drei Pulverfässern mit Stahl und Feuerstein. Er brauchte mehrere Versuche, bis einer der Funken in das kleine Pulverhäufchen sprang und die Lunte zündete, anstatt zu verpuffen. Zu seiner Erleichterung glomm schließlich das Ende des Luntenstücks auf. Er blies darauf, um die Glut anzuheizen, und zündete die Lunte des ersten Fasses an.
Erst als diese anbrannte, erkannte Simon, dass es jene war, von der er das Stück abgeschnitten hatte. So schnell er konnte, entzündete er noch die beiden anderen, warf seinen Fidibus weg und sauste zur Tür. Gerade, als er sie öffnete, hörte er hastige Schritte auf der Treppe und einen wütenden Schrei.
»Simon!« Und dann: »Er hat Lunten angezündet!«
Im nächsten Augenblick hatte Ciara ihn gepackt und versuchte, ihn festzuhalten. Simon versetzte ihr einen Stoß, der sie gegen Gamhain taumeln ließ, und sprang zur Tür hinaus.
Ferdinand war Ciara gefolgt und wollte hinter Simon her. Da hielt Ciara ihn fest. »Die Lunten! Wir müssen sie aus den Fässern ziehen!«

Ohne sich zu besinnen, eilte Ferdinand zu dem nächsten Fass und zerrte an der Lunte. Ciara nahm sich die zweite Lunte vor, doch als Hufeisen herabkam und die Lunte des dritten Fasses herauszerren wollte, war diese fast abgebrannt und nicht mehr zu greifen. Ohne nachzudenken, riss Hufeisen das Fass hoch und schrie:
»Die Tür auf und haltet Gamhain zurück!«
Da Ciara näher an der Tür war als Ferdinand, riss sie diese auf. Gamhain wollte sofort hinaus, doch Ferdinand erwischte die Hündin gerade noch.
Während er das widerstrebende Tier niederrang, schleuderte Hufeisen das Fass mit aller Kraft ins Freie. Ciara schlug sofort die Tür zu und drückte sich innen an die Mauer. Einen Herzschlag später krachte es draußen fürchterlich. Die Tür wackelte so, als wolle sie aus den Angeln springen, hielt aber stand.
Dann war es unheimlich still.
Ferdinand ließ Gamhain los und bedachte sie mit einem wütenden Blick. »Blödes Vieh!«
»Warum? Was hat sie getan?«, fragte Ciara noch halb betäubt.
Statt einer Antwort zeigte Ferdinand ihr die blutigen Kratzer, die Gamhain ihm beigebracht hatte. »Dabei wollte ich diesem dummen Tier nur das Leben retten! Das ist der Dank dafür.«
Mit einem verzerrten Lächeln wandte er sich an Hufeisen, der starr wie eine Statue im Raum stand und nicht zu begreifen schien, dass er noch lebte. »Danke, mein Freund!«
Sein Blick wanderte die Treppe hoch. »Onkel, Tante, Saraid, was ist mit euch?«
Da der Söller nur eine hölzerne Brüstung besaß, fürchtete er, dass die Explosion dort oben einigen Schaden angerichtet hatte.
Doch da klang die Stimme des Schlossherrn auf. »Uns geht es gut. Als euer Alarmruf ertönte, sind wir durch den Gang ins Schloss gelaufen. Nur dieser Trottel Jonathan ist hier geblieben, um euch zu helfen, und hat ein paar Holzsplitter abbe-

kommen. Es sieht aber nicht so aus, als wäre er auf den Tod verwundet.«

»Gott sei Dank!« Ferdinand schlug erleichtert das Kreuz und trat auf Ciara zu. »Du bist die mutigste Frau, die ich kenne. Ohne dich hätte dieser Schurke uns alle in die Luft gesprengt.«

»Wie böse muss dieser Mensch sein?«

Ihre Anspannung wich, und Ciara begann zu zittern. Tränen liefen ihr über die Wangen, und sie klammerte sich an Ferdinand, als hätte sie Angst, ihn zu verlieren, wenn sie ihn losließe.

Plötzlich erklangen aus mehreren Richtungen aufgeregte Stimmen. Dann dröhnte Franz' Bass so laut auf, dass Ciara zusammenzuckte. »Uns geht es gut, Leute! Die Heilige Jungfrau hat ihren Himmelsmantel schützend über uns gebreitet.«

Ferdinand hörte einzelne Jubelrufe, öffnete die Tür und sah eine Gruppe Knechte und Mägde draußen stehen, die von dem lauten Knall angelockt zum Turm geeilt waren. Als er mit Ciara im Arm hinaustrat, bildete sich eine Gasse, und einer der Männer wies auf eine Gestalt, die keine dreißig Schritt vom Turm entfernt reglos am Boden lag.

Simon war kaum noch zu erkennen, denn er war über und über von Blut und Pulverresten bedeckt. Zudem ragte ein Stück des explodierten Fasses aus seinem Rücken.

»Er hat meinen Bruder und dich in die Luft sprengen wollen und ist nun selbst durch Pulver und Feuer zugrunde gegangen. Das nenne ich Gottes Gerechtigkeit!« Ciaras Stimme klang ungewohnt dunkel, aber ihre Miene verriet, wie erleichtert sie war. Wäre Simon am Leben geblieben, hätten Ferdinand und sie bis ans Ende ihrer Tage um ihr Leben fürchten müssen.

Auch Ferdinand empfand so, dennoch tat es ihm leid, dass es so hatte kommen müssen. Er trat neben seinen Vetter und sah zu seiner Verwunderung, dass dieser noch lebte.

»Holt einen Arzt und den Schlossprediger!«, befahl Ferdinand den Knechten.

Während diese loseilten, begann Simon zu sprechen. »Ver-

loren! Alles verloren! Jetzt hast du die Frau und den Besitz, und mir bleiben nur die Dunkelheit des Todes und die Feuer der Hölle.«
»Der Arzt wird gleich kommen. Vielleicht kann er dich retten!«, rief Ferdinand.
»Wofür? Ich würde ein Krüppel sein. Ich spüre meine Beine nicht mehr. Ich spüre nur noch ...« Was immer Simon hatte sagen wollen, schnitt ihm der Tod von den Lippen ab. Als der Priester kam, konnte er nur noch das Kreuz auf die Stirn des Toten zeichnen und diesem die Augen schließen.
Ferdinand drückte Ciara an sich und lächelte ihr beruhigend zu. »Komm, gehen wir ins Schloss. Du wirst dich auf diesen Schrecken hin gewiss ein wenig hinlegen wollen.«
Doch Ciara schüttelte den Kopf. »So hinfällig bin ich wahrlich nicht. Es erleichtert mich, dass es jetzt zu Ende ist.«
Sie zögerte kurz und fuhr dann leiser fort: »Außerdem habe ich Hunger.«
Franz vernahm es und legte ihr die Hand auf die Schulter. »So ist es recht! Wir werden uns von dieser Begebenheit nicht den Appetit verderben lassen. Da wir eine Weile nicht mehr auf dem Söller frühstücken können, sollen die Mägde im kleinen Saal auftischen lassen. Was Simon betrifft, so werden wir ihn begraben, wie es einem Verwandten zukommt. Trauern aber werde ich nicht um ihn.«
Es war ein harter Ausspruch, doch die anderen stimmten dem Schlossherrn im Stillen zu. Mit einem tiefen Seufzer umarmte Saraid Hufeisen und raunte ihm ins Ohr, dass er dem Pfarrer ruhig sagen könnte, dass dieser nicht nur eine Beerdigung, sondern auch eine Hochzeit abhalten müsse. Gleich darauf nahm Bríd Ionatán bei der Hand und warf ihm einen fragenden Blick zu. Als er nickte, lächelte sie glücklich.
Ciara aber sah mit einem leuchtenden Blick zu Ferdinand auf und breitete die Arme aus. »Jetzt bin ich frei für dich!«

12.

Sechs Jahre waren seit jenen schicksalshaften Tagen vergangen. Die Sonne schien warm, und an den Kirschbäumen im Schlosspark leuchteten die reifen Kirschen. Vom Schloss bis zum Pförtnerhaus waren die fröhlichen Stimmen der Kinder zu vernehmen, die sich an den Früchten gütlich taten.
Just in dem Augenblick kam ein junger Mann die Straße vom Dorf herauf und blieb vor dem Tor stehen. Er trug weite, graue Hosen und darüber eine grüne Weste. Seinen Rock hatte er abgelegt und hielt ihn über dem Arm. An seiner Hüfte hing ein Kurzschwert, und im Gürtel steckte eine Pistole. Trotz seiner Waffen wirkte er friedlich und bemühte sich, diesen Eindruck auch beizubehalten, als der alte Hans aus dem Pförtnerhaus trat.
»Gott zum Gruß! Bin ich hier richtig bei der Herrschaft Kirchberg?«, begann der Fremde in einem fremdartig klingenden Deutsch.
»Ja, das ist der Besitz des Herrn Ferdinand von Kirchberg. Was wollt Ihr hier?«
»Ferdinand?« Für einen Augenblick schien der andere verwirrt, lachte dann aber den Alten an.
»Wenn es erlaubt ist, würde ich gerne mit Herrn Ferdinand sprechen und ihm Grüße von Freunden ausrichten.«
»Grüße wollt Ihr ausrichten?« Hans wusste noch immer nicht, ob er den Reisenden als Herrn von Stand oder einen gewöhnlichen Bürger ansehen sollte. Schließlich aber sagte er sich, dass sein Herr selbst wissen müsse, wie er den Mann empfangen wolle, und öffnete die Tür. Danach blies er in eine Weidenpfeife, deren durchdringender Ton bis zum Schloss hinüber hallte.

»Es wird gleich jemand kommen und sich Eurer annehmen«, erklärte Hans und sah den Fremden neugierig an. »Habt Ihr Durst?«
»Gegen einen kühlen Trunk hätte ich nichts einzuwenden!«, erwiderte dieser munter.
Kurz darauf hielten sowohl er wie auch Hans einen vollen Krug in der Hand und stießen miteinander an. »Auf dein Wohl, mein Freund«, sagte der junge Mann und sah sich ungeniert um. »Ihr habt es schön hier.«
Damit gewann er Hans' Sympathie. »Das ist schon ein schönes Fleckerl unter Gottes Himmelszelt. Woanders als hier möchte ich nirgends leben.«
Für einen Augenblick huschte ein trauriger Ausdruck über das Gesicht des Besuchers. Er atmete tief durch und sah dann einen Mann vom Schloss herüberkommen.
»He, Jonathan, bring den Fremden hier zum Herrn!«, rief Hans diesem zu.
Beim Namen Jonathan kniff der Fremde die Augen zusammen und musterte den Diener durchdringend. Plötzlich begann er zu lächeln und deutete einen Gruß an. »Ich würde mich freuen, wenn du mich zu Herrn Ferdinand von Kirchberg bringen könntest!«
»Der Fremde überbringt Grüße von Freunden des Herrn«, setzte Hans dazu.
»Da ist es nicht weit zu gehen, denn die Herrschaften sind bei dem großen Kirschbaum zu finden!« Ionatán, der sich jetzt wie hier gebräuchlich Jonathan schrieb, forderte den Fremden auf, mitzukommen, und schritt ihm voran.
Kurz darauf erreichten sie den Obstgarten des Schlosses. Dort hatte sich eine fröhliche Gesellschaft versammelt und sah einem jungen Diener zu, der auf einer Leiter stand, Kirschen pflückte und diese Saraid hinabreichte. Diese verteilte die Früchte unter den Kindern. Der fünfjährige Andreas Oisin von Kirchberg forderte die meisten für sich, doch seine Mutter

ermahnte ihn, nicht so gierig zu sein, damit der um zwei Jahre jüngere Franz Buirre und die anderen Kinder ihren Anteil erhielten.

Ferdinand, der seit dem Tod seines Onkels vor einem Jahr Herr auf Kirchberg war, stand neben seiner Gemahlin und tadelte seinen Ältesten, als dieser Saraids und Hufeisens Tochter, der kleinen Dairíne, die Kirschen wegnehmen wollte, die Ciara ihr gegeben hatte.

»Du benimmst dich wie ein Raubritter, mein Sohn, und nicht wie ein Edelmann!«

»Ich ... Tut mir leid! Die Kirschen schmecken einfach so gut«, antwortete der Junge.

»Das tun sie Dairíne aber auch«, erklärte sein Vater. »Außerdem sind so viele Kirschen am Baum, dass sie für alle reichen.«

Ferdinands Worte brachten den Jungen zum Nachdenken. Als Saraid ihm die nächste Handvoll Kirschen reichte, gab er zwei davon seinem kleinen Bruder und zwei Dairíne.

»Die müssen dann aber auch mit mir teilen!«, sagte er energisch.

»Das werden sie«, versprach Ferdinand, sah dann aber dem Mann entgegen, den Ionatán herbeiführte.

Gamhain, die in der Nähe mit ihren Welpen spielte, die wohl nie ganz die Größe der Mutter erreichen würden, richtete sich auf und bellte. Es klang aber nicht böse, sondern eher wie eine Begrüßung.

»Wer mag das sein?«, fragte Ferdinand.

Ciara rieb sich über die Augen, stand auf und ging dem Fremden ein paar Schritte entgegen. »Toal, bist du es wirklich?«

»Toal?«, rief Ferdinand verwundert.

Als er den jungen Mann eingehend betrachtete, erkannte auch er, dass der einstige Hütejunge der Ui'Corra vor ihm stand.

Toal kniete vor Ciara nieder und sah mit leuchtenden Augen zu ihr auf. »Ich bin glücklich, Euch zu sehen, Herrin! Wir haben nicht zu hoffen gewagt, dass Ihr, Herr Ferdinand, Frau

Saraid und Ionatán Haresgills heimtückischen Angriff auf den Turm in Tir Chonaill überlebt haben könntet. Doch als ich vor einem halben Jahr einen Mann traf, der behauptete, Herrn Ferdinand zu kennen, musste ich einfach herkommen.«

»Du hast ebenfalls überlebt, Toal. Wie schön!« Ciara kämpfte mit den Tränen, die ebenso der Freude wie der Trauer galten, denn es hatten zu viele Ui'Corra in jenen Tagen den Tod gefunden.

»Nicht nur ich, auch Aithil und etliche andere sind entkommen«, antwortete Toal. »Wir leben nun in Frankreich und dienen König Henri IV. als Soldaten. Ich meine natürlich die Männer, nicht die Frauen. Wir dachten, Ihr wärt tot, und so haben wir Aithil zu unserem neuen Taoiseach gewählt. Doch als Oisin O'Corras Schwester könnt Ihr das Recht auf Anführerschaft für Euch und Euren Gemahl fordern.«

Ciara wandte sich zu Ferdinand um und sah, dass dieser unauffällig abwinkte. »Nein«, sagte sie leise. »Aithil ist ein guter Mann, und er hat es verdient, Euer Anführer zu sein. Aber wir können jenen, die sich nach einer neuen Heimat sehnen, hier Obdach bieten.«

»Jeder Ui'Corra, der herkommen mag, ist mir willkommen!«, bekräftigte Ferdinand das Angebot seiner Frau.

Toal schüttelte den Kopf. »Wir danken für Eure Einladung, doch wir lassen die Hoffnung nicht fahren, dass Gott, der Herr, einmal Erbarmen mit uns Iren hat und uns die Rückkehr in die Heimat ermöglichen wird.«

Einen Augenblick lang fühlte Ciara sich zwischen der Vergangenheit und der Gegenwart wie entzweigerissen. Dann streifte ihr Blick ihre beiden Söhne, und sie fasste Ferdinands Hand. »Ich wünsche euch von ganzem Herzen, dass ihr eines Tages nach Irland zurückkehren könnt. Doch ich habe meine Heimat hier gefunden!«

Anhang

Ein Wort zur irischen Sprache

Irisch gehört zu den Sprachen, bei der sich die Schrift und die Aussprache sehr stark unterscheiden. Als Beispiel sei der Name von Ciaras Hündin Gamhain genannt, der wie »Gaun« ausgesprochen wird.
Eine weitere Eigenart sind unterschiedliche Namensbezeichnungen bei Frauen, Männern und dem Clan selbst. Als Frau trägt unsere Heldin den Namen Ciara Ní Corra. Ihr Bruder wird als Mann Oisin O'Corra genannt. Beide aber sind Ui'Corra, sprich: Angehörige des Corra-Clans.

Ein Wort zu Irland im Jahr 1600 n. Chr.

Wer in diesem Roman die grüne Insel erwartet, die er bei seinem Urlaub in Irland kennengelernt hat, wird sich wundern. Irland war früher ein sehr waldreiches Gebiet mit vielen Mooren, denen die Menschen ihr Siedlungsland mühsam hatten abringen müssen. Die große Waldrodung begann erst nach dem Neunjährigen Krieg, wie der Aufstand von Aodh Mór O'Néill, dem Earl of Tyrone, genannt wird. Zuerst wurden die Bäume geschlagen, um Bauholz für Schiffe zu gewinnen. Im achtzehnten und neunzehnten Jahrhundert schürte die Holzkohle aus den irischen Wäldern die Schmelzöfen der aufstrebenden englischen Industrie. Die heute typischen Landschaften Irlands entstanden erst in dieser Zeit.

Geschichtlicher Überblick

Jahrhundertelang war Irland eine Insel am Rande der bekannten Welt, beherrscht von etlichen Kleinkönigen, die miteinander um Macht und Ansehen stritten. Im Lauf der Zeit bildeten sich auf der Insel zuerst fünf, dann vier Königreiche heraus. Doch auch die Könige von Uladh (Ulster), Laighean (Leinster), An Mhuma (Munster) und Chonnacht (Connaught) waren in ihren Herrschaftsgebieten nicht unumstritten. Als die Wikinger kamen, konnten diese sich in den Küstengebieten festsetzen und Städte wie Dublin und Wexford gründen. Im Jahr 1014 n. Chr. gelang es Brian Boru, dem König von Munster, die Wikinger und deren Verbündete in der Schlacht von Clontarf zu besiegen und Irland für kurze Zeit zu vereinigen. Er starb jedoch an den Wunden, die er sich in dieser Schlacht zugezogen hatte, und seinen Nachfolgern gelang es nicht, die Herrschaft über Irland zu behaupten.
Als Diarmuid MacMurrough, der König von Leinster, 1169 n. Chr. von seinen Feinden vertrieben wurde, suchte er ein Bündnis mit dem englischen König Heinrich II., um sein Reich zurückzuerobern. Mit Hilfe des anglonormannischen Edelmanns Richard de Clare, genannt Strongbow, gelang ihm dies auch. Richard de Clare heiratete schließlich Diarmuids Tochter und trat dessen Nachfolge in Leinster an. Damit sein Gefolgsmann de Clare nicht zu mächtig wurde, griff Heinrich II. selbst in Irland ein und unterwarf mit Hilfe seiner anglonormannischen Barone fast zwei Drittel der Insel.
Englands lang anhaltende Kriege mit Frankreich lenkten die Nachfolger Heinrichs II. wieder von Irland ab, und so gelang es den irischen Kleinkönigen, sich allmählich von der englischen Oberherrschaft zu lösen. Die eingewanderten anglonormannischen Familien verschmolzen mit dem einheimischen Adel, und so wurde die direkte englische Herrschaft schließlich auf ein Pale genanntes Gebiet um Dublin beschränkt. No-

minell blieben die englischen Könige die »Lords of Ireland«, konnten sich aber nicht mehr gegen die erstarkenden Iren und die Anglonormannen durchsetzen.
Dies änderte sich, als Heinrich VIII. sich von Rom lossagte und die anglikanische Kirche begründete. Er ließ auch in Irland die Klöster gewaltsam auflösen und verteilte deren Land an Anhänger des neuen Glaubens. Die Iren und auch die alten anglonormannischen Familien dachten jedoch nicht daran, ihren katholischen Glauben aufzugeben, und so entstand ein Konfliktpotenzial, das sich in mehreren Aufständen gegen Heinrich VIII. und später gegen seine Tochter Elisabeth I. entlud.
Für England ging es dabei nicht allein um die Herrschaft über die Nachbarinsel, sondern in erster Linie darum, zu verhindern, dass Irland zum Sprungbrett für einen Angriff auf das Königreich wurde. Immerhin war England mit Spanien verfeindet, das Verhältnis zu Frankreich war unsicher, und im Norden hatte man mit Schottland einen äußerst unbequemen Nachbarn, gegen den man schon öfter Krieg hatte führen müssen. Dazu kamen der missionarische Eifer des neuen Glaubens und das Gefühl kultureller Überlegenheit gegenüber den Iren. Um den englischen Einfluss in Irland zu steigern, wurden Städte und Festungen erbaut und protestantische Engländer angesiedelt. Dabei verwendeten die Engländer die bereits von den Römern eingesetzte Taktik *divide et impera*, sprich: teile und herrsche, und machten sich die alten Feindschaften zwischen den irischen Clans zunutze.
Auch Aodh Mór O'Néill, von den Engländern Hugh O'Neill genannt, war zunächst ein Verbündeter Englands und konnte sich erst mit dessen Unterstützung in der Grafschaft Tyrone durchsetzen. Daher war es für die Engländer höchst überraschend, dass ausgerechnet er sich zum Anführer der größten Rebellion jener Zeit aufschwang. Der Grund dafür war der Versuch Englands, das altüberlieferte Recht der Iren durch die

eigenen englischen Gesetze zu ersetzen, die diesen oft völlig entgegenstanden.

Als guter Kenner Englands und dessen Militär gelang es Aodh Mór O'Néill, dieses in einem erbittert geführten Guerillakrieg zu zermürben. Die Generäle, die gegen ihn ausgesandt wurden, waren ihm nicht gewachsen, und so erweiterte er seinen Machtbereich immer mehr. Sogar frühere Gegner wie Aodh Ruadh O'Domhnaill aus Donegal verbündeten sich mit ihm und errangen ebenfalls wichtige Siege. Selbst als Königin Elisabeth I. mit Robert Devereux, dem Earl of Essex, einen ihrer berühmtesten Militärführer nach Irland schickte, konnte dieser nichts ausrichten und verließ schließlich seine durch Krankheiten zusammengeschmolzene Armee gegen den Willen der Königin, um nach London zurückzukehren. Einige Monate später wurde er nach einem dilettantisch durchgeführten und gescheiterten Umsturzversuch als Hochverräter verhaftet und hingerichtet.

Charles Blount, 8. Baron Mountjoy, gelang es als neuem Lord Deputy of Ireland, die wankenden Positionen Englands wieder zu festigen. Entscheidend dafür war auch, dass Spanien eine Armee nach Irland schickte, um O'Néills Aufstand zu unterstützen, diese aber am südlichen Ende Irlands in Cionn tSáile – Kinsale – an Land ging und von Mountjoys Truppen dort belagert wurden.

Um den Spaniern zu helfen, entschied O'Néill, seine bisherige Guerillataktik aufzugeben, und marschierte mit seinen Truppen mitten im Winter von Ulster aus quer durch Irland. Die folgende Schlacht bei Kinsale wurde für die Iren zur Katastrophe. Durch die Unerfahrenheit in der offenen Feldschlacht und wahrscheinlich auch wegen der Missgunst anderer Anführer gelang es O'Néill nicht, den Angriff auf die Engländer zu koordinieren. Zudem unterblieb aus unerfindlichen Gründen der von O'Néill geforderte Entlastungsangriff durch die Spanier, die den Engländern in den Rücken hätten fallen sollen.

Zwar konnte O'Néill mit einem Teil seiner Leute nach Ulster fliehen und dort noch eine gewisse Zeit Widerstand leisten. Zuletzt aber musste er sich ebenso wie die meisten anderen irischen Anführer England unterwerfen.

Zunächst durften O'Néill und seine Verbündeten einen Teil ihrer Besitzungen behalten. Doch als England die neuen Gesetze einführte und aus den einstigen Kleinkönigen schlichte Landedelleute machen wollte, um die altüberlieferten Clanstrukturen zu zerschlagen, beschloss Aodh Mór O'Néill mit einigen anderen irischen Lords ins Exil zu gehen. Die Flucht der Grafen, wie sie genannt wurde, veränderte den Norden Irlands für immer. Die Ländereien O'Néills und der anderen geflohenen Anführer wurden von England beschlagnahmt, die dort lebenden Iren größtenteils vertrieben und an ihrer Stelle protestantische Engländer und – da Schottland mittlerweile in Personalunion mit England durch Elisabeths Nachfolger James I. (in Schottland James VI.) regiert wurde – protestantische Schotten angesiedelt. Damit wurde der Keim für einen Konflikt gelegt, der heute noch in Nordirland gärt.

Iny und Elmar Lorentz

GLOSSAR

Athair:	Vater
Bealach na mhaighre:	Schlacht am Moyry-Pass
Béal an Atha Buidhe:	Schlacht am Yellow Ford
Bean sidhe:	Banshee (Geisterwesen/Totengeist des Clans)
Büttel:	Stadtknecht/Polizist
Caisleán:	Burg
Crannóg:	künstliche Insel aus Holz
Elle:	Längenmaß, ca. 0,83 Meter
englische Meile:	Längenmaß, ca. 1,609 Meter
Gearmánach:	Deutscher
Faden:	Längenmaß, ca. 1,9 Meter
Fidibus:	Holzspan oder Wachsdocht zum Anzünden von Kerzen
Fuß:	Längenmaß, ca. 29 cm
Hökerin:	Wanderhändlerin
Klafter:	Längenmaß, ca. 190 cm
Maighdean:	Maid, Mädchen
Pallasch:	Reiterschwert
Peer:	englischer Adeliger
Rí:	irischer Kleinkönig
Sasanach:	Engländer
Sovereign:	englische Goldmünze im Wert eines Pfund
Taoiseach:	Oberhaupt eines irischen Clans
Tiarna:	Herr
Tir Eoghain:	Tyrone
Zentner:	Gewicht, ca. 50 Kg

Irische Städte und Provinzen

An Cabhán:	Cavan
An Mhuma:	Munster
Baile Atha Cliath:	Dublin
Béal Atha Seanaidh:	Ballyshannon
Béal Feistre:	Belfast
Béal Tairbirt:	Belturbet
Chonnacht:	Connaught
Cionn tSáile:	Kinsale
Doire:	Derry
Dún Dealgan:	Dundalk
Inis Ceithleann:	Enniskillen
Laighean:	Leinster
Pale:	Gegend um Dublin, die von England beherrscht wurde
Sligeach:	Sligo
Tir Chonaill:	Donegal
Uladh:	Ulster

Iny Lorentz

DIE ROSE VON ASTURIEN

Roman

Asturien im anbrechenden Mittelalter: Einst hat Graf Roderich einen Rivalen getötet und dessen Tochter Maite gefangen genommen. Zwar konnte das Mädchen damals fliehen, doch ihr Hass auf den Grafen und seine Sippe ist seither nie erloschen. Als Maite erfährt, dass Roderichs Tochter heiraten soll, ersinnt sie einen raffinierten Plan. Zunächst gelingt ihre Rache, doch dann geschieht etwas, womit Maite niemals gerechnet hätte …

»Spannendes Lesevergnügen mit gut recherchiertem historischem Hintergrund.«
Hörzu

KNAUR TASCHENBUCH VERLAG

Iny Lorentz

DIE KETZERBRAUT

Roman

München zu Beginn des 16. Jahrhunderts: Die schöne Bürgerstochter Genoveva soll nach dem Willen ihres Vaters den Sohn eines Geschäftspartners aus Innsbruck heiraten. Doch auf dem Weg nach Tirol geschieht das Unfassbare: Der Brautzug wird überfallen, ihr Bruder ermordet und das Mädchen selbst von den Räubern entführt. Zwar gelingt es nach wenigen Tagen, Genoveva zu retten, doch nun glaubt ihr keiner mehr, dass sie noch unberührt ist. In den Augen der Welt ist sie »beschädigte Ware«, und ihr Vater beschließt, sie an den als Weiberhelden und Pfaffenfeind berüchtigten Ernst Rickinger zu verheiraten. Nach Liebe werden die beiden nicht gefragt …

»Sinnlicher Nervenkitzel
im spätmittelalterlichen München.«
JOY

KNAUR TASCHENBUCH VERLAG